你不像任何人

有厌 / 著

上册

青岛出版集团 | 青岛出版社

图书在版编目（CIP）数据

你不像任何人/有厌著. —青岛:青岛出版社, 2022.4
ISBN 978-7-5736-0038-7

Ⅰ.①你… Ⅱ.有… Ⅲ.①长篇小说一中国一当代 Ⅳ.①I247.5

中国版本图书馆CIP数据核字（2022）第024566号

NI BU XIANG RENHE REN

书　　名	你不像任何人
作　　者	有　厌
出版发行	青岛出版社
社　　址	青岛市崂山区海尔路182号
本社网址	http://www.qdpub.com
邮购电话	18613853563　0532-68068091
责任编辑	郭红霞
特约编辑	张玙璠
校　　对	李晓晓
装帧设计	梁　霞
照　　排	梁　霞
印　　刷	三河市良远印务有限公司
出版日期	2022年4月第1版　2022年4月第1次印刷
开　　本	32开（880mm×1230mm）
印　　张	15
字　　数	426千
书　　号	ISBN 978-7-5736-0038-7
定　　价	59.80元（全2册）

编校印装质量、盗版监督服务电话　4006532017　0532-68068050

每一个被暗恋的人

都是

暗恋者的救赎

花满园

/北央/

/夏天/

/炙热/

/少年/

目录

上册

目录 下册

/ 第一章 /

我炙热的少年

连载十年的处女作完结时，末尾的那句话她写了许久许久——

"我贪得有厌，只希望他万事遂意。"

四中已经开学一个半月，迟意的转学手续还没办好。

宜佳禾把她带到北央后，便当起了甩手掌柜，像过去无数次遇事时的态度一样，只有一句"找你爸"。

直到国庆节，迟临行才现身把迟意从酒店接走，安排了住处。

他们租的房子在一条名为苏麻离青的胡同里，是一处四合院的东厢房。院子里的西府海棠花枝茂盛，为暴晒闷热的小院遮出一片阴凉的地方。

"水电费去村委会交，燃气去银行买。"迟临行将一沓票据给她，看着眼前尚不能当家的丫头，叹口气，"这些是指望不了你妈记着的，你不知道怎么做就问问邻居或者给我打电话。"

迟意的父母在她很小的时候便离婚了，她听亲戚说两人因为争她的抚养权纠结了很久才办好手续。

对母亲来说，割舍一段大学时便怦然心动，也挨过七年之痒的初恋本就不容易。更何况在决定离婚前夕母亲才得知迟临行一直在欺骗自己——关于财产、关于忠诚。

所以看着迟临行有了新家后日子越过越好，母亲无数次教育迟意：“对你爸爸要好，这样他的财产才是你的。”

迟意弄清楚每一张票据的来源，再抬头，看到迟临行抬起手腕看时间。迟意将他的动作看在眼里，说：“剩下的我自己收拾就好，你有事先去忙。”

迟临行扫视一圈屋里，确认不缺什么东西，问：“吃饭了吗？”

迟意抿了下嘴角，刚说了个“吃”字，肚子却叫了一声。

“走吧，爸爸带你去吃饭。”迟临行说。

车子沿着长平街驶过，迟意坐在副驾驶座上，透过车窗看城市陌生的建筑，压下心底茫然与忐忑的情绪，努力适应着：“吃点儿简单的就好，你工作重要。”

直到车子停在少年宫外面，看见打扮靓丽的女孩雀跃地跑过来，迟意才明白令迟临行一次又一次看手表担心时间晚了的事情是接继女下课。

孔明月在车前和迟临行摆摆手，小跑着去拉副驾驶的车门，声音里满是怨气：“我要晒死了，你怎么才来？”

她在看到副驾驶有人后，白净的脸庞立马黑了下来。她将迟意上下打量一遍。

“小月，这是我和你提过的小意。她也转到了四中，开学后和你一个班级。”迟临行介绍道。

迟意被对方的眼神看得心里不舒服，觉得自己作为“入侵者”该主动打招呼：“你好，我叫迟意。‘满意’的‘意’。”

孔明月翻了个白眼，拽了拽滑到臂弯里的书包，丢下一句：“我去后面。”片刻后传来后门被摔上的闷响声。

迟意一时没适应北方女孩爽朗的脾气，怔了会儿，想到迟临行刚提到的“开学后和你一个班级”，转头看向车窗外。

到了迟临行选的餐厅，孔明月连菜单都没看便开始报菜名。这是她常来的地方。

迟意不挑食，住在酒店的这一个半月渐渐地适应了北方的饮食习惯。但看着满桌的菜肴，她吃了几口后便搁下了筷子。

因为迟临行的错误决定，这顿饭所有人都吃得不愉快。迟临行把迟意放到胡同口后，载着孔明月匆忙地离开。

迟意望着黑色私家车消失在拐角处，只身往胡同里走。

苏麻离青胡同有两个口，迟意晌午是从西街口进的，这会儿迟临行把她放在了东街入口处。

她仰头看着店面的牌匾，没想到这里竟有家米粉店。片刻后，她推开了这家米粉店的大门。

这家新开的店生意不太好，直到迟意面前的粉快放凉了，店里才来了第二位客人。

迟意听着那位客人拉开自己后面的椅子的声音，才放下迟迟没收到宜佳禾回复的手机。她拿过旁边的调味瓶舀了勺辣椒，和米粉拌匀后又吃了两口，然后索然无味地把筷子搁下了。

迟意在包里没有找到纸巾，起身去柜台取。

她因为在想事情，所以走得慢。老板在后厨忙碌，身影在递餐口若隐若现。迟意心不在焉地在柜台前停了会儿，一直没找到合适的机会开口。

好在老板终于出来，擦着手，热情地问："需要什么？"

"纸巾怎么收费？"迟意将手伸进口袋里拿钱。

"免费。"梁在宥说，"旁边盒子里的薄荷糖也可以拿。"

"谢谢。"迟意只取了纸巾。

迟意取了纸巾回去，却发现自己的位子上有人了。陌生男生非但霸占了她的位子，还吃着她的米粉。

"霸座男"一边狼吞虎咽地吃着，一边看着放在碗旁边的手机，表情专注而愤慨。迟意不确定地打量着四周，在旁边位子上看到一个黑色运动包才肯定了自己的判断。

"同……"迟意刚开口，便被"霸座男"猛拍桌子的声音吓了一跳。

陈予光骂了一句"在键盘上撒一把米，鸡啄得都比你打得好"，然后端起碗喝汤。

搁下碗，他才看到路过的客人被自己吓得退半步的动作，连忙道歉："不好意思。"说完，他坐端正用筷子夹粉，眼睛继续盯着手机，愤愤地吐槽游戏的同时，垂眸扫了一眼碗，茫然地嘟囔道："怎么加了这么多辣椒？"

迟意别开脸，小声道："因为这是我的。"

察觉到迟意还站在桌边，陈予光再次抬头，盯着迟意的脸看，问："你有事吗？"

迟意张张嘴，心想自己该怎么委婉地提醒他坐错了位子。

"你怎么坐这里了？"老板梁在宥端着一个海碗过来，看看陈予光，又朝另一张双人桌看了一眼。

陈予光皱起眉，手里拿着筷子，缓缓地站起来。他迟钝地转头，看到身后的位子上放着自己的书包……他难以置信地意识到自己从冷柜里拿了瓶北冰洋回来后坐错了位子。

三人沉默时，有客人进店。

陈予光朝门口看了一眼，飞速地从梁在宥的手里把碗接过来，搁在迟意面前，连连朝她鞠躬表达自己的歉意："妹妹，我把这份赔给你，你看行吗？"

迟意滚到嘴边的那句"不用了"，被陈予光央求的眼神打断，她点头说了句"谢谢"。

陈予光如释重负，趁门口进来的男生没发现，拽着老板哀求道："梁叔，你待会儿不要告诉阿遂，真是太丢脸了。"

"不要告诉我什么？"少年腿长，步子稳，不疾不徐地走来，腾出只手习惯性地捋了陈予光的后脑勺一下，随后又喊了声："梁叔。"

他的声音动听有磁性，他说话时会看着对方的眼睛，自信且真诚。又因为他和陈予光太熟，字正腔圆的语气中多了些懒散的态度。

迟意看着放在桌边的碗，隐隐担心有被打翻的危险，小心翼翼地扶着碗沿将碗挪到桌子中间，确认稳妥后稍松了口气。做完这些，她不经意地抬眼，但就是这一看便没能再轻易地挪开视线。

男生个子很高，穿着白色的短袖衬衫，下摆收进黑色长裤的裤腰里，一双大长腿极其惹眼，五官立体。他一路走来，似乎把室外的光亮带了进来。

“没事。”陈予光好面子，本就因为事事被江遂比下去，心里较着劲儿。今天这件尴尬的事情自然不能被江遂知道。他搭着江遂的肩膀回座位，扭头冲迟意做口型道歉：“不好意思啊！”

迟意抿出个不太明显的笑容，摇摇头。

陈予光没再和迟意客套，专注地跟江遂胡扯：“刚才梁叔在说你小时候因为江叔叔忙于工作没法回家，给警察叔叔打电话求助，被江阿姨拧着耳朵训斥的事情。我心想，这可不能让你听见。太残忍。”

“确实。你对于童年黑历史的危害性深有体会。”

“……”

陈予光没占到半点儿便宜，还得听江遂安排：“坐在这桌。”

“恩宇他们也过来？”从两人桌换到六人桌，陈予光很快明白过来，大大咧咧地坐在那里拿出手机，说，“我发现在手机上看文字转播一点儿也不过瘾。要不过几天一起用电脑看比赛？”

“都行。”江遂抬手按了按颈后。

陈予光正要问他是不是没休息好，便听到门口处响起一阵吵闹声，进来四五个人，有男有女。

陈予光招呼他们过来坐，不一会儿这桌的气氛便热闹起来。大家聊游戏、聊篮球、聊国庆假期的作业什么时候开始写……

坐在斜对角的迟意盯着桌子上的两个海碗辨认了会儿，判断出“霸座男”赔的那一碗是“金汤酸菜米粉”后，偏头去看墙上贴着的价目表上的价格，计算这两碗米粉的总价。

江遂懒散地坐在靠近过道的位子上，桌底空间有限，放不开腿，一条腿伸在过道上。

他任由“霸座男”把胳膊搭在自己的肩上，不知听到什么，嘴角翘了起来。

说来也巧，迟意偏头时，江遂恰好抬眸望过来，脸上挂笑。

被抓包的迟意彻底体会到了什么叫作落荒而逃。她低着头，尽量让两侧的头发垂下来遮住微微发热的耳根。

直到她听见老板乐呵呵的声音由远及近地响起：“阿遂的小面，其他人都是米粉。”

“谢谢梁叔！”

“大家慢慢吃，需要什么喊我。”

原来对方看的不是自己。迟意尴尬，没再偷听他们接下来的对话。

宜佳禾还没有回复迟意那条内容为“你现在还在北央吗”的信息，迟意也拿不准她现在是在外省自驾游，还是在北央的什么地方。打迟意有记忆起，宜佳禾便是这样，行踪不定。

迟意想到刚刚“霸座男”和那个男生的聊天内容，犹豫自己是不是也报警算了。

她给宜佳禾发完四合院的地址，便收起手机，抬手捋了下头发，拿起筷子准备吃米粉，却不想米粉店的老板此时正停在她的旁边。

“同学你好。”老板看了一眼客人一哆嗦掉回碗上的筷子，道，“抱歉，吓到你了？”

迟意仰头看他，表示没关系。

“是这样的，我们新店开张，在墙上准备了一块留言区。客人可以将心愿或者祝福语写在便笺上后贴到墙上。”老板指了指柜台旁边的一小块黑板墙，又说，“另一桌客人已经在写了，你有兴趣参与一下吗？参与的话下次来店里消费可以打八折。”

“好。”迟意应下后，觉得自己应该再说点儿什么，让老板不要误会自己是因为八折才答应的。

但等迟意组织好语言准备开口时，老板正冲另一桌打闹的人嚷道：“你们一人写一张就行了！”随后他又看向迟意，递过便笺和笔：“挑一张你喜欢的颜色。”

错过了最佳的解释时机，迟意只好放弃：“谢谢。”

写完便笺后，迟意磨蹭着把那一碗不正宗的米粉吃光，旁边的那桌客人已经嬉闹着动身去球场了。

老板收了他们的碗，将桌子擦干净，从迟意旁边经过：“吃完了？”

迟意冲老板点点头，先违心地说了句：“很好吃，以后会常来的。”说完，她又看向留言区，捏着手机的手指指节隐隐泛白，问道，“我可以拍一张照片吗？”

那是二〇一二年的北央城，这家开在胡同里的不太好吃的米粉店没多久便歇业了，但这张照片被迟意一遍遍地从旧手机传到新手机，存了很久很久。

照片拍的是一张蓝色的便笺，上面的字体苍劲有力。

愿祖国繁荣昌盛，世界和平。——江遂

国庆假期的最后一天，宜佳禾才回四合院。

进院时因为高跟鞋跟卡在了石砖缝里，她大声地吐槽着迟临行这是找的什么破房子。迟意闻声从卧室里出来时，宜佳禾已经进了浴室，不一会儿便传出水流声。

迟意将她的高跟鞋收进鞋柜里，琢磨着能准备点儿什么吃的。

知道宜佳禾洗澡慢，迟意拿着英语书看了会儿单词，听见她关掉花洒哼歌的声音，才搁下书进了厨房。

早上迟意出门买了炒肝、油条和豆浆。她习惯了一个人吃饭，边看新闻边吃也没剩多少。迟意翻了翻冰箱，用葱油炝锅煮了把面条，最后卧了个溏心蛋。

迟意关了灶台的火，浴室门也开了。宜佳禾头上包着毛巾，面膜纸敷在巴掌大的瓜子脸上。她抬着下巴，瞥了迟意一眼，手法娴熟地将精华液在颈间抹开，问：“他这回给了你多少钱？”

迟意知道这个人称代词指的是谁，手上动作没停，将汤面盛出来，回答了一个数字。

宜佳禾听到迟意报的数字，漂亮的眼睛里闪过一丝不悦的情绪，说："抠死他算了。"

迟意成长的那座小城农耕业不发达，环境与时势催生出一批野心勃勃的儒商。迟家父辈将希望寄托于上大学，而迟临行贩牛、卖酒、折腾玻璃纤维，几经失败，靠市场稀缺的有色金属焊料创业成功，随后转型重工成立"行健集团"，迟家的日子渐渐好起来。

养尊处优的富商千金宜佳禾陪着他苦尽甘来，却忘记了自古商人重利轻别离，糟糠之妻成了最不了解他的人。婚姻里两个人一旦缺乏信任，便很难有好结局，孩子则成了牺牲品。

迟意没说话，将面碗摆好，又把从南境带来的最后一点儿酱豆咸菜盛出来，等宜佳禾坐到餐桌对面，才说："我昨天见着孔明月了。"

"那个丫头嘴挺厉害的吧？"宜佳禾冷笑一声，胳膊越过桌子，用手指戳戳自家姑娘的额头，"你得学着凶一点儿，否则被人欺负得死死的。我看着都发愁。"

戳完她，宜佳禾捏住她的下颌，朝左右两边歪了歪。巴掌脸，杏仁眼，齐肩波波头。好在一双眼睛明亮有神，带着倔劲儿。她长得不难看，但是那种不会让人有非分之想的相貌。

"也不知道随了谁。"宜佳禾嘟囔，不知是在说性格，还是在说长相。

吃完面，宜佳禾靠着沙发坐在地毯上，一边看着电影台正在放的一部老掉牙的爱情影片，一边慢悠悠地护肤。

在迟意背完了近八十个单词后，宜佳禾打着哈欠站起来，电视不关，茶几上摆着的瓶瓶罐罐也不管，边往卧室走边对迟意丢下一句："我补个觉，你两三点的时候叫我起床，我带你去买点儿上学用的东西。"

迟意朝卧室的方向应了声，新翻开的那页单词一个也背不进去。

你看这夫妻俩多默契，女人知道男人一定会给迟意钱，也一定会把耽搁了一个多月的转学手续办好。

一直到四点，迟意也没能把宜佳禾叫起来。

邻居家似乎来了客人，声音清朗的少年和老人一问一答，好不和谐。他们的声音不大，但老房子隔音不好。迟意将电视节目的声音关小些，聚精会神地盯着字幕。

迟意在客厅里看今年大阅兵的回放，浓浓的爱国情怀令她不可避免地想到了那个写下“愿祖国繁荣昌盛”的少年。

这天傍晚她知道了迟临行租的是陈予光奶奶的房子。陈予光说上次那碗粉她付了钱，不算自己赔罪，又请她去米粉店吃了一顿。

他说米粉店的老板叫梁在宥，曾经在米其林餐厅工作。

这次迟意还是没告诉老板店里的米粉做得不正宗，也没见到那个内心藏着家国天下的少年。

迟临行可能是真心希望迟意能和孔明月和平相处，所以这天一早专门开车送两人去学校。

到了校门口，孔明月主动表态：“你回去吧。我陪她去办理手续。”

迟临行愿意给两人单独相处的机会，便应了，天真地嘱咐两人在学校要互帮互助。

进了教学楼，孔明月语速极快地给迟意指了班主任办公室的方向，便扭头往教室走。

好在迟意方向感不错，很快找到了地方，办理好了入学手续。

班主任叫李华，教英语，是个戴眼镜、说话斯文的年轻男人。他看过迟意在上一所学校的成绩单，认定她是个很省心的学生，只简单地介绍了学校和年级的情况，踩着早读结束的铃声带她去了教室。

“我叫迟意，”教室外天空湛蓝，女孩自我介绍的声音轻柔，“‘万事遂意’的‘意’。”

班上掌声稀稀拉拉，大家似乎不太欢迎这个新同学。孔明月自信而高傲地坐在第一排中间的位置，那眼神分明是在说：“欢迎来到我的地盘。”

李华解围：“怎么？放个假把心玩野了？”

掌声这才响了点儿，同学们起哄着问迟意是从哪里转来的，问她以前学校里的人是不是都长这么白。

迟意觉得自己像动物园里的猴子，不知所措。她拉了拉书包带，求助于李华："老师，我坐在哪儿？"

原本班级里学生人数是单数，教室后排正对着后门的座位空着。李华很快决定好："你就坐在李恩宇旁边，等期中考试结束会重新排座次。"

迟意望向那个趴在桌上睡觉、对新同学到来没有任何反应的男生，点点头，走到第二列最后一排的空位。

桌上摆着一盆罐头花，迟意看了一眼把头埋在胳膊里睡觉的同桌，动作极轻地把花往两张桌子的缝隙处挪了挪。

第一节课是历史课。任课老师已经站在讲台上，学生们自觉地开始背诵昨天老师教授的知识，以备待会儿的课堂提问。迟意不敢耽搁，拿下书包，拖开椅子坐下，然后便看到了满桌洞的漫画书和零食。

历史老师叫姚尚君，外号"太上老君"。他敲了敲讲台，等教室里安静下来，便开始提问："咱班新来的转学生是哪位？"

迟意站起来，书包没处搁，只得抱在怀里。

"叫迟意是吧？"老师说，"我检查一下你的学习进度。"

因为高二一班是文科重点班，大多数学生争分夺秒地学习，只有少数学生趁机偏头打量她，其中包括孔明月。孔明月知道迟意耽搁了一个多月的课程，所以此刻抱着看热闹的心思。

问题不难，迟意之前预习过，还算顺利地回答出来了。

历史老师没说什么，让她坐下了。孔明月一脸失望地刚转回头，就被历史老师点了名。

老师提问的是这节课要学的知识，孔明月回答得流利，但还是被教育了几句才坐下。

同桌在老师正式讲课时醒来，又在老师结束讲课时睡去，压根没给迟意说话的机会。下课后，迟意抱着无处可放的书包，犹豫这一桌洞的东西该怎么办。

“不好意思啊，我马上就拿走。”坐在靠窗那排中间位置一个扎马尾的女生拨开打闹的同学，越过一排桌椅来到迟意跟前，露出灿烂的笑容，“咱班主任特别事儿，不准学生在班上看漫画。我只有搁在这里，他才不管。”

“没关系。”迟意让开位子，方便她取东西。

江润如收拾东西的动作像她的性格，大大咧咧，没一会儿她便把旁边睡觉的男生吵醒了。

她蹲在桌椅间将胳膊伸进桌洞里掏东西，头顶被人按住后才稍稍仰头，低声埋怨道：“你上课时也不帮我收拾下，害你同桌都没地方搁书包。”

吐嘈完，女生又转头看向迟意，咧嘴笑道：“他记性不好，你别见怪。”

迟意笑笑，表示没关系。

中午放学后，迟意赶在教务处的老师休息前，领了校服和课本，等再去学校食堂时，座位爆满不说，也已经没什么可吃的了。她只好去小卖部买了夹心饼干和牛奶。

“你回来了。”上午那个女孩坐在迟意同桌的座位上，见她回来，热情地打招呼。

迟意抿嘴笑笑，把自己买的一排牛奶分给她一个，一边在心中给江润如和李恩宇的关系下定义，一边拉开椅子。

上午坐的时候迟意便感觉到，这把椅子随时都有散架的危险。她尽管已经放轻了挪椅子的动作，但坐下后往前拖椅子时，凳腿依然晃动了几下。迟意只觉得自己像被一股猛力拽住，不受控地往后栽。

完了。

伴随着强烈的失重感，迟意猝不及防地坐到地面上。她的后背撞到椅子散掉的木架上，很痛。迟意的手指因为一直扶在凳面上，也被挤伤了。

“你没事吧？”江润如被吓了一跳，连忙去扶她。

江润如看见迟意流血的手指，心疼地说：“我陪你去医务室。”

“谢谢。”

“你还不知道我叫什么吧？”在去医务室的路上，江润如为了安抚她，一直在找话题聊天，“我叫江润如，‘天街小雨润如酥’的‘润如’，好听吧？”

“好听。我叫迟意，‘意’是……”

江润如弯起笑眼，眼底亮晶晶的，说：“我知道，‘万事遂意’的‘意’嘛！”

迟意尽量去适应新同学的热情：“谢谢你陪我去医务室。”

江润如性格爽朗：“不用和我客气啦。陈予光也是我的朋友。还有你同桌李恩宇，我们中午经常和陈予光一起吃饭。你初来不适应，有事可以找我们帮忙。别看李恩宇冷冷的不好相处，其实内心……更加不好相处。”江润如开了个玩笑，把自己逗乐了。

迟意跟着笑，说自己和陈予光也只是刚认识，心里却暗暗地想假期在米粉店的那次相遇，班上这两个同学在没在那群谈天说地的少年里。

那他们和那个男生也是认识的吗？

“没事，慢慢大家就熟悉了。”江润如说，“说来也巧，我有个朋友的名字里有‘万事遂意’的‘遂’，你们俩真有缘。”

迟意呼吸一紧，手掌心开始发麻。过了会儿，她听到自己说：“那你朋友的名字一定很好听。”

“何止，人也超帅。”江润如笑笑，“我这个朋友在四中可是风云人物。去年冬天他去国外大学交流学习，穿着黑色风衣站在雪地里拍的照片，几乎全校女生都用它做过手机壁纸。”

迟意也想看看那张照片：“他也是我们年级的吗？”

“嗯。理科的，六班。”

四中每个年级有十个重点班，为给学生创造更好的学习环境，学校把重点班的教室安排在教学楼五层，可容纳年级前四百名的学生。等高二文理分科后，一班到五班是文科重点班，六班到十班是理科重点班。

迟意早晨跟着李华从办公区去教室时，听他提起过，一班的教室和六班的隔着天井正对着。

到了医务室，江润如喊了几声没人应，以为校医没在，便轻车熟路地翻柜子找医药箱："我对这里熟，高一时常来这里拿假条……"

江润如正说着，忽听浅蓝色的隔帘后面响起一阵铃声。她吓了一跳，问："谁在那里？"隔帘被缓缓地拉开，江润如看到人，松了口气，"阿遂？你不是去帮老师出试卷了吗？"

"晚点儿去。"少年刚才在睡觉，这会儿嗓音哑得厉害，额前的头发被压得翘起来一缕，黑白分明的眸子里倦意未消。

迟意原本在看墙上贴着的人体结构图，闻声缓缓地偏头，眸子里渐渐汇聚亮光。

她从少年那缕头发看向惺忪的黑眸，再注意到修长的脖颈上凸起的喉结，和旁边一颗小小的痣，内心惊喜的情绪无处诉说，险些忘记了管理表情。

是他。

江遂随手把躺皱的床单整理好，站在原地跺了跺脚。随着转身的动作，他活动下脖颈，同时双臂扬起，手腕一前一后地端着，往高处轻轻一甩，做了个投篮的动作。

迟意仿佛刚冲刺完八百米，缺氧的大脑一片空白，四周什么声音也听不到，就那么毫不掩饰地盯着他。

仿佛那个无形的篮球画出长长的抛物线后，正中她的眉心。

一瞬间，迟意看到了很多东西。突然绽放的花树、漫天绚烂的烟花，又或者是雾霭流岚、霹雳虹霓……它们惊心动魄、激烈惹眼，带着刻骨铭心的印象，恰好是迟意单调的生活中不存在的事物。

片刻后，少年终于发现这里还有一个人。他腾出一只手放在后颈处按了按，淡淡地望着一动不动地盯着自己的陌生女孩。

迟意意识到自己的反应有些唐突。

好在江润如及时解围："这是一班的新成员，迟意。"随后她又向迟意道："他就是那个你说的名字很好听的男生，江遂。"

迟意望向江润如，听完了这句话，陡然一惊，这话听上去别有深意。

江润如却没理解她为什么担忧，冲她直挤眼，无声地表达："我没骗你吧，他是真的帅。"

迟意要急哭了，哪儿还记得江润如在来的路上说了什么？她看向江遂，试图说点儿什么找补回来，但很快发现后者只平静地点点头，说了句"你好"，径自往外走。

他被众星捧月惯了，对此类现象并不意外。

迟意松了口气，觉得是自己心虚。但转瞬心里变得空落落的，她总归是他生活里的甲乙丙丁，无足轻重。

他走到门口时，江润如追问道："你怎么困成这样？昨晚又跟陈予光看比赛了吗？"

江遂已经拉开了一条门缝，单手抄兜，懒洋洋地扶在门框上憋回去一个哈欠，仰头看了看天，阳光落满肩。

"我妈，"江遂用词能省则省，"昨晚弹了一宿琵琶。"

"……"

江遂摆摆手："走了。"

江润如盯着被带上的门，打算在迟意面前夸江遂几句，谁知一偏头，见迟意摆弄着医药箱里的纱布没有分心。

"你刚来，也难怪。"江润如嘟囔了句。

迟意好半晌才压下内心激动的情绪，慢半拍地抬头，问："什么？"

江润如诧异道："阿遂啊！刚刚那个可是咱四中的风云人物！"

迟意眨眨眼，紧张得心都要跳出嗓子眼了，却还要假装平静地拿着纱布，一双黑黢黢的眼睛里充满天真。

江润如颇为意外地笑了，捏捏她的脸，评价道："你怎么这么可爱？真该让阿遂看看你这副对他完全不感兴趣的模样，杀杀他的锐气。"

迟意朝门口看了一眼，犹豫地问道："他喜欢听琵琶吗？"

“什么啊？”江润如听着迟意这驴唇不对马嘴的问题，相信她的注意力是真的没放在江遂身上，笑道，“他刚刚说隋姐儿弹了一整宿琵琶害他没睡好。就是江阿姨，她觉得被喊阿姨显得老，就让我们喊她隋姐儿。”

江润如想到什么，神情沉浸在某种令人愉悦的幻想中，说道：“如果你有机会听到隋姐儿的琵琶，就知道白居易的《琵琶行》诚不我欺。隋姐儿是余派琵琶第三代传人，琵琶技艺一绝，正应了那句‘如听仙乐耳暂明’。”

迟意想象着江遂母亲和小辈没有距离的形象，说：“生活在艺术家庭，江同学一定多才多艺，难怪受女生欢迎。”

“不算艺术家庭。江叔叔是工程师，和艺术不搭边。隋姐儿的工作是电视台主持人，勉强算是半个文艺工作者。”江润如叹了口气，神情突然变得悲伤，“江叔叔因为工作的特殊性常年不能回家，隋姐儿只有在思念丈夫的时候才会成宿地弹琵琶。”

“那他们的感情一定很好。”迟意嘴上这样说，心里却在想，江遂也和她一样，爸爸不在身边吗？那他会想念爸爸吗？

后来迟意才得知，江遂和自己不一样，他们简直是云泥之别。

江叔叔在单位身兼要职，能力卓群。江阿姨是北央电视台一姐，端庄大方的气质女神。他们十分相爱。而江遂生于这样的家庭，起点是大多数人这辈子也抵达不了的终点。

但他依旧很努力，学习成绩优异似乎只是他最微不足道的优点。当然，迟意意识到这点已经是后来的事了。

这天在医务室，半路出家的“江医生”帮迟意处理完伤口。

离开时，迟意问道：“你和他同姓，是亲戚吗？”

江润如对这个问题见怪不怪，说：“咱们这片区域江姓最多，我和阿遂若是要攀亲戚，往上扒拉几辈可能还真有。”她一顿，想起来，“孔明月和江遂倒是有亲戚关系，你知道吧？”

迟意木讷地消化掉这一消息，能在茫茫人海中揪出自己与江遂的一丝联系令她十分激动，但一想到枢纽是看自己不顺眼的孔明月，便杞人忧天地焦虑如果江遂也从孔明月口中听说了那些片面的话，怕是也会对她有误解。

江润如不知迟意复杂的想法，只当她是被这一消息震惊到，便耸耸肩，补充说："孔阿姨和江叔叔是亲兄妹，是阿遂的亲姑姑。"

因为教务处值班老师不在，江润如带她去学校画室搬了把椅子。回去时，教室里依旧弥漫着一股喧嚣的蓬勃气息，学生们追逐打闹、谈天说地。

迟意一进教室便看到被几个同学簇拥在中间的孔明月。

孔明月在班上很受欢迎，她漂亮、大方，学习好，白皙的鹅蛋脸上有两个酒窝，笑起来显得人畜无害，是不论男生女生都会喜欢的类型，就像电影里那个叫"沈佳宜"的女生一样美好。

孔明月旁边的短发女生最先注意到迟意回来，灿烂的笑容凝固在嘴角，然后一点点消失。短发女生探究地盯着她瞧了一会儿，转头不知和孔明月说了什么，两人一齐看向这边。

"坏掉的椅子丢在那里了。"迟意的注意力被同桌珍稀的发言拽了回来。

她受宠若惊，忙不迭地点头说"谢谢"，随后才注意到同桌看的是江润如。他打量一番，确认江润如无碍后，才礼貌地冲迟意点点头。

江润如双手搭在迟意的肩膀上，将她推回位子上，打趣李恩宇："难得'李狗'这贴心的同桌情啊！"

为高三一轮复习让路，学生在高二便要学完未来两年的课程，时间十分紧张，更何况文科一班是重点班，学习进度更快。迟意耽搁了一个月，每科至少落下了半本书的进度。

先不说高二学年结束时的物化生会考，近在咫尺的期中考试便让迟意十分头痛。

还有不到一个月的时间，她要考整本书的内容……

迟意趁整理桌面的时间，在脑袋里理了一遍自己目前的处境，不断地向自己强调时间的紧迫性，没有时间想其他的。

下午的大课间，迟意去办公室找任课老师要了一份国庆前的月考试卷。经过历史组时，她被端着保温杯站在门口的历史老师叫去了办公室。

“姚老师。”迟意乖巧地喊道。

姚尚君嗯了声，拉开办公椅坐下，说：“我看过你以前的成绩，很优秀。怎么这个时候转学？”他顾着找东西，只是随口一问，拿到夹有票据的那本书后才注意到小姑娘紧张地耷拉着脑袋，“就是随便聊聊，你不用紧张。”

“以前学校的老师很好。”迟意言简意赅地回答，“是家里长辈搬家。”

“喜欢历史吗？”姚尚君见她点头，又说，“北央博物馆在寒假期间会举办参展活动，届时欢迎来自各大中学热爱历史的学生担任志愿者。这是展览的门票，你周末有空的话可以去看一下。高考固然重要，但高中生活仅此一次，你除了学习也要有其他可贵的经历，可以试着多体验体验。”

“谢谢老师，我会去的。”

迟意接过门票，又被老师塞了一沓试卷，才离开办公室。

她抱着试卷回教室，看到李恩宇不在，便问前桌的同学：“咱班历史课代表是谁？”

对方朝教室前面一歪头，刚要说，却想到什么改了口：“暂时没有。”

迟意狐疑着，没想太多，坐在位子上按照小组人数将试卷分好，然后将试卷发下去，同时一遍遍地传递着“老师让在下节课前写完”的任务。

迟意发完试卷回到座位，江润如也跟着过来。她不见外地坐在李恩宇的座位上，一边摆弄着他的铅笔盒，一边小声问迟意：“老师这是选你做课代表了吗？”

迟意说：“姚老师只让我发试卷。”

江润如用手指绞了绞头发，说：“那八九不离十了。”

迟意想到刚刚前桌同学的古怪表情，问：“开学这么久，还没有选课代表吗？”

“是选过的。之前选的孔明月，但后来孔明月被班主任钦定为数学课代表，就去历史老师那里辞了这个课代表。”

“……”

“反正整得挺尴尬的。”江润如说，“孔明月刚向历史老师说的几天，每节历史课都被提问。”

孔明月没公开说自己和迟意的关系，却也渐渐传得整个班级都知道了，消息不断地被添油加醋，早失了真。江润如觉得刚刚的话说得有些不合适，忙找补道：“你别多想。”

迟意没空多想，突然高强度的学习任务让她染上了重感冒。巴掌大的小脸被淡蓝色的医用口罩遮住，发型又是那种发梢到肩膀的学生头，她顶着特别丑的齐刘海，再穿上全校统一的蓝白色校服，安安静静的，存在感特别低。

她每天除了学习便是在去学习的路上。

周五中午，各科课代表陆续传达这周的作业。迟意也按照姚尚君的要求将作业逐条誊抄在黑板上，然后像前几个课代表一样，站在了讲台旁边。

学生因为马上要放学了，正处在一种反常的亢奋中，迟意还有话需要叮嘱，等了好一会儿，也没找到合适的机会。

“历史除了试卷和笔记，这几个需要背诵的……”迟意好不容易扬起的声音再度淹没在嬉笑声中。

“布置作业呢，都记一下啊！”直到孔明月扯着嗓子喊了声，教室里才安静下来。

迟意觉得自己的感冒又严重了，耳朵已经听不见班上的各种声音。她言简意赅地说完，从讲台上下来。

她坐回座位上，翻开一本笔记本，开始照着黑板记其他科目的作业。可能是她的状态太吓人，连向来寡言的李恩宇都停下翻书的动作，担忧地看着她，问：“你还好吧？”

迟意抿嘴笑笑，说没事。但其实她状况不好。

这场重感冒持续了整个周末，迟意周日晚自习请了假，周一去学校时，脸色还是有些惨白。

她是个南方女孩，个子却不矮。升旗仪式的队伍要求男生排在女生身后，迟意和江润如因为个子高挑，站在女生队伍的后面。

陈予光和她俩后面的同学换了位置，恶作剧地扯了下江润如的马尾。

江润如痛呼出声，反手去打人："陈予光你有病吧！来我们班做什么？"

"你们班位置好啊！正对主席台。"陈予光挥手和迟意打了个招呼，继续和江润如拌嘴，"阿遂好不容易答应当升旗手，我站在这里当然是为了看得更清楚。"

升旗手？迟意听到关键字眼，下意识抻着脖子看向正前方。

四中的国旗班久负盛名，迟意还没看到人，学生间便已经爆发出惊呼声。

过了会儿，方队才出现。她一眼便看到站在中间的江遂。

升旗手这身军绿色制服令他多了些庄严的气质，白色腰带掐出劲瘦的窄腰，怀中鲜红色国旗与袖口三条镶黄色横杠相得益彰。

迟意骤然被拉回到看阅兵回放时的慷慨情绪中，再一次想到了便笺上隐秘而伟大的祈愿。

阳光下，少年清秀的面容尽显青春气息，明亮却不刺眼。他阔步走向主席台，身姿挺拔，与平庸相斥。

江润如还在和陈予光拌嘴："阿遂当升旗手和你有什么关系，你暗恋他啊？"

迟意："……"

迟意能看出学校对江遂的喜爱，升旗手是他，国旗下讲话的学生也是他。而从现场效果来看，这份喜爱实至名归。

演讲时，江遂没换衣服，只摘了帽子和白手套，模样较刚才随意了不少。

他走上主席台的这几步路，学生已经不淡定了。

现场这氛围衬得江遂更加镇定从容。

往常鲜有人听的国旗下的演讲，今天难得拥有了一批听众。人与人相处最基本的问题，却也是最难的问题，被江遂在这个普通得不能再普通的清晨，抽丝剥茧，徐徐展开。

陈予光说原本老师给的题目是“拒绝校园暴力”，但江遂觉得这个概念对当下正处其中的学生而言，太宽泛，便改成了这个。

正确认识别人，正确认识自己，便很大限度地从根源上规避了人与人之间的矛盾。

他带着一身正派温良之气，不卑不亢，在演讲结尾说道：“清代学者金缨在《格言联璧》中曾说‘静坐常思己过，闲谈莫论人非’，你在论断别人时，别人也在论断你。我想：衷心祝福每一位同学可以多些真诚、多读点儿书，不要让自己的‘人设’被轻易暴露的短见与狭隘定义。”

“说得好！”陈予光带头鼓掌。

迟意也跟着鼓掌，随后掌声经久不绝。

可能是这场演讲的功劳，迟意觉得班上同学对她热情了不少。

在十六七岁的年纪，不怀恶意的言行会带来难以预料的伤害，却也可以轻易地被谅解。

迟意在宜佳禾絮叨着“你在迟临行面前机灵点儿，让他知道你才是他最优秀的女儿”的声音中，短暂地和孔明月和解了。

晚上，迟意洗完澡，擦干头发坐到书桌前，用家里的台式电脑登录贴吧。今天的演讲让江遂的受欢迎程度又升了几级，学校论坛里新冒出的帖子大都是在讨论他。

迟意偷偷将少年穿着国旗班制服的照片保存下来，传到手机里，和那天在米粉店拍的照片放在同一个文件夹里。

做完这一切后，迟意故作镇定地用手掌呼呼地扇着脸上的热风，拿起木梳胡乱梳着柔顺的细发。过了会儿，她点开自己的贴吧，发布了一个帖子，命名为“我炙热的少年”。

时间：二〇一二年十月十五日。

四中提倡学生住宿，也有少数离家近的学生选择走读。除了必须上晚自习，走读生可以不参加每天早上五点三十分的早自习和早操，只要早上八点坐在教室上早读课就可以。

但迟意作为走读生，这天早早地来了学校，一方面是争分夺秒地追赶班级进度，一方面是医生说运动有利于提高身体免疫力。她戴着口罩坐在最后一排，背诵的声音也小，直到早操铃响起，班上的同学陆续动身往教室外走，才注意到她。

迟意平时在班里和江润如走得近，两人一起去超市、书店，下午江润如不和李恩宇他们去校外吃饭的话，便会和迟意结伴。

但其他同学和迟意不太熟悉，一起往操场走时，只和善地和她打了下招呼。

跑步的方队五人一排，女生刚好凑了两排。迟意突然加进来，被临时安排在第三排最左边的位置。右边四个是男生，她尤为瞩目。

一圈四百米，一共跑两圈。往常这时候教导主任会叉腰站在操场中央，大多数班主任也在陪跑，前后两个方队间隔一两米的距离，跑步的速度控制得正合适。

但今天教导主任给所有班主任开紧急会议，没了老师监控的操场，学生们就跟撒欢的羊群没区别，根本不用狼追，蹿得那叫一个快。

还有半圈的时候，领跑的班级像被燎了尾巴似的，突然提速，后面的班级追赶得叫苦不迭。

“六班这些同学，为了口吃的真是不要命。”

迟意运动细胞不好，八百米跑到后面两颊绯红，气喘吁吁，感觉自己浑身在冒汗。听到身侧男生的话，她抬头看了一眼。恰好到了跑道的拐弯处，她这一抬头，便看到前面队伍的最后一排。

准确地说是站在最后一排最左侧的江遂。

他竟然也在。

风灌满少年的外套，漫过地平线的朝阳旖旎四泄。他跳跃的身影被拉得老长，浮光掠影地擦过迟意目之所及，却无比清晰地被铭记。

迟意忘记了灌铅般迈不动的双腿，忘记了出门时哈欠连天的困倦，忘记了骑到半路电瓶车意外漏气的轮胎，忘记了热情话多到令她不能专注地背单词的出租车司机。

江遂仿佛那颗吃苦药后被奖励的糖果，成了她日后早起的唯一动力。

“终于跑完了。”周围不知谁说了一声，队伍自觉地解散。

迟意只是稍微停了一步，视野里江遂的身影便被从四面八方拥来的人流冲得寻不见了。

越来越多的班级跑出操场，学生们步子或加快或放慢，三三两两地往餐厅的方向走去。

迟意只觉得双腿发软，嗓子干得直冒烟。她被热浪与聒噪裹挟着，心里想的却是明天还要来跑操。

江润如和李恩宇进教室时，见到迟意已经坐在位子上看书了。

她一进门就坐到迟意前桌，面朝后，书包也不拿下来，任由书包带子滑到臂弯处摇摇欲坠地挂着，喋喋不休地开始说昨晚看的小说。

迟意安静地听她说着，把在学校餐厅买的烧卖分给她。

“二食堂的吗？”江润如尝了口，立马弯起眼睛，声音含糊，“果然名不虚传。”

四中为了荤素搭配，各大档口的餐品琳琅满目，拍一部“舌尖上的四中”也不为过。像只有早餐时段供应的烧卖，本就受欢迎，走读生很难吃到。

江润如问道：“你也住校吗？”

迟意：“也？你要住校吗？”

江润如摆手：“不是我，是阿遂前几天办了住校手续。”

“他家住得很远吗？”

“也不是。是方便中午有个地方睡午觉。”江润如挠挠头，问，“我还不知道你住在哪里呢，周末的时候我们去逛街。”

迟意低眉，安静地翻书，猜想陈予光没告诉他们她家租了他奶奶的房子的事情：“我没有住校，现在住在苏麻离青胡同。”

“好巧！”江润如一惊一乍，被一旁的李恩宇瞪了眼，立马做了个鬼脸，“我们几个小时候也住在那边，不过后来搬走了，但经常去那里玩。既然你也住在附近，周末我们见面就很方便了。”

想到周末，江润如十分开心，又咬了口烧卖，再次夸赞道：“之前就听陈予光说这个有多好吃多好吃，今天终于吃到了。”

李恩宇无语地瞥了她一眼：“你就听他吹，他早上不迟到就不错了，哪能有空吃二食堂的早饭？”

江润如一吃到好吃的东西就喜欢摇头晃脑：“他吃阿遂剩下的啊！”

迟意安静地听着江润如和李恩宇拌嘴，莞尔道：“你喜欢的话我明天多买几个留给你。”

“赞！”

时间一过七点，教室里渐渐传来琅琅的读书声。

迟意知道自己落下的课程多，经过预习勉强应付课堂提问，但知识理解得不全面。她还是借了班上同学的笔记重新梳理了一遍知识点。毕竟高考百分之八十的题目考查的是基础知识，这一遍学习尤为重要。

早晨吃了感冒药的缘故，她这会儿有些犯困，早读一结束，便趴在桌子上一边在大脑里过刚刚的知识点，一边打算趁课间睡一会儿，忽听前面有同学喊：“迟意，有人找。”

现在还没开始上课，教室里嘈杂热闹。有女生激动地说着“江遂”的名字，一个劲儿地往门口瞅。迟意顶着无数道视线，茫然地走到了门口。

找她的人是江遂。

学校蓝白色的校服在他身上格外好看，因为刚入秋，他在学校统一的秋冬外套里还穿着夏季短袖，领口的纽扣系得一丝不苟。

“迟意吗？李老师让你去办公室。”四周的杂音潮水般退去，迟意耳畔落针可闻，只余江遂的声音清晰明朗。

听迟意低声说了“谢谢”，江遂微一点头，越过她离开了。

迟意刚从要睡没睡的状态中醒来，遭受刺激，大脑有些蒙，站在原地愣了好几秒。

江遂走到后门的位置时，被孔明月喊了一声。两人不知道说了什么，孔明月甜美的撒娇声遥遥地传来。

迟意收回视线，抬步往办公室的方向走。

每个班级的走廊栏杆前，总是三三两两地聚着学生。他们青涩、美好，小心翼翼的言行间藏着不足为人道的悸动。

迟意不过是芸芸高中生中的一员。

迟意站在办公室门前，清除杂念，敲了敲门，道："报告。"

迟意没想到宜佳禾在这里。毕竟在以前的学校，宜佳禾总有各种理由缺席她的家长会。

连以前的班主任林向荣都说："你母亲还挺善良，生怕来了会让其他家长自卑。一般都是成绩不好的学生家长不愿来，像你这种每回考试成绩都名列前茅的学生，两个家长该争抢着来受人羡慕的。"

"进来。"李华和宜佳禾聊得很愉快，看上去脸色红润，喜上眉梢。

倒是宜佳禾紧张兮兮地把迟意拽到跟前打量一番，问："你的脸怎么这么红？是感冒还没好吗？"

"没。"迟意心虚地捂住脸，企图用手背给自己降降温，澄清道，"我刚刚跑过来的，已经不烧了。"

宜佳禾戳了戳她的额头，说："你这个孩子太爱学习了，生怕会耽误学业。"

李华也看向她说："刚转学怕请假耽误进度的态度是好的，老师很欣慰，但身体不舒服还是要休息的。"

"知道了，谢谢李老师。"

李华点点头，又说："听说你们历史老师有意推荐你去博物馆当志愿者。这个活动挺正规，对培养学生兴趣和扩展知识面都很不错。你感兴趣的话可以去试试。"

迟意打小对老师就有一种敬畏感，动作规规矩矩的，说话声不大：

“我周末因为感冒，还没来得及去看展览。”

李华误会是家长怕耽误学生学业，从中阻拦，便转头做宜佳禾的工作：“迟妈妈，我刚刚说的这个志愿者活动是双语服务，很锻炼学生的英语口语和社交能力。去年我带高一时，也选拔了不少像迟意这种成绩优秀的学生。”

李华随手拿起还没来得及收起来的宣传页和报名单，递给她：“刚刚你来办公室见到的那个男生就是来问我要报名表的，他叫江遂，是我们学校理科班的年级第一。江同学每年寒暑假都去博物馆担任志愿者。”

迟意在班主任提到江遂的瞬间，骤然抬起了头。

宜佳禾接过彩页看了看，配合地接话：“是吗？”注意到女儿的反应，她还以为迟意感兴趣，便说，“迟意是挺喜欢历史的。而且我一直想送她出国念书，所以在她小时候就请专业老师培养她的英语口语。她自身能力肯定没问题。”

夸完女儿，宜佳禾看向迟意。

不等宜佳禾开口，迟意迫不及待地道：“我想去。”

李华担心宜佳禾看轻这次活动，又说：“周末迟妈妈陪迟意去展览看看再决定也行，报名十一月截止，可以慢慢考虑。”

宜佳禾问迟意：“需要先看展览再定吗？”

“不用。”迟意抿嘴，懊悔自己反应激烈，情绪暴露得太明显。

好在迟意打小独立，宜佳禾并没多想。李华又简单地说了说四中和班上的情况，才让宜佳禾和迟意离开。

迟意也不知道是宜佳禾这回主动来见老师的缘故，还是刚刚把她从教室喊出来的人是江遂，又或者是有机会和江遂共事，而且用到的还是自己擅长且热爱的历史，总之从办公室出来时，她心情十分愉快，有一种大病初愈的畅快感。

出教学楼的路上，迟意听到宜佳禾教训道：“要不是我在家看到你吃剩下的退烧药，还不知道你发烧了。”

迟意愧疚地说：“我不想让你担心。”

宜佳禾又说：“别的家长来学校都得给孩子带点儿水果、便当什么的，我也没准备。晚自习放学后你早点儿回来，我带你去吃小龙虾。”

“宜女士，我感冒刚好。”迟意不满地控诉道。

宜佳禾哪里会听她的，自顾自地说：“没有什么是一顿小龙虾解决不了的，如果有，那就两顿。”

说话间两人走出教学楼，景观大道视野开阔，对面是学校的生活超市和书店，宜佳禾张望着感慨道：“真好啊，等有空你带妈妈逛逛校园，毕业太久，看着高中男生女生青涩稚嫩的脸庞就觉得自己也年轻了不少。”

迟意随宜佳禾张望的动作偏头，在书店门口看到了一高一瘦两道出挑的身影。男生手里拿着两本花花绿绿的练习册，翻动着不知说了什么。女生将手背在身后，边听边很受用地点头。

宜佳禾啧了声，评价道：“真美好啊！现在学生颜值挺高。”

迟意不忍开口：“她就是孔明月。”

宜佳禾沉默数秒，目光轻飘飘地落向旁边，试图扯开话题：“旁边的男生也是你们班的吗？”

“是理科班的，年级第一，叫江遂。”

宜佳禾自动失忆，不提方才的尴尬，挑挑眉，颇为赞赏地道：“哟！学霸长这么好看。”

迟意回教室没多久，孔明月抱着一本书蹦跳着从后门进来。迟意低头圈着试卷的考点，听到孔明月和小姐妹在聊天。

“你去书店了呀？”

“我英文有点儿偏科，江遂说这套题适合我。”

“真羡慕你有这么优秀的表哥。”女生亲昵地碰碰孔明月的肩膀，说，“江遂的英语经常拿满分，有什么经验能和我们分享一下吗？”

孔明月说：“好像是他爱看美剧、NBA（美国职业篮球联赛）的原因吧。”

“美剧哪有日漫好看？还有篮球……我可是一点儿也不感冒。”不知不觉间话题聊到别处，“咱这个学期快要举行篮球赛了，你表哥上不上场？”

“应该会参加吧。去年他在篮球比赛上打高年级都差点儿赢了。”

女生夸张地惊呼几声，转头去问体育委员篮球赛的时间。

理科六班，江遂回到座位。陈予光伸了个懒腰，身子后仰靠在墙上，椅子两条腿着地，晃啊晃，仰头看了一眼黑板旁的挂钟，说：“你怎么去了这么久？”

江遂：“帮老师去一班找了个同学。”

陈予光哦了声，随便捡了支笔转起来，说：“梁哥说周末在店里过生日，你记得准备礼物。”

“好。”

江遂从陈予光手里把自己的那支笔抽出来，将夹在课外书扉页的报名表拿出来展开，压平折痕。

陈予光探头看看，问：“博物馆的志愿者？”

江遂嗯了声，粗略地扫了一眼要填写的内容，和往年的差不多。

“每年假期你都不跟我们一起活动，搞得像我们孤立你似的。”陈予光拿了本书顶在指尖转，懒洋洋地偏头看向走廊。

飞速转动的书本将照进室内的大好阳光切割出斑驳的光影，一缕一缕地扫过江遂少年人独有的清俊脸庞上。

姓名那栏只填了个三点水的偏旁，悬在报名单上的笔尖停住，江遂不知想到什么，将笔帽盖上。

陈予光将视线落向天井对面的班级，操着一口滑不溜秋的京腔，问：“你刚刚去一班见到李恩宇的同桌了吗？是不是长得特别白？”

江遂把没填完的报名表收到桌洞里，用浸过冰水般的嗓音冷淡地道：“没印象。”

陈予光一直念叨到晚自习，课间时甚至趴在教室前面的栏杆上，把双手卷成望远镜的样式远眺，试图给江遂指一下迟意长什么样子。

直到上课铃声响起他才回教室。

重点班的晚自习被任课老师瓜分，安排了答疑或者考试，这节是语文课。

语文老师郑有德见班级学习氛围不浓，趁讲完一篇阅读理解的工夫，给学生做起了动员。

"'昔年曾见此湖图，不信人间有此湖。今日打从湖上过，画工还欠费功夫！'终有一天，你也能拍着这本书说，编者还欠费功夫。"陈予光在语文课本上面铺开化学试题，重复了一遍老师刚刚的话，点评，"郑副主任这句话说得真好。"

郑有德是教导处副主任，忘了是哪一届学生带头这样称呼，久而久之大家叫惯了。

江遂也没听课，写物理试卷的同时，回道："这是物理课本选修3–1的编者语。"

"不是吧？这个你都记着？"陈予光狐疑地道，随手抽出物理书翻得哗啦响，确定江遂说得没错。

江遂微微一笑，深藏功与名，说："看过一遍。"

看过一遍就能记住，而且谁没事看编者语啊？反正陈予光看到大段文字就犯密集恐惧症。

陈予光冲他比了个大拇指，过了会儿，才想到连选修课本上的内容都能记得清楚的人，怎么会记不得身边的同学呢？更何况每天吃饭时自己和江润如没少聊起这个转校生。

穷讲究的绅士行为。

江遂优秀自持，从不参与朋友间的八卦闲聊，更不在背后讨论女生。

想到隋姐儿"尊重女性，不准他评头论足"的教育理念，陈予光便觉得江遂被培养成这样并不奇怪了。

迟意下了晚自习到家已经十点了，窗外黑漆漆的，月光穿过西府海棠的花枝，积水空明，藻荇交横。迟意不仅没闻着小龙虾的味，连口口声声说着担心她的宜佳禾也没见着。

自打和迟临行离婚后，宜佳禾仿佛重回少女时代，敢爱敢恨，换男朋友的次数比季节变得都快，且换的男朋友一个比一个不靠谱。

迟意还处在被家长监管的年纪，说话没有分量。只要她妈开心，她就没意见。

迟意站在门口翻包找钥匙时，主屋门口传来声响。陈奶奶端着个面盆出来泼水，花白的头发自然卷曲，在月光下泛着银色，慈祥的眼睛总是笑眯眯的，不难看出陈奶奶年轻时是个美人。

“陈奶奶，您还没休息？”

陈奶奶看见她，意外地道：“你妈早出门去接你了，你没迎上她？”

“没。我妈可能去忙别的事情了。”

陈奶奶哟了声，那副表情分明是在说这当父母的心真大。见迟意还在看着自己，也不好点评太多，她又问：“我看你妈不常在家，她做什么工作的？”

“我妈以前是护士，不过生完我后身体不太好，就没再回医院工作。她平时写些影视剧本，工作不定时，忙起来常见不到人。”

陈奶奶的表情又古怪了些，她问：“那你爸爸呢？刚搬来那天来的那个男人是你爸爸？”

“我爸也忙，不常过来。”迟意抿起嘴角，让自己的语气听上去轻松些，“奶奶，夜里天黑，您走慢点儿，当心脚下。”

“好！”

结束了对话，迟意如释重负地回到屋里，宜佳禾走时电视也没关，荧蓝色的屏幕光在漆黑的房间里显得有些阴森，电视购物主持人热情的背景音音量不大。

迟意开了灯，过去把电视关了，然后把茶几上吃剩的半碗米粉收拾了。

她心里其实挺佩服宜佳禾的，能把“不靠谱”践行得如此心安理得是一桩很不容易的事情。

她做完这一切才想起来把书包放下，然后躺在沙发上，拿出手机看了一眼短信，确认没有宜佳禾的。

像迟意不过问宜佳禾做什么去了一样，宜佳禾也很少过问迟意的事。

迟意靠在沙发上休憩了会儿，肚子咕噜的叫声令她从白天宜佳禾去学校见班主任的偏爱中回神。

她把书包放回房间，换下校服，决定煮个夜宵吃。她翻箱倒柜了好一会儿，发现家里的存货都被宜佳禾吃光了。

她没办法，只好拿上钥匙出门。

夜晚的苏麻离青胡同非常漂亮，月光倾洒在石板路上，探出墙头的花枝指引着迟意走去巷口。米粉店还开着，梁在宥在看新闻，女主持人播报时势新闻的播音腔在空荡的店里格外清晰。迟意很久后才知道荧幕里从容端庄的主持人正是江遂的母亲。

梁在宥听到门口的声音，抬头和她打招呼："来了。"

迟意点点头，注意到店里没有客人，桌面和柜台被清理干净，后厨也没有开火的声音。她有些不确定地问："梁叔，现在还能点东西吗？"

梁在宥冲她笑笑，说："还能做。你吃什么？"

迟意点了碗牛肉粉："多放香菜，不要葱，加卤蛋和豆腐干。"

梁在宥应声，开了火先煮粉，趁这个时候，和迟意聊起来："听予光说，你也是四中的？"

迟意站在门口盯着杂物匣里卷了边的便笺和长短不一的铅笔，道："我念文科。"

"这是刚下晚自习？"

"嗯。"迟意说，"我在南方待惯了，想家时就想来你这里吃粉。"

"随时欢迎。"

没一会儿梁在宥关了火，按迟意的要求配菜。店门处传来声响，又有客人来了。

"欢迎光临，要吃……"梁在宥端着碗出来，见到来人愣了下，"阿遂？"

迟意出门时带了本薄薄的课外书，挑好座位等餐时随手翻看着，闻声条件反射地抬头，看到穿着校服的男生推门进来。

他单手抄兜，另一只手拿着卷好的雨伞和一个塑料袋。迟意的目光缓缓地抬高，她顺着白色的耳机线，瞥见男生利落窄薄的肩线和凸起的喉结。

江遂并没留意店里有什么人，把两盒膏药放到柜台上后对梁在宥说：“我听阿姨说你老毛病又犯了，这是我爸带回来的膏药，你之前说效果好的那个。家里还剩两盒，你先用着。我回头让我爸再寄点儿。”

梁在宥看了一眼他手里的东西，往柜台一扬下巴：“搁这里吧。下次给我发个短信，我溜达着就去取了。从童话里到这里得二十分钟，你大晚上过来不安全。”

“我顺路去电视台接我妈。”江遂把膏药放下，随手去接梁在宥端着的托盘，说，“我来吧。你先去里面把膏药贴上。”

江遂侧身，正要问是哪桌客人点的，便发现这个问题很多余。店里唯一的客人迟意在江遂侧身瞥来的瞬间，及时地避开目光。

迟意呆滞而安静地盯着书页的某一处，直到江遂红白色的运动鞋出现在余光里。伴随着怦怦的心跳声，她只觉得江遂的脚步声格外明显。

江遂把东西搁到桌上时，迟意缓缓地抬眸。

“你的餐，慢用。”

“谢谢。”

江遂看过来，视线明显停顿了一下，眼神中渐渐多了些探究的意味。

他是记得自己吗？算起来两人已经正面接触过两次，在医务室里江润如介绍过她的名字，在教室外的走廊上他喊过她的名字。

他应该是有印象的吧？

只是不等迟意想好嘴角扬出何种弧度笑一笑打个招呼，江遂便已转身。

柜台后面的电视里已经换了条新闻，主持人正连线采访诺贝尔文学奖的获得者。江遂站在迟意斜前方的位置，直视电视屏幕，姿态随意而轻松，神色却专注。

梁在宥贴完膏药，活动着肩膀出来，见江遂在看新闻，朝屏幕瞥了一眼，想起来说：“很遗憾，阿遂你喜欢的那位作家又一年陪跑。”

又一年陪跑？

迟意也在关注每一届的诺贝尔文学奖，自然猜到梁在宥说的作家是村上春树。

她下意识地低头，看看自己手里的这本《当我谈跑步时我谈些什么》，才知道他方才盯着自己的原因。他根本不是在看她，而是在看她看的书。

他很喜欢这个作者吗？

对于梁老板的话，江遂只是笑笑，抬腿往柜台那里走，同时出声道：“不管别人怎么说，我都认为自己的感受才是正确的。无论别人怎么看，我绝不打乱自己的节奏。喜欢的事自然可以坚持，不喜欢怎么也长久不了。”

迟意陡然一惊，微不可察地抿起嘴角，露出浅浅的微笑，低头看向自己刚刚合上放到一旁的书。

江遂说的正是她方才看到的那段话。

意识到这一点，迟意脸颊微微发热，热汤的水汽浸着女孩充满惊喜之意的黑色双眸。她正为自己与他有不足为外人道的默契而窃喜。

她相信，村上春树一定能摘得诺贝尔文学奖的桂冠。她更坚信，自己还能再读村上春树的书很多很多年。

梁在宥问：“隋姐儿几点结束？”

江遂扯了张纸巾擦手，抬起手腕看了一眼时间，说：“还来得及。”

“我给你煮碗面，你先吃着，吃完我骑摩托车送你过去。”梁在宥挽了挽袖子，要去戴围裙。

江遂朝门口一抬下巴，说：“不了。还有它呢。”

迟意闻言跟着朝门口偏头，隐约看到门口灯牌的铁架上系着根绳，绳子那头拴着的大型犬老实地趴在台阶下等主人。

梁在宥挑眉，问：“你走着去接？然后接到人再走回来？”

江遂面不改色地说：“我妈开车了。”

梁在宥被这个回答逗笑了，如果办事者不是江遂，他一定会怀疑这个人脑子坏掉了。人家开车上班呢，还用你接？但一想到隋姐儿矫情浪漫的秉性，他又觉得江遂的这种行为不算什么。

“行，那我就不留你了。路上注意安全。”

江遂嗯了声，出去了。

古代牧羊犬见主人出来，爬起来乖乖地摇尾巴。

“顶流，走了。”

它叫顶流吗？迟意看到江遂把拴在架子上的狗绳解开，牵着顶流走远。

月光洒在少年清瘦的肩上，街巷灯火阑珊。

须知少日拏云志，曾许人间第一流。

迟意胡思乱想，顶流的名字是出自古人的这句诗吗？

周五那节历史课下课时，姚尚君以一种非常随意的语气向班上同学说了迟意是课代表的事情。不少同学扭头看迟意，其中包括孔明月。

迟意佯装没有看到孔明月眼底的鄙夷，跟着历史老师去办公室数试卷。

“老师选你做课代表，一是因为你成绩优秀，老师能看出你对这门学科的喜欢；二是做课代表能和同学互动，更快地融入集体。”姚尚君说，“这段时间你做得很好，老师相信你一定能胜任。”

随后迟意又被问起周末去博物馆的感受。

迟意抱歉地说自己因为身体不好没去成，但已经决定去参加志愿者竞选。

姚尚君冲她投来赞许的目光，又叮嘱了几句。

“老师，咱年级有当过志愿者的同学吗？”数好试卷，临走前，迟意小心翼翼地问，“我想向他们了解一下情况。”

“往年的话，女生有文科的齐悦，男生的话祝从容也是文科的。”姚尚君说着，在桌上的档案夹里翻找着什么。

迟意的心怦怦直跳，她听见姚尚君继续说：“哦，对，还有理科六班的江遂。”

姚尚君把找到的表格推过来，示意她看：“这上面有他们的联系方式，你可以记一下。”

“好。”

/ 第二章 /

四中双子星

这天放学后，迟意和江润如去校外的书店买小说。

“我让老板帮我留了两本沈章叙老师的签名书。”江润如兴奋地介绍着喜欢的作者及其处女作《牵丝风华戏》中害她看一遍哭一遍的经典情节，“我打算一本留作收藏，一本随时翻阅。”

迟意安静地听着，到书店后没忍住在满书架的言情小说中找村上春树的书。

买完书，两人又去店里喝奶茶。江润如缠着迟意周末一起去梁叔的米粉店写作业。

从几次当堂测验的结果中能看出来，迟意的成绩不错。江润如对学习好的女生特别佩服，因此和她更亲近了。

“对了，迟意，你学习这么好，为什么转学啊？”

迟意咬着奶茶吸管抬眸，看到江润如正低头玩手机，方才的问题只是随口一问。

她被满口的冰碴儿激得牙齿打战，过了会儿才说：“我妈工作换到了北央，而且我的户籍在北央。”

江润如这才想到迟意和孔明月的联系，从手机上移开视线，愧疚地道："抱歉啊，我不是故意问这个的。"

迟意微笑着摇摇头。

迟意回到家后发现宜佳禾不在，松了口气，给自己切了个果盘端回房间写作业。

她从书包里往外拿课本时，写着江遂 QQ（腾讯即时聊天工具）号的字条掉了出来。

迟意咬着块哈密瓜，犹豫地拿出手机。迟意，迟疑，她觉得自己顶着这个名字，注定了在任何事情上都磨磨叽叽的。

她一遍遍地将八位数的账号输入、删除、再输入，想到梁叔的米粉店，想到午后的医务室，想到自己每天都穿着和江遂一模一样的校服，想到村上春树……

直到想起江润如问她为什么转学，迟意冷不防地咬到了舌头。

绵长的刺痛害她眼眶泛红，泪珠眼看就要滚出来了。

迟意手忙脚乱地对着镜子确认自己的舌头没有被咬破后，才发现方才不知怎么碰到了迟迟没有按下的发送好友申请的按钮。

迟意惶恐地想要弥补，却焦头烂额地找不到方法。

因为这个意外操作，迟意心惊胆战，仿佛犯了弥天大罪。

她怕江遂通过申请，又害怕江遂不通过申请，于是狠了狠心把手机电池抠出来，彻底不碰手机了。

耳机里五月天在唱："知足的快乐叫我忍受心痛。"

一直到宜佳禾回来，迟意写试卷之余，仍三心二意地在想江遂有没有通过她的好友申请。

"睡了吗？"宜佳禾在门外问道。

"没。"外面丁零当啷的，她就算睡着了也被吵醒了。

"我买了小龙虾，吃完了再睡。"

宜佳禾也不管迟意想不想吃，便把她喊了出去。迟意坐在沙发上，奶白色的泡泡袖睡衣衬得她格外娇小可人。

迟意等到了迟来的小龙虾以及迟到的话题。

“明天周末，不用上学，你有什么安排？”宜佳禾问，“吃完小龙虾妈妈带你去清吧听歌怎么样？”

“我明天要写作业。马上就要期中考试了，我还没跟上班里的学习进度。”

“也行。那等你考完试，妈妈带你去北央周边玩两天。”宜佳禾瞧着迟意慢吞吞的剥虾动作，动手剥了两只，将虾肉递到迟意的嘴边，随口一问，“你最近还和林向荣联系吗？”

蒜蓉小龙虾很入味。迟意猛地被塞了一嘴虾肉，一时语塞，抬着头，呆呆地望向宜佳禾。

宜佳禾说完便没再看她。

迟意腮帮子一鼓一鼓的，小仓鼠似的。她将虾肉咀嚼完，也想明白了一件事情，说：“你去学校见我的班主任，不全是因为担心我感冒，还是害怕我又遇见一个林老师吧？”

“我只是担心……”

迟意飞快地将一次性手套摘掉，丢到餐盒旁。宜佳禾抬眼瞥她，手上剥虾的动作没停。

迟意没发过脾气，也不喜欢歇斯底里的样子。她将愤懑发泄在丢一次性手套的动作上，但手套太轻，几乎没起到任何发泄的作用。

她在沙发上静坐了片刻，缓缓起身，道：“我有点儿困，先去睡了。你也早点儿休息。”

迟意回到房间，看向别在干花布袋上的写着自己名字的明德中学高二一班的学生牌，因为宜佳禾对林向荣的误解而感到莫名烦躁。

迟意刷了牙，睡觉前从枕头下拿出机身和电池分离的手机组装好，早已经忘记几个钟头前，自己捧着手机胆小鬼似的关机的原因了。

她缩在关了灯的房间里，点进了林向荣的 QQ 空间。

不做老师后，林向荣彻底解放了天性。他每天的动态不再是拗口晦涩的英文诗和电影台词，也不再是昂贵的兰花和拿手菜的照片。他无所顾忌地分享着乐队“燃炸”的演出照，分享着夜色下有啤酒和烧烤的聚餐的照片。

他分享的音乐也从阳春白雪的古典乐，变成了野蛮放肆、颇具摇滚风格的歌曲。

空间动态能转发，也能看到动态下所有的互动内容。

迟意在林向荣最新分享的那支曲子下面看到有人问“新写的歌？”，以及林向荣的回复“只是demo（录音样带）。词是一个学生写的，唱给她留个纪念”。

迟意没有点赞任何一条动态，而且点进访客记录删除了自己的痕迹。虽然她知道林向荣压根不会留意这些。

她下载了林向荣最新分享的demo，从床头柜里翻出耳机戴好。

锁屏后将手机放在枕头边，迟意单曲循环着这首歌渐渐入睡。

凌晨时，她梦到江遂通过了自己的好友申请，还主动问她在听什么歌。

迟意说：“笨蛋。”

江遂面色大变，十分生气地问她：“你骂我做什么？”

迟意还没来得及解释“歌名就叫这个”便急醒了。

外面下雨了。北方的雨下得激烈，雨滴响亮地拍在忘记关的玻璃窗上，交织成一首悦耳的变奏曲。

迟意趿拉着拖鞋去关窗户，然后把被雨水打湿的装干花的布袋取下来，搁到了卫生间的架子上。

折腾完再坐回床上，迟意想到已经模糊的梦，用被子捂着脸痴痴地乐出声。他竟然以为她在骂他，不过这个歌名真的好像在骂人啊！

迟意笑够了，才想起来去看自己发出的好友申请。

江遂并没有通过申请。

迟意已经很知足了——至少他光临了她的梦，她很欢迎。

周二晚自习，学校组织学生在教室里观看主题为联合国的纪录片。纪录片分三个板块，总时长大概两个小时，中英双语，适合高中生了解联合国的历史与发展，以及中国与联合国关系的历史演变。

观看活动结束后班长传达老师布置的任务，要求每个人写一篇八百字的观后感，于周五放学前上交。

学生们叫苦连天，唯独迟意平静地在笔记本上整理着纪录片的纲要，并且简单记下几个表达自己看法的关键词。

似乎在学习上，她永远都是那么让人省心。

也似乎只有在学习上，她才能有这样的从容和自信。

十一月，志愿者报名截止。迟意很轻松地通过了历史馆的面试，离开前仔细地在走廊等候的人群中寻找着，却没见到江遂的身影。

面试有三天，迟意不确定江遂哪一天来，甚至不确定江遂今年有没有报名。她更不敢去问江润如江遂拿了申请表后报名了没有，生怕暴露自己不可告人的小心思。

很快就期中考试了，迟意无暇顾虑其他，更专注地投入到了书海中。

考试前一天的下午，江润如亲昵地挽着迟意的胳膊，拜托她陪自己去超市买涂答题卡的铅笔。

超市文具区，江润如选好了笔，转眼被旁边花花绿绿的笔记本吸引，已经忘记迟意“早点儿回去，我还有几个知识点没背好”的叮嘱。

“迟意，这两个哪个好看？”

迟意看着江润如一左一右地拿着的两个笔记本，指了指左边的，忽地听到有人清脆地喊了声“江遂”，立马转过头，朝后看了一眼。

江遂手里拿着个魔方，修长白皙的手指灵活地动着，轻松地还原完毕后，把东西放回柜台，单手抄着兜，另一只手扶在后颈按了按，懒洋洋地道：“来了。”

江润如疑惑地嗯了声，身子歪了歪，探头去看站在收银台附近的江遂，嘟囔着：“我还以为阿遂回家了呢。”

在迟意愣神时，江润如审视了好一会儿两个笔记本，嘟囔了一句“算了，都买了吧”，随后看向迟意，说：“我们走吧。”

迟意回神，应了声好。

离开超市往教学楼走的路上，迟意问：“你刚刚说你要回家？”

江润如茫然地眨眨眼，说：“啊？我没说啊！”顿了一下，她明白过来，“我刚刚说阿遂，我还以为他回家了。”

“他生病了吗？”迟意听到自己如是发问。

江润如回答：“没。是隋姐儿有点儿事，阿遂不放心，想回去陪着。”

江润如遮掩着没说什么事，迟意压下担忧，没再追问。

这次考试的考场和座位是根据月考成绩排的，迟意因为入学迟了缺了考，被分到了最后一个考场。

她性格偏内向，直到第一天考试结束，同考场的学生才知道坐在第一排角落的那个女孩是来自文科重点班的转校生。

而状况是第二天发生的。

最后一科考英语，迟意写完题目后仔细检查了一遍，检查完毕时距离收卷还有十五分钟。她将文具收好，端正坐姿，安静地发呆。

迟意生长在江南，皮肤白得发光。她把外套的拉链拉到顶，把尖尖的下巴藏起来，整个人乖巧又沉默。

老师将试卷收齐、封好，一切妥当后便示意同学们可以离开了。

在迟意去教室后排的储物格里拿自己的单词本时，坐在她后面的小胖子看向她，欲言又止，一副十分为难的样子。

迟意拿了东西走出教室，一路上不少同学偏头看她。小胖子懊悔地一攥拳，抱着自己的东西追出去。

“同学！你等等！”

迟意不知道他是在喊自己，所以依旧不紧不慢地往外走，但她已经察觉到四周的同学路过她时默契而奇怪地窃窃私语着。

怎么了？

迟意低头打量自己一番，思索无果，下意识地加快了脚步。

但有人比她更快。那人迈开长腿走过时，带起了风。

时间仿佛凝固了一般，迟意只觉得肩上一沉，侧头时看到江遂流畅紧绷的下颌线。

他几乎没停顿，说了句“你外套后面脏了”便越过她走远。

迟意低头，看到肩上多出来的、胸口别着江遂学生校牌的校服外套，耳根逐渐烧起来，绯红一直燎到两颊。她从难以置信的震惊中缓缓地抬头，看到已经走出数米的江遂渐渐消失在人群中。

“不好意思。”小胖子终于从因为江遂路过而被堵得水泄不通的门口挤出来，看到迟意还没走远，长长地舒了口气，慌里慌张地冲她深深鞠躬，说，“我……我考试时不小心将笔水甩到了你肩膀上……”

迟意跑去厕所，检查了一遍江遂的外套，确认没有被弄脏后放了心，这才脱掉自己的校服外套，看到后面抽象而嚣张的“泼墨画”。

坐在她后面的男生是做了什么才把整管笔水甩出来的？迟意只觉得眉心直跳，这件外套实在是不能穿了。

迟意把自己的外套随便团起来塞到书包里，然后将江遂的衣服叠好，抱着出去。

今天晚上没有自习课，学校规定考完试后学生可以直接回家。迟意抱着江遂的外套，鬼使神差地穿过走廊，往理科六班的方向走。

六班教室里空荡荡的，桌上一点儿杂物都没有，只有陌生的一男一女在教室后排收拾东西。他们说话的声音顺着风传到迟意的耳朵里。

女生娇滴滴地道：“讨厌啦，把你的校服拿开。”

男生故意逗她：“都被你穿过了，洗了再还我。”

两人渐渐察觉到迟意在门口探头的动作，女生问道：“同学，你找谁？”

迟意摇摇头，小声地回了句“没事”，落荒而逃。她一路跑到教学楼一楼的大厅里才停下脚步，喘匀气息，拿下书包，将江遂的校服装进去，就这样带回了家。

天气预报说今天有雨，放学时天色比往常要暗一点儿。迟意没有带伞，怕被困在路上，骑着电动车一路疾驰回家。刚望见苏麻离青胡同的入口，乌云压境，迟意觉得手背上落了雨，不一会儿细密的雨线就斜斜地落了下来。

迟意不可避免地淋了一身雨，却无比开心地跑回了家。

宜佳禾难得在家，正坐在沙发上涂指甲油，听到门口的声音后看了一眼，问：“今天没穿外套？”

“弄脏了。”

宜佳禾没多想，睨她一眼，又说：“你都十六岁了，怎么净长个子不长胸？”

迟意拽了拽单薄的卫衣，低头看了看：“我觉得挺好的。”

“你呀你，以后就知道了。”宜佳禾下命令道，“去洗个澡。”

迟意哦了声，回房间放下书包才去卫生间。

洗澡的时候，迟意听到宜佳禾在打电话，无奈地猜测这个又是她的哪个男朋友。

洗完澡，迟意围着浴巾吹头发时，宜佳禾敲敲门，递来一条碎花裙。裙子是水蓝色的，做工讲究，布料摸着很有质感。

“试试这个。”宜佳禾抱着胳膊靠在门框上唠叨，“你现在正处在花季，不上学的日子就穿得好看点儿。发现身边的‘潜力股’，趁早抓……”

宜佳禾嘴快，说完才回过味来：自己的前车之鉴表明，这套理论确实不怎么靠谱。她岔开话题，说：“刚刚林向荣给你打电话，我接了。”

迟意因为要在路上听歌，便取消了手机的静音模式，估计是宜佳禾听到她的手机响铃便接了。只是来电的是林向荣……迟意想到母女俩一聊到林向荣便针锋相对的样子，裙子也顾不得穿好，就要去拿手机。

宜佳禾恨铁不成钢地道：“我还能当面骂他啊？你这是什么眼神？我才是你亲妈。”

迟意想要解释，但张张嘴，发现一两句话说不清楚，只问：“林老师说什么？”

“还老师呢，他都被明德高中开除了。”

迟意撇撇嘴，说：“林老师是自己离职的。”

“他不离职在学校还能当得了这个班主任吗？就算做普通老师，有几个家长能放心地把孩子交给一个每天放学去酒吧兼职摇滚歌手的老师？明德是重点高中，学生家长恨不得从高一入学起便在孩子脑门上写好距离高考的天数。”宜佳禾一说起来简直没完没了。

迟意拿到手机后，看见与林向荣上一通电话的时长，然后冲她嚷道："电话要接通了！"

宜佳禾闭了嘴，过来按着她的肩膀，给她把拉到半截的拉锁拉好，戳了两下她的脑门，让她好自为之："少聊会儿。"

迟意吐吐舌头，拿着手机回了房间。她按下拨打键时还在想：他这个时间可能在唱歌，应该接不到，要不还是发条消息问他有什么事吧？

谁知电话很快便被接通了。

"林老师，你刚才给我打电话，有事吗？"

林向荣那边的背景音乐声有点儿大，但他的说话声十分清晰："遇到什么好事了，听你语气心情不错？"

经他这么一提醒，迟意才反应过来，自己今天回家后心情确实不错。

她下意识地偏头看向自己的书包，里面放着江遂的校服。手机是放在书包侧兜里的，宜佳禾拿手机时应该没注意到书包里有两件校服外套吧？

"我这两天期中考试，今天考完感觉成绩应该还不错，所以比较开心。"

"你发挥一向稳定。"林向荣又问了她一些近况。

迟意报喜不报忧地答了，最后听到他说："对了，你的 QQ 号是不是被盗了？"

在迟意刚到北央时，林向荣得知她没办好转学手续，便从以前的同事那里要了几次明德高二学科的试题给她，免得她耽搁学业。随着开学，两人联系得也少了。

迟意茫然地啊了一声。因为期中考试，她好久没有登录 QQ 了。

听她的反应，林向荣笑道："迟意同学，你怎么还是这么呆？在新学校没被人欺负吧？"

林向荣慢悠悠地说话时嗓音很好听，符合他文质彬彬的形象。和李华一样，他也戴着一副细框眼镜。如果不是亲眼所见，谁能将这个尽责宽容的班主任和"燃炸"全场的摇滚乐队主唱联系起来？

迟意斜斜地靠在书桌边，仰头看了一眼墙上的挂钟，说："新同学都挺好的。"

迟意没现场听过林向荣乐队的演奏，但是在手机上看到过他演出的视频。那是马静茹家长为了联合大家举报他发到家长群里的一小段视频。

现场气氛很热烈，林老师在台上抱着把吉他，似是完全变了个人，就跟……喝了假酒似的。

但他超级帅，肆意而真实，似乎很尽兴。

“你胆子要大一点儿，我看你写的歌词挺有态度的，怎么现实中连在课堂上朗读个课文都紧张？”

“虚拟世界和现实生活哪里能一样？”迟意狡辩着，想到了他口中的歌词。那时得知林向荣向学校辞职，迟意心怀愤懑却无处发泄，便在作文纸上写了一些句子讽刺这件事情。

谁承想作文纸被来教室和班上学生做告别的林向荣看到，没收了，后来就变成了那首歌词。

至于歌名……林向荣走到迟意桌前时，迟意仗着没人听得懂韩语，嘟囔了遍歌名，歌名翻译成汉语是“笨蛋”的意思。

听到电话那头有人喊林向荣的名字，迟意才骤然回神，问：“要去唱歌了吗？”

“随便唱唱，朋友的店开业。”林向荣说，“那我先挂了，你记得改密码。”

“知道了。”迟意喊他，“林老师。”

“嗯？”

“那首歌我听了，很好听。演出加油。”

“迟同学，好好学习，考个好成绩，让大家知道我没看错人。”

“好。”

挂了电话，迟意用手机登录了一下 QQ，发现账号异常，找回密码后需要重新设置一个。

迟意几乎是下意识地就编好了新的密码：cy8023js。

“我在做什么……”一定是刚洗完澡的缘故，迟意觉得自己脸颊发烫。

当时的迟意没有想到，这个密码她用了很多很多年，久到江遂问她 8023 是什么意思，她想了好一会儿，才记起这是“l”“o”“v”“e”四个英文字母的手势对应的数字。

改完密码后，迟意对着镜子拽了拽身上的裙子，往两侧转身打量着自己。

好一会儿，她才打好腹稿，准备和宜佳禾好好聊聊，谁知刚打开卧室门，便看到宜佳禾抱肩板着张脸站在门外。迟意被吓了一跳，腹稿忘了一半：“妈……”

“行了，我还不知道你要说什么？”宜佳禾表态，“但我告诉你，没用。”

迟意不吭声。

宜佳禾打着哈欠交代她：“月底是你爸的生日，你记得去给他买个礼物，往贵了挑。”

“哦。”

深秋时节，天气凉了不少。迟意在傍晚气温正凉时只穿着薄薄的卫衣跑回家，当晚便发烧了。可能是这段时间考试复习压力大，高烧引起了肺炎，迟意小脸惨白，让人看着心疼不已。

宜佳禾对于上次没把迟意照顾好很愧疚，这次说什么也不准迟意再去学校。

连着请了一周的假，迟意看着江遂的外套犯了愁。

就像与人说话，错过了最佳时机，便不适合开口了。她“借”了他的外套却迟迟不还，对方会不会认为她这个女同学很没礼貌？

自责的情绪堵在胸口，令她十分难受。

终于，周五的时候，迟意返校了。

她到教室时，同学们正准备上早读。李华占用了几分钟的时间开了个小会，说了上周考试理科班有个女生晕倒的事情，提醒大家注意休息，调整好心态，高考固然重要，但它仅仅是一场常规考试，大家尽全力了，不留遗憾就好。

底下有同学也听说了这件事，那个女生因为缺考大哭，场面很壮观。不少人感慨，幸好不是高考。在大家还没察觉时，高考的紧迫感早早地萦绕在了众人的心间。

随后李华又说了板报评比的事情。

“赶上教育部领导视察，这个学期的板报被列为重点考评项目。”

李华倚在讲台上，手按着他的保温杯，说，“我先安排几个负责的同学，班长常安、组织委员苏以孟、文艺委员胡云喜，再加上……迟意。”

迟意刚坐下，犹豫着要不要摘掉口罩，听到李华喊自己，立马坐直。明白刚刚发生了什么后，她抿着唇，有些不舒服。

同学开始嘀咕为什么选她的同时，李华解释道：“我看过你的档案，小时候学过国画是吧？正好趁这个机会给大家露一手。”李华顿了一下，又说，“其他想参与的同学去文艺委员那里报名，板报评比优秀是全班的荣誉，希望大家积极参与。”

班主任一走，班上各种声音都有。

胡云喜和孔明月关系好，替孔明月抱不平，说话声音最大：“向惟，你要不要加入？我可记得你小时候学过书法。”

向惟立马回答：“你可拉倒吧，都说了是小时候了。敢情你忘了在上次月考中咱班唯一一个语文试卷被扣卷面分的就是我了？”

周围人爆发出一阵笑声。

迟意垂眸，敛去眼底难受的神色。她把手伸进书包里，还没等抓到什么，上课铃响起，上早读课了。

她只好作罢。

好不容易到了课间，不少学生在聊今天要出期中考试的成绩的事，迟意对此没什么兴趣，戴好口罩，准备去还校服。

有学生传话：“迟意，班主任找你。”

她正在发呆时，对方催促道：“愣着干吗？快去啊，好像挺着急的。”

还校服的事情只得再次作罢。

去办公室势必要从理科六班的教室外经过，迟意穿过廊腰后，放慢了步子朝右侧看。六班前面的走廊上有两三个聊天的同学，其中并没有他。

迟意收回视线，小跑两步打算快点儿去办公室，谁知刚一抬头就看到江遂从四楼上来。

江遂和某位老师并行，边往楼上走边说着话。注意到有人往下走时，他示意老师走外侧，自己则不动声色地往旁边让了让。

他穿着校服外套，胸口别校牌的位置空着。他并没有对她有什么反应，仿佛不记得将校服借给过她一般，或者说更像是不记得用他校服的人是她。

看着江遂陪同老师拐向教室，迟意只觉得胸腔里堵着一口气，弯下腰连咳了好几声，摸到脸上的口罩，抱着一丝侥幸心理，觉得江遂是因为这个才没认出自己，渐渐没那么难过了。

李华找她去办公室问她的身体情况，言语间提醒现在学习任务紧不能总请假，最后才表扬她，说她这次期中考试在文科班里考了年级第一。

迟意只顾着想如果方才自己没戴口罩，江遂是不是就会认出自己，因此对李华的话反应淡淡的。

李华见她这个反应，赞许地点点头，说："不骄不躁，不错。继续保持。"

课间操的时候，同学们陆续发现教学楼天井的小广场上多了个红榜，上边的墨字整整齐齐地写了文科、理科前一百名学生的名字。

"我的天哪！文科第一是迟意！"

这一消息让一班小小震动了一番。

接下来这节课是历史课，"太上老君"早来了几分钟。将课本放在讲台上后，姚尚君和教室前排的同学闲聊："都去看成绩了吗？"听到学生欢喜地报告迟意考了年级第一的事情，他了然地笑道，"是吗？我一直觉得自己选课代表的眼光不错。"

每个老师来上课，都会聊一聊小广场上的红榜，学生们渐渐地没有最初的激动劲儿了。

下午第二节是语文课，老师讲完议论文的写作要点，布置了题目。大家埋头写作的时候，她在教室里逛了一圈，停在迟意斜前方一个男生的桌边，说："你这个字……"

男生叫向惟，就是早上自嘲说被扣卷面分的男生。

向惟仰头，厚脸皮地笑道："这样写得快。"

"确实，这样阅卷老师扣卷面分的手速也快。"老师点评完，趁机和大家说："大家有空去看看红榜上的字，校长找咱年级的学生誊写的。"

"谁啊？是咱班的吗？"

"理科重点班的，江遂。"语文老师说。

班上同学兴奋地惊呼："'男神'啊！"

迟意闻言，动作一滞，钢笔笔尖在薄薄的作文纸上洇出一个黑色的墨点。她侧头朝窗外望去，阳光刺目。

江遂写了她的名字。

迟意只觉得心跳快得过分，这简直比自己考了年级第一还要值得高兴。

这份喜悦给了迟意勇气。她反应过来时，自己已经站在理科六班的门口了。

"同学，你好……"

"迟意！"擦黑板的陈予光转头，惊喜地看向她，"你来我们班找人？"

迟意站在门口，手里装校服的袋子是她逛了两家精品店才买到的。她生怕太招摇，选的样式很像商场服饰购物店的纸袋，但纸袋右下角海棠花的图案很是讲究。

她蜷了蜷手指，问："江遂在吗？"

"他被老师叫去办公室了。"陈予光看向她抱在怀里的东西，问，"你找阿遂有事？"

这样也好。

迟意将小巧的下巴藏在拉高的外套领口里，当起了缩头乌龟。

她伸直胳膊，递出纸袋，说："能麻烦你把这个放到他的桌子上吗？"

陈予光挑了下眉，目光落在纸袋上，半晌后看向她，说："当然可以。"

迟意刚走，江遂便从走廊的另一边回到了教室。见陈予光正鬼鬼祟祟地扒拉他桌子上的深色纸袋，他探头过去，问："干吗呢？"

"迟意给你的东西。"陈予光被突然出现的江遂吓了一跳，"我看里面是校服。你的？"

江遂想了想，回答："好像是。"

陈予光问："你不是说不认识她吗？"

"谁啊？"

“迟意。”

江遂沉默片刻，说：“上周考试时看到一个女生的衣服脏了，我把自己的外套借给她穿。”

陈予光挑眉。本能地去帮助同学，这确实是江遂会做的事情。最淳朴，也最老生常谈，却也是人在成长过程中最容易丢失的优秀品质——乐于助人，在江遂身上轻易便能窥见。

“也就对方是迟意，否则你这一举动还不知会沾染什么黏人的‘桃花’呢。”陈予光说。

江遂将纸袋随手放到地上，准备去和体育委员说篮球比赛的安排，以为陈予光在嘟囔什么重要的事，下意识带着疑问意味地嗯了声。

陈予光自顾自地解释道：“因为迟意心里只有学习。听润如说，迟意每天除了在学习便是在去学习的路上，特别刻苦，这次期中考试更是抢了李恩宇的年级第一。不过她似乎身体不好，生病好多回了，这周一直没来上学。”

听到是些无聊的事，江遂选择无视。

只是他稍一偏头，陈予光这几句漫不经心的感慨像把钩子，带出了江遂脑海中的某一个场景。

昨天自己在办公室写红榜时，教导主任站在一旁，背着手一边夸他的字，一边说道：“文科这个迟同学是黑马啊！从南方转来的小姑娘，模样安安静静的，爆发力这么强，是个好苗子。”

恰逢迟意的班主任李华也在这间办公室，李华接话道：“迟意同学态度端正，定力好，就是脾气软，温暾慢热。我想着推荐她多参加团体活动，增强一下社交能力，真正实现德智体美劳全面发展。前不久老姚也推荐她去了央博那个志愿者选拔，我问了问负责面试的工作人员，都说对她很满意。”

教导主任点头，看向拿着毛笔写字的少年，说：“我记得这个活动，往年江遂也参加过。江遂啊，你有空的话也帮帮新同学。一文一理，你们可是‘四中双子星’，是咱学校的牌面，以后少不了往来。”

江遂趁蘸墨时说道：“我对她有印象。她很有亲和力，适合做志愿者的工作。”

“小姑娘名字有意思着呢。万事遂意的‘意’。”听江遂说完，李华笑吟吟地看向教导主任，难得浪漫一把，“江遂同学的‘遂’，是万事遂意的‘遂’。咱学校的两位学霸，名字很是有渊源。”

主任道：“还真是，万事遂意。好兆头。”

虽然在心里练习了无数遍的开场白没有用到，但迟意渐渐接受了这个结果。

好像自打转学来北央后，她永远是落后的，永远在追赶。

她追赶学习进度、追赶他。

放学的时候，迟意磨蹭着最后离开教室。她从楼梯上下来，抓着书包带子忐忑地走到红榜前。

文科、理科的学生成绩并列排布，迟意和江遂的名字在同一行，左右挨着，很醒目。

博物馆培训课一周一次，地点在央大附中，开课时间是这周六上午九点。

负责培训的老师很幽默，大家的积极性很高。分组讨论时，迟意不算健谈，却也能适应，只是时不时地朝门口望去。

教室外并排的长白松茂密繁盛，四季常绿。直到下课，她也没看到那道熟悉的身影。

课程结束时，坐在迟意斜前方戴眼镜的男生过来打招呼：“嘿，我上课时就注意到你了，你也是四中的吧？我叫祝从容，也是文科班的。”

祝从容很热情，以有几个问题想要请教她为由，邀请她一起吃午餐。迟意因为想拒绝的理由花费了些时间，等准备开口时，已经错过了最佳的说话时机，便作罢。

“寒假的志愿者今天都来参加培训了吗？”迟意抱着一丝侥幸心理，问道。

“差不多吧。”祝从容说，“往年是培训一个月，元旦前后会定下排班表，陆续到岗担任志愿者工作。今天来了二十几个学生，等临近寒假时，保不准会有临时有事离开的。”

“会有新人进来吗？”

“少。”祝从容说得头头是道，“今天这堂课你应该也感受到了，老师教的很多知识点不是课堂上学到的。这次培训不只是历史常识的补习，更是对个人素质的提高。若临时加人造成接待事故，恐怕会影响博物馆的声誉。博物馆每年的活动都还挺正规、要求挺高的。”

迟意点点头，又问：“你去年也是志愿者吗？”迟意说完意识到自己这个“也”字用得有些奇怪，幸好祝从容没有注意到。

祝从容回答：“去年、前年，我每年寒暑假都会在博物馆当志愿者。”

迟意换了种问法：“四中只有我们两个人吗？”

祝从容挠挠头，想了想道：“去年和我一起的还有个女生，不过你可能不认识。她担心会耽误学习，这次便没报名。咱们预备高三嘛，学业紧张，也能理解。”

迟意认真倾听，直到听他说起：“理科班参加这个活动的同学少，他们更喜欢偏理科性质的活动。啊，对——”

迟意突然紧张起来，果然听到：“理科重点班的江遂同学也连着做了两年的志愿者。”

听到自己想听的名字，迟意稍稍松了口气。片刻后，她用指甲轻轻地掐着掌心，问道：“他今年没来吗？”

她的语气随意又平淡，仿佛她只是随口一问。

“还真没看到他。”祝从容也觉得挺遗憾的，“他能力特别强。去年寒假有一个来自东南亚的旅游团，当时他们和向导走散了，又听不懂中文和英文，多亏了江遂会几句泰语，快速地解决了问题。”

祝从容低头翻着手机，过了会儿，惊喜地道：“找到了。”他将手机递过来，“这是去年寒假时志愿者拍的合照。”

祝从容绘声绘色地说着：“他组织能力特别强，有责任感，对文物有敬畏心，不管是博物馆的员工还是来参观的游客都很喜欢他。”

迟意只顾着看照片，忘记了回应。

结束培训后，迟意去商场给迟临行买礼物。在男士服装店的橱窗前看到模特身上的西装，她再一次想到了祝从容手机照片里的男生。

照片中的男生穿着合身的黑色西装，蓝色的挂绳掖在平整干净的衬衣领口下，他的头发比现在要长一些，依旧意气风发。

迟意的心不受控地猛烈跳动。

一想到这儿，迟意只觉得更难过了，因为江遂今年没有参加志愿活动。

周日晚上班长拿来了新的座次表，大家一窝蜂地挤到讲台旁看排位。

“迟意！你坐在我的后面啊！”江润如带来第一手情报，“你坐在第四排，还是这一列，同桌是胡云喜。我和李恩宇坐在你的前面。”

迟意对于和谁同桌并不上心，只是在一片嘈杂声中偏头从敞开的后门看向天井对面的那间教室，心里暗暗地想：在新换的座位上自己还能一偏头就看见对面的教室吗？

胡云喜因为和孔明月的关系好，并不待见迟意。即使两人成了同桌，关系也没缓和多少。

周一下午的课外活动是大扫除时间。前一节的班会课结束后，班长在李华的安排下去教务处领了两盒彩色粉笔，随后便走到迟意和胡云喜的桌前，讨论板报的主题。

“我问了其他几个班的主题，二班是运动，三班是梦想，其他的还有感恩、学习等，班长，咱们画什么？”苏以孟是个落落大方的女生。

“大喜，你是文艺委员，也说说想法。”

胡云喜在其他人沟通时埋头抄政治笔记，突然被班长提问，动作没停，随意地道：“你找内容，以孟负责写字，迟意画画，随便弄弄就得了。每回板报评比的流动红旗不都是被艺术班拿走的？”

商量了半天，他们也没确定好板报主题。班长说：“那先打扫卫生吧。迟意你画工好，审美水平高，今晚出一个草图可以吗？不用很复杂，大标题，小白字，加个彩色花边，能直观地看出板报中图文的分布就可以。我和以孟准备相关文字内容。大喜，你负责最重要的一环——定主题。你有想法就通知我们，我们全靠你的节奏行动。”

胡云喜不自觉地坐直了些，晃了晃手，说：“好。”

迟意感受到班长投来的询问目光，也点点头。

每个学生在大扫除中都有固定的工作安排，迟意负责回廊东面那一块的卫生。

迟意边擦玻璃边想板报怎么设计会亮眼一些。

几声突兀的篮球落在地上的闷响声打断了迟意的思绪，紧跟着陈予光的说话内容令她顷刻间转头。

“阿遂，张弛说想跟咱们一起打篮球，行吗？”陈予光搭上江遂的肩膀，问他。

江遂只拍了两下篮球，便想起这是在教学楼，忙将球拿在手上，随意地抛起来，在指尖上转了一下，懒洋洋地说：“随便。”

“别‘随便’啊，你是队长，拿个主意。”陈予光说，“他打球厉害是厉害，但是手特脏，我不怎么待见他。”

“那你还问我？”

“我实在是不知道怎么拒绝他。”陈予光笑得心悦诚服，“还得靠你出马啊！”

江遂的那几下篮球拍到了迟意的心里，以至傍晚江润如喊她去篮球场看校队打篮球时，她竟然没有拒绝。

两人顺路去了趟超市。

江润如从货架上拿起几瓶运动饮料，想了想，又从货架最底层拎了一包矿泉水。

迟意过去帮她抬着一边，问：“要买这么多吗？”

江润如说：“一会儿你就知道了。”

四瓶运动饮料她们每人抱着两瓶，然后共同抬着一包矿泉水往操场方向走。

校篮球队每天下午都在操场练篮球，从课外活动时间一直到晚自习前，篮球架正好冲着操场和实验楼之间的林荫道。这条路通往学校第二食堂，不少学生吃完晚饭会沿着这条路溜达回教学楼。

迟意以前也被江润如带着绕过路，见过不少女同学站在林荫道上遥遥看向篮球场犯花痴的样子。会打篮球、爱运动的男生身上总有一种蓬勃的活力，更何况校队的男生个个都是一米八五以上的身高，模样就算不出挑，也端正顺眼。

但今天围观的女生格外多。

“百分之八十的女生是来看阿遂的。”伴随着江润如的这句感慨，迟意看到了跳起来灌篮的江遂。

他穿着红色球衣，漂亮的动作配上那张英俊的脸庞，瞬间让现场的观众爆发出欢呼声。

迟意悄然别开脸，故作镇定地问：“那剩下的百分之二十呢？”

“看阿遂和张弛谁能赢过谁的呗！”

张弛就是校篮球队的队长，迟意之前听陈予光提过这个打球动作很脏的男生。

她们过去时正好是中场休息，江润如把水给了李恩宇一瓶。李恩宇拧开瓶盖喝了口，顺手把她怀里的另一瓶也抽走了，在江润如“你干吗？”的吐槽声中，把水丢给了旁边一个相熟的男生。

男生受宠若惊地说：“谢谢宇哥。”

江润如愤愤地看着他，问：“那阿遂喝什么啊？”

江遂刚好过来，看到李恩宇一指迟意的方向示意：“那里还有饮料。”

仿佛李恩宇会什么法术似的，迟意只觉得自己的头顶开始冒烟，僵在原地一动也不敢动，心跳得厉害。

没等江遂过来，迟意忐忑着主动把水递过去，说：“喝这个吧。”

江遂说了句“谢谢”，转身时，撩起球衣的下摆擦了擦下颌上的汗。

因为要打球，江遂喝了几口后，把瓶子随手往自己的外套旁一放，剩下的半瓶饮料被校队的另一个男生喝掉了。等江遂看到空瓶后，无所谓地从袋子里抽了瓶矿泉水，喝了两三口，直到水被喝光后才放下瓶子。

迟意觉得江遂可能是不喜欢喝那个运动饮料。

迟意终于盼来了周三下午的体育课，这是她在北央念高中的那两年里最喜欢的课程，因为只有那节课一班和六班是一起上的。

临近篮球赛，男生们打篮球练配合的时间多了起来。一班好不容易拼起了一支勉强能上场的队伍，但借着体育课的时间和六班简单地切磋后发现，简直是被打得惨不忍睹。

“篮球比赛一个强队对一个弱队，我们和六班在第一轮碰到的概率有……”江润如掰着手指，嘴里嘟囔着计算概率，半天没算明白，“这不重要。但我们对上六班赢的概率几乎为零。”

高二年级一共三十五个班级，文科十五个，理科二十个。理科队伍的篮球水平普遍高于文科的，更何况是有江遂和陈予光两员大将的理科六班。

“……”

江润如垂头丧气，感慨道：“我家‘李狗’什么时候受过这种委屈，现在转班还来得及吗？”

从操场回来后，迟意喝了两口水，便被历史老师喊去办公室数试卷。老师问起博物馆培训的事情，迟意一一答了。

出了办公区，回教室的路应该右转，直行穿过廊腰，左转第一间便是。可能是想到了江遂缺席志愿者培训的遗憾，迟意鬼使神差地选择顺着办公区的长廊直行，从东面的廊腰绕个大圈子回教室。

迟意从六班门前经过，以正常的速度往前走，却不经意地偏了偏头。

江遂的座位在第三列倒数第四排，迟意透过教室最后一扇窗户刚好能看到，但此刻江遂不在。

迟意张望着教室其他地方寻找江遂的身影时，忽然听到前方传来说话声。

“阿遂，咱班统一订篮球队服，你要几号？”

迟意猛然看向前方，眼前的少年刚运动完，一身薄汗，在阳光下泛着亮眼的金色，走廊左侧有屋顶遮出的阴凉，右侧光芒万丈，他站在其中，耀眼而瞩目。

“十一吧。”嗓子被冰水浸过似的，江遂目不斜视，右转拐进了教室。

迟意规矩地抱着试卷同他擦肩而过，余光扫见他手里拿着的红黑色瓶身的饮料。

迟意回教室分完试卷，往座位走时看到江润如趴在桌子上，面前摊着一本薄薄的大开本杂志。

江润如碎碎念着看得认真，见迟意回来，像煞有介事地拽住她，说："我问你几个问题，你如实回答。"

"什么？"

"杂志上说这套题目可以测出你的真命天子是什么类型。"

李恩宇打完篮球后去卫生间洗了把脸，回来看到江润如又在看没营养的杂志，冲她甩了下手上的水。

江润如移开压在杂志上的胳膊，嘟囔了一句"都把我的书给弄脏了"，又欢欢喜喜地和迟意说起杂志上的测试题。

迟意无奈，配合地回答着问题。

"让我来看看答案。"江润如故意卖关子，将杂志竖起来，先自己看了一遍，然后才神秘地公布道，"书上说你的真命天子是天之骄子，优秀、骄傲、可望而不可即。"

迟意渐渐走了神。

江润如刨根问底的声音把她唤回来："准吗？"只见江润如将两只手十指交叉抵在下巴处，满怀憧憬地望着前方，小声地分享，"我刚刚也做了一遍，杂志上说我的真命天子是清冷类型的，我觉得特别准！"

迟意注意到江润如说这句话时李恩宇不经意地偏头睨过来，神色沉沉却很好懂，便觉得自己说"不准"就是在破坏江润如的姻缘。

"准的。"

幸好江润如顾着向她推荐这本杂志上自己喜欢的作者专栏，没有注意到李恩宇微翘的嘴角，也没有留意到她躲闪的目光。

江润如心情不错地翻着杂志，迟意跟着看了几页。有一篇故事里提到，女主人公认定自己名字的谐音对应的数字是自己的幸运数字。

江润如嘀咕着，在找自己名字的谐音数字："江润如，润如，25，也不像啊……”

迟意微微走神，只觉得嗓子发干，过了会儿才问道：“润如，你觉不觉得‘十一’和我名字的读音相近？”

迟意，十一。

江润如歪着脑袋，念了一遍后，说：“还真像！”

——“阿遂，咱班统一订篮球队服，你要几号？”

——“十一吧。”

这天，迟意趁书店人少的时候去买了这一期的《三岛》杂志。

一茬接一茬的秋雨带来冷空气，学生开始在秋冬的校服外面加一件厚重的棉服。

十一月只剩最后一天，一班的黑板报还没有进展。几个人凑在一起，不断地否决、不断地唱衰。

“总觉得还差点儿什么。”这是大家常说的一句话。

问题一直拖着没有得到解决，板报进度停滞不前。

就在这个节点，李华把迟意叫去了办公室谈话。

“上次你妈来学校，和我说你在以前的学校做过文艺委员。”李华将纸杯往她那边推了推，示意她放轻松，“你入学晚，班委在开学后没多久便已经定好。这次让你参与出板报，也是希望你能多个锻炼的机会，下次班委选举时，老师希望你积极参加。”

李华铺垫够了，将心中的顾虑说了：“和同学相处大方点儿，你很优秀，但需要展示自己的优秀，让大家看到。”

迟意从小成绩好，但不擅长和老师沟通。林向荣以前做她班主任时说过，她这个孩子看着木讷，心里却有股劲儿。

“等你长大了就会发现，自身知识储备是生活技能的一部分，而另一个尤为重要的部分是社交。你会和各式各样的人打交道，喜欢的、不喜欢的，尊重你的、不尊重你的，聪明的、愚笨的。你有不得不与之往来的理由，逃避和放弃是最简单的方法，但如果能合理而巧妙地处理这个关系，那你就是个了不起的人。”

李华又说："其实人与人的相处很简单。你不需要做到完全喜欢，就像每个人不可能完全讨所有人喜欢一样。挂着锁的门看似不可涉足，但只要找到那把钥匙，一切都会变得很轻松。但钥匙是什么，这就是一门学问。你在学习上这么聪明，老师相信，你一定可以悟透的。"

迟意对外界知识的接受能力很强，却很难学以致用，毕竟李华理想的状态与迟意自身的性格截然相反。

中午吃饭的时候，江润如看出她情绪不对，便挑有趣的事说给她听。

"只是黑板报没做好，又不全是你的责任。正常人都会有弱点的嘛！"江润如说，"就拿江遂来说，像他这么优秀的人，大家都以为他不会犯错，事实上才不是呢。"

一提到江遂，迟意便专注地看向江润如。

江润如以为自己的劝说有效果，便道："他上午就被班主任叫去了办公室训话。"

"为什么？"

"因为老师怀疑他早恋啊！"

"……"

殊不知这个话题对迟意而言宛如一把刀插在伤口上，并不有趣。

后来迟意从江润如那里听到了更多关于这件事的消息。

其实也不是他早恋，是江遂的班上有个女生和他走得近，上课时物理老师让两人在黑板上写知识框架，引得班上同学起哄。赶巧当天两人同时被班主任叫去了办公室。

班主任找他们说竞赛的事情，不知情的同学瞎传成了他们因为早恋被谈话。

迟意在校荣誉榜上见过那个女生，女生叫尤锐，开朗大方，绑着高高的马尾辫，一脸英气，能力很强，和江遂高一时便同班。

尤锐是班上的团支书，也是学生会的成员，这次篮球赛就是她组织的。陈予光说，只用了一个晚自习，尤锐便联合班委团队完成了他们班的板报。

迟意被这把叫尤锐的刀真正伤到是在周五。

这天是迟临行的生日，他提前给迟意发消息，说下午放学接她去吃饭。

最后一节课老师拖了会儿堂，一结束迟意便收拾好东西往校门口走。迟临行早就到了，降下车窗坐在车里抽烟，见她出现立即把烟掐灭了。

迟意解释出来晚的原因，迟临行却直往她身后看，问："小月没和你一起吗？"

迟意绕到副驾驶旁，刚伸出手准备拉车门，闻声顿了下。

"外面风冷，先上来，坐车里等。"迟临行提醒她。

迟意动了动手指，收回胳膊，改去拉后座的门，说："好。"

迟临行朝后看，还以为她坐后面是为了方便两姐妹挨着，一时觉得让迟意转到孔明月班上的决定很明智。

"四中的生活还适应吗？听说前段时间期中考试，你考得怎么样？"

"题目挺基础的，比在明德时简单。"迟意还准备说点儿什么，但耳畔猛然响起宜佳禾的提醒：你是他的亲闺女，要时刻让他知道，自己比孔明月优秀。迟意一抿嘴，犹疑着，还是说了："我这次成绩在文科班中排年级第一。"

果然，迟临行惊喜地说："我闺女这么厉害！你想要什么奖励？爸爸要给你准备一份大礼。"

迟意内心五味杂陈："什么都喜欢。"

明明向父母汇报成绩是这个年纪的孩子必须做的事情，但迟意觉得这小聪明令自己不舒服，是令人讨厌的心机。

父女俩正说着，听到了开车门的声音。孔明月拉开后座看到迟意当即一愣，手往回缩了下，只是一霎，又硬着头皮坐了上来。

"冷不冷？"迟临行朝后探身，递过来一个保温袋，"买了两瓶牛奶，还热乎着，你俩先暖暖胃。"

孔明月不像上次那样甩脸色，但显然也是刚知道今晚迟意和他们一起吃饭。

"我妈出差还没回来吗？"

迟临行朝后看了一眼，说："州城暴雨，航班停了。她改签了明天下午的票。"

"哦。"

快到地方时，迟意才想起来这次的餐厅是自己选的。她打小生活在南方，嗜辣，迟临行的口味和她的一致。迟意相信他会喜欢这家餐厅。

但她做这个决定时并不知道孔明月也会来，自然没考虑她的饮食习惯。

从上次三人吃饭点菜的样式来看，孔明月偏酸甜清爽口。

这下可麻烦了。

"这次餐厅是小意选的。一会儿小月帮叔叔评价一下，看看能打几分。"迟临行将车子停在餐厅门口，示意两个姑娘，"你们先进去，我停了车进去找你们。"

"好。"迟意答应时，孔明月已经痛快地先开门下去了。

迟临行冲迟意说："爸爸预约了位子，你让服务生带你们去。"

迟意点头，也下了车。

晚霞现于天幕，卷来了冷气。孔明月走得很快，进门后被服务生拦下来。服务生提醒道："餐厅已经满客了，请到这边取一下餐号。"

孔明月不满地嘟囔："找的什么破地方？"

迟意上前报了迟临行的名字和手机号，服务生很快查到了预约记录，毕恭毕敬地迎她们进去。

孔明月眼色冷冷的，并没有多理她。

迟意正犹豫要不要提议换餐厅时，迟临行进来，后面跟着服务生。

"先点菜。"迟临行把菜单推到孔明月和迟意中间，示意两人一起点。

迟意记得店里也有几道口味清淡的素菜，抬手去翻菜单。孔明月却快她一步，将菜单拉到自己面前，一边翻一边问旁边等着记菜的服务生："咱店里的招牌菜是什么？"

听见服务生接连报了几个辣菜的名，孔明月脸色沉了沉，又往后翻了几页，脸色彻底黑了。

"我都可以，还是你来点吧。"她把菜单推给了迟意。

迟临行用热水烫好了两人的碗筷，注意到迟意接过菜单后很有主见地点了四菜一汤，觉得同龄人相处起来还是很容易的。

但他不知道，自己出去接电话的工夫，这两个同龄人之间的危机便爆发了。

“你不用特意当着迟临行的面表现出一副和我关系很好的样子。只要不是盲人，都能看出来。”孔明月眼色冷冷的，说，“提议来这家招牌菜全有辣椒的餐厅，借着照顾我口味的幌子点清淡炒菜，你硌硬谁呢？”

迟意一直不知道孔明月为什么对自己有这么大的敌意，明明自己才是失去的那方。

孔明月愤愤地道：“你死了这条心吧，我是不可能让你进我家的门的。”

迟意直视她：“我爸是不瞎，但也没万能到想要什么都能得到的地步。”

“你什么意思？”

“就是字面的意思。”她不是迟临行想带就可以带走的。

谜一般的对话结束在迟临行推门进来的那一刻。

迟意做不到完全不在意孔明月方才的话，好在她平时话就少，所以吃饭时走神想事情没接迟临行暖场的话也没被怀疑。

孔明月吃了几口便搁下筷子开始玩手机。

三人再度以不欢而散收尾。

不过这次孔明月没要迟临行送。几人刚从餐厅出来，只见一辆极酷的摩托车从远处轰鸣而来，甩尾挡在门口。

摩托车后座的女生跳下车，将头盔摘掉甩甩头发，黑色的头发，白色的脸庞，格外惹眼。

“尤锐，这里！”

孔明月冲来人摆摆手，然后对迟临行说了句“我和同学去玩会儿，晚点儿自己回家”，便雀跃地跑过去，亲昵地挽住尤锐的手臂，视线却直直地落在旁边的摩托车上。

“我们骑这个走吗？”

“你想得美。我哥只是送我过来，还有事。我们打车走。”见孔明月露出沮丧的神情，尤锐又说，“一会儿我们去开卡丁车。”

“好！”

餐厅外有不少等着接客的出租车，孔明月头也没回地拉着尤锐去坐车，倒是尤锐扭头朝迟意看了一眼。

迟临行把迟意送到胡同口，递过一张银行卡，说：“自己留着，不要告诉你妈。”

迟意一路上都在想尤锐的眼神，炽烈的、勇敢的、直接的，她有着与迟意截然相反的性格。被突然喊住，迟意淡淡地哦了声，摸索着卡片上的纹路，组织语言。

迟临行先问道：“她最近还经常不着家？”

“嗯。在忙的项目要开机了，她过几天得跟组。”迟意抠着手指说，“她难得在家休息几天。”

宜佳禾就算在家也闲不下，每天电话会议一个接一个，时常是正和迟意聊着天，合作方就打电话来催剧本进度了。

“让她别太累。”迟临行叹气。

迟意轻易地便在他的眼里看见了心疼。忍了忍，她终于问出口：“爸，你和妈妈为什么离婚？”

两人是有默契的，更是最懂对方的。正是因为太爱了，所以他们分开时才会被伤得那么深。

迟意走进院子，脑袋里回荡着迟临行打发她的话“你还小，以后就懂了”，可什么时候才能长大呢？以后又是多久呢？

如果可以，她好想十八岁快点儿到来。

“你当我的钱是大风刮来的？”迟意刚扶上门把手，便听到宜佳禾在屋里发火。丁零当啷一阵响声过后，迟意连忙开门，只见被宜佳禾摔到地上的眼影盘正弹到自己脚边。

见到迟意回来，宜佳禾深吸口气，驱走大半的火气，握着手机回了房间。

迟意戳在原地盯着主卧的方向，听见宜佳禾虽然还在争吵，但已经渐渐在克制，开始认真地讲道理。

迟意移回视线，换了鞋子，慢慢地收拾这一地狼藉。

宜佳禾打完电话出来时，迟意已经回房间写作业了。英语试卷铺在桌上，迟意用笔勾画着句子，强迫自己集中注意力。

宜佳禾是大人。

大人解决不了的事情，她这个小孩子也帮不上忙。

她要听话些，让大人省心。

迟意一旦把题目看进去，专注力便大大提升，其间连宜佳禾因为和她说话没人应推门看她都没意识到。

写完了一套试卷，迟意摘掉耳机，揉了揉被焐热的耳垂，打算去找些吃的。

东西没找到，她看到了宜佳禾在冰箱门上留的字条："家里没吃的，桌上有钱，你自己出去吃。"

她还是打开了冰箱，看到空空如也的置物格，那种明明知道结果却还不死心地想要去碰一碰运气的侥幸心理再度落空。

这种怅然的情绪很快被打断，因为她发现最下面那扇冷藏柜的门被没有推到底的置物格卡住，很难关紧。

迟意没办法，只得蹲在冰箱旁去调整置物格的位置。应该是放在里面的啤酒炸了，宜佳禾只把碎玻璃片捡走丢掉，关门时更是随手一带没关住，导致置物格被新结的霜冻住了。

迟意用刀刮了半天都清理不动，束手无策。

江润如就是这个时候发了消息过来，一连发了六张照片，并问道："看！酷不酷？！"

迟意丧气地蹲在地上，将下巴放到膝盖上，两手绕在腿前，拿着手机回复："酷。你去开卡丁车了？"

"是阿遂开的，我就戴了戴他的头盔。"江润如催她，"你帮我选两张最好看的，我要发空间。"

迟意选好告诉她："我喜欢这两张。"

"所见略同，不愧是姐妹。那我发了，你记得去给我评论。"

"好。"

迟意捧着手机等江润如发动态，视线落在对话框里那句“江遂开的”上，微微出神。

“发完了。”

看到江润如的消息，迟意才进入空间，入眼第一条便是江润如的动态。

包括她选的那两张照片，江润如一共发了九张照片。

江润如拍了很多人，陈予光、李恩宇，迟意甚至看到了孔明月和尤锐。

九宫格最中间那张是坐在卡丁车里刚摘掉头盔正回眸的江遂。

迟意这才想起，江润如下午问过自己放学后有没有事，但自己因为要和迟临行吃饭，拒绝了她的邀约。

他似乎很喜欢红色，打篮球时穿的球衣是红的，卡丁车的赛车服也是红的。

他的头发被压得有些乱，明亮的光线让他的皮肤白得通透，一双睿智明亮的眼眸里藏着星辰大海。

迟意只觉得自己的心脏快要跳出嗓子眼，手指颤抖着将这张照片保存。

冰箱喷出的冷气冻人，迟意忍不住打了个喷嚏，连忙把冰箱门半掩住并且躲远一些。

江润如的消息不断地弹出来：“你说阿遂为什么这么帅？！明明都姓‘江’，怎么不一个待遇？”

迟意也看到了评论区，很多她认识的、不认识的用户都在问中间的那个小哥哥是谁，问还有没有江遂其他的图，让江润如多发一点儿，问他有没有女朋友，问他喜欢什么样的女生……

这些各式各样的问题，都掺杂着一句统一的评价：“江遂好帅啊！”

迟意还是在这些天花乱坠的夸赞中，看到了那条“不愧是我锐姐看上的人”。

雷电轰鸣，暴雨如约而至，迟意被强烈的亮光晃得眼角发疼。

她忘记了自己回没回复江润如的消息，却被迫记得，自己在这场绵延了整个周末的暴雨中，踩到了地板上的玻璃碴，和脚心的位置留下的疤。

周日返校，江润如见迟意一瘸一拐的，惊呼着拉住她，问：“你的脚怎么了？”

“收拾卫生时不小心踩到了碎玻璃，已经没事了。”迟意对上她担忧的眼神，勉强笑笑让她安心。

江润如着急地问：“你和班主任请假了吗？我去帮你请假。”

迟意说：“已经请了。”

江润如心疼地拉着她的手，说：“在能自由活动前，你有什么需要跑腿的事情就和我说，我帮你处理。”

迟意心里暖暖的，轻声应好。

有课代表来收作业，江润如才回座位。她埋头在作业本上写名字，突然偏头看向李恩宇，低头看了一眼他的脚。

李恩宇注意到这个浮夸的动作，睨她，问：“干吗？”

江润如说：“马上就打篮球赛了，你的脚千万不能出事。”

李恩宇无语地瞥她，将笔在指尖转了一圈，说：“行啊，那你记得帮我把咱们班的数学作业送到数学组。我一般半天喝一杯水，你随时帮我接好，要温的，三分之一热水兑凉水。还有……”

江润如嘴角抽动，道：“当我没说。你怎么不让我帮你把饭吃了呢？”

迟意在这对欢喜冤家的拌嘴声中，将作业本交给了课代表。

迟意对高二那年的篮球赛印象不深。因为这个时间段她因为脚伤很少出教室，加上空出了课间操和体育课的时间，恰好她可以留在班里忙碌拖了许久的板报。

黑板报的主题定为“中国好青年”，迟意的创意。常安和苏以孟举双手赞成，胡云喜别别扭扭地也点了头。

几个人集思广益，先在纸上确定了黑板报的草图，迟意在绘本上找到了自己要画的参考图，给其他同学看过确认无异议后，便搬过自己的椅子站上去开始画。

迟意的国画是迟临行送她去学的，那次看到迟临行去少年宫接孔明月下舞蹈课时，迟意便想到了小时候的事情，心里很不是滋味。

迟临行总说女孩除了学习还要有一项特长，这些才是会让人一辈子受用的东西。而迟意打小便被宜佳禾私下教育要听话、要懂事、要讨好爸爸，所以面对迟临行给她报的各种各样的班，即便不喜欢也总会尽力去完成。

她现在想来……好像从她很小的时候听到“要讨好你爸”这句话起，母亲便已经决定离婚了。

对迟意来说，一个人工作似乎比几人协作更有效率。她看着板报逐渐完成，阴郁了多天的心情渐渐明朗起来。她每天的校园生活除了画画便是学习，似乎更加纯粹了。

只是她没想到，自己在这样的状态下还能见到江遂和尤锐。

周二上午第二节课后，同学们去跑操，教学楼内很静。迟意跛着脚往厕所的方向去时，江遂和尤锐正从教学楼东北角的楼梯上来。

他们也没去跑操，刚从实验楼回来。尤锐抱着两人的课本，而落半步走在斜后方的江遂搬着一架重量不轻的显微镜。

除了头发短了些，江遂似乎与她上次见到时没有差别。他穿着和所有人相同的校服外套，规矩地别着学生校牌。

但迟意在看见他的瞬间，仍有一种难以描述的亲切感与惊喜感。

“你生物这么突出，大学要学这个专业吗？”尤锐的声音被廊腰口流窜的北风卷过来。

迟意听到江遂自信地回答：“我物理也挺好的。”

“也是。你每门课都很强。”尤锐回到最初的问题上，“那大学呢？北央大学在国内首屈一指，也注重理科培养，你要报这里吗？”

江遂似乎没想这么远，所以回答得模棱两可：“再说吧。我可能去南方。”

迟意心一跳，听到他又说：“考个军校什么的。”

迟意刚提上来的那颗心砰地砸在地上。

片刻的分神让她没有注意到面前的地板上有一块积水的区域。她直愣愣地踩上去，脚底猝不及防地打滑，扶了下墙壁才堪堪站稳，避免了栽倒的尴尬。

但两人已经被这处不小的声响吸引着偏头，注意到迟意走路微跛的姿势，江遂最先出声问道：“同学，需要帮忙吗？”

尤锐作势要把怀里的书递给江遂，商量道：“你能拿得过来吗？我扶她去医务室。”

迟意始料不及地抬头看过去，匆匆瞥了江遂一眼，视线才落向尤锐，躲闪着摇摇头：“谢谢。我自己可以。”

佯装看不到两人一路尾随的目光，迟意急匆匆地躲进厕所。四下无人，十分安静，她长长地舒了口气。盯着被保洁阿姨清洁干净的盥洗台，她不合时宜地想到了童话故事里拥有双腿后每走一步都像踩在刀尖上的小美人鱼。

王子和公主在甲板上优雅地起舞，而小美人鱼只是他们幸福生活的见证者。

这一整天迟意都在想江遂的话：南方、军校。国防大学吗？这所学校和她以前就读的明德中学同城，而这座叫南境的城市也是迟意生活了十几年的地方——她十分想回去，却很难再回去的城市。

“有没有水？分我一点儿，我好渴。”今天往学校送水的师傅因为车祸没有及时供应桶装水，导致班里饮水机干了没法换新水。江润如从饮水机处回来，沮丧地捧着一滴水也倒不出来的空杯求助迟意。她实在懒得去超市，重点班为什么要被安排在五楼啊？

迟意看了看自己泡着花茶的水杯，记起江润如说不喜欢这个味道，刚要摇头，想到什么，伸手在桌洞里掏了掏，拿出来一罐饮料，问：“要喝这个吗？”

“可乐？可以！”江润如解了渴，问，“我记得你不喜欢喝碳酸饮料，怎么突然买了可乐？”

“拿错了。”她确实不喜欢喝，只是每次去超市经过饮品区总会想到江遂手里拿着的可乐，时常是随手便买了，买回来便搁置。她只喝过一口便放弃了，搞不懂他为什么喜欢喝这个。

“我这里还有两瓶，你喜欢喝的话都给你。”迟意说。

“好啊！回头我请你喝奶茶。”迟意拿可乐的工夫，江润如抻着脖子看她正在写的笔记本上的内容，“这是你去的那个志愿者培训课的笔记吗？你不用特意记的，我回头把阿遂的笔记本借来给你。”

迟意把自己的可乐存货全给了她，问：“他今年不用吗？”

江润如乐滋滋地回到自己的座位，说：“反正他每年都参加，肯定对这些内容烂熟于胸了。”

说话间，江润如注意到教室前面正往黑板旁挂白板的班长，吐槽道：“班主任也太夸张了吧？现在就开始高考倒计时，我们这才是高二上学期啊！”

迟意闻声抬头，看到常安正用黑色的记号笔写完“高考倒计时”这几个字，突然觉得江润如说的话特别有道理。

是啊！

高中还没过半。

他们距离高考后分别还远着。

迟意捏紧笔，朝后侧了下身，说：“那等你借来江遂的笔记，我抄一遍就立马还回去。”

“你复印一份就好了。”江润如不以为意地道。

迟意坚持道：“自己写一遍印象更深刻。”

她不想出丑，希望带着百分百的自信和百分百的把握担任志愿者，希望以平等、优秀的姿态被他看到。

脚伤好得差不多，迟意终于能正常走路，害她从晚秋苦恼到初冬的板报也大功告成。

“迟意，你这里画得不是一般好！”不少同学这样夸她。

迟意从椅子上下来，站远看了看自己的画，把不协调的几处改好。

她画图的同时，班长常安找了个高的男生在写字的区域用毛线打写字线。两人扯着毛线一左一右展开，毛线被粉笔蹭两遍，然后靠近黑板轻轻地一弹，便留下一道浅浅的直线，然后控制间距画下一条。而胡云喜和苏以孟负责将文案片段誊抄上去。

大家齐心协力地忙碌起来，赶在评比周前完成了板报。

那一年，迟意还没学会如何融入班集体，却学会了自信地展示自己。

至于篮球赛，一班虽然篮球水平在文科班里中规中矩，但在李恩宇的带领下爆冷门地杀到了第二轮。一班和江遂班打的那场，几乎全班女生都去了。班上的男生们昂首挺胸，觉得冲着后援团也要拼尽全力多拿分，直到听见班里一多半女生喊的是江遂的名字后，顿时蔫儿了……

结果毋庸置疑，六班赢了。

女生们没敢太张扬，捂着嘴偷乐，并且安慰同班男生道："输给他们不冤，重在参与嘛！"

迟意在志愿者培训课上认识的祝从容作为他们班的替补成员上场，但是那球技……稀烂。几次球传到他手里，他运着运着不等别人拦截就自己先拍丢了。

那天江润如去操场找李恩宇要电动车钥匙，迟意在球场旁等她，恰好看到了这场球赛，然后在一片嘘声中不好意思地别开头。祝从容似乎不觉得有何不妥，笑呵呵地挠挠头，在中场休息时发现她，热情地过来打招呼："迟意，你也来给我加油啊？"

迟意嘴角抽动，忽然觉得祝从容这样的性格挺好的。

"嗯。给你带的水。"迟意把江润如多买的那瓶水给他。

祝从容笑得爽朗，说："谢谢。"

到了决赛时，江润如拉着迟意去看江遂的比赛。在热烈的欢呼声中，迟意怯懦地把自己那句"加油"藏了进去。

穿着红色十一号球衣的男生奔跑在球场的任何角落，在众人聚焦之处，和她有着云泥之别。

这天，在校园各处都能听到学生聊六班斩获篮球赛冠军的事情。祝从容来班里找她，带了平安果答谢她为自己加油送的水，并且说："志愿者名单确定了，值班分组表上显示你和我一组。"

迟意看着包装精美的苹果，才发现圣诞节要到了。

"谢谢。"她打算晚上回家用手机看一看排班表。

祝从容憨笑着摆摆手，说："寒假合作愉快。"但他接下来的话让迟意的心情瞬间低落，"很遗憾，这次江遂没参加，整个志愿者队伍没了主心骨，感觉十分不踏实。"

/ 第三章 /

谢谢你的喜欢

迟意因为在期中考试时表现优秀，被选为学生代表在国旗下演讲。

演讲稿是提前写好给李华看过的，迟意周末在家顺了几遍，能做到脱稿复述后，便对着镜子一遍遍地练习，确保从容自信地呈现效果。

但周一这天还是出状况了，不过状况的主角不是迟意。

迟意顺利地结束演讲，从台上下来刚舒了口气，便听年级主任制止住准备离场的队伍，说：“近段时间校园内流传着高二六班的尤锐同学有不正当异性关系的事情，对于其引起的不良风气，尤锐同学深感痛心，主动检讨自己。接下来有请尤锐同学上台做演讲。”

底下哗然，不少人看向六班的队伍去找江遂。

其中便包括迟意。

作为国旗班的成员，今天江遂没有担任升旗手。他站在队伍里，被毒辣的太阳晒得眯了眯眼，带着不拘的自信，坦然地接受从四面八方投来的目光。

不知站在前面的陈予光后仰着说了什么，只见江遂撩起眼皮瞥了一眼主席台，无所谓地收回视线。

“大家好，我叫尤锐。鉴于近期与江遂同学的关系给大家带来不好的引导，我决定在这里和大家探讨一下。”即便是做检讨，尤锐也是高傲的。

与其说这是检讨，不如说是辩论赛，辩论主题为“我这种行为有没有错”的反方陈述。尤锐从高中生纪律手册中“禁止学生在校期间有不正当异性关系”切入，表示学校对于异性往来并非一刀切，呼吁大家正视青春期心理变化，对于萌芽的好感不必觉得害羞与拘束，同时具备明辨是非的能力，认清自己学生的身份，脚踏实地，以学习为重。

最后，尤锐表明：“我佩服门门成绩出挑的同学，也欣赏在学校活动中能力强的同学，但是我与江遂同学，过去、现在、到高考会一直是很单纯的同学关系。”

她适时地停顿，狡黠地一笑，补充道：“至于高考结束后，那就看我的努力了。”

全校学生直接疯了，大家哪里见过这么明目张胆的告白？

迟意目瞪口呆，对尤锐的行为极为震撼，觉得这样出格又大胆的事情自己永远做不到。

这一早的检讨闹得沸沸扬扬，江遂和尤锐的关系成了所有人讨论的热点话题。

大课间时，学校站出来正面积极地引导这波热度，发起了天台喊话的活动。

“期中考试的成绩大家都告诉家长了吧？没告诉也没关系。下周一班会时间咱班开家长会，辛苦各位同学这个周末回家后和家里人说一声，爸妈总得来一个，有特殊情况来不了的让家长给我打个电话。”最后一节课结束，学生们抓着书包正要撒欢跑时，班主任李华进来，如是通知道，“想必大家也听说了，学校计划安排一次天台喊话的活动。希望大家踊跃报名，畅所欲言，学校给予大力支持。”

众人刚因为家长会唉声叹气完，闻言，惊呼道：“学校好牛！”

李华没说完：“时间定在下周一傍晚，也就是在家长会结束后。届时不光有全校师生围观，参加完家长会的家长也会前去捧场。”

教室里又是一阵嘈杂：“老师，这是我们少年人的活动，家长来多扫兴啊！”

“怎么，有勇气向世界宣告你的爱，还在乎父母支不支持？我以为你们都挺勇敢的。”李华继续说正事，“有喊话意向的同学周一前报到班长那里。常安，你统计好人数。”

常安正襟危坐，答应道：“好的，老师。”

迟意在想家长会的事情，被江润如拍了下肩膀后，小幅度地靠上后面的桌子，本以为她有什么事，谁知江润如只是分享八卦：“偷偷地告诉你，天台喊话的创意是阿遂想出来的。”

迟意挺直后背，耳朵微微侧过去。

江润如趴在桌子上，压低声音说：“听说升旗仪式结束后校领导为尤锐的潇洒言行焦头烂额，多亏阿遂想出这个解决办法。不得不说这个想法真的牛，搞得尤锐那一段大胆的告白不是特例，更像是天台喊话活动的一次预热。”

迟意几乎不在老师上课或者说正事时讲话，但这次破了例：“那他们……”

迟意无论如何也说不出口那个词，但江润如懂她，说：“当然没有。顶多算是欣赏吧。从今天尤锐的检讨书里你还没听出来吗？两人坦坦荡荡，关系纯洁。”

班主任通知完，便让大家放学了。

对十六七岁的少年来说，家长会是一件令人十分苦恼的事情。

江润如一边收拾书包，一边碎碎念：“上回家长会，我爸妈抓阄决定谁来学校，谁知他俩宁愿作弊也不来，最后是我爸屈服于我妈的威势才来的。我要有迟意这种成绩，家长肯定抢着来。”

江润如被李恩宇碰了下胳膊，还没反应过来，一脸茫然地瞪向他，质问道：“干吗？”

李恩宇无语地看向她。

迟意笑笑，主动说：“我妈出差了，暂时回不来。我爸不方便来给我开家长会。”

江润如张张嘴，才回过味来。

“不好意思。”虽然迟意说没事，但江润如还是十分自责地拽着迟意，“那我也不逼我爸妈来了。我陪你。”

“我没事的。”她已经习惯了。

收拾好东西，江润如抛弃李恩宇，愧疚地挽着迟意的胳膊往外走，问：“那你现在自己住在家里，晚上睡觉会害怕吗？”

迟意早已经习惯了江润如的热情，将被她拽掉的书包带拉回肩膀上，说：“以前是害怕的，晚上睡觉都得开着灯。不过后来我找到了一个窍门，就不怕了。”

“什么啊？”

被江润如好奇地注视着，迟意说：“背政治题。背的时候想象自己被正道的光笼罩着，妖魔鬼怪通通退散。”

“哈哈。”江润如笑得上气不接下气，“那我以后也尝试一下。”

刚到楼梯口，江润如收到了父母的短信，看完后沮丧地耷拉着肩膀。

迟意担心地问：“怎么了？”

“我爸妈可能是知道要开家长会，提前跑路了。”江润如哇的一声假哭起来，“他们也太不靠谱了吧？”

迟意沉默，等她闹完，问：“那你这个周末要不要去我家住？”

“可以吗？！”

“当然可以。”

江润如激动地喊了一声，彻底把李恩宇丢下了。

一楼大厅里，早放学的陈予光和江遂在那里等着和朋友会合，但只等来了李恩宇。

陈予光朝后望望，问：“疯婆子呢？”因为江润如太能咋呼，陈予光便给她取了这么个外号。

李恩宇说：“她爸妈旅游去了。她这个周末去迟意家住，让我们先走。”

陈予光啊了声，跟上两人的步子往外走，感慨道：“一想到下周的家长会，我突然也不想回家了，你们谁收留我一下？”

江遂最先拒绝道：“别。我可不敢收留熬夜看比赛都能把电脑砸了的人。”

陈予光说：“我只是不小心把水泼到了键盘上，再说那局游戏真的令人生气。那支战队仗着自己的国家是主办方，打不过我们就拔网线，净使阴招，令人作呕。”

陈予光越说越气愤，搭着两人的肩膀怂恿他们一起去网吧：“就一场。打一场过过瘾。”

江遂戳穿他：“一场 BO5（Best of 5 Games 的缩写，即比赛双方最先胜三局的队伍获得最终胜利）吗？”

“和严谨的学霸说话果然玩不了文字游戏。无聊。”

他们去不成网吧，话题再度回到迟意和江润如的身上。陈予光问李恩宇：“你没问问我们能一起去吗？大家可以吃烧烤。”

李恩宇说：“她们去车库骑车了，现在应该还没离开。你一会儿自己问。”

陈予光还真扭头看，说曹操曹操到。

迟意骑电动车载着江润如从教学楼后面的路上出现了，江润如单手揽着迟意的腰，另一条胳膊直直地伸高冲几人打招呼。

经过减速带时，车子颠簸了下，江润如吓得搂紧迟意，突然发现：“你的腰好细啊，一点儿肉都没有。”

“你也不胖。”眼看接近校门，迟意停下车，示意，“校门口不能骑车，我们下来走一段。”

一下车，陈予光便喊住她们。迟意在金灿灿的落日余晖中看到了江遂，悄无声息地避开了视线。

江润如问：“你们怎么还没走？”

“等你们呢。”陈予光说着看向迟意，问，“你们晚上吃什么？我奶奶家有烧烤的工具，要不要一起吃烤肉？”

一起吗？

迟意看着落日洒到江遂的身上拖出的长长的影子，没敢看太久，只看到影子头顶的位置便看向江润如，征求意见：“要一起吗？”

江润如爱玩，自然不会拒绝，但转念一想毕竟这是去迟意的家里，犹疑地问道：“会不会太麻烦你了？”

陈予光翻白眼，拆穿道：“江润如，你这副顾虑的样子未免太假，就差把‘要烧烤’三个字写在脑门上了。”

“要你管！”

迟意跟着笑，等两人闹完，才说：“不麻烦。不过我家里什么东西也没有，需要我们先去买。”

陈予光比了个没问题的手势，说：“那就这么定了！”家长会的烦恼烟消云散，他简单地说了烧烤要用到的食材，才转头问另外两个男生：“你们还有什么要补充的吗？”

迟意随着陈予光的话，光明正大地去看江遂。江遂微微抬头，眉眼被霞光笼罩着，显得格外立体。他和朋友在一起，状态总是放松的。

迟意忐忑地等着他接下来要说的话。

幸好，他只是说了句：“去梁叔那里吧。老人休息得早，不喜欢吵。”

在江润如惊呼“还是阿遂考虑得周到”时，迟意松了口气。

迟意骑电动车载江润如离开，比打车来胡同的男生要早到家。江润如熟稔地和老人打了招呼，便跟着迟意回房间放东西。

“你今晚和我睡一张床，或者你睡我的床，我睡我妈的房间。”

“我当然要和我家意宝睡一张床啦！”江润如自觉地更改对她的称呼，放下东西便开始参观迟意的房间，东瞧瞧西碰碰，惊讶地道，“你收藏了这么多音乐专辑啊！平时真看不出来你竟然喜欢摇滚！”

“我爸爸特别懂音乐，我从小受他的影响很大。”

“墙上这幅《江南百景图》是你画的吗？好壮观。突然觉得咱班的板报没展现出你十分之一的绘画水准。”

迟意笑笑，把自己的日记本放到书架最里层，然后从书桌旁的零食架上取出两盒饮品，问：“你要喝豆奶吗？”

江润如说了句谢谢，咬着吸管喝了几口，从书架上村上春树的书，看到床头柜上的乐高，再看到书桌上迟意敲架子鼓的照片，以及门后面哈利·波特的海报，忍不住赞叹：“意宝，你真的是个宝藏女孩，身上藏着太多的惊喜。”

“我比较慢热，不太会和别人相处，所以很少跟别人说这些。”

“放心。我今天看到的都是我们小姐妹间的秘密。”江润如拍着胸脯保证，并且邀请她，“下次带你去参观我的房间，我有一整面墙的小说和漫画书。”

江润如挥着手臂，比画这个“一整面墙”是什么概念。迟意被逗笑，说好。

又待了会儿，她们听到外面有男生说话的声音。

江润如抬头：“是他们来了吗？我们出去看看。”

迟意抱了几包零食：“把这些带出去分着吃吧。肉要先腌一会儿，估计大家都等饿了。”

“好。”

两人来到院子里，见男生们正在主屋和老人聊天。

江润如看向他们，随口问道：“阿遂呢？”

李恩宇回她：“他临时有事，先回家了。”

迟意进门的动作一顿，前脚掌踩到门槛上，她猝不及防地往下一滑，险些摔倒。

江润如把她怀里的东西接过来，关心地问道：“没崴到吧？”

迟意摇摇头，说不上心里是什么滋味，只觉得大脑空白，耳朵似乎也听不清声音。

至于陈予光接下来说什么“我们把烧烤架先放到梁叔那里，然后一起去超市”之类的话，迟意根本顾不上回应。

怎么去的超市，买了多少东西，又被烟熏火燎了多久才吃上第一口烤肉，迟意都后知后觉。

迟意和江润如经过一个周末的朝夕相处，友谊进入了一个新的阶段，彻底奠定了她们互相做孩子的干妈的基础。

和大家对天台喊话活动的热情截然相反，全年级报名这一活动的人并不多。毕竟大家鲜少有尤锐的那种自信和勇气。

高二整个年级都在同一时间开家长会。周一下午第二节课后，校门口进进出出的全是学生家长。高一教学楼上不少学生探出脑袋，好奇地张望着。

反观高二学长、学姐们脸上的表情，几家欢喜几家忧。

迟意坐在教室里，盯着迟迟没有收到回复的手机，决定去办公室和老师解释一下。

以前林向荣说过她这个毛病，有事打电话，事情便能快速解决了，但迟意说："我留了言，宜佳禾看到了就会回复。如果她没回复就代表她觉得没必要回复，或者是在回避这个问题，那我为什么要给对方添麻烦？"

林向荣对她这一番理论极其无语，问她："既然这样，你为什么一直盯着手机看呢？"

迟意说："万一她才看到消息呢？或者觉得自己冷处理了这么久也该回复了。"

迟意刚从教室出来，便在门口撞上班主任。

李华和同行的迟临行正在说话，见到迟意，示意道："正好，带你爸爸去座位。"

迟意犹豫着看向李华，不知该如何开口解释。迟临行先说了："带我去小月的座位吧，她刚和她妈吵了架，正在闹脾气。"说着他冲李华抱歉地笑笑："现在小孩心思敏感，让你们做老师的费心了。"

"迟意学习稳定，很让人省心。孔明月只是英语不太好，在与同学相处时还是很热情阳光的。"李华看向迟意，说："那你带爸爸去孔明月的座位。"

迟意却没动，只是朝教室里的某个方向指了指，说："第三列第一排，爸爸，你肯定认识她的文具盒。"随后她看向李华，非常流利地说："老师，江润如还等着我呢，我先走了。"

一路小跑躲到教室旁边的楼梯口，迟意捂着胸口大喘气，像是做了坏事一样，觉得刺激又过瘾。

她从小到大都生活在规矩的框架里，除了转学前那次，几乎没有出格的言行。而那次的事情间接害得林向荣离职，使得迟意内心陷入自责，越发不愿意表达了。

"原来你在这里。"江润如突然出现，似乎是找了她好久，"开家长会时学生不需要在场。班主任说我们可以先去吃饭，一会儿家长会结束，喊话活动才开始。”

迟意努力地平复好自己的情绪，可能是叛逆心理作祟，提议道：“我们今天去校外吃晚饭吧，我想吃你上次给我带的那家鸡排。”

“好啊！”江润如高一便吃够了学校食堂的饭菜，“我还以为你不爱吃油炸食品。既然你也喜欢吃，那一会儿我再给你推荐我超爱的一家炸串店。”

吃完饭，江润如拽着迟意提早去学校预备喊话的场地占据最佳观看位置。等到了地方两人才发现，这里早就挤满了人，哪儿还有什么最佳位置？

学生会的同学负责维持现场秩序，组织学生有序地上台。尤锐也在现场，正挨个和要上台的学生说注意事项。

有相熟的同学道：“用这样拘束吗？我觉得我们的发言肯定比不过你的检讨轰动和大胆。”

“怎么，你还想超越我？想得美。”尤锐开得起玩笑，“我有朋友帮我收拾烂摊子，你有吗？”

这个朋友说的自然是江遂。

聒噪的人群令这个美好的黄昏平添惊扰，好在活动很快开始，现场渐渐安静下来。

第一个上台的是个女生，喊话对象是自己的班主任，她谢谢他在入学时没有放弃垫底的自己。

班主任冲她比了个大拇指，让她继续加油。

接下来上台的是个男生，喊话自己的母亲：“如果你觉得婚姻痛苦，那就离婚吧，以后儿子将你宠成小公主。”

母亲在底下别开脸，偷抹了几次眼泪。

也有女同学向发小喊话：“从幼儿园起便和你上同一所学校，都一起这么多年了，也不差大学那四年。”

发小傲娇地仰头，道：“那你可要努力了，我可是要考央大的人。”

迟意泪点低，一会儿笑，一会儿感动得哭，觉得这个活动十分有意义，不禁感慨江遂的创意绝妙。

下一个同学上台的间隙，迟意侧头找去厕所迟迟没回来的江润如，担心地想着她是下午吃的东西不干净，还是回来后找不到自己。

江遂过来有一会儿了，正站在迟意的旁边。两人保持着不远不近的属于陌生人的距离，但迟意转身注意到他时，还是被吓了一跳。

一直盯着天台的江遂被迟意脱口而出的气声影响，薄薄的眼褶皱了下，目光垂下来，发现了她。

新站上天台的女生向江遂喊话："高二六班的江遂同学，你可能不记得中考时坐在你前面的那个女生……"

人群喧哗四起，有学生疑惑"江遂在现场吗"的声音清晰地飘过来。

迟意和江遂面对面地站着，微微侧耳听了会儿，鼓起不知从哪儿借来的勇气，问："你会答复她吗？"

江遂似乎没想到迟意会和自己说话，茫然地扬声嗯了下，才理解她刚刚的问题，立体的眉目渐渐舒展，朝天台望了一眼，说："会吧。"

他想了想，说："如果非要给答复，那可能是——"

迟意聚精会神，听见他说："谢谢你的喜欢，希望你也能爱自己。"

这天阳光真的很好，迟意能清晰地看见他眼尾和喉结旁浅浅的小痣。

他的这句感谢像是隔空回答了她没说出口的喊话。

江遂说完，再次看向迟意，似乎是想确认她作为旁观者对这个答案还满意吗。

她怎么能不满意？

迟意笑笑，说："是她应该谢谢你。"

谢谢你是她欢喜的承载点，谢谢你是她难觅的游乐园。

江遂似乎是第一次认真地看这个女生。

她除了陈予光总说的"皮肤白"，脸也小小的，人也乖巧。即便是隆冬时节裹着棉服，她依然把校服外套的拉锁拉到最高，高高竖起的蓝白色领子下藏着她的下巴。她走路时眼皮垂着，神色淡淡的。她总沉浸在自己的世界里，但背脊永远挺直，骨子里藏着骄傲与自信。

他也相信江润如形容的"学习用功"，好像在她的身上，除了知识的摄取和对问题的探讨，其他的都不甚重要。就比如她方才问他会不会答复告白者的言行，也极像是为某个学术论题展开的研究。

“你来了怎么也没告诉我？”江遂被人从后面拍了下肩膀，才将目光从迟意的背影上收回，看向怀里被塞过来的记录板。

尤锐毫不客气地说：“你帮我盯着点儿，我去喝口水。”

记录板上夹着的表格里记录着今天参与天台喊话的同学的信息，已经上台的后面打了钩，缺席的用星号标注，还剩下大半页待上台的。

江遂往后翻了翻，确认只有这一张表格，说：“早去早回，别想着跑路。我只是路过看一眼，没打算替你值班。”

“你还好意思说，这个麻烦谁给我找的？”

“我这是助人为乐。”

尤锐真诚地说：“谢谢。”

江遂被她这突然正经的语气吓得抬了抬眉，觑她：“那就别再强迫我出卖色相替‘模联’[1]社招生。”

“这个没商量。”尤锐做事也有态度。

这次的喊话活动很成功，还有了很多温情的画面。

父母与子女打开了心扉，为代沟的消除打下了基础；同学们对与异性的关系更坦然，学生面貌更加积极向上。

校报重点报道了这次活动，当地电视台也特意来校对相关人员进行采访。

那个因在国旗下念检讨书引发轰动的“叛逆”女同学尤锐作为这次活动的领头羊，被大家疯狂地夸赞。

迟意课间操时在来往操场的人流中见过她几次，尤锐总是步履匆匆，抱着文件和水杯，永远奔向和大队伍不同的方向。

---

1 模联：模拟联合国的简称，是对联合国大会和其它多边机构的仿真学术模拟，是为青年人组织的公民教育活动。

迟意以为尤锐会受谣言所累，但江润如说："她根本没心思想这个。"

江润如告诉迟意："你还记得上个月咱们看过一次纪录片吗？那是学校的'模联'社组织的活动。社团的同学认真地看了我们写的观后感，并且遴选出一批学生，现在尤锐正挨个游说他们加入社团。"

"这么隆重地纳新？"迟意问，"这个社团最近是有什么活动吗？"

"新一届校园'模联'马上就要开始筹备了。尤锐作为'模联'社的社长，最近忙得要命，一个人当两个人转。我听陈予光说，就这样上周她班级小考的成绩还能保持稳定。真是不用高考，人与人在能力上的差距就已经显现出来。"

"模联"社大规模地选拔社员的事情渐渐在班级里传开，课间同学们聊天的话题多了一个。

李华也很会蹭热度，精心选了两段往年的联合国演讲视频在课堂上播放，刺激学生对此活动燃起热情的同时，也借此锻炼学生的英语听力和发音，激发学习英语的兴趣。

就连江润如都跃跃欲试，托认识的同学要来了两张社团的招新表格，拉着迟意郑重其事地填写。

"这次'模联'社招新分社团元老评选和自主报名两种途径。虽然我那篇观后感写得稀烂，肯定没有被选中，但我觉得自己还是要努力一下。能加入'模联'社的都是大佬，如果我能和大佬共事，想想就觉得好荣幸。"

迟意将自己那张报名表还给她，说："我不太擅长演讲，就不陪你了。"

"那好吧。"江润如觉得遗憾，却也理解，"这次的选拔十分严格，一会儿我写完，你帮我把关。"

"好。"

江润如写着写着突然抬头，朝板报看了一眼，又看看教室前方，嘟囔："咱班这次在板报评比中得了第一，流动红旗也该送来了。"

经不起念叨，象征着班级荣誉的流动红旗是下午课外活动前被送来的。

尤锐在教室前门探头，将班长喊了出去："你们班这次板报是不错，主题新颖，漫画人物设计得形象生动。”

常安和尤锐高一同班，所以熟悉些，见她朝教室张望，不像是看板报，便问：“专程把流动红旗送来，是有什么事？”

尤锐爽快地说：“顺路送。我是专程来瞻仰你们班思想先进分子迟意同学的。她在吗？”

常安挑眉，替她叫了迟意。

尤锐是因为观后感的事情找迟意，课间时间短促，她和迟意约定了晚饭后在社团教室见。

班长踩在凳子上把流动红旗挂好，和旁边同学聊起这次文化班终于扬眉吐气一回，竟然赢了艺术班。见迟意回来，常安问她是不是要参加今年的“模联”。

迟意苦笑着道：“没，只是说了观后感的事情。”

班长了然，说：“那就是了。迟同学，加油，参加‘模联’可是全年级的荣誉，比流动红旗厉害多了。”

迟意刚接了一杯热水，水汽氤氲，掌心冒了一层汗。

她不行的。

旁人轻轻松松就能搞定的国旗下的演讲，于她而言，要花一个周末的时间练习。

让她在模拟大国会议那么严肃而庄重的场合发言，她恐怕紧张得话都说不顺畅。

她还是提前想好婉拒的理由以备晚饭后见面所需吧。只是……迟意怎么也想不到，代表“模联”社和自己谈话的人竟然是江遂。

“来了。”江遂似乎没去吃饭，抱着肩膀靠在椅子上假寐，听见有人进来，缓缓地睁眼，看清来人是迟意后，才活动下肩膀坐正些，公事公办的语气中带着些倦意。

他也察觉到自己的声音偏沙哑，咳了两声清嗓子，同时随手收拾了桌子上的文件，将用过的一次性纸杯丢到垃圾桶里。

显然迟意不是江遂在这接待的第一位同学。

文件夹里有多份不同笔迹的观后感，江遂翻了翻，找到了迟意的那份，抬眸间看到迟意还戳在原地，示意道：“先坐。吃完饭过来的？”

“嗯。”迟意隔着一张桌子坐在江遂对面的位置，看他去饮水机处拿了新的纸杯，兑了一杯温水。

江遂把纸杯搁到迟意的面前，说：“先喝点儿水。”

“谢谢。”

迟意捧着微热的纸杯，缓缓地抬头，注意到江遂坐下后淡定地看着自己，脖子便没敢再动。

她将目光落在桌子中央的位置，不敢抬高和他四目相对，也不敢唐突地收回，生怕露出马脚。

她不自在地微蜷着手指，嗓子发干，慢吞吞地喝了口水。

眼前的少年在她闪亮发光的青春岁月中拔得头筹，牵动过她千万次的心跳呼吸和无数遍的低头叹息。

好在江遂只是以为她在放空自己，甚至不忍开口打扰。

“在以前的学校有参加过类似的活动吗？”江遂清了清嗓子，开始说今天的正事。

江遂问什么，迟意便答什么。

问了几个问题后，江遂皱起眉。

迟意不自在地咬唇，知道自己以当下紧绷的状态所展现出来的形象，并不能和那篇高谈阔论却句句言之有物的观后感联系起来。

她将双手平放在膝盖上，渐渐地收紧。

在她的心里，这类观后感就像初中、小学在寒、暑假写完的作业一样，老师也是不会看的，所以迟意写起来十分放飞自我，这样她表达的自然是自己最真实的想法，却也是脱轨的。

但这些言论和其中的态度，迟意今天并没有表现出来。

她表现得太糟糕了。

江遂整理了一番文件夹，一副聊天结束的姿态。迟意自责地微微低下头，对自己很失望。

“你用 QQ 吗？我们加一下好友。”迟意眼皮一跳，听到江遂又道，

“我传一些视频资料给你，你有空可以先看看。”

她受宠若惊却又不敢暴露太多的情绪，简单地应了声好，报出自己的 QQ 号，又说：“我的手机在家里，我回去才能同意。”

“好。”

她之前加过他。

此刻迟意突然庆幸，当时那条好友申请没有被通过。

迟意不知道别的高中如何，但四中的这个冬天有一个传说叫“世界末日”。

二〇一二年十二月二十五日零点，世界毁灭，万物不复存在。在其他同学兴奋地等待“末日”到来时，唯独迟意贪婪地享受着这“末日”曙光的温存。

江润如把一本黑色皮面的书放在她的桌上，封皮上的金色字体写着《罗伯特议事规则》。

迟意停下笔看她。

“江遂让我给你的。”江润如含着糖，说话含糊，表情十分萌，“这是什么？跟砖头似的。”

“是一本经典的议事规则工具书。”迟意拿起书，通俗地解释道，“是‘模联’议事的参考书。”

江润如哦了声。

迟意翻了翻，看到从扉页掉出的便笺。

便笺是浅蓝色的，跟她私藏的那张照片中的便笺样式是一样的，字迹也一样，只不过内容变成了一句写给她的话。

有不懂的可以问我。——江遂

迟意觉得自己的心跳快了一拍，尽量平静地问：“他还说什么了吗？”

江润如咬着棒棒糖，嗯了声，回答：“还说我糖吃多了牙会坏掉。”

“……”

江润如嘿嘿地笑道："开玩笑啦。"说着她从口袋里掏出一大把五颜六色的水果硬糖，放到迟意的面前，说，"你挑自己喜欢的口味。江遂给的。"

迟意用了好长时间才从这被大奖砸中的惊喜中回过神，渐渐地陷入了愈演愈烈的恐慌中。

人是贪婪的，她也不例外。尝到一点儿甜头，她便会爱上吃糖这件事，但如果糖果没有及时供应，她将会面对另一阶段的难耐。

平安夜那天，街上节日的气氛很浓。迟意跟着江润如从电影院到游戏厅，最后去了奶茶店歇脚。两人买了一套很有圣诞节特色的围巾和帽子，坐在一起跟双胞胎姐妹似的。

"我们一会儿要不要逛一下西装店？"江润如低头看了看手机，忽然提议道。

"要给叔叔和阿姨买新年礼物吗？"迟意一脸茫然地问。

江润如把手机竖起来给她看："是你要买。这是去年学生参加'模联'会议时留下的照片，大家都是穿西装的。"

在手机屏幕里，迟意一眼便看到了江遂。按理说迟意在博物馆往年志愿者的合影中见过江遂穿正装的样子，再看到他这类的打扮应该会淡定，但她还是忍不住心动。

照片中的江遂站在演讲台前，身后一半是各个代表国的国旗，一半是多媒体的幕布。他握着话筒，袖口熨帖、整洁，神情不卑不亢，意气风发，有涵养。

他去当个外交官吧。

在迟意的心里，江遂无论做什么，都是人中龙凤。

"尤锐穿的这身就挺好看的，不会太严肃，很修身。"江润如又滑了几下屏幕，准备找几张女成员的照片给迟意参考。

迟意从手机的屏幕上移回目光，咬着吸管说："我还没决定去不去。"

江润如诧异地啊了声，似乎觉得迟意不该拒绝这样难得的机会，试图给她打气："你刚转学来四中还没完全适应就能在期中考试中取得第一名的好成绩，足以看出你真的很会学习。我觉得兼顾校园活动和学习任务你肯定没问题。”

“我不是担心这个。”

江润如支着下巴不解地打量她，正要发问，忽然被打断。

“迟意？”说话者是个戴黑框眼镜，脸上长着青春痘的男生。

两人闻声看过去。

“真是你啊！”男生笑得令人十分不舒服。

江润如看到迟意明显躲闪的动作，纳闷地问：“你朋友？”

只是还没等迟意回答，那长着青春痘的男生便自顾自地接过话：“不算朋友，我哪里敢做迟同学的朋友啊？”

他言语间赤裸裸地充满敌意。

“哦，不是朋友啊！”江润如一改方才和颜悦色的神情，毫不客气地翻了个白眼，冷冷地吐槽道，“不是朋友来搭什么讪？”

“……”

江润如晦气地撇嘴，拉住迟意的手，把人往外带：“走了。我妈说了，女孩出门在外要留个心眼，不要和乱七八糟的人说话。”

“你！”袁殊哪里被女生怼过，还是被这样当众羞辱？他气急败坏地一伸胳膊，挡住两人的去路。

迟意怕他动手，下意识地把江润如往自己旁边一拉，护住：“干吗？”

她可能是被江润如带坏了，嘴巴特别毒：“想证明自己不是乱七八糟的人？我看没这个必要了。”

“……”

两人从奶茶店出来，江润如憋着笑冲迟意竖起大拇指：“就是要厉害点儿，你平时的性子太软，我看着都着急。”

迟意红了脸，也不知道是被气的，还是紧张，一昂头，道：“多亏你教得好。”

从共患难的惊险中抽身，迟意渐渐地冷静下来，看向江润如，真诚地说：“谢谢你。刚刚那个男生是我以前学校的同学。我转学前和他打了一架。”

江润如微微张嘴，不可思议地问：“动手的那种？”

“嗯。”

江润如想象不到迟意竟然有这么大的能量，吞了吞口水。

迟意见她这个反应还以为是自己说的话把她吓到了，心中正懊悔刚刚的口无遮拦，谁知江润如却关心地问道："打赢了没？"

迟意哭笑不得地点点头。

"那就行。"江润如潇洒地一甩头发，颇有一种"你打输了我帮你赢回来"的酷劲儿。

两人又逛了会儿，江叔叔正好开车从附近走，便接上江润如，一起把迟意送回了家。

下车前，江润如从书包里掏出一个方方正正的盒子，说："喏，给你的平安果。平安夜吃一个苹果许愿会成真的。"

"那你以前许了吗？"

"当然许了。我去年许愿要个好姐妹，这不，你转来四中了。"

迟意被逗笑。

"好啦，你快进去吧。"江润如挥手，"晚安。"

"晚安。"

迟意又和江叔叔告别，才往胡同里走。

她从热闹的气氛中抽离，觉得此刻十分冷清。宜佳禾因为进组连着几周没有回家，而陈奶奶这个点已经睡了，小院很安静。迟意看到院子里的灯亮着，猜是老人特意给她留的，心暖了下。

进入房间，迟意只觉得困意袭来，飞快地洗了澡，吹干头发，放弃看书的念头便躺下了。

她已经克服了夜里需要开灯才能睡着的习惯，四下无人的夜，万籁俱寂，明明是个很合适且安全的独处空间。

她一向很快便能入睡，但是今天可能是见到以前学校同学的缘故，她翻来覆去好一会儿，最终从床头柜上拿起了手机，解锁。

小巧的五官被屏幕光照亮，她一言不发，登录上另一个 QQ 号，看到新弹出了很多未读消息。

有以前同学关心她在新学校怎么样的，也有朋友发的让她帮忙点一下领福利的游戏链接。

消息发得最多的是一个备注为“席丽丽”的女生。

迟意抠着手机壳，许久后点开对话框。

> 2012/10/21
>
> 干吗？跑他的空间看笑话？林老师过得很好。
>
> 你最好不要愧疚，这样我还能欣赏你几分。
>
> 2012/8/21
>
> 垃圾在哪里都是垃圾，祝你在新学校继续发烂发臭！
>
> 2012/6/21
>
> 他离职了，你是不是很骄傲？
>
> …………

席丽丽几乎每周都会给她发消息，好像只要过得不开心了，便将迟意拉出来恨一恨。

迟意深吸口气，锁住手机的屏幕。

好一会儿，迟意翻身下床，开了灯，坐在书桌前开始写试卷。

圣诞节过去没多久便是元旦。

跨年夜将至，学生们沉浸在辞旧迎新的亢奋情绪中。仿佛过了这一晚，如山的作业会被一键解决，棘手的题目也不再难解。

“你知道吗？江遂今年会上台演奏钢琴。”

“早就听说他弹钢琴很牛，终于有机会见了。去年江遂考级的照片被媒体曝光，真是太有魅力了。”

在绝大部分女生为江遂要参加钢琴演奏而沸腾欢呼时，迟意陪江润如去医务室拿感冒药，回来经过艺体楼时，江润如神秘兮兮地说：“你去过我们学校的琴房吗？”

“没。”迟意隐约觉得江润如这话不简单，“怎么了？”

“那你听说过咱学校琴房的传说吗？”

“什么？”

“咱学校以前是坟地，艺体楼的位置是乱葬岗，冤魂最多。”

“……”

“每当有人在楼里弹琴的时候，就会有小鬼听见歌声出来跳舞。”

“现在是白天，应该没大碍吧。”

江润如高深莫测地摇头：“白天依旧不安全。上学期就有学生大白天见过琴房的窗户自己开了。那个同学后来在家休养了好久，听说是被吓到了。”

“……”

好巧不巧，迟意被李华随手指去艺体楼：“你帮我把这个水杯送去艺体楼 407 室，给明吟明老师。”

“……”明吟是李华的女朋友。这不是重点，重点是艺体楼四楼，就是琴房所在的楼层。

李华见她发呆，问：“有问题？”

“没。老师，我现在就去。”

之前其他女生说的江遂常练琴的时间是几点来着？

日头渐渐西垂，校园的路灯已经亮了，艺体楼传来各种乐器的声音。

迟意把水杯送到明吟那里，与李华斯文严谨的气质不同，教音乐的明吟老师留着一头大波浪卷，身材性感，风情万种，毫不羞涩地展示女性最有魅力的一面。

“来得正好。”明吟正在指导学生练节目，走不开，“麻烦你把这个乐谱送到走廊尽头的那间琴房，交给一个叫江遂的男生。”

“……”

迟意觉得自己现在像极了玩游戏时被 NPC（non player character 的缩写，是游戏中一种角色类型，意思是非玩家角色）指引着做任务的玩家。

而这款游戏的终极目标是个叫江遂的小男孩。

明吟不确定地问：“你是高二的吗？应该认识江遂吧，别送错了人。”

迟意连忙点头：“认识。”

琴房外，迟意攥了攥拳，屈起手指敲门。

没人应。

迟意将手扶到门把手上，渐渐地按下去，缓慢地推开了门："有人在吗？"

琴房其实是一间大教室，靠窗的位置摆着一架三角钢琴，其余空间空荡、干净。迟意探头探脑地进去，确定无人后才松口气，把乐谱放到钢琴上。

过堂风一吹，书页被哗啦啦地吹动，迟意便绕到钢琴前面把乐谱别到乐谱架上。

她盯着无意翻开的那页乐谱，微微失神，往回收手时，不小心按到了琴键，清脆的音符将她拉回神。

她也是会弹钢琴的，准确地说她弹得很好。

钢琴课是迟临行送她去上的。即便迟意因为缺失了与同龄孩子玩耍的时间，含着两汪泪水的样子楚楚可怜，迟临行还是一次次地坚持送她去练琴。

小时候不懂，但迟意越长大，越明白这些坚持是有意义的。

等迟意反应过来时，她已经将手放在琴键上，弹完了半首电影《菊次郎的夏天》的主题曲 *Summer*（《夏天》）。

这是一支很大众的曲子，常见于电视广告、英语听力的前奏等，但迟意对它的印象停留在幼儿园无数个霞光四溢的傍晚。这支曲子是幼儿园的放学铃声，小迟意在这支曲子的伴奏下，一次次地等待着迟临行出现在班级外接她放学。

斜照进琴房的月光在迟意的指尖晶莹雀跃，她最初因为久不碰钢琴而弹得有些不流畅，几个音节后，整支曲子渐渐流畅起来。静谧而空荡的空间里，迟意是自由的，同时也是孤独的。

听家里的亲戚说，迟意小时候像是记恨宜佳禾早早地给她断了母乳，跟她是不亲的。虽然迟临行忙起来连个电话都不给迟意打，但只要见面，迟意总是爸爸长爸爸短地围在他的身边，也不管他理不理自己。

所以在听到同学说出很难听的话攻击迟临行时，出了名好脾气的迟意和人动了手。

骂人的正是那个戴眼镜的男生，他叫袁殊。迟意的成绩稳定在前三名，但他次次第一，而且在击剑、游泳等特长的比赛中常拿奖，十分会讨老师的欢心。

如果不是林向荣护着，迟意恐怕只能吃这个哑巴亏。

但林向荣也因此被波及，他在酒吧驻唱的视频被袁殊的家长爆出后在学生家长间引起轩然大波，学校顶不住压力，希望林向荣能放弃歌手的兼职，专心做班主任。

哪承想林向荣确实做到了二选一，只不过他放弃的是老师的工作。

越到后面她弹得越激烈，开了加速器似的，如湍流激石。

整个过程迟意太投入了，以至隔了好一会儿才通过地上拉出的影子意识到有人在门口偷听。

弹完最后一段，迟意缓慢地从琴键上挪开手，过瘾地舒了口气。

“谁在那里？”

迟意听出是江遂的声音，陡然一惊，立马半蹲下，借着钢琴躲藏起来。

脚步声逼近，迟意慌不择路地往对方的视野盲区退。

江遂走到钢琴边时，迟意已经从后门溜走了。

回到教室，迟意经同学提醒才想起来今天晚上有地理测试。

“你怎么才回来？”江润如看出她不对劲儿，刚要问她怎么了，便见地理老师拿着试卷进来安排考试，只得作罢。

“先认真做题。”江润如一挥胳膊，给迟意打气。

迟意勉强笑笑，可心里清楚，自己握笔时手都是软的。

后背汗津津的，她像是大病一场，右耳处传来的阵阵痛感使得她根本集中不了注意力答题。

地理老师在教室里逛了一圈后停在了迟意的身后，看了几分钟后，屈着手指敲了敲她的桌板。

“专心点儿，都是课堂上讲过的基础知识。”老师向班上所有的人说。

大家做题的做题，支着下巴思考的思考，并没有因为老师这句话有过多的情绪波动。倒是迟意，将头埋得低了些，越发羞愧难当。

题量刚好适合一节课做完，随着下课铃响，地理老师示意每一列的最后一个同学往前收试卷。

迟意在最后一秒搁下笔，盯着试卷，抿紧唇，眼眶发热。

她考砸了。

小考出成绩前，迟意被地理老师叫去了办公室。

“你转学过来快一个学期了，还适应四中的学习安排吗？”

迟意点头，说还可以。

“我听你的班主任说，你最近报名了‘模联’？”老师不等她回答，径自道，“我理解你的班主任让你借着活动改变和突破自己的出发点。但‘因材施教’的意思就是，你不适合这个，就没必要参加，否则便是在浪费时间，耽误了其他正事。你懂老师的意思吗？”

“我明白。”

上午第四节是地理课，老师按照成绩由高到低逐一分发试卷。

“李恩宇，一百分。”李恩宇上讲台取走试卷。

随后老师又念了几个同学的名字，还没到迟意。江润如将脑袋埋在胳膊里，趴到桌子上，戳戳迟意的后背，小声道：“老师是不是把你的试卷忘记了？”

迟意端正地坐着，手臂压着摊开的课本，没吭声。

过了好一会儿，地理老师喊道：“迟意，八十五分。”

班上哗然，同学们纷纷朝这边望过来。

这次测验考的都是基础题，对于重点班的学生，绝大多数能拿满分，再不济也在九十分以上。除了少数偏科严重还没找到状态的钉子户才是这个分数，在期中考试中拿下年级第一的迟意这次绝对是爆冷门。

所有人都在等着老师说点儿什么，但直到下课也没有听到。

老师发完试卷后，简单说了测验中的几道迷惑性选择题和主观题，留下句“个别同学还有不懂的地方问同学或者课后到办公室问我”，便开始讲新内容。

晚上迟意将这张试卷抄了两遍，完全是哭着写完的。

江润如在 QQ 上给她发消息，问她还好吗，还说只是一次考试，不用太在意。

迟意回复了个笑脸，说自己没事。

她刚准备把手机搁下，便见江润如的电话拨了过来。

“你没事就好，我还担心你因为考试失利要难受好久。”

“没有。我就是被你说的那个鬼故事吓到了，答题时有些走神。”迟意试图欺骗她，以及糊弄自己。

江润如难以置信地啊了一声。

迟意顺势问：“琴房的传说是真的吗？”

“什么传说？”江润如顿了下才明白她的意思，咯咯地笑道，“骗你的啦，那是江遂为了防止有同学打扰他练琴编的。不过你也不用觉得丢脸，除了你，还有挺多人信呢。”

“……”

说到这里，江润如又想到了一件有趣的事情：“你不知道。阿遂编的这个传说不只没有阻止疯狂的女同学，还直接导致女生送他的礼物从巧克力、情书变成了大蒜、桃木剑。”

迟意忍俊不禁：“后来呢？”

“后来就是阿遂习惯了万众瞩目，对此无可奈何。”

“那他就没有……”

“没有喜欢的女生吗？”

江润如想了想，说：“好像是没有。从小到大，阿遂对所有女生一视同仁，没对谁特殊过。”

迟意想到江遂给自己的那件外套。

江润如又说：“对于来表白的女生，他总是妥当地拒绝，姿态不高傲，却也不会给女生机会。”

挂了电话，迟意觉得心情似乎好了些，但这仅仅持续了一晚。

迟意第二天起早收拾了下家里，想着以一个整洁的家庭面貌结束这坎坷的一年。等吃完早餐，迟意才关掉英文广播去学校。

她刚进教室，便听到有同学惊呼道：“四手联弹！太酷了吧！”

见迟意放下书包坐下，江润如已经迫不及待地和她分享：“你知道吗？阿遂和尤锐要一起演奏钢琴，四手联弹！尤锐也太牛了，她还有什么不会的吗？”

“……”

几乎全年级都知道了江遂会和尤锐搭档演奏钢琴的事情。元旦晚会还没开始，江遂和尤锐的钢琴演奏成了最受期待的节目。

江润如嫌弃地看看自己的手指，说：“我问我妈小时候为什么不送我去学钢琴。我妈说哪里是没送我去，分明是我没上几节课便趴在琴盖上睡觉，气得老师打也不是骂也不是，只好让我妈把我领回家。说起来我小时候还学过舞蹈和画画，也都是半途而废。”

“坚持真的是一件太难的事情。”江润如托着下巴望天。

尤其是在枯燥中要死要活的感觉，令人独孤而崩溃。

迟意在心里补充。

周一晚上是跨年活动，下午第三节课后，各班级任课老师便没有再排课。学生们按照安排提前吃饭，然后去礼堂集合。

江润如从家里拿了相机，正新奇地东拍西拍。迟意没有幸免，被她抓拍了几张。

晚会还没开始，江润如玩够了，便把相机往迟意的脖子上一挂，蹦跳着去后台看李华彩排。

高二年级的老师准备的节目是歌曲串烧，取名非常时尚，叫《四中好声音》。

白瞎了个音乐老师女朋友，李华唱歌走调。今晚就要上台演出了，他还没练好。

此时李华附近围了不少“出谋划策”的学生。

迟意不是凑热闹的性格，看他们闹了会儿，拿起相机准备把这和谐的一幕拍下来。

宜佳禾因为工作，对镜头画面的要求极高，不论是外出旅行的照片还是平时的随手拍，构图和氛围都非常好。

迟意耳濡目染，审美在线，拍摄的敏锐度高，完全可以应付业余拍摄。

这会儿后台有好几组彩排的学生，见迟意捧着专业的单反相机，误以为她是学生会安排的摄影师，便热情地招呼她："同学，你也来帮我们拍一张吧！"

迟意正在调参数，闻言先看了看江润如的方向。她早就扎进人群里，看不见人了。

"快看看我们摆这个姿势行不行？"那边有人催促。

迟意无法，便配合地举起了相机，示意道："不用特意摆造型，就你们刚刚在那对台词的状态就很好。"

她认为抓拍出的画面最具有美感，一张照片定格一个故事，用心便能窥见被拍者当时的情绪。

迟意志愿担任了近半个小时的摄影师后，趁着没人注意，从后台偷偷地溜走了。

没想到江遂在安全通道里，她僵在门口进也不是，退也不是。

他靠着墙壁，低头看手机，表情比往日要严肃，似乎遇到了什么棘手的事情。

在迟意的心里，江遂是万能的，他总会轻描淡写地处理所有的问题。她还是第一次见他这个状态。

迟意鬼使神差地往上抬相机，想要记录这个画面，却又因为害怕被发现而失去这次机会，抬手臂的动作非常谨慎。

在她刚把相机调整到合适的取景角度时，江遂正好看过来，微微地蹙眉。

快门声在空旷的角落里格外刺耳，气氛陷入了微妙的尴尬。

"你……"江遂张嘴，一时也不知道说什么。

迟意的视野盲区里突然晃出一道身影，随后一道清亮的女声响起："怎么了？"

来人是尤锐。

迟意只觉得手指发僵，认为在人生中很难找到哪个环节比此刻还要令人尴尬。

她鞠了一躬，闷闷地说了句“对不起”，迅速转身。因为她太着急，脑袋在门上撞了下，两颊滚烫地跑远。

“你怎么了？”江润如见她失魂落魄的样子，抬手试了试她额头的温度，同时另一只手摸了摸自己的额头，对比后说，“不烫啊！”

“是不是礼堂里太闷？我陪你去外面透透气。”

迟意将相机拿下来，递给她：“我用你的相机拍了些照片，你看看不喜欢的可以删掉。我没事，可能中午没睡午觉有些困了。我去厕所洗洗脸。”

江润如将信将疑地点头，目送迟意往厕所的方向走，然后低头看相册。

渐渐地，她的眼睛亮了。

迟意把照片拍得太好了！

厕所里，迟意在看手机。屏幕上显示的照片是她拍的相机显示屏，被两道屏幕过滤，江遂依然神采俊朗，皱眉背后的情绪似乎被弱化了，看上去多了几分桀骜。

她仍旧懊悔自己的唐突，认为方才的举动十分没礼貌。

突然有电话进来，乍响的铃声吓得迟意抖了下手腕，险些把手机丢到盥洗池里。

是林向荣的电话。

她清了清嗓子，才接通：“喂，林老师。”

“你好，请问是林向荣先生的朋友吗？”

冬日凛冽的风刀子似的刮在脸上，身后响起江遂和尤锐炸翻全场的钢琴演奏。

很巧，他们弹的 *Summer* 是迟意最爱的一支曲子，但她此刻顾不得驻足欣赏，也顾不得为他们的默契慌张。

林向荣因为饮酒过度酒精中毒被救护车送去了医院，迟意之前去过那家医院就医，紧急联络人留的是林老师。医生因为联系不到林向荣的家属，就联系了迟意。

迟意心惊胆战地听着医生说了林向荣的情况，大脑空白了许久，在医生“还在听吗”的呼唤中，才迟钝地回过神，说：“我现在不在南境。”

没有哪一刻迟意的大脑转得如此快，她让医生试着在通讯录里找一位叫“彭哥”的联系人，然后买了去南境的机票，连夜赶回去。

林老师是个很自律的人，能让他酗酒到酒精中毒，一定是出什么事了。

她在医院的病房里见到了林向荣，他整个人瘦了很多，带着陌生的沧桑感。

“林老师……”迟意一开口，眼泪便绷不住。

林向荣惊诧地道：“迟意？”

那一年，林向荣在辞职后的第七个月，为给父母治病花光了所有的积蓄，甚至变卖了名下的房子。他二十九岁，一个对十六岁的迟意而言算是非常遥远的年纪。迟意哭得惊天动地，被林向荣轻描淡写的一句“是家里长辈的身体检查出了问题要动手术，已经解决了”给安慰住了。

宜佳禾得知她回了南境后，在电话里大发雷霆。

迟意一声不吭，任由她训自己。

好在迟意提前联系了迟临行，说自己想回南境了。有迟临行做掩护，宜佳禾骂了她几句，暂时放下让她立马订机票回北央的念头，改去骂迟临行。

元旦当天，迟意在医院里陪着林向荣。林向荣觉得她在这儿不像话，打发乐队的老幺带她出去逛逛。

迟意从病房里出来时，看到席丽丽正在护士站那里打听林向荣住哪个病房。走廊就那么宽，席丽丽转身时，迟意避无可避。

“哼。”席丽丽嫌恶地冲她翻了个白眼，头也不回地往走廊另一头走，压根不顾护士“你走反方向了”的提醒。

迟意叹气，跟着老幺去吃饭。

她不知道席丽丽后来有没有去病房看望林向荣，也没告诉林向荣，席丽丽曾无数次为他打抱不平。

迟意买了三号上午回北央的票。二号晚上，林向荣提前出院，带迟意去了那家叫“渡”的酒吧，让她感受了乐队爆燃的现场。

迟意最初拘束羞涩，后来被现场的气氛感染，加入了蹦迪大队伍。

结束时，迟意兴奋过头，只觉得余音一直绕在耳朵里，忍不住掏了掏耳朵。

“心情好点儿了吗？”

迟意啊了声，放纵过后的畅然逐渐退去，她心虚地看向林向荣。

林向荣单手插兜，肩膀往旁边的墙上一靠，垂眼瞥她，说：“不开心的时候就要发泄出来，一味地闷在心里会出事的。”

迟意不是很认真地点点头。

林向荣似乎是要给她找点儿事情做，让她别瞎想：“小意，你给我写首词吧。”

可能是平时话少，所以迟意发表在贴吧里的小说也好，写在稿纸上的歌词也罢，又或者是那篇她以为没人看的纪录片观后感，立意和辞藻总是激烈而绚烂，张扬而大胆。

对于她这个半路出家的作词人，既然林向荣敢邀请，那她就无所畏惧。

迟意在回北央的飞机上动笔写首词，拖了很久才给到林向荣。林向荣只回了三个字：“写俗了。”

但没隔多久，迟意还是在QQ空间听到了林向荣发的这首歌的demo。

歌名是《致》，写的爱情。

日子有条不紊地过着。

宜佳禾很快便知道迟意这次回南境是因为林向荣，大肆地将林向荣当反面教材教育了迟意一番。

每一个少年在哭得最伤心的那晚都变成了大人，迟意在宜佳禾的絮叨声中过完了这个学期剩下的时间。

考完试那天，迟意和江润如约好去看电影。在教学楼一楼大厅的宣传栏旁等江润如时，她看到陈予光搭着江遂的肩膀说笑着下来。

迟意往旁边退了下，试图降低自己的存在感。

陈予光没骨头似的靠在江遂的身上，都已经经过她了，突然转头，很灵性地发现她：“迟意，你和江润如不是要去看电影吗？还没走？你考得怎么样？有没有信心拿第一？”

寒假的到来令陈予光的心情很好。听到他倒豆子似的一连问了三四个问题，本就话少的迟意一脸蒙，一时不知道先回答哪个合适。

显然江遂也发现了。他不客气地用手肘碰了陈予光的胸膛一下，吐槽道：“人就长一张嘴，你省着点儿用。”

迟意没忍住扑哧笑出了声。

陈予光吃痛地捂着胸膛，弯了弯腰，冲江遂竖了竖中指。

气氛活跃起来。

江遂看向抿嘴笑的迟意，才发现原来她右边的嘴角处有个浅浅的梨涡：“听尤锐说，你拒绝加入‘模联’？”

迟意嘴角的笑意又深了些，但显然不如方才自然。她说：“我觉得自己的能力还差一些，不想给社团拖后腿。但我会继续关注‘模联’的活动，争取以后够自信和你们并肩作战。”

说完这些，迟意一下就放松了。

她会追逐他，但不希望太狼狈。她喜欢他，却也更爱自己。

江遂表示理解，只道：“随时欢迎。”

这是迟意在北央过的第一个冬天，无论她看过多少场雪，在下雪天她依然会激动得眼睛放光。她怕冷，衣服穿得厚，秋裤、保暖衣、毛衣、绒背心，外面还会再裹一件羽绒外套。好在她身材纤瘦，这样穿并不显臃肿。

她的十七岁生日正好是期末复习期间，江润如有心给她庆祝，却也被题海压得抽不出精力。好不容易等到考试结束，两个姑娘满城撒欢。迟意在江润如的带领下逛遍了这座城市的大街小巷。

生日过去了很久，她才从江润如那里听说江遂也是这个月的生日。他只比自己大九天。

一月十五日，他是摩羯座的。

迟意在心里记下。

“意宝，你贴吧的账号是什么？”假期里江润如约她出来写作业，碰面后注意力不是放在甜品上就是落在手机上，作业本都没从书包里掏出来，“学生正在学校的贴吧里票选今年拍招生海报的人选，你投了谁啊？”

“我的账号是……”迟意猛然想起什么，改口道，“我好像没注册账号。”

“那你快注册一个，咱班好多同学玩贴吧。”

见江润如没起疑心，迟意才松口气。

放假后业余时间多起来，迟意每晚睡前都会在电脑上写一写那个故事，不知不觉间也记录了很多情绪。虽然她在故事里模糊了背景，变了角色名，只有其中的情绪是真实的，但她做贼心虚，在喜欢江遂这件事上不敢存任何侥幸心理。

江润如和家人计划着要去三亚过年，得知宜佳禾因为出差年三十都不确定能不能回来，担心迟意要一个人吃年夜饭，便问她要不要跟自己一起去三亚。

迟意说：“我还有博物馆志愿者的工作，走不开。而且年前我姥姥会来北央，家里还是很热闹的。”

“那好吧。”江润如遗憾地撇嘴，紧跟着好奇地道，“你家过年都玩什么？打牌吗？”

迟意说：“会打麻将。晚上从我们那里的街上走过，每家每户的窗户边都能听到麻将声。”

江润如撇嘴，道：“我之前也玩过麻将，但总忘摸牌。”

迟意笑道：“我姥姥打麻将特别厉害，下次让她教你。”

“好呀！”

书店几乎成了她们有空就会打卡的地方，江润如闷头扎进青春文学区，往地上一坐便是一下午。迟意看书杂，中国的、外国的都看，走到哪儿看到哪儿，见着文案、封面合眼缘的便拿起来翻翻，喜欢的话再买回去。

在这方面宜佳禾不会约束她。

宜佳禾本身的工作便是需要她汲取大量的知识，各个领域的都要涉猎一点儿，所以也会看迟意买回去的书，也会把自己淘到的还不错的书丢给迟意。她又是只享受不整理的性格，导致迟意的家务量平白多了不少。

出期末考试成绩的那天，迟意在博物馆值班。中午吃饭时，祝从容挥着手机，笑容满面地问她看成绩单了吗。

“你这次的排名又是年级第一。”祝从容把自己的手机给她看，屏幕上显示的表格是高二文科班的成绩单，“不过你这次的成绩很危险，李恩宇总分只比你少两分，但他数学考了满分，文综也比你扣分少。要不是他的语文只拿了一百二十多分，恐怕你就要被他反超了。”

“数学考满分……厉害。”

祝从容补充道：“是啊！他读高一时，理科成绩就很出色，物理、化学、生物常常考满分。文理分科时连老师都建议他去学理科。得知他选文科后，大家都挺吃惊的。”

迟意抿嘴，心想自己或许知道原因。

毕竟江润如凭借文科的总成绩能挤进重点班，但理科那几门的成绩常常徘徊在及格线边缘，惨不忍睹。

下午值班的时候，迟意一直在想，也不知道贴吧里有没有理科班的期末成绩单，江遂这次一定又是第一吧？

只是迟意没想到，自己没看到成绩单，先见到了江遂本人。

江遂在志愿者中很出名，连在博物馆工作的前辈都认识他。迟意刚准备去换下值班服，便看见门口人群熙攘，紧跟着响起祝从容惊喜而热情的惊呼声。

迟意只是随意地一瞥，便没再挪开视线。

来人是江遂。

他穿着一件军绿色的飞行棉服，黑裤衬得一双长腿瞩目，脚上蹬着一双马丁靴，似乎不怕冷，也不戴条围巾。

不用穿校服的假期给了他在穿搭上很多发挥的空间，连眉宇间不拘的傲气都明显了几分。他细皮嫩肉，活脱脱是一个养尊处优的矜贵小少爷。

明眼人都能看出祝从容对江遂的崇拜：“遂哥，你来了。今天刘主任还念叨你这个假期怎么没来呢。”

迟意不知道江遂说了什么，便见祝从容不好意思地挠挠头，笑容拘谨。

不少工作人员过去和江遂打招呼，一时他被簇拥着，但他鹤立鸡群，仍非常打眼。

北方男生真的好高啊，而且掌控欲很强。

江遂从容不迫地应答别人时，也不忘在博物馆里环视一圈，视线越过层层叠叠的人群，最终落向迟意这边。

因为偷瞄被逮到的迟意忙低下头，将挂绳在工作牌上缠几圈，收进口袋里，准备去换下班的衣服。

只是她还没抬步，便注意到余光中的江遂已经拨开人群，径自朝自己这边过来。

迟意不安地戳在原地，直等人走近，才礼貌地抿出微笑。

“这个给你。”江遂将手从口袋里抽出来，并且拿着个什么东西。

迟意看向江遂递来的一本薄薄的、封皮是绿色的书，疑惑地歪了歪脑袋。

江遂解释道：“这是润如让我捎给你的。”

迟意才恍然大悟，道谢后接过。

这是她之前和江润如聊天时提过要找的一本外国诗集的译本。这个版本的实体刊物已经绝版，市场上售卖的其他译本的翻译水平太低，极影响阅读体验。

“她真找到了啊？”

经江遂提醒，迟意才看到江润如发给自己的消息：“意宝，你要找的那本诗集我找到了。但我和我爸妈已经出发去三亚啦，所以让阿遂拿给你。爱你哟！等我从三亚回来给你带特产。”

迟意回了个“旅途愉快”，又问了书多少钱等她回来给她，才看向江遂。

因为这个版本的译本太难得，所以迟意此刻的神情是笑盈盈的，好不欢喜。

她就以这样的状态，撞进了江遂的眸子里。

江遂看着面前的女孩如获至宝的模样，干净、纯粹、毫无城府，有些不好开口。

迟意不知道，江遂来这一趟不是受江润如所托，而是主动要求，目的是得到这个送书的机会。

时间回到刚放寒假时。

“绝对不行。”江遂在听完尤锐的馊主意后，直截了当地反驳道，“真该让谣传你喜欢我的那些同学听听，有谁喜欢一个人会残忍到让他出卖色相，只为了拉拢一个‘模联’成员？”

“情非得已嘛！”尤锐说，“你不觉得迟意很优秀吗？思路清晰，头脑灵活，是个不可多得的辩论人才。有了她的加入，今年‘模联’一定会十分精彩。”

江遂想到女生安静的模样时，便觉得这个主意不合适：“这和我有什么关系？”

尤锐好话歹话说尽，知道江遂吃硬不吃软：“行，不去是吧？不去我就在贴吧开一个告白记录帖，名字就叫《我和我高中男神的二三事》！”

“……”江遂动动嘴角，憋出来一句，“随便，反正也不缺你一个。”

江遂还是去了，准确地说是被尤锐念叨了整整三天后，才放下了坚持。

同时，他也找到了让问题变得顺理成章的契机。

这天江润如打电话问他家里的聂鲁达诗选是哪个版本的译本。

得知是迟意在找那本书时，他开始游说江润如：“你不是要去三亚吗？我觉得你可以出发了。”

江润如一头雾水。

“这个译本绝版了，你该知道吧？家里唯一的这本是我的收藏品。”

“所以？”

“我不太想外借。”

江润如撇嘴，吐槽道：“小气鬼。只是看看，迟意看完就立马还给你。”

江遂佯装想了会儿，做出让步：“我亲自拿给她吧，顺便和她强调一下要小心翻阅。”

江润如总觉得哪里怪怪的，却也没多想：“也行。”

博物馆已过闭馆时间，值班人员陆续离开。

“谢谢你专程跑一趟。”迟意将这本书收好，再次道谢。

“还好。”江遂说顺路不礼貌，说特意也不合适，向来缜密能言不怯场的少年竟也有语塞的一天，犹豫了半天，他索性直接问道，“一会儿有空吗？”

迟意沉浸在收到宝贝的喜悦中，闻言，疑惑地啊了声，呆呆地望向他。分明他说的每个字她都理解，为什么连在一起她却听不懂了呢？

“我正好也没吃饭，一起吃点儿。关于志愿者的工作有什么问题，我可以帮你解答。”

“……”

难道这就是学霸的基本素养吗？主动为“新手”同学答疑解惑？

迟意心中如是想到。

她不合时宜地回忆起那天在晚会后台的事情。

她听江润如大概提过，那晚尤锐的家人着急住院，但迟迟等不到医院的床位，是托江遂的母亲帮忙才顺利入院的。两人避开人群到后台的消防通道里打电话便是为了这件事。

迟意心想，江遂对她也有一份热心肠，是说明也拿她当朋友了吗？

保洁阿姨开始清理博物馆地面的卫生时，两人动身往休息室走。

迟意看向他，却在江遂对上自己的视线时，慌张地避开，然后故作轻松地道：“之前为了让我熟悉‘模联’，你花费了很多时间解答我的问题。”

她无数次地看过两人的聊天记录。他们自打加好友后，聊天内容大部分是和“模联”相关的，偶尔跑题天南海北地聊一些别的事情，她也觉得获益匪浅。

“最后我却因为自己的顾虑没有答应，耽误了你们的时间，一直觉得很抱歉，所以这顿饭让我来请吧。”

迟意无意中挑开江遂此行来的目的，直截了当地断了他的后路。

江遂止步，想到了陈予光在得知他借给女同学外套时曾经说的话。

“也就对方是迟意，否则你这一举动还不知会沾染什么黏人的桃花呢。”

果然，迟意不吃他这一套。

他出师未捷，卒。

/ 第四章 /

新年快乐

迟意前不久在博物馆附近发现了一家口味很正宗的牛肉粉店，店虽然不大，但干净卫生。

在征询过江遂的意见后，迟意便带他来了这里。

可谁知江遂对着正反两面的菜单页反复看了半天，在无从下手后反思自己刚刚不该抱着可以去粉店点一碗面这种侥幸心理。

他真该让梁在宥看看，正规的粉店里不卖面。

他微微地叹口气，认命地将菜单搁下，正准备和迟意提议换家店，余光不经意地扫过柜台上挂着的纸板，上面写着："手工水饺。猪肉、三鲜可选。"

江遂仿佛看到希望一般，干脆地冲老板道："一份手工水饺，三鲜的。"

迟意在老板"水饺是现包的，要慢一点儿"的提醒中，偏头看他。

江遂的气质与这里格格不入，他言行举止间展现出的包容与涵养越发衬出迟意的窘迫。她后知后觉自己选错了地方，请人吃饭应该体面些。

顺利点餐的江遂如释重负，抬手接过老板递来的一碗粉，递给迟意。

迟意避开他的视线，两手接过说了句谢谢，端着去旁边加码料。

这家店和梁叔那家不同，老板将现煮好的粉装碗，给客人前加一勺浓汤，旁边备好了各种口味的码料，方便客人自行添加。

迟意第一次吃便爱上了这里熟悉的味道。

正是因为喜欢这个，所以才向江遂推荐这里，但她疏忽了……在梁叔店里见到江遂那次，他似乎点的是小面。

“你……”迟意犹疑地出声，“不喜欢吃粉吗？”

江遂用词比较中肯：“吃不惯，从小更喜欢面食。”他觉得这个东西黏糊糊的，并不好吃。

迟意正要道歉，是自己选错了地方。

江遂却在瞥见她放在碗边的辣子后，眉心跳了跳，偏头看向前面的冷柜，问道：“你要喝什么？”

“豆奶。”迟意正为自己的失误懊悔，听到江遂和自己讲话，脱口回复，顿了下，又补充道，“这家的豆奶很好喝。”

江遂已经起身：“我去拿。”

“……”迟意想阻拦已经来不及了。

就像大多数吵架的人事后会反思自己没有发挥好一样。这顿饭对迟意而言，也是充满遗憾。如果……再给她一次机会，她一定努力地交出满分的答卷。

但她忘了，这个叫江遂的男生不是白纸黑字印刷的题目，是没有标准答案的。

江遂吃水饺时，蘸了一下店里的辣椒，只觉嗓子能喷火，再看迟意的碗里漂着的那层红油，顿时觉得不太好。

怕迟意被辣得口渴不好意思说，从粉店出来经过便利店时，江遂主动提出去买水，也给迟意带了一瓶牛奶。

“给我的？”迟意垂眸盯着牛奶瓶，藏在袖子里的手刚要抬起，又落下，手指不经意地蜷了下，不确定地发问。

“热的，拿着暖手。”江遂见她没动作，问道，“你喝牛奶过敏吗？”

“不过敏。”迟意忙否认，在江遂撤回胳膊前，抬手接过了牛奶瓶，“……谢谢。”

正如他所说，牛奶瓶的瓶身微热，传来不烫手的温度，这份暖意悄无声息地传遍她的四肢百骸。

紧跟着迟意又觉得心里酸酸的，因为他对谁都是这样绅士与体贴。

她突然好羡慕江遂的朋友们啊，羡慕他们能被他这样无微不至地照顾。

江遂注意到她无论何时都用双手接东西的谨慎动作，再次痛骂了尤锐一顿。这种不当人的苦差事，他不干了。

但迟意已经敏感地猜测到，也直接问出来：“你找我是有什么事吗？”

迟意知道，如果没有江润如和陈予光，自己与江遂近乎等于两条平行线，可能连和他说话都变成了奢望。江遂能注意到她的原因，很大一部分是她顶着“经常和江润如一起的女生”或者“陈予光因一碗米粉乌龙认识的朋友”的标签吧。

迟意小心翼翼地偏头看他，诚恳地继续道：“如果有什么需要我帮忙的，我尽量去做。”

江遂沉默数秒，说了“模联”的事。

迟意刚支棱起来的小耳朵渐渐地耷拉下去，神情也变得不那么轻松，她问：“你觉得我适合吗？”

“我希望你参加，”江遂说，“也相信你能做好。”

“我可以……再想想吗？”迟意觉得手掌心被牛奶瓶热出了一层薄汗。

对她而言，这是一件需要突破的事情。

往地铁站走的路上，两人十分安静。江遂把她送到地铁口，便低头看向手机屏幕，研究自己从这里去电视台的合适路线。

在进地下通道前，迟意终于想通了方才一直钻牛角尖的事情。江遂和尤锐的坚持对自己而言不该是负担，像江遂这样有眼光的人，相信她能做好，那她一定可以做好。

想明白这一点的迟意忽然转身，嘴角的笑容一点点地绽开：“江遂，米粉真的很好吃。柔韧可口，配上地道的码料，小小一碗，包罗万象。”

江遂愣了下，没想到她会说这个，过了会儿，莞尔道：“我有机会试试。路上注意安全。”

那时的江遂只是随口一应，并没有想到自己在多年后会对这种味道念念不忘，一如对她。

这一次的见面像是两人间的秘密。

迟意回家后躺在床上，捂着脸滚了好几圈，一遍又一遍地感慨假期真好啊，迟迟没能从喜悦与满足中抽离。

她仰躺在床中央，盯着天花板傻笑了会儿，拿出江遂替江润如送来的诗集，随手翻开一页，静静地看了会儿，朗读出声。

> “每日你与宇宙的光一起嬉戏。
> 灵巧的访者，在花朵与水之间你翩然到访。
> 你比我手中紧握的白色的头颅，
> 更像每日我手中的成簇的果实。
> 你不像任何人，因为我爱你。
> …………”

迟意喃喃了好几遍最后这句诗，确实无人像他。

这一晚，北央下了一场很大的雪。一夜之间，整座城市银装素裹，街上的积雪没到了脚踝。

早晨，迟意伴随着外面唰唰的铲雪声醒来，推开窗户看到陈奶奶一个人在打扫院子。困意瞬间消失，迟意忙穿好衣服和鞋子出去帮忙。

“吵醒你了？”陈奶奶见她出来，打招呼。

迟意不好意思地说：“奶奶，我来帮你。”

“奶奶，这副是我几岁时的手套？为什么我现在还能戴上？”陈予光从屋里出来，手里拿着一副史努比样式的手套猛拍了几下，细小的灰尘在晨光里翻腾。

抬眸间他看到了迟意，眼睛一亮。

迟意戴着红色的虎头帽，脸小小的，皮肤被雪映得特别白，笑起来时嘴角有个酒窝：“早啊！”

“让你好好吃饭你不听。你看看这些年一点儿都没长。”奶奶恨铁不成钢地说完，又慈眉善目地看向孙子的后方，“小遂找到能戴的了吗？你个高，手大。”

迟意也是打完招呼才看到江遂从暗处走来。他穿着和昨天一样的衣服，只是脖子上加了一条深灰色的针织围巾。

她压根没想过昨天见面的人今天还能再见到，眼睛骤然发亮，一时被这个从天而降的惊喜砸晕，忘记了言语。

江遂在陈予光“也没高多少”的嘟囔声中，将手套戴好，先回奶奶的话：“能的。”

他说完看向望着自己双眼含笑的迟意，好一会儿，轻轻地挑眉。

迟意竟然猜到了他的意思，他是在疑问她为什么没和自己打招呼。

她微微地张嘴，一时竟不知道该怎么开口，从小学的礼貌与教养真是被这场大雪埋了个彻底。

陈予光和江遂比完身高，确定自己没矮多少后，定睛看向迟意的方向，嘴角微动，忍了两秒后，扑哧笑出声，说：“迟意，你的这个老虎帽子，跟我刚刚看到的我满月时戴的那个一模一样！我一会儿找出来给你看。哈哈哈！”

“……”经陈予光打岔，迟意更没了打招呼的时机。

有两个男生在，他们清雪的速度快了不少。

聊天时迟意才知道江遂和陈予光今天过来是帮老人打扫卫生的，要过年了，家里平时打扫不到的角落也要清理一下。

陈予光问：“迟意，你不回家过年吗？”

迟意说：“我家里人都在北央，留在这里过。”

“那太好了。年初一我们来找你串门。”陈予光看向江遂，非常期待地说，“一年一度较量牌技的环节要来了，我今年一定不会手下留情。”

江遂简直没眼看，好心提醒道：“别丢人现眼。”

中午，迟意去车站接了姥姥。

迟意本来还担心姥姥不能适应院里的生活，但很快便意识到自己多虑了。

“我也是北央人，以前就住在喜旺路那边。这不，孩子在外面上学又结婚，我就一直陪着。现在外孙女也大了，回学籍所在地上学，我才得空回来。”姥姥一来就和陈奶奶攀谈起来，搬了个小马扎坐在厨房的火炉旁，准备炸货的配菜。

陈奶奶觉得投缘，问道：“那你认识杨庆眉吗？她也住在喜旺路那边。”

“她家里是不是开纺织厂的？有个女儿长得特漂亮，跟明星似的。”姥姥说，“我们两家挨着，站在阳台上都能看到对方家里的院子。”

“对。”陈奶奶激动地应和，“我和她是发小，以前常去她家里玩。”

“这不就巧了？说不准咱们过去还见过。”

迟意端着杯子来送水，站在门口听得一愣一愣的，感慨自己怎么没遗传姥姥这健谈的能力。

“小意妈还没放假？”话题聊到宜佳禾身上，陈奶奶问道。

姥姥跟着叹气，说：“没呢。她最近出差，说是年三十赶回来。”

“我看她经常不在家，这份工作挺累的。”

“是忙，但也赚得多。”姥姥聊起天来简直比演员背台词还要流畅，“她负责的影视项目合作的都是一线明星，老板不差钱。她在上一个项目中，到手拿了得有——”姥姥神秘兮兮地比画了个数。

陈奶奶咋舌，道：“哟，这么多呢？”

“我们这个家开销也大。穷养儿子富养女，不说让小意在金山银山里长大，别家孩子有的也不能短着她。”

迟意：“……”

陈予光从屋里出来，戳了戳迟意的肩膀，道：“阿遂泡了些果茶，你要来喝一点儿吗？暖暖胃。”

迟意把水杯送进去，没打扰两位相见恨晚的老人聊天，便悄声退出来。

跟陈予光往主屋走时，迟意听到他说：“看到奶奶和你姥姥聊得来，我很开心。自打你们一家租了这个房子后，奶奶每天都乐滋滋的，状态很好。”

陈予光又说，自打爷爷走后，奶奶一个人守着这个院子，也不愿意搬到儿女的家里住，家里人都很担心。

迟意心不在焉地应着，将注意力全放在江遂和他泡的果茶上，被陈予光提醒了一句“当心台阶”才猛然清醒，意识到自己的冒失。

这样不行。

好在进屋看到江遂时，她已经调整好情绪，恢复成了那个存在感不强，容易被人忽视的迟意。

茶几上摆着大小不一的茶具，透明的茶壶里泡着五颜六色的果料，看着漂亮又有食欲。

江遂坐在沙发中央，惬意又放松的品茶姿势活像个长相英俊的退休老干部，但这种气质意外地与他身上的少年感不冲突，恰恰反映了他驾轻就熟的从容。

见江遂刚倒好一杯，陈予光非常自觉地伸手。

江遂只是瞟了他一眼，径自递到了迟意面前。

迟意受宠若惊，抬起两只手去接。

陈予光一头雾水。

江遂露出一个只有迟意能理解的笑容：“贿赂一下迟同学。”

宜佳禾是年三十那天晚上到家的，进门时正赶上吃年夜饭。见姥姥将春节的第一盘饺子端上桌，宜佳禾随便拿起双筷子尝了一个后，连盘子一起递给迟意，说道：“你把这盘送去那个米粉店。”

迟意刚把宜佳禾随手丢的外套和行李箱放好，闻言，疑惑地啊了声，没懂。

宜佳禾去厨房里逛了一圈，挑了些方便带的装到瓷碗里一并给她，解释：“那个老板快要饿死了。”

“……”

梁在宥倒是没有饿死。

他在关店的前一秒看到迟意一手端着盘子，一手端着碗小跑过来。

“等一下！”

梁在宥狐疑地看她：“你这是……？”

迟意把碗和盘子塞到梁在宥的手里，微微地弯着腰喘气。她其实是没相信宜佳禾说的“饿不饿死”的话，但不知道为什么在路上还是跑了起来。

“我妈让我送来的。”迟意蹙眉看着他，不放心地问，“你是我妈的男朋友吗？”

梁在宥被她这个无厘头的问题整蒙了。

“不是就好。”迟意见状，放心了，嘟囔，“也是，我妈喜欢年轻的。”

“你这句话我不爱听。”梁在宥开了店门，让迟意进来，“我虽然被你喊一声‘叔’，但也才 30 岁出头好吗？”

迟意天真地冲他眨眨眼。

梁在宥：“好吧。这个‘头’出得有点儿多。39 岁。”

迟意露出一副“这样还差不多”的表情，嘴甜地道：“没关系，你看着像 29 岁的。”

梁在宥十分勉强地抿嘴笑笑：“行了，别贫嘴了。既然东西送到了，那你也回去吧。”说着他从柜子里取出一瓶红酒，给她，“把这个拿回去。”

迟意警惕地瞥他：“你不会是想追我妈吧？”

梁在宥探究地打量起她来。

迟意被他盯得不自在，嘟囔着“我就是随便说说”时，听见他说：“你长大一岁，性格也开朗了不少。我记得夏天刚认识你时，你唯唯诺诺的，跟人说话也不敢大声。”

迟意揉揉脸，让自己不要再得意忘形，说：“我那是初到一个陌生城市产生的自我保护。”

梁在宥拖着长音哦了声，说：“这样挺好，以后别自我保护了。你处在这个年纪无忧无虑，该多笑笑。年轻人要活得大胆点儿、肆意点儿，努力生活，等老了才能靠着回忆保持激情。”

迟意重重地哦了声，不喜欢听大人讲大道理。

梁在宥也不管她听没听进去，手背朝外，掌心朝向自己摆了摆：“回去吧。别赶不上吃年夜饭。”

回去的路上，迟意才想起来自己忘记问他怎么没回家吃饭，也忘记说自己每天都有努力地生活。

只是……她只是面对江遂时比较胆小。

迟意已经习惯了没有迟临行的春节，宜佳禾和姥姥也默契地不提他。这顿年夜饭在宜佳禾“疯了吧，大年初一开剧本会”的吐槽声中结束。

春节联欢晚会的主持人报幕时，宜佳禾难得从手机上移开视线，看了会儿电视，突然发问：“小意，你说妈妈和她比谁看着更年轻？”

屏幕上一男一女两个主持人，显然宜佳禾说的是右侧端庄从容的女主持人，隋荷。

迟意被问烦了这类对比的问题，在宜佳禾“也不知道她这身旗袍是哪家的”的说话声中，抱紧了手中的抱枕，将话题转开：“她是我同学的妈妈。”

宜佳禾显然有些吃惊：“是男同学还是女同学？”

“男生。”

“有照片没？”宜佳禾来了兴趣，“我看看那个孩子得帅成什么样。”

迟意下意识地看了眼放在膝盖旁边的手机，耳畔是宜佳禾的催促声：“你问你同学要一下，我等着。”

迟意靠到沙发上，让放松惬意的姿势掩盖自己内心的慌乱。她拿起手机，默不作声地找到江润如的空间动态，递给宜佳禾：“这个穿赛车服、拿头盔的就是他。”

宜佳禾接过去，眼睛瞬间一亮：“哟！真的很帅啊！”她一个人看还不过瘾，招呼窝在躺椅上抱着手机玩麻将的姥姥：“妈，你来看看隋荷的儿子的照片，长得真帅。”

“我看看。”姥姥一抻脖子，凑过来跟着看，“还真是，五官周正，两眼有神，一看长大后就很有出息。”

宜佳禾看看江遂的照片，又偏头打量迟意，伸手捏着她的下巴凑近些仔细研究一番，扭头问：“妈，你说小意是不是跟我小时候长得一样？”

“你俩可不就是亲母女俩吗？何止长得像，眼里的那股倔劲儿也一模一样。”

宜佳禾仿佛没听到后半句，自顾自地道：“那就行，再长长肯定是个美人。”

宜佳禾不小心触碰到屏幕，界面退回缩略图模式。

迟意看着宜佳禾戳开尤锐那张照片，两根手指滑着放大，如是说道：“这个女生长得好看。”

宜佳禾问她：“也是你同学？”

“是理科班的。”

宜佳禾哦了声，随口问：“刚刚那个男生和你一个班？”

“他也是理科班的。”

宜佳禾把她的手机递回来，颇为遗憾地一撇嘴：“你说你当时也学个理科，不就能和这个小帅哥同班？这样妈妈天天去给你开家长会。”

“……”

如果真这样……迟意不敢想，也不奢望。

她与他猝不及防地相遇，喜欢上他却是意料之中的事情。

你看，连宜佳禾这般挑剔毒舌的人仅仅是见到他的照片便赞不绝口，更何况自己。

迟意拿到手机后回复了江润如的拜年短信，犹豫着要不要给江遂也发一条。

她发“新年快乐”会不会太简单了？要不她编辑一条看上去像是群发的祝福，会不会太敷衍了……迟意就这样纠结了好一会儿，直到有电话拨进来。

是个陌生号码，归属地是北央。

迟意在接通后听到了尤锐的声音：“是迟意吗？我是尤锐。新年快乐呀！”

“新年快乐。”

“冒昧打这个电话，你现在说话方便吗？”

迟意听到尤锐有事要说，便拿着手机回了房间。

尤锐借拜年的机会，再次提起了“模联”的事情，从四中的“模联”社成立发展史说到去年活动如何成功。

最后她说：“原本我担心咱俩不熟，怕你抗拒，所以让面试过你的江遂同学去挽留过你一次。但我又觉得男生可能不懂咱女生理解事情的思维模式，所以还是想亲自和你聊聊。”

那天是尤锐让江遂来的……迟意听到了这句话的重点。

——“我希望你参加，也相信你能做好。”

所以他说这句话时是真心的吗？

手机那头尤锐试探地问：“你还是坚持不参与吗？要不要再考虑一下？虽然没有参加‘模联’活动便能高考加分的政策，但各个学校参加‘模联’的同学都是尖子生，趁这个机会和他们交流学习经验也会有很大的收获。”

尤锐言无不尽，把选择权留给她：“你可以再想想，年初七上午十点‘模联’社开第一次准备会议，地点在世茂一层的甜品店。我们等你的决定。”

“好。”

挂了尤锐的电话后，迟意定睛看着前方发了会儿呆，才垂眸看向手机。

通话界面退出后显示的是江遂的对话框。

她逐个删掉了输入框里的字，觉得自己连说“新年快乐”的立场都没有。

她刚退出去，便看到陈予光的消息不要钱似的弹出来：“迟意新年快乐啊！我拉你进群，你记得和大家打招呼。”

根本没给迟意回复的机会，陈予光便把她拉进一个叫“苏麻离青学习小组”的群。

迟意原本以为这是写寒假作业的监督小组，直到点进去看见陈予光正和旁人讨论明天去谁家打牌、什么时间打游戏、谁负责去占篮球场时，才意识到是自己想得简单了。

一个头像是艾弗森的人突然问：“@（网络符号，提到某用户或对某用户说）JS，明天下午打球你去吗？”

迟意看到这两个字母后只觉呼吸一紧，戳开被 @ 的账号。

果然是江遂。

江遂似乎一直在屏幕前，很快便回复：“初四后可以。”

陈予光：“我听我妈说隋姐儿要去长白山？”

“泡温泉。”

“几天？”

“三天吧。四号要赶回来看个画展。”

艾弗森头像也回复：“行吧。那到时候约。”

陈予光还在那里感慨：“我妈别提有多羡慕隋姐儿了，成天让我学学你的贴心。阿遂，你以后得把女朋友宠成什么样啊？”

迟意盯着江遂的头像和陈予光最近发的这条消息，还没从“江遂和隋姐儿要去长白山，四号才回来”的信息中回过神，心便被狠狠地刺痛了。

摩羯座的男生骨子里隐藏着浪漫多情，对女友肯定也不差。迟意光想想那一幕就觉得十分心痛。

江遂回得十分直接，一句话打破了聊天群里冒着的粉红泡泡：“那你多活几年，好好看看。”

迟意又伤心又好笑地退出了群聊，深吸一口气，开始思考“模联”的事情。但是她高估了自己心静的能力，被脑袋里的各种声音吵得只觉马上要炸掉。

林向荣的拜年电话就是这个时候打过来的。

迟意东扯一句西聊一句，根本没有表述清楚自己为什么拒绝参加“模联”。可能因为她自己内心也是迷糊的吧。

“林老师，你觉得我可以参加吗？”

“这么好的机会，为什么不去呢？”林向荣直接道，“你的同学都不怕你拖后腿，你担心什么？再说据我了解，你从不是关键时刻掉链子的人。”

她挂断电话，发现“学习小组”群里的未读消息已经有几百条。

迟意翻着看了看，不知是谁起了个头，大家开始发新年祝福。

她混在众人之间发了一句“新年快乐”，发完后才发现，江遂紧随其后也发了同样的一句。

这个情形好像他特意回了她的祝福。

迟意在这两条消息被刷没之前，截图，只截取了两人的消息内容，保存好。

大年初三，历史博物馆正常开放。因为是春节假期，客流量非常大，迟意和祝从容根本不敢走神，想偷懒去个厕所都得拿捏着时间，微笑了一整天脸都要僵了。

到了闭馆时间，迟意值班结束终于能换衣服回家时，博物馆来了位客人，只见组长握着手机笑盈盈地迎出去。

她还以为是江遂，往休息室走时特意朝那边看了眼，只看到个留着大波浪鬈发的陌生女人。

换衣服时，迟意听到有工作人员说是组长朋友的画廊来咱们这里借人，只是没想到自己会因为走得慢被组长喊住。

“你看她行吗？”组长指着迟意问那个女人。

迟意拘谨地站在原地任由女人打量，听见对方问：“懂画吗？”

迟意下意识地说：“小时候学过国画。”

她刚说完便想到胡云喜在班上指桑骂槐地挖苦自己的场景，顿觉自己多话了。小时候上过特长班的孩子比比皆是，长大后还常把这个挂在嘴边当作履历多少有些小家子气。

“这个姑娘是我们这里形象最好的了，四中重点班的学生，脑子灵活有聪明劲儿。”

在组长的极力举荐下，迟意多了明早八点去744工业区报到，在画展救急的任务。

迟意不敢担救急的头衔，只祈祷自己不出岔子就好。

这一晚迟意半宿没睡，在网上看到展览信息后，便一直在做功课，从这位叫檀青的超现实主义画家，到他每一幅展览的画作。

早上坐地铁往744工业区赶的时候，迟意仍捧着笔记本翻看自己整理的关键信息。

但……意外还是发生了。

十一点半左右，早晨因为起晚只吃了半个肉包子的迟意这个时间已经饥肠辘辘。她的口袋里装着糖果，但当众含糖似乎是件很不雅的事情，更何况她时常需要开口引导游客参展。

迟意觉得自己快要低血糖晕倒时，耳边两道尖锐的吵架声把她拽回来——

“工作人员怎么什么人都往里面放？”正说话的小屁孩戴着副眼镜，只是初中生模样，高昂着下巴，眼神骄傲，语气里是满满的不屑。

旁边一个雍容华贵的女人往臂弯里一提自己的包包，不乐意听了：“你这个孩子怎么说话呢？”

迟意猛一哆嗦，瞬间清醒。

戴眼镜的小屁孩看过去：“我说错了吗？不是看过几个展，收藏过几幅画，就是懂画了。阿姨，看不懂就别乱发表意见。”

迟意听了会儿，渐渐明白了。

女人正在画前给儿子借题发挥讲道理，说话声音并不大，但那个小屁孩听力太好，听到后还不忘没遮没拦地讥讽了几句。女人当着儿子觉得丢面子，便和这个小屁孩争执起来。

小胖子见有人凶自己的妈妈，气呼呼地冲上去一口咬住对方的手臂。

小屁孩吃痛，下意识地甩胳膊。小胖子因为惯性往后栽，一屁股摔到地上，哇的一声哭出来。

“这画展是你家的啊，我说什么、做什么是我的自由，你怎么管得这么宽……你干吗推人啊？儿子！”

“你管这里是不是我家的啊！是你的儿子咬我在先，他摔在地上可不赖我。”

迟意听着两人越来越离谱的争执，注意到逐渐从四周簇拥过来的人，觉得自己就这样晕倒其实也挺好的。

她可不想再兼职什么幼儿园园长。

迟意离小胖子近，第一时间把人扶起来，蹲下给他擦擦眼泪，起身看向那个小屁孩。

可能是对方在迟意的眼里就是个年纪小、个子还没她高的小孩，也可能是自己身为画展工作人员的责任感，她硬着头皮站出来，质问道：“难道只有懂画的人才配进画廊吗？”

小屁孩隔着薄薄的眼镜片瞥她一眼，一副“这里有你什么事”的嫌弃表情。

迟意佯装不察，朝挂画的方向转身，在旁人注意不到的地方深吸一口气，道："我在这幅画里看到了阳光、麦穗、碗打翻后洒出了米粒，可能看不到什么超现实主义的深刻含义，但出于自己吃货的本性，第一时间想到劳作、耕耘、浪费，有错吗？"

她纯属胡扯，心虚得很，真被专业人士反驳几句，立马泄气。

"我以为来画展是赏心悦目的，是陶冶情操的。有人看到月亮，有人看到六便士，对于同一事物看到什么、体悟到什么各不相同。面对这个比你还小几岁的孩子，阿姨借此让他明白粒粒皆辛苦有错吗？"

"……"

有人带头鼓掌。

方才还咄咄逼人的小屁孩发现人群最前面的一位青年后，立马没了威风，毕恭毕敬地喊了声："老师。"

儒雅随和的男人微微地点头，停下鼓掌的动作，看向迟意："你是工作室的人吗？叫什么？我看你有些眼生。"

迟意认出他就是这场画展所有陈列作品的创作者檀青老师。

她方才只是形势所迫硬出头，想着反正围观的人没一个是认识的，只要自己不尴尬，那尴尬的就是别人。哪里想到画家就在这儿。

她在自己的莽撞行为中懊恼自己的唐突，但又觉得自己说得虽然直白也没错，两种情绪交织，令她纠结难挨。

"我叫迟意，是临时过来值班的。"

赶来的助手倾身到男人的耳畔小声地解释。迟意站立不安，觉得自己给博物馆丢脸了。

男人旁边的小姑娘看上去八九岁的样子，眨着水灵灵的大眼睛，歪着脑袋探究地望着她，许久后，拽了拽男人的袖子，说："爸爸，我喜欢这个姐姐说的。"

男人摸摸她的头，道："小迦也喜欢啊！那你教教你师兄。"

扎羊角辫的小姑娘一甩头，拽了拽自己的花裙子，哼了一声："他太笨了，难怪不懂。"

人群哄笑。

闹剧就这样被轻松地揭过去了，迟意松了口气，心知这是大人懒得跟自己这个小孩子计较。

人群最外围，江遂陪隋荷来看画展，此刻也在这里驻足。

看着中间容易被人忽视的女生，他突然认可了尤锐的观点。

除了将文静与乖顺美其名曰出的亲和力，江遂看到了女生身上爆发的巨大能量。她是睿智的，渊博的思想层面令她拥有丰富的精神世界，但她怯懦的外表时常迷惑旁人，让人疏忽了这一点。

她像是被压在贫瘠土壤里的种子，脆弱、不起眼，即便拱破土层冒芽，旁人也联想不到它长大后会是一株名贵的百合。

这天是二〇一三年二月十四日，农历正月初四，西方情人节。

下午四点，画展禁止游客入场，人流渐渐小了。

昨天那个留着大波浪鬈发的女人招手把迟意喊走，到休息室后，递给她一个红包。

迟意下意识地摆手："我不能要。"

"收着吧，你今天辛苦了一天，是应得的。"女人往前伸了伸胳膊，见她收下，又道，"现在外面没什么人，你可以提前结束，早点儿回家休息。"

迟意说了声谢谢，盯着红包上烫金的花纹，问道："我今天是闯祸了吗？"

女人愣了下，明白她在意上午的事情："没有的事。你别多想。那个小孩成天一副谁也看不惯的样子，早该被收拾了。"

迟意哦了声。她也看出来了，小孩是檀青的学生，很被器重，恃才傲物的那种。

迟意去更衣室换回自己的衣服，准备从后门离开。经过檀青的办公室时，迟意探究地打量着门牌上"非工作人员禁止入内"的标牌，又一次想到了上午那个令人尴尬的处境。

她确实太莽撞了。好在檀青老师宽容，否则真算起来，自己铁定少不了麻烦。

虽然事情已经翻篇，但迟意只要想到便忍不住去假设如果檀青老师计较的话自己会有什么后果。

杞人忧天的情绪在迟意的心中发酵。她告诉自己下次做事得稳妥点儿，不能这样冲动了。

迟意微微地叹了口气，抓着书包带子加快了往外走的步伐。

江遂站在拐角的另一端，倚在窗户旁等隋荷从办公室里出来，听到脚步声，下意识地抬了下头。

迟意撞上江遂漆黑的眸子，看神情他显然也听到了自己颓丧的叹息。

迟意顿住，当下萌生出扭头重来的念头。如果可以，她不希望在江遂的面前展现自己脆弱的一面。

“哥哥，你怎么能长这么高？”上午那个扎羊角辫的小姑娘背对着迟意，站在江遂的面前抬起下巴，水汪汪的大眼睛里满是仰慕。

因此江遂很快便从迟意的身上移走视线，垂眸看向才到自己胸前的小姑娘，没有半点儿不耐烦地回答：“因为我是哥哥。”

小姑娘懵懂地发问：“难道不是因为你爱吃饭吗？”

江遂听出弦外之音，问：“小迦是不是饿了？”

小姑娘笑了，眼睛骤亮，问：“可以去吃麦当劳吗？”

“可以是可以。”江遂道，“那你问问森森哥哥要不要吃。”

小姑娘扭头瞥一眼旁边戴眼镜的小男孩。小男孩小大人似的将双手插在自己的背带裤口袋里，鞋尖一下下地踢着地板。刚被训过的缘故，他正窝了一肚子气，闻言，傲娇地哼了声，非常不给面子。

小姑娘飞快地收回视线，说：“那算了，比起和某些坏脾气的人同桌吃饭，我宁愿当个小矮子。”

听见他们的对话，迟意忍俊不禁，抱着书包抬步。

江遂被这古灵精怪的小丫头逗乐，揪了揪她耳朵后的小辫子，笑得胸腔发颤。

视野里有黑影逼近，他知道是迟意，只是刚一抬头，便见她径自从自己的身侧离开，没有停留。

江遂目送迟意走远。

门被打开又关上，涌进来一股冬日凛冽的风，有些冻人。

“哥哥，你喜欢小黄人吗？”小姑娘一门心思想去吃麦当劳，却又不直接说，绞尽脑汁地引导旁人主动提议。

江遂心知肚明，不戳穿，顺着她的话答：“嗯。你怎么知道的？”

“因为我看到了哥哥书包上的小黄人挂件，超可爱的。”小姑娘脸颊一鼓一鼓，令人瞬间被萌化，“对了，哥哥，听说现在去麦当劳吃儿童套餐赠送的玩具是小黄人哟！”

江遂瞧着她一副“你不感兴趣吗？想不想去吃”的神情，哭笑不得地捧场道：“真的吗？那小迦和森森愿意陪哥哥去收集玩具吗？”

“我愿意！”

“森森呢？”

“嗯。”

迟意住的地方距离744工业区不近，她转了两趟地铁才到苏麻离青的站点。

从地铁口出来，她看到旁边麦当劳的揽客海报，正值寒假，麦当劳儿童套餐优惠多多，还推出了新款赠品。

迟意不由自主地想到江遂和那个扎羊角辫的小姑娘，他对待孩子好像幽默又有耐心，自己如果也处在小姑娘那个年纪，看到这样的大哥哥，一定也会十分崇拜。

拎着打包好的儿童套餐，迟意往胡同里走，经过米粉店时，看到柜台后面的梁叔时不时地往门口看，不知是在等谁。

听见迟意和自己打招呼，梁在宥才收回视线，看向她：“最近家里没人吗？你怎么天天吃快餐？”

“儿童套餐新出了一系列赠送的玩具，我吃了好久还没集齐呢。”

“你真是……”梁在宥不知道说什么好，“有童心挺好的。”

和梁在宥说了会儿话，迟意便往家里走，遥遥地看到小院门口停着一辆陌生的摩托车。

车主正倚在车座上，大长腿交叠，长相帅气。迟意经过时，他意味深长地挑挑眉，吹了声绵长的口哨。

迟意正盯着对方头盔上的字母辨认品牌。上次看到江遂赛车的照片后，她便有意上网搜相关的品牌和款式，日常中见到这类事物也会关注。

后知后觉口哨声里的深意，迟意正想加快步子躲远，便见宜佳禾踩着高跟鞋从院子里出来。

妆容精致的宜佳禾冲那个摩托车男道：“等久了吧？”

摩托车男自然地换了一副姿态，很是深情地问：“换口红了？”

宜佳禾抿了下嘴：“好看吗？”

“好看。”摩托车男夸完，朝她的身后看了一眼。

宜佳禾跟着扭头，只看到迟意跑进院里的背影，嘟囔：“这个孩子怎么才回来？”

摩托车男：“她就是你的女儿？”

“一个寒假天天往外跑，也没见写回作业。”宜佳禾话锋一转，问，“能看出来长得像我？”

她在嘴上总说让迟意对迟临行好点儿，但她心里不希望迟意记得迟临行的好。

宜佳禾以前和迟临行闹离婚的时候，总担心迟意跟他爹亲就选择他了，每每听别人说迟意长得像自己，多少能找回点儿安全感。

“模样随你，再长长也是个美人。”

摩托车男在宜佳禾“讨厌”的娇嗔声中，捏着她的下巴亲了她一下。

姥姥在主屋里教陈奶奶打麻将，见迟意回来，嚷着在锅里留了饭菜，让她自己弄着吃。迟意应了声，便跑回了房间。

去卫生间洗手时，迟意看到镜子里的自己，被吓了一跳，才想起来早晨到画展后，大波浪女人将她按在凳子上化了妆，头发也捯饬了，不松不散地低绾在脑后，鬓边留出不长的碎发，烫出温柔的弧度。

她猛地捂住没有刘海的额头，惊觉自己就是以这副样子见了江遂。

所以……他是没认出她吗？

迟意放下宜佳禾的卸妆水，回到房间里拿出手机，找了好一会儿角度才拍下一张看上去不那么别扭的照片，然后发给江润如，问：“能认出是我吗？”

江润如几乎是秒回：“！！”

迟意发了一个问号。

江润如激动地打电话过来："意宝，这是你今年的新造型吗？好看！你以后就这样去学校好不好？绝对秒杀一大片艺术班的小妖精。"

在江润如"你用的什么化妆品啊？记得推荐给我""是你自己化的吗？等我回去你也帮我化"的聒噪声中，迟意再次拿起手边的镜子。

打扮后，人更精致了，但还是能认出来是她。

所以江遂之所以只看了她一眼便移开，要么是因为没认出来，要么就是因为……装作没认出来。

毕竟不熟悉的两个人即便在路上撞见，也不需要打招呼。

"你猜我这次旅行遇见谁了？严杉！真是气死我了。"江润如满是怒气的吐槽声把她从乱七八糟的心思中拽回来，"啊，对，你可能不认识她。她是我高一时的同桌，和我特不对付，什么东西都要和我攀比一番。高一下学期转到州城读书，她在新学校参加了'模联'社，而他们的队伍因为在全省高校比赛中评分最高，这个寒假受邀参加了美国联合国总部的会议！能参加那种真实的国际会议啊！好拉风！听她说的时候我都要羡慕死了！所以我削尖了脑袋也要挤进'模联'社出风头！"

江润如郑重其事地说："迟意，我们一起加入'模联'吧，一起去看看外面的世界！"

不知怎么……气氛突然就燃起来了。

迟意被江润如这种情绪带动，大受洗礼。好像青春具有无限可能，可以肆意放纵，可以不断犯错，好像成长总是迷茫而又坚定的。

在她的软磨硬泡下，迟意竟然脱口答应："好。那就让我们一起去创造一个我们期待的理想世界。"

挂断电话后，迟意在四下无人的安静气氛中渐渐地冷静下来，捂脸懊悔。

冲动啊冲动，她今天又冲动了。

犹豫了这么久，她怎么突然答应了呢？

许久后，迟意记起这一天，觉得自己可能是被江润如那句"一起去看看外面的世界"戳到了心窝，不自觉地对在四中的生活，对"模联”这个活动产生了想要努力的欲望。

哪怕他们并没有荣幸受邀参加真实的联合国会议，哪怕他们在经过三个月的精心筹备到了大会上尚有不足，但迟意依然感谢今天的自己，感谢在四中遇到的江润如、江遂、尤锐这些同学，感谢能转到四中的那个契机。

因为迟意就是在参加“模联”的这个学期，觉得自己胆子越来越大了。

当然所谓的“改变”是一个过程，而非动词，因为当下的迟意正胆小得耷拉着脑袋挨宜佳禾的“批评”。

宜佳禾和小男朋友甜蜜地过完情人节后，在次日中午回到家里。她连妆都没卸，直接冲到迟意的房间把人从书桌前揪起来，直视她的眼睛道：“我昨天就想问，你是不是恋爱了？又是化妆又是卷头发，你要学这些怎么不找妈妈？”

迟意写试卷时眼睛不知进了什么东西，正对着镜子揉眼睛。猛地被宜佳禾拽起来，她吓了一跳，听到这个无厘头的问题，一脸蒙地啊了声。

宜佳禾瞧见她泛红的眼眶，还以为自己把人抓疼了，忙松开些，说话也没有那么急切了：“妈妈不反对你谈恋爱，但是你挑对象的眼光要好一点儿。”

“……”

“条件不能低于隋荷的那个儿子……叫什么来着？江遂是吧？”

“……”

“我上次去学校时见到的和孔明月一起的男生就是他对不对？我说怎么看着这么眼熟，还以为他是我命中注定的女婿，所以觉得亲切，原来是以前见过。”

“……”

“你姥姥也说对他印象很好。扫雪、泡茶、打扫屋子，眼里有活儿，他不是那种养尊处优的少爷，待人谦逊幽默，对长辈孝顺有礼，人也正派。”

“……”

"你知道要朋友看重的是什么吧？人品。当然最看重的还是颜值。在这两点上江遂就很不错。你记得以他为标准。"

"……"

迟意觉得自己此时此刻丧失了"语言"这项功能。

年初七，迟意如约而至。尤锐敞开怀抱迎接她，其他人包括江遂都对她说："欢迎加入。"

这次会议来的都是社团的骨干，有已经参加过一届或者几届活动的老人，也有像迟意这样因为一篇观后感被尤锐慧眼识珠挖出来的新人，统共有八个人。大家通过简单的自我介绍互相认识后，尤锐作为社长说了阶段性计划，便开始商量去哪里聚餐。

见众人在火锅和烤鱼间纠结，尤锐大手一挥让大家投票决定。最终少数服从多数，定下去烤鱼店。

迟意看着尤锐爽快利落的言行举止，忽然觉得领导好一个小团体似乎也不是一件很难的事情。

她不免想到了上学期的板报，班上的四个人纠结了很久，还险些错过了评选的时间。他们如果有一个像尤锐这样的领导者，或许会把事情处理得高效很多。

江遂一定也是看到尤锐的闪光点，才甘心在"模联"社里退位当二把手，遵从她的指挥，在关键时刻也能站出来发表意见。

这天的迟意像个旁观者，看着两人不论在社团的工作上还是日常的生活中展现出来的默契，渐渐地意识到自己和尤锐、江遂的差距，只觉得心情沉重。

所谓标准，不就是不曾拥有的吗？

在家过完元宵节，四中开学。迟意再踏进校园时，竟有了一种恍惚的依赖感。她因为身边有了一群人，而爱上了这里。

被姚尚君问起志愿者的事情，迟意简单地说了感受与收获，表示如果下次有机会还愿意参加。

李华也特意找她谈话，从上学期的期末成绩入手，说她的基础很扎实，老师从不担心，建议她多多参加学校的活动，性格开朗一点。

新学期班上的成员发生了变化，有两名同学因为期末成绩不理想必须转去普通班，其一是孔明月。她似乎是受了家里事情的影响，在上学期时成绩一直不稳定，在期末考试中更是发挥失常，掉出了重点班的分数线。李华单独找两人谈了话，不知道说了什么，孔明月再回来时，眼眶红着，默不作声地在位子上收拾东西。

有相熟的同学在旁边帮忙，憋了半天只说了一句“下次一定能考回来”。

很快有新同学转来了班上，一男一女。男生精神面貌很不错，上课时背脊笔直，回答问题也十分积极，体育课后请全班同学喝了几次汽水，很快和大家打成一片。另一个女生看着就文静很多，戴着眼镜，话很少，不论课上还是课后一直在埋头看书，在班上几乎没什么存在感。

迟意盯着她并不规范的看书姿势，不自觉地坐直些，担心自己的视力。

好像过了一个寒假，班上戴眼镜的同学多了不少。就连李恩宇的鼻梁上也架着一副银边的细框眼镜，江润如时不时地摘过来戴一戴，每每都被李恩宇扣着后颈拎过去训一顿才老实。

她和江遂又恢复到了上学期的状态，同一楼层，两个班级，重点班紧张的学习节奏让两人鲜有往来。

幸好在一周一次的“模联”社的会议上，她能和他处在同一间教室。

江润如被“模联”社拒之门外后，不死心地去找江遂走后门。她从小怕江遂，所以特意拽上迟意给自己撑腰。

迟意在心里弱弱地表示：我也怕。

果然，江遂铁面无私，为了躲江润如，在任何场合一见着她便开始溜。

周四和周五是摸底考试，学生们考完最后一门便解放过周末。

这两天放学时间早，江润如硬缠着迟意去逛街，嘴上念念不忘她寒假里化妆和捯饬了头发的那个造型。

她们因为是从学校直接来的商场，还穿着校服。导购员对她们没什么热情，两个姑娘一家店接着一家店逛，十分清净。

“是你啊！”

江润如去更衣室试衣服时，迟意听到有人和自己说话。她看着眼前穿牛仔外套的男生，勉强将他和那天在院门口倚在摩托车上的人对上号。

他看着二十岁出头，大学生的样子。也是，宜佳禾的男朋友年纪都不大。

“有事吗？”迟意抿唇，并没有因为宜佳禾而对面前的男生多几分亲近。

男生打趣地看着她，颇有深意地道：“还是高中生？四中的？好学生啊！”

迟意没说话。

那男生又说：“我们留个号码吧，如果有关于高考的问题可以问我。”

迟意警惕地拒绝：“我没手机。”

男生无所谓地耸耸肩，说了句“下次见”，便搂着结完账的女伴走了。

江润如换了衣服出来，见到迟意面前的男生，眼里直冒星星。

等人离开，江润如迫不及待地过来，盯着门口感慨：“好帅。刚刚那个帅哥是在和你搭讪吗？我的小迟意要有桃花啰！”

迟意在想宜佳禾是不是已经和这个小男友分手了，回答得有些心不在焉：“不是。他问我厕所怎么走。”顿了下，她转身拉着江润如的手，上下打量她新换的裙子，“我看看。”

江润如立马转换了情绪，扬起微笑，朝两边转了转身，问：“好看吗？”

“好看。李恩宇也有件这个颜色的外套，你们俩的衣服像情侣装。”

“讨厌，谁要跟他穿情侣装啊？”

江润如红着脸又试了其他几件，最后结账时，这件衬衫裙也在其中。

周六一早，迟意在背课文时接到了江润如的电话。

她说还是不甘心这样轻易地放弃“模联”社，决定去江遂的家里堵他，并问迟意能不能陪她一起去。

江润如可怜巴巴地说：“意宝，求求你了，我是真的想为‘模联’社出一份力，想为我平淡无奇的高中生活留下浓墨重彩的一笔。最重要的是，”她一顿，郑重地道，“我想和你一起奋斗。”

迟意看着书架上那本《聂鲁达诗选》，几乎没怎么犹豫便答应了。

江润如兴奋地说：“意宝，你太好了！”

但当迟意被江润如硬拽着躲在居民小区外的灌木丛里时，便后悔了。

“我们为什么不直接进去？”

江润如说：“我怕阿遂看到是我连门都不开。”

迟意担心地问：“你确定他这个时间会出来吗？”

“一定会的。”江润如说，“他约了李恩宇去球场打球，应该快出门了。”

迟意没再多问，因为知道江润如靠着古灵精怪的脑回路总会有各种自圆其说的解释。

怕迟意觉得无聊，江润如开始闲聊：“这个小区的名字特别浪漫，叫童话里。当时隋姐儿就是因为喜欢这个名字才住这里的。你还没见过隋姐儿吧？她是个浪漫又有少女心的女人，当然，也很有气质。”

迟意：“我在电视上见过，她是个很厉害的主持人。”

江润如托着下巴，微微地叹气：“隋姐儿是个工作狂，专注起来根本照顾不了阿遂。阿遂七八岁的时候，一个人在家烧到38℃，人都晕了，多亏被每周定时上门打扫的阿姨发现送去医院。”

迟意想想都后怕，自己小时候也过得不容易，但总有一种自己吃得苦，见不得别人吃苦的心疼情绪：“我之前在群里看大家聊天说，江遂很听她妈妈的话。”

“你别误会，阿遂不是‘妈宝男’。”江润如为好朋友据理力争，“隋姐儿是个追求浪漫的人，对爱情和婚姻的质量要求很高，但是江叔叔因为工作常年不在家，阿遂这是一人操着两人的心，逢年过节的礼物都会准备两份。”

江润如一旦开始说话，便收不住，直到听见迟意说了句“出来了”，才噤声。

江遂穿着深色的冲锋衣，前襟的拉锁随意地敞着，露出里面的卫衣，姿势随意又挺拔。他正低头和脚边的古牧说话，棒球帽的帽檐不客气地将他英俊的脸庞挡住，但迟意还是一眼便认出了他。

他的气场太明显，少年人独有的利落轮廓深深地刻在迟意的心里。

“他怎么把它也带出来了？！”江润如控制着音量惊呼一声，忍不住去抓迟意的手臂，以此来减轻自己对狗的恐惧。

迟意正盯着那个方向出神，被江润如一拽，脚底踩在窄窄的花坛边上一打滑，非常狼狈地从灌木丛里扑了出去。

江遂路过保安亭，抬头和保安大叔打声招呼。顶流冲门把上摇晃的小狗玩偶直叫唤，扑过去就要咬。

“顶流！”

江遂刚喊了它一声，便见迟意从保安亭的旁边冲了出来。

“……”

迟意踉跄了几下才站稳。

顶流在主人的命令下回来。

一人一狗面对面，古牧的眼睛被长长的白毛盖着，迟意盯着它看了半天才找到它的眼睛，隐约感受到大型犬对陌生人的敌意，正打算往后挪。

“顶流，不可以。”

好在它的主人制止住它扑上来的动作，救了迟意一命，但迟意的心情并没有轻松多少。她看向江遂，大脑一片空白，脸热得烫手。

江遂挑挑眉，觉得自己一声口令召唤出了两条“神龙”的技能有点厉害，嘴角动了两下还是翘了起来。

江润如硬着头皮出来，缩着脖子躲在迟意的背后，戳戳她，小声地问：“你没事吧？”

迟意忍着脚踝处传来的疼痛摇头。

江润如三顾茅庐的行为并没有打动江遂，但她也有意外的收获。适逢广播站的同学想要专注学习，放弃了每日傍晚的广播任务。江遂作为学生会会长，把这项工作派给了上学期投过应聘简历却因为人满暂时待定的江润如。

江润如刚要拒绝，便听江遂说“模联”社的工作又累又琐碎还有压力，很消磨人，反倒是广播站的工作能让全校的学生知道高二文科一班有一个人美声甜的女同学，很出风头。

“也是。”江润如稍一思索，便答应了。

迟意在旁边听着，不住地叹气。看来江润如被一条狗吓没了昂扬的斗志，轻易地被唬住。

江润如已经开始琢磨第一期做什么主题的广播，俨然忘记了寒假前信誓旦旦的目标。

江遂提了提手里的狗绳，使眼色让顶流过去。顶流很快接收到主人的命令，挪到江润如的脚边，咬着她的裤脚扯了扯，见江润如不理自己，委屈地一晃脑袋汪了声。

江润如正思考到关键的地方，以为是迟意在扯自己的衣服问她们能回去了吗，随口说了句“等会儿”。直到近在咫尺的狗叫声乍起，她才僵硬地低下头。

她难以置信地看着脚边毛发雪白的大型犬，一时间后背直冒冷汗，哪里还顾得上广播稿的创意，撒腿就跑了，连脚崴了的迟意都没顾上。

迟意被逗乐了，有江润如的反应对比，自己刚刚那种状态就显得不那么狼狈了。

但很快，迟意便笑不出来了。因为江润如的离开让此处只留下迟意和江遂，以及绕在她的脚边嗅啊嗅可能在想这个姐姐会不会怕自己的顶流。

迟意嘴角的笑容一点点地收回，她恢复了一贯的平静模样，才道：“那我也走了。”

江遂嗯了声。

迟意刚走出两步，江遂便看出了不对劲儿。

“等会儿。”他喊住她，不由分说地把狗绳递过去，“先帮忙看一下。”

迟意茫然地接过，看着江遂走进旁边的商店。可能是江遂那句“不可以”的命令起了作用，顶流很乖，没有冲她乱叫。

江遂买了雪糕出来，便见迟意蹲在路边，和顶流面对面。它难得对陌生人温驯，头蹭在迟意的手掌心，一副懒洋洋的姿态。

见主人出现，它才汪了声，站起来朝他不停地摇尾巴。

江遂把东西递给她，对上她不解的眼神，解释道：“你先敷一下脚踝。”

迟意说了句谢谢，才接过，左右张望着，去找能坐的地方，最终视线落向了保安亭外的休息椅上。

她还没动，便见江遂伸过胳膊来。

“要帮忙吗？”

迟意抬头看到他漆黑的眸子里充满认真的神情，只觉得这天傍晚的太阳真的很耀眼，晃得她想哭。

她感觉自己的心跳快得过分，听见自己回答的是：“谢谢。我自己可以。”

迟意留着江润如让她挑的那几颗说是江遂给的水果糖，一直没舍得吃。

因为吃光了便没了，她能在市面上轻易地买到同口味的，但那些都与他无关。

迟意坐在休息椅上，垫了张纸才屈起扭到的那条腿踩上椅子边，慢慢地将裤脚卷起来。

当肿热的脚踝接触到冰块时，她确实舒服了很多。

她因为低头的动作，露出一小截白皙的后脖颈，阳光一照，白得刺眼。

江遂不经意地看到，很快移开视线去看手机。

迟意一直低着头，并没注意到他的这个动作，也没有注意到他之所以站在休息椅的外侧，是因为要替她挡着进出小区的路人投来的并没恶意的、略带探究的视线。

他就是这样待人绅士、懂得尊重。

日头比刚才要低些，阳光从他们的斜后方照过来，在迟意的右前方拖出一长一短两道影子，此时的地面被霞光染成了粉橘色，十分唯美。

早春的气温，雪糕融化得并不快，而迟意一直没有找到合适的开口的契机。她看着地面上两人的影子，偷偷地拿出手机，小心翼翼地拍下这张“合照”。

她按下快门的那一刻，江遂的手机响了。

迟意手忙脚乱地把手机藏到宽松的袖子里，那个动作简直比看见教导主任突然出现还要慌乱。

好在江遂的注意力全在接通的手机上。

“你人呢？还打不打球了？”

面对通话者的疑问，江遂这才回头看了她一眼。

迟意离得近，听到了陈予光的声音，站起来说：“我好了。”

他点点头，回电话：“马上。”

接下来好长一段时间，迟意每每想到这天的事情仍会觉得窘迫，却又忍不住在上下学时从那个叫童话里的小区前面绕路。

气温渐渐回升，小区门口一簇簇的迎春花十分漂亮，迟意却一次也没遇见那个遛狗的少年。

倒是宜佳禾带她去参加电影节的活动时，又遇到了那个摩托车男。迟意这才知道他叫高风，是电影学院的学生，在校期间出演过几个没什么口碑和人气的网络剧。

迟意大概知道宜佳禾为什么喜欢他了，他除了长得帅，也心细体贴，特别会来事。他是展览的工作人员，游走在各位来宾间，仍能时刻关注着宜佳禾的状态，嘘寒问暖得十分及时。

影展结束后，宜佳禾提出一起吃顿饭。高风了解宜佳禾的口味，问过迟意是否能吃泰式料理后便很快预约了餐厅。

宜佳禾对自己的时间有一种极强的管理方式，来往的人要么是对自己有用，要么是能让自己开心。显然已经成为前男友的高风目前不属于后者。

饭桌上，宜佳禾问他近期的状况，时不时也聊起自己跟组时遇到的新鲜事情。两人所处的圈子一样，又彼此熟悉，因此有很多话题。宜佳禾有意地透露自己计划投资小成本的网络剧，说还是自己单干不用受甲方指手画脚轻松，最后又说起让他帮忙找合适的年轻演员试镜。

宜佳禾将心思与目的藏在对话里，不着痕迹地灌输给他。

迟意作为还没出校园的学生，只负责安静地吃东西，也没想着插话，对他们在聊的事情只当成新鲜事在听。

直到工作后接触到更复杂的人情世故，她才明白宜佳禾的聪明与理智。

但是宜佳禾纵然再高瞻远瞩，也没想到凡事都有超纲的一面。

高风去厕所时，一直说话没顾上吃东西的宜佳禾才多吃了几口，并且让迟意去前台把账结了。

迟意照做，没承想说去厕所的高风其实是去结账了。两人在前台遇见，高风把迟意递给服务生的纸币接回来，还给她：“买单这种事哥哥来就好，你把钱收好。”

在回家的出租车上，迟意说起高风在商场里问自己要微信的事。

宜佳禾沉默数秒，问：“你给他了？”

“没有。我和他没有什么要说的。”迟意眨眨眼，抿嘴，问，“妈，你会和他结婚吗？”

“做梦！”

迟意不知道她哪里来的火气。

多年后迟意在工作中遇见高风，听他苦笑着提起当年那个“微信”可给他惹了大麻烦。他接连几年没接到过影视剧，险些在这个圈子里混不下去。

宜佳禾刚完成一个重要的项目，加上有心筹备自己的事业，这段时间没有再频繁地出差，只是时不时地外出和合作方吃饭，有时也会把同事叫来家里开剧本会。

迟意注意到，来家里的客人大多是女性，宜佳禾似乎已经好久没有换男朋友了。

宜佳禾在家里的时间多了，管迟意的时间也就多了。比如宜佳禾总会在迟意准备写作业时，和她聊身边的同学都喜欢看哪些小说，学校里最近有什么趣事。

“你快给妈妈讲讲，妈妈要写一个校园剧本，实在是找不到灵感了。”

每每迟意总会很无奈，却又觉得自己难得有与她沟通的机会，便会跟她聊。

宜佳禾和别的父母不一样，跟别的做子女的也不一样。老人有规律的作息时间，晚九点睡，早五点起。姥姥早晨起床给迟意准备早餐，势必丁零当啷一番折腾。睡眠质量本来就差的宜佳禾就这件事情强调过无数次：这个家里一切事情要以她为大。

于是迟意再没有吃到过姥姥早起给她做的早餐。

迟意对宜佳禾的很多行为并不理解，却也明白这个家确实是靠她在撑着。

二〇一三年，北央的房价持续走高，幅度很大，大多数买房的工薪阶层仍处于观望状态。

那一年宜佳禾看中了一户三室两厅的公寓，打算买下来，小区叫童话里，让姥姥改天带迟意去看看。

迟意听到这个小区名时陡然一惊，两眼冒光，眼底的惊喜藏都藏不住。

宜佳禾瞥她：“干吗？听到要换新地方这么开心？先去看看喜不喜欢。”

迟意痛快地道：“肯定喜欢。妈妈的眼光最好了。再说，听到‘童话里’这个小区的名字就知道环境肯定很美。”

宜佳禾撇嘴：“数你嘴甜。”

迟意笑着问：“等我们搬了新家，我能养一只狗吗？”不等宜佳禾拒绝，她主动保证，“我每天打扫家里的卫生，并且负责遛它。”

迟意周末陪姥姥去看房子，听中介说起才知道，原来童话里分 B 区的普通住宅和 A 区的高档别墅。两区各自独立，有单独的门禁。

那天迟意跟江润如去的是后面的 A 区。

B 区的环境较别墅区差一些，姥姥在和中介聊这个小区周边的情况，迟意什么也没听进去，被这当头一棒敲得渐渐冷静下来。

宜佳禾看中的房子采光很好，墙体和地面干净完整，她们简单地装修后便可住进来。

但迟意觉得心里空落落的，像是少了点儿什么，不知是因为要落户北央便离那座南方小城越来越远，还是因为自己能自由地跟江遂在小区里偶遇的愿望泡汤。

周一课外活动的时间，“模联”社开会，迟意因为被历史老师叫去办公室来得迟了些。

她到的时候，教室门没关。教室里的桌子与上次江遂面试她时比，换了种陈列方式。大家围成一个圈坐着，尤锐和江遂分别坐在两边的第一位。

迟意注意到尤锐的旁边和教室的后面有空位，虽然她很想坐到江遂斜对面的那个空位，却还是决定去后面。

正当她抱着记录本埋头往后走时，尤锐自然地拉住她，说了句“来了”，让她坐在自己的旁边。

“你们就别开我玩笑了，江遂可不认可我的钢琴水平，说我弹琴太公式化，缺少情绪。你们的江神可挑剔着呢。”尤锐招呼她坐下后，转头继续和旁边的人聊刚才的话题。

迟意将记录本打开，压了压中间的书脊线，猜到他们在聊元旦晚会上钢琴演奏的事情，跟着众人打趣的目光一起看向江遂。

江遂没参与众人的讨论，却在听。他靠着椅背，将右手随意地搭在桌上，指尖钩着支笔，有一下没一下地转着。

不像迟意总是把校服外套的袖子规矩地放下来，就连拿笔写字时也习惯性地将手藏一半在袖口里，江遂将袖子堆叠在小臂的中央，露出一截劲瘦的小臂，衬得白皙的手腕细长，手指也长，难怪能把钢琴弹得那么好。

好像除了迟意，大家对那晚的事情都津津乐道。只是迟意没想到，尤锐话锋一转，突然问江遂：“你找到那个躲在琴房里偷偷弹琴的同学了吗？”

“没吧。”江遂一敛方才放松的姿态，坐直些，神情颇为无奈。

尤锐觉得他这个回答很奇怪，没有就是没有，什么叫“没吧”。只是她还没开口，便听江遂又道：“差不多得了，传得我多么难相处似的。”

迟意不知道，江遂竟会一直在找自己。她当时有损坏琴房里的东西吗？

他就这样自在随意地坐在那里，任由别人的目光从四面八方投过来。迟意也趁着这个大好的时机，试图从他的神情中找到这个问题的答案。

心理学上说，坐向至关重要，面对面的两个人会因为“心理施压”感到压迫产生不自由感。而斜对的两个人对视，会大大地减少这类尴尬的问题。

但今天，迟意不厚道地觉得，这是骗人的。

迟意毫不遮掩的目光被江遂不经意地逮住，猝不及防地对视令她有了退缩的冲动。她觉得自己此刻低头，更显得此地无银三百两，便僵着脖子伪装……但心底的尴尬程度，只有自己能够体会。

三秒钟后，她败下阵来，自以为不着痕迹地躲开。

邻近的男生开玩笑："什么偷琴的同学？我以为大家都是往琴房里送东西，怎么还偷起东西来了？要偷也是偷江神的心吧，哈哈哈。"

迟意被吓得手指一抖，没拿稳的笔掉在桌上，低闷的声响并不明显，但坐在对面的江遂还是抬头看了她一眼。

迟意不会意识到，自己这副模样活像是被"难相处"的江遂吓到。他想到她和江润如相处时的状态，甚至在陈予光面前的状态，虽然话少，但人是放松的。

从小到大没在人际社交上发过愁的江遂头一次觉得自己遇到了挑战。

江遂盯着迟意所在的方向，微不可察地蹙了下眉。

她不常绑马尾辫，那个周末在小区外的马尾辫似乎是意外。她将头发保持在到肩膀的长度，额前盖着薄薄的刘海，本就不大的脸越发小了。

"估计是走错琴房了。"江遂只觉得心情烦闷，没什么耐心地结束这个话题。

尤锐被江遂冷不防地瞪了一眼，知道他这个眼神是追责自己说太多废话了，便用双手拿起手边的笔记本，往桌面上一竖，看了一眼陆续坐满的教室，通知道："人都到齐了，大家准备一下开会，我去隔壁把老师请来。"

今天会议的内容比较多，指导老师说了一些很重要的安排，开的时间久了些。

课外活动的下课铃声已经响了好久，江润如在门口等迟意一起吃饭，见他们解散，终于松了口气。迟意被她挽着手臂，下楼时和江遂同行了一段路。

江润如问江遂顶流是公的还是母的，说准备给顶流送个对象，这样下次见面它就会顾念恩情不冲自己乱吼了；又问他孔明月没事吧，说自己听说孔明月和班上的同学打架，被劝退回家了。

江润如零零碎碎地问了好多，但迟意心里藏着事，没怎么听进去。直到走到国旗广场，江遂要去一食堂找陈予光会合，江润如和迟意要去吃二食堂的煲仔饭，三个人这才分成两拨。

江润如嘟囔着“阿遂这个人心眼坏得很，竟然让顶流吓唬我。我才不怕呢，只是配合他演戏免得他太丢面子罢了”，然后将自己的步子调整成和小姐妹一样的频率，转头问：“意宝，你刚刚怎么一直不说话？”她顿了下，狐疑地道，“你是不是不喜欢阿遂啊？我看你都不太愿意跟他说话。”

“……”

这可冤枉了迟意。

江润如说完，渐渐地意识到这件事可能怪自己，忙找补道：“哎呀，我刚刚说他心眼坏，是在吐槽啦。阿遂本人义气着呢，否则我、李恩宇他们几个也不能和他做那么久的朋友。”

迟意没想到江润如会这样想，要解释却不知道说什么，最后只认真地应了声，说：“那我下次见到他时胆子大一点儿。”

她是真的要胆子大一点儿。

她不害怕江遂撞见自己弹琴，但那天不可以。她不想被他看到自己哭的样子，很狼狈。

算了，她不想了。

这天吃晚饭时，迟意从江润如的口中听说了孔明月的事情。

孔明月转到普通班后，骨子里的高傲、嚣张让她的处境并不好，鹤立鸡群似的。有个女同学抄了她的数学作业，被老师发现后，先发制人，说这是自己写的。

那位老师让孔明月站起来，问了她几句，可能是话说得难听了，正戳到孔明月的“雷区”。原本没打算计较的孔明月爹毛了，让老师允许她们两个人当场重写一遍。

老师觉得为了一份作业，没必要这么大费周章，让她别有情绪，解释自己只是问问情况，便开始讲课。

下课后那个女生阴阳怪气地讽刺了孔明月几句，没有尖子生的命，就别有尖子生的病，转到这个班里就别太嘚瑟，反正话说得挺过分的。孔明月也不是软柿子，两人吵着吵着，便动起了手。

然后孔明月没再来学校上课，学生间都传她因为打架被劝退了。

迟意听到这件事情的前因后果是在周末。

这天迟临行难得出现在胡同里，许久不见的父女俩坐在梁在宥的米粉店里短暂地见了一面。

迟意这才得知自打上次家长会后，孔明月在家里一直发脾气，和她妈三天一大吵，两天一小吵，好长一段时间都不消停。孔明月在寒假时去医院检查出了焦虑症，挺严重的，正好趁这个机会请了一学期的假在家里休息。

“那她还回来上学吗？”

“班上其他的同学站出来说了实情，那个抄作业的女生承认错误，也向小月道歉，学校没追究小月的责任。”迟临行为家里的事情奔波疲惫了很多，叹气道，“看看小月恢复的情况吧，她如果状态好，九月份时跟着高二的新生入学吧。”

迟意埋头吃粉，热气浸染着眼眶，湿漉漉的。

她想起第一次见到孔明月时的场景，只觉得恍惚，明明还不到一年，却像隔了很久很久，久到大家发生了很多的变故。

在迟临行走后，迟意仍然保持着之前的动作，低头盯着碗里红彤彤的汤料，直到粉都凉了，也没再动一下筷子。

梁在宥过来收拾桌子，问她：“不好吃？”

迟意勉强地笑了笑，顺着他的话说：“果然不能轻易地尝试新口味。”她今天没点以前常吃的那个粉，想换换口味，谁想这一换，连心情都换了。

梁在宥坐在她斜前方的那张桌子旁，面朝窗户，说：“新的一年，我这家米粉店也该换换新配方了。”

迟意惊喜，一不小心说了心里话：“梁叔，你终于想通了。”

“你这个丫头，早就觉得我这里的粉不好吃了吧？”梁在宥说，“也是难为你，每周都来吃两三回。”

我还不是想来碰碰运气，看看能不能偶遇那个人？

迟意吐吐舌头，说：“我这不是怕你这家店开不下去，所以来捧捧场？”

梁在宥一挑眉，瞥她：“你妈也说过类似的话。”

迟意诧异，竟然不知道宜佳禾也常来这里，想到宜佳禾那种比她还要念旧的性格，便又不觉得奇怪了。

“我妈在吃的东西上特别挑剔，一定没少吐槽。”

“确实。难吃得她差点儿把我这家店给砸了。”梁在宥其实长得还不错，带着成熟男人的魅力，待人真诚，有风度，“有一回，她问我这家店是靠什么盈利的。”

迟意支着下巴问：“你不会认真地和她说起开店之道吧？”

“我能听不出她这是在挖苦我？我说，你这不是常来吗？然后她就说了和你一样的话。”

“你嘴也挺毒的。”迟意翘起嘴角，没忍住笑了，“我妈一定在心里骂你。”

梁在宥不置可否地挑眉：“说不准。”

聊了这么一小会儿，迟意只觉得心情舒畅多了。梁在宥去厨房里重新给她煮了一碗粉，迟意没挑剔，老实地坐在那里吃。

“说实话，我已经习惯这个口味了。要是真换了配方，我可能就不喜欢了。”

梁在宥打趣道：“没想到我这家小店竟然也荣幸地成了你思念的‘故乡’。”

迟意笑笑，低头夹粉。

只是这一碗，她依旧没能吃完……

店外有人急匆匆地经过，见迟意坐在这里，稍稍松了口气，站在门口忙不迭地喊她：“意丫头，你妈和姥姥在家里打起来了，你快回去看看！”

不只迟意，梁在宥也被吓了一跳，他连忙摘掉围裙随手丢在柜台上，跟着她一起回去。

两人没有真的动手。宜佳禾发了很大的火，砸了家里新换的电视机。

住在隔壁的陈奶奶听见声音来问怎么了，站在院子里连劝都不敢劝。

迟意和梁在宥火急火燎地赶过来时，家里一片狼藉。

梁在宥比迟意先进到屋里，揽过宜佳禾的肩膀把人看住，免得她再冲动，低头才看到她手掌心有一道深红色的瘀痕。他皱眉，问："你手没事吧？"

宜佳禾方才碰到电视机时，手掌心被机身的棱角刮到，没有流血。

迟意看着坐在沙发上始终没看宜佳禾的姥姥，过去挨着她坐下，握住了她的手："姥姥。"

有梁在宥在，家里很快就收拾干净了，影视柜上空荡荡的，坏掉的电视机被迟意丢到了胡同口的垃圾桶里。

没有人告诉迟意发生了什么，她也没问。

她安静地写作业，安静地睡觉，安静地早起上学。

仅仅隔了一天，宜佳禾便没事人似的继续熬夜开会改剧本，继续为姥姥早起吵醒她啰唆，继续给迟意看不同版本的剧本和文案，让她评判哪个好一点儿。

迟意有一回路过米粉店，撞见了梁在宥向宜佳禾求婚。

宜佳禾盯着娇艳的花和钻戒发笑，借着捋头发的动作，别开头，压下眼底的泪水。

许久后，她才看向单膝跪地的人，好笑地问："你说爱我？爱得起吗？"

迟意在那天才知道宜佳禾和迟临行离婚的真正原因，也突然想起在自己小时候宜佳禾隔一段时间便会发的无名火。迟意以为她是被工作逼得喘不过气来，却不知那是因为姥姥又在外面输了钱。

迟临行爱她，但扛不住姥姥这个无底洞。

宜佳禾买房子的计划，也因为爱打麻将的姥姥又一次被骗了大笔钱而泡汤，家里没人再提那套童话里的房子该如何装修。

迟意上学时没有再特意从童话里绕路，没有再去留意童话里的周边有什么还不错的快餐、小吃。

迟意觉得难过，却也无可奈何。

她就是以这样颓丧的情绪参加了“模联”的分组抽签仪式。

这次会议的主题是“全球粮食危机”，她抽中的代表国是一个在此次会议中并不占据发言优势的国家。

也就是说，迟意的倒霉手气令她在本就艰难的“模联”体验中越发举步维艰。

老话说得没错，爱笑的女生运气不会差，而迟意恰恰是相反的那类女生。

她从现在起开始补亏欠给生活的微笑还来得及吗？

迟意怕给队友拖后腿，拿到议题后便去了学校的计算机教室查资料。

她看着所查到的不足以支撑发言讨论的信息，“模联”还没开始，迟意已经感受到了紧张。

她忐忑了一下午，忧心同组的队友是否会介意自己拖后腿。

最后一节晚自习时，“模联”的负责人将分组的情况发到群里，迟意回家后才看到这条消息。

她在表格里找到自己的名字，瞳仁骤张，露出了难以置信的表情，整个人呆在原地。

许久后，她动了动嘴角，一个发自真心的笑容一点点地绽放在她的唇角……好像爱笑的女生运气真的不会差。

表格里显示，江遂抽到了和迟意相同的代表国。

也就是说，迟意和他同一小组。

这一晚，迟意失眠了。

/ 第五章 /

桃子汽水

迟意不是虚荣的人。但在这段时间里，她确实很爱听别人夸奖自己的话。似乎从这些说不清真假的评价里，她能短暂地获取自信，多拥有些与江遂同组的勇气。

这天，江润如提起，学生在学校的贴吧里票选拍摄招生海报的同学，人气最高的是尤锐和江遂。

“你不知道，自从两人在元旦晚会上四手联弹演奏钢琴后，大家对这对金童玉女的期待值就拉满了。”

迟意不太想回忆那天的事。

江润如很快又说：“你和江遂的排名紧随其后，人气只稍微弱了那么一点点。”

迟意立马来了兴趣：“我？和江遂？”她生怕自己下意识的反应暴露真实的情绪，忙撇清关系，“我们不熟的。”

“当然啦。你们虽然不熟悉，但一个是理科大佬，一个是文科学霸，在学校里关注度很高的好吗？”江润如很会打比方，“如果说尤锐和江遂是并肩作战最有默契的搭档，那你和江遂便是各占一方，王不见王的死对头。你俩这类‘人设’放在武侠故事里，那可是最有看点的，什么一见面就惺惺相惜啊，什么将对方视为最强也是最想较量的对手。”

迟意在江润如一副“我可真是太会形容了”的状态中，不客气地回道：“那可能要让你失望了。我理科很弱。我猜江遂也不想和我比文科。”

“你格局小了吧？我是说情绪、情绪，你们两个人之间王不见王的火花，噌噌噌，就是这种情绪。”

迟意随她怎么说。

过了会儿，江润如想起什么，歪着脑袋打量她一会儿，狐疑地道：“你怎么看上去这么诧异？我在寒假时不就告诉过你大家在贴吧里投票的事情，你难道没有投吗？”

“我忘记了。”迟意抿嘴，“我不常看贴吧。”

“好吧。”

迟意在晚自习结束回家后才用手机看贴吧里的内容。

大家在寒假时投票的热情很高，但开学后，一是学校不准带手机；二是这次投票是学生自发的，校方未必会参考，所以新鲜劲儿很快就过去了。那些吆喝着“如果海报不是尤锐和江遂拍，那我手抄一本英语书”“我觉得是迟意和江遂，一文一理双学霸，别提多拉风”的同学陆续被其他的事情转移了注意力。

迟意翻了会儿留言，突然觉得心里暖暖的。虽然这个帖子没有什么实质性的意义，但这种被拥护的满足感让她意识到，原来自己在努力地融入班集体、融入校园生活时，大家也在接纳着她。

因为这份喜悦的情绪，迟意在学校的贴吧里滞留的时间久了点儿。她很快发现，这里俨然是个小型的四中江湖。关于在学校里发生的大大小小的事情，她都能在这里看到讨论的痕迹。

比如篮球赛、运动会。

比如广播站新换的学姐声音好好听。

比如教导主任会在下午四点时去操场上跑步。

比如“模联”。

因为是自己参与的活动，所以迟意特意点进帖子看了看。

州城一所高中的“模联”社有幸被邀请参加真实的联合国会议，间接引起了四中对于“模联”社的重视。这一届四中的“模联”活动将会借用北央大学的环形会议室，开阔又气派的半圆形会议室，座位呈扇形分布、阶梯式，更利于声音的扩散，为观众提供良好的视野。

有学生甚至提到，因为这一届“模联”举办两天，需要在外住宿；又说央大的餐厅哪个窗口的菜品好吃；央大校园里的建筑有什么典故。

迟意起初还觉得新鲜，看久了便困了。

她这段时间在学校里兼顾学习和“模联”，在家里要提防宜佳禾和姥姥再吵起来，时刻绷着一根弦，睡眠质量并不好。

而这种超负荷的状态直接导致她在四月底的期中考试中只取得了年级第三的成绩。

她对此没怎么放在心上，倒是江润如小心翼翼地安慰她，“只是一次没考好，你下次肯定能考回来的”。迟意说谢谢，告诉她自己没事。但看江润如的神情，迟意觉得她似乎没有相信。

和江遂同组的意外很大地刺激了迟意，硬生生地把她从乱七八糟的家事中拽了出来，但她仅仅是短暂地逃避。因为在这个周末，宜佳禾和姥姥又吵架了。

梁在宥打发迟意说自己出来得急没关店门让她去看看，自己则留了下来。

坐在米粉店里，迟意看着这里惨淡的生意，长长地叹了口气，心想这家粉店抓紧关门算了，一个客人都没有。

也不知道他们这些大人在聊什么，迟意觉得在某些方面宜佳禾会是自己未来的缩影。她们成长于家境优渥的单亲家庭，性格比同龄人早熟，会很快独立。迟意也想成为像宜佳禾这样独当一面的人。

可能迟意会比宜佳禾幸运一点儿，毕竟生养了宜佳禾的姥姥，更像是来讨债的……

但是在迟意的眼里，好像除了爱打麻将，姥姥没有其他缺点。迟意小时候因为宜佳禾工作忙几个月见不着她一面是常有的事情，而迟临行和宜佳禾分居两地，只有周末会来看孩子。所以小迟意是被姥姥带大的，也和姥姥最亲。

这种对亲情的依赖感与道德感撞在一起，令迟意十分煎熬。

想来想去，她拨通了林向荣的电话，好像这种时候只有他能听听自己的烦恼。

彼时，苏麻离青胡同的街上，一人一狗不紧不慢地走着。

“别人考一百分，那是因为凭自身的能力只能拿到一百分。而你考一百分，只是因为满分是一百分。”陈予光不想承认也得承认，“阿遂，不是所有人都像你，一心可以兼顾多件事情。”

“这是你因为打游戏没有考好的理由吗？”江遂漫不经心地戳穿他。

陈予光死不承认，继续胡搅蛮缠地说：“游戏在我心中的分量等同于学习，甚至高于学习。就准你参加‘模联’开阔视野，不准我去‘召唤师峡谷’（游戏地图）看看世界？”

江遂无语。

陈予光时刻谨记语文老师所说的，论点和论据一个不能少：“我听江润如说，迟意这段时间为了‘模联’的事情，期中考试没发挥好。你看看，我的这种情况和她的有区别吗？连年级第一都可以有马失前蹄的时候，我这样一个普普通通的男高中生，考差了是人之常情。我应该庆幸自己的心态还算乐观，听说迟意拿到成绩单后因为没考好难受了好久。”

江遂抬头看了一眼米粉店的灯牌上贴着的小广告，随手扯下来，又把狗绳拴在铁架上。听着电话那头没完没了的聒噪声，他掏了掏耳朵，实在想挂电话：“我突然意识到，听你说这些，是你爸爸该做的事情。所以，陈予光，你是不是……”

“滚！拜拜！”

江遂挑眉，耳边终于清净了。

谁知他拍了拍顶流的头，刚一抬头，便透过米粉店的窗户看到了陈予光口中“因为没考好难受了好久”的女生。

看着女生一抖一抖的肩膀和红着的眼尾，他隐约意识到，这个“好久”持续的时间确实有些长。

迟意挂了林向荣的电话才想到，他那边的背景音里有人在说话，他是不是有事情要忙？自己方才有没有打扰他？

唉。可能林向荣被她忍不住的哭腔吓到，一时不忍心拒绝。

大部分的时间是迟意在说，林向荣并没有评判太多。但有一句话，迟意觉得他说得很有道理。他说每个子女都是来报恩的，宜佳禾是个了不起的女儿，也是一个伟大的母亲。

迟意眨着泪水模糊的眼睛，摸遍了衣服上所有的口袋也没有找到纸巾，正准备起身去柜台取时，眼前伸过来一只手。

她吸了吸鼻子，顺着叠得方正的纸巾看向对方线条利落的手腕，然后缓缓地抬头。她没想到会有人来，而且对方还是江遂。

江遂平整的衬衣领子下压着耳机线，短短的一根绳，只摘了一边。他看着神情淡淡的，并未对当下的情形流露多余的情绪，像是举手之劳，像是助人为乐。可能他对待一个路人，也会是这个样子的。

但因为迟意很快意识到自己此刻在江遂眼中的形象，所以暂时没有心思为他冷淡的态度失落。她紧张到窒息，非常丢脸地哽咽着打了个嗝。

在迟意的世界里，空气都凝固了。她十分尴尬，只想找个地缝钻进去。

“擦一下吧。”江遂看着她，平静地又往前递了递纸巾。

迟意红着眼眶，犹豫地接过来，说了句：“谢谢。”

迟意正准备告诉他梁叔没在店里，要过会儿才能回来，却发现江遂拖开她斜对面的椅子坐下了。迟意用余光刚好能看到他的鞋尖。

对迟意而言，自己能和他待在一个空间里，明明是一件很值得开心的事情，她却不敢抬头，生怕被他看到自己不体面的哭相。

但她又忍不住想抬头，想看看他在做什么，或者只是看看他。

“以前常参加学校的活动吗？”江遂冷不防响起的声音，让迟意终于找到理由顺势抬头。

“嗯？”迟意没懂他为什么突然问这个。他是通过她在“模联”中的表现，觉得她不合适吗？

她如实地回答：“有参加过竞赛类的。”那都是些她擅长的学习类活动。

江遂眉宇间带着少年人的青涩与俊朗，又有这个年纪的男生难得的从容与沉稳。他点点头，对她的话表示理解，随后又说：“有几个去年在‘模联’里发挥亮眼的同学，这个学期怕耽误学业，除了学科竞赛，也几乎不参加学校的活动了。”

迟意垂头，心想他果真是在说“模联”的事情。

江遂觉得自己还挺会安慰人，毕竟陈予光总说陈阿姨常常羡慕隋姐儿，说江遂这个儿子贴心。所以此时此刻，江遂并没觉得自己这种安慰人的方法有什么不妥之处。

“其实只要自己认为这个选择有意义，那失去些什么似乎也没什么大不了。”江遂希望她不要太看重得失，要学会享受当下。

迟意懵懂地点头，觉得江遂这句话是暗示她可以效仿那几个为了学业放弃“模联”的同学，是在劝她主动退出。

事后，迟意评价自己这天在江遂面前的形象只有四个字——糟糕透了，脆弱、爱哭，又矫情。他一定很无奈和她同组吧？

各个代表国小组经过一段时间的磨合，陆续定出了主发言人。

迟意他们组的成员不约而同地默认了这一个重要的位置非江遂莫属，所以并没有过多地纠结和特意推选。

这天，趁着全组的五个人聚在一起开讨论会，江遂提了这件事情。有同学希望江遂担任这个角色。

“大家都是这个意见吗？”江遂环视一圈，看到其他人频频赞同地点头后却道，“我倒有个推荐人选。”

他一顿，看向坐在斜对角位置低头看书的女孩，说：“迟意，你有兴趣来当这个主发言人吗？”

忽然间有风吹过，书页被吹得哗啦啦地翻动着，她鬓角的碎发也被吹乱了。

被点名的迟意猛然抬头，一脸愣怔，抬着手一时不知道是先去合书，还是先捋头发。在这样混乱的状态下，她努力理解着江遂方才的话。

他为什么会推荐她？

她为了一场普通的国旗下的演讲都要准备一个星期，对着镜子练习几十遍甚至上百遍，一遍遍地观察自己的言行是否得体，直到确认没有纰漏才安心。

他让她做主发言人……她不行的。

但那天在店里糟糕的表现带来了强烈的懊悔感，令迟意不愿再次让江遂失望。

她抿唇，将头发掖到耳后，再去合书：“你是组长，我听你的安排。”

自己刚刚说了什么？她陡然一惊，想要改口却发现已经迟了，觉得早晚要被自己这种打肿脸充胖子的好胜心推向没有撤退可言的深渊。

祈祷江遂刚刚只是开了个玩笑，迟意在心里想。

但江遂只是笑笑，似乎很满意迟意这个答复，问其他人：“大家觉得呢？”

迟意抓着膝盖处的布料，非常不安。

“我觉得可以啊！迟意口才好，性子沉稳，看着不争不抢，实则别人说的每一句话她都有听到心里，说出的话也有信服力，很适合控场。”

“我也没问题。迟意是我们文科生的牌面，我相信她的能力。”

迟意处在状况之外。

“那我们来举手表决。”江遂微笑，组织大家，“同意迟意做主发言人的举手。”

江遂清点着人数，缓缓地抬起手：“还有我。”

他看向迟意，说：“全票通过。迟意同学，接下来就辛苦你了。”

“好。”

迟意对于这个“全票通过”的结果深感意外，甚至怀疑这是大家配合江遂玩的整蛊游戏。

江润如却说：“你自信点儿，不要怀疑。”

迟意难受，问道：“真是整蛊游戏？”

江润如抿嘴，一点儿也不觉得好笑。她深吸一口气，忍住自己无奈的情绪，说：“我的意思是你不要怀疑江遂以及其他同组成员为什么这么做。你要自信地承认自己很优秀，毕竟不是谁都能考到年级第一。”

但很快江润如便后悔自己对迟意说这些了。好像在她这些话的激励下，迟意越发热爱学习了。每每当她在课间从桌洞里抽出小说，看到迟意坐在桌前埋头苦读时，便觉得自己特别失败。

在这样强大的精神压力下，江润如决定拿出理科的试卷多写几道题目，毕竟下个月就要会考了，她的物理成绩不太好。

何止江润如有压力，迟意顶着这个“主发言人”的头衔，觉得自己觉都睡不好了。

宜佳禾每天都用奇怪的眼神审视她，好奇自己的姑娘处于十七八岁的大好年华，怎么爱上了看《新闻联播》，而且这得是怎么个热爱程度，才能让她一边刷牙还一边看啊？

迟意把每天的英语听力换成外交官发言这类的广播，甚至为了锻炼说话的气息，坚持每天诵读诗歌。从改变这些小习惯做起，她在不懈地坚持中抚平了紧张与慌乱的情绪，也潜移默化地变成了更好的样子。

她和江遂的往来除了每周的社团会议，似乎就仅限于线上的文字聊天了。

李华根据期中考试的成绩重新调了座位，迟意已经不和胡云喜同桌了。这天她去接水，从教室过道穿过时，听到胡云喜在和另外一个女生商量趁着劳动节假期去找孔明月的事情，才意识到马上五月了。

而劳动节假期，正是“模联”举办的时间。

这代表着，迟意已经避无可避了。

这一届“模联”的时间为两天，社团以学校的名义在央大附近订了酒店供学生住宿。

酒店大堂里，尤锐集中办理完入住手续后，开始分房卡。为了便于同一小组的成员沟通，她尽量让同组成员的房间挨着。

知道这个消息时，迟意下意识地看了一眼江遂。心里乱七八糟的，她也不知道自己在幻想什么。

“迟意，”尤锐分了一圈房卡，最后来找她，“咱俩住一间。”

“好。”迟意看了一眼房卡上的信息，是六层。

一行人拿到房卡后浩荡地去搭电梯，因为是集体活动，队伍拖得老长，有的学生都到电梯处了，还有人在柜台那里磨磨叽叽地背双肩包。

迟意被尤锐挽着手臂，听见她问：“听说你是你们组的主发言人，紧不紧张？”

迟意看了一眼走在自己前面不远处的江遂，低声说了句：“有点儿。”

“放轻松，很多人戏称‘模联’就是一群人在一本正经地过家家。”

“那更紧张了。我这个刚出新手村的小白，对上你们这些满级大佬，有点儿害怕。”

“哈哈。”尤锐被逗笑了，“迟意，你真的很幽默。”

因为前一趟电梯满员了，江遂和迟意搭乘同一趟。

进了电梯后，迟意站在电梯门旁，盯着被按亮的五层与六层的按钮，猜测江遂会在哪一层下。

电梯到了五层，陆续有人下去。

迟意往旁边退让，余光却一直关注着江遂，得知他也住在六层后，暗自为他们的缘分开心了许久。

尤锐放下行李，便去和同组的成员会合开讨论会。迟意坐在房间里，看着手机上没有新消息的小组群，思考自己作为主发言人是不是该牵头做点儿什么。

正想着，迟意被阳台外面传来的声音吸引。适逢劳动节，学生们在假期中的活动安排得比较自由，现在是夜里九点钟，大学城外的小吃街十分热闹，音乐社团更是搬了器材在操场上组织了一场小型演唱会。

他们住的酒店正邻着操场，外面热闹的声音顺着没关紧的推拉门传进来。似乎有人在唱林向荣的歌，迟意惊喜地竖耳去听。

确认自己没有听错后，迟意拿着手机往阳台走。

因为推拉门的落地玻璃太过干净，迟意拉开窗帘后没注意，直愣愣地撞了上去。

一声闷响后，迟意吃痛地捂住了额头，费了番周折才出来。

江遂也听到了外面的声音。相邻房间的阳台是相连的，中间只隔着一面只有腿高的矮墙，所以他刚拉开窗帘便看到了隔壁阳台上迟意一手揉着额头，一手举着手机录视频。

江遂没想到她会喜欢热闹，跟着好奇外边的景致，便不由自主地拉开了门。

开门声令迟意转头。

看到是江遂后，迟意显然被吓了一跳。

“你住在这间？”迟意觉得自己的声音应该没有发抖。

“嗯。”江遂朝楼下望，问道，“要去听吗？”

迟意拿不准他这句话的意思。

但很快她听见江遂说：“一起吧。”

央大的操场比四中的要气派很多，大学生自由浪漫，跑道上不乏牵着手一起散步的小情侣。

迟意和江遂保持着半米的距离，不紧不慢地走着。

操场上的观众席地而坐，位置很散，迟意和江遂站在跑道上并不影响观看。

过了会儿，江遂正准备问迟意要不要去前面时，一转身，发现人不见了。

近处有个鬈发女生过来，笑容灿烂地问："同学，你是今年的新生吗？"

"抱歉。我不是。"

江遂四下找人，在不远处的自动售水机旁找到了迟意。

因为机器的按钮不好使，迟意捣鼓了半天才成功地买到水。她抱着两瓶水回来，遥遥地看见江遂的旁边多了个和他说话的女生，识趣地停在原地。

直到看见江遂冲自己招手，迟意才犹疑地往那边挪步子。

要号码的女生随着江遂的动作扭头看到迟意，尴尬地笑笑，冲他道："不好意思。"

那个女生和迟意擦肩而过时，探究地上下打量了她几眼。

错身而过后，迟意听到那个女生沮丧地对在远处的同伴说："没要到，他有女朋友了。"

"是刚刚买水的那个吗？我看长得很一般啊！"

迟意眨眼，一霎天堂，一霎地狱。

她似乎已经习惯了在旁人眼中自己与江遂的云泥之别，毕竟她自己也是这样认为的。

只是所有人都不知道，在二〇一三年的这个春天，迟意曾在别人的误会中成了江遂的女朋友。

第二天是个艳阳天。

迟意换上了正装，将头发按照江润如教的手法扎了起来，整个人瞬间变得精神利落了很多。临出门前她又被尤锐按着肩膀打量了一番，简单地涂上粉底，画好眉毛和涂了滋润的唇彩。

到了会议室，迟意一直不适应，觉得亮晶晶的唇彩上嘴后一定非常明显，所以总忍不住抿嘴唇。

这样的状态让迟意静不下心来，她总算明白高中老师为什么禁止学生早恋和化妆了，因为真的影响学习。

迟意没办法，只得趁着会议还没开始时去厕所里调整状态。

厕所里，她对着镜子整了整自己的衣领，等旁边洗手的女生离开后，才凑近镜子，仔细看自己的脸上被尤锐涂过东西的地方。

粉底抹匀了，细细的眉毛画得眉头浅、眉尾深，关于嘴唇的颜色，她看习惯了其实觉得还好，只是粉润了些，属于不过分的点缀，不像宜佳禾化妆时会用的那种颜色艳丽的口红。

说服了自己，迟意才出去。

回到座位上，迟意抚着衣服坐下，注意到旁边江遂的位置空了。

主席团的成员陆续到场，正在做开始前的准备，但江遂还没回来。

主席是往年“模联”社的成员，现在就读于央大，社团里不少同学和他认识。他们趁着会议还没开始，攀谈起来，场面热热闹闹的。

迟意的心思却不在他们的身上，她朝门口看了几次，一颗心放不下来。

随着主席团提醒三分钟后会议正式开始，同组的其他人也注意到了这个问题：“遂神怎么还没回来？”

迟意佯装不经意地问：“他去哪儿了？”

“他接到通电话就出去了，什么也没说。”

正当迟意深吸一口气，心想就算江遂不在，自己也不能掉链子时，忽听旁边的组员惊喜地道：“回来了。”

迟意闻声抬头，看见江遂已经走到了桌边。

他垂眸，和她四目相对。

迟意的眼神过于直接，她庆幸他没有缺席这场活动，也好奇他为什么出去这么久，更为自己这种患得患失的敏感情绪而难过。

他不禁挑了下眉：“怎么了？”

“没事。”迟意心虚地刚一低头，便看见江遂在她的面前放了一瓶包装粉嫩的饮料。

“给你带的。”江遂说。

“谢谢。”

其他的组员叫嚣道：“遂神，我们的呢？”

"怎么？赞助商的农夫山泉不够甜？"

其他组员："……"

迟意忍不住翘起嘴角。

主席团宣读开场白。

江遂用微不可察的声音对她说："别紧张。"

迟意点点头，看向桌面的左上角。无论从哪个角度看，她都觉得瓶身上印刷的粉色桃子和他的气质非常不搭。

但这瓶桃子汽水，确实是江遂给她的神奇能量水。

似乎真是神奇能量水的功劳，迟意这次表现得不错。

每一届的"模联"都会录像，今年也不例外。劳动节小假期还没结束，"模联"的录像便不知被谁发到了贴吧里。迟意这组因为有她和江遂两位高二学霸，被单独剪辑出来轮番观看。

"我终于知道我妈为什么让我好好学习了，原来学习好的人真的会发光啊！"

"迟意怎么能这么快抓住对方话里的漏洞？"

"迟意真是我们女生的骄傲！"

"迟意，我们文科班的！"

…………

对于贴吧里的种种言论，迟意并不知道。江润如本想转述给她，但看着她一门心思扑在学习上，便暂时放弃了。

对高二学生而言，六月有着关乎能否拿到毕业证的会考。老师也一再强调，在会考中成绩能否拿到全A关乎自主招生。

迟意以为经过"模联"的并肩作战，自己和江遂的关系得到了升级。而江遂随手给她的那瓶桃子汽水，她喝净后将瓶子偷偷地留了下来。

她也终于鼓起勇气，在路上和他迎面遇上时，勇敢地抬手和他打招呼，事实却是——

"江遂！"迟意听到身后响起一道清脆的女声。

江遂目不斜视地越过迟意，无奈却纵容地冲尤锐道："我求求你下次小点儿声喊我的名字行吗？"

迟意抱紧怀里的两本书，右手举到一半，僵住，好一会儿才无所谓地活动了下，收拢，攥拳，垂下胳膊，走开了。

——江遂对她不存在确立关系。

哪怕是朋友关系。

迟意认识的人不多，局限在自己的班级内。她能把班上的人认全，也多亏了被姚尚君任命为历史课代表。但她渐渐发现在学校里有很多人认识自己，有的冲她笑，也有的热情地和她打招呼。

每每她都是淡淡地回应着，怕太热情引起对方不适，又怕太冷淡显得自己没有教养。

每当这个时候，迟意便理解了江遂对自己的态度。

或许就跟迟意遇见这些主动打招呼的陌生同学一样，江遂也把她当成了自己身边的普通同学。身边要好的朋友那么多，他怎么会缺一个可有可无的普通同学呢？

从他们第一次见面起，江遂不请自来，成了她的生活背景，但迟意绞尽脑汁，始终只是他生活里的甲乙丙丁。

好在这种状态没持续多久，迟意迎来了新的转机。

李华告诉迟意今年四中的招生海报由她和江遂一起拍摄，双人海报将会被挂在四中官网的首页整整一年，也会供这一年间大大小小的校园活动使用，一年后则会被封存在校史馆里。

迟意觉得八成是老天见她可怜，悄悄开了后门，让这份偏爱过于明目张胆。

这天的迟意忘记了自己是怎么离开的办公室。晚上回家后，迟意难得主动向宜佳禾说起自己在学校里获得的成绩和荣誉，自然而然地聊到了拍摄海报的事情。

"招生海报？"宜佳禾正在做瑜伽，听完后，头也没偏地道，"挺有意义的。"

迟意站在旁边，没等来自己想听的，便回了房间。

宜佳禾发现迟意弄了一堆化妆品是在两天后。这天宜佳禾来她的卧室找本书打发时间，不经意地看到了她桌上多出的收纳盒。

宜佳禾随手翻了下，眉头一挑。

这个丫头有情况啊！

宜佳禾没多嘴去问这件事情，悄悄拿了书出去。只是在周末的时候宜佳禾带她去了趟商场，买了好几身当季的衣服，又领她去了化妆品专柜，让导购帮她修眉。

迟意刚被按着肩膀坐到高脚凳上，立马站起来，不安地看宜佳禾："宜佳禾，你是不是打算以后不管我了？"

否则宜佳禾为什么突然对她这么上心？

宜佳禾弹了下她的脑门，恨铁不成钢地说："你想得美。不是要拍招生海报吗？捯饬得精神点儿，别给学校丢人。"

"哦。"

原来宜佳禾是怕她丢人。

说来也巧，六月的北央迎来了一场强降雨。

大雨一阵接一阵，连绵不断，拍摄的时间也因此一推再推。整整三天，迟意望着窗外你以为停了其实在下一秒便又下起来的大雨，心情像坐过山车似的，升一段，降一段，好不煎熬。

迟意就在这个阶段，看完了一本外文诗。

书中有一句话印在迟意的心坎上："隐约雷鸣，阴霾天空，但盼风雨来，能留你在此。"

她因为这句诗平白地对这场雨萌生了好感，却又无时无刻不在期待这场雨能早一些、再早一些结束。

她想等雨停了，去见他。

天放晴的那天是五月二十日，迟意接到李华的通知，说摄影师已经到学校了。

迟意当时在解数学题，钢笔笔尖在草稿纸上拖出长长的墨印，洇透了底下的试卷。

她应了声好，起身往外走，每一步走得就跟当时走上主席台的台阶一样，她甚至比当时还要紧张。好在江润如雀跃地扑上来，挽住她的胳膊，缠着她问："我陪你一起去好不好？我就在旁边看着，不打扰拍摄。"

有朋友陪着，迟意才得以喘息，感激地点头。

五月，日头还不晒，但这天阳光很好。刚被连绵的雨水冲刷过的树叶在阳光下泛着浓郁的绿色，非常赏心悦目。

"你们一会儿在哪里拍啊？"江润如噘着嘴，东张西望，简直比她还要上心。

迟意心里的那头小鹿不安分地撞来撞去，以致她回答得十分心不在焉："还不知道。一会儿听摄影师安排。"

"那需要化妆吗？是他们带了化妆师，还是你自己来？"江润如的问题很多。

迟意抿唇，不知所措地看向她，眨眼："润如，我紧张。"

江润如第一次见到迟意这种状态，立马张开双臂抱了抱她："安心啦，不论摄影师把你拍成什么样，你年级第一的成绩势必会给你蒙上一层学霸滤镜。再说啦，经过'模联'后你多了好一批'颜粉'。"

迟意有苦难言，没法解释说不论在学习上还是在样貌上，江遂都比她要优秀。

这种紧张的情绪一直持续到两人来到化妆间，迟意听见摄影师说了最新的消息："今天男同学因为家里有事，暂时来不了。所以我先拍女生，另外找时间补拍男生。"

那颗一直悬着的石头重重地落下，落向了暗不见底的、令人绝望的深渊。

她被震得心神不宁，心口处传来挥之不去的剧痛。

这天的拍摄是怎么完成的，迟意忘了。

后来样片出来，迟意也没有仔细看。倒是江润如捧着照片夸了她好久，说老天也太不公平了，为什么读书厉害的人长得还这么好看。

整整一个六月，迟意和江遂变回了陌生人。

有时是在学校门口交织的人流中，迟意推着电动车，看到他和朋友在那里说话，会下意识地别开头，灰溜溜地离开。

有时是在办公楼里，迟意抱着试卷经过，看见他正和老师讨论问题。

她依旧会起早跑操，也依旧会在体育课上寻找他的身影。

在数不清的场合里，迟意一遍遍地假装没看见，却用余光看了他千万次。

她也从江润如那里听说了江遂缺席海报拍摄的原因。江叔叔的工作出了状况，导致整个研究组的同事都在接受调查。因为事情太特殊，隋姐儿和江遂只能干着急。

当然，六月份的时候也有一个好消息，某卫视一档爆火的歌唱类节目推出第二季，一个叫陈远的选手翻唱了林向荣的民谣《八月薇安》后一夜爆红，连带着林向荣也有了热度。

除了酒吧固定的演出，林向荣还能接到薪酬不错的商演，粉丝也多了起来。他在暑假时来北央录节目，和迟意简单地见了一面，并且给了她一张节目的门票。

迟意自然要去捧场，看着镜头下穿着得体的男人，好像她认识的那个站在讲台上的林老师又回来了，但又好像这副文质彬彬的形象下包裹的仍然是放肆随心的灵魂。

这是一个以犀利著称的访谈，主持人问他爆红的感受，问他未来的打算。为挖爆点，主持人言辞间埋了一个接一个的坑，但林向荣从容不迫地解决了这些意外。

到了个人表演的环节，林向荣弹唱了那首《babo》的抒情版，旋律婉转动听。这是迟意真正意义上写的第一首歌词。

唱到尾声，林向荣轻轻地扫了一遍琴弦，说："这首歌虽然不火，但很好听。希望写词的女孩能天天开心。"

迟意坐在台下笑着，真的有开心一点儿。

录制结束后，迟意在隔壁演播厅的出入口看到个“熟人”。

是常在电视里见到的主持人隋荷，江遂的母亲，江润如说大家都喊她隋姐儿。

隋荷比电视里还要好看，身上流露着一种岁月沉淀下的自然美，端庄自信，令人相信那句“岁月从不败美人”。

隋荷朝她望过来，甚至冲这个方向招了招手。

迟意下意识地往前跌了一步，堪堪站稳，紧张得手掌心直冒汗。她大脑一片空白，只剩下不知所措。

直到隋荷抬声，喊：“阿遂，这里。”

紧跟着，迟意的耳畔响起一道熟悉的、清亮的男声——

“麻烦让让。”

迟意瞳仁骤张，下意识地转身，缓缓地侧过脸。

江遂穿着休闲的短T恤和长裤。家庭的变故重新修饰了他的气质，他还是那个意气风发的少年，热忱与张扬依旧在，但整个人沉着了不少。

直到越过她，江遂也没偏一下头。

迟意抓了抓衣摆，目光一路尾随。

少年走路慢且稳。他个子很高，背却不绷直，漫不经心地越走越远，像是懒散的大猫……不对，像只犯困的老虎。

迟意在心底规范用词。

少年腿长，三两步便走到了隋荷的跟前。

隋荷的声音顺着风传过来：“怎么才来？”

“路上堵车。”

迟意不敢多看，转身往相反的方向走。风于心不忍，没再传话。

“刚刚那个女生认识你？”隋荷朝他来的方向张望。

江遂回头，正看到一个高个男人把棒球帽戴到一个女孩的头上。

女孩仰着脸，侧过半边白皙的脸庞，很乖巧的模样，但今天打扮得和往常有些不一样。

头发是用了心思编的脏辫，衣着是偏朋克的酷女孩风，盖到大腿中央的深紫色格裙下一双腿笔直修长，脚上踩着一双短款的马丁靴。

如果不是被隋荷特意提醒，他还真没认出来。

“是我的同学。”

迟意觉得自己和江遂的关系陷进了一个死胡同里。

这种两人走在路上碰见连招呼也不打的处境，让迟意残酷地认清他们近一年来共同经历的一切，完全是迟意的独角戏。

“在看什么？”林向荣隔着帽子将手放到她的头顶上压了压，随着她侧头的动作朝另一间演播厅的入口处看去，随口问道。

“那个好像是在电视上经常见到的主持人。”迟意借着这个机会，跟林向荣一起光明正大地看过去，并且试图掩盖真相。

“好像是。”林向荣看了一眼，没什么兴趣，“走吧。今天拿了通告费，请你吃饭。”

“好啊！”迟意喜上眉梢，心里却稍稍松了口气。

谁承想林向荣火眼金睛，往外走时，冷不防地来了一句：“确实很帅。”

“嗯？”

林向荣瞥她：“迟意同学，你永远不要试图向一个班主任隐瞒感情的问题。我刚才出来得早，有幸目睹了你们擦肩而过的过程。”

迟意因为被看穿，脸红起来。

她正纠结怎么坦白时，林向荣却没再追问这件事情。她松了口气，却又隐隐地担心，既然他都能看出来，那别人呢？

迟意对附近不熟悉，对着手机研究了半天周边的餐厅，最终还是让林向荣决定。

两人吃了饭沿着长街消食，一路走过去有不少清吧，听见店里袅袅的吉他声传出来。

迟意时不时地朝店里偏头，觉得这些歌手没有林向荣唱得好听。

“这家店里客人最多，看来是有大招。”林向荣将视线移到表盘上看了一眼时间，说，“进去坐会儿，八点前送你回去。”

迟意没意见，只是没想到在这里碰见了熟人。

两人坐下后，林向荣从服务生的手里接过酒水单点东西，问起今天有什么活动。

服务生：“那你可真来对了。今天的驻唱嘉宾比较牛，很多客人慕名而来。”

林向荣：“就台上的那个？”

迟意随着他们一起看过去，清吧里光线整体偏暗，舞台那块像天漏了个洞，稀薄的亮光倾洒下来，一个男生抱着把吉他，支着腿坐在高脚凳上。

一高一低的两个麦克风负责收音。

迟意抻了抻脖子，在最靠近舞台的那张桌子的旁边看到了孔明月。

“帅！”孔明月将双手拢在嘴边，做喇叭状，喊了一声。

她大胆、热情，比坐在光下的男生还要惹眼。

迟意盯着她那里看了好久，直到听见林向荣点完单后，说：“最近有唱片公司找我聊专辑的事情。”

“真的？！”迟意从舞台处收回目光，面露喜色，有一种自己挖掘的种子选手终于发光发热的自豪感，“是哪家公司？”

林向荣说出一个唱片公司的名字。

迟意眨眨眼，说自己听过。这家公司在国内的唱片公司中排得上名，数年来捧出过不少歌星。“林老师，你终于要实现梦想了。”

当初林向荣辞职时，迟意问过他：“是不是对这所学校失望了？”

林向荣却说：“不存在失望一说，是梦想的光太亮了。”

而今他终于要实现自己的梦想了。

“那我岂不是你的第一批歌迷？”迟意说。

林向荣：“何止。你是摇滚顶流明星的御用作词人。”

迟意莞尔。

林向荣说起唱片公司提供的几个有关新专辑的创作方向，迟意虽然帮不上忙，但听得很认真，由衷地为他感到开心。迟意看到他发展得好，心里那颗因为间接害他辞职而产生的名为“愧疚”的石头稍微落下了些。

从舞台那里突然传来的吵闹声打断了两人的谈话。

不知怎的，孔明月和一个女生吵起来了。

两人吵着吵着，甚至动起了手。

“孔明月！”迟意看到那个女生粗鲁地推孔明月的肩膀，下意识地出声提醒，但因为隔得太远，对方根本听不到。

林向荣看她：“认识？”

迟意点头：“她是我爸爸再婚家庭的孩子。”

那边的状况没有消停的趋势，孔明月被推了一把后，还挨了一耳光。迟意傻眼了，急切地要过去帮她，谁知还没动身，便被林向荣扯住胳膊按回凳子上：“老实等着。”

迟意刚刚被吓坏了，病急乱投医，被林向荣一打断，意识到自己上前也没用。

舞台上弹吉他的歌手在后台休息，孔明月看着将自己围住的几个女生，心里直发怵，面上却逞强：“你们有病吗？”

女生闻言扬起手，要打人。只是胳膊还没抡过去，便被一只宽厚有力的手钳制住了。

女生皱着眉，莫名其妙地问：“大叔，你是谁啊？”

林向荣把她的手松开：“惩恶扬善的正义使者。”

“精神病人吧？”女生见没了危险，继续嘴硬。

林向荣瞥她：“那你胆子挺大，不怕精神病人打你啊？”

见来了帮手，为首的女生狠狠地瞪了孔明月一眼，憋屈地领着自己的小姐妹走了。

孔明月被林向荣方才那两句冷幽默的话逗笑，刚乐完，便对上男人威严的眼神。

没热闹看，围观群众也就散了。

孔明月正准备冲林向荣道谢，便看到迟意不知从哪里冒出来，站到那个男人的身边：“没事了吧？”

孔明月的视线在两人间流转，嘴角动了动，她嘟囔了一句“没劲”，觉得自己今天倒霉透了。

“你脸肿了，要不要先冷敷一下？”是迟意先开口的。

她指了指自己左嘴角的位置，示意道。

孔明月抬手摸了摸，立马疼得直皱眉。

孔明月是在等服务生拿冰袋时，接到了江遂的电话。她把手机丢回桌子上，试图逃避。

倒是迟意因为手机铃声响个不停而不解地望过来，不经意地瞥见手机屏幕上显示的来电人，“江遂”两个字十分醒目。

她屏息凝神，再也看不见其他。

“不接吗？”她听到自己问道。她应该是很平淡的语气吧？她就是随口一问，旁人应该不会多想。

孔明月可能是把她这句话曲解成“怎么？不敢接”的意思了，所以迟意看到在自己话音落下后孔明月虽然抗拒，却还是乖乖地拿起了手机，接通。

“没……我在家待着闷，出来听歌……你不用来接我，我一会儿自己就回去了……行吧。那我把地址发给你。”

孔明月打电话时，迟意看似正拿着摆在桌上的立牌看上面的信息，实则留了根神经听她这通电话的内容。

江遂要来这里吗？

迟意不自信地拽住上衣的下摆，低头打量自己的衣服，然后抬手摸了摸江润如给她编的这种不会太夸张却很有特色的发型。

仿佛又回到了“模联”那天的心情，对于今天这身为了去看林向荣的访谈节目而搭配的造型，她总觉得哪里都不合适。

孔明月挂了电话，把地址发过去，便放下手机去拿冰块。抬眸间，她看到了迟意的动作，盯了几秒后，说：“我就知道，你没表面上那么乖。”

她用冰敷着脸颊，慢悠悠地呵了声，似乎是确定了自己早些时候对迟意的认知，心情不错地道：“那些被你骗了的人真可怜。”

迟意眨眨眼，直视她：“你是说自己可怜吗？”

“你！”孔明月吃瘪，手上没轻重，疼得哼了声。

知道两人的关系后，林向荣不难理解此刻针锋相对的气氛。通过迟意对孔明月的态度，他看得出来，孔明月不坏。

“刚刚那个男生是谁？”他主动调节气氛。

“我的男神。”孔明月一甩头，骄傲地道，“怎么样？帅吧？”

“那打你的女生呢？”

“垃圾。”孔明月生气，翻了个白眼，说，“我男神的狂热追求者，就是一个疯子。”

林向荣：“那你挨打，你的男神为什么也不帮你？”

“他又没看到。”

“他看到了会帮吗？”

“那肯定的啊！他那么善良，就算是遇见路人受欺负，也会伸出援手。”

迟意的耳畔是孔明月和林向荣的说话声，她却将注意力全放在江遂待会儿要来的事情上。

他似乎就在附近，来得很快。

孔明月因为和林向荣聊得愉快，心情不错，见江遂出现在门口四下张望时，主动朝那里招了招手：“阿遂，这里。”

林向荣也看到了来人，挑挑眉，看向迟意。迟意心虚，不敢看他的眼睛。

江遂有些吃惊迟意也在这里。

他说教了孔明月几句，让她以后不要闹什么离家出走。孔明月庆幸这里光线暗，他看不到自己嘴角的伤，否则又要唠叨她。

见孔明月一副“听得进去算我输”的倔劲儿，江遂放弃，临走前，看向迟意：“你不一起吗？”

迟意没想到还有自己的事情，怔了下。

林向荣已经开口答了：“我送她回去就行。”

江遂嗯了声，仔细看了他一眼。男人看着二十七八岁，比梁在宥年轻些，有成熟男人的气质。但当江遂想到男人在演播厅外给迟意扣帽子的动作时，却怎么看都觉得他比梁在宥还不靠谱。

江遂还欲说什么，但找不到立场。

在孔明月哀怨的“走啦”的催促声中，他又对迟意说了句：“谢谢你帮忙照顾孔明月，有什么需要我帮忙的，可以给我打电话。”

迟意不确定地嗯了声，片刻后，才道了声好。

孔明月嘟囔：“你谢她做什么？和她有什么关系啊？”

迟意目送着他们走远，觉得自己和江遂的关系真可笑。两人明明有着千丝万缕的联系，却无法靠近一点儿，哪怕仅仅一点儿。

林向荣似乎也想通了：“就是他吧？”

迟意回神。

“你写词的灵感之神。”林向荣说。

迟意下意识地否定，林向荣又说：“喜欢一个人，就算你不说，眼睛也会先公开。”

“我也不知道喜欢他什么。”迟意终于敢承认，“但只要有他出现的地方，我就注意不到别人。”

那时候的迟意并没意识到，自己对江遂的喜欢还要更强烈一些。

对她而言，只要江遂出现，她所有的注意力势必集中在他的身上。而如果没有江遂，迟意全心全意地爱自己便满足了。

好像除了他，其他人都不是必需品。

而这种近乎偏执的理智，直接导致在与江遂分开的七年时间里，迟意一直是一个人。

高三的学生考试结束，高考的压力落到了高二年级所有学生的身上。期末考试前夕，李华特意在班会上对这群准高三生做动员。高考是千军万马过独木桥，每一分都至关重要。

而迟意也因为在期中考试中下滑的成绩和这段时间的状态，被李华单独叫去办公室谈话。

穿过廊腰去办公室时，迟意偶遇了江遂，以及扬声喊江遂的尤锐。

尤锐从办公区的走廊深处出来，怀里抱着好些试卷，每份试卷是一沓，交叉着摞在一起看样子有十几份。

“还没到高三，试卷就多到爆炸。”尤锐累得气喘吁吁。

江遂停下来等她，顺手接过来一大半试卷帮她分担：“全是生物？”

“谢了。”尤锐不见外地接受帮助，手里的分量轻了，人也轻松了，“一套生物试卷二十二张，我才数了十几套，剩下的晚自习再去拿，实在是抱不动了。我听老严说，因为工作量太大，印试卷的打印机三天两头地坏。”

江遂挑眉，故作轻松地道：“多发点儿试卷，等毕业时才有的扔。这些是暑假作业吧，现在要发下去吗？”

尤锐却笑不动，残忍地通知他：“是期末考前的练习题。”

“……”江遂一副“当我没说”的神情。

这是个十字路口，直行是楼梯间，左拐是办公区，右拐是六班的教室。迟意往左拐去办公室，江遂和尤锐往东走回教室。两拨人堪堪错身，所以迟意听到了他们聊天的内容。

尤锐：“对了，暑假竞赛班几号开课？”

江遂：“十五号。”

尤锐：“那岂不是在放假的第二天我们就要上课吗，也太难了吧？”

迟意来到办公室，还在走神，想江遂和尤锐默契而熟稔的动作，想暑假竞赛班里两人相处的时间。她羡慕尤锐坦荡、直率，羡慕尤锐和他站在一起时那登对的气质。

李华趁着接水的时间，在想自己这次的话该怎么谈。眼前的女生看着温顺听话，但他很难摸清她内心真实的想法。

“高二刚开学时，我让学生填过一次高考目标。那会儿你还没转来，所以我一直没问你，你的目标是哪所大学？”

国内最好的大学在北央，但迟意想考的是……

“我想考敏大。”

敏南大学，位于迟意以前生活的那座城市，国内双一流大学，入学门槛也不低。

“不想留在北央？”

迟意点头。

李华有些诧异，向来温暾好说话的学生，难得坚定地表达自己的选择。

临近期末考试的那几天，迟意发了一次高烧。她自己没什么不适的反应，该上课就上课，时不时还能冒出灵感写写词。

要不是被宜佳禾发现，迟意连自己发烧了都不知道。

那天宜佳禾见她的刘海长了，顺手给她撩上去，想看看她没刘海的样子，手指不经意地蹭到她的额头，这才感觉出不对劲儿。

“怎么这么烫？”宜佳禾马上用自己的额头抵着她的额头感受了下，转头问姥姥把体温计放哪里了。

一量体温，38.6℃。

“你没感觉哪里不舒服吗？”

迟意摇头。她还以为自己近来的胸闷气短是受情绪影响，便只强迫自己摒弃杂念，提高专注度，没往别处想。

宜佳禾看着她一副“这没什么大不了”的表情，蹙眉道：“我知道要升入高三难免紧张，但希望你搞清楚，身体才是最重要的。高考考不好又怎样？大不了重来一年。反正人在未来会度过很多个无用且浪费的一年，早一年晚一年考上大学也没什么区别。”

迟意糊弄着点头，并不能理解宜佳禾这种“过来人”的宽慰。

宜佳禾又说：“我希望你每天开开心心，不需要考太好的成绩，不用事事做到完美。你可以偷懒，可以犯错，可以只做个普通人，健健康康就好。”

迟意只觉得心里一暖，应了声好。

期末考试的前一晚是大家自主上晚自习的时间。这次期末考试完全按照高考的规模举行，班上的桌椅被布置成了单列单桌，多余的桌椅被两两相扣堆在了教室的后面，没有桌子的同学则拿着课本和其他人拼桌。

迟意和江润如挤在一张单人桌前，看了没几行文言文便开始走神，在看到那句“女之耽兮，不可说也”时终于认命地合上了课本。

亘古不变的道理，果然她也不能免俗。

“润如，你这里有小说吗？”

江润如正默背着作文素材，还以为自己听错了，疑惑地啊了声。

“我学不进去，想换换脑子。”迟意说，“杂志也行。”

江润如闻言贼兮兮地咧嘴笑：“必须有啊！”

这一晚，迟意利用三节晚自习的时间看完了整本《牵丝风华戏》。

江润如盯着迟意泛红的眼眶，看着她一副想哭却又硬生生忍住的委屈样子，猛拍大腿，肯定地道：“我就说吧，这个故事虐心又温情，你看了肯定会哭！”

迟意没告诉她，小说虽然感人，但不是自己哭的原因。

晚上回家，迟意找出了上学期的那份地理小测的试卷。她看着上面老师用红色签字笔留下的八十五分的成绩，抿着嘴，绷了一晚上的情绪还是没发泄。

她是个感性的人，很容易被牵动情绪，而情绪必会影响她所面临的事情。

就像这份八十五分的小测试卷。

它的存在成了横在迟意心头的一根刺儿。

夜已经深了，但她还是打开了电脑，登录贴吧打开了那篇标题是《我炙热的少年》的帖子。

她将无人诉诸的情绪借着故事里的两个主角发泄出来，一年来竟神奇地吸引了不少读者。

有催更的，有问原型的，有打听现实里两人结局的。

迟意看了会儿，留下了新的内容。

我不想喜欢他了，至少这一年，不喜欢了。

——二〇一三年七月十一日

之后的两天，迟意全神贯注地投入考试中。当心里某个坚持变得无足轻重时，她觉得生活中很多事情会顺眼很多。

考试结束后，李华给大家简单地开了班会，交代暑假的注意事项。他看着迟意饱满的精神状态和与同学说笑时愉快的心情，知道她肯定发挥得很好。

但出乎所有人的意料，她这次考得很差，在班上的排名还是第三，但在年级里已经退出前十了。

李华拿到成绩单后，第一时间来迟意的家里做家访，但迟意已经开始在辅导班里补课了。

原本那个时间也该回家了，但她在辅导班里碰见了孔明月，耽搁了点儿时间。

她到家时，李华正坐在院子里和陈奶奶一边说话一边吃西瓜。迟意听他说了来意，顿时哭笑不得："老师，您好歹提前说一声。"

李华："被你的成绩气蒙了，哪里还顾得上？"

因为李华和林向荣年纪差不多，管理学生的态度也是尊重、信任，所以迟意虽然习惯用敬语，但在心里是拿他当朋友的。迟意嘟囔："您的心理素质不太行啊！"

"你！"李华生气又无奈，恨铁不成钢地瞪她一眼，"你倒是开心。"

迟意将手背在身后，脚尖在地上踩了踩，低头："老师，对不起，让您担心了。"

李华的眉头舒展了些，刚刚他在等迟意回来时也从邻居那里听说了上学期她家里发生的事情。家长们大都把学校教育当作重头，往往疏忽家庭教育才是孩子做人、立命之根本。在学校里学到的知识可能会被遗忘，但原生家庭的影响是会被刻在骨子里的。

李华心疼迟意："有什么困难记得找老师，如果想申请住校，老师帮你做家长的工作。"

迟意没有向李华坦白自己故意考差的原因，也没向他保证在下次考试中，甚至在高考中自己一定要考个什么样的成绩。但她很开心，原来在她卑微地在乎别人时，也有很多人关心她。迟意觉得当自己把眼前的叶子移开后，看到了更多、更亮丽的风景。

迟意度过了一个很充实的暑假，也很少去想和尤锐一起待在竞赛班里的江遂。

同辅导班的孔明月和迟意不在同一楼层，孔明月补的是高二年级的知识。偶尔孔明月在辅导班的大厅里遇见迟意，不会再针锋相对，却难免还是要戗几句。

没过多久，江润如也扛不住父母的唠叨，加入了提前备考之路。迟意从她那里听说了不少孔明月休学期间的事情，焦虑症真的挺折磨人的。

林向荣经过慎重考虑，和唱片公司签了合约，有了专业团队的加持，他追梦的道路走得更稳了。签约的那天迟意因为辅导班有课走不开，两人云庆祝了一下。

隔着屏幕喝了罐啤酒，迟意收到林向荣发来的新专辑 demo，听到那句“少年怒马鲜衣，匡扶正义”时，短暂地想到了江遂。

那张蓝色的便笺，那个根正苗红的少年，但也仅仅是短暂地想了一下，她就转头继续投入了题海。

十七岁这年的夏天，她和青春打了个赌，求得这一年在学业上的拼尽全力，却不想，赔付的是年年岁岁的非他不可。

十七岁这年的夏天，大街小巷都在放那首《八月薇安》。

薇安，未安，竟然一语成谶。

林向荣在专业团队的规划下，事业被安排得井井有条，但资本介入的弊端也渐渐显露。新唱片发行前，一组林向荣在某中学校门口和一个穿校服的女生说话的照片被散布到网上。

那是上学期林向荣回南境前，给迟意送忘记给她的特产。当时有一群玩滑板的男生横冲直撞地过来险些碰到迟意，林向荣拽过她的胳膊护了她一下。谁承想就这样被拍到了。

迟意的正脸被打了码，但校服和背后的大门足以透露一些基础信息。

很快网友发现林向荣大部分歌曲的词，都来自一个叫“则安”的词作人，便开始扒他的情史，猜他和自己的学生恋爱。

写歌的人最不该缺的便是故事。八月八日，是林向荣的专辑《答案》的首发日，不足一个小时林向荣便荣登各大音乐平台新歌榜榜首，商业价值翻倍。

但自那件事之后，林向荣没再唱过迟意写的任何一首歌词。

迟意知道他在保护自己，但看着他连着半个月都在因为送过来的词不能用而和团队吵架，她还是没忍住把自己手上新写的几首词打包发给了他，表示如果有喜欢的署上别人的名字也没关系。

林向荣一再坚持，说她的个人风格太明显，很容易被看出来。

迟意便没再提这件事。

林向荣和则安的故事在歌迷的世界里以悲剧结尾，却一直流传，每年都会冒出新的版本，精彩程度令迟意这个写故事的创作者都自愧不如。

当然这是后话。

不知是不是和这次的照片有关，开学后学校下达通知，严厉禁止学生早恋。

高三的学生作为不容许有万一的群体，成了校领导的重点关注对象。教室里禁止男生女生同桌，餐厅更是划分出男女专区，每到吃饭时间都有校领导值班监督，更不用提晚自习后的情人坡、傍晚的小天台了。

就连每个课间都有领导站在教学楼天井的小广场中央，确保趴在走廊栏杆上的男生和女生没有出格的互动。

大家在这样不近人情的规定中，开始了自己的高三生涯。

而迟意因为爆冷门的期末考试成绩，引来了各科老师的高度重视。

其他班上的老师也常拿迟意起伏的成绩给学生敲警钟，高考考验的不仅是知识的储备量，还有情绪和心态。学生想打赢这场仗，必须要全神贯注。

江遂也从陈予光那里听说了迟意一连两次考砸的事情。

所有人提起她时无不惋惜和喟叹，唯独江遂说：“挺好的。你不觉得她现在开心了不少吗？”

迟意这些天确实心情舒畅，学习效率和专注度大大提升。

她刻意避开理科六班学生的活动范围，即便是去办公室，也改走教室南侧的楼梯，下到四楼再穿过廊腰去找老师。迟意因为太了解他了，所以能十分轻易地避开与他碰面的机会。

就在迟意以为，自己能以这样轻松安定的状态度过高三一整年的时光时，意外发生了——

“意宝，我给你推荐一本我最近挖掘的宝藏小说！”周日返校后，江润如书包也没放下便迫不及待地过来和迟意分享，“和以前我看过的所有小说都不一样，这一本真的超级特别。”

迟意已经习惯了她咋咋呼呼的说话语气，抬头问道：“什么小说？”

“是在贴吧里发表的，叫《我炙热的少年》。”江润如忍不住评价，“写得真是又揪心又甜。”

迟意惊愕之余，也十分纳闷世界怎么能这么小。

像过去无数次的“安利”一样，江润如转头便把这件事情忘记了。

等隔了两周迟意佯装平静地问起“贴吧里的那本小说你还有继续看吗”时，江润如狐疑地想了很久，才道：“你说那个暗恋的故事啊？作者不写了。作者为了备考决定不再喜欢他，已经有三个月没更新了，我早就不追了。”

迟意没想过对任何人说起这个故事，哪怕江润如是她即便高中结束也依然想要联系的朋友。

迟意在心里为自己的隐瞒说了句抱歉，随后听到江润如又说：“看来那个女生也没多喜欢那个男生，虽然高考重要，但感情这种东西毫无道理可讲，怎么能说放弃就放弃，真正的喜欢哪里有那么容易被搁下啊？”

迟意在心里应和：“是啊，哪有那么容易？”

其实迟意有偷偷地登录贴吧去看最近网友们新的跟帖，就像江润如能找到这里一样，也有不少野生读者寻了来。大家看后，有心生感触留下自己的暗恋故事的，也有出于心疼留下美好祝福的。

故事中的男女主人公收获了无数的祝福，但现实中的两人无奈地遭遇着离别。

学校取消了高三学生绝大部分的课外活动，他们每天的活动区域三点一线，抿紧的唇线与专注的眼神中压抑着他们对未来的渴望。

他们试卷永远写不完，知识点越背越多，笔芯倒是用光了一根又一根。

进入高三后，每月一轮考试，迟意的成绩连续两次稳定在年级第一。李华看着她逐渐稳定的发挥，心里悬着的那块大石头也慢慢地沉下去，但始终不敢落地。

毕竟三年磨一剑，现在还没到试锋芒的关键时刻。

李华时不时地找她谈话做思想工作，但发现她的状态真是挺好的。有一回班上一个女生因为压力太大，在晚自习结束后趴在桌子上哭了起来。迟意作为曾经在关键考试中发挥失常的“过来人”，十分具备安慰人的话语权。李华也不知道迟意具体说了什么，但在看到那个女生斗志昂扬的精神面貌时，便终于对迟意放了心。

迟意从江润如那里听说，孔明月这个学期重新读高二，在开学第一周的摸底考试中，英语没有再拖后腿，而她的总成绩更是在文科学生中排第一。她成了老师眼中的香饽饽，下一届高考的重点培养对象。

大家都说，因为这次的成绩，孔明月看着自信了很多，但只有迟意知道，大家把因果关系搞反了。

孔明月因为焦虑症休学的这半年里，迟临行和孔阿姨为了女儿的身体深度思考，积极地做出让步和改变。她依旧跋扈、骄傲，却因为身后有一个强大而充满幸福的、被称作“家”的后援会，拥有了足够的安全感。

迟意在校园里见过她几次，孔明月已经和新同学打成一片，确实开朗了很多。

整个秋天，迟意唯一参与过的课外活动便是江润如的生日。

江润如人缘好，所以生日时请了很多同学去她的家里烧烤。有一班的，也有高一同班的同学。陈予光和江遂自然也在，连孔明月都来了。

江遂在四中过于传奇，一出现便抢了主角的风头，成为众人的焦点。大家聊天的话题围绕着江遂展开——

“孔明月，你知道你表哥大学要考哪里吗？”

孔明月开朗且健谈，又因为和江遂关系近，自然成了大家询问的对象。

“他啊，从小便有一个军旅梦，应该要考军校吧。”

“我听说他暑假里参加了数学竞赛班，还以为他想走保送的路。”

孔明月不想说太多，东张西望不知道在看什么，只简单地回答：“他只是考考。反正考试对他而言，也不是什么难事。”

“我猜他报名竞赛是因为尤锐。我也去了暑假的竞赛班，虽然和他们不是一个科目，但经常看到他俩一起吃饭、上课。”

此话一出，瞬间引起周遭学生意味深长的起哄。

迟意在嘈杂的背景音中，下意识地去看江遂。

后者站在不远处打电话，单手插在口袋里，长身而立。他讲电话时低头看着脚尖。也许是这处的起哄声太明显，他抬头朝这边看了一眼。

迟意猝不及防地撞上他漆黑的眸子，心里一慌，落荒而逃。

方才还在聊江遂的这群人里有人发现了迟意，便随口将话题引到这位文科学霸的身上：“迟意，你大学打算考哪里？”

迟意不知道江遂还有没有盯着这边，只觉得太阳穴突突直跳。为了压下这种糟糕的情绪，她扬起笑脸，故作轻松地道：“我吗？可能会考南境的大学。"

对方想起来："你转来四中前是在南方读书吗？南方的天气是不是不像北央这么干？"

"南方雨水多，偏潮。"迟意说，"遇到雨季，洗的衣服都很难晾干。"

由迟意起了个头，大家开始聊起自己对南方的初印象来。

有同学说："我记得在小学课本上有一篇课文叫《鸟的天堂》，讲的就是江南水乡。所以我一直特别喜欢南方。"

迟意一提到故乡，整个人放松了很多，莞尔道："南方因为雨水多，树叶被冲刷后都是很浓郁的绿色。我记得放学回家必经的那条道两旁生长着枝繁叶茂的香樟树，每到傍晚，笔直的马路尽头是旖旎的晚霞，路上的车不多，大家生活节奏慢，生活幸福感高，日子十分美好。"

对方被迟意三言两语的描述吸引着陷入想象，由衷地道："真想去看看。"

又有人问："好吃的是不是特别多？"

迟意点头，仔细地盘点起来。

迟意说话的声音不如江润如清亮，她将事情娓娓道来时，语调带着江南水乡的软糯。可能是因为讲的事情是大家较为陌生却很有意思的，她发现大家听得很认真。

迟意觉得一定是在博物馆里做过志愿者的功劳，被周遭无数道目光注视着，自己竟然不怯场了。

"大家如果去旅行，我可以推荐好吃的馆子。"迟意从容不迫地拉近自己与团体的距离。

"有不上辣菜的馆子吗？"江遂不知道什么时候出现在她的身后，在她说完时，自然地问道。

迟意看向眼前的人，一时语塞，刹那间耳畔全是自己沉重的呼吸声和剧烈的心跳声。这两种声音像是被做了特效，从画面中抽离，被无限地放大。

迟意记起他说过自己想考南境的军校，猜到他是担心自己到了南方后会生活不习惯。

“有是有。”迟意大着胆子和他对视，听到自己回答，“不过我觉得这类馆子里最好吃的永远是下一家。”

迟意盯着他，似乎想从这双漆黑的眸子里判断他的满意程度。

江遂缓缓地翘起嘴角，看了她一眼。

迟意知道他懂了自己话里的幽默，终于松了口气。

江润如在升入高三后，便辞去了广播站的工作。但她似乎已经养成了时刻为生活找点儿 bgm（背景音乐）的习惯，当大家在院子里热闹地烧烤时，她从房间里拿出一个蓝牙音箱，带着大家玩起来。

她看准迟意的位置，大步流星地走来，挽住她的手臂，晃了晃某品牌的长型蓝牙音箱，炫耀道：“我今天的品位怎么样？”

“红色很喜庆……”迟意犹豫着夸道。

江润如道：“不是说音响。我让你听这首歌，这位歌手是我最近关注的宝藏歌手。”

“……”

可能是林向荣太火了，所以迟意身边的朋友听他的歌的概率很大，但这并不代表迟意能坦然地接受朋友当着自己的面聊那些虚实不分的花边新闻。

“你仔细听这首歌的词，‘七月十一，要在心里丢弃你，却听到半夜汽笛’。是不是写得很有感觉？”江润如每次向她分享自己喜欢的东西时，总会露出这种期待的眼神，每每都令迟意不好意思扫兴。

迟意不知道江润如说的是种什么感觉，只是觉得此刻被当众处刑十分羞耻。

江润如绘声绘色地说着有关林向荣和则安的故事，竭力寻求认同：“你说他们之间真的有这么浪漫吗？简直比我看过的所有小说都要精彩。”

迟意不知道该怎么澄清，只顺着她说：“你信那便是有，不信便是子虚乌有。”

江润如似乎对这个说法很满意，笃定道：“我觉得有。”

迟意几次犹豫，想要和江润如说出实情，却被她一脸遐想且艳羡的神情影响，于心不忍，心想先让她过个愉快的生日吧。

谁知迟意的优柔寡断，直接导致江润如受歌曲背后的爱情故事感染，一个傍晚都在放林向荣的歌。

伴随着动听的音乐，众人分工明确，穿肉的穿肉，烧炭的烧炭，聊天的话题不约而同地往这位歌手的身上靠拢——

“听说林向荣喜欢的那个女生在我们学校，你们知道是谁吗？”

“没听说啊，我以为是炒作呢。”

…………

迟意正在一旁研究榨汁机的使用方法，准备榨点儿果汁搭配烧烤。

孔明月一声不吭地过来帮忙洗水果，然后动作麻利地切好水果丁。迟意看了她一眼，接受她的好意。

趁着榨汁机嗡嗡地工作时，迟意抬头在人群中找了几次，都不见江遂。

音响播放的歌曲自动切换到下一首，仍然是林向荣的歌。

孔明月歪头听完了前奏，看向迟意，突然道：“你是‘则安’吧？”

她见过林向荣，也知道他和迟意关系匪浅，这样怀疑不足为怪，但迟意还是装糊涂地反问：“什么则安？”

孔明月不容置喙地一撇嘴：“我还真是小瞧你了。”

“是吗？那你不用和我道歉。”

“……”

迟意也不知道自己和孔明月的关系是怎么变成现在这种状态的，两人见面不互怼两句就不舒服。

榨汁机停止工作，新榨的西瓜汁细腻甘甜。迟意觉得这个机器还挺趁手，正准备说“要去取冰块，试着做点儿冰沙”时，忽听孔明月笑道：“对我不用有这么大的敌意。我没信那些绯闻。”

迟意正准备夸她理智，却听孔明月继续说：“你刚刚是在找阿遂吧？”

“……”

/ 第六章 /

你要快乐啊！

迟意冷不防听到她这句判断，惊得说不出话来。不过她想想也是，既然林向荣能够猜到，那别人看出端倪也不奇怪。

孔明月见到她的反应，无比轻松地笑起来："我就是诈一诈，谁承想还真蒙对了。"

迟意突然紧张，一瞬间她的脑内出现了很多想法。如果她不计结果，这件事情被江遂知道似乎也没什么大不了。毕竟不论在哪里都十分受欢迎的他，身边从不缺狂热的追求者。在他的眼里，自己与那些追求者并无二致。可正因为这个，迟意才觉得难过。暗恋是一个人的事情，但一旦告白便变成了两个人的事情。她不害怕别人知道，只是不喜欢结果。

孔明月的关注点似乎不在这里，她因为迟意默认的反应如释重负，痛快地说："你能把林向荣的手机号给我吗？"

她问得太直接，也毫不扭捏。

迟意一时没懂话题突然转变的原因，愣了下，问道："你想做什么？"

"我能做什么？只是想和正义的使者谈谈心。"孔明月认真地看着她，说，“迟意，人不能太贪心。用一个手机号换我保守秘密，很划算的。”

迟意沉默，过了会儿说：“我需要先问问他。”

孔明月无所谓地耸耸肩：“可以。”

切蛋糕的时候，尤锐来了，有事找江遂。两人应该事先用电话联系过，江遂对于她的出现并不感到意外。

“润如，生日快乐。”尤锐在赶来的路上有些急，头发被风吹乱了，但笑容依旧灿烂，带着让人挑不出错的礼貌，“我突然过来，也没准备礼物，改天给你补上。”

江润如将切好的蛋糕先递给她：“好啊！这块蛋糕给你。”

尤锐摆手，道：“你们吃吧。我和江遂说句话就走。”

江润如看向江遂，求助。

江遂自然地把盛蛋糕的小碟子接过来，转递给尤锐：“边吃边说。挺好吃的，不是很甜。”

尤锐抿着笑接过，看了江遂一眼，表情有些勉强。

不像其他人各忙各的，迟意自始至终都注视着他们。

她将尤锐轻描淡写的表情看在眼中，竟品出了些许撒娇的味道。

因为要说事情，两人走去了一旁。

尤锐小口地吃蛋糕时，江遂就在旁边看着。迟意不知道两人说了什么，只见尤锐把蛋糕递给了江遂，因为隔得太远听不到他们说什么，但能看出两人默契又般配。

迟意看到江遂捏住尤锐方才用过的那把透明的小叉子时，只觉得心口发疼。她怯懦地移开视线，怕看见江遂把尤锐吃剩下的小块蛋糕吃掉。

“抱歉，我现在心情不好，有些吃不下。”尤锐再抬头时，眼眶红了。她天生骄傲，不愿被人看到这样的一面，又朝旁边别开头。

江遂把叉子摆正，随手将碟子放到了乱七八糟地摆着烧烤扦的桌子上，缓声道：“没事。”

尤锐忍住了眼泪，却没忍住哭腔：“江遂，我很害怕……”她想到伤心事，“我姥爷写毛笔字特别好看，但我小时候做事没有耐心，写不了几个大字就跑出去玩，这么多年一直没学会。医生说，他的状况很不好，我怕以后更没人监督我写字了。”

江遂安静地当起倾听者。

“江遂，你教我写毛笔字好不好？”尤锐看向江遂，像溺水的人看到浮木，眼里冒着期望的光，“我想练好字，让姥爷开心。”

缺乏安全感的人总习惯将情绪堆积在某件事上，窃以为把这件事情解决后其他问题便会迎刃而解，事实却是，这种行为是毫无作用的逃避。

江遂拿了纸巾递给她，道：“不好，我最讨厌没有耐心的学生。你这么个麻烦学生还是让你姥爷亲自负责吧。”

尤锐被他这句斩钉截铁的拒绝逗得笑出了声。

气氛短暂地轻松后，尤锐又吸了下鼻子，叹气：“找个人说说话，我觉得心情好多了。我回医院了。”

“我送你吧。”

“没事。这点儿小事我一个人还是可以的。”尤锐说，“你回去给朋友过生日吧。”

江遂坚持道：“快结束了。我送你到医院便走，就当让我找个抽身的理由。这群人太吵了，耳朵疼。”

尤锐朝那边看了一眼，莞尔道：“高三了，难得有闹腾的机会，挺好的。”

目送着江遂跟尤锐离开，不少人开始讨论这对郎才女貌的璧人。

心口压着莫名的情绪，迟意几乎没吃几口东西。旁人不知情，不断地递烤肉给她。她怕自己拒绝的话扫兴，只好笑着接过，慢吞吞地继续吃，一时更难受了。

虽然在切蛋糕前，江润如便一再强调，谁也不准抹蛋糕，但这句话俨然是个摆设。也不知道谁起的头，等迟意反应过来的时候，大家已经开始追逐着抹蛋糕了。

大家可能是觉得和迟意不太熟，不太敢闹她。迟意落得清净，正看热闹时，忽觉脸上一凉，侧头看到陈予光的笑脸。

“你也来点儿。”

陈予光正说着，只见旁边蹿过来个人，照着迟意和陈予光的脸一人来了一手奶油。

“你们俩偷摸着说什么悄悄话呢？”

“大坤，你找死啊！”陈予光叫嚣着回击。

江润如递给迟意一大块蛋糕，示意：“快和我一起，刚刚‘李狗’抹了我好几次。”

迟意被拽着加入战场。

不多时，院子里一片狼藉，生日聚餐到了尾声。

不少人回家换衣服准备等晚上续第二摊，只剩下李恩宇、陈予光和几个家近的同学帮着阿姨在收拾桌子。迟意去厕所里简单地清理了脸上和衣服上的奶油后，也留在这里帮忙。

长桌上铺着一次性的桌布，这会儿收拾起来十分简单。

“大家的战场闹得够大的。”陈予光吐槽着，“连烧烤桌上也弄得到处是蛋糕。”

迟意闻声看过去，只见陈予光从桌子上拿起一个空的白色的泡沫碟。她不可能记错，早些时候，江遂和尤锐便是站在这张桌子旁边说话的。

迟意脑中的画面定格在江遂从尤锐的手里接过的那块没吃完的蛋糕上。

乳白色的奶油甜腻，上面的半颗草莓看着很新鲜。他好像是拿起了尤锐用过的小叉子……

“迟意，迟意？”

被陈予光喊了几声，迟意才回神。

陈予光问：“你什么时候回家？我们待会儿一起走。”

迟意盯着桌面上空掉的碟子，心不在焉地应了声好。

迟意不希望因为自己的情绪让身边的人败兴，所以在回去的路上听着陈予光一茬接一茬地闲聊时，都尽量妥帖地答了。

陈予光：“听江润如说，你在暑假时报了辅导班补数学。”

迟意：“我数学经常发挥得不太稳定。”

陈予光：“虽然我总成绩比不上你和江遂，但我挺擅长数学，考满分是常有的事情。下次你有不会的题目或者哪里的知识点比较模糊，可以来问我。”

“谢谢。”

又走了一段路，迟意问：“你回家是不是要往那个路口走？”

陈予光看了一眼，表情有些不自在：“我先去梁叔那里拿点儿东西。”

迟意哦了声。

两人继续往胡同走。

“你高考后打算报哪所学校？”陈予光又问。

似乎进了高三后，这个问题成了大家常聊起的话题。迟意说：“应该会去敏大。”

“敏南大学……”陈予光想了想，“我知道这所学校，机械物理很出名。文科学院的话，我还真不太了解。你打算报哪个专业？”

“我想学传媒。”

两人在胡同口分开，陈予光目送迟意往深处走，刚要扭头离开，便见梁在宥抱着一盆绿植出来。见着他，梁在宥先是一愣：“你这时候怎么来了？”

陈予光挠挠头，磕巴地说：“叔，你看到我的游戏机了吗？上次来店里吃粉估计落在这里了。”

梁在宥一眼便看出他在说谎：“没吧。是不是你妈给你没收了？你先回家找找。”

陈予光哦了声，和他打了声招呼就走了。

梁在宥看了他几眼，然后朝胡同的另一个方向望去，看到迟意单薄而平静的身影刚拐过转角。沉默间他似乎懂了什么，被小男生这个幼稚的谎言逗笑了。

姥姥正跟陈奶奶在院里聊天，见她回来，问道："不是去给好朋友过生日了吗，怎么看着不开心？"

"挺开心的。"迟意勉强笑笑，"我就是有点儿累。"

迟意回房间洗了个澡，换上舒服的家居服，才看到QQ上多了很多条未读消息。江润如为了方便大家交流，特意建了个群，将晚上要去唱歌的人拉了进来。

迟意收到江润如私发给自己的消息："意宝，你唱歌好不好听？我还没听你唱过歌呢。"

"我有点儿累了，晚上想在家里休息。"

江润如回复得特别快："那好吧。我知道你不喜欢热闹，等下次咱俩单独去唱。"

"好。"

迟意又发："你们玩得开心点儿。"

热烈而大胆的尤锐像是迟意的相对面，无时无刻不在提醒着迟意与江遂的距离。

迟意听到身边的同学聊起有关军校的信息时，会特别关注，但每当这个时候，她又残忍地提醒自己，同处的环境从一个教学楼变成一座城，情况并没有得到改善，他们也将会从两年的校友变成很久很久的陌生人。

孔明月要去林向荣的手机号后，到底有没有联系，联系后会说些什么，迟意都不清楚。那天江遂和尤锐离开后去了哪里，做了什么，迟意也不清楚。

高三像只巨兽，在每一位高三学子的身后穷追猛赶，逼得人喘不过气。她努力学习，热爱生活，好希望快点儿结束，但又舍不得毕业。

如果剩下的高三生活在这种三点一线的状态下一成不变地展开，那迟意可能不会再难过了。

事实却是，暗恋的人总会在蛛丝马迹中，找寻到坚持下去的动力。

这学期的期中考试是八校联考，学校间交换阅卷，试题难度更是高了一个水准。

迟意想到去年的期中考试，自己爆冷门空降年级第一，一跃成为文科班乃至整个高二年级的焦点。对待学习的专注力让她暂时遗忘了初来陌生环境的不适感，而今年自己的状态，显得有些仓促和狼狈了。

迟意自以为将这种情绪隐藏得很好，没被身边的同学察觉，却瞒不过李华的眼睛。

没多久，宜佳禾在李华的暗示下，和迟意谈了一次心。

每个家庭的教育理念不同，宜佳禾对她是完全自由的放手式教育。加上成长在单亲家庭，所以迟意比同龄人要早熟些。她时常认为自己不输宜佳禾，内心坚定而强大。

但这天的聊天让迟意知道，自己距离宜佳禾还差得远。

“等你再长大些就会知道，大多数问题有解决的方法，或容易，或麻烦，哪怕解决不了，也会被时间磨平。所以你现在遇到什么都不必烦心，能解决的便解决，不能解决的便享受解决的过程。”

宜佳禾快节奏的工作环境让她丢掉很多抱怨的情绪，凡事做好备选方案，自己解决不了的，便托朋友解决。她不觉自己的行事风格有何不妥，便习惯以此来教育迟意。

她也聊了姥姥，说姥姥在言行上过于不计后果，但自己从不觉得姥姥是累赘。

“你是不是很不理解我对姥姥的处理方法？”话题还是聊到了这里，宜佳禾见迟意点头，继续道，“我是个很需要陪伴的人，从小她都跟在我的身边照顾我。哪怕我后来去了南境念大学，她也是在学校的附近租了房子陪着我。再到后来我结婚，她也一直不住远。就像姥姥说的，以前我们的家境很好，那样的生活质量养成了姥姥的生活习惯，也把我培养得自信而优秀。所以现在，我遇到在能力范围内可以解决的任何出格的事情，虽然会因此气愤，但不会连带着怨恨老人。”

又聊到迟临行，她说婚姻和爱情是两件事情。

“风花雪月，诗词歌赋，爱情是美好的，但婚姻是两个家庭的事情。大部分做子女的处理自己与父母的关系要花上十几年甚至是几十年的时间，让他们在短时间内便接受另外一个家庭的长辈是一件很困难的事情。”

宜佳禾多年来权衡利弊的处事方式，令她在婚姻中一旦察觉到危险便做不到全心全意地付出。

事聊完了，迟意只觉得心也渐渐平静了。

就在她觉得经过这一番沟通自己终于被宜佳禾当成大人时，便听到招呼服务员结完账的宜佳禾冲自己一抬下巴，道：“开心点儿了没？喝口水陪我出去玩会儿。”

“……”

孩子总盼着长大，大人却渴望做回孩子。

“想先玩哪个？”宜佳禾靠在迟意的身上，一起看向商场的指引牌，问道。

电影院、电玩城、滑冰场、赛车馆等，迟意盯着花哨的界面和酷炫的广告语，犹豫地抬手指了指某个地方。

宜佳禾很赞同：“没问题。”

赛车馆内，换好衣服出来的宜佳禾一边撩头发一边和旁边的男生聊天，迟意温顺地等着，四处张望着寻找什么。

今天是周末，场馆里人多。迟意对照着记忆里江遂的照片，在这个场馆里寻找他待过的痕迹，但场馆太大了，她总觉得好像是同一处，又好像不是。在自我想象中高涨的情绪一点点变成失落，直到她听到宜佳禾招呼自己“走了”，才难过地抬步跟上。

然后她就在场馆播放着宣传广告的巨大液晶屏上看到了江遂的账号。

就像江润如会给自己的贴吧账号取名叫“天街小雨酥”一样，迟意认为屏幕上这个纪录的保持者“Jssss”大概率是江遂。

意识到这一点，迟意不自觉地弯起嘴角，对这个场馆生出更多的好感。

和宜佳禾聊天的工作人员注意到迟意，误会她是在看广告中的钥匙扣，对她说："喜欢那个纪念品？"

随着备考时间的缩短，大家在日复一日的学习中，浮躁而焦虑。学校安排的心理辅导老师似乎有用，但又好像效果并不明显。高考这座独木桥，所有人都得单枪匹马地闯。

迟意似乎是从这一年开始，习惯了靠喝咖啡提神。

这天早自习前，迟意听到有同学闲聊。

"你怎么这么困，昨晚是不是偷偷学习了？"

"没。"男生不避讳地打了个哈欠，满脸倦意却又掩不住眼底的兴奋，"昨晚没忍住多看了一会儿比赛。"

"足球？"

"英雄联盟。重温了以前的比赛视频，皇族是真的猛，我觉得自己被他们的斗志感染，这次考试能多得十分。"

江润如正站在迟意的旁边说话，听到那边的聊天觉得有趣，对迟意说："我总觉得这句话有些耳熟，特像陈予光会说的。"

迟意笑笑："陈予光心态好。"

正说话的那个男生心态似乎也很好，几句话便把紧张的学习氛围带动得活跃起来。

男生叫尹哲，迟意对他的印象很深。他在高二下学期从普通班升入重点班后请所有的同学喝过汽水，很会维系人际关系。而他的成绩一直在进步，他只用了一个学期，便考到了班里的前十名，也因为亮眼的数学成绩被老师选为数学课代表，很受各科老师喜欢。

但如果真的是这样就好了……

江润如有广泛的爱好，小说、篮球、游戏哪样都能聊一点儿，兴致勃勃地加入他们的聊天。谁知她还没说什么，便被李恩宇叫回来。

"怎么了？"江润如茫然地问。

"少掺和。"

江润如一脸莫名其妙："我掺和什么了？就是去聊个天。"

李恩宇以一副"我懒得跟你解释"的冷淡模样，递给她一份试卷："老实地订正一遍。"

江润如灰头土脸地哦了声。

尹哲看了李恩宇一眼，尴尬地笑了笑，也摆手赶大家："都去学习，马上要考试了。"

迟意将两边的反应看在眼里，觉得奇怪，却没多想。

中午，迟意和江润如在校外买奶茶时，碰见了江遂他们。

江润如和李恩宇因为早上的事情一直没有和解，此刻见面又开始互怼。陈予光听了会儿，打断他们："你们在聊的尹哲就是升到你们班的那个男生吗？"

江润如："你认识他？"

陈予光不置可否地挑眉："他的话你听听就好，不用信。上学期，他来和江遂套近乎，也说过类似的话，当时我一听就知道他在编。"陈予光嘚瑟地说，"每一场比赛哪一分钟发生了什么，我都清楚。他说得忒假，连战队名都能说错也是没谁了。是吧，阿遂？"

江遂不参与议论，只说："你还挺骄傲。"

"过目不忘，当然骄傲。"陈予光抖抖肩膀，坐正，"不聊这个了，'闲谈莫论他身'，说不准人家只是口误呢。"

时间来到周二。

数学课上，老师在黑板上写了一道竞赛题，让迟意上去解。正当老师准备再点一位同学时，尹哲自告奋勇。

题目不简单，是今年的竞赛题。迟意数学不太行，好在暑假辅导班起了作用，虽然写得慢，但她还是解出来了。

尹哲比她解得快很多。

"两位同学，用了两种解法，得出两种答案。大家觉得谁的正确？"数学老师听着底下说谁的都有。

老师将写着题目的那块黑板拉下来，用彩色的粉笔圈出关键信息开始讲题。

“尹哲的思路清晰，解题的步骤简便。”

迟意看到尹哲微微挺直了后背，下巴高昂，坚定而自信。

因为和尹哲的答案不同，她下来后又在草稿纸上按照另一种解题思路算了一遍，很快便发现了问题。

老师的声音随即响起：“但这种解法恰恰是中了出题者的障眼法。”

是的。

迟意也发现了。

“当然迟意这个解法也有问题。”

听到老师开始说自己的，迟意坐正些，认真听着。

“关于前两问，大多数同学能解出来，我就不多说了。第三问虽然结果正确，但过程略累赘……”

这道题讲完便下课了，迟意被江润如拽去小卖部，没注意到尹哲糟糕的脸色，也没对这节课的事情多想。

直到周五，迟意去办公室里数历史试卷，经过数学组时，被数学老师叫住：“这个尹哲也不来数试卷，迟意你把你们班的数学试卷捎回去，放在办公桌上的那一沓是已经数好的。”

迟意拿着数学试卷回到教室，看见尹哲正闷头做题。她将试卷放到他桌子的左上角，说：“数学老师让我捎回来的。”

尹哲遇到棘手的题目正犯愁，头也没抬，语气有些冲：“你既然拿回来就发下去啊，搁我这里做什么？”

江润如听见，知道迟意好脾气不会发火，冲过去抱不平，刚说了个“你”，就被迟意拦住。

迟意摇摇头，只道：“我们把试卷分一下吧。”

江润如撇嘴，一把火被水浇灭，心里不痛快。

马上到来的期中考试弱化了同学间小打小闹的情绪和脾气。所有人奔着这个目的，顾不上其他。

考试这天，四中按照高考的规模布置考场，为了考试正规化，八点后便不允许学生出现在教室里。所以吃过早饭后，学生便陆续往自己的考场走。

迟意在餐厅里背了会儿题，迟迟不见江润如来，问过李恩宇才知道，江润如因为昨晚忘记定闹钟起晚了，现在坐的出租车正堵在路上。

迟意无奈，祈祷她一会儿能赶得上考试，便独自往考场走。重点班的考场大部分在实验楼，她需要早点儿过去找考场的位置。

“迟意！”

刚出餐厅，迟意听到有人喊自己，回头看见尤锐朝自己小跑几步道：“我们一起走。”

两人说不上熟，去实验楼的路上，大多数时候是尤锐在说话，迟意时不时地应一下。尤锐真的认识很多人，一路上不少同学和她打招呼，有同级的，也有低年级的。

“一直没有机会说，你拍照特别上镜，招生海报上的照片很漂亮。”尤锐可能是怕她不自在，于是说道，“不少高一的同学向我打听你的QQ号呢。”

迟意莞尔：“谢谢。是摄影师拍得好。”

说话间，两人拐进实验楼，走上楼梯。这个时间进进出出的全是在这栋楼里考试的学生，有学生似乎是忘记带东西，火急火燎地从上面跑下来。

尤锐正侧头和迟意说话，却不想被来人误伤，重重地撞上墙壁，怀里的东西掉到地上。

“不好意思。”对方连忙道歉，却顾不上多解释便跑了。

“你没事吧？”

迟意说着去捡尤锐的东西，看到其中一个文具袋里装着江遂的准考证时，脑袋嗡的一下，一片空白。

“我没事，刚才没有碰到你吧？”尤锐活动了下肩膀，勉强地笑了笑，从迟意的手里拿了自己的东西，“谢谢，给我吧。”

尤锐攥着袖口，直接用校服袖子拂了拂文具袋上面的尘土。

迟意呆愣地说了句“没有”，目光直直地落在那个文具袋上，手指缩在袖子里微微地蜷了下。

尤锐把江遂的文具袋擦干净，连同自己的文具袋和一本语文笔记本摞在一起，继续抱在怀里，说：“我们先去考场吧。”

迟意轻声应了句：“好。”

往楼上走时，她下意识地看向尤锐怀里的东西，心想，他们的关系真的很好。

两人出了楼梯间，入眼便是理科的考场。江遂靠在走廊的栏杆上，随意地支着腿，和旁边的男生说话，正巧看过来。

尤锐和迟意挥手告别：“考试加油。”

迟意朝江遂看了一眼，飞快地收回视线，回复尤锐：“你也是。”

目送迟意离开，尤锐才活动了下肩膀，朝江遂走近后，把东西丢给他，吐槽道：“服了你，考个试都能把准考证落在餐厅里。”

江遂拎起袋子看了一眼，确认是自己的，说了声：“谢谢。”

刚才和江遂说话的男生站在旁边，一个劲儿地抻着脖子往廊腰处看：“别说，清丽温柔，还真挺好看。你说好学生会早恋吗？”

男生刚说完，只觉得脑袋被人从后面捋了一把，窝着火扭头，还没等发作，便对上江遂警告的眼神。

江遂：“回你的考场去。”

男生立马㞞了，嘟囔着“从小被你拍到大，长不高就赖你”，眼看江遂抬脚要踹自己，拔腿往楼下跑去，不忘和尤锐告状：“锐姐，你管管他！”

江遂把人赶走，又扭头朝对面的文科考场看了一眼。女生已经走到正对面的考场，侧身站着，露出小半张脸，表情看不真切。

隔着天井望过去，他回忆着方才迟意病恹恹的模样，问尤锐：“她怎么了？”

尤锐正皱着眉，不耐地活动着不适的肩膀，闻言抬头看了一眼，知道他在问什么后，道：“哦，刚刚上楼时有同学往下冲，她差点儿被撞到，估计吓坏了。”

江润如赶在开考前火急火燎地冲上来，看到大家还没进考场，才松了口气。

迟意看着扑过来的庞然大物，张开双臂接住她。突然而来的撞击力让迟意连着往后退了几步，后背靠到栏杆上才堪堪站稳。

这个考场是文科第一考场，在这里考试的是年级前三十名的学生，有不少一班的同学。有同学见江润如出现，安慰道：“这不是高考，你来晚了也没关系。”

江润如大口喘着气，冲他们笑笑：“不行的，这比高考重要多了。”

迟意扶着她站好，等她喘匀后，又从口袋里掏出一盒牛奶，问她要不要喝。

江润如朝迟意的后面看了看，不知道看到了什么，一手接过牛奶，一手拽着迟意，去了旁边人少的地方。

迟意问道：“你昨晚怎么会忘记定闹钟？”

“我定了闹钟，只不过昨晚太兴奋了，半宿没睡着。早晨闹钟响时，我压根就没听到。”江润如抓着迟意的手，放到自己的心口，“意宝，我和你说个秘密。你知道我刚刚为什么说这次考试比高考还重要吗？”

迟意被江润如的动作吓了一跳，惯性地往后躲，感受到掌心处的心跳频率，问道：“为什么？”

江润如踮起脚，攀着她的肩膀凑到她的耳边，悄声道：“如果我这次能考进年级前五十名，李恩宇就答应毕业后和我在一起。”

“……”

江润如松开她，坚定地道：“所以我这次一定会好好考的。”

“润如。”迟意脑袋一热，觉得自己也被江润如疯狂的举动感染到了。

“嗯？”

“我也想告诉你一个秘密。”迟意觉得自己的心脏跳得很快，在江润如疑惑的目光下，抬手捂住了她的耳朵。

江润如眨眨眼，只看见迟意嘴唇不停地张合。至于她说了什么，江润如一点儿也听不见啊！

说出口后，迟意松了口气。

内心复杂的、混乱的、说不清的、道不明的情绪，都在这一刻得到了缓解。

江润如重新听到从四面八方传来的喧闹声时，心底的好奇心被无限放大："你刚刚说什么？我一句也没听到。"

预备铃响起，学生们陆续进考场。迟意一歪身子，凑到江润如的耳边，轻声道："我说，我喜欢江遂好久了。"

江润如撇嘴："我不信！你刚刚肯定是骂我。"

迟意笑得灿烂："好啦，江润如同学。为了你的约定，加油考试吧！"

江润如的考场在第三间，走到走廊的尽头就是。她被迟意推了下，往前踉跄几步，被人扶住才站稳。说是扶，其实是被一只大手按住了脑袋，江润如心想，这个人是把她的脑袋当成了篮球吗？

江润如皱着眉刚要抱怨，抬眼便看到了一双眼熟的运动鞋。

"考好点儿。"头顶的声音充满凉意。

江润如撇嘴，不情不愿地哦了声。

迟意进入考场，她的位置在左手边第一个，一侧头便能看到还在走廊里啰唆的两人。

李恩宇似乎说了什么，只见江润如垂着脑袋跑了。迟意笑笑，突然有些羡慕大胆的江润如，以及她这段必有回响的初恋。

发下试卷后，迟意习惯先看一眼作文题目，准备在正式答题前的几分钟里，明确作文的立意和思考可以用到的论据。

连她自己也没想到，因为一篇作文，她又不可避免地想到了江遂。

江遂上次月考的语文试卷不知怎的被传到了一班，先是被过堂风吹到地上，后又不知被谁踩了一个脚印。迟意捡起时，无意间看到了最后一页的作文。

江遂在同一场考试、同一个作文题目中，和她引用了同一句名言：“凡是过往，皆为序章。”

这种罕见的默契让迟意轻易地窥见了两人间微不足道的缘分。

太多太多无从说起的情绪，也因为这句名言被安抚。

考试铃响，在监考老师的提醒下，迟意翻回第一页开始答题。暗恋本就是不需要回应的，他现在很好，她也是。

语文考试结束后，大家都还算平静，除了作文理解错误导致写偏题，整体拉不开分。

“考得怎么样？”迟意在门口等了会儿，看见江润如过来。

“从没有哪次的考试题目答得像今天这样认真。”江润如挂在迟意的身上，有气无力地说完，瞥见李恩宇出来，仿佛被踩到尾巴，立马站直。

迟意看在眼里，无奈地笑了。

李恩宇经过时，抬手按了按江润如的头，丢下一句“好好吃饭”，便去和江遂他们会合。

江润如等人走远，才疑惑地道：“他刚刚那句‘好好吃饭’是什么意思？是在担心我考得不好，还是担心我考得太好啊？”

在江润如患得患失的疑问声中，迟意朝李恩宇离开的方向望了一眼。

江遂站在迟意的视线尽头。

周遭人潮涌动，而他沉默地站在那里。迟意不知道是不是自己的错觉，总觉得江遂比往常要低落，好像有什么心事。

“我们一会儿去哪里吃？”江润如挽着迟意的胳膊，跺跺脚，振奋精神，打算早点儿吃完回来看几道题目，谁知一偏头，发现迟意不知道在看什么，模样呆呆的，“意宝？”

迟意猛地回神，慌张地应了声：“去哪里都行。”

江润如以为她在担心考试的事情，也没多想。

吃饭的时候，迟意一直在想江遂的状态。他是身体不舒服吗？为什么他的脸色看上去有些难看？

在这种情绪的刺激下，迟意和江润如打完饭端着盘子找座位时，大胆地选择了距离江遂比较近的一张桌子。

江润如背对着那边，起初并不知情。倒是迟意吃饭之余，时不时地朝那边瞥。

江润如很快发现，狐疑地扭头，问道：“你在看什么？”

迟意说：“李恩宇在斜后方，刚刚一直看你。”

江润如立马转回视线，坐好，灰溜溜地低头吃饭。过了会儿，她问：“还在看吗？”

“没了。”迟意在心里给李恩宇道了个歉。

江润如闻言松了口气，小心翼翼地转过去，咬着筷子嘿嘿地笑着：“从这个角度看，‘李狗’还挺帅。”

迟意正纠结自己要不要回应这句话时，只听江润如换了话题：“唉，阿遂这几天心情不好，希望考试不受影响吧。”

迟意瞬间集中注意力，问：“怎么了？”

江润如糊弄着说：“还是之前的那件事情，江叔叔一直没有消息。”

那件导致他没有赶来拍招生海报的事情吗？

迟意担心地问：“很严重吗？”

“我也不清楚。”江润如说。

餐厅里，陈予光聊起明下午考完试去打篮球的事情，问江遂去不去。

江遂抬头，看到通往二楼的楼梯口处有一道熟悉的身影，敷衍地丢下一句“都可以”，便跨步追了出去。

在其他人“他干吗去了”的疑问声中，江遂已经追上了往楼上教职工餐厅走的中年男人。

“袁伯伯。”江遂把人喊住。

“小遂？”男人和善地看向他。

“我爸他……”江遂刚开个头。

楼梯上有相熟的老师下来，热情地和袁启华打招呼：“袁老师。”

话被打断，江遂只好站在一旁等着。

这场对话的内容从简单的招呼变成竞赛班课题的事情，聊天时间一点点被拉长，以致那个老师离开后，袁启华再看向江遂，俨然忘记了他为什么在这里。

“竞赛班马上就要考试了，实在放不下心，总想着能多教一点儿是一点儿。”袁启华看向也报名参加竞赛的他，“小遂，你成绩优异，但越到关键时候越不能放松警惕。我知道你一直想考军校，但事有万一。把脚下的每一步路都铺平，哪怕走到死胡同，也有个退路。”

“是。”江遂答应，听出言外之意，没继续追问。

袁启华说：“行了，下午还有考试，你先去吃饭，安心考试。”

陈予光他们大概猜到是怎么回事，往考场走的路上，李恩宇问道：“江叔叔还没有消息？”

江遂神色有些不好地嗯了声。

陈予光也说：“我相信江叔叔一定是平安且清白的。”

李恩宇：“如果一直没查清楚，会影响你考军校吗？”

江遂点头，随后又无所谓地说：“这已经不重要了。”

李恩宇拍拍他的肩膀：“先好好考试。”

江遂心事重重，说：“考完数学你们不用等我，我晚上去一趟办公室。”

“去办公室也用不了多久，我们等你。”

“不用。我去得晚。”

经过一场数学考试，仅仅两个小时的时间，学生在语文考试中培养出来的自信荡然无存。

大家走在路上随处都能听到高三的学生吐槽：“要命，这套试卷题目怎么这么难？”

“课代表，你压轴题最后一问的答案是多少？”总有同学想“死”个痛快，不要命地去找人对答案。

尹哲考得也不好，勉强笑了笑，说：“考完试就不要对答案了。”

“好吧。”那个同学虽然嘴上这么说，但还是不死心地扭头问旁人：“润如，你压轴题做出来了吗？”

“最后一问吗？我怎么可能做得出来？不过迟意的答案是根号 2。”

尹哲朝这边看了一眼。

“啊？我怎么算的是负数！”刚刚问答案的男生痛苦地哀号。

重点班的学生个个都有自己的骄傲，虽然很佩服迟意，但对自己的答案也并不是完全怀疑，哀怨了几声，转头就忘了。

大家的答案都不一样，反正不是你死就是我活。

考试日不强制上晚自习，住校生里有不少回宿舍的。迟意在教室里看了会儿书，听到外面愈来愈烈的风声，收拾书包也打算离开。

谁知刚出教室，迟意便在楼梯口被一个陌生的男生喊住：“同学，你是迟意吗？”

“怎么了？”

“你班的数学老师让你去实验楼找他一趟，好像是你的答题卡出问题了。”

数学老师在实验楼有办公室，迟意以前去过，所以现在听到这个消息并没有起疑，她只问了一句“现在吗”，得到答复后便去了。

似乎要下雪了，天气阴沉，呼啸的风声刮来寒气。不同于白天的热闹，现在的实验楼极其安静，二楼办公室的门锁着，迟意没有看到老师。

她听到走廊里有人经过，也没在意，又等了会儿，才隐隐地察觉不对劲儿。

“叔，您要锁门吗……我刚从楼上下来，就我一个人……”

听到一楼传来模糊的说话声，迟意正准备过去问一下，谁知等她下到一楼大厅，发现大门被锁上了。

迟意朝外面喊了好一会儿，没见着来人。她无法，只得从书包的底层拿出手机打电话，不知道是不是考场屏蔽仪的缘故，手机根本搜不到信号。

她拿着手机换了好几个地方找信号，耐心一点点消失，内心的恐慌也随之增强。她今晚不会要在这里过夜吧……

迟意情急之下想起江润如提到过，实验楼侧门用的是链条锁，能拽开一条缝，长得瘦的人可以钻过去。

四周太空荡了，她不敢滞留太久，提步往那边走。

只是还没走到地方，迟意便被眼前突然蹿过的一道人影吓到。

“谁？”

迟意抓过别在花坛旁的栏杆上控水的拖把，紧紧地攥着，手臂哆嗦。

人影停住，朝她看过来。

数秒后，人影说话了：“迟意？”

迟意没想到会在这个时候遇见江遂，不知是吓的，还是急的，声音里带着哭腔：“你也被锁在这里了吗？”

“在那边！”随着一声浑厚的喊声，手电筒的光胡乱地朝这边扫过来。

迟意没等反应，便听江遂低沉地说：“走。”

迟意下意识地跟出半步，才想起来手里还拿着拖把，连忙丢掉。

她跟着江遂跑进了一楼的某间教室，外侧的窗户开着，寒风呼呼地往里面灌。江遂踩上桌子，借着窗台往外跳。

迟意觉得自己一定是疯了，竟然跟江遂一起做了这样疯狂的事情。

底下是软泥，起到很大的缓冲作用。江遂落地后，回头看到迟意半蹲在窗台上，犹豫着不敢跳。

“敢跳吗？”江遂朝她伸手，明亮的月光照下来，洒满他的手掌心。迟意犹豫着，伸手拉着他。

江遂反握住她，轻轻地拉了拉，示意她放心。

保安已经追到门外，刺眼的手电光柱毫无章法地扫在她的后背上，照亮了江遂令人安心的、漆黑的眼眸。

迟意将重心移向与他交握的那只手，脚尖踩着窗沿，往下跳。这里是一楼，并不高，江遂却一直用另一只手虚护着她。

迟意稳稳地落地，刚站定，只觉得手臂一抻，是江遂在拽她。

“跑！”混着风声，江遂斩钉截铁的声音撞在她的耳膜上，撞在她的心上。

下雪了。风卷着雪花，冷漠地吹来。

江遂拽着她，一直没有撒手。风雪裹挟着两人单薄的身躯，他看着路往前跑，她落后半步，一直在看着他。

跑出了校门，察觉到迟意的速度渐渐慢下来，江遂这才停住。

“抱歉。”江遂松开她的手。

迟意摇头，借着夜色的掩护，将手背到了身后，攥了攥早已失去知觉的手指。

“我是偷溜进实验楼的，不能被他们发现……”江遂说得隐晦，“连累你了。”

迟意微喘着，抬眸去看他。灯光从少年的头顶照来，他身上有光。

迟意摇头，说：“没有。”

他没有连累她。

短暂的沉默后，江遂又问她：“你怎么回去？”

迟意看着肆虐的风雪，犹豫要不要骑车。她刚刚跑得太急有些岔气，这会儿歇下来正准备说话，便因为不适连着咳了几声。好不容易缓过来，她大着胆子说：“坐出租车。”

江遂点头：“一起吧。我先送你回去。”

“好。”迟意蜷起缩在袖子里的手指，轻轻地掐了掐自己的掌心，有些疼，确定不是在做梦。

两人在路边等车时，校门口突然出现一辆电动车径自冲过来。

可能是夜太黑，那个同学并没有看到这处有人。江遂正背对着校门给家人打电话报平安，迟意最先注意到危险，伸手拽了他一下，焦急地提醒道：“小心！”

只是她一时疏忽，鞋底踩在路边的石头上，猝不及防地打滑。

迟意只觉得脚腕一痛，再也站不住了。

电动车擦着她的身子驶远，被拉开的江遂反应过来后第一时间去护迟意，但已经迟了。

好在他下意识地伸出胳膊堪堪拥住她，免得她栽到地上。

迟意被他扶了下，才勉强站直。

江遂："还能动吗？"

迟意摇摇头："不行。"

宜佳禾闻讯赶来医院，在病房门口见到了江遂。

江遂听到开门的声音转头，见到宜佳禾的第一眼便认出她是迟意的母亲。他将举在耳边通话的手机放下来些，喊了声："阿姨。"

宜佳禾停住，诧异地看向江遂，撤回了按上门把的手。

迟意靠在床上，正盯着墙上液晶电视里自己的影子发呆。医生说她是骨裂，伤筋动骨恢复三个月，又听说她是高三的学生，才宽限道："前一个月肯定不能走动，之后看你的恢复情况吧。"

医生说这些的时候，迟意的心情很平静。

可能是江遂面面俱到地张罗住院，又事事都有考量地咨询医生令她十分安心。也可能是今晚从遇到江遂起所有事情发生得过于突然，令她的情绪处于高度兴奋的状态。而她一时忘记了思考。

或者说她放弃了思考。

像是一场梦，她不愿意醒来，不愿意走出来。

想到这里，她朝门口看了一眼。

宜佳禾怎么来了？！她和江遂似乎在说话，至于说了什么，迟意根本听不到。

想到宜佳禾的性格，又想到宜佳禾之前在自己面前表露的对江遂的印象，迟意只觉得现在的处境很糟糕。

她挪着腿尝试着下床，一只脚刚着地，门便被打开了。

"你下来做什么？"宜佳禾快走几步，过来扶她。

迟意不着痕迹地看向江遂，却在撞上对方目光的时候下意识地避开。

江遂将她这些小动作看在眼里，却误会了其中的含义，主动给两人留出独处的空间："我去接点儿热水。"

看着江遂离开，迟意心中一急。

宜佳禾颇有一种"嫁出去的女儿泼出去的水"的感觉，冷冷地提醒她："别看了。人家不会对你不负责的。"

迟意只觉得脸一热，被宜佳禾扶着躺回床上，犹豫着该怎么开口解释，怎么问方才他们在外面聊了什么，才不会被看出端倪。

"我看人果然没错。这个孩子仁义。他刚刚主动说你的腿伤是因为他造成的，他会负责的。我还以为是他撞的你，谁想他说不是。"宜佳禾笑了下，调侃道，"怎么？在你俩一起放学的路上，他对你做了什么，让你没顾上看车？"

迟意更躁得慌，澄清道："没做什么，是骑车的同学没看路。妈，你别去别人的面前乱说。"

"行，你脸皮薄。"宜佳禾戳戳她的脑门，恨铁不成钢地道，"大好的机会都被你浪费了。"

迟意被戳得直往后晃，眼睛却一眨不眨地盯着门口的方向，窘迫地制止道："妈……"她紧张得声音都变了调。

宜佳禾闻声，茫然地转头，看到去接水的江遂回来了。

江遂也感觉到自己回来得不是时候，清了下嗓子，说："阿姨，我现在需要先回趟家。医药费和住院费我都交过了，我请的陪护晚些时候才到。"

宜佳禾对他越看越满意，笑道："难为你这么细心。"

迟意怕宜佳禾再说出什么了不得的话，连忙打断："我已经没事了，你早点儿回去休息，明天还有考试。"

迟意见他还没动，又道："我真没事了。"

江遂这才点头："那行，我明天傍晚再过来。"

"好。"迟意松了口气。

江遂又和宜佳禾作别："阿姨，那我先走了。"

宜佳禾很乐意和帅哥说话："明天一定要来啊！"

迟意："……"

江遂："嗯。"

等人走了，迟意哀怨地看向宜佳禾。

宜佳禾先告状："你这么着急把人赶走做什么？我正准备把住院费什么的给他呢。"

迟意忘了这一茬："你怎么不早说……"

第二天江遂来的时候宜佳禾不在，和他一起来的还有江润如他们。

江润如见到了迟意打着石膏的腿，人都吓坏了。

迟意记得她的目标，问："你今天考得怎么样？"

"我要被你吓死了，哪里还有心情考试？你怎么好端端的出了车祸？"

"没出车祸。"迟意说，"在马路牙子上崴到了。"

江润如对是什么事故并不关心，心疼地道："昨晚就该提醒你早点儿回家的。"

迟意含糊地嗯了声，心说：幸好没早回去。

她因祸得福，挺好。

安抚住江润如，迟意才看向江遂，从枕头下拿出宜佳禾留下的信封给他："这是我妈给你的。"

江遂接过，才意识到里面装的是现金。

眼看着他要回绝，迟意忙学着宜佳禾的话说："我妈说，是让你照顾我时用的。"

江遂稍一迟疑，还是收了。

江润如狐疑地打量两人："是发生了什么我不知道的事情吗？"

陈予光盯着江遂："你昨天在学校里留到很晚，是和迟意一起走的吗？"

李恩宇挑眉，颇为意外地看了迟意一眼。

迟意急切地解释："我们赶巧在实验楼里碰到，然后同行了一段路。没想到我扭到了脚，多亏他送我来医院。"

面对几道探究的目光，江遂挠挠眼角，看向江润如，扯开话题："你不是带了今天考试的试卷吗？先让她做一做。虽然没法汇总批分，但自我检测一下，也算是对这段时间学习的一个总结。"

"哦，对。"江润如为迟意不能参加考试遗憾了一整天，一提到这个话题，立马重视起来去翻包，"差点儿忘记正事。"

趁江润如给迟意找试卷的工夫，江遂把两个好兄弟招呼出去，看样子是有事要说。

迟意望着他们离开的身影，抿了抿嘴，懊悔自己方才否认得太快了。

江润如："班主任说，你等身体好些后可以做做这套试卷，做完后我负责拿回学校，他来批分。"

"好。"迟意应了声，佯装随意地问，"江遂没告诉你们我怎么受的伤？"

"没啊！我是看你没来考试，问了班主任才知道你请假的事情。江遂也真是的，你受伤也不告诉我们，昨晚神经兮兮地要去实验楼里干什么也不说。"江润如撇嘴，"不过也幸好他在，要不你一个人在路上崴得这么严重，还下着雪，真不知道该怎么办。"

迟意嗯了声，说："在实验楼里遇到他我也挺意外的。"

"他好像是去办公室里找什么东西……"江润如忍了忍，还是说了，"江叔叔现在生死未卜，毫无音信。阿遂想从袁老师那里打听些消息。"

迟意惊得瞪圆眼睛："情况很糟糕吗？"

生死未卜……迟意原本只以为江遂的爸爸是在工作上遇到了什么困难不好解决，没往这个层面上想。

江润如言简意赅，仓促地道："好像挺糟糕的……这个可能会影响到阿遂报考军校。"

听她这么说，对于其中的轻重缓急，迟意大概有了概念。

只在医院里住了两晚，迟意便遵医嘱回家了。养伤的这些天，江遂每周都会来家里给她送学校里发的试卷，每每宜佳禾都会拉着他说好久的话。

倒是迟意，知道他心事重重的原因，聊天的压力更大了，以致除了客套的对话外很少与他交流。

江润如一般是周末过来，要不是被爸妈催着回去，她恨不得住在这里。

陈予光倒不会特意来看迟意，大多是在来奶奶家的时候，顺路过来和她说几句话，问问她恢复的情况。

孔明月也来过几次，不过没进院门，这还是梁在宥告诉迟意的。他说好几天了，胡同里有个穿四中校服的女生鬼鬼祟祟的，常常是逛一圈就走了，也没见和谁说话。

“长什么样子？”迟意吃着梁在宥打包来的牛肉粉，随口问道。

“高高瘦瘦，扎个马尾辫，眼睛特大。”

迟意平静地听着，直到听他说起“阿遂好像认识。有回他正好过来，和那个女生打了个招呼，女生便灰溜溜地走了”，才听到心里去。

“是背着个粉白色的书包吗？上面挂着一大串小玩偶。”

梁在宥诧异地道：“认识？”

“我好像知道是谁。”迟意吃了两口粉。

迟意每天喝姥姥换着花样炖的骨头汤，腿伤恢复得很快，整个人气色也好了很多。迟意本想拄着拐杖去学校，但宜佳禾不放心，又让她多在家里待了半个月。

孔明月来的那天，宜佳禾正好没在家。姥姥见着孔明月身上的校服，知道她是迟意的同学，做主把人领进来。

迟意见着她没觉得意外，倒是孔明月极不自在地动了动嘴角：“李老师让我把你的作业捎回来。”她说完，自顾自地嘟囔，“真是的，又不是不知道不是一家人，不住一起。”

迟意装没听见，问她要不要喝饮料，并指了指冰箱的位置，让她自己去拿。

孔明月把书包放下，往厨房的方向走。迟意见她打开冰箱门，才道："帮我也拿盒酸奶。"

孔明月拿了两盒酸奶，回到客厅分给她："你的腿什么时候好？"

"下周就能回去上课。"

孔明月哦了声，坐下和她一起看电视。

电视里播的是一档大火的综艺节目《爸爸去哪儿》，迟意看得津津有味。

结束曲响起的时候，迟意看了一眼时间："我妈快回来了。"

孔明月起身去拿书包，临走前说："对了，你没上学这些天，学校发生了挺多的事。大家对于你腿伤的误会很大。"

迟意疑惑地嗯了声。

孔明月吞吞吐吐地说："不过和我没关系。是大家自己猜到的。"

什么误会？孔明月在澄清什么？

迟意听得云里雾里，晚上和江润如通电话时说起这件事情。

电话那头的江润如遮遮掩掩，试图糊弄过去："意宝，你元旦前能回学校吗？学生们为了选新年晚会的主持人，在贴吧里发起了投票活动，你因为招生海报的热度，成了众望所归的主持人。"

"我最怕这种集体活动，感谢腿伤帮我躲过一劫。"迟意回了句，再次把话题拽回来，"润如，我没在学校的这段时间，发生什么事情了吗？"

江润如挠挠头，还是打马虎眼："你知道尹哲退学的事情吗？我觉得挺遗憾的。他那么艰难才升到重点班，只要保持现在的成绩，高考时稳定发挥，考个国内排名前三的大学不是问题。他怎么突然就退学了？"

"是转到别的学校了吧。"迟意猜测。

他们处在这个年纪，往往因为父母的一个决定，便面临转学。

江润如嘟囔："那我就不清楚了。"

迟意没多想，继续说："孔明月说的话挺奇怪的，什么大家自己猜到的。我一会儿去贴吧里看看吧。"

只听电话那边传来当啷一声，不知江润如把什么东西摔了，迟意问："怎么了？"

江润如心虚地道："没事。"顿了下，她说，"意宝，我觉得咱现在高三了，应该少看贴吧。"

"嗯。"

"我们学校的贴吧越来越乌烟瘴气，因为在网络上造谣的成本特别低，所以很多内容的真实性有待考量。"

"你刚刚还说我在贴吧里是众望所归的主持人。"

江润如狡辩："像这样高质量的帖子是少数。"

"那大多数是……？"

江润如一咬牙，狠了狠心，认命地道："我还是告诉你吧。你没在学校的这段时间，大家都在传你追阿遂不成跳楼的事情。"

"……"

"阿遂因为夜闯实验楼被学校记了处分，整得同学都认为那晚一定发生了什么才能让做事从不出纰漏的江遂同学违反校规。加上你因为腿伤没来学校，也不知谁起的头，不知不觉间校园里就流传着你告白不成跳楼的消息，还说你趁着这段时间养腿伤，也养情伤。"江润如着急地解释，"阿遂已经澄清了，但学校那么多张嘴，大家当着他的面不说，私底下还是会讨论。"

"……"

宜佳禾觉得奇怪，前几天一直念叨着要回学校的迟意，这些天突然没动静了。

"过段时间我要去云南住半个月，你如果还不回学校的话，要和我一起吗？我写剧本顾不上你，你在那里看看风景、养养病，环境清静也适合学习。"

迟意坐在单人沙发上，双脚踩在边缘，用手臂抱住膝盖，闻言，把下巴埋在膝盖间，含糊地道：“我还没想好什么时候回学校。”

“你感觉脚踝恢复得怎么样了？”

“还行吧。”

宜佳禾狐疑地觑她，总觉得哪里怪怪的：“在学校被欺负了？”

“没有。”北方暖气足，迟意热得脸有些红。她哪里是被欺负了？是她欺负了别人。

宜佳禾：“那你想想要不要跟我去云南，想好和我说一声，我让人订机票。”

“哦。”

这天江润如浩浩荡荡地领了一队人来看她，陈予光和她打过招呼后便去了隔壁找奶奶聊天。迟意和李恩宇说不上熟，他纯属是陪江润如来的。

江润如在上次期中考试中并没有如愿考进年级前五十名，躲在家里哭了好久，最终亏得李恩宇把人拽出来，才安慰好。

那晚江润如在电话里羞赧又兴奋地和迟意说了好久。可能刚逛完贴吧的缘故，迟意闭上眼看到的全是江遂的身影。

他说话的声音，他俊朗的脸庞，他……

迟意觉得自己触犯了了不得的戒律，那天之后再也没敢看贴吧，也没敢看江遂。

江遂把这周的试卷和笔记本给她：“有什么不懂的可以问我。”

江润如在旁边笑：“阿遂为了给你整理课堂笔记，俨然成了咱班的编外人员。我觉得阿遂以现在的文科知识储备量去做套文综试卷，得优秀不是问题。”

第一轮复习重在夯实基础，迟意送回学校的试卷被批改后，江遂会根据她的错误题目归纳出薄弱的模块，并且找两三道考查同类知识点的题目。

有时迟意觉得，哪怕自己是个彻头彻尾的差生，被江遂这样事无巨细地辅导，成绩取得突破也是早晚的事。

但这份令人安心的照顾，分走了本属于江遂的学习时间。

想到这里，迟意觉得自己逃避返校的行为非常自私。

“谢谢，之后就不用帮我整理了。”迟意说，“我恢复得差不多了，下周就能回学校。”

还没等江遂出声，江润如先激动地跳起来：“真的吗？意宝你真的好了吗？”她埋在迟意的怀里一阵撒娇，“你知道你不在的这段时间我有多无聊吗？你终于要回学校了，真是太好了！”

迟意勉强笑笑，嗯了声。她是不想再耽误江遂学习的时间了。

迟意周一返校，刚一进教室坐到座位上，便被大家团团围住问东问西。

迟意努力从七嘴八舌的说话声中辨别出问题，逐个回答：“在校门口扭到了……没有跳楼……已经好了……这段时间没耽误学习……下次考试肯定重回年级第一。”

对于大家热情的关怀，迟意多少有些招架不住。

江润如没看出迟意笑得勉强，一个劲儿地在旁边起哄：“你看吧，我说大家都很想你。”

迟意一个头两个大，好在李华及时出现，帮她解了围。

“李老师。”迟意乖巧地喊人，露出求救的眼神。

李华笑着点点头，看向其他人：“都复习好了？对高考很有把握了是吧？”等众人哀叹着散开，李华才把她叫到走廊里，问她恢复得怎么样，又给了她几页纸：“这个你看看。”

迟意还以为是落下的课程，接过来后才发现这是一份主持稿。

“明晚便是元旦晚会，但原定主持晚会的女同学因为重感冒嗓子失声。事发突然，学校也没有储备替补主持人。你之前拍摄的招生海报在学生间引起极大的反响，高一新生典礼时，就有不少学生遗憾地感慨主持人不是你。所以主任找到我这里，想让我问问你愿意救个场吗？”

听江润如提什么众望所归的主持人，迟意并没有放在心上。如今听学校的老师这样说了，迟意才认真起来。但是让她去当主持人……

她很慌。

“我以前没有类似的舞台经验……”

李华自然明白：“选择你，也并非我一个人的想法，是由主持团的成员推荐，与主任、校长沟通后，才传达到我这里的。对于你平时在集体活动中的表现，大家看在眼里，对你有信心。留给你准备的时间不算多，但老师希望你能好好考虑一下再答复。”

迟意正思考自己该如何妥善地拒绝时，听李华又说起：“尹哲的事情你听说了吧？”

她以为是说退学的事情，便点点头。

谁知李华却说：“经告诉你去实验楼的那位同学指认，是尹哲让他这样做的。教学楼的监控也显示，误导保安大叔锁门的也是尹哲。”

“……”

“虽然冬天里衣服穿得厚，很难辨认出身份，但通过进出车库的录像对比，以及进出校门的录像对比，可筛选确定在校门口撞你的也是他。”

“可我……”迟意不记得自己哪里得罪过他。

“尹哲宁愿背退学的处分，也不愿意公开道歉。我去他的家里做家访时才知道他爸酗酒、家暴，缺乏安全感的母亲将尹哲视为脱离痛苦的关键，近乎疯狂地不允许他在学习上走错一步。在这样的重压下，尹哲的心理极度扭曲。迟意，老师代表学校和你说句抱歉，是我们没有管理好学生才导致你受伤。”

迟意摇头，表示没关系，事情都已经过去了。过了会儿，她心情复杂地问：“他还能参加高考吗？”

“从期中考试起，尹哲的成绩一路倒退，就算他留校高考，也很难有出色的发挥。”

“……”

尹哲的事情让迟意连着两节课都心不在焉。她觉得惋惜，又觉得后怕，渐渐地内心只剩下感激。

江润如以为她身体不舒服，问了几次。

迟意却不知道该怎么解释。她不用猜也知道，了解那晚情况的、能想到去查监控的、能借着中间传话的同学揪出尹哲的，只有江遂。

那人一定是江遂。

可她那晚只是在被江遂问起为什么这么晚还在实验楼时，随口一提原因，没想到江遂便记在了心上。

迟意想为他做点儿什么，但又不知道他需要什么。

一想到他在这段时间里为自己做的，迟意便觉得十分惭愧，忍了忍，还是问江润如："江叔叔有消息了吗？"

江润如无奈地摇头，叹气道："隋姐儿和江叔叔感情很好，因为这件事情迟迟得不到解决，她的工作状态很差，而主持人又是一份要求她在任何时候都一丝不苟的职业，所以她的精神压力很大，连带着阿遂的状态也不好。我真害怕阿遂哪天会崩溃。"

"会好的。"迟意也不知道是安慰自己还是开导江润如，"即便不能考军校，他还可以通过竞赛被保送北央大学。"

即便竞赛失利，还有高考呢。再说江遂怎么可能失利？

说来也巧，在大课间时，迟意便听跑操回来的同学说今年竞赛的成绩公布了。江遂凭借数学竞赛一等奖的优异成绩，获得北央大学的保送资格。

迟意去办公室里找李华时，能感受到整个办公区的氛围因为今年竞赛生的优秀表现而充满喜悦。

"迟意来了。"李华笑吟吟地从桌上的盒子里抓了一把东西，示意她伸手，"给，江遂的喜糖。"

迟意错愕地眨眼。

"这是咱这一届第一批大学生的喜糖，你也沾沾喜气。"

迟意这才放松，在心里质问自己方才在想什么。

"谢谢。"迟意双手接过。

分享完喜事，李华看着她："你今年加把劲儿，我等着你考个文科状元沾沾光呢。"

迟意点头："我努力。"

不只是状元，江遂有的，她都想要。她迫切地想要和他比肩，所以就从当下出发吧。

“对了，主持人的事情，你……”

迟意坚定地道：“老师，我考虑好了，我要当这个主持人。”

她想通过自己的方式让他开心些，想给他准备一份“回礼”。

都说暗恋中的行为大多是感动自己。迟意也这样认为。

所以她并不知道，在这一年的冬天，他曾对她心动过。

晚会一共有四位主持人，两男两女，另外三人对于迟意的加入表现出了极大的欢迎。

迟意表面上淡淡地和大家打招呼，但心里是紧张的，所以试图找些什么转移一下注意力。

她在后台看到摆在角落里的钢琴时想到了江遂，翻了翻节目单，没看到有江遂的节目。

演奏钢琴的是一名高二的男生。他的曲子选得很好，有几段完全是用来炫技的，外行听会觉得很酷炫，实则他的演奏水准中规中矩，但男生长得是真的帅，高鼻梁，眉眼立体，深色的燕尾服裹着一身贵气。

观众因为中间一段流畅而激烈的演奏情不自禁地鼓掌时，男生停止弹奏，转身朝向观众，将食指凑近唇边比了个噤声的动作。观众瞬间安静，俨然被这个男生惊艳到了。

迟意对他的行为心如止水，拿着提词卡安静地在后台背词。

后台有几个待上场的同学正在闲聊，因为这个节目，不约而同地想到了去年的钢琴演奏。聊天的话题变成江遂，但他们聊着聊着渐渐地跑偏：“迟意真有勇气，告白不成，就跳了楼。你说这不是以死相逼吗？幸好她没出大事，否则江遂就被毁了。”

江遂来后台时，正听到这句话。

几个人见江遂来了，互相撞撞胳膊，示意不要说了。

但江遂只是从他们的旁边经过，恍若未闻，什么反应都没有。

迟意正认真地背词，被人突然打断："同学，自我介绍一下，我叫江遂。"

迟意闻声偏头，茫然地看向他。

不只是她在看他，方才聊八卦的几个同学也纷纷望了过来。就像迟意能听到他们有意压低却依旧清晰的闲聊声，他们也听见了江遂刚才和迟意说的话。

更何况江遂说话时保持着不高不低的音量，似乎是有意地让他们听到。

"最近有谣言说你在追我。你对此不该解释一下吗？"他的声音动听且坦然。

迟意下意识地朝旁边看了一眼，隐约懂了。在这段时间里深受谣言所累的并非只有自己，江遂作为另一位当事人也不能幸免。

迟意收回视线，缓缓地看向江遂，连眨几下眼，真诚地发问："你是觉得我该行动起来？"

江遂的眉头微动，他显然对迟意的这个回答感到意外，同时又觉得眼前的女生真的很聪明。不像大大咧咧的江润如，也没有孔明月锋芒毕露的傲气，迟意安静得恰到好处，却又优秀得恰到好处。

简单来说，就是和她相处令他十分舒服。

他饶有兴致地回视着她。

迟意想了想，状似苦恼地一撇嘴，道："也不是不行。不过先说好，我做事挺没毅力的，如果你不喜欢我，我可不追。"

她的眼底有星星，被明晃晃的灯光一照，明眸善睐。

许久后，江遂坐回观众席，看着舞台上和搭档一唱一和报幕的女生，忍了忍，还是翘起了嘴角。

陈予光原本在低头玩手机，听见江遂回来才抬头，谁知便看到这一幕。他狐疑地问："你刚才去哪里了，怎么开心成这样？"

江遂欲盖弥彰地清了清嗓子，坐正些，搪塞地说了句："没事，看节目吧。"

陈予光莫名其妙地哦了声，听到主持人熟悉的声音，渐渐地偏头，顿时看直了眼。

不知是光，还是她，异常耀眼。

陈予光觉得，没有哪一年的晚会自己看得这样认真过。

直到所有的主持人上场，公布了最后一个节目，陈予光才渐渐地从失神中抽离，冲旁边的同伴说："阿遂，你觉不觉得迟意和以前不一样了？"他回忆着，"当时明明是我错吃了她的米粉，但她温柔、安静，一点儿脾气也没有，连句重话也不敢说。她一副小心翼翼的样子，好像谁都可以欺负她。"

江遂疑惑地道："什么米粉？"

陈予光茫然地啊了声，提醒道："去年国庆假期，咱们在梁叔的店里见到她的那次。"

江遂仔细地回忆一番，记得自己在假期里时常去店里，可对迟意……

"我没什么印象。"

陈予光试图帮他回忆："那应该是第一次见迟意吧，我当时点完餐便去了趟厕所，回来时只顾着玩手机，坐错了位置也没发现。"他突然笑起来，越说越觉得自己和迟意还挺有缘分，"我当时还在想梁叔不到四十岁竟然就犯糊涂了，我明明点的是金汤酸菜米粉，他却给我做的牛肉粉。但我因为注意力全在游戏比赛上，压根没计较，谁知不是梁叔听错、上错了，竟然是我吃错了，真是尴尬死了。"他看向江遂，提醒道，"我和她正道歉呢，你就来了。"

当时千方百计地让梁叔帮自己隐瞒的事情，因为一点儿特殊的情绪，他再想起时竟多了些幸福的感觉，变得不那么难为情。他不再怕被人知晓，甚至开始庆幸这件事的发生。

"没多久我知道她租了我奶奶的房子，再后来知道她也在四中读书。"

江遂沉默，诧异自己竟然对这件事情毫无印象，并且试图回忆自己是从什么时候开始注意迟意的。

好像是在某个午后的医务室里。

那段时间隋姐儿仗着家里隔音好，成宿成宿地弹琵琶。江邃知道她是想江秉青了，也没敢提意见。他晚上睡不好，就只能白天在学校里补觉。他记得那天在医务室里江润如指着旁边的女生介绍道："她叫迟意。"江润如还说迟意夸他的名字好听。

但当时的江邃只是一点头，也没上心。

再后来……他怎么就和她渐渐熟悉起来了呢？

等江邃反应过来时，迟意便已经在他的生活中存在了，但又好像与他并没有过多的接触。

伴随着一首《难忘今宵》，本次晚会画上了圆满的句号。

观众席上的学生陆续起身活动，喧闹着散场。

陈予光并没有纠结江邃的答复，说："大坤刚刚说，栈桥广场附近的街巷挤满了看烟花的人，担心一会儿人更多，让咱们结束后赶快过去。"他们几个今年都没有准备节目，是可以提前开溜的，但江润如邀请了迟意，需要等她主持人的工作结束再一起过去，"我现在给李恩宇发消息说一声。"

江邃嗯了声，刚从舞台上移开视线，便注意到手机的屏幕亮了起来。

有电话打进来，是隋荷打来的。

今天是二〇一三年的最后一天，隋荷作为电视台的员工，要直播报道这场烟花活动。她从中午便跟着后勤的同事在广场上布置，一直没歇着。江邃以为她有什么事情嘱咐，也没多想，便接通了。谁知他没听两句，就变了脸色。

陈予光在看手机，听到江邃急匆匆地说了句"我有点儿事，你们先去"，再抬头时，就发现旁边的座位已经空了，江邃快速地跑到了安全通道处。

尤锐作为学生会的成员，怕现场的秩序太乱，正站在那里组织大家散场。她被眼前突然晃过来的人影吓到，定睛一看，道："江邃？"

江邃没停，仓促地一点头算是打招呼，刚走出两步想到什么，又返回来，问："你今天骑电动车了吗？"

"骑了。"尤锐猜到他有急事，摸了下口袋找到钥匙，主动提出，

"我陪你过去找车。"

江遂没和她客气："谢了。"

晚会终于结束，回到后台的迟意长长地舒了口气，才有空去想自己配合江遂演的那场戏能打几分。

她还没学到宜佳禾说话做事鲜有纰漏的本事，不确定自己所说的是不是得体礼貌，更不知道能不能达到江遂想要的澄清效果。

"你今晚表现得很棒。"李华特意来后台夸奖她，"果然群众的眼睛是雪亮的，就该早点儿给你表现的机会。"

迟意笑笑，暂时回神："是大家照顾我。"

搭档主持的男生也夸道："迟意不光临场发挥能力强，晚会前对于主持稿的几处修改也都很中肯，把每年都一样的主持词稍稍改动，瞬间提高了这场晚会的档次。"

"谢谢。"迟意说。

"你平时一定看了很多课外书吧，是哪一类？我们私下可以交流一下。"

迟意说："我看书挺杂的，没有固定的类型。"

江润如来找她时，迟意刚摆脱男生热情的聊天。

"意宝，你可以走了吗？"江润如扒着门框露露头，朝里面张望，"他们担心越晚人越多，打算尽早去广场占位子。"

迟意不敢再耽搁，连忙应了声好，便去更衣室换衣服。

她没来得及卸妆，来到室外并不明亮的环境里，五官被衬得特别立体。

几个人在礼堂外会合，陈予光盯着她愣神，直到人走近，才反应过来："迟意，你今天真好看。"

不等迟意说"谢谢"，江润如嘻嘻哈哈地调侃道："陈予光，你行不行啊，怎么还脸红了？"她搂着迟意的腰，整个人挂在迟意的身上，炫耀道，"我家意宝什么时候不好看了？"

陈予光挠挠头，看向迟意，解释说："我不是这个意思。"

"没事。"迟意笑笑，不住地朝礼堂出口的方向看。

江润如也想到一块去了，跺跺脚，张望道：“阿遂呢？”

李恩宇正好挂了电话过来，回道：“他临时有事先走了。”

江润如狐疑地嗯了声，一时想不通，看向陈予光：“你不是一直和他坐在一起吗？他没说有什么事吗？”

陈予光解释道：“在晚会结束的时候他接了个电话，也没说谁打来的，然后就去和尤锐说了会儿话，两人一起出去了。”

迟意盯着陈予光，明明他说的每一个字都能听懂，但连在一起的意思，她却不敢去理清。

江润如却没顾虑到她，眼睛弯起来，笑成小狐狸，意味深长地说：“隋姐儿今天要做直播活动，阿遂回家也没人啊！”

突然刮起了北风，迟意把外套的帽子拉起来戴好，毛茸茸的帽檐把脸衬得更小了。

江润如开玩笑：“阿遂不会是去陪别的什么人跨年了吧？堂堂绯闻女友可在这里呢。”

风又猛了些，迟意被刮得咳嗽两声，下意识地侧头去躲避，一时来不及反驳江润如的揶揄。

倒是李恩宇按着江润如的头，迫使她看向自己，压低声音提醒道：“少说几句。阿遂自己有主意。”

江润如撇嘴，不情不愿地哦了声，去扒拉头顶的手。

男生的力气不大，但手腕蓄着力按在那里，不让她扒拉开。江润如越闹越气，仰着头气呼呼地瞪他一眼，蹲身溜走去找迟意。

她跑到迟意的身边，抱着小姐妹的胳膊说了几句话，然后小心翼翼地借着好姐妹的遮挡偷瞥李恩宇。

李恩宇佯装看不到，冲大家说：“我们先过去吧，阿遂如果忙完，会再过来。”

事实却是，一直到栈桥广场比肩继踵的人群散尽，江遂也没有出现。

这一年烟花大会的规模很大，近处是城市的高楼大厦、霓虹灯河，抬头可见大片的烟花。

今晚商量着一起来看烟花的大多是“苏麻离青学习小组”的小伙伴，除了江润如这几个同学，剩下的人里有迟意认识的，也有很多她不熟悉的，但大家都是江遂的朋友。

迟意明明离他很近，却又始终走不进他的世界里。

迟意看着四周在烟花下抱在一起的情侣，羡慕的同时也深深地祝福着他们。

迟意不意外自己会想到江遂。

此时此刻和尤锐在一起的他，是不是也混在某一处的人群里，大胆而直白地表达情感？

又或者是他们拥有属于两个人的私密空间。

那么默契的两个人，无论在一起做什么肯定都是满怀喜悦的吧？他们的幸福不输广场上的任何一对恋人。

迟意也想祝福，毕竟她那么喜欢他。

但迟意又不想祝福，因为自己真的好难过好难过啊！

“十！”

“九！”

…………

广场的群众都在倒计时，声音响亮而清脆。对面电视塔外墙的液晶屏幕上，数字不停地变化。

江润如从李恩宇的身边探探头，冲过来激动地摇晃迟意的胳膊：“倒数了！倒数了！”

迟意短暂地被周围热闹的气氛感染，连连点头，仰头望向绚烂夺目的烟花，跟大家一起倒数。

“三！”

“二！”

“一！”

新年的钟声敲响，大家迎来了崭新而充满希望的一年。

迟意，今天是新年，你要快乐啊！

/ 第七章 /

迟意，高考顺利

迟意晚上到家才知道隋姐儿出事了。

事故发生在直播开始前，隋荷因为与围观群众争执，推倒了一个孩子，被家长举报到电视台，当即便被换掉。

宜佳禾半只脚踩在娱乐圈，得到消息也快。

“她家里是不是出什么事了？听说她最近的工作状态不好，领导早就有意见了。下午广场人多，闹起来难免情绪暴躁，为了直播活动的正常推动，她处理问题急了些也在情理之中。”

“不会的。”迟意虽然只见过隋荷一面，但坚信能把江遂教育得礼貌优秀的家长人品一定也不差。

宜佳禾没想到她会有这么激烈的反应，狐疑地打量她。

迟意缓了缓，陈述道：“我在网上看过她的很多善举。一个善良、有教养的人即便在混乱着急的情况下，也会有稳妥、高效的处事方法。妈，你不就是这样的人吗？事情再急，你也不会乱。”

宜佳禾被逗笑了：“你这句话让我怎么接？”

迟意自顾自地说：“所以我相信其中一定有什么误会。”

宜佳禾看着女儿笃定而真诚的态度，突然觉得十分欣慰：“妈妈也相信。”她顿了下，又说，“但是这个世界远比你想的要现实，没有绝对的是与非、黑与白。我希望你可以永远保持善良，永远坚信有善良之人。我虽然给不了你理想的世界，但希望你即便遇到恶意与黑暗，也能不畏不惧，如果可以，希望你少受伤害。”

迟意不自觉地湿了眼眶，鼓了鼓脸颊，轻声说：“好。”

和宜佳禾聊完，迟意赶忙给江润如拨去电话：“润如，我刚刚听说……”

江润如似乎在和李恩宇吵架，声音嘈杂。迟意等了好一会儿才听到江润如对自己说：“意宝，阿遂晚上没一起看烟花是因为去了医院，隋姐儿在工作上出了些事，现在在医院里。李恩宇这个狗，一早就知道，竟然瞒着我们，气死我了。我刚刚和他大吵了一架。”她吐槽完，才问，“你刚才要说什么？”

“我也是说这件事情。”迟意想问我们要不要去医院看望，但意识到自己没有任何立场，又想问自己能帮上什么忙，但想到自己只是个学生，除了等待也不能做什么。

江润如：“那我先不和你说了。我给阿遂打电话问问情况。”

“好。”

二〇一四年一月中旬，是江遂的十八岁生日，这似乎是他过得最难过的一个生日。

隋姐儿的言行引来无数网友的谩骂与指控，直接导致她的事业一落千丈。电视台的领导建议隋姐儿趁这个时间给自己放个长假。

江叔叔一日没有消息，她的状态便一日得不到好转。

没多久是期末考试，但江遂没有参加。

迟意站在自己的考场前，注视着对面理科的考场，目光从走廊上等待入场的一张张考生的脸上掠过，始终没有找到江遂。

中午吃饭时江润如说，虽然江叔叔没有音信，但研究所在项目暂停了半年后全体复工，并且下达处理结果。只是一纸盖着红章的通知书，却成了压垮隋荷的最后一根稻草。所有人都安慰她，公道自在人心，江叔叔清清白白，但隋荷抿着嘴角，再也笑不出来。

江遂看着床头柜上的安眠药和桌上的水果刀，绷着根神经，寸步不离地陪着她。

迟意也听江润如提起跨年那晚的事故，问题确实不在隋姐儿，是那个三四岁的小孩子过于胡闹、任性，手上没轻重地扯坏了工作人员的耳麦线被绊倒，险些发生踩踏事件，而家长因为担心孩子没有搞清楚状况，才造成了现在这样的结果。但领导们的建议也没错，隋姐儿目前的首要任务是调整状态。

江润如说隋姐儿和江叔叔当年风雨同舟的爱情非常浪漫，又说江遂被他们培养得优秀却不骄傲，冷静且睿智，遗传了父母的文艺与浪漫。

江润如也很担心，所以一直在说有关江遂的事情。迟意无时无刻不想多了解江遂一些，但现在听人提起，却一点儿也高兴不起来。

她除了心疼，便是不知所措。

迟意甚至去问宜佳禾能帮上忙吗。

但在迟意眼中万能的女强人同样束手无策。

迟意不解地问："你那些朋友、同事呢，也没有能帮上忙的吗？"

宜佳禾说："这个问题太特殊了。下达通知的人没有错，负责调查的人也没有错。所有人都不愿看到这个结果，但又不能因为他一个人的失踪长期暂停整个项目的进度，否则影响会更严重。所以这个处理结果是最好的。"

话说得直白，但让人挑不出错。

迟意在屋子里待得直发闷，吸了下鼻子，决定出去透透气。

院里的西府海棠光秃秃的，树枝上面压了薄薄的一层碎雪。陈奶奶正背着手站在树下，仰着头也不知道是在看天，还是在看树枝。

迟意喊了声"陈奶奶"，问她在看什么。

陈奶奶慈眉善目地说道："我在年轻的时候看到老人坐在街上晒太阳，一坐就是一整天，也常问这样的问题。等到了这个年纪，才知道，我们啊，看的是回忆。"

迟意似懂非懂地看向陈奶奶。

陈奶奶棕黄色的眼眸里只映出一道浅浅的身影，她却能轻易地看出迟意不开心：“年轻时经历什么都是财富，好的、坏的，开心的、不开心的。只有尽情享受了，才会品出日子里的趣味。”

“我妈也常说这样的话。”迟意说。

“她看问题通透。”陈奶奶又问，“你夏天是不是就要考大学了？”

迟意点点头。

一提到这个，她只觉得心口堵着一口气，开始不舒服。

她倒不担心自己，不论发挥得好还是不好，自己都可以接受。但是江遂怎么办？那个平时写心愿都藏着家国的少年，能放下自己的军旅情结吗？

迟意抿着唇，垂下眉眼，但眼底的哀伤怎么也藏不住。

陈奶奶可能以为她是在为自己的高考担心，笑吟吟地道：“小意这么用功，夏天肯定能考个好大学。”

陈奶奶从陈予光那里听说了迟意的学习成绩，欢喜得不得了，有时见迟意晚上学得晚了，便会送碗夜宵提醒她早些休息。老人睡觉早，能这般待她，是拿她当亲孙女了。

迟意弯了弯嘴角，点头：“嗯。”

那天，迟意站在院子里陪陈奶奶看了会儿天空，心情似乎好了不少。

但她心里清楚，问题并没有解决。

一月二十日，班主任在班级群里公布了本次期末考试的成绩，迟意还是年级第一。

迟意放下手机后，继续看向电视机屏幕。原本是隋荷主持的这档节目现在已经换了主持人，主持效果暂且不论，迟意只是有些担心隋荷。

宜佳禾也收到了班主任发来的成绩单，心情不错地从卧室里出来准备问她要什么奖励，但抬眸瞥了迟意一眼，见到她的状态，撇嘴道：

“学霸就是不一样，考个年级第一连嘴角都不翘一下。最近又遇到什么事了？快给我说说，我写剧本正缺素材呢。”

迟意这些天的状态，终是被家长看出了端倪。她故作轻松地笑了下，解释道：“我只是在想怎么让你同意今年一家人回南境过年。”

宜佳禾沉默片刻，问：“不喜欢北央？”

“喜欢。”迟意说，“但我想家了。”

江润如得知迟意要回南境过年，打算提前给她庆祝生日。

一月二十三日，迟意十八岁生日的前一天，姥姥陪她去蛋糕店里订生日蛋糕。可能连蛋糕店的老板都察觉出她高兴的样子是装出来的，所以在她来取货时多送了一盒甜甜圈。

江润如说甜甜圈是这家蛋糕店里最好吃的甜品了，所以迟意即便没什么胃口，也还是吃完了。

送走江润如，迟意从热闹的气氛中抽离，登录了贴吧，意外地看到了一条来自《三岛》杂志社编辑的留言。对方夸她文笔老练，文风细腻，说很喜欢她的故事，问她有没有出实体书的打算。

迟意翻翻过去发在贴吧里的内容，才反应过来，在不知不觉间自己竟然记录了这么多。

故事开始于二〇一二年十月的米粉店，已经是前年的事情了，遥远却又清晰。

迟意斟酌后回复了她：“抱歉，我是高三学生，自身的精力不允许兼顾其他。”

隔天，宜佳禾带她和姥姥回了南境。从机场出来，扑面而来的亲切感勾起了迟意在这座城市生活十余年的记忆。

要过年的缘故，小区附近的大型超市每天都在打折促销，街道上张灯结彩，十分喜庆。她们进小区这一路，遇到不少认识的邻居，大家都说着同样的话：“好久没见你们了。”

在没有暖气的城市，一家人围在暖桌的旁边聊天也很美好。迟意在令人安心的气氛中，过完了自己的十八岁生日。

可能是换了座城市，对迟意而言，江遂的存在更像是一场梦，一场美好而令人流连的梦。

等六月的高考结束，迟意被各奔东西的人潮推搡着往前走，应该就不会觉得和江遂的分别太难过了吧？

到那个时候，这场名叫“江遂”的梦便彻底醒了。

大年初一，宜佳禾带迟意去赶庙会，许愿时宜佳禾说：“希望迟意个头别长了，头发少掉些，胸再发育发育。”

迟意哭笑不得：“宜佳禾女士，佛祖不管这个。”

宜佳禾瞪她一眼：“那让佛祖帮忙捎个话。”

宜佳禾受不了这里的味道，把牌子挂好后，便揉着鼻子往外走：“你写完后出来找我，我先去外面看灯。”

迟意哦了声，目送宜佳禾离开，独自取了红木牌。

她看着雾气缭绕的香炉发了会儿呆，直到眼睛被熏得发酸，才移开视线，郑重地把心愿写好，挂到树上。

如果祝福有用，那我把全部的机会都给你。可能遂意是奢望，所以我只祝你万事遂心。

二〇一四年一月三十一日

高三学生提前一周结束了寒假，返校那天北央城突然降温，在瑟瑟寒风中，校园的电子屏上为高三生助威的寄语无情地提醒大家：距离高考还有一百一十八天。

迟意在校服的外面罩着春节前买的新棉服，围巾和帽子将巴掌大的脸遮得严严实实。

她背脊依然挺直，却很少抬头张望。因为她知道自己在这个校园里，很难再找到那个少年挺拔的身影了。

但学校里总少不了有关他的消息。听说有人寒假时在街上看到江遂和尤锐了，两人穿着情侣装，在街边的奶茶店里聊天。

也有人说看到尤锐在空间里发了自己和江遂以及隋荷在国外旅行的合照。

迟意没有再绞尽脑汁地向江润如打听这些消息的真假。只要江遂能够开心些，她也就开心。

迟意觉得自己这段时间的学习状态跟刚转来四中时特别像，因为比其他的同学缺了一轮复习的时间，学习的紧迫感瞬间提了上来。

就连元宵节前迟临行来接她去吃饭，她提的要求也是找个上菜快的地方。

得知迟意每天早晨五点就要起床时，迟临行提出在四中附近租个房子，请个煮饭阿姨陪考。迟意却拒绝了。

迟临行想到的这些宜佳禾早就想到了。宜佳禾没有因为迟意要高考而改变自己的工作节奏，但对她的关心没少。

梁在宥得了宜佳禾的授意，负责迟意的一日三餐，甚至担心迟意因为睡眠不足骑车出事，坚持早晚接送她。

中午休息的时间太短，迟意来不及回家吃饭，梁在宥便准点将吃的送到校门口，等她下课来取。下午迟意和江润如在学校的食堂吃，但是晚自习结束后会被梁在宥留在店里吃顿夜宵。

不得不说，梁叔除了米粉做得不正宗，每天换着花样准备的这些餐食的品质一点儿也不输高档饭店的。荤素搭配、营养均衡、色香味俱全，是迟意喜欢的湘菜。

江润如每每陪她去校门口拿食盒，总忍不住对梁在宥说："梁叔，你也太偏心了。怎么天天给迟意送？我一点儿光也沾不到。"

梁在宥："休息了去店里吃，店门哪回不朝你敞开了？"

"哪里能一样？"江润如嘟囔，"再说你做的这些店里也不卖啊！"

三月的一模考试如期而至，迟意的总成绩稳定在年级第一，在市里排前十名。

成绩出来后，数学老师把她叫去办公室。她的文综只扣了两分，英语和语文的单科排名也都很靠前，对比起来数学是给她拖后腿的一门学科。

迟意心里刚落下去的石头，又被数学老师提起来。

她只顾着闷头学习，连天气回暖，可以脱掉保暖衣都是姥姥提醒她的。

这期间，班长组织同学在后黑板上画了一棵大树，让大家把自己的姓名和理想的大学写上。

江润如挨着李恩宇写下名字，大学也是一样的。写完这些后，江润如后退一步，将两条胳膊直直地伸在身前，用食指和中指比画了一个长形的取景框，刚好将他们两个人的名字容纳进去。她满意地欣赏一番，才转头看向迟意写的大学。

“意宝，你之前不是一直想考敏南大学吗？”

迟意看着自己写的“北央大学”四个字，心里不平静，像极了在梦境里踩不到实处的那种恐慌感。她想再改成“敏南大学”，但下意识写出的答案早已出卖了她。

她嗯了声，说：“我想留在北央。”

江润如欢喜地道：“是不是爱上了这座城？”

“对。”

二模的数学试卷出得十分刁钻，迟意从考场出来，便知道自己肯定考砸了。

数学老师没再给她压力，但迟意在心里绷着根弦，不准自己犯这样的错。

等到了三模，题目普遍简单。迟意发挥稳定，数学考得不错，总成绩依旧是年级第一，市里排名第一次进了前五。

但数学成绩这种过山车似的浮动令迟意很难心安。

三模结束没多久，学校组织高三生拍毕业照。五月的北央除了满城的柳絮，天气还是很不错的。景观大道上搭了高高的架子，供各个班级轮流拍合照。

不少同学带了手机、相机，打算在这一天多记录一些珍贵的瞬间。

难得放松的一天，迟意站在走廊的栏杆旁看着北楼走廊上来来往往的学生，每一间教室前面都有属于他们的故事，这一个个故事代表着的是无数人稍纵即逝的青春。

江润如正举着相机毫无章法地东拍西拍。

不知拍到了什么，她一动不动地盯着相机屏幕，突然惊诧地喊了声：“阿遂？”

迟意下意识地扭头：“什么？”

江润如把相机塞给她，让她自己看，并且说：“好像是阿遂来学校了，我过去看看。”

迟意低头看相机时，江润如一溜烟地跑没了影。

屏幕里显示的是江润如刚刚拍下的照片，照片里江遂站在天井广场的台阶处，面朝着镜头的方向和老师说话。因为他直视着老师，而镜头是俯拍，所以相机没有拍到他的正脸。

但迟意一眼便能认出镜头里的人是江遂。

她因为这一耽搁，如果再去追江润如便显得有些刻意，更何况江润如已经跑到了江遂面前。

迟意觉得自己可能是近期过长时间学习的缘故，眼睛有些假性近视。为了看得更清楚，她端着相机，通过调节镜头的焦距，让有江遂的画面效果更好。

迟意不知道江润如和江遂说了什么，只见江遂突然抬头，朝文科一班的方向看了一眼。

迟意的视线与他遥遥投来的目光在相机取景器里相撞，她手一抖，险些把相机摔了。

半年未见，他好像变了很多，气质更沉稳了，但又好像没变，眼神依旧明亮。

为了争分夺秒地学习，如非必要绝不会离开座位的迟意，在这一天变成了如非必要绝不会老实地在座位上坐着。

但老天爷像跟她开了个玩笑，不论迟意是去超市，还是去书店，或者是去办公室，一次也没有见到他。

“江遂是回学校了吗？我刚刚在医务室里看见他了，一时有些没敢认。”

“我听六班的同学说，只是回来拍个毕业照，拍完就走。”

从办公区出来，迟意收紧抱着东西的手臂，图书棱角锋利，短袖下的胳膊被压出了浅浅的红痕。

她不急不缓地经过那两个说话的同学，却在将要左转拐进教室的前一秒，转头往楼梯间走。

她很快跑了起来。

一层楼高三米多，她两步并作一步，从没有哪一刻像现在这样疯狂。她始终抓着扶手，免得自己被甩出去。

出了教学楼，她选择最近的路，从实验楼的左侧绕去医务室。

跑到目的地，她渐渐冷静了。面前这扇门像是潘多拉宝盒，迟意不知道里面是惊喜，还是失落。她抬手扶在医务室的门把手上，深吸一口气，缓缓地按下，推开门。

她想起自己与江遂在四中的第一次见面的地方便是这里。

可能她推门的动作太突然，正和值班医生说话的江遂意外地被打断，朝门口看了过来。

猝不及防地撞上他的目光，迟意觉得自己的呼吸更急促了。她尽力地放平呼吸，让自己看上去不那么紧张，后知后觉地抬手拨弄自己的刘海，试图在他的面前保持最好的形象。

“同学，你身体哪里不舒服？”值班医生的话将她的思绪拽回。

迟意不敢再看江遂，但余光里全是他。

“我好像有点儿中暑，想拿一盒藿香正气水。”

值班医生去取东西时，迟意攥着校园卡走近些，鼓起勇气看向江遂，笑道：“你回来了。”

她说完后，怎么想都觉得自己的这句话很奇怪。

但江遂并未觉出不妥，道：“回来拍毕业照。”

迟意不敢问他确定要去央大吗，也不敢问他家里的事情解决了没。

她不舍得去碰他心底的刺儿。

迟意浅笑："一直没来得及恭喜你在数学竞赛上拿奖。我赶巧从我班主任那里分到了几块喜糖。"

"谢谢。"

迟意觉得自己好胆小，连句告别的话都说不出来。她怕自己一时绷不住，便丢脸地哭出来。

她从小到大好像永远在经历着分别，却又永远学不会分别。

值班医生从柜子里取出一盒藿香正气水，在记录本上对照迟意校园卡上的信息记录好，才把药盒连同校园卡一起给她。

迟意接过，却不愿离开。她站在那里，思考再编个什么理由在这里待一会儿。但很快她又明白，无论自己找多少个理由，在这里多待多久，终归是要和眼前的这个人告别的。

迟意弯了弯嘴角，说："那我先回去上课了。有空常联系。"

见江遂点头，她便抬步转身。医务室的空气中弥漫着浓郁的消毒水味，四周非常安静。迟意听见自己心跳声里有藏不住的不安分，听到自己脚步声里有克制的不甘心。

直到她听到江遂突然喊住她："迟意。"

迟意下意识地应声，转身，隔着一段距离，与他对视。

江遂弯起嘴角，眨眼，道："高考顺利。"

"好。"她攥着药盒的手指渐渐地收紧。

她打时光中走来，路过有他的人间，不说过去，不论将来，有这句祝福似乎已经足够了。

和江遂见面的这天，迟意一直扬着笑脸。连江润如都问了她几次，是有什么开心的事情吗？

迟意笑着，说终于要解放了。

江润如感慨："是啊！我觉得往后应该没有什么比高考更严峻了。这一年真的太累了，简直不是人过的日子。"

迟意没解释，江润如理解的和自己想要说的不是一件事情。

表面的开心欺骗得了江润如，却没有骗过自己。

下午第二节课，迟意趴在桌上，只觉得头昏脑涨，连胃也开始不舒服。江润如见她的状态，心疼地问她昨晚学到几点。

迟意含糊地说了个时间，在桌洞里摸索了半天，拿出藿香正气水，没想到当幌子买回来的东西还真的派上了用场。

她强撑到下课，才去办公室里拿了请假条回家。

这半年来，她几乎是一大早赶到学校，天黑了才回家。她因高考的存在模糊了时间的界限，屏蔽了外界很多的琐事。今天难得有机会看看街道上的晚霞，她一时竟有些恍惚。

从四中到苏麻离青胡同的公交车四十分钟一趟，始发站是四中邻近的小广场，学生们乘坐起来十分方便。

迟意到胡同时，太阳还没落到底，远处的天幕仿佛打翻的油画盘，美极了。

她本来想去梁叔的店里打包一份米粉，并且告诉他今天自己先回来了，晚上不用去接她。谁料店门大敞，迟意找了一圈，也没见着店里有人。

大人心真大啊！

迟意两手空空地回了小院，在门口换鞋时，看到鞋架旁有一双有些眼熟的男士皮鞋。她屈着一条腿，边解鞋带，边朝客厅里看了一眼，没有人。

正当她疑惑这双鞋子是谁的时，主卧的门被打开。

“我听到有人开门。”一个男人正拿着一件T恤往头上套，腰被人从后侧方抱住往回拽。

宜佳禾的声音响起：“这个时间没人回来。”

恰好在这个时间回来的迟意眨眨眼，意识到正发生什么时，两颊微微红了。

与此同时，迟意手里提着的自己刚刚脱下的鞋子哐当一声掉到地上。她默默地咽了咽口水，无比尴尬地看着站在主卧门口的两个人朝自己转过了头。

半分钟后，梁在宥先从卧室里出来，故作平静地和迟意说话：“今天回来得早。”

“有点儿感冒。”迟意朝他的后面看了一眼，不知道宜佳禾在做什么，迟迟没有出来，“我刚刚路过店里看着没人，顺手把锁挂上了。”

梁在宥嗯了声，两手掐了下腰，又不知所措地垂下去，还是问了：“能接受吗？”

他这个问题省略了主语和宾语，迟意却听懂了。她想到这段时间或者说自打住到胡同后梁叔对自己的照顾，就在要点头的时候，又想到迟临行。

迟意知道宜佳禾换男朋友频繁，但没见她带谁来过家里，所以梁在宥是特殊的吧。

但迟临行呢？

宜佳禾终于出来了。她补了妆，头发低低地绾在脑后，神色如常地问：“吃饭了吗？”

见迟意摇头，宜佳禾看向梁在宥。后者自然地接话：“今晚出去吃吧。我去开车。你们收拾一下出来。”

宜佳禾冲他笑笑。

等梁在宥离开，宜佳禾对迟意说：“本来想等你高考后再和你说的。”

迟意习惯赤脚踩在沙发的边缘，抱住膝盖，这是一种极度缺乏安全感的姿势。她闷声说：“怪我，回来得早了。”

宜佳禾过去揉她的头：“做我的女儿，辛苦了。没让你得到完整的父爱。”

迟意将下巴埋在膝盖间，轻轻地摇摇头。

梁在宥这段时间给迟意送营养餐，已经摸清了她的喜好，选的馆子很合迟意的胃口。

抛开今天这个意外来说，迟意和梁在宥还是很聊得来的。如果他们成为一家人，她也不是不能接受。只不过这件事发生得有些突然，她还没有准备好。

隔天梁在宥照常送迟意去学校。路上，迟意坐在副驾驶座上小口地吃着水煮蛋，缓声道：“去年你向我妈求婚时，我正好去店里，不小心听到了。”

梁在宥诧异地偏头看她。

迟意说：“我不排斥你成为我家的一分子，但是讨厌出尔反尔的人。”

梁在宥像煞有介事地点点头，说：“我觉得自己挺靠谱的。”

迟意吐槽：“坚持开这家一年赚不了多少钱的米粉店，就是种不太靠谱的行为。”

梁在宥挑眉：“小姑娘还挺现实。”梁在宥顺势问她，“你在学校里有喜欢的人吗？”

迟意别开脸：“没有。”

不想被梁在宥追问，迟意自顾自地道：“我如果爱人，一旦爱了，便是一辈子的事。”

梁在宥一直没说话。迟意偏头看他，想确认他是觉得自己说话幼稚懒得理，还是开始打退堂鼓了。

好一会儿，梁在宥才开口：“好。那就一辈子。”

“我拭目以待。如果你敢伤害我妈，我一定加倍还给你。”

梁在宥被她倔强的表情逗笑：“行。”

迟意接受了梁在宥，但对于他所说的“一辈子”抱着观望的态度。

真正把迟意从这个迷茫的状态中拉出来的，是江润如给她的一个笔记本。

“阿遂让我给你的，说是之前你忘在他那里的。”江润如自顾自地解释道，“是你腿伤在家养病时的事情吧。”

迟意嗯了声，其实她并不记得自己有什么笔记本落在他那里：“好像是。”

马上到早读时间，江润如没在迟意的座位旁边磨蹭太久，自觉地回去背知识点。

迟意在渐渐响起的背诵声中，也打开了自己的政治课本。但她没背几句，注意力渐渐地偏向那个笔记本。她没忍住，拿过来翻开。

那是迟意的数学错题本没错，但除前两页是几道她自己整理的错题外，后面全是江遂写的知识点。

在争分夺秒的高三，迟意连去餐厅的路上都在和江润如互相抽背题目，更何况是非常适合记忆知识点的早读课，她根本浪费不起。但这天早晨，迟意翻开这本笔记本看到上面的内容后，翻页的动作越来越慢，看得越来越仔细。

迟意在数学考试中发挥不稳定，她知道，他也知道。

江遂在这本笔记本上，条理清楚地将高中三年的数学知识点整理了一遍，都是些很基础却很重要的知识点。他甚至分析了近五年高考中文科数学的核心题型，按照他自己的理解押了几道题目。

他写字好看，这在全校师生眼里是毋庸置疑的事实。迟意看过他平时的笔记本，他为了省时省力写得更潇洒些，连笔居多。但在这本笔记本上，字迹苍劲工整，他为了让她认出自己写的内容收敛了不少棱角，花了不少心思。

迟意被这份偏爱感动得绷着嘴角，眼睛被滚烫的泪水糊住，直到再也看不清上面的字迹，她才舍得抬手把笔记本合上。

然后她趴在桌子上，难受了好久好久。

他那么优秀的一个人，会照顾每个人的情绪，可偏偏自己得偿所愿是那么艰难。

剩下的这一个月时间，迟意对照江遂整理的知识框架，将高中三年的数学知识点重新理了一遍。她查漏补缺时，很巧合地发现，多处被江遂打星号标注的知识点恰恰是自己在近几次模拟题中的失分点。

有了“学神 buff（游戏名词，指增益效果）”的加持，迟意渐渐地安心了不少。

时间很快来到六月，为了给高三考生腾考场，四日下午高一和高二的学生便接到通知提前放假了。

孔明月回家前，来了高三的教学楼一趟。一路上有不少认识她的同学表面热情地和她打着招呼，却在错身后嘴碎地和同伴嘀咕着什么。

孔明月现在的成绩稳定在年级第一，倒也没有什么值得议论的。

她站在文科一班的门口，朝里面探探头。

明天这里便要被布置成考场，高三学生上自习的地点换到了实验楼。迟意正站在书桌前整理着这三年来的课本，把这几天需要翻看的笔记本单独拿出来，用不到的可以提前带回家。

“迟意。”孔明月喊她出来，望着她的桌子上摞得很高的书，问道，“需要我帮忙吗？”

“我带了行李箱过来，能装下。”

孔明月嗯了声，收回视线前，环视一圈班里，嘴角动了动：“我如果不休学，今年也和你们一起高考。”

迟意知道她有些触景伤情，说：“和我同一届的话，你可是很难考状元。”

孔明月莞尔：“还真是。”顿了下，她提醒道，“在关键时刻，你的数学可别掉链子。”

怎么全世界的人都记得她的数学不好啊？迟意想。

她刚要反驳几句，却听孔明月无比正经地对她说：“迟意，好好考。”

迟意抿嘴：“好。”

高考那两天细雨绵绵，很凉爽。四中的学生在本校考试，绝大多数是住校生，所以学校外面的交通并不拥堵。

宜佳禾再次当起了甩手掌柜，倒是梁在宥提前上岗，承担起了“父亲”的责任。

可能是高三这一年考了太多场试的缘故，到了高考这两天，迟意反倒放松了。

六月八日，交卷铃响。第一个冲出校门的学生正在接受采访，迟意抱着自己的水杯和装着准考证的透明文具袋，安静地从旁边经过。

微风不燥，阳光大好，她踩着满地的光斑，背后是莽撞而胆怯的青春。

有厌 / 著

下册

你不像任何人

青岛出版集团 | 青岛出版社

/ 第八章 /

谢谢佛祖让她如愿

高考结束后迟意去了趟云南。在这座四季如春的城市，有天空中绵绵的白云作陪，她将发布在贴吧里的文字整理成文稿。

月底，迟意将整理后的第一章稿件发给《三岛》的编辑。编辑看过后连夜批注了一遍，返给迟意进行二次改稿，并且承诺会刊登在七月刊上。

理清这些琐碎的事宜后，迟意接到了母亲的电话。宜佳禾在电话里说自己下个月要结婚了，问她什么时候回北央。迟意问清日期后，说会提前赶回去。

宜佳禾又问："是今天出高考成绩吗？我怎么查不到？"

迟意朝客栈墙上的万年历看了一眼，感慨放假后时间过得真快。

"我待会儿试一下。"迟意让宜佳禾把自己的准考证号发过来。

宜佳禾应着，不知在忙什么，那边除了宜佳禾的说话声还有吵闹声："行。那你记得查到了也和你爸说一声。"

"嗯。"

电话刚挂断，又有电话打进来，是江润如兴奋地告诉她自己的成绩。

“我这也算超常发挥了。”电话那头的江润如一如既往地叽叽喳喳，“考完英语的时候，我觉得腿都麻了，坐在凳子上好一会儿才站起来。李恩宇总吓唬我，说什么高考一分几千人。我心想为了上大学时能和他离得近点儿，也得好好考啊！”

迟意拿着手机走到窗边，将胳膊随意地搭在窗台上，微微地往外探头，打量着外面交错熙攘的街道和高处毫无杂质的蓝天白云，安静地听着，适时地评价：“是，爱情的力量最伟大。”

江润如和李恩宇毕业没多久便顺理成章地在一起了。毕业吃散伙饭那天，两人手牵手光明正大地出现在李华面前。李华喜闻乐见地嚷嚷着要他们请全班同学吃喜糖，向来外向的江润如躲在李恩宇的胳膊后面，难得害羞了。

在迟意看来，两人的关系发生改变并没有直接影响到他们相处时的状态，毕竟迟意从见到他们的第一天起，便窥见了两人互有好感的种种痕迹。

但江润如总无时无刻不在提醒她，谈恋爱真好啊！

“李恩宇让我按照自己的意愿选学校，可我怎么舍得让他在大学的四年里见不到我？意宝，你说政法大学怎么样？政法大学的法学专业在国内最强，我已经想象到‘李狗’在工作后那犀利苛刻的律师形象了。”

迟意听着她三句话里有两句不离李恩宇，强迫自己免疫，道：“你要和他考同一所大学吗？”

“当然了！”江润如坚定地道，“只是政法大学的新闻专业历年的录取分数线很高，我不确定自己能不能被录取。”江润如叹气，“唉，我要是有你的成绩多好啊，这样的话我肯定不用纠结了。”

迟意也在纠结。

她有时候也会羡慕江润如，或许只有这样勇敢的女孩才配拥有“双箭头”的初恋。

迟意的高考成绩比其他人的晚了很多天才出来。那天她人在南境，林向荣和朋友投资的那间叫“渡”的清吧在市中心新开了分店，大家正热热闹闹地暖房。

二〇一三年的夏天结束后，林向荣的人气趋于平稳。他心态好，似乎在爆红的那一天便想到了现在的情形。

但他纵使考虑周全，却也没料到自己会犯情劫。

新装修的店面四处都弥漫着新鲜的气息，林向荣瞥着混在一群男人中间天南海北地聊天的女生，冲迟意抬抬下巴：“你去，抓紧把她打包回北央。”

迟意朝孔明月的方向看了一眼，摊手道：“不管。我和她不和，她也不会听我的。”

“……”

迟意抱着看热闹的心态，说道：“林老师，你应该反思一下，为什么总爱招小姑娘喜欢。之前那个席丽丽就是，我可因为你收到了不少恐吓短信，那段时间走在路上都在担心她什么时候冲出来给我一砖头。”

时间果然强大，足以治愈一切。以前耿耿于怀的事，她现在也能借着玩笑平淡地说出。

林向荣看着她这副幸灾乐祸的样子，悔之晚矣，吐槽她的无情：“当初就不该信了你‘有个同学想出国留学，要了解些情况’的鬼话加她为好友。”

不知道那边聊到什么，大家起哄的声音抬高了些。

林向荣看不下去，沉着脸过去把人拎过来，按到自己旁边的凳子上喝西瓜汁。

迟意想到自己当时骗他的原因，微微坐直了些，出于愧疚，勉强决定帮帮他：“孔明月，你什么时候回去？林老师担心你每天瞎玩耽误学习。”

孔明月呆呆地啊了声，认真地回她：“可我现在的成绩已经是年级第一了。”

迟意憋着笑，接话：“林老师可能是想帮你补课。”

林向荣一头雾水。

孔明月在心里直呼“干得漂亮”，在旁边的人看不见的地方冲迟意比了个大拇指。

招生办的电话打来了两遍，迟意被旁边的人提醒才注意到。

“小意，是你的手机吧？一直在亮。”

迟意看着屏幕上闪烁的归属地为北央的座机号码，带着“不是诈骗电话就是广告推销”的念头接通了。

北央大学招生办的老师很热情，简短地自我介绍后，便问她想报考哪个专业，言谈热情而积极。迟意听了会儿，说自己想等分数出来后再定。

见她挂了电话回来，林向荣问：“学校的老师？”

“央大招生办。”

迟意随手把手机软件旁的小红点滑掉，刚坐下，又有电话进来。

还是个陌生的座机号。

林向荣瞥了她的屏幕一眼，了然地道：“我看是稳了。”

迟意只当是句玩笑话，嘟囔着“我总不能真考了个状元吧”，接通了电话。

在迟意连着接了三个招生办的电话后，李华的来电很快肯定了她心里的猜测：“迟意同学！你真是太争气了！北央市文科状元，706分！”

暖房宴眨眼变成了升学宴，迟意大大方方地迎来送往。

林向荣问她：“想好报哪所学校了吗？”

迟意也因为这次的高考成绩短暂地高兴了一下：“考敏大怎么样？”她说，“晚上没事走着就能来店里听你唱歌。”

林向荣对她的决定有些惊讶，又觉得这确实是她会做的选择：“这敢情好。明天一早我给店里挂个揽客牌，就写‘连高考状元都常光顾的清吧’。”

不知谁喝多了去摆弄音响，一阵刺耳的噪声后，歌曲不高不低地播放着。很巧，此刻正放到林向荣的歌。这是那张《答案》专辑里的第一首歌，迟意写的词。

歌里唱道：“既来人间一趟，则安然一场。”

一群人吵吵闹闹，比演唱会还热闹。

迟意跟着笑，觉得长大的标志之一便是自由，而选择无论对错，尽兴就好。

迟意遵从内心，按照最初的目标报考了敏南大学的新闻传播专业。

提交完志愿单后，迟意才松了口气。

而自己和江遂的故事就此落下了帷幕。九月开学，她往南，他在北，两人便再无瓜葛了。

事实却是——

“阿遂竟然瞒着所有人偷偷参加了高考！”迟意收拾着回北央的行李，听到江润如在电话里如是说。

手里刚拿起的笔记本电脑重重地摔回行李上，迟意只觉得大脑一片空白，根本来不及反应。

可能是因为长久的分别，对方渐渐地从自己的生活中淡出，只有少数时候才能被翻出来。所以再从好友的口中听到这件事、这个人的时候，迟意竟有一种恍惚的不真实感。

“今天大家在聊志愿的表格里那么多平行志愿很难选，感慨说羡慕阿遂不用填志愿。谁知他随口说，他也得填。”俨然江润如对这件事也是难以置信，“大家这才知道，他竟然报考了国防大学。他一定是疯了！”

迟意迟钝地捡起电脑。好在行李箱里铺着一层衣服，电脑外面有内胆包，双层缓冲对电脑起到了极大的保护作用。

迟意跪坐在地毯上，就着床尾掀开电脑屏，确认屏幕没有摔坏。

江润如：“我问李恩宇，男生的军旅情结都这样重吗？李恩宇说阿遂不一样，还说什么只有经历过他的人生才能知道他选择的意义。我反正是理解不了。”

屏幕亮起，蓝莹莹的光照着她呆滞的脸。待机前未关闭的文档此刻正显示在屏幕上，这是迟意给《三岛》杂志写的连载。

迟意写故事时，为男主人公添加了更饱满的情绪，但现在迟意觉得，自己从未完全了解江遂。

他的专注力，他的敬畏心，令她佩服。

迟意不是高估了自己的定力，而是低估了江遂的魅力。

她一见江遂误终身啊！

江遂的这一决定震撼所有人的同时，也让所有人在难以置信中陪他一起期待着，期待着一个奇迹。

迟意那段时间一直没休息好，参加完宜佳禾和梁在宥的婚礼后，送他们去蜜月旅行，自己则和姥姥回南境重新布置了房子。她没再四处乱跑，报了驾校学车。

大概七月中旬的时候，迟意等来了江润如的电话："江叔叔回来了！"

江叔叔这次能回来，多亏他年轻时的一个战友。研究所重新下达了文书，但江叔叔的身体状态不好，他不能继续工作了。

迟意听着江润如惊心动魄的描述，万千情绪压在心头，喜悦、难过、惋惜……最终只成了一句："能回来就好。"

"隋姐儿也是这么说。"江润如告诉迟意，隋姐儿回到电视台后，揪出了在背后整自己的同事，依旧是电视台里雷厉风行的一姐。

迟意笑着，为这尘埃落定的结局感到满足。

她拿到驾照的那天，敏南大学的通知书也来了。

二〇一四年微信刚刚普及，大家还是习惯用QQ，这几天的空间动态多是通知书的照片。

迟意跟风晒完自己的通知书后，百无聊赖地往下翻了翻，很快便看到了江遂发的动态。

三天前，他发了国防大学的录取通知书。他虽然不是今年的理科状元，但成绩依旧远超国防大学的录取分数线。

“一寸山河一寸血，十万青年十万军。”

迟意看着他写在动态里的这句话，突然想到了那个国庆节假期，那张被贴在留言板上的便笺，那个写下“愿祖国繁荣昌盛，世界和平”的少年。

这晚下了好大的雨，迟意坐在电脑前，将编辑催了多天的连载写完。

她再抬头时，天空泛起鱼肚白。她已经熬过了困意，这会儿神思清明，看着被雨水冲刷过后焕然一新的城市，心情还挺好。

她索性借着当下的冲动劲儿，开着梁在宥送她的代步车，在雨过天晴后，独自去了庙会山。

不是年不过节，这里没有庙会可赶。露水的潮湿感混着新鲜的青草香，树上绑着的红木牌被雨水一茬一茬地侵蚀，痕迹破旧。

迟意顺着颠簸的山路，找了两遍，终于看到了自己的那块木牌。

太阳高升，远空的彩虹越发清晰。

谢谢佛祖让她如愿。

迟意创作的《我炙热的少年》在《三岛》杂志上连载六期后，于二〇一五年三月发售单行本。有贴吧里的野生粉与追连载的读者粉加持，作品一经上市，便引发广泛好评。次月，有影视公司找到迟意，表明合作的意向。

那时迟意的身份已经是敏南大学的学生。回到南境后，迟意仿佛来到了自己的主场，过得那叫一个惬意。

“你真的变了很多。”连林向荣都如是说，“让你转学到北央，还真是转对了。”

宜佳禾和梁在宥在南境定居，开的那家私房菜馆生意火爆。时不时迟意就会调侃他在胡同的米粉店是不是在卖惨，故意找骂。

不同于在四中时的拘谨，大学时的迟意开朗了很多。她倒也没有主动认识什么朋友，等她反应过来时才发现，自己好像也成了以前自己羡慕的那种很受欢迎的女生。

她现在回忆起来，在北央的经历似乎成了一件很遥远的事情。唯一还有联系的，好像只剩江润如了。

哦，对。

劳动节的时候，陈予光来南境旅行，迟意和他短暂地见了一面。

见面后，迟意才知道陈予光来南境是见江遂的。

“你还记得阿遂吗？”

迟意低头咬着奶茶的吸管，听他如是问道。

陈予光试图提醒她想起：“和我一班、常年考年级第一……”

在他绞尽脑汁地想关键词时，迟意淡淡地道：“记得。”

起了个头，陈予光又说了几件以前的事情。

迟意起初听着觉得心口酸涩，但渐渐地也就淡然了，笑着去接他的话。

他们说阿遂，说四中，说大家共同拥有的那两年。

迟意随口问：“你怎么没喊他一起过来吃饭？毕业后我就没见过他了。”

“他这个假期很忙。”陈予光说完才意识到，这个事实和自己对迟意所说的“来南境找阿遂，顺便和你一起吃个饭”的理由相冲突，便忙把话题岔开，“他现在又变帅了。昨晚和他在夜市上吃烧烤，好几个女生专挑他要联系方式，简直是个祸害。”

迟意并没有在意他前言后语里的漏洞，嘴角勉强地动了动，苦笑道：“是吗？”

果然，他无论在哪里，都是这样优秀。

迟意觉得自己对江遂的感情淡了，因为和陈予光见面回来后，自己竟然没有想去见他的冲动。

但又好像，自己只是将他的存在读档，暂时封存起来。

“老实交代！这个陈予光又是谁？”迟意刚回到宿舍，便被室友三人堵在墙角，吓得往后缩了缩脖子，渐渐地看清眼前的大束蓝色妖姬。

迟意在室友们三堂会审的威势下，哆嗦着从梁嘉懿的手中接过那张洒着香水的卡片，看到上面直白的那句“迟意，如果可以，我想开始追你”，只觉得头皮发麻。

对暗恋而言，告白便是胜利。迟意不是陈予光，连迎接胜利的勇气都没有。

这天，她解释了好久才撇清自己和陈予光的关系，最后实在承受不住室友的逼问，坦白了自己那段潦草的暗恋史。

“天地良心，我没有故意隐瞒。我甚至连恋爱的过程都告诉你们了。”迟意无辜地冲室友摊手，“不只是你们，很多人都听过我的故事。”

迟意说完，见梁嘉懿低头玩手机，发问：“你干吗？我这个关子卖得这么无聊吗？你此刻拿起手机的动作对我的心灵造成了严重的伤害。”

梁嘉懿晃晃自己的手机页面，解释道：“我是在查你是哪位明星的素人女友。”

“……”

迟意觉得一点儿也不好笑。

是的。她为初恋写过一本书，销量上百万册，见证过这段爱情的读者遍布全国各地。

很浪漫吧。

但这只是独属于她一个人的浪漫。

六月，孔明月高考。

在万众期待中，孔明月与状元失之交臂。所有人都在为她惋惜，但孔明月自己好像挺看得开。这只是她成年的第一步，而非最后一步，未来还是充满生机的。

孔明月报考了敏南大学，升学宴那天，迟意受迟临行的邀请，也去了。

去的路上她还在忐忑，一会儿见到江遂该以什么样的姿态打招呼，也不知道他还记不记得自己，事实却是——

“找我表哥？”孔明月出现在她面前，看着她东张西望的动作，自顾自地说道，“他只有三天假期，已经回南境了。”

迟意欲言又止，实在不忍心在这喜庆的日子里骂她，但有些人就是欠骂……

“你和他在一个城市上大学，也不常见面吗？”她明明是很真诚地发问，但迟意听着，总觉得她是在嘲讽。

“孔明月。”迟意喊她，“作为学姐，我想给你个忠告。出门在外这样没礼貌是会吃亏的。南境可是我的地盘。”

孔明月嘚瑟地挑眉：“我有林向荣罩着。”

“……”

后来很多人以为迟意是选择了爱情，就像勇敢的孔明月。但只有她知道，自己是在什么情况下报考的志愿，又是在什么时候得知他度尽劫难得偿所愿的。

这年冬天，《我炙热的少年》的影视版高价售出。迟意又回了一趟北央，与影视公司负责人苏铖约在北央四中附近的一家咖啡厅见面。在沟通中，迟意得知面前稳重成熟的男人尚是北央戏剧学院导演系的学生。

对方毫不掩饰地坦白自己公司目前的规模，并且表露对她这个故事的喜爱与改编的想法。

这次见面双方不仅落实了合同，在苏铖提出为了方便拍摄想要逛逛四中校园时，迟意还当起了向导。

这会儿正好是下课时间，校园里人来人往，明明每一张面孔都是陌生的，但迟意总觉得这场景像极了自己高中时所经历的。

“我挺久没回来了。”迟意看着眼前熟悉的环境，竟有些恍惚，“我毕业后去了很多地方，却一次也没回过这里。可能是不敢吧。”

苏铖是个很随和的男人，说话做事不会令人觉得尖锐：“所以这也是你报考敏南大学的原因吗？”

迟意对这个问题已经见怪不怪了：“成绩出来后，身边的老师、朋友大都以为我会报考央大，但敏南大学才是我真正喜欢的。”

苏铖一语双关："总觉得有些可惜。"

"我们敏大也很优秀好吗？"迟意玩笑着反驳，顿了下，偏头盯着远处，正经地说道，"世上有很多喜恶不是你想就能接近或者远离的，所以能有一件按照自己的喜好自由选择的事情真的很幸运了。"

苏铖不置可否地挑眉。

"从哪里开始逛起呢？"迟意四处打量着，最终视线落在某个方向，提议，"先去医务室怎么样？"

苏铖随意地一点头，表示都可以："这是你们在四中第一次遇见的地方？"

"也是最后一次见面的地方。"迟意说着，算了算时间，有些吃惊，"差不多也有一年了。"

"还喜欢他吗？"

"不知道。"迟意说，"也没遇见其他什么人，所以不好比较对他的感情还有多强烈。"

往医务室的方向走时，迟意问他："电影肯定会将我这个故事做一些艺术加工再呈现吧？"

苏铖和她简单解释了一番，才问："怕他知道？"

她怕他知道吗？她好像生怕他不知道。

但那个过程中，自己太卑微了。江遂那样自信而优秀的人，一定不会被这样的她感动的。

他喜欢的，或者与他相配的，是那种热烈、大胆、满怀赤诚的女生。

"希望他永远不知道。"

"如果以后再遇见呢？"

"那就让他认识一个崭新的迟意吧！"迟意笑着，抬手放到医务室的门扶手上，缓缓地按下，把门推开。

迟意很意外，医务室的值班医生竟然还是那一位。显然对方也认出了她。

"是你啊！"校医和她打招呼，"回学校玩？"

迟意惊讶地道："你还记得我？"

"去年的文科状元，想不记得都难。"他自来熟地说着，看向她身旁的男人，问，"男朋友？"

迟意介绍道："是一个做导演的朋友，过来采风。我们方便在这里逛逛吗？"

校医爽快地道："请便。"

医务室的空间不大，被布置得讲究而且整洁，诊室、病房、药房一应俱全。与苏铖说话时，迟意刻意降低了音量，在这样熟悉的环境中，总觉得说什么、做什么都有一种被公开的恐慌感。

其间，迟意接到导师的电话，抱歉地和苏铖说了声，拿着手机去外面接电话了。

苏铖征得校医的同意后，用手机录了几段空镜。

等收起手机，他却发现校医一直在盯着自己看。他狐疑地挑眉，问："怎么了？"

校医："你真不是她的男朋友？"

苏铖敏锐地察觉出校医似乎特别在意迟意有没有男朋友这件事，不答反问："你希望呢？"

可能是和学生打交道久了，校医不是很喜欢眼前的男人在人际交往中展现出来的驾轻就熟。校医正色道："迟意同学读高中时很受欢迎，追她的男生质量很高。你如果有这方面的念头，那需要多上点儿心。"

苏铖一副愿闻其详的表情，问道："比如呢？"

校医一心为迟意在这段往来中多争取些底牌，却在不知不觉间被他套去了话："比如和她同级的读理科班的竞赛大神，比如学校很受女生欢迎的风云人物。"

苏铖开玩笑："这是两个人？"

"一个人。"

"那挺牛。"

苏铖笑着，隐隐地嗅到了爆款的味道。

这个故事，他选对了。

二〇一八年春天，电影定档，同时图书公司计划发行影视纪念典藏版，迟意应邀为这版本增写番外。

写番外前，迟意特意重看了一遍这个故事，发现有很多情节自己竟然都忘记了。一本不到二十万字的小说，她断断续续地看了三天。仿佛重新经历了那两年的人生，迟意看完时，十分心疼又佩服当年的自己。

那段时间她正跟着工作团队在山上拍综艺节目。实习生眼里要有活儿，哪里需要就去哪里。那天下雨，迟意在帮摄影组搭架子时，不慎在坡上滑倒，混着肮脏的泥水滚出去四五米，还好坡中央有棵树挡住了她。而迟意也因为后背撞上这棵树，在医院躺了三个月。

迟意就是在这样的状态下写完了再版书的番外。依旧是悲剧的结局，但她在番外的最后写道："愿天灾人祸分给我，留给你一生平安。"

她想，此刻的女主角内心是幸福且满足的。

毕竟不是谁年轻时都能遇到如此惊艳的人。

电影的首映礼上，迟意遇到了自己的出版编辑祈声。

迟意听她说起才知道，苏铖导演接下来筹拍的一部电影也是由《三岛》输出的版权改编，是沈章叙老师的新作。

迟意觉得成长是一件很奇妙的事，你会接近一些你曾经觉得遥远的人，比如在高中时代无数次听江润如提过的作家，但又有的人明明近在咫尺，你却始终没法靠近，比如江遂。

电影开始前，祈声突然凑过来问她："你还会想起他吗？"

正前方的电影屏幕上刚播放完片头信息，此刻四周陷入全黑的状态，迟意在这伸手不见五指的黑暗中，短暂地呆滞住。

随着一阵清脆的下课铃声，画面亮起，学生们蜂拥着从教室里挤到走廊上，然后散在校园各处。迟意的注意力一点点地被拉回，她看向祈声，嘴角染着笑："早忘记他长什么样了。"

观影体验很不错，至少到场的绝大多数影视方是这样认为的。结束后，不少影视公司负责人过来和迟意打招呼，问她下一部作品版权的情况。

可能是刚看完电影的缘故，迟意还没从那悲伤的情绪中抽离。她勉强地笑着，说自己是半路出家，非专业作者，一本书写个两三年太伤神。

“专业的工作还是得留给专业的人。”迟意说着，顺带把祈声推出去，“这是我的图书编辑，也是古风幻想作家沈章叙的责任编辑。她公司里有不少优质的待开发作品。”

祈声应酬得游刃有余，先是夸了对方公司近两年优秀的影视作品，然后自然地递上了自己的名片。

迟意刚喘口气，却见苏铖也来凑热闹。

苏铖问她要不要借着这波热度，推出新作品。

迟意笑着，开玩笑道：“先等我谈场恋爱，找找灵感。”

她话虽这么说，可这些年追迟意的人不少，体育学院的学弟、化学学院的学长、学生会的主席，又或者是学校的国防生……她毫不扭捏地和每个人成为朋友，却在察觉到对方流露爱意时，及时喊停，断绝对方的念想。

连和她同寝四年无话不谈的好友梁嘉懿都好奇：“得什么样的男人，才入得了你的眼？”

梁嘉懿瞎出主意：“你上次看阅兵不是说有个小哥哥很帅吗？他是我爸手底下的兵，好像也是单身。我让我爸介绍你们俩认识认识怎么样？”

“……”迟意早忘记自己什么时候说过这话了。

梁嘉懿见她没兴趣，冲她挤眼睛：“你如果担心异地，那周末和国防大学的联谊会你考虑下？军校的男生个高、颜值高、体力好，总有一款适合你。”

迟意往她的嘴里塞了一大块榴梿：“搞事业不好吗？”

梁嘉懿咬着榴梿叹气，嘟囔：“兵哥哥也不喜欢啊……我看你平日总关注军事新闻，还以为你喜欢这款呢。”

五一劳动节，电影公映。迟意混在进出电影院的人流中，缓慢地移动着，第二次看了这部电影。

经过艺术加工后，迟意已经很难辨认出少年的痕迹，但熟悉的操场、堆满课本的教室、永远爆满的餐厅、有过泪的天台、充满笑声的走廊……似乎无一不有她和他的痕迹。

青春总是相似的，而暗恋是苦的。

我们的青春总有遗憾，但希望有人没有。

片尾曲响起时，宜佳禾打来电话，问她什么时候回家。迟意怕影响其他人的观影体验，捂着听筒，放低声音回答着，同时起身，弓着腰一遍遍地说着“借过”，从座椅中间挤出去。

屏幕的右半边是滚动的演员阵容表，左边长形框里播放着剧组采集的在现实生活中有过暗恋经历的群众。他们普通却真实，细微处或遗憾或幸福。

电影院里有人在哭泣，不知谁拨通了电话说我好喜欢你你知不知道；有情侣在吵架，女生压抑着哭声质问我这么爱你你为什么要伤害我，男生用低沉而不耐的声音回她“够了啊”。

迟意想告诉他珍惜眼前人，又觉得这个声音听着耳熟，像极了那个人。

她转头，电影院一片漆黑，什么也看不到。

忘记带家门钥匙的宜佳禾在电话那头催得紧，迟意不敢耽搁，加快了离开的脚步。

她的身影拐出影厅的一瞬，厅里灯光大亮，观众大面积离场。

第六排中间的那对男女动作最慢，孔明月翻了半天巴掌大的小挎包，愣是没找到一张纸巾，索性去扯旁边男生的袖子。

男生穿件黑色T恤，布料很软，擦眼泪正合适。孔明月揪着他手臂处的袖口，看着上面红艳艳的国旗刺绣，觉得自己的行为是对它的一种侵犯，实在下不去手。她动了动嘴角，一时觉得更委屈了。

江遂将她这颇有层次的哭戏收入眼底，无奈地把旁边人递来的纸巾转递给她，毫不留情地吐槽：“这部电影没找你演真是可惜了。”

孔明月打着泪嗝，哭得更狠了：“我失恋了，难受嘛！”

“你就是活该。”

孔明月毫无威慑力地瞪着一双哭肿的杏仁眼，委屈地噘起嘴，道：“你也活该单身！”

“……”

六月初，大四学生领了学位证和毕业证，拍完毕业照后便可以离校了。迟意因为家在本地，是最晚离开宿舍的。此前她做起司机，陆续送室友去车站。

适逢有当地的媒体在车站采访，迟意一行人因为颜值高被记者留住充当热心观众。

梁嘉懿不见外地抓着话筒，就像唱歌抢麦一样自然，反客为主地问：“在录吗？我要借咱这平台给室友征个婚。”

记者喜闻乐见：“是你旁边这个美女吗？”

“对。她叫迟意，人美心善。”梁嘉懿说辞一套一套的。

迟意哭笑不得，任由她胡闹，甚至配合地冲镜头比了个心，落落大方地说：“补充一下，我喜欢长得帅的。”

彼时，同一车站。路口停下的出租车上下来个男生，长腿有力，周身冷硬。

他的行李从简，只有一个黑色的双肩包，包带绷直看着分量不轻，但他单手拎着轻而易举。

副驾驶的车门刚被关上，后座的车窗立马降下来，女生继续和他打商量：“哥，你答应了帮我打掩护，不能反悔。我和我妈说跟室友去青海毕业旅行，你别说漏嘴。”

“不管。”江遂这些天被她唠叨得耳朵起茧，懒得再理她感情上那堆破事，但总归是上心的，“早点儿回去，别在外面野太久。”

孔明月哦了声，嘟嘟囔囔着吐槽：“臭脾气，越老脾气越臭。亏得我还想着帮你。”

因为是临时泊车点，司机催促了几声后发动了车子。孔明月不敢得罪这位祖宗，连忙将脑袋探出车窗，扯着嗓子把最重要的事情告诉他：“我在你包里放了一份毕业礼物，相信你一定会喜欢的！”

男生头也没回，挺拔的身影渐渐走远。他背着身抬手挥了挥，表示自己听见了。

车站人流量大，男生帅气又正义的形象使他回头率颇高，但他仿若没看见，大步流星地往进站口走。

迟意把梁嘉懿送到进站口，和她拥抱一下。

“舍长，好舍不得你。”梁嘉懿说，“要不你跟我一起回北央玩几天？”

四年的相处，曾经最没主见的小姑娘成了宿舍的大姐大。迟意道：“我工作刚转正，正是忙的时候，不好说走就走。等改天有时间，我去北央找你。”

见梁嘉懿还不情愿，迟意晃晃她的手臂，催促道：“好啦，要检票了。”

梁嘉懿一步三回头，排在距离迟意最近的一个安检口的队伍后面。过完安检重新拿到行李箱后，她又回头看了一眼。迟意无奈地抬手，目光却在触及旁边通道处正在接受安检的某位旅客时，微微地愣住。

那是一个侧影，很熟悉的侧影。

只一瞬，男人弯腰从传送带上拿起背包，随手拍了拍，挂到肩上，身影消失在来往的人海里。

迟意觉得自己应该是看错了，哪有这么巧的事情？四年没见过一次的人，怎么偏偏毕业就见着了？

迟意抬起胳膊，笑着，冲梁嘉懿摆了摆手，让她快进去。

回北央的这趟列车的检票口在二层，需穿过长长的通道下到一层乘车。江遂检完票后，没跟大队伍挤两侧的扶梯，从中间的楼梯下去时，顺手帮一位带孩子的旅客抬了下婴儿车。

正值毕业季，高铁站人流量大。江遂费了会儿工夫才找到自己的位置。他从包里往外拿水杯时，摸到了一个有棱有角的硬物。

他抽出来，是一本硬壳书。

书名：《我炙热的少年》，作者：有厌。

梁嘉懿艰难地单手推着行李箱，另一只手拿着车票比对着墙上的座号。她很快停在江遂的身边，先是被他俊朗的五官吸引，随后看向他手里的东西，一脸惊喜："帅哥，你也看这本小说？有眼光哦。"

她将双肩包往对面的座位一丢，扬声道："这是我室友写的。"

江遂神色冷淡，将孔明月乱塞在他包里的书收进背包的底层，抬头看见梁嘉懿四肢不协调地举着自己的大号行李箱，问："需要帮忙吗？"

二〇二一年年初，宜佳禾体检时查出子宫里长了个小瘤子。她自己没什么反应，进手术室前还拿着平板电脑改剧本。迟意倒是担心得不轻，把蔷雅、协和的医生联系了个遍。江润如得知后还以为阿姨得了什么重症疾病，特意飞来南境一趟。

她不来还好。

这一来，宜佳禾看到江润如无名指上的戒指，想起那个老生常谈的话题，开始念叨迟意："小如大学一毕业就结婚，再看看你，这都毕业三年了，连个男朋友的影子也没见着。"

迟意没什么底气地解释："她那是高中同学、青梅竹马，感情基础深厚。"

宜佳禾像煞有介事地问："怎么？你没上高中？"

迟意强词夺理："我高中时忙着考年级第一了。"

被宜佳禾一提醒，迟意才想起来，自己大四时便进入电视台实习，毕业后转正，眨眼也工作三年了。

影视行业竞争激烈，机遇与危机并存。迟意靠实力也有运气，从打杂的实习生到单独带团队，再到带领团队制作出一档档脍炙人口的综艺节目，实属不易。

入职三周年那天，团队里的小姑娘弄了个联欢会，连已经转岗到艺人经纪的温黛也请来了。

第一次见温黛真人的实习生捂着嘴激动地跺脚："我哥哥的经纪人……能不能要签名啊？"

温黛眨着眼开玩笑："多向你的组长学习，过几年让你哥哥追在你后面给你签名。"

小实习生头脑活泛，瞪圆了眼，冲迟意喊："嫂子？"

迟意无奈地看温黛："别吓我员工。"

玩笑开够了，温黛把迟意拉到吧台旁，避开人说："我正要和你说李嵩的事。"

"怎么了？"迟意刚实习时被温黛带过一段时间，工作上的人情世故多是跟着她学的。温黛转岗后，两人有事没事常约着见面，感情依然在。

"也不知李嵩受了什么刺激，嚷嚷着要去当兵。他现在人气如日中天，真去当两年兵，再回来娱乐圈里谁还能记得他？"

温黛口中的李嵩，是近几年新起的小偶像，二十二岁，今年刚从电影学院毕业，颜值高，人也正直，是圈里难能可贵的演技派新人。

迟意和他最早的联系，便是他担任男主角参演的首部电影，那部电影是由迟意的同名小说《我炙热的少年》改编的。

"他最听你的话，明天你去我那里帮我劝劝他。"温黛双手合十，"看在我是你学姐，并且在你刚工作时带过你几个月的分上，就帮我这一回。"

李嵩出演《我炙热的少年》时十九岁，正是生机勃勃的年纪。估计是入戏太深，随着电影杀青，他对迟意展开了长达三年的追求。不过这在迟意看来纯属小打小闹，他们一年见不着几次面。

迟意只拿他当还没定性的弟弟，从没把他的追求搁在心上。

况且念着当年温黛对自己的提携以及这些年的情谊，对于她所托之事迟意自然能帮就帮。

"我这里还真有个办法。"迟意非常自然地从手袋里抽出笔记本电脑，并没有意识到此刻是在聚会，"你还记得我去年制作的军旅综艺吗？几乎每期的播放量都是平台第一，节目不仅口碑好，而且为艺人后续的发展提供了很大的助力。"

温黛也是随时随地都能工作，拒绝无效社交的人。她往电脑屏幕前面一凑，听迟意继续说："这档综艺马上要推出第二季，目前嘉宾定了苏戈和傅湛今，一个是超一线影后，一个是爆红十年的歌手。"

温黛一挑眉，期待地望向她。那眼神分明是在说：看看我们家小嵩嵩吧！

迟意无奈地笑着回答："本来就打算邀请李嵩，还担心你不舍得放人。你应该知道，我这档节目力在还原最真实的军营体验，和部队的战士一同吃住操练。"她不好意思地摸摸鼻子，承认，"就是因为太累太苦，谈的好几个艺人都婉拒了。"

"你放心，我这次肯定舍得。比起真让他当兵，这点儿累算什么？他坚持不下来才好呢，早早地断了当兵的念头。"温黛喜上眉梢，张开双臂抱了抱迟意，不忘叮嘱，"对了，意，我让你牺牲色相，你可别真答应他的追求。我这两年手上可培养的好苗子不多，不想让他因为什么偶像失德毁了星途。"

"……"迟意到嘴边的那句"不过你放心，第二季综艺性强一点儿，不会太累"卡在喉咙口，想着先让艺人和团队有些压力也挺好的。

温黛可能是真的担心迟意红颜祸水，所以不放过任何一丝断了李嵩这个念想的机会。在聚会快结束时，她给林向荣打了电话，让他过来接迟意。

迟意对此深感无奈。不过省得请代驾，她乐得自在，便安心上了林向荣的车。

林向荣这几年彻底在娱乐圈里销声匿迹，那个大街小巷播放着《八月薇安》的夏天似乎已经过去好多年。

但他撕掉"歌手"的标签后依旧活得精彩，用更自由自在的方式继续写歌、唱歌，空出来的时间做背包客、开民宿，在"随心、随性"

的路上一去不复返。

车子缓缓地驶着，林向荣递给她一盒酸奶，让她解解酒。

迟意道了谢，从扶手箱里抽湿巾时，看到了底下的一个平安符，随手拿起来："这是在钦和宫求的吧？你最近回北央了？"

林向荣侧头看了一眼，很快转回头，目视前方的车流，平静地说："孔明月前几天落在这里的。"

这两人分分合合，估计连当事人都理不清。迟意自觉地没继续聊这个话题，随口说："还以为是经纪公司那边找你。"

"找我做什么？我没流量，又难管教，这不是自找不痛快吗？"

迟意没劝他，如果失了傲骨，纯商业化，他就不是林向荣了。

等绿灯时，林向荣盯着车外道："这个画展也是你们电视台联合推的？"

"什么画展？"迟意闻声偏头，跟着看向商场外墙的广告屏幕，漫不经心地说，"可能是有联动吧。"

说完，迟意却没有立马收回目光，而是定定地看着广告牌变化的页面。

色彩艳丽的油画几何碎片从四周飞入，最终拼接在一起，旁边几个夸张效果的艺术字写着画家的名字——檀青。

真巧。

迟意想到很多年前的某个冬天，自己在刺骨的寒风中了解着这个画家的生平，背诵着他每幅代表作的创作背景和立意，以及想到了在北央的那两年。

因此，迟意又想到了江遂。

绿灯亮起，车子重新发动。色彩艳丽的广告画面渐渐地掠过她的视野，但脑海里的某些记忆逐渐变得清晰。

江遂自打上次受伤后，在领导的命令下有了一个非常漫长的假期。月初回到北央，他便一直没再出去。

但他是闲不住的性格，每天扎在陈予光弄的一个军事俱乐部里，领着一群还没枪杆高的小孩，讲家国梦想，说战场险遇。

“……最后啊，我们全队分吃一包压缩饼干，撑到了救援人员到来。你们谁来说说，从这个故事中学到了什么？”讲故事的男人坐在一群孩子间，声音低缓而有磁性，带着足够哄孩子的耐心。

“学到了分享！”

“对。”

“不论什么时候都不能放弃！”

“对。”江遂给他补充，“不能放弃自己，也不能放弃同伴。”

有一个留蘑菇头的小姑娘举手：“哥哥，压缩饼干好吃吗？”

江遂被逗笑，朝旁边看电视的男人抬抬下巴，示意：“你去问问予光哥哥。”

小姑娘一偏头，眨着大眼睛找到陈予光，看着一双眼恨不得长在电视屏幕里的男人，不知想到什么，嘴巴噘起来，较真地冲江遂说：“他站这么近看电视屏幕眼睛会瞎掉的，我才不要和盲人玩呢。”

江遂看过去时，这期综艺节目正好播完。

片尾曲是一首很有气势、耳熟能详的军歌。这群小屁孩雄赳赳气昂昂地跟着电视节目唱：“向前向前向前，我们的队伍向太阳，脚踏着祖国的大地……”

陈予光盯着这期节目结尾的演职人员表，突然问江遂：“你还记得迟意吗？”

江遂按了按离他最近的小男孩头顶的帽子，笑着抬起两臂，双手在空中一晃一晃，给他们当指挥。听到陈予光的问题，他先是犹疑地嗯了声，缓缓地偏头看过去，不答反问：“怎么了？”

“没事。”陈予光似乎也觉得自己突然问这个问题挺奇怪的，稀松平常地笑了下，随手一指电视屏幕，说，“刚刚我看这档节目的导演是迟意，就突然想起来四中有个同学也叫这个名字。”

江遂重新看向屏幕，可惜片尾曲已经播完，此刻进入了电视台广告。

他盯着这条经典的洗化用品的广告看了会儿，才移开视线，淡淡地说了句："好像是吧。"

他又在这里待了会儿，把这群孩子陆续送到家长的手里。闹腾的孩子走了，四周一下就安静下来。江遂帮忙收拾好场地，叉腰站在斜阳中，眯了眯眼，看到家长向陈予光咨询最近买哪只股票能赚。

江遂这才想起陈予光大学读的是金融专业，毕业后进了一家在国内排得上名的证券公司工作，事业上风生水起。军事俱乐部只是他闲来搞的小投资，这段时间赶上江遂休假，他就来得勤了些。

孩子黏人地拽着爸爸的手，身子朝门外探，闹着要去买棉花糖。

家长殷勤而热情地邀请陈予光有空去家里坐坐，才带着孩子离开。

"你这个地方弄得挺舒服，等我退伍以后就来给你打工。"

"直接继承都行。"

江遂笑骂了一句。

两人不约而同地仰头望天，天高云淡，明明距离学生时代也没过几年，可他们被洪流裹挟，已经漂了很远很远。

"走了。"江遂提醒道，"我妈明天过生日，你记得来。"

"放心。"

隋荷的生日办得热闹，江润如等一众小辈也在，但大都是女孩。江遂穿着基础款的黑衬衣、长裤，有军队锻炼出的好身材撑着照样惊艳，更别提还有一张从小被夸到大的俊脸。

隋荷带着他打了一圈招呼，不知多少道视线落在他的身上。

江遂找了几次理由想抽身，都被隋荷冷脸威胁住："今天我过生日，你溜一个试试。"

哪怕隋荷在和旁人聊天，没他什么事，他也得寸步不离地陪在旁边。

江润如这些年难得见江遂吃瘪，当成件稀奇事，捂嘴偷笑。

隋荷搭着江润如的手，问起来："你朋友的妈妈身体恢复得怎么样了？"

江润如忙道："很小的一个手术，而且她很乐观。我听我的朋友说，她妈临进手术室还在看剧本呢。”

“开刀伤元气，得好好养着。”隋荷又道，“等下个月去南境时，我去探望一下。”

因为和梁在宥有交情，宜佳禾结婚的时候，隋荷也去了。两家人往来不多，但彼此间也是有交集的。隋荷当年因为烟花直播的乌龙事件被恶意打压，事业上一再受挫，也亏宜佳禾搭了把手。有心也好，无意也罢，但这份恩情隋荷一直记得。

江润如好奇地道：“怎么突然要去南境？”

“去看个画展。润如，你感兴趣吗？到时陪阿姨一起去。”说着，隋荷睨了旁边心不在焉的江遂一眼，“我是不指望我这个儿子了。真是越长大越指使不动，小时候还陪我看个画展，现在一听这个就跑。”

江遂：“……”

江润如问了具体时间，爽快地应了。

正说着，孔明月笑容明媚地出现：“舅妈，生日快乐！”她把一大束花递过去，又和江润如打了招呼，才问，“你们在聊什么呢？”

隋荷说：“在说下个月去南境的事，小月要一起去吗？”

孔明月脸上的笑容僵了僵，她撇嘴：“南境啊，我最讨厌这座城市了。”

江润如装傻，故意问：“我记得你在南境上的大学，怎么现在不喜欢了？”

“不喜欢就是不喜欢，哪里需要什么理由？”

江润如撞撞她的肩膀，讲悄悄话：“喂，你觉不觉得你这个人很奇怪？高中时英语最差，毕业竟成了英语同传翻译。当初别人怎么劝都不听非要去南境，转头南境成了你最讨厌的城市。孔明月，你好矛盾。”

“要你管？”孔明月朝江润如做了个鬼脸，躲到隋荷的旁边，“舅妈，你别去南境了。下个月我们去桂林玩好不好？”

一旁的江遂憋回去一个哈欠，眼角涩涩的，认命地充当着只管微笑的吉祥物。

好在江秉青及时出现，解救了他。

“小遂。”

江遂听到有人喊自己，回头看到梁嘉懿推着坐在轮椅上的男人，出声道：“爸。”

江秉青身材清瘦，却精神矍铄。看向儿子时，他威严地点点头。

梁嘉懿和江遂打了招呼，又说：“我去那边和朋友聊天。”

目送梁嘉懿走远，江遂过去推江秉青的轮椅：“我推你去院子里坐会儿。”

江遂读高三那年，江秉青音信全无，令隋荷的精神状态很糟糕。凭数学竞赛拿下北央大学自主招生的名额后，江遂便没再回学校上课。

他寸步不离地守着隋荷，怕她出什么意外，但他自己的状态也十分糟糕。因为爷爷从军，江遂的爸爸，以及叔伯，大都奋斗在科研军事一线。江遂虽然与父亲聚少离多，但骨子里还是非常崇拜父亲的。

现在回想起来，用三个字概括，他那段时间的心情就是——天塌了。

所有人都在祝福他在竞赛中取得好成绩，夸他是个准大学生。他却像只失了方向的游鱼，四周是广阔的天地，却始终不知所往。

高考前，江遂在科研所的外面等了三天。正赶上暴雨，他高烧昏迷，醒来时，看到了梁隰华。梁伯说，让他好好考试。

成为一名军人的念头打小便埋在他的心里，但他能做好的、感兴趣的事情有很多，所以这个念头并没有多强烈。直到高三那年，经历了江秉青那件事，江遂更加认定了这个目标。

也幸好苦尽甘来，否则江遂真不知道该怎么办了。

院子里阳光很好，六月的北央城气候宜人。

江秉青得了夫人授意，也来问他：“你觉得嘉懿这丫头怎么样？”

江遂深感无奈，干脆地回答：“我和她只是朋友，非常纯洁的战友情。”

江遂与梁嘉懿的相识是个意外。

毕业那年，在回北央的列车上他随手帮她抬了下行李，这个健谈的女孩便打开了话匣子。

她比江润如还能聊，从那本不怎么好看的言情小说，说到她很牛的室友，然后问起他是什么兵种、毕业后打算做什么，聒噪得向来好脾气的江遂紧皱眉头。

他抱着肩膀，假睡了一路，才落得清净。

哪想回北央的第二天，江秉青请战友一家吃饭。饭局上，江遂又见到了梁嘉懿，才知道原来她就是梁伯常提的宝贝女儿。

她也认出了他，弯着眼笑道："我说过我们会再见面的吧？"

关于两人的关系，不只是江秉青问过，隋荷也没少来他这里打探，江遂都斩钉截铁地撇清了他与梁嘉懿的关系。

"人要有牵挂，才能回家。"江秉青多少看出儿子的顾虑，语重心长地敲打他，"你妈今年生日搞这么大排场你没看出来是为什么？这是在给你制造机会呢。"

江遂一个头两个大，挠挠眼尾，有些抵触。

江秉青无奈地看他："行了，这件事你自己看着办。"他顿了下，继续说，"你梁伯说他们突击队要拍一个综艺宣传片，原定拍摄的战士受伤了，想让你过去顶几天。你要觉得待在家里被催烦了，就去队里把这个忙帮了。"

江秉青绝口不提江遂先前拒绝调回猎鹰突击队的事情，力求达到曲线救国的目的。

江遂无法，只得答应了一项。

江遂记得，这天是六月二十一日，夏至。

湛蓝无垠的天空中，一团团的白云翻滚变幻，异常纯净。过去一周，江遂跟着猎鹰突击队的战士吃住训练，生活单调纯粹却不乏味。

"队长，我刚路过办公室，听指导员说要给你介绍对象。"训练休息时，有战士聊天。

江遂一身军装，格外飒爽英俊。他支着一条腿坐在草坪上，胳膊随意地搭在上面，手里拿着银色的口哨有一下没一下地玩着。

“这敢情好。训练场上的项目，她随便选哪个，先赢过我再说。”

人群哀号：“江队，你大概率要单身一辈子了！”

彼时，迟意作为这档军旅综艺节目的总导演，正带着团队的同事来突击队做准备工作。

这段时间她策划的两档节目的流程撞在一起，大会小会不停地开，方案推翻了一遍又一遍，连熬了三宿。以前她不懂宜佳禾为什么那么拼，等长大了才知道，不是你想拼，是工作推着你在走。

处理完工作，迟意戴上口罩，刚准备靠在椅子上眯一会儿。

“意姐，猎鹰这边的领导说之前定下参与拍摄的突击队队长卫峥因手臂受伤无法进行拍摄，他们重新推荐了个人选。”助理笑笑递过来个文件袋，“这是新队长的资料。”

资料装在一个牛皮纸袋里，封口绕着白线。

“给我吧，我一会儿看。”迟意接过来，将口罩拉到眼睛上挡光，迷糊间还真睡了一小觉。

一进入突击队，响亮的拉练声便响了起来，迟意皱着眉起身，往车窗外看。

“是进门前的检查。”笑笑说，“现在已经检查完了。”

迟意点头，去拿手机看消息。刚才睡觉的姿势不对，这会儿腰有些不舒服，迟意活动了下身体，腿上盖着的薄毯被抖到地上。

和薄毯一起掉到地上的还有那个牛皮纸袋，迟意才想到这个还没看。她弯腰捡起来，捏着线头转两圈打开。

谁知她刚抽出一个角，便听到前方传来司机师傅的声音：“意姐，咱的车只能开到这里了。”

迟意把文件塞回去，和笔记本电脑一起装到包里，示意助理：“下车吧。”

迟意见过突击队的领导后，便在指导员的安排下熟悉训练场。

阳光烤得人直冒热气，迟意穿着短裤和薄衫都觉得热，更别提在烈日下穿着军装操练的战士们了。

忽然从远处飞来一架直升机，大家不约而同地看过去。螺旋桨飞速转动时产生的气流掀起风浪，卷起黄沙朝他们扑来。

被卷走的还有迟意的棒球帽。

她怕一会儿帽子被吹远找不到，也顾不上欣赏这震撼的场面，连忙转身去追。

直升机在上空悬停，车门处垂下根绳索。骁勇的战士拽着绳索速降，动作干净利落，顷刻间安全落地，看呆了周遭所有的非军队人员。

三名穿军装的战士呈一二队形，分前后两排走来，为首的正是作为猎鹰突击队临时队长的江遂。

迟意弯着腰去捡帽子，将帽子扣到脑袋上，转身时，只能看到战士离开的背影。

直升机往回飞，训练场上恢复了先前的平静。迟意向负责带队的小战士问了些有关速降的问题，并确认是否方便让他们的工作人员体验。

另一边，已经走远的江遂朝这群细皮嫩肉的节目组人员眯了眯眼，目光落到最外侧一道纤瘦的身影上。因为棒球帽遮着，他也没看得多清楚，只能看出她挺白的。

“这就是来参加录制的艺人？”

“这是节目组过来看场地的工作人员，正式拍摄要等八月份。”

江遂点点头，收回视线走了。

熬夜后的不适加上受高温影响，迟意站了这么一小会儿，便头脑发晕。

因此，迟意对在烈日下拉练的战士们肃然起敬。她强撑着去室内的活动室，才让跟着的摄影师去帮自己买瓶水。

摄影小伙平日工作量大，风吹日晒惯了，没觉得今天的工作量如何，乍一看到迟意煞白的脸色，吓了一跳，把摄像机往旁边一丢，赶忙出去。

活动室外，指导员把路过的江遂喊过来，提醒道：“这次拍摄的导演在里面，是个女孩，叫迟意。你进去打个招呼，好好表现，别丢猎鹰突击队的脸。”

指导员句句干脆，不拖泥带水，倒是把江遂给听蒙了。他诧异地道：“叫什么？”

指导员知道江遂先前拒绝调来猎鹰，这次让他答应录制综艺节目费了些周折，但看着他这胡闹的态度，还是忍不住动气：“别搁这里跟我闹。”

江遂哭笑不得：“不是。我刚听你说的名字有点儿耳熟，想确认一下是不是自己听错了。”

指导员瞅他，见后者双手贴着裤缝站好，没半点儿开玩笑的意思，才勉强地相信：“叫迟意。迟到的迟，意思的意。”

巧了。

指导员：“听明白了吗？需要我写一遍给你看吗？”

“不用。”江遂立马赔笑，“您这种解释挺直白，迟到的意思，我立马就记住了，待会儿保准不叫错。”

“臭小子。”指导员笑骂，“一会儿记得进去打个招呼。”

“是！”

活动室内，迟意坐在凳子上，弓着后背，手肘压在膝盖上，用手捂着额头，挡着视野里的光亮。她整个人缩成小小的一团，憔悴又无助。

她压着心口翻涌上来的难受，盘算着在接下来的拍摄中一定要让所有人做好防暑工作，救援的医疗队伍也要随时待命。

因为想问题时过于投入，她对于出现在门口的人并没有在意。

“把这个喝了。”直到头顶响起一道清亮干脆的男声。

迟意移开遮在额头上的手，看清对方递过来的是一瓶藿香正气水，吸管已经插好了。她难受地皱着眉，说了句“谢谢”后接过，咬着吸管喝完大半瓶，才缓缓地抬头。

“谢谢。这天真是太……”

到嘴边的话戛然而止。

迟意呆住，捏紧了手里的玻璃瓶子。

他们上一次见面是什么时候？她借着中暑的幌子，赶去医务室见他最后一面，校医给了她一盒藿香正气水。

没想到如今自己真中暑了，他竟也出现了。

但他真的变了很多。如果把他的脸遮住，迟意可能都不敢认了。

部队重新打磨了他的棱角，身上的少年感与英气恰到好处地糅杂在一起，他似乎又高了、健硕了。

两人得有七年没见了吧。

迟意眼睫微颤。这些年她不是没有听过江遂的消息，毕竟他们有那么多共同的朋友。

她的闺密江润如、她家里的新成员梁在宥、她最亲密的“死对头”孔明月……迟意没有江遂的微信，却无数次从旁人的朋友圈动态里找到过有关他的蛛丝马迹。

刚写完《我炙热的少年》时，迟意很长一段时间分不清记忆的真假，到后来被生活推着往前走，有关江遂的记忆真假与否，好像也不重要了。

她能遇见他，被他吸引，这件事情本身便足够美好。

她哪里奢望过能再遇见他？

是江遂先开口的。他说：“好久不见。”

于他们而言，确实是很久没见。她从青涩的学生蜕变成轻熟温婉的女人，在刚毅果断的军人间，显得格外温柔。江遂刚刚进来时还真有些认不出她了。

但他仔细一想，却又不是很久……

前不久他在国外执行任务，被子弹射中胸膛。失去意识的前一瞬，江遂“见”过她。

他在自己的回忆里见过她。

她穿着干净整洁的校服，后背永远挺直，但习惯将下巴藏在拉高的衣领里。她话不多，却很优秀。

江遂回忆起她并不奇怪，毕竟她也是自己的高中同学，但奇怪的是，他在濒死之时，只想起了她。

“好久不见。”迟意微微坐直，重复道。

她觉得这句话俗透了，却又觉得不论多俗，总能让亲历者红了眼眶。

迟意一动不动地盯着他，根本分不清是自己忘记了反应，还是因为注意力全集中在他的身上而忘记自己有没有做出过反应。她总觉得自己此刻很失态。

她不经意地想到了高二开学时在医务室的那次重逢，自己满怀欢喜，视若珍宝，而他轻描淡写，来去自如。

去买水的摄影师回来，打破了重逢老友间沉默的气氛。

“意姐，我看今天的素材拍得差不多了。你要不先回去休息一下？我下午自己再拍点儿，晚上给你看。”摄影师和江遂微一点头算是打招呼，顾着关心老大。

江遂将目光落向摄像机，问：“我能看看吗？”

摄影师下意识地看向迟意，询问。

迟意：“可以。片子剪完了也是要给你们审查的。”

江遂一点头，接过摄影师递来的摄像机，翻看起来。

过了会儿，他还回去，看向迟意：“你们先休息，下午四点，我领你们去拍。”

迟意闻言，这才去思考他为什么会出现在这里。

她知道他高中毕业后上了军校，也知道他们大学四年一直生活在同一座城市。但南境说大不大，二十多万平方千米，之于中国的国土十分微小，但说小也不小，整整四年，迟意没遇见过他一次。

说是迟意故意不敢见他也好，说是他们真的没缘分也罢。

迟意努力适应着没有他的日子。

在对方充满疑问的注视下，江遂站直些，正了正衣领，道：“自我介绍一下，我叫江遂，是猎鹰突击队的新任队长。接下来由我跟你对接拍摄的工作。”

迟意回到宿舍，在桌子上翻了半天，从笔记本电脑下面找到了助理说装着新队长档案的牛皮纸袋。

她攥紧拳头又松开，这样的动作重复几遍后，试图舒缓发抖的手。等平复下心情，她才一鼓作气把里面的档案抽出来。

里面是一张写着新队长履历的档案表格，还有几张他的个人照片。他的寸头干净利落，学生时代便英俊的五官越发俊朗锋利，男人成熟沉稳的气质下仍藏着意气风发的少年气。

迟意看着江遂穿军装的照片，想到了高中时他穿国旗班制服的模样。果然，她眼光不错，他穿军装是真的帅气。

迟意拖过凳子坐下，打开电脑网页，对着档案上的经历一条条地检索。

她倒是能查到，但消息描述得较正经。迟意做文案创意工作，最擅长发散思维。她从这些笼统的事件和勋章出发，又查了不少信息。

很快她便后悔了。

迟意握拳抵在唇边，指节因为收力而微微泛白。她咬唇，眉头下压，努力睁着早已被泪水糊住的眼睛，努力看清屏幕上一行行惊心动魄的描述。

她宁愿相信这些不是真的。

她宁愿当年没有祝他得偿所愿。

许久后，迟意把简历扣到一边，电脑也推开，不敢再看，但关于江遂的那些信息毫不留情地涌到她的脑海里。

静谧的房间里，迟意把脸埋在胳膊里哭了很久很久。

原来，那个轻描淡写地在便笺上写下“愿祖国繁荣昌盛，世界和平”的少年，长大后真的去保家卫国了。

距离下午四点还有段时间，迟意坐在宿舍的书桌前，对着电脑写了会儿文案策划。但她敲敲删删，始终集中不了注意力。

这样的状态像极了高中时无数个因为江遂或悲伤或欢喜的夜晚。

向来自制力强的迟意轻而易举地被某个人乱了思绪，野草般疯长的青春里，他如火星，顷刻燎原。她有时放任纵容，有时苦恼惆怅，无论悲喜，都是心动。

下午四点，迟意准时出现在草坪地。

江遂给他们一行人讲直升机滑降的种类和常见的应用场合。

迟意一动不动地盯着他，忍不住了才往高空看一眼，佯装是在看训练架的高度，实则是压下涌上来的眼泪。

目光从她脸上掠过，江遂隐约察觉她有些不对劲儿。

到了实践环节，在迟意往训练架上走的时候，江遂搭手扶了她一把，关怀地问道："还好吗？"

迟意提了提嘴角，摇头说没事。

江遂不放心地看着她，以为她恐高，便说："别怕。"

"嗯。"迟意觉得自己的嗓子都堵得慌，音调发闷。

迟意站在训练架的边缘，任由江遂检查着身上的绳索。热风卷在耳畔，渐渐拉回了她游离的神思，她忐忑着往下看了一眼，十米高空，靠一根绳索滑下去，如果她的脚没钩紧，如果她的手打滑没有抓稳，那岂不就完蛋了？

她强迫自己克服恐惧，但生理反应不由她说了算。

她转念想到，这样的事情对江遂如吃饭喝水一样自然，便觉得自己突然有了动力。

江遂看她绷着嘴角，主动问："有什么话想说？"

迟意坚定地道："我可以完成。"

带着这样的信念，迟意平安落地。

"你表现得很棒。"江遂夸她的声音顺着风声传到迟意的耳朵里。

她苦笑着，说了句"谢谢"。她看向他，想再问点儿什么，但欲言又止，始终找不到合适的切入点。

今天的任务结束，迟意拖着疲惫的身子回到宿舍，正准备找个朋友倾诉一下今天稀里糊涂的情绪时，温黛便出现了。

"迟意！我来陪你啦！"温黛将行李箱一丢，张开双臂迎接迟意的怀抱，谁知人没抱到，先看到迟意煞白的脸色。

她顾不上和迟意吐槽自己来这一趟有多麻烦，不安地过去查看情况，吓得要拨电话叫救护车：“你还好吧，现在觉得哪里不舒服？”

迟意嘴巴撇着，露出个无奈的表情，上身往前一趴，胳膊直直地压在桌子上，脸埋在两条胳膊之间。

“温黛，我觉得我完蛋了。”

“什么？”温黛被她这状态整蒙了。

迟意挣扎的声音闷闷地传出来：“为什么都过去这么多年了，我还是喜欢他啊？”

温黛只听到了后半句，没有吭声，沉默而严肃地盯着自己的好朋友。

她一直很欣赏迟意，觉得迟意身上有一股匪气，不论是对待工作时专注较真的态度，还是对待朋友时的义气，都是迟意自身魅力的散发点。

但这并不能让温黛接受迟意做出这样的事情。

“迟意，你不可以这样。”她前所未有地认真地道。

迟意自我消化了会儿，差不多缓过来了，慢吞吞地抬头望向旁边一脸愁容的朋友。

温黛抱着最后一丝侥幸心理，认真地问道：“你是不是被他的表象迷惑了？”

“他私下里才没有荧屏上的光鲜靓丽，他通宵打游戏，看球忘了时间，每到这个时候，只靠手机根本联系不到人……”温黛说出很多李嵩算不上缺点，但在恋爱中绝对不是优点的问题。

晓之以理，动之以情，她努力将损失降到最低。

哪想迟意却问：“你怎么知道他私下时的样子？”

温黛看着她执迷不悟的样子，觉得有些棘手：“我当然知道。”

迟意沉默几秒，率先明白了什么，在温黛准备再次开口说些什么时，问：“你以为我说的是李嵩？”

“难道不是吗？”

“当然不是。”

经过这番绕口令的调剂，迟意方才的惆怅情绪彻底散干净了。她言简意赅地解释了一番：“我今天遇见我高中时暗恋的人了。”

不是李嵩啊！

温黛看上去还挺高兴的，眨眨眼："所以你们旧情复燃，干柴烈火……"

"什么也没有发生。"迟意制止温黛乱用成语。

温黛联系迟意之前说的自己没听清的那句话，后知后觉地懂了，但她想不通："你？暗恋？我很好奇对方是什么背景，这么不知好歹。"

"……"

彼时，"不识好歹"的江遂也在被盘问下午训练时的事。

"我可都听说了，下午你带着电视台来的小姑娘训练，都快搂怀里了。"卫峥调侃着，想到他们清心寡欲的江队绝不是轻易被色所迷的男人，便猜到只有一种可能，"前女友？"

"不是。"江遂无语地瞥他一眼，澄清道，"正常训练，而且没有搂怀里。是哪个战士体检没查视力就被招进来了？"

卫峥并没有从这冷冷的眼神中感悟到来自猎鹰新队长的不悦。他将手臂往对方肩膀上一搭，自顾自地说道："不能吧？我刚在路口遇见你，注意到你看她的眼神，咦——那句话怎么说的，啊，对，都能拉出丝来了。"

"……"

江遂抬起手肘撞了他胸膛一下，在他的吃痛声中，反问道："你知道自己为什么会受伤吗？"

"为了……给你们制造重逢的机会？"卫峥一挑眉，抖机灵。

江遂道："因为你思想没在正事上。"

"我说真的。"卫峥快走两步赶上他，一本正经地补充道，"你知道自己上次流露这样的神情是什么时候吗？"

江遂淡淡地看他。

卫峥说了个枪械名："当年军训，你第一次见到它时就这眼神。"

江遂嗤笑，自己还真不记得。

提到感兴趣的事情，卫峥立马分了神，随口聊起大学的事情。

江遂和他是大学同学，军校入学军训以一场“军事演习”收尾。红蓝两军对抗，红方进攻，蓝方防守。江遂和卫峥分别做了两边的指挥，同样出类拔萃，同样好胜心强。两支队伍的成员逐渐减少，只有他俩生存到了最后。

也正是那场比赛，惺惺相惜的他们结下了深厚的情谊。

“刚没打到你的手吧？”想到往事，江遂不由得对卫峥流露出战友情。

卫峥脸皮厚，非常会顺杆儿爬，闻言当即做出一副很受伤的样子，拖着打着石膏的胳膊，做出痛得直不起腰的样子：“疼！”

江遂觉得自己活该被骗，厉声嫌弃他：“疼就长点儿记性，下回离我远点儿。”

“……”

赶走卫峥，江遂接到了江润如的电话。

“我下个月要去桂林出差，社里刚决定的，推不掉，所以我之前答应陪隋姐儿去看画展的事情就泡汤了。阿遂，你有时间的话，可以……”

“我挺忙的。”根本不等江润如说完，江遂斩钉截铁地拒绝。他连真枪实弹都不怕，偏偏怕隋荷的念叨。

“要不你去问问其他人？”

“行吧。”江润如着实没有劝说成功的自信，也懒得费这个劲儿，“那我问问孔明月。”

“嗯。”

挂电话前，江润如听到江遂突然喊住她。

“你和……”

他说一半就停止了，弄得江润如莫名其妙。

“什么？”江润如被他这难得的难为情整得有些意外。

她等了会儿，却只听到江遂说：“算了。”

“……”

/ 第九章 /

愿赌服输

今天队里请来了许多战士家属，搞了一场联谊会，大家聚在餐厅吃喝玩闹，好不热闹。倒是往常在这个时间里操练声不断的训练场，此刻难得清静。

夏至刚过，南境也迎来夏天，但夜里的风和煦温柔，吹得人十分舒服。江遂站在宿舍楼的走廊上，看着自己接下来很长一段时间要待的地方，很快眺望到操场上慢走的纤细身影。

迟意还穿着白天训练时穿的衣服，军靴长裤，外套扎在腰上，上身只穿了一件迷彩短袖。她上学时个子在女生中就算高的，而气质在江南水乡的浸润下多了份温婉清丽，不具任何攻击性，但这并不影响她面对工作时雷厉风行的态度。

这大多归功于宜佳禾，迟意从小耳濡目染，自己工作后总会不由自主地去模仿她。

此时，她不急不缓地踱着步子，一会儿看暗色的云层后闪烁的星星，一会儿盯着自己脚下平坦的道路，思考这一季的综艺节目该如何做能更出彩。

思绪天马行空，她不停地冒出新想法，不断地在分析利弊后或否决或保留。

走到第二圈的时候，迟意遇到了来这儿锻炼的江遂。

江遂从拐弯处迎面跑来，从她身边经过，又慢了半拍倒回来，顿了下才出声：“迟意？”

他几乎没做过这样没技术含量的事情，也看不上这类幼稚的把戏，但在真正尝试过后觉得这种方式好像还不赖。

迟意掖了下被风吹乱的鬓发，看清来人：“江队长。”说着，她朝餐厅的方向看了看，“你没去联谊会吗？”

“也没个家属，去了看大家热闹，平白想家。”

迟意淡淡地嗯了声，扯着外套的袖子，想到自己当时去北央读高中的日子，十分理解江遂这种感情。她属于很恋家的性格，迟临行和宜佳禾的离异，加上宜佳禾常年忙于工作，令迟意必须待在一个熟悉的环境中才能获取足够的安全感。

江遂这些年满世界出任务，一定也很辛苦。

“你呢？”江遂突然出声。

迟意怔了下，不知他问什么。

江遂：“怎么没去看晚会？”

迟意：“有点儿工作的事情需要处理。”

“嗯。”

两人再无话，江遂跟着她的步伐，走了四分之一圈。

众人联谊的场地从餐厅换到了室外，军队的训练场比高中校园的操场还要空旷一些，迟意和江遂并排走在训练场上，有些安静，与远处的热闹形成鲜明的对比。

有人抱着吉他在弹唱，唱的是多年前流行的一首老歌。

迟意跟着哼了两句，江遂偏头看她，不知怎的，想到了高三那年的元旦晚会。

那年迟意大病初愈，作为高三的门面成了晚会的救场主持人。她是众望所归的人选，也确实担得起大家的信任。一场晚会，她没有出任何纰漏，尽善尽美地完成了。

也是那时候，江遂才认识真正的她，但这场“认识”发生得太迟了。

一眨眼，竟已经过去了这么多年。

歌里唱：“致匆匆那年的不败岁月，致迢迢岁月里的不老少年，致至死不渝，致青春不朽，致那段叫爱的情，致那场有情的爱。”

迟意声音低低的，和着远处的弦音，想起自己写这首歌时的环境是从南境回北央的飞机上，却始终记不得自己当时写它时是带着思念还是因为遗憾。

实在是过去太久了。

“没想到这么老的歌还有人在唱。”迟意感慨着，把手往身后一背，仰着脸看他，因为想着能逗他开心点儿，缓解他想家的情绪，所以一时冲动和他聊起来，“我和你说个秘密吧。”

江遂被这一眼看得心跳漏了一拍，猛然间脑海里冒出一句肉麻的话：她的眼睛真好看，因为里面有他。

“什么？”

迟意故意压低声音，生怕被人听了去，她靠近的动作拉近了两人间的距离，看上去格外亲密：“这首词是我写的。”

词里写的是你。

迟意安静地盯着他，试图从他漆黑深沉的眸子里寻找到一些学生时代未曾见过的东西，但……事实上，她还是一无所获。

他眼睛干净而专注，一如多年前。

偏偏最令人难过的便是这个一如多年前。

但事实上，此刻的江遂想到了很多。

他想到了那本被孔明月硬塞到自己背包里的言情小说，想到自己时隔多年才看到的内容，想到了那个被她用饱满的爱意描写的少年，想到了那段令她刻骨铭心的暗恋。

孔明月说是有原型的，就是四中同学。

江遂把身边认识的、有印象的对照了个遍，也没觉得有谁像。

他隔了好一会儿才给出评价：“很厉害。”

迟意笑笑，也不知道自己在期待什么，甚至不知道自己对这样的回答满不满意。她漫不经心地扯扯系在腰上的外套，喃喃地道："我随便写的。"

温黛不知从哪里蹿过来，突然出现，显然是听了好久："那你可真是谦虚了，谁随便写写能霸占金曲榜多年？"

迟意被吓了一跳："你怎么来了？"

温黛自来熟地冲江遂摆了摆手，然后回迟意："过来探探路，总盼着这里的训练别太辛苦。"

"这是谁啊？介绍介绍。"温黛撞撞迟意的胳膊，眼睛直勾勾地盯着江遂。

迟意斟酌着，稳妥地介绍道："这就是会参与节目拍摄的嘉宾之一，突击队的队长，江遂。"

江遂听到这个介绍，垂眸看了她一眼，敏锐地捕捉到转瞬即逝的疏离。

迟意并没觉得自己这样的介绍有什么问题，抬头看过来，继续说道："江队长，这是温黛，正式拍摄时有一位叫李嵩的男生，便是她带的艺人。"

江遂淡淡地点头："你好。"

"你好你好。"温黛主动握手，并在握住对方的手的时候，迟迟没松开，同时偏头冲迟意感慨，"果然帅哥都交给了国家。"

迟意瞥着两人的手，无奈地提醒："学姐。"

温黛这才不好意思地收了手，笑问："帅哥，你考虑进娱乐圈吗？"

迟意佩服温黛敬业的态度，觉得她一定能和宜佳禾聊得来。

江遂干脆地回答："抱歉，没这个想法。"

温黛越看江遂越觉得满意，致力于撮合迟意和江遂，不停地冲迟意挤眉弄眼，小声道："这位可比林向荣靠谱多了。"

迟意侧头看一眼落后半步走在不远处的挺拔男人，生怕被他听了去。

江遂回宿舍，正好碰上晚上在操场弹吉他的战友。

小战士去年刚入伍，被校园生活浸泡出来的青春感还未被军旅生涯冲去，正是意气风发的时候。他听闻江遂的威名，对江遂极其敬畏，恭敬地喊了声“江队”。

视线落在他的吉他上，江遂把人喊住：“你晚上唱的那首歌叫什么名？”

小战士明显愣了下，认真答了：“报告队长，是林向荣的《致》。”

江遂瞥他一眼，道：“很好听。回去吧。”

“是。”小战士明显松了口气，夹着吉他飞快地溜了。

江遂以为自己在互联网上查到迟意的经历要费一番周折，却不想只输入了迟意两个字，便弹出了不少相关词条。

只是这份轻松并没有让江遂开心多少。

百度词条的概括中肯而简练，细数了迟意在工作上的卓越成绩。

江遂有些年不看网上的这些娱乐消息了，对大部分的节目名和艺人名并不熟悉，却并不妨碍他知道，行业内前辈与媒体对她的评价满是赞许。

那年江遂在高考结束后回了趟学校，当时高考成绩已经公布，迟意作为文科状元成了四中最瞩目的存在。校园大大小小的电子显示屏上，全都滚动着祝贺的信息，校门口更是摆放着巨大的庆祝海报。

那会儿正好是中午放学时间，周围聚集了不少学生和家长拍照。

江遂也站在那里看了会儿，从她“如果结果不如你所愿，就在尘埃落定前奋力一搏”的座右铭，看到那张文静秀丽的照片。

他记得那组照片，学校官网上挂着的招生海报上用的也是那一组。

原本安排的是他和迟意一起拍，但拍照那天，隋荷晕倒进医院，江遂留在那里照顾抽不开身，因此耽搁了拍摄。

原来自己和她错过了这么多次。

江遂捏捏眉，继续往下翻，然后他就看到了小战士说的那首歌的歌手。

李嵩和迟意在恋爱吗

林向荣和迟意在一起过吗

迟意是则安吗

…………

隔天早训，温黛“入乡随俗”，活力满满地活动着手腕、脚踝，做热身运动。

自打迟意和温黛提过江遂后，温黛便一直缠着她问东问西。

“他高中时也像现在一样帅吗？那追他的人一定很多吧？你之前说高中两年都和他不同班，那你们平时见面的机会多吗？暗恋这样优秀的一个人，一定很酸涩。”

确实是这样。

同班同学间都有临毕业了还没说上几句话的，更何况是不同学科的人。迟意想到自己高中时为了见江遂一面，有时从办公室回来，特意挑西北角的楼梯走，宁愿从东面的廊腰绕一大圈回教室，只为了穿过六班外的走廊，只为了能多一丝见他一面哪怕仅仅看他一眼的机会。

更别提为了他，迟意一次一次尝试参加学校的团体活动，去博物馆当志愿者、加入“模联”社团，甚至是拍学校的招生海报，又或者是站在舞台上发光发亮。

成为更好的自己，与站在能与他比肩的地方被看到，这两件事情并不矛盾，很多时候迟意并不能清晰地划清二者的界限。

在对待与江遂相关的事情上，迟意心甘情愿地去犯糊涂。

迟意怕自己越想往事陷得越深，言简意赅地试图搪塞过去：“其实我高中时和他接触得不多。”

很不巧，不仅温黛听见了这句话，准时出现带他们进行今天任务的江遂也听到了。

他应该是刚训练完，脸上蒙了层薄薄的汗珠，像是刚洗过脸，衣服也是湿的。他胸膛起伏着，板着脸打量着他们。

迟意站在阳光下，依稀能从熟悉的眉眼间辨认出他学生时代的模样。光风霁月是他，铮铮铁骨是他。他依旧意气风发，只是多了威严和正派。

在被温黛兴奋地碰了几次手肘后，迟意垂下头，生怕被江遂抓典型。

她刚刚其实也没说错，两人高中时确实接触得不多，更何况他们只做了两年的高中同学，便成了很久很久的陌生人。

江遂介绍完今天上午的任务，让他们能近距离地了解部队的一些东西。如果规定允许，他也会让他们上手实践。

趁他们自己训练的时候，江遂意外地走了神。

方才迟意说的话他确实听见了。他们接触得不多吗？他记得高中时两人虽不同班，倒也经常有接触。

他上学时出了名的人缘好，学习好但没有架子，脑袋聪明兴趣广，和谁都能玩到一起，都能聊几句。

因为长相帅气，他比绝大多数男生更招女孩喜欢，加上从小被隋荷教育要尊重女性，这在别人眼中更是加分项了。

他虽然对高中的事情印象不太深刻，却也依稀记得，他们常一起参加学校的活动，高二那一届的“模联”活动他们更是同组。而且因为有很多共同的朋友，所以学校外两人也是常有接触的。

这样看来，迟意这句话更像是与他撇清关系的说辞，就像介绍他时，只提工作关系，闭口不提是高中校友一样。

他很少做出得罪人的事，也很少听说有谁对自己评价不好。

他虽然不在乎这个，但如果误会他的人成了迟意，就总觉得有些棘手。

“意姐！”“迟意！”“组长！”人群中突然响起的惊呼声，把江遂从游离的思绪中拽回。

“怎么了？”江遂看过去，发现迟意捂着右侧肩膀，一脸痛苦地皱着眉。

他疾步过去，帮着旁人扶了一把。

迟意摇头：“我没事。”

“应该是肌肉拉伤，忍着点儿，我先给你紧急处理一下，再去医务室。”江遂看着她。

医务室里，军医询问过症状，确认她没有骨折后，便让她冷敷。

迟意等缓过那阵疼痛后，才想起来对江遂说："不好意思啊，江队长，耽误你时间了。"

江遂看出她明显的疏离，点点头，平静地说："没事。"

卫峥刚好过来换药，和迟意打了声招呼，然后看向站在一旁的江遂，提醒道："江队，我刚来时听指导员在找你。"

江遂嗓音低沉地嗯了声，看看迟意，说："那你先好好休息。"他说着又跟卫峥打招呼："帮着照顾点儿。"

卫峥比了个"OK"的手势，示意他抓紧去。

迟意朝门口的方向看了一眼，看到江遂的身影走远，才收回视线，和卫峥开始了俩病号之间的交流。

"你和江队是高中同学？"卫峥老早便对迟意充满好奇，毕竟同江遂相识这么多年，也不是没见过他身边有异性，但从没见他用看狙击枪的眼神看异性。

有了先前背后说小话被撞见的教训，迟意觉得这样着实有些不妥，要真被江遂杀个回马枪听到些什么，迟意实在是没脸在这里待下去了。

"怎么了？不方便说吗？"卫峥见她为难的表情，如是问道。

迟意摇头，解释："抱歉，我刚刚在想自己的胳膊。"她试图借此把话题转移，"卫队，肌肉拉伤会有后遗症吗？"

卫峥嗯了声："损伤严重，得不到专业治疗的话，是会留下后遗症的。"见迟意苦着脸又陷入纠结，他忙找补，"刚军医说了，你伤得不严重。按要求休养，过几天就好了。就算真有什么后遗症，你就赖着江队，谁让他训练时没点儿数？"

迟意一上午没训练，却也没有闲着，被卫峥带着参观了几处地方，听了不少军旅趣事，对突击队有了更深入的了解。

午饭时间，和卫峥混熟后的迟意沾他的光，一起吃起了病号餐。

餐厅坐满了人，专注利落间体现了军人雷厉风行的态度。对比之下，迟意一行人便显得有些悠闲。

江遂第一时间看到迟意进来，目光尾随他们取了餐，看到他们坐在角落的桌子旁。没多久，温黛也捧着餐盘凑过去关心她手臂的情况。

直到肩膀被人拍了下，江遂才回神，转头看到来人，诧异地道：“你怎么来了？”

同桌的战士有不少被梁隰华带过，认出梁嘉懿后，热情地打了声招呼，自觉地端着餐盘往旁边挪。

梁嘉懿和同桌相熟的战士开了几句玩笑“你怎么又黑了”“你为什么现在还蹿个”，然后才看向江遂，回答他刚才的问题：“我爸过来开会，我就跟着来玩。”

“梁伯也来了？”

“嗯。就在办公室呢。”

江遂低头扒了几口饭，正准备抓紧吃完过去一趟。

“我这第一时间来和你报到，看出你的重要性了吧？”梁嘉懿嘟囔着邀功的同时，四处张望，打量餐厅的环境和上次来时有什么变化。

直到她在一群迷彩服中发现了一道熟悉的身影：“迟意？”

彼时，另一桌，温黛撞撞迟意的胳膊，示意她看：“那是谁啊？”

温黛说的是江遂旁边的女生，迟意方才便看到了。梁嘉懿穿着合身的军装，巧笑嫣然间带着军人的英气，她确实是这样的性格，率真爽朗。

迟意看了一眼，低下头，认真吃饭。

江遂闻声跟着抬头，才想起之前听梁嘉懿说过她跟迟意是大学同学，同寝室四年，关系最要好。

想到这里，江遂便觉得神奇，身边好多人跟她挺熟的，唯独自己跟她“接触不多”。

比起迟意的沉默，温黛不住地往江遂那桌瞄，将梁嘉懿从头到脚点评了一番。

迟意正准备让温黛不要乱说，想说梁嘉懿人很好时，正主悄无声息地过来，从后面抱了抱她：“小意意！有没有想我啊？”

迟意被她扑得往前趴了趴，多亏江遂手快把桌边装绿豆汤的碗往旁边挪了下才不至于洒到身上。

迟意提了提嘴角，问“你什么时候回南境的”，不住地用余光去打量江遂。

然后她就发现，江遂也在看她。

似乎是察觉出她的不自在，江遂提醒梁嘉懿："先让人吃饭。"

梁嘉懿哦了声，在迟意旁边乖乖坐好。

江遂正准备找机会问迟意的胳膊怎么样了，却见梁嘉懿先抬手，无所谓地晃了晃，赶他走："你不是要去找我爸吗？他就在办公室呢。快走快走，我们小姐妹要讲体己话。"

"……"

江遂冷着脸提醒："你注意点儿，别碰着她的胳膊。"

眼看着江遂被赶走，温黛瞅着梁嘉懿就来气："迟意，介绍一下啊！"

迟意摆了摆筷子，在温黛古怪的打量下，介绍道："我的大学室友，梁嘉懿。"

还不等迟意介绍温黛，梁嘉懿便热情地接话："温黛学姐，我知道你，大学时看过你的演讲。"

这天，温黛不经意地问梁嘉懿和江遂的关系。迟意专注地听着，本以为是两家父辈的关系，却不想比这还要戏剧些。

"迟意，我和你提过的。"梁嘉懿看向迟意，说，"大学毕业离开南境那天，我在动车上遇到个你的读者。他就是那个读者啊！"

迟意一时竟不知该诧异哪里。

是两人认识是因为自己，还是他是自己的读者？

这天晚上，迟意在训练场外看战士们日常训练，仍然在想这件事情。

早些年出版社为了更好地宣传图书，给小说打上了有原型的噱头。迟意最初在贴吧写小说，连最熟悉她，也是和江遂关系要好的江润如都没看出端倪，便足以说明迟意写得有多隐晦了。

迟意不担心江遂看出来，却因为得知江遂看过这本小说有了一丝别样的情绪，是知足，也是遗憾。

因为这几天想起了好些高中时的事情，迟意拨通了江润如的电话，打算和她聊一会儿。很巧的是江润如也有一大堆话要和迟意说。

“意宝，你知道我今天采访时遇见谁了吗？”江润如卖关子，也不给迟意捧场的机会，自顾自地公布了答案，“尤锐啊！就咱高中时理科班学习很厉害的女生，当年在国旗下念检讨时公开向阿遂告白的那个女生，你还记得吗？”

迟意哪里能忘记？她道：“我和她一起参加过‘模联’，有印象。”

“对对对，就是那个尤锐。”江润如说，“她去年考进了外交部，是录取人选中唯一一个女生，真的超厉害。”

“她高中时就很优秀。”迟意喃喃地道，“毕业后学校里都说她跟江遂在一起了。”

“子虚乌有的事。”江润如随口澄清，“你说的是阿遂因为拿到保送的名额便没来学校上课的那段时间吧？当时阿遂家里出了事，哪里有时间谈恋爱？”

迟意眨眼，她也曾用这个可能安慰过自己，没想到事实竟然真是这样。

“尤锐毕业后有没有告白我不知道，但以后，她和阿遂是没可能了。”江润如继续说，“她结婚了，老公是外交官，我今天采访的就是他。两人天造地设，真是般配又幸福。”

江润如是个话痨，自顾自地说了好一会儿，才想起来问迟意：“对了，你刚说这几天见着阿遂了？”

“嗯。我接下来要做的一档军旅综艺节目在他工作的突击队取景。”

江润如哦了两声，突然叹气：“他这几年吃了不少苦，前段时间受伤，差点儿就救不回来了。好像也因为这个，江叔叔一直想让他从一线退回来，便把他调去了你们待的那个突击队。”

迟意听到江润如最后这潦草的几句话，刚放下去的心，立马又悬了起来。

挂了电话后，她心事重重地往宿舍走，和江遂打了个照面都没有注意。

卫峥瞧着她落寞的背影，放下想要打招呼却还没来得及打招呼的手，茫然地问江遂：“她怎么了？”

江遂哪里知道？

卫峥没事找事：“你也是可以，平时对手下的兵怎么严格都行，你对人小姑娘训那么严做什么？受伤了也没去慰问几次，当心她把你挂网上去啊！”

江遂阴沉着脸瞅他：“你今天怎么这么多废话？”

这一晚，迟意休息得并不好。她做了一个很糟糕的梦，梦见了尤锐，还有梁嘉懿。

一会儿是江遂和尤锐在一起的画面，一会儿又是江遂和梁嘉懿在一起的画面。迟意作为旁观者，毫不起眼地从有他的世界路过。

江遂会喜欢所有人，会与很多人侃侃而谈，唯独不搭理她。

凌晨三点，正是深度睡眠时间，军队的一等警报拉响。尖锐的声响划破城市上空，迟意从梦中醒来时，满脸泪痕。

警报声响了第二遍，迟意才反应过来这是白天江遂提到的军警演习，穿上鞋子往外跑。

迟意跟着众人跑到规定的集合场地时，头发散着，眼皮肿着，一脸倦容。

四周很暗，但并不影响江遂看出她的不对劲儿。

因为是演习，所以江遂训了几句话，便让他们解散。

队伍解散前，江遂让迟意单独留下。迟意一半的精神还沉浸在梦里，看到江遂这张脸就觉得委屈，避开视线不敢看他。

江遂摸摸后颈，思考自己做了什么惹她生气了。

“胳膊好点儿了吗？”江遂问。

迟意活动了下给他看效果，说：“已经好很多了。”

江遂点点头，示意：“走吧，一起回去。”

“好。”

江遂记得上学时迟意的身体便不太好。可能是不适应新学校的学习节奏，加上初来新城市，所以她经常生病。江润如总说她学习刻苦，为了不影响学习效率增强身体素质，主动起早来学校跑操。

江遂没想到自己能记得这些。

但也因此，他开始反思自己今天安排的任务量是否过多。

两人到了女兵宿舍楼下，迟意道："我先上去了。"

江遂目送她走出几步后，喊住她。

迟意转头，看见他朝自己走过来，手从口袋里抽出来，拿出个什么递过来："这个给你。"

迟意一低头，散着的长发自然地垂下。她抬头掖了下头发，听见江遂解释："肌内效贴布，下次运动前贴一下能有效缓解肌肉酸痛，会舒服一点儿。"

"谢谢。"

迟意用手指按了按纸盒的棱角，盯着盒子背面的英文说明书看了会儿，抬头，问："是直接贴在痛处对吗？"

江遂抬头望了一眼演习结束后陆续熄灯的女兵寝室窗户，唐突地问："方便吗？我给你示范一次。"

迟意坐在路旁的石凳上，脱掉外套后，将迷彩短袖往上撩了下，露出今天肌肉拉伤的位置。

江遂按了几下她的手臂，和她确认过疼痛位置后，从口袋里摸出一把瑞士军刀，细致地裁剪下所需的贴布。

凌晨的训练场很安静，江遂解释用法的声音耐心又动听。

迟意低头看着他有条不紊的动作，不免想到了高中时江遂披在她肩上的外套。不论什么年纪，他对于弱者总愿意伸出援手。

迟意不敢再看，别开脸，目光遥遥地落在远处的健身器材上。

江遂的指腹滚烫，女孩的皮肤细腻柔软，他尽量不触碰她，却难免被这意外的亲密接触扰得乱了心神。

他清了下嗓子，解释说："别小看这贴布，不只能预防肌肉损伤，还能纠正错误的运动体态……贴好了，你再活动一下手臂。"

迟意扶着肩头做了几个动作，说："谢谢。"顿了下，她补充，"明天我就可以正常训练了。我们在这儿待的时间固定，不会无故延长，每天的工作任务都有及时完成的。"

江遂嗯了声，没解释自己不是催她进度的意思。

迟意打了个哈欠。

江遂才起身：“上去吧。”

“你也早点儿休息。”

江遂盯着她的黑眼圈，轻声道：“晚安。”

隔天依旧是江遂带他们参观，但电视台的同事们明显感觉到今天的任务量减少了。

“咱来的第二天，我早晨醒来时腿像灌了铅似的又酸又疼，根本抬不动。我当了一天的瘸子，今天才适应过来这个节奏。”

“你这也太废了。咱第一天也没做什么剧烈活动。不过话说回来，今天的任务确实轻松。”

“是啊！轻松得我看江队都觉得慈眉善目了。”

慈眉善目吗？

休息时，迟意听到同事的评价，下意识地去人群中找江遂。

江遂被战友邀请去打篮球，他以还在带队伍为由要拒绝。对方不依，嚷着问近处几个来自电视台的同事：“同志们，想不想看你们江队的腹肌？”

“想！”女生声音最响亮。

迟意盯着那边，注意到江遂回头，他似乎是想确认这是否代表着所有人的意愿，目光一并从自己的身上扫过。

同事们毫不矜持又期待地喊口号：“江队！江队！江队！”

“差不多行了，再闹操场跑步去。”江遂板起脸凶道。

众人沮丧地叹气，不提这茬。

过了会儿，迟意的同事问起江遂的择偶标准，立马就有战士替他回答：“我队长说了，训练场上的项目，随便哪个赢了他就行。”

有人抖机灵：“掰腕子算吗？”

小战士没主意，去看江遂。

后者坐在太阳底下，不避讳暴烈的阳光，笑得干净坦荡：“算。”

几个人一合计，推举出了打擂者："意姐！你快来和他比一下。"

迟意一脸蒙地被大家选为代表，听到有同事给自己戴高帽："别看我们组长长得瘦，力气大着呢，台里的几个男同事都不是她的对手。"

"是吗？"江遂淡淡地反问。

迟意苦笑着，瞧了他一眼，有些发怵。

但当着团队里同事的面，她也不好扫兴，正想着说点儿什么巧妙地掀过这一茬时，只听江遂又出声："以后有机会吧，你胳膊还没好呢。"

"我可以用左手。"迟意不舍得错过这个机会。

江遂意外地挑眉："那来。"

她挽了挽袖子，十指交叉活动了下手腕，开玩笑道："那你可掂量好，我之前也立过誓，谁掰腕子赢了我，可是要以身相许的。"

"哇！"迟意的同事和江遂的战友一起兴奋了。

江遂笑道："我这是不论输赢，都栽了啊！"

迟意："想出风头，就要付出代价。"

江遂："受教了。"

很快有战士搬了套桌椅过来，整得还挺正规。

江遂的手掌宽厚，掌心滚烫，迟意抬手扣上去时，整个人像是过电般，从头到脚都麻了。

这是两人第一次"牵手"，没想到竟是以这样的形式。

迟意知道自己输定了，毕竟有哪个自乱阵脚的将军能打胜仗？

"组长！记得放水啊！你这不是在掰腕子，是在抛定终身大事的绣球！"团队的同事看热闹不嫌事大地起哄。

"队长！你就随便比一比，反正不管输赢，这'身'都许出去了！"突击队的战士咋呼起来也不输气势。

一场普普通通的掰腕子娱乐赛，平白比正规比赛还令人重视。

至少参加比赛的两个人是这样认为的。

迟意知道自己赢不了，却也不想那么轻易败下阵来被轻视。

早知道她刚刚就不多嘴说什么"以身相许"之类的话了。

江遂一脸平静，百分百掌控着这场比赛的输赢，却也犹豫，该怎么界定这场比赛的输赢。

毕竟结果毋庸置疑。

江遂盯着她，迟意却不敢看他。

等迟意看他时，江遂又笑着别开眼。

在所有人将要失去耐心继续看两人眉来眼去地僵持时，江遂以碾压之势把迟意的手臂压在了桌子上。

“队长厉害！”战士们高呼。

迟意的同事看上去也都很开心，热热闹闹地起哄：“我是不是该改口喊姐夫了？”

迟意窘迫地努力屏蔽周遭的声音，脸颊滚烫，听到江遂说：“不好意思，我赢了。”

轻描淡写的七个字，落在迟意的耳朵里，仿佛在提醒着她要愿赌服输。

温黛因为有工作要忙，昨晚就离开了，得知自己错过了如此精彩的一幕，懊悔不已，在电话里咆哮着追问：“你们俩就这样戏剧性地锁死了？”

“只是开个玩笑。”迟意正在趁熄灯前的时间收拾自己的行李，“没谁当真。”

“你不想当真？”

“我……”迟意答不上来。

就算她矢口否认，心跳也说不了谎。

温黛意味深长地啧啧两声，自然也知道了答案。温黛那边有人找她，没再继续开玩笑，挂断前问道：“你明天下午回来是吗？晚上来家里吃火锅。”

“行。我正收拾行李呢，回头聊。”

“嗯。回见。”

迟意没带几件衣服，收拾起来也快。她把一个画框单独放在桌子上，想着明天走前拿给江遂，顺便告个别。

迟意他们六月二十一号到这里，今天二十三号，三天不到的时间，却好像比三年还充实，尤其是江遂的出现，让迟意收获了意外之喜。

她看着收在手袋里的藿香正气水和肌内效贴布，不自觉地想到了江遂释放的温柔，胳膊压在眼睛上长长地舒了口气，心里暗骂自己：迟意，你可太没出息了。

次日一早，迟意问了一圈，都说没见着人，最后还是听卫峥说，江队长出去了。

“应该是去送梁嘉懿了吧。”卫峥说。

迟意忍不住问：“他们……关系很好吗？”

“当然啊。”卫峥不懂女孩话里藏着的弯弯绕绕，自顾自地道，“梁队，也就是梁嘉懿的父亲特别看重江遂。两家父辈更是过命的战友，情谊深厚。”

迟意哦了声。

和梁嘉懿同寝室四年，迟意对她的家境有所了解。梁嘉懿的祖辈、叔辈都是军人，常年定居在北央的某处军区大院。

梁嘉懿大一报到时便是家里的警卫员送她来的，当初扬言给迟意介绍在阅兵典礼上见到的那个小哥哥并不是说说而已。

“好。我知道了。”迟意把画框朝向自己，决定原封不动地带回去。

卫峥眼尖，瞅着上面流畅的钢笔线条勾出来的人物像是江遂，随口问：“是有东西要给他？你留在办公室，或者我帮你转交也行。”

“没。我只是要走了，过来打声招呼。”

“哦。”

卫峥望着迟意明显失落离开的身影，挠挠头，心想女生的心思真难猜。

他狐疑地想着自己方才有没有说错话，转头碰见梁嘉懿拎着水壶从健身房出来，疑惑地问道：“你没走啊？”

梁嘉懿被他问蒙了：“我爸跟你们的领导钓鱼去了，下午走。”

卫峥点点头，好奇地道：“那江队一大早开车去哪里了？”

“他啊，回学校了。”梁嘉懿说，“辅导员找他有事，估计要吃了午饭才回来。”

江遂回突击队时，日头正高，太阳明晃晃地悬在头顶，晒得人发蒙。所以他余光扫见不远处站在树荫下的高个男生时，不经意地多看了一眼。

旁边保姆车上下来个人，似乎是要劝他上车，高个男生倔脾气地戳在那里纹丝不动。

“江队，回来了。”在警卫亭值班的战士和江遂打招呼。

江遂点头应了声，朝保姆车的方向一抬下巴：“那是谁？”

小战士：“赶也赶不走，说是接女朋友。”

江遂一点头，总觉得那人看着有些眼熟，但一时也想不起是谁，正准备摇上车窗往里开时，便见电视台的车子迎面开过来，两辆车子一左一右，在闸口处遇上。

坐在副驾驶位的摄影小伙看到江遂后，最先打招呼：“江队长，回见啊！”

江遂朝黑漆漆的后座玻璃看了一眼，回道：“要走了？”

“这次收获颇丰，我们也回去准备准备，下次再来就是正式拍摄了。”

“欢迎。”

江遂正琢磨着怎么找个由头和迟意也打声招呼，便见垮着脸站在阴凉处耍酷的男生摆手喊：“你们终于出来了！”

电视台的司机朝后排不知说了什么，好一会儿才见邻近江遂这边的窗户降下来。

靠这扇车门坐着的迟意摘掉降噪耳机，揉了揉耳朵，在司机的提醒下，茫然地望出去。

江遂挑挑眉，对大步流星走过来的男生多了几分兴趣，后知后觉他就是那个和迟意传过绯闻的小偶像。

“李嵩？”迟意也没想到他在这里。

李嵩自来熟地绕到另一边，拉开后车门，把坐在迟意旁边的助理往下赶：“你去坐我的车。”

笑笑为难地看向组长。迟意无奈地抿嘴，自己还要和笑笑交代工作，便指了个男生，让他去坐李嵩的车。对方爽快地应了，冲李嵩说了声“谢谢嵩哥”，飞快地去坐舒适宽敞的保姆车了。

李嵩笑嘻嘻地坐到腾出的位子上，也不觉得憋屈，晃着手腕呼呼地扇风。

迟意：“你怎么来了？”

“来接你啊！”李嵩单纯地眨眨眼，“我等了你们好久，真是晒死我了。”

迟意淡淡地看他：“温黛知道你来吗？”

李嵩顾左右而言他，佯装跟前排的摄影同事问东问西，就是不理她。

负责检查进出门车辆的小战士在车窗边敬了个礼：“不好意思。包里的东西需要检查一下。”

“这个吗？”迟意一指自己腿边放着的手袋，见对方点头，把包递了出去。

递包时撞上江遂的目光，迟意想到卫峥的话，犹豫着怎么打招呼。

“要走了？”又是江遂先开口。

迟意点头：“这段时间打扰你们了。”

“小事。”江遂无所谓地说。

迟意看着他支着车门懒散却正义的身形，想到那个被自己收到行李箱里的画框。她是刚来这里的那天画的，也是和他重逢的那天画的。手边工具有限，钢笔勾线，眼影上色，她画得很粗糙，却因为用了心，所以很传神。只是很遗憾，她还没有送出去。

注意到江遂在打量李嵩，她想了想，主动向江遂介绍他就是温黛口中的艺人。

“男朋友？”江遂像是随意一问，却又在问完后很认真地盯着她。

迟意立马否认：“不是。”

李嵩闻声凑过来，纠正道：“不远的将来，会是的。”

“……”迟意提醒他说话客气点儿，“这是突击队队长，江遂，录节目时他负责带你们。”

李嵩从迟意的态度中察觉到对方身份不一般，也打量起江遂来。男人看男人的眼光最准，他一眼便看出这什么江队长对迟意心思不纯。

李嵩不卑不亢，手指在太阳穴旁一比画，绝不允许自己输气场：“江队好，多多指教。”

江遂从容不迫地笑道：“指教谈不上，能教你的东西倒是不少。”

客套完，江遂朝右前方看了一眼，拔了钥匙下车。

迟意还在琢磨江遂方才话里的压迫感是不是错觉，便看见他往警卫亭那里走，心下冲动也想跟过去，单独说点儿什么都好。毕竟这次分开，两人下次见面便是八月节目录制的时候了。

“你干吗去？”李嵩拦住她要拉车门的动作，不给迟意找任何借口的机会，一抬下巴示意笑笑，“去帮你组长把包拿回来。”

“……”

迟意头大，这臭小子真碍事啊！

亭子里，值班战士冲江遂行了个军礼：“江队，你怎么下来了？”

“我的包检查完了吗？”江遂在桌子上也看到了迟意的手袋，很简单的设计，但袋口上烫印的标识表示着它不菲的价格。

手袋口敞着，里面的东西一览无余，很齐全的日常生活所需小物件，能看出主人周全细致的生活态度。

“已经检查好了。”战士把他的黑色胸包递过来。

江遂点头，抬高胳膊，越过手袋上空，接住：“辛苦。”

迟意的助理在窗口露露头，隐约看到江遂在接包时，有什么东西掉进了意姐的手袋里，但因为只是匆匆一瞥，她也没有看清楚，所以只当是自己眼花了，当作是江队长的包带在空中画出的虚影，并没有在意。

例行检查结束，值班战士敬军礼，两辆车一进一出，交错着驶远。

回电视台的路上，笑笑捧着日程本感慨道：“这里进出的检查挺严的，我看江队长的包也被留下检查了。”

迟意嗯了声，没放在心上，垂眸给温黛发消息，让她抓紧来领人。

下午，迟意回电视台处理了点儿工作，才动身去温黛家，顺便把狗皮膏药李嵩给押回去。谁知，她刚进温黛家门，火锅味还没闻着呢，便接到了笑笑的电话。

“什么钥匙？”迟意听着笑笑的描述，完全没印象。进出军区的行李都会被一一检查，迟意不记得自己带走了不属于自己的东西。

“是江队的私人车钥匙。”笑笑接到突击队那边的电话时也是一脸蒙。

迟意哦了声：“很着急吗？我现在找一下。”

行李和手袋都在后备厢里，迟意鞋也没换，便重新下到停车场。

本以为找起来会费一番周折，没承想，刚把手袋里的东西倒出来，她便瞧见了笑笑形容的那个车钥匙。

迟意反复看了看这个球形拼图钥匙扣，拿出手机给笑笑发消息：“在我这里。”

笑笑回：“意姐，江队长要你的手机号。我给他吗？”

迟意应允了江遂要电话的行为，却一直没等到他的电话。

餐厅里，火锅冒着热腾腾的雾气，四周摆着的一碟碟配菜新鲜诱人。迟意挨着温黛坐着，一顿饭吃得心不在焉。

温黛故意问起她和江遂的事情，借此敲打李嵩，让他早点儿撞南墙，死了这条心。

迟意听着她一次次地提到江遂的名字，忍不住不停地看手机。

迟意在第二天晚上等来了江遂的信息：“临时有任务，晚点儿联系。江遂。”

迟意犹豫着，回了句好，试探着问：“如果着急，我把钥匙邮寄给你。”

但对方没再回。

可能他是被收了手机，也可能是其他什么原因。

总之迟意头一遭，竟因为江遂没回复消息松了一口气。

之后的几天，迟意随身带着那串钥匙，总想着说不准什么时候便能见着他。

只是没承想……

这天她在棚里工作，手袋放到柜子上被人不小心碰到，里面的东西掉出来，多亏笑笑注意到及时收回去。

很不巧，钥匙扣不知被谁踩了一脚，散掉了。

钥匙扣是个拼图设计的圆球，因为遭受外力，拼图散开。拼图背面是数字，根据提示很轻易就能拼好。但笑笑蹲在柜子旁找了好一会儿，也没找到最后一块拼图。

迟意得知后，轻描淡写地说没事，让她将钥匙扣的样式拍下来去网上找同款，同时也发到工作群里问有谁知道哪里有卖这样的钥匙扣的。

“这是南境博物馆的文创产品。”笑笑转达着从朋友那里听来的消息。

被这么一提醒，迟意终于知道自己为什么会觉得拼图的图案眼熟了。有幅西汉的帛画绘的便是这个内容。

迟意刚松了口气，便被旗舰店客服告知：这款钥匙扣只在线下售卖。

“笑笑，你……”迟意说到一半，及时收住。

助理跟她久了，自然懂她的要求：“我趁午休的时候去一趟。”

“不用，我来解决。你去工作吧。”

迟意抬手，钥匙扣的圆环挂在食指上，残次品和钥匙挨在手心里。

她还是想亲自去一趟博物馆。

临近七一，博物馆有主题活动，但因为是工作日，人流量还不算大。

迟意排在队伍中间，被人流推搡着往前走。现场有戴着工牌的学生志愿者耐心地组织游客进场，维持秩序。迟意看着他们，不由得想到了自己高中时的事情。

她因为江遂报了名，但年年参与志愿者活动的江遂在那个假期第一次没参加。

他们是挺没缘分的。

而两人身上的戏剧性并不只有这一点儿。

连续几天没半点儿音信的人，偏在钥匙扣坏掉的这天，联系了迟意。

迟意跟着队伍慢吞吞地往前移动着，接到了江遂的电话。

那是个陌生号码。她喂了声，听到对方问："没打扰你工作吧？"

"江遂？"

"是我。"江遂问得直白，"没存我的手机号？"

迟意因为他突然的联络，大脑一片空白，含糊地说了声："存了。"

"你今天休息吗？我去拿车钥匙。"

"我给你送过去吧。"她的回答太急切，令江遂沉默了片刻，迟意咬唇，试图制止这一行为，"我是说，我正好有事要去一趟突击队，可以顺路给你。"

迟意正斟酌着自己说的话有什么不妥。

江遂却说："我已经到市里了。"

迟意从口袋里掏出江遂的车钥匙，看了一块上面缺了一块拼图的钥匙扣，估算着可供自己支配的时间："那我们下午两点碰面合适吗？"

江遂直接问："你现在在哪里？"

迟意："博物馆。"

"我过去找你。"

"……"

迟意怕在队伍里江遂不好找，便撤出来站在街边等。没一会儿，一辆黑色的车在台阶下停住，按了两下喇叭。迟意歪头看了看，认出这是江遂的车，也看到副驾驶位坐的是江遂。

迟意冲这边招手，看到驾驶侧的车窗降下来，卫峥和她打招呼。

迟意："卫队长，你也在。"

卫峥："任务刚结束，正要回队里呢。"

迟意一愣，没来得及回什么，就看到了从车上下来的江遂。他穿一件薄夹克、一条深色长裤款款走来，脚上的马丁靴衬得腿修长。

迟意想到了很多年前，江遂去博物馆找她的场景。

虽然季节不同，他却也是类似的打扮。新旧两道身影重叠，他这么多年好像没怎么变，却又好像变了很多。

迟意下意识地低头打量自己的衣着是否得体，她直接从电视台过来，穿得偏轻熟。一身豆绿色绸质西装，内搭白色V领裙，头发用一个浅金色的竖夹绾起，鬓角的碎发完美地修饰着脸型，气质还算温婉大方。

她站在他身边，两人也算般配吧。

江遂："等久了吧？"

"没有，我也刚过来。"

江遂见迟意打量自己的车，自顾自地解释道："还有备用钥匙。"

迟意哦了声，总觉得哪里怪怪的，却没多问，率先坦白了钥匙扣的事。

"不好意思啊！"迟意担心地问，"这个钥匙扣对你有特殊意义吗？我新买一个还你可以吗？"

"特殊意义啊……"江遂不擅长说谎，挠挠眉尾，回答得有些纠结，"有吧。"

迟意被他这模样弄得心里没底。

谁知江遂却问："你准备去哪里买？"

迟意："我和朋友打听过了，这是博物馆的文创周边产品，只在线下售卖。我正准备去看看。"

江遂点头："行。我陪你一起去。"

"要去哪里？捎你俩过去？"一直看热闹的卫峥没什么眼力见儿地开口。

江遂瞥他一眼："你不是有事吗？先去忙。"

卫峥一脸疑惑地张张嘴，刚要反驳，靠着默契读懂了江遂不留情面的眼色，演技尴尬地应着："啊，是啊！我那个……有事要忙。"他和迟意打招呼，"那我先走了。"

也就过了几分钟的工夫，博物馆外的队伍已经换了一拨人，倒是这次迟意没再一个人排队。

江遂站在迟意后面，看着入口的游客办理进入的速度，计算着还有多久才能轮到他们。

江遂很快发现，太阳从他们正前方照过来，正晒着人的脸。他看看被太阳晒得不停地用手包挡太阳的迟意，说："咱俩换个位置。"

"怎么了？"

迟意疑惑，却还是乖乖照做。

迟意站在他身后，听见江遂问："现在好点儿了吗？"

迟意后知后觉，意识到他说的是太阳。

今天有七一主题展，迟意检完票后朝入口处的大宣传牌多看了几眼。江遂注意到，说："你赶时间吗？先逛逛再去买东西？"

"可以。"

迟意凑在人群后面蹭讲解员的解说，踮着脚尖听了会儿，听不太清楚不说，还险些撞到旁边脚步蹒跚的耄耋老人。

江遂从后面扶了她一把，然后和老人道歉。

迟意也愧疚地道歉，把位置让给老人。

迟意不好意思地冲江遂笑笑："谢谢。"

江遂收了手，依旧是一副光风霁月的样子，神色平静："你想了解哪个，我给你讲。"

迟意嗯了声，便听到江遂接着方才解说员说到的典故继续说下去。他声音低沉动听，不论正史还是野史，都会聊上几句。

迟意看着眼前这个只属于她一人的讲解员，不自觉地想到了他未"赴约"的寒假。

那个寒假他虽然没有继续在博物馆当志愿者，但博物馆里没少他的传说，博物馆的工作人员在聊，以前和他搭档过的志愿者也在聊。

迟意生活在他存在的圈子里，却见不到他。

幸好她足够幸运，当年错过的、遗憾的，时光用另一种方式馈赠给她。

迟意很满足，并且感激这样的形式。

江遂说完，随口问她："还专业吗？"

迟意慢慢回神，抿了抿嘴，终于有机会说了一直以来好奇的问题：“我有些诧异你竟然也喜欢历史。”

江遂说：“在一个城市生活久了，便会尽可能多地了解这座城市。”

两人谁也没特意提去文创区，就这样慢悠悠地逛了会儿，随缘走到了这里。

迟意在货架上看到了江遂的同款钥匙扣，走过去道：“是这个吧？”

江遂嗯了声，胳膊虚虚地在她背后一挡，帮她隔开路过的人。迟意正在看其他几款钥匙扣，并没有注意到他这一动作，等抬头看向江遂时，他已经撤回了手。

迟意问：“还要看看其他的吗？”

江遂：“你喜欢哪个？”

“这个。”迟意拿起来其中一个青花款式的拼图，说这个设计灵感是来自一个瓷瓶上的花纹，又说，“这个颜色叫苏麻离青，和我们的胡同同名。”

江遂盯着她的侧脸，想到自己之前听博物馆的老师夸过她，说这姑娘看着温暾，实则聪明机灵有主意。

介绍完，迟意抬手掖了下右耳旁散下的碎发，偏头看他：“是不是很美好？”

她说这句话的时候，灯光笼罩在她的头顶，镶了层金边，漆黑的眸子明亮而真挚，笑容干净有感染力。

江遂不自在地轻咳了声，也不知是在回答什么：“是，很美好。”

迟意还以为他是觉得自己话多，悻悻地站直，张望着别处缓解尴尬。

直到听到江遂说“走了”，她才应声跟上。

到了收银台，迟意抢着结账，却注意到江遂把那个青花钥匙扣也拿来了。

“这个也要吗？”

迟意失神片刻，江遂已经把手机凑到扫码机前，付了款。

一个钥匙扣二十一块钱，她要是单独转账给他，会显得有些小家子气，像是故意要把两人的关系划得很清似的。

“这个给你。”

迟意看着递到自己眼前的钥匙扣，诧异地道：“给我买的？”

“你刚说喜欢。”

迟意觉得他一定是误会了：“我不是这个意思……”

见江遂维持着递东西的动作，甚至胳膊又往前伸了伸，迟意抿嘴，没再矫情，说了句“谢谢”，接过来。

这个钥匙扣和江遂那个同样款式，一个画的是古代的养生小人，一个绘的是雅致青花。

他买的。

他送她的第一份礼物。

不就是二十一块钱嘛！

她不接显得矫情了，接了怎么就有点儿两人关系不清不楚的意思……

迟意掐着时间赶回了电视台。笑笑在电梯口迎她，简单地说了刚刚会议各方的陈词和态度。迟意听着，心里大概有了数，让笑笑去楼下买一些咖啡和甜品送过来，才整了整被风吹乱的头发和衣领，进了会议室。

会议开完已经是四个小时后了，早过了晚饭时间。合作方陆续离开，只剩下温黛靠在椅背上伸懒腰。

迟意用文件拍拍她的后背：“走啦，吃个饭回来继续加班。”

温黛挣扎着起来，跟上。

在迟意心血来潮的提议下，两人驱车回了敏南大学附近的麻辣烫店。

“已经好多年没回来了。”温黛站在店前，仰头盯着熟悉的招牌。

迟意跟着回忆：“我第一次吃这家的麻辣烫是七年前。”

温黛挑眉：“时间过得真快啊！”

大学城的夜市街这个时间正热闹，四周来往的大都是清闲度日的学生。学生们三五成群，说着新兴的时尚单品，说着高热度的明星话题。

迟意和温黛混在其中，顿觉自己年轻了不少。

但两人都是闲不下来的性格，即便是这样喧闹随意的环境，等餐时也不耽误回工作消息。

迟意最近遇到个难题，接连问了几个人，最终将手机递到温黛面前问：“你见过这个专辑吗？”

温黛用手指滑着手机屏幕放大些，仔细看清上面的字，诧异地道：“这得九几年的东西了吧。”她哼了几句这张专辑里脍炙人口的主打歌，问道，“你那档乐队综艺节目要用？不能弄个仿品？有个拍摄效果就行。”

迟意撇嘴：“是我私用。综艺嘉宾那边出了点儿问题，这个专辑算是一个敲门砖。”

温黛又看了一眼她的图片，示意：“你发给我，我找玩音乐的朋友问一下。”

“价格让对方开，但也别太高。”迟意把照片发过去，没故意隐瞒，说了自己想邀请一个乐队，对方一直没松口。前几天瞧见他们的队长要收这个专辑，想着自己如果能帮上忙，可能会有点儿好感加成。

温黛好奇：“这难缠的乐队主唱不会是林向荣吧？”

迟意叹气：“不是。林向荣比他难缠多了。等我把这个专辑搞定，再去想怎么劝林向荣答应录综艺节目吧。一件一件来。”

温黛帮她问了几个朋友，在等回复。迟意也没松懈，继续托朋友去问。

一直到喊了她们的号，两碗热腾腾的麻辣烫端来，两人才终于搁下手机，安心吃饭。

温黛吃了几口，便很克制地搁下筷子：“我觉得，我怀念的不是这碗麻辣烫的味道，而是大学时吃麻辣烫时无忧无虑的心境。”

她感慨着，往嘴里喷了几下口气清新剂，等迟意吃完。

“对了，一直没问你，那天李嵩去突击队没捅什么娄子吧？”

“你是指哪方面的？”

温黛也没和她卖关子：“我听李嵩说，他在门口见着你的高中同学了。你不知道，他把你的高中同学夸了一通，还说一看就知道是个强有力的竞争对手。怎么，你老同学做了什么让李嵩感觉到了危机感？”

迟意：“李嵩眼光向来不准，所以他的话不太可信。”

温黛致力于给迟意做媒，从前是撮合她和林向荣，现在理想目标换成了江遂：“我可听江队长的战友说，江队长一直单身，除了那个梁嘉懿，很少见他和女性来往。你如果有想法，就抓紧啊！”

迟意嘟囔：“他都单身这么多年了，说明是不想谈。也不是我一出现，就改变了这个想法。我看还是等等吧。”

“等等黄花菜都凉了。意，你自信点儿。以你现在的条件，男人不喜欢你那是因为自卑。”温黛如是说完，被迟意瞥了一眼，先笑了，“是夸张了点儿。不过意思就是这么个意思。”

她顿了下，继续说：“我觉得你和你那个高中同学很有戏。你和我说句实话，什么想法啊？”

她啊，二〇二一年了，还在吃七年前常吃的食物，还在听十几年前的歌，自然也可以再爱上十六七岁时爱过的少年。

只不过……

“等我忙完这段时间吧。”迟意说。

等她做好万全的准备，重新进入他的世界。这一次，她只准成功，不许失败。

江遂和衣躺在宿舍床上，胳膊垫在脑后，另一只手拿着拼好的钥匙扣悬在眼前。

在博物馆外面被问起这钥匙扣有什么意义时，江遂想了半天，都编不出理由。他甚至忘记那个钥匙扣是自己什么时候买的，还是在谁那里看见觉得好看便要了来用。

不过这些都不重要。

因为以后它有了意义。

走廊里有人经过，小战士冲人喊了声“卫队”。卫峥应了声，哼着歌推开宿舍门，见到江遂比他早回来，还愣了下：“约会这么早结束了？”

江遂含糊地应了声，声音发沉，带着倦意。

这次任务紧急，却算不上多危险，他只是没怎么睡足，回南境的路上眯了会儿，提着精神逛了博物馆，这会儿还是困。

“喂，说说。”卫峥踢两下他搭在床沿的腿，“你任务一结束，家也不回，先去看她，什么情况？”

“顺路去拿钥匙。”江遂把钥匙扣和钥匙别在一起，收好。

卫峥啧啧两声，故意问：“她是不是对你有意思，故意把你的车钥匙给拿走了？”

“……”江遂有种被人看穿了的尴尬。

卫峥要写报告，甩了半天自己的笔不下水，不客气地去翻江遂的抽屉找笔用。他找到能写字的钢笔，要关抽屉时，看到里面有本花花绿绿不像是军事书籍的书，随手拿起来。

同时他给江遂瞎出主意：“喜欢就去追。”

江遂瞥见他拿起的东西，神情一愣，回答方才的问题：“她有喜欢的人。”

卫峥看了几眼图书背面的文案，把书丢回了抽屉里，茫然地啊了声：“我看你们掰腕子那阵势，还以为情投意合，早暗度陈仓了。”

江遂道：“那男生是她的高中同学，她喜欢了好多年。”

卫峥拉开凳子坐下，对着空白的信纸，开始酝酿开头的内容，随口说：“你不也是她的高中同学吗？”

“她和我不熟。”江遂胳膊压在眼睛上。

“怎么你要追人，还得有个十几年的朋友基础？”卫峥话糙理不糙，“之前没感情，就从头开始培养呗！”

是啊，从头培养。

宿舍里只有钢笔在纸上摩擦出的沙沙声，江遂没有回答，在这静悄悄的气氛中，渐渐睡着了。

江遂半睡半醒间，梦见了那个寒假。

除了去博物馆劝她参加“模联”活动，江遂还见过她。是在陈予光奶奶的院子里吗？她戴着呆萌的虎头帽，笨拙而卖力地挥着扫帚，笑容干净而纯粹。

好像有什么更重要的，被他遗忘了。

那个寒假他答应了要陪隋荷，所以推掉了很多原定的事情，比如去博物馆当志愿者，再比如和朋友约定的聚会。

事情很多很碎，所以他印象不太深刻。

梦里画面切换得总是没有逻辑。他听到隋荷在生日会上跟江润如吐槽的话遥遥地传过来：“我是不指望我这儿子了。真是越长大越指使不动，小时候还陪我看个画展，现在一听到这件事情就跑。”

…………

啊，对，就是画展。

大过年的从长白山回来的航班晚点，隋荷险些误了看画展的时间。赶过去时，已经不早了，隋荷因为要见老友，先去卫生间整理了一下衣服，让江遂自己先进去。

熙攘的人群中，他见到了她的身影。

那是和往常有些不一样的迟意，她笑容明艳，更自信，比在学校里更吸引人。

只是还没等江遂再看清些，突然响起的电话铃声就把他从睡梦中骤然拽出。

江遂睁眼，看到是隋荷的号码，松了口气，手臂压在眼上挡着光，接通了电话。

“你下周有时间吗？”

江遂以为她像往常一样，是给自己安排相亲，直截了当地回答：“挺忙的。”

“行。”隋荷很生气，“你亲妈下周要到南境，让你开车接送一下，都指使不动了是吗？”

“你怎么突然要来南境？”江遂问完，想起她之前说过要来看画展。

"你檀叔叔的画展，我去捧个场。"

画展，那是檀青的画展。

江遂坐起来，同时拿起桌子上摆着的台历，翻了翻："画展是几号？"

"五号开展，一共展览一周吧。"

江遂确定自己有假，问："妈，你那里还有多余的门票吗？"

"臭小子。算你有点儿良心。"

"我帮朋友要的，要两张。"

隋荷听到此话，立马撂了电话。

江遂："……"

江遂正在托朋友买两张门票，看到江润如发来的消息："阿遂，我记得你有这张专辑。"

江遂点开图片。

"怎么了？"

"我一朋友想买，你有意转手吗？她要得挺急的。"

江遂刚在对话框里敲下"没有"两个字，便看到江润如新发来的消息："就是迟意。你最近和她见过的。她前几天还去你们队里录节目了。"

江遂点发送的手指悬在空中。

两秒后，他按住了删除键，随后重新编辑了内容："嗯。"

江润如没懂："'嗯'的意思是……有意转手吗？"

江遂回复："我直接和她联系。"

"行。"江润如懂他的意思，爽快地应下。

迟意收到江遂的消息是在七一这天。

那天是个工作日，天气并不好，受台风影响，全国多地迎来暴雨。

迟意为了两档档期撞到一起的项目，忙得昼夜不分，在凌晨的雷声中睡去，又被下午的雷声惊醒。她捧着热咖啡站在高楼落地窗前，看着雨幕模糊整座城市。

温黛在电话里吐槽李嵩失联连微博也不发，迟意才想起今天是几号。

听她这么一说，迟意登录了微博。她懒得经营微博账号，纵使活跃在互联网上的身份众多，如林向荣的御用作词人则安，如《我炙热的少年》作者有厌，再如南境电视台金牌制作人、文案女王迟意，她也只有一个微博账号。

关注列表更是混杂各个领域。

迟意看着首页统一的内容，逐个点赞。

同时她也转发建党百年的祝福博，附言："愿祖国繁荣昌盛，世界和平。"

敲下这句话的时候，迟意承认自己又想起了江遂。

切出微博，她继续回复微信上的工作消息，只是不经意间又点进了朋友圈。

工作后，微信上的好友数量越来越多，以前是不爱社交，不愿意发动态，现在是列表好友太杂，分组可见的效果约等于零。

她没有如愿看到江遂的动态，倒是看到了一条与他有关的。

在一众祝福祖国的动态中，孔明月特立独行地发了一张江遂穿军装的照片："我表哥，单身二十五年，欲婚从速。"

迟意仔细看了一遍照片，顺手点个赞。

孔明月回复得也快："@迟意 点赞即报名哦。"

迟意回复孔明月："我是几号？"

迟意望着窗外不到五点便黑透的天幕，百无聊赖地等了会儿。

孔明月删掉动态，新发了一条："老哥夺命电话来了，不敢闹，溜了……"

迟意想象了一下她的委屈样，笑笑，刚准备放下手机，江遂的消息弹出来："我在老房子里找到了你要的那张专辑，雨停了见面给你。"

迟意端着咖啡，单手回复："好。"

这是两人重逢后的第十一天。

/ 第十章 /

她笑起来很好看

这天的雨下得大，放晴也快，天幕像破了个洞似的，阳光从不规则的缺口处倾洒下来。没一会儿，四周的乌云渐渐散开，光亮笼罩着整座城市。

这个过程里，迟意在和孔明月通电话。孔明月在说完过几天要来南境让她请自己吃饭后，拐弯抹角地还想问林向荣的事，迟意装听不懂，就是不说孔明月想听的。

孔明月气急败坏，故意说起："你还想不想让我帮你啊？"

迟意猜到她说江遂的事，心虚地说："什么？"

"小样儿，你就装吧。"

结束和孔明月的聊天，迟意接到了江遂的电话。

"想去看烟花吗？"对方问得随意而直接。

迟意眨眼，有一瞬的错愕。她还没有习惯江遂主动提议做什么这件事情。

"今晚吗？"

江遂又说："外面雨已经小了，今晚烟花正常放。想去蔷子洲看吗？"

蔷子洲算得上南境的一个星级旅游景点，逢年过节政府会组织放烟花或者无人机表演，两岸高楼大厦的灯火映着波光粼粼的江面，影影绰绰非常好看。

迟意从小在南境长大，对此习以为常，上次去蔷子洲看烟花还是大一那年的国庆节假期。外地的室友兴致勃勃地要去看看，连拖带拽地让迟意这个东道主领路。结果室友来是来了，很不幸地被踩掉了一只鞋，之后再也没提过看烟花的事情。

“好。”她答应。

挂了电话后，迟意从不真实感中渐渐抽离。她工作后对于人际关系有了更冷静的认知，旁人主动找你，要么是求你办事，要么是不甘寂寞，再或者是朋友间的小聚……可两人算得上朋友吗？

他们是那种可以约着一起看烟花的朋友吗？

迟意把一切可能摊开，却如面对一团乱麻，理不清因果始末。

有什么认知正在萌芽，但迟意没勇气拂开表层的土，看看那是什么种子。

迟意嘴角克制地一点点上扬，沉默而平静的脸上还是露出了惊喜的神色。不管怎样，她纵容自己短暂地沉浸其中。

雨过天晴，烟花大会照常举行的消息让朋友圈热闹起来。天刚黑，工作群里有同事已经赶到江边去占位子，兴奋又懊悔地发来照片反馈：“人实在是太多了。雨这不是刚停吗？为什么大家都来得这么早？”

其他人七嘴八舌地就着烟花聊起来。

迟意看着大家聊了会儿，弯了弯嘴角，突然觉得所谓“烟火人间”就是要熙攘热闹才有意思。

考虑到刚下过雨，又是晚上，室外有些冷，迟意特意在连衣裙外面添了件针织罩衫。

她屈着膝在玄关处换鞋时，无意间瞧见穿衣镜里的自己，想了想，把外面的针织衫脱掉了。

这样确实更好看一点儿。

两人约定在迟意居住的小区不远处的便利店碰面。南方的便利店多是落地窗设计，窗边摆着一排高脚凳，方便客人休息、饮食。江遂支着一条腿坐在那里，周正的五官搭配上这一双大长腿，格外引人注目。

迟意进门和他打了声招呼，去柜台点了大份关东煮。

见她又买了两杯豆浆，江遂起身，过去帮忙接了一把："还没吃饭？"

迟意不好意思说自己刚醒，把豆浆推给他一杯，浅笑着解释："有点儿嘴馋。"她把手包放到台子上，又将装关东煮的纸碗往中间推了推，分给他一根竹签，"我点了很多，你也吃。"

女生手臂本就细，白皙纤长，不堪一折。江遂穿了件休闲风的亚麻色西装，衬得她穿得确实有些单薄了。

"我喝豆浆就好。"

江遂通过映出浅浅人影的玻璃窗看向低头吃东西的女孩，一时有些出神。迟意吃东西慢，跟她的性格似的，这点高中时江遂便注意到了。

想到这里，江遂才意识到自己高中时好像真和她接触过很多次。对此，不仅她没印象，自己也是随着相处才一点儿一点儿地想起来的。

似是有什么情绪在他心头逐渐发酵，是遗憾吗？还是庆幸？

他是在遗憾自己没早点儿看到她的好，又庆幸他们遇见了。

似是察觉到了他的目光，迟意微微偏头看过来。她刚咬了半个福袋，腮帮子鼓鼓的，眼神清澈而单纯。她盯着江遂，慢吞吞地咀嚼着，等咽下后才问他："真不吃吗？"

江遂笑着摇头。

迟意打量着他，撇嘴，故意把整个纸碗拽到自己跟前，那模样分明是说"你想吃也不给你了"。

江遂诧异自己竟然懂她的意思，翘了一下嘴角，看向前方。

刚下过雨的城市看起来格外清晰，翠绿的树，瓦蓝的天。江遂觉得连自己的心跳声都格外清晰，似乎懂得了江秉青所说的"人要有牵挂"的含义。

人间值得，她也值得。

过了好一会儿，江遂才收回视线，抬手按了按后颈，想起什么来，把左手边的东西递过去："这个先给你。"

江遂没有背包的习惯，钥匙、钱包、手机等随身物品往口袋里一装便是，专辑是方方正正的一个盒子，不好拿。

他将它从车里拿过来后随手往桌上一搁，这才想起来。

迟意瞧着，觉得心疼，从包里抽出湿巾先擦了手，才接过来。

她正反看了看专辑盒，确认是自己要找的那张，欣喜地拿出手机转账："多少钱？我转给你。"

江遂还真没想过这个问题，随便说了个自认为差不多的数。

迟意眉心一跳，茫然地看他：这跟白捡有什么区别？

江遂挠挠眉，以为她嫌贵，又说了个数。

迟意眨眼，那眼神分明是在问："你认真的吗？"

江遂被难住了："要不还是算了。这东西搁家里也积灰，前段时间我妈打扫房子，还琢磨着给我丢了。回头说不准我有什么事要找你帮忙。"

"也行。"迟意说，"那这个人情我先欠着。"

两人不紧不慢，谁也没催谁，好像看烟花不是最终目的，彼此在就好，气氛莫名地和谐。

等走到蔷子洲附近的街道时，两人明显感受到人流量大了。街上行人比肩继踵，两人混在人群中，举步维艰。

"从这边走。"江遂示意。

聒噪拥挤的人群令人心生烦躁，但迟意不知想到什么，嘴角一扬，先笑出了声。

"怎么了？"

"我想到高中时和大家去栈桥广场看烟花，也是被困在了街上，花了好长时间才到地方。"

江遂似乎有印象："高三那年的元旦？"

“对。”迟意想到往事，酸和甜两种滋味夹杂在一起，却因为承载着她遗憾的江遂正在身旁，所以总觉得未来有无限希望，只剩下了甜，“当时我因为在忙晚会的事情，害得大家等了好久才出发。等我们过去时人已经很多了。当时出租车被堵在路上，大家等不及便下车一路狂奔，好不容易才赶上。”

“我当时没在。”

迟意嗯了一声。当时所有人都以为他是和尤锐约会去了，后来才知道是隋姐儿出事了。

迟意刚想关心一下叔叔阿姨的现状，却听江遂先问起她来：“我听我妈说，阿姨最近住院了？身体还好吗？”

“一个小手术，梁叔把她照顾得很好，住个院还胖了三斤。”迟意说到这个便觉得丢脸，当时全家上下数她最紧张。

她想到宜佳禾得知自己胖了三斤后，每天都不吃梁在宥送来的病号餐，弯了嘴角：“对了，梁叔在附近新开了一家私房菜馆，下次请你去吃。”

“好。”江遂觉得挺神奇的，细数下来，两人有很多共同的朋友，比如江润如，比如梁在宥，比如陈予光，比如孔明月，好像他们每个人都跟她很熟悉，可偏偏他跟她，顶着个“高中校友”的头衔，又同城读了四年大学，仅仅落了个“接触不多”的印象。

头顶的烟花炸开，他们在这条街上能听到声响，但看得并不全。

“想不想再青春一把？”江遂盯着慢慢前行的人流，突然出声。

迟意疑惑地嗯了一声：“什么？”

“手给我。”

她听着江遂没头没脑地说了一句，下意识地抬起胳膊，还没明白他什么意思，只觉得手腕一紧，是江遂牵住了她。

迟意被他拽着，在拥堵的车辆间钻来钻去。

耳畔是因为烟花表演开始而越发嘈杂的说话声，是后面车子催前面车子往前走的喇叭声，是烟花在头顶炸响的声音……但她眼前只有他。

他扣着她的手，风吹鼓他的衣服，他身形挺拔，五官在暗夜里立体又英俊。

两人向着远方，一往无前。

迟意把眼前英俊稳重的男人与记忆里的少年重叠起来。

他拽着她，从七年的时间洪流中走过。

蔷子洲对岸刚好空出来一个位置，是一块很窄的区域。

迟意率先在那里站定，微喘着气，回头去找江遂。

两个人站在这里显得有些挤，所以江遂站在她的斜后方。两人目光撞在一起时，不约而同地笑起来。

江遂觉得，这是自己这些年来，距离她最近的一次，但比起旁边搂着肩膀抱在一起的情侣，两人之间不亲不疏的距离显得有些拘谨和克制。

人群的惊呼声令迟意顾不上多想当下的状态，她激动而兴奋地指着视野里绽放的大朵烟花，示意江遂一起看。

谁知很不凑巧，天又下雨了。

江遂朝斜后方做生意的小贩看了一眼，冲迟意说："你等我一下。"

因为一簇非常漂亮的异形烟花升空，人群中爆发出更响亮的欢呼声，迟意一时没听清他的话，身子往后靠了靠，问："什么？"

江遂就站在她的斜后方，她这么一动，直接贴在了他的怀里。她脸侧着，下巴微微仰起，鼻尖不经意地擦过他紧绷的下颌线。

只一瞬间，她察觉到了什么，立马噤声。

她整个人也因为被江遂托了下后背，稍稍站直。

"不好意思。"迟意犹疑地道，"我刚刚没听清你说什么。"

"没事。"江遂笑了一下，把外套脱掉，披在她的肩上。

他的肩要比迟意的宽很多，在他身上恰到好处的外套对迟意而言要宽松很多。

借着披外套的动作，江遂弯腰靠近她耳边，说："我去买把伞。"

迟意感受着由外套传递来的属于他身上的暖意，被施了定身咒似的站在那里，一动不敢动。

“好。”

迟意机械地点头，目送人走远，这才长舒了口气，摸了摸肩上多出的衣服。

她用了很长很长的时间，才渐渐从这极尽温柔的偏爱中回过神来。她不合时宜地想起江润如曾经说过，江遂是个骨子里都带着浪漫的人。

如果可以，迟意好想好想见识一下他的浪漫。

江遂走到人群里，直到确定迟意看不到自己才停下脚步。

他先是抬手摸了摸下巴，然后用右手攥住了左手的手腕，给自己计了一分钟的心跳。

一百一十二次。

他心跳过快。

他很意外，却又不意外，从她的名字出现在自己遗书上的那天起，他对她的一切心动都变成了理所当然。

江遂独自站了会儿才拿着买好的伞回去，回来时，看到迟意正举着手机在拍照。女孩本就纤瘦的身影在暗夜里越显羸弱，她穿着他的外套，非常不合身，却莫名顺眼。

他停在原地，也跟着拿出手机，拍了张她拍烟花的照片。

“雨下大了！”人群中有人喊。

迟意闻声抬头看了看天，然后扭头朝后张望，似乎是在找他。茫然四顾的她在看到他的那一瞬，目光渐渐定住。她漆黑清澈的眸子明亮起来。

迟意就这样毫无意外地撞进了他的镜头中。

而他在镜头外，被她眉目间一点点舒展开的笑容狠狠戳中了心脏。

她明眸善睐，笑靥如花。

他没遮掩自己的动作，自然地收起手机走了过去。

“买回来了？”她问。

“嗯。”

迟意兴奋地和他分享：“刚刚有朵烟花特别漂亮，我拍下来了，一会儿给你看。”

江遂道：“我也拍到了。”

他拍到了比烟花更漂亮的东西——她的眼睛。

暗色的天幕下，淅淅沥沥的小雨洒在蔷江里，连涟漪都看不见，江面映着高空绚烂绽放的烟花，璀璨夺目。

岸边的游客有撑伞的，有披雨衣的。迟意和江遂挤在一把伞下，肩膀与肩膀隔着很近的距离。

一明一灭的光亮照在他们身上，彼此脸上真挚的笑容藏也藏不住。

烟花放完，夜幕恢复了往常的平静。

迟意从绵长的惊喜中回神，渐渐敛去脸上的笑容。如果不是肩上多了他外套的重量，迟意恐怕真的要怀疑，方才的一切只是烟花下的一场梦。

雨停了，江遂收起伞。因为周围的人陆续散开，两人也不再被迫挤在这狭小的空地上。江遂又主动与她恢复了礼貌安全的距离。

迟意敏感地察觉到了这个小细节，眼眸垂下，不由得失落起来。

“我们也走吧。”江遂三两下便把伞面按照折痕捋平收好，抬眸时见迟意脱掉了外套。

迟意脸上带着浅淡而克制的笑：“谢谢。”

刚下过雨的缘故，天空中乌云滚滚，没有星星。两人间的氛围仿佛受到了这糟糕天气的影响，他们陷入了莫名的沉默中。

见江遂没动，迟意不解地抬眸看他。

江遂叹气，顺着她的动作把衣服接过去。

迟意动了动嘴角，也不知道是松了口气，还是开始难过。

还没等有更多情绪，她便见江遂抖了抖衣服，重新披到了她身上。

迟意随着他的动作偏头，江遂英俊的五官在自己面前放大，漆黑的眸子中情绪平静，但令人捉摸不透。

“挺冷的，你先穿着。”

迟意去拉衣服时，不小心碰到了他的手臂。

他的皮肤带着雨水的潮湿感与冰凉感。

他也是冷的。

但贪婪打败了愧疚，迟意接受了他的照顾："谢谢。"

江遂说："走吧。"

外套的存在像是某段关系的开关，是江遂最先打开了它。

在迟意因为误会冲动地关上它时，江遂坚持重新打开它。

他在拿不准形势时做这一切，也是冲动的，冲动地想延续并且维持这段关系。

迟意跟着他往前走，与高中时望向他的背影的状态不同，这次他们之间的距离近了。她其实有些怕，怕这座城市的角角落落中会增添有关江遂的印象，却又有些期待，好像他们两人的关系有什么地方变得不一样了。

"江遂。"迟意比他慢几步，盯着他的后脑勺出声。她想问问他是不是有事要托自己帮忙，否则为什么对她这么体贴。

江遂回头看她："嗯？"

连名带姓地喊他的瞬间，迟意又觉得他们还是高中时的他们。他身边的朋友大都称呼他"阿遂"，但迟意一次也没敢，因为觉得太亲昵了。迟意喉咙发烫，有些不自在。

但江遂对她开了口却又陷入沉默的行为并没觉得有任何不妥，反倒认为十分有趣。

"我慢点儿走。"江遂善解人意地笑着，配合地放慢了脚步。

迟意想说自己不是这个意思，但转念又觉得，好像这样的误会也不错。

两人走得慢，周围的行人渐渐稀少。他们随着人流往外走，在大庭广众下将爱意偷偷隐藏。

"你要回队里吗？"迟意计算着从市里回去队里的时间，担心他开车会很辛苦。

江遂在部队里习惯了大步流星，此刻随着迟意慢悠悠的步调，竟有些别样的体会。他一手拿着折叠雨伞，另一只手插在口袋里，说：

“我这几天在国防大学参加讲座，住在学校附近的公寓里。”

迟意点点头，心想这样会近一些。

江遂看着她，顺着这话继续说：“你大学毕业后一直在南境？”

迟意低头盯着自己的脚尖，幼稚地调整着两人迈步的频率：“我从小在这里长大，除了高二转去四中读了两年书，其他时间一直在这里。”

江遂嗯了一声，心想敏南大学和国防大学之间也就二十分钟的路程，我们同城四年竟然没见过。

如果不是被江秉青撵来南境录什么综艺节目，他可能还遇不着她。江遂抬手按了按自己的心口，忽然觉得这伤受得挺值的。

两人渐渐远离江岸，入目是繁华的商圈。他们混在璀璨的霓虹与喧闹的人群中，与身边形形色色的相遇又离别的路人相比，一样渺小和寻常。

江遂状似无意地提起：“那你对这里一定很了解，这附近有什么好吃的夜宵？”

迟意看他，想到他傍晚时只喝了一杯豆浆，也不知道来之前吃东西了没有：“你饿了吗？”

江遂清了一下嗓子，说：“有点儿。”

迟意给他介绍起附近的一条美食街来，说小吃，说人文。因为她爱极了这座城市，所以很愿意向人介绍它。

不比北央这种一线大城市，南境虽然是省会城市，但生活节奏还是要慢一些，群众生活幸福感高。

江遂听着听着，不得不承认：“现在是真的饿了。”

迟意莞尔：“那去我常吃的那家。”

“好。”

店面很小，两人坐的桌子正对着街巷。不同于北央的传统与沉寂，这个点对南境人民来说，夜生活才刚刚开始。

迟意对着菜单点了几样招牌菜，江遂在一旁听着，补了一样米粉。

迟意眼睛亮亮地看他。

江遂看透她眼神中的含意，自顾自地解释：“高中时不爱吃，被你强烈推荐几次后，也觉得吃起来不错，在南境上了四年大学，竟也吃习惯了。毕业后这几年，在外面总怀念南境的米粉。”

他竟还记得自己说过的话。迟意抿嘴，唇边小小的梨涡里盛着笑：“我眼光向来不差。”

这晚两人坐在小店里，周围人来人往，喧闹而嘈杂。

而他们自有一片小天地。

迟意回到家时已是深夜，明明刚与江遂分别，但从热闹中骤然抽离的不适感竟令她已经开始思念他了。

她换下衣服，泡了个热水澡，再出来时才从包里拿出那张专辑。她出生那年的专辑，也难为他有。

迟意当即便联系了新碟乐队的主唱，顺利地约定了见面时间，又给笑笑发消息，让她把周日的时间空出来，陪自己去一趟。

她处理完这件事情，拿着手机，估算着江遂到家的时间。

趁江遂还没到家，她开始整理这段时间发生的事情。

迟意打小便因为父母的离异对人际关系敏感，对于身边的事情总喜欢摊开分析，一点点理清因果逻辑。

但在有关江遂的事情上，迟意永远是稀里糊涂的。她对此归纳了四个字——心甘情愿。

迟意和江遂的重逢纯属偶然，除开综艺节目录制的工作对接，接连又因为钥匙扣、专辑有了更深的接触。

迟意可能真的是随了宜佳禾，较真儿的态度更多地体现在工作上，对于生活便随意、粗心很多。她丢三落四是常事，平时多亏了笑笑帮忙打理生活琐事，所以并不记得那串车钥匙是自己什么时候误装的。

送专辑是迟意主观意愿引起的，但江遂借着送专辑的机会约她看烟花呢？

他的行为可以用“约”来定义吧？

难道这也是校友、老同学之间理应有的行为吗？

迟意向来聪明，唯独这次不敢去看后面的答案。

江遂打电话过来时，迟意苦着一张脸，钻进了自己“要不要突破”“该如何突破”的牛角尖里。

“休息了吗？”

“还没。”迟意因为心事重重，声音听上去兴致不高，“你到家了？”

江遂嗯了一声，说：“刚到。你没事吧？”

迟意这才意识到自己说话的语气过于颓丧，试图搪塞过去：“没，我刚看到自己养的两盆海棠死了，有点儿失落。”

江遂还以为是出了什么事，顺着她提的话题说起以前帮家里侍弄花草的经验。

迟意思绪不自觉地被江遂带偏，忘记了自己方才还没求证的问题，心想自己明天要记得去买两盆花来养养看。

难得有这样的机会和江遂聊天，她顺势又问了其他几种花。

挂断前，迟意听到电话那头江遂的喷嚏声，他似乎拿远了手机，但声音仍低低地、不清晰地传过来。

迟意关心地道：“你是冻着了吗？”

“没事。”他的声音发闷。

他八成是感冒了。

“不好意思啊！”迟意惴惴不安，懊悔地想自己就该多带件外套的。

江遂在迟意的叮嘱下答应了一会儿记得喝药，挂断电话。他搁下手机，心情不错地伸了个懒腰，抬头见卫峥正一脸古怪地盯着自己。

卫峥来市里办事，太晚了懒得回队里，来他这里借宿。

江遂瞥了他一眼，赶人：“洗澡去。今晚你只能睡沙发。”

卫峥咔嚓一声咬了口苹果，走出几步，又扭头看向这个面色红润、身体强健的成年男人，好奇地道：“你感冒了？”

“再说废话就走人。”

卫峥控诉：“江队，你必须承认，自己这几天脾气很暴躁。”

“……”

“人容易用暴躁掩饰自己的心虚。”这一理论自然是卫峥瞎编的。

卫峥漫不经心地说完，走到盥洗室门口时又停下，问："你接下来几天有事吗？我要去临市和那里的突击队开个交流会，他们的指导员一直说想见见你。"

"下周不行。"江遂想起自己为了两张门票答应隋荷的事，"我妈和表妹明天来南境，接下来一周我得去当司机。"

"行。"卫峥说，"你趁着假期好好养身体。"

周一檀青的画展开展，迟意接了电视台的任务过来凑热闹，顺便喊了林向荣一起去。

林向荣来接她，迟意刚坐上车便拿出粉饼来补妆，重点遮了遮眼下的位置。

"昨晚没休息好？"林向荣看了她一眼，开始倒车，"你还年轻，工作上不用太拼。"

"就是要趁着年轻多拼一拼，我的理想可是早点儿实现财富自由，在三十五岁退休。"迟意把粉饼一收，佯装随意地说，"我昨天去见了新碟乐队的主唱，在 live house（小型现场演出的场所）玩得晚了些。"

林向荣开车之余，偏头看了她一眼："综艺的事情？"

迟意长舒一口气："是啊！精诚所至，他们答应参加录制了。"

林向荣淡淡地嗯了一声。

迟意观察着他的反应，这类有意无意的暗示一直持续到逛画展时。

类似北央的 744 工业园区，南境的上湖街也是当地极具特色的艺术区。

不同于七八年前的那次展览，这次檀青的画展无论从展馆设计还是作品深度上都有了一个很亮眼的提升。

迟意也不再是那个靠死记硬背就敢在檀青徒弟面前高谈阔论的高中生了，而林向荣做音乐，对艺术也有自己的追求和见地。

两人一边闲聊一边看画，但显然，今天迟意约林向荣来画展，醉翁之意不在酒。

林向荣很快便后悔了，更何况迟意还在偷偷地回江遂的微信消息。

江遂刚刚在微信里给她分享了一篇养花心得，说："这个博主文章内容朴实，不会哗众取宠，你感兴趣的话可以看看。"

迟意回了个"好"，又问他："你感冒好点儿了吗？"

被冷落在一旁的林向荣看了她几次后，无奈地叹气："就不爱跟你们这种工作狂出来。"

迟意吐吐舌头："特殊情况。"

"林老师，帮我拍个照，我发朋友圈。"迟意把手机递给林向荣，然后走到一幅悬挂在白墙上的油画前面。

林向荣审美水平还行，拍照会找角度看构图，很快便拍好了。

"行了，你看看。"林向荣把手机还回去时，手机一振，有新消息的弹窗提醒。他不经意间看到弹窗，挑眉："江遂？"

江遂逞强说自己身体素质好，少个外套冻不着，又说自己知道一处不错的花市，问她下班后有没有时间。

迟意揣摩着江遂发这条消息的深意，犹豫着回了句"不确定今天会不会加班"。

迟意回完消息，编辑朋友圈动态时，听到林向荣如是评价："你十六岁少不更事被他吸引也就算了，怎么二十六岁了，还喜欢这种小白脸？"

林向荣没说错，江遂是挺白的，但林向荣又说错了，她还没到二十六岁。

林向荣瞧着迟意的反应，问道："还喜欢？"

迟意也懒得想文案，直接附了个卖萌的表情，点了"发送"，然后才含混地应了声："嗯。"

林向荣又问："那他呢？"

迟意收起手机："不确定。"

迟意觉得他喜欢自己，但又不确定这种猜测是不是真的。

就算是喜欢，也有程度之分。合适与否，对于恋人也至关重要。

彼时，同一个展厅里。

"来都来了，就不要一直玩手机。"隋荷念叨着自己的儿子。

孔明月在一旁说："可能有事。要不让阿遂先回去？"

"有事的话他早就跑了，我看就是懒劲儿上来了。"隋荷对儿子的心理门儿清。

"你不是说在家里空荡荡的，少了乐趣吗？我刚帮你买了两盆花。"江遂把自己新加的一个卖花微商的朋友圈动态在隋荷眼前晃了下，说，"我先看着买几盆，你养好了再多买些。"

"算你有点儿良心。"隋荷吐槽，"差点儿被你带偏了，我说家里冷清是缺这两盆花吗？"

江遂在隋荷的念叨声中打算收起手机躲一躲，却在退出朋友圈前刷到了最新一条朋友圈动态。

这条动态是迟意发的，是一张她站在一幅油画旁的摆拍。油画右下角名片大小的标志牌上写着油画的名字。江遂瞧着，一眼便认出这画出自这一场画展。

他陡然站直："妈，我出去一下。"

"你这臭小子，还越说越起劲儿。"隋荷恨铁不成钢。

孔明月偷笑着："舅妈，我看阿遂是谈恋爱了。"

隋荷朝门口儿子匆忙离开的背影看去，又惊又喜："是这样吗？"

迟意照片里的这个地方江遂刚刚经过了，所以很轻松地便找到了地方。

画展周一人流量不如周末，这一块更是没什么人，江遂扫了一眼，便确定迟意不在这里。

想想也是，她拍完照肯定去了别处。江遂低头戳戳手机上的照片，自嘲地撇了下嘴角暗嘲自己关心则乱。

随缘逛吧，说不准他就遇见她了。

江遂抬步正欲往下一个展厅走，迎面便看到一道熟悉的身影。

迟意随意地将左手插在阔腿裤的口袋里，她腕线过裆，手臂纤细修长，做这样的动作非常漂亮得体，带着沉着从容的气质。她正和旁边的同伴说话："你真不考虑吗？"

注意到林向荣盯着某个方向，迟意茫然地看过去。

在这里看到江遂，她有些意外。他穿着白衬衣、西装裤，磊落而英俊，站在那里让她挪不开眼。

江遂探究地打量了林向荣一会儿，才看向迟意，说了声："好巧。"

与此同时，孔明月和隋荷出现在另一个方向的入口处。孔明月瞧见江遂后，先和隋荷说了句"这不是在那里呢"，随后抬手，喊他："阿遂，我们打算先去吃点儿……"

孔明月在瞥到站在不远处的林向荣时，声音渐渐小了下去："东西。"

隋荷风韵犹存。迟意看到隋荷的一瞬间，下意识地站直了些，插在口袋里的手也抽了出来，更何况隋荷还朝她的方向看了过来。

隋荷只扫了那边一眼，也没弄清楚重点，便收回视线，问孔明月："怎么了？"

说话的同时，她带着孔明月不紧不慢地往前走。

孔明月轻微地咬了下唇，低头道："阿遂特意跑出来，原来是找她啊！"

隋荷疑惑地嗯了一声，视线再次落向迟意时，琢磨起这话来，看向迟意的眼神有些诧异，又有些满意。

三拨人走近。

迟意两手放在身前，拿着手包，乖巧地问好："伯母。"

隋荷莞尔："小意啊，你也和朋友来看展？我们刚刚还说明后天去看你妈呢。"

迟意从小招长辈喜欢，但即便是这样，在面对隋荷时，依然会紧张："我妈这几天休假，正念叨没人陪她说话呢，要知道您来了，肯定开心。"

隋荷在梁在宥和宜佳禾的婚礼上见到迟意时便很喜欢这个女孩，觉得她文静秀丽、会说话，现在想到儿子这层意思就越发喜欢了，主动问起来："你们吃饭了吗？正好一起。"

孔明月看了林向荣一眼，不乐意地去扯隋荷的衣服："舅妈……"

隋荷以为孔明月是让自己不要这么直白，拍了拍她的手背，安慰她："我知道。"

江遂注意到迟意仪态上的变化，却没往自己身上想，只当她是因为林向荣和孔明月的事情有顾虑。

他看着迟意，特意重复了一遍，表示尊重与期待："一起吗？"

迟意怔了一下，诧异于江遂会专门问自己。

她想起高中参加"模联"社时的一些事情。那时她不如现在自信，得知与江遂同组后焦虑了很久，担心拖他的后腿。等好不容易适应，她又在江遂的力荐下成了这组的主发言人。

迟意也是在那个时候，意识到自己被江遂注意到了的。

而今，迟意又一次体会到了这种感觉。

孔明月意有所指地嘟囔："别是不敢来吧？"

迟意回神，听到林向荣在她旁边小声地说了句"想去就去吧"，就很快做了决定："好啊！我们也正要去吃饭。"

隋荷自打江秉青出事后，便养成了吃素的习惯。顾及长辈的喜好，一行人去了上湖附近的素食馆。这是一栋很雅致的独幢小别墅，墙体是白色的，令人很舒心。

素食馆里竹帘隔开用餐区域，长餐桌是六人位。

孔明月使小性子，生怕跟林向荣挨着，进门后先给隋荷拉开桌首的那把椅子，便亲昵地挽着迟意的胳膊，坐到了靠窗那面的位子上。

江遂慢悠悠地走在最后，嘴上应着隋荷的话，注意力却全放在迟意身上。

他在琢磨迟意和林向荣的关系。

江遂第一次知道林向荣是因为孔明月。她冲冠一怒为"蓝颜"考来敏南大学的事情被江婉茹知道后，江婉茹便授意江遂去看着她。

当时正大学毕业，孔明月洋洋洒洒地罗列了一大堆对方的优点。

江遂听着，将这种崇拜归于年龄差带来的阅历差距。

后来江遂满世界地出任务，不顾家，也顾不上听这些事。

他最近一次得知林向荣的消息是在前不久上网查迟意的履历的时候，看到了她和林向荣的绯闻。迟意曾是他的御用词作者，网上关于两人的爱情故事更是真假难辨。

江遂说不上自己有什么感觉，就像他得知她为高中暗恋对象写了一本小说时那样，心里酸酸胀胀的，懊悔、遗憾、失落……无数种情绪杂糅在一起，很难分辨清晰。

但这一切，无疑都指向了一点——

他在意她。

迟意坐下时用手抚了下腰后的衣料，随手摆了下面前桌布上的餐具，继续侧过脸和孔明月说话。

比起学生时代的温暾沉默，而今的迟意多了柔和温婉的女人味。

未经染烫的黑发被卡子别在脑后，上面镶着的圆润珍珠非常衬她的气质。江遂盯着她研究了半天，也没看懂她的头发是怎么盘住的。

女生陆续落座，林向荣没考虑太多，把紧挨主位的座位让给江遂："你坐这里，挨着阿姨。"

这个位子对面是孔明月，邻着隋荷，斜对角是迟意。

两人落座时，迟意朝江遂这里看了一眼。

迟意想到了上学时"模联"社团开会的时候，自己总习惯坐在江遂的斜对角，没想到如今阴错阳差，他主动坐了这个位子。

隋荷点了几个主菜，让小辈们再添自己喜欢的。等菜时，隋荷和迟意聊起来："小意，你还没介绍呢，这位是……？"隋荷说的是林向荣，"我看着有些面熟，但想不起是谁了。"

这个问题问到江遂心坎上去了。他跟着看向迟意，等她的回答。

迟意大方地介绍："这是林向荣，我朋友。"

隋荷听到人名，顿时对上了号，同时看了孔明月一眼，这是想起了在家里听到的八卦。但她没表现出任何不悦的反应，笑着说："你这么一说我就想起来了，我们之前在电视台见过的。我刚刚还以为他是你男朋友。"

迟意立马撇清："伯母，您就别开我玩笑了，用我妈的话说就是，但凡我对工作少一分热爱，也不至于单身到现在。林向荣方才还在吐槽，我出来看画展为的还是工作。"

“你妈也是个工作狂。”隋荷被逗笑了，“有条件不错的男生也试着谈谈，甜蜜的恋爱很滋养人的。”

迟意说：“我妈也说过类似的话。”不过宜佳禾说得更直白，用一套什么“性生活滋养人”的理论催她谈恋爱。

“确实是这样。”隋荷看了一眼自己的儿子，又对迟意说，“小遂和你年纪相仿，也还单身呢。你们俩平时没事可以多联系联系。两个人在一个城市，见面的机会也多。”

迟意噤声，不知所措地看向江遂。

后者也没料到隋荷助攻得如此直接，朝迟意看过来。

两人这一对视产没产生化学反应不知道，反正隋荷越看越觉得般配。

来上菜的服务生打断了他们的聊天。

但这一小插曲令江遂心情舒畅不少，觉得这家店的菜品可口又新鲜。

用餐结束已近黄昏，灿橘色的霞光将室外静谧的环境染得非常漂亮。因为窗外的风景正好，隋荷提议在这里多坐会儿，于是一行人开始闲聊。迟意话不多，安静地听着，被问到时才开口说几句。

隋荷和林向荣在聊音乐方面的事情。

迟意听着听着，被绿植投在白墙上的影子吸引，看了一会儿才收回视线，却注意到江遂低头的动作。迟意觉得自己产生了错觉，他刚刚好像在盯着自己。

她看着江遂低头玩手机的动作，猜想江遂听到隋荷的话是什么想法，还没思索出所以然，便见搁在手边的调成静音模式的手机屏幕一亮。

迟意的手机常有工作消息进来，她没当回事，随意一瞥，看到显示的人名时，迟疑地朝江遂看了一眼。

碰巧隋荷将话题转到江遂身上，问他：“今天着急回队里吗？”

江遂语气如常且平静，说自己就是闲人一个，还在假期中，等七月下旬电视台的综艺节目开始录制，才会忙起来。

迟意

高一(6)班
你不像任何人
有厌 / 著

江遂

迟意垂眸，再次看向江遂方才发来的消息。

江遂问她想不想去吃花甲粉。

迟意茫然，犹疑地回："现在吗？"

她发完消息抬头时，注意到江遂在收到消息的第一时间拿起了手机。

两人当着长辈与朋友的面偷偷用手机聊天，竟有一种难以言喻的刺激感。

经孔明月补充，隋荷得知江遂录制的综艺节目是迟意策划的，一时觉得缘分妙不可言，问起迟意综艺节目的事情，又问她正式拍摄时还回不回去。

迟意正要回答，注意到手机屏幕再次亮起。她垂眸看了一眼，是江遂回过来的信息。她佯装平静，先回答了隋荷的问题，说自己是导演，很多工作需要到现场才能展开。

等聊完这个话题，迟意才去看手机。

江遂回的内容是："我们经过的那条巷子口就有卖的，想吃的话，我们现在溜出去。"

迟意盯着屏幕上"我们"这个字眼，哪里舍得拒绝他？

江遂的新消息很快发送过来，迟意这才意识到自己方才出神时已经不由自主地回复了"嗯"，答应了他的提议。

江遂："一会儿我先出去，你等我电话。"

迟意眉心一跳，没懂他的意思，慢吞吞地回复了一句："好。"

江遂没看她，和大家说了句"去个卫生间"便起身离开了。

和他达成某种"约定"的迟意一会儿看手机，一会儿看夕阳，面带微笑却心不在焉地参与着桌上的聊天。

终于，迟意的手机有电话进来。

轻微的振动声让同桌的人不约而同地望过来，迟意忍受着几人投来的目光，忐忑地接通了江遂拨来的电话。

"喂。"

江遂给她提醒："假装我是你家物业管理人员，说个理由回去。"

迟意硬着头皮照着他给的剧本演。

“哦，你好，卫生间的水管漏水？行，我现在回去一趟……”

迟意不是没说过谎，为了从应酬中抽身，她没少和笑笑演这样的戏，但当搭档变成了江遂……迟意总觉得这件事情有些魔幻。

迟意挂断电话后，脸颊红着，感受到了窘迫。

好在众人误会她是因为担心家里的情况而着急，便关心地道：“怎么了？”

迟意将膝上铺着的餐巾收起来，去拿自己的手包：“不好意思，伯母，我家里临时有点儿事，需要回家一趟。”

林向荣作势要跟着起身：“是水管漏水吗？我送你吧。”

迟意刚要说不用，便见江遂撩开帘子回来，见大家站着，说：“我刚刚已经把账结了。现在要走吗？”

隋荷解释了迟意的情况，明显是给儿子表现的机会。

江遂顺势主动提出：“正好，我要回队里，顺路送你吧。”说着他看向林向荣，自然地说：“林哥，我妈和表妹一会儿就拜托你了。”

那天江遂带着她从素食馆出来，她站在夕阳里眉眼弯弯地笑了很久。

等她笑够了，江遂连名带姓地喊她。

迟意抬头，眼底尽是茫然，看到江遂站在路灯下，周身镶了一圈金边。

他一改寻常的惬意和坦然，竟难得被人窥见紧张的神色。

迟意认为自己能看出江遂的心思并不是一件奇怪的事情，毕竟自己不论过去还是现在，余光中全是他。

她又怎么会察觉不到他喜欢自己呢?

只是迟意再了解他，也不是他。

所以她并不知道，江遂会这么快对自己说——

“我一直以为自己会孤独终老，但你的出现让我知道，好像两个人一起生活也是一件很不错的事情。所以，迟意，如果你想谈恋爱的话，考虑考虑我。

“我知道现在说这个有些快。但我已经错过这么久，生怕因为我的迟钝再生出什么变故。我不着急听你的答案，如果可以，我先来排个队。”

迟意听到这些，脸上的笑容一点点僵住，不知所措地站在那里，久久没有回神。

夏夜晚风中，迟意对上江遂认真的眸子，听见他说：“不着急回答，先去吃花甲粉。”

这两件事情完全不在同一个等级，却被江遂说得同样轻描淡写。迟意轻轻地嗯了声，跟上江遂走动的脚步。

她看着江遂高大而宽阔的背影，犹疑地问道：“你是什么时候……”

长久的暗恋让迟意在江遂面前有一种虔诚的卑微感。她以为永远不会出现“江遂喜欢迟意”这样的说法。

这样的情绪令迟意问到一半便收了声。江遂却自顾自地回答起来：“我也不确定。”

是这样的，他一直没注意或者习惯她的存在，等反应过来时，已经心动了。

“等意识到时，已经成了既定事实。”他如是说。

南境随便哪家米粉店都正宗又好吃，这点毋庸置疑，但今天的这碗花甲粉，迟意夹了两筷子便搁下了。

“不吃了？”江遂诧异地看看纸碗，又看看她。

迟意抿着唇摇头，还没从被江遂告白的震惊中回过神来，心里藏着事，没胃口：“有点儿吃不下了。”

“赖我，应该等你吃完再说的。”江遂把纸碗拉到自己跟前，不见外地把这份也给解决了。

迟意一动不动地盯着他吃东西的动作，总觉得莫名亲密。

迟意没谈过恋爱，对于恋人间该做什么、会做什么，带着朦胧的陌生感。

而今江遂表示要带她开启新世界的大门，她有一点儿期待，又有一点儿忐忑。

吃完花甲粉，两人踱着步绕湖边逛了会儿，谁也没说要离开。

不用迟意过问，江遂自顾自地说起自己的情况，说这几年去了哪些地方，说任务的危险程度。他没有避重就轻，也没有遮遮掩掩。事实是什么样，他便怎么说。

他又说起接下来的工作安排，大概率会调回来，具体在北央还是南境，这个还不确定。又说起接下来一周临市有个比武大会，他可能要出差一段时间，不过可以带手机，能常联系。

迟意安静地听着，时不时回应几句，知道他说这些是为了让自己更了解他。

夜色渐深，江遂突然问她："想去看电影吗？"

迟意贪婪地享受着和他相处的时光，没怎么犹豫便答应了。

附近商场里便有电影院，但江遂为了两人第一次的观影体验更佳，驱车去了市中心一家比较大的影城。

暑期档上映的影片很多，各个类型总有一两部高口碑的片子。江遂把主动权交给迟意，先去柜台买了爆米花和柠檬水。

江遂再回来时，见迟意站在一个等人高的角色立牌前，主动提议道："这个吧。"

"《牵丝风华戏》？"

迟意点头，嗯了声，从他手里接过一杯柠檬水，说："润如前几天去看过，说演员演技在线，特效不廉价浮夸，值得一看。"她看着柜台顶上滚动的播放时间表，确认道，"刚好十五分钟后有一场。"她收回视线，看向江遂，征求意见，"你喜欢这个题材吗？"

"我没问题。先去买票。"

队伍不长，迟意陪在江遂旁边等着，前面两个女生捂着嘴不停地偷瞄江遂，情绪激动。迟意对这样的场景见怪不怪，但还是忍不住在心里吃酸醋。

江遂盯着那巨大的电影海报，想到什么，说："这部电影的导演，和拍你那部小说的是同一个吗？"他说话时，慢慢地看向迟意，很快便注意到迟意不开心的状态，再看到前方激动得羞红了脸跺脚的女生后，似乎懂了什么。

迟意有些意外：“你竟然知道这个？”

江遂抬起胳膊，自然地揽了下她另一边的肩膀，将人往自己身边带了带，语气如常：“那部电影上映时，我看过。”

迟意往旁边踉跄了下，站定，一时竟不知道是该诧异于江遂的动作，还是该诧异于他看过那部电影。

“是吗？”

“也是在这个影城。”江遂聊起来，“孔明月当时和男朋友闹分手，好不容易抢到的首映票，不看可惜，便拽着我一起。后来我才知道这个故事是你写的。”他如是评价，“很厉害。”

“谢谢。”

迟意抬头看了一眼头顶闪着影城标识的灯牌，缓缓地道：“我当年也是在这个影城看了这部电影的首映场。”

这次轮到江遂诧异了。他惊喜地看向她，问：“你还记得是哪个展厅吗？”

“11 号。”

迟意记得很清楚。

因为这个数字太特别了。

特别到这些年她只要一想到这个数字，便忍不住想哭。

十一，迟意。

哪想到江遂也说：“巧了，我也是。”

迟意错愕之余，故意问他：“你记得这么清楚啊？”

江遂扬眉：“我篮球队服是这个数字。”

“有什么寓意吗？”迟意早就想问了。

“寓意啊……还真没有。”江遂若有所思，“不过我现在想到一个。十一，迟意……这算不算一种缘分？”

迟意眉心一跳，眼眶一热，下意识地别开眼。

“怎么了？”江遂随着她的动作看过去。

“没事。”迟意用手揉了揉鼻子，转回脸，解释道，“刚刚突然想打喷嚏。”

江遂没多想。

他们同在一座城市，虽然未曾谋面，却有过无数次的擦肩而过。只不过这份巧合对于江遂是恩赐，对迟意而言，却是遗憾。

不过好在，江遂在这里。

坐在电影厅里，迟意强迫自己沉浸到电影气氛里，却始终在走神。她想东想西，想的都是江遂。

“十一。”江遂突然出声。

因为音量太低，迟意无法确定她喊的是“迟意”还是“十一”。她应了声，偏头看他：“喊我吗？”

江遂把手里的爆米花桶递给她，示意道：“吃这个。”

“好。”

迟意咬了颗爆米花，小声说：“我很喜欢‘11’这个数字，也很喜欢‘十一’这个称呼。”

她说话的时候，目视前方，等了会儿，依稀听到江遂低沉地嗯了声，忍不住弯起嘴角。

从今往后，十一是他的专属。

两个钟头的电影终于结束，跟着人流往外走时，迟意口不对心地说：“还挺好看的。”

“嗯。制作精良。”江遂摸摸后颈，这是撒谎了。

不是影片的问题，而是他没顾上看，所以他没有立场评价好坏。

这天之后，两人其实很长时间没有见面。

江遂去临市参加比武大会，而迟意为了马上要开始录制的综艺节目，恨不得住在电视台里，将策划案改了一遍又一遍。

但江遂经常会给她发微信消息，有时是百发百中的射击靶，有时是路边不起眼的小草。

迟意看到了会回一下。

七月中旬，迟意带着团队的同事提前三天住进突击队，着手准备接下来的正式拍摄工作。

节目的艺人嘉宾提前一天到来，熟悉环境和拍摄任务。

这期间江遂一直不在，却授意了一个小战士寸步不离地陪同。

温黛见状调侃她："你们这是在一起了？"

迟意："还没。"

温黛："还没的意思是快了？恭喜啊！"

迟意也不知道会不会快了。江遂告白得过于突然，等迟意回过味来时，已经错过了最佳的答应时机，加上这段时间两人未曾见面，总给她一种浮在半空的恐慌感。

江遂是在正式拍摄的前一晚回来的，当时迟意在和团队开会，有战士敲门说给他们准备了夜宵，一行人又饿又困靠红牛提神，一听有吃的，立马兴奋地看向迟意，齐刷刷地道："谢谢组长。"

迟意一脸茫然，嘟囔着"我还没来得及让人准备"，便被小战士叫到了一边。

"迟姐，江队回来了，在楼下等你。"

迟意眨眼，突然紧张起来。她低头看了一眼自己此刻的穿着，方便行动的运动鞋，普通得不能再普通的衬衣牛仔裤，头发也随意地散着。

她白天时跟着摄影组在室外吹了一天的风，脸也一定油了吧？

她胡乱想着，想立刻回房换一身衣服，不过这样会不会显得过于隆重了？

"他什么时候回来的？"迟意关心则乱，已经来不及正常思考。

小战士："回来有一会儿了，知道你们在开会，就让我准备了夜宵再来敲门。"

迟意嗯了声，被江遂细心的举动暖到。

"好，我回房间拿个手机就下去。"

迟意想到江遂在楼下等自己，不由得加快了下楼的速度。

熟悉的体验让她想到了高三拍毕业照那天的事情，那时她得知江遂在医务室，便风风火火地赶去见他。

当年的心情和此刻好像没什么区别，却又好像有什么地方不一样了。

还有最后两级台阶，迟意索性跨了一大步，跳下去。

谁知她还没站稳，旁边就出现了一道人影。

迟意正准备躲避时，手臂被人抓住。

借着这股力道，迟意才堪堪站稳。

在她开口说谢谢前，对方先出声了：“不用着急，我还在呢。”

他穿着队里统一的夏常服，松枝绿的短袖配深色长裤，脚上的皮鞋锃亮，显得他潇洒又正义。他刚刚可能是站在花丛旁等她来着，沾染了一身花香。

迟意半扑在他的怀里，缓缓地抬头，对上他沉着含笑的眸子，心跳声一下接着一下，格外清晰。

她不着痕迹地笑了下，说：“我还以为你在外面。”

“等不及想见你了。”江遂收了手，“出去走走？”

“好。”

训练场还是那个训练场，距离迟意上次站在这里，也仅仅过了不到一个月的时间。

走了没几步，迟意肚子咕噜叫了一声。她想到刚刚送去宿舍的那营养丰富的盒饭，觉得自己应该先吃两口再下来的。

迟意打算找点儿话题转移一下注意力：“我们这是要去哪里？”

“餐厅。”江遂说道，“我让师傅留了夜宵。”

迟意喜上眉梢，觉得江遂贴心极了。

这个时间餐厅里只有他们这一桌，灯也是只有他们头顶的几盏开着，在周遭黑暗的衬托下，显得格外温馨。

迟意将碗底的最后一点儿绿豆汤喝完，擦擦嘴，满足地夸赞：“如果绿豆汤能续杯就好了。”

江遂朝打菜的窗口看了一眼，那边黑漆漆的，师傅已经收拾东西下班了：“改天给你续。”

“嗯。”

迟意的食量不大，但师傅给她盛的量很足，迟意不想在部队里剩饭，便强迫自己尽量多吃一点儿。

喝完最后一口汤，迟意觉得自己好久没吃得这么撑了。

“你一会儿有事吗？”迟意看着送完餐盘回来的江遂，问。

江遂：“怎么了？”

迟意摸摸肚子，提议：“我们去训练场走一走吧。”

“行。”

两人刚从餐厅出来，迟意突然看见旁边的灌木丛里蹿出一道黑影。非但没有减速，那黑影直冲着他们这边过来。

迟意被吓了一跳，刚要躲，只听江遂厉声喊道：“五杀！”

迟意惊魂甫定，定睛一看，是一只黑背。它又萌又凶，一双大眼睛上跟涂了睫毛膏似的。

“坐。”江遂下指令。

这只叫“五杀”的军犬立马坐好，哈哈地冲江遂吐舌头。

它叫五杀吗？

迟意想到江遂养的那只叫“顶流”的古牧，怀疑自己是不是把它名字的含义想得高深了。

五杀，顶流。江遂或许真的只是喜欢它网络术语的含义。

迟意嘴角微动，被逗笑：“他叫‘五杀’？这名字……你取的吗？很有趣。”

江遂却说：“陈予光取的。”

迟意想到了这个老同学，想到大一那年他送到女生宿舍的花，和他那唐突而直接的表白。

“他也在部队吗？”

江遂解释：“他在金融行业。‘五杀’是他大一来南境玩时捡的。他因为要回学校，也带不走，就留在我这里养。”江遂说着，顺着狗的脖子捋了捋，“小家伙自身素质过硬，被选为军犬，一直留在这里。”

于是他们去训练场走一走的队伍里，多了一只军犬。

因为提到了陈予光，两人聊了些高中时的事情。

迟意说自己高中毕业后，还联系的同学很少。她读书时便和其他同学往来不多，更别提毕业后了。刚升入大学时，还常有高中同学在她的QQ空间留言、求互踩什么的，渐渐大家有了自己新的生活圈子，交流少了，也便没了这样的仪式感。

算下来，她这两年还联系的高中同学也就只有江润如了。

“现在还多了个我。”江遂补充道，“我也是你的高中同学。”

迟意笑，心里酸酸的。她问道：“江遂，你高中时对我是什么印象？”

月光将他们的影子拖长，江遂盯着这莫名和谐的画面，想了想，说：“很耀眼。”

她耀眼吗？

迟意偏头，觉得他说的不是自己。

但江遂的神情无比笃定，令迟意找不到反驳的机会。

江遂说起高三那年元旦晚会的事情，说她那天表现得很好。

迟意听着这跨越七年时光迟来的夸赞，感恩大于欣喜。

“谢谢。”迟意小心翼翼地说，“其实我更喜欢高二那年的元旦晚会。”

江遂想了想，不记得那年有什么印象深刻的事情。

说话间，两人停在宿舍楼下，迟意面朝江遂微微侧身：“我到了。”

江遂嗯了声，低头：“五杀，和姐姐再见。”

黑背得令，汪汪叫了两声。

迟意笑着和江遂说：“那我上去了。”

江遂点头：“早点儿休息，别熬得太晚。”

“好。”

江遂不知道，他随口的一句嘱咐，迟意竟真会照着做了。

房间里，吃饱喝足的同事们正等着迟意回来继续开会，哪知吹了会儿晚风再回来的组长非但没有继续剥削他们，反而非常爽快地安排大家：“今晚就到这里吧。明天大家早点儿起，先把紧急的问题解决了。至于其他问题，拍摄过程中遇到了再随机应变。”

迟意说完，房间里陷入了短暂的沉默。

她茫然地摸摸脸，不解地道：“怎么了？还有什么疑问？”

“没，没问题了！”同事们欢呼，“组长万岁！组长晚安！”

迟意莞尔：“晚安。”

带着江遂的祝福，迟意一夜好眠。

隔天是个大晴天，迟意起了个大早，洗漱好下楼时，训练场上拉练的号子整齐而响亮。

她感慨着自己高中时也能五点钟起床，去学校上自习、跑操，并且完成一天的课程，夜里九点或十点结束晚自习。对比现在，她那时候的精力是真的好。

迟意带着团队从训练场旁经过，目光不住地往那边扫，试图找到江遂的身影。

纵使江遂在迟意眼中是特别的，但面对眼前这上百号穿着同样作训服的战士，她一时还真没那么容易辨认出来。

在迟意找到江遂之前，江遂看到了她。

准确地说是在电视台的这一行人出现在可视范围内时，江遂便开始留意这边。她今天穿得很运动风，肥大的短T恤下戴着防晒袖，头上是一顶深灰色的棒球帽。

她个子高挑，走在一行人的最前面，正侧头和旁边的同事说着什么。

江遂只看到一个侧脸，便认了出来。

“笑笑，你把这藿香正气水给大家分一下。”迟意嘱咐完，在笑笑拎着一兜药盒分发时，又扬声和其他人说：“一会儿拍室外大家一定要注意防护，如果谁感觉身体不适，其他同事帮忙顶一下。”

“知道了，意姐。”

一行人渐渐走离训练场。

正式开始拍摄前，迟意跟着摄影组看今天的拍摄效果时，听到旁边响起几声“嵩哥”。她拿着帽子遮了遮太阳，侧头看到李嵩戴着墨镜在这亮相。

“还没开始录，让笑笑带你去休息会儿。”迟意用公事公办的语气道，转头去找笑笑。

“我就来逛一圈。”李嵩递过来个随手杯，“这个给你，你爱喝的蓝山。”

迟意看到李嵩的助理在给团队的其他同事分咖啡，才接了这个随手杯：“谢了。保证让摄影师把你拍得帅帅的。”

李嵩就着衣服蹭蹭手，没走。

“姐姐，”李嵩一用这语气喊她，迟意就知道准没好事。

迟意从摄影机上移过视线，谁知却听见他说：“黛姐都和我说了。我决定以后不喜欢你了……”

笑笑正和江遂详细说着今天拍摄工作的变动，抬头见后者直勾勾地盯着某一处皱了眉。

“江队长？您有听见我刚刚说的吗？”笑笑试探着喊了声，循着那个方向看过去。

还没等确认江队长看的是不是她组长时，笑笑便见他收回了视线，忙道：“我再说一遍。”

“我在听。”江遂简短地回答完，又看回方才那个方向，一抬下巴，“他就是李嵩？”

“对。”笑笑重复方才的话，“他是录制嘉宾里年纪最小的，比较好动有趣，我们希望既能在他身上体现出综艺效果，又能提高他勤勉正义的形象。”

江队长淡淡地嗯了声，说：“我有数了。我去和你们组长打个招呼。”

“好。”笑笑不知怎的，觉得有些不踏实。

江遂走近时，正听见李嵩说：“我先走了，姐，咖啡记得喝。”

迟意送走李嵩，冲江遂扬起笑脸：“你训练完了？拍摄安排上做了些变动，笑笑有转达给你吗？”

江遂看了一眼迟意随手塞给摄影同事的咖啡杯，目光柔和了些，回答：“说了一部分。”

迟意随手从旁边的纸箱里拿了瓶矿泉水，问：“刚讲到哪里了？我接着和你说。”

等开始拍摄时，迟意才想起那杯咖啡来。

迟意喝咖啡的习惯很多年了，同事间、合作伙伴间互请个咖啡是常事。但早晨被江遂看着，迟意总觉得那杯咖啡有些不合适，随手一搁便忘了。

这会儿迟意觉得嘴巴干，正要打发笑笑去帮她冲一杯速溶咖啡时，见前几日得了江遂授意照顾她的小战士走过来。

“迟姐，这是江队给你的。”

迟意看着小战士递来的水壶，说了句：“谢谢。”

小战士有事要忙，东西送到便一路小跑着离开了。

迟意仔细打量会儿水壶，才拧开喝了口。没有咖啡，有爱心水解解渴也很好。

哪知迟意刚尝到滋味，立马弯起眼睛来，心里甜滋滋的，立马多喝了几口 。

壶里装的不是咖啡，是她昨晚说好喝想要续杯的绿豆汤。

综艺节目从夏天拍到秋天，两个人的关系达到了某种和谐阶段，两人时常见面，但谁也没再提告白的事情。

他们渐渐习惯了彼此的存在，习惯了五杀的矫健身影和美味的绿豆汤。

九月底，节目录制接近尾声。这两个月以来的录制虽有坎坷，却也还算顺利地完成了。

“下个月四中校庆，你回去吗？”这天拍摄结束，江遂来问她。

迟意记得江润如和自己提过这件事情：“回去的。润如还说我们几个聚聚。”

江遂点头，无比自然地道：“行。那到时一起走。”

“好。”迟意有些紧张地掐了掐自己的掌心，确定这不是一场梦。

等她回到那个角角落落都有着他生活痕迹的四中，那她的喜欢势必无处遁形。

/ 第十一章 /

盖了章便是女朋友

说来也巧，九年前迟意跟着宜佳禾搬来北央，也是在一个秋天。

迟意便是在这个秋天遇见了那个意气风发的少年。

“这次回北央有什么想去的地方吗？”江遂的声音把迟意从回忆里拽回。

她从绵白的云层上移开视线，扭头看向江遂：“趁校庆回四中看望一下老师，和润如叙叙旧，再就是还有点儿工作正好趁这趟来北央处理一下。”

迟意说完，后知后觉自己说得太正式了。她不好意思地找补道：“好像有点儿无趣。”

江遂没说什么：“有时间的话我带你逛逛。这几年北央变化挺大的。”

“好。”

迟意随手翻了下小桌板上的文件，是那档军旅综艺节目的营销方案。她琢磨着早些年宜佳禾是如何平衡工作与恋爱时间的，一时有些走神。过了会儿，她注意到江遂正盯着自己。

她想起自己包里有读物，问他：“我带了书，你需要打发一下时间吗？”

“可以。”

迟意从包里把书拿出来才意识到，自己装的是一本村上春树的书。

她犹豫这样意外地“投其所好”会不会显得有些刻意。毕竟她很多年前便知道，他很喜欢这个作家。

“《挪威的森林》吗？”江遂没看到书名，但通过书的装帧便轻松认出来了，“巧了，我很喜欢这个作家。”

迟意避无可避，佯装坦然地把书给他。

江遂看书的时候，迟意看营销方案。工作的事情杂而碎，迟意眼皮发沉，有些犯困，看完最后一页，忍不住打了个哈欠。

“困了？”江遂抬起手腕看了一眼时间，“困了就先睡会儿，还有一会儿才到。”

“是有些困。”迟意搓搓鼻子，压下第二个哈欠。

迟意从包里找出自己的蒸汽眼罩，想了想，拿出来两个。

“你要睡会儿吗？”

江遂从刚刚她拿书时便对她的包感兴趣，准确地说是对包里的东西感兴趣。

它像个百宝箱，里面什么东西都有。

他看着迟意递过来的浅紫色包装的眼罩，果断地说道：“我不用。你睡吧。”

他看着迟意把多余的眼罩放回去，忍不住笑笑，觉得女孩真是个神奇的物种。

小时候隋荷教他，要绅士，要细心。这几年在部队里，他身边都是男人，日子不知不觉过得糙了些。

等他跟迟意在一起后，这些事他得帮忙想着。

说到在一起……

江遂看看戴着眼罩靠在椅背上女孩，再等等吧。

等她做好决定。

航班落地的广播响起后，江润如等了会儿，看到迟意和江遂推着行李车出来。

“意宝，这里！”

江润如抱了抱她，抓着她的手臂舍不得放开：“你怎么瘦了？”说完她才看向到旁边的江遂。

江遂转了下行李车的方向，免得挡着其他路人，抬头对上江润如的视线，自然地接话：“这可赖不着我。”

江润如：“我说什么了啊？你这属于心虚。”

迟意笑了。

离开机场的路上，江润如才问起刚被打断的问题：“你们怎么一起回来了？”

江遂主动要过车钥匙开车，迟意和江润如两个许久不见的小姐妹坐在后排拉着手说体己话。闻言，他抬眸通过后视镜看了一眼后面，迟意也恰好抬头看他，两人的目光在狭窄的镜面里，不经意地撞上。

“上个月刚一起录的节目，便约着一起回来了。”迟意如是说。

江润如只是随口一问，对答案也没深想。

到了酒店，办理入住时江遂接了个电话，江秉青有事找他。他挂了电话，看向迟意：“我得回家一趟，那你先跟润如四处逛逛。”

迟意点头：“嗯。下午见。”

和迟意说完，江遂才看向江润如，说了声再见。

江润如无所谓：“你个电灯泡快点儿走，我们小姐妹要开始说你坏话了。”

江遂一走，江润如贼兮兮地蹦到迟意跟前，撞撞她的肩膀：“什么情况？”

迟意装傻：“什么什么情况？”

江润如严刑逼供：“从在机场见你们的第一眼，我便瞧出不对劲儿了。你俩肩并肩，可不是普通朋友的安全距离。”

“……”

迟意支支吾吾，暂时没说江遂向她表白的事情。

从酒店离开，江润如带她去了苏麻离青胡同。

见迟意坐在车上看着窗外出神，江润如探身从后座拿过相机包，问她：“怎么？不认识这里了？”

“还认识。”

高中毕业后，迟意便很少回北央。每回来都是因为工作，赶巧了能跟江润如吃顿饭聊聊天，忙起来便全程工作。七年间她一次也没来过这里。

不知道是因为久别带来的陌生感，还是岁月在这里留下的痕迹过于明显，迟意看着老旧狭窄的胡同，有些不敢认。

“工作后我把米粉店的那个门店盘了下来，开了一家照相馆。”江润如把车停好，开了店门，让迟意随意看看，便进了卫生间。

店里重新装修过，很难看出早些年的痕迹。

迟意打量一圈后，视线渐渐落在正对门口的墙上。那里安装了置物架，摆着江润如在全国各地拍的风景照。过去，这个位置是一面留言墙，上面花花绿绿的便笺承载着无数个梦想与祝福。

梁叔关店时，迟意帮着他一起收拾的。

江遂写的那张便笺，也是那时被她装进了口袋，珍藏起来。

故地重游，往事一点点被勾起来，迟意感慨万千。

“江润如没在吗？”背后突然响起一道男声，迟意闻声转头。

陈予光似乎是刚运动完，藏蓝色的休闲衬衣里是白色的棉 T 恤，肩上背着个白色的运动包，非常具有少年感的打扮。

他一边摘口罩，一边看向迟意，有些诧异：“什么时候回来的？”

“中午刚到。”迟意朝某个方向一指，说，“润如去厕所了。”

陈予光点点头，对于这个答案也并没有那么关心。

两人间一阵无话，陈予光故作轻松地去会客桌上抽了张纸巾，仔细擦了遍手，才看向迟意：“是来出差还是……”

迟意回答：“回来参加校庆。”

陈予光才想起校庆的事。

卫生间里传来冲马桶的声音，随后江润如洗了手，擦着护手霜出来。

“还说下午去吃火锅呢，我这不争气的胃只能喝粥了。”她出来，看到屋里多了个人，自然地打招呼：“来得正好。你那些照片洗好了，我拿给你。”

江润如把照片拿出来时，顺便从冰箱里拿了水果饮料。迟意见她拿不过来，起身过去帮忙。

陈予光也有起身的动作，但比迟意慢了一拍，便重新坐了回去。

江润如把照片给了陈予光，示意大家坐到沙发上聊，看向另外两人说起来：“你们也好久没见了吧？”

“大一时我去南境找阿遂玩，见过小意一次。”

迟意浅笑：“也有六年没见了。刚刚看到还真没敢认。”

迟意这才感受到老同学见面，因为生疏没话聊的冷场。

陈予光张望着，突然想起来：“好像我们第一次见面就是在这里。”

迟意无奈地想道：“那碗米粉……”

在江润如一脸茫然的表情中，陈予光笑着说道：“那时这里还是梁叔的米粉店，是个什么假期吧，咱们约好了在这里集合，我先到了便点了碗粉准备边吃边等，谁想我点完东西后只是玩着手机去了趟卫生间的工夫，回来不仅坐错了位置，还错吃了她点的米粉……”

“这也太尴尬了。”江润如捧腹大笑。

迟意跟着笑：“谁说不是呢？那天是我搬来这里的第一天，便遇到这么一个脑子不太聪明的人，心情确实有些复杂。”

三个人在照相馆待到五点，结束工作的李恩宇来接他们去吃饭。

几个人约好去吃韩国料理，到的时候江遂已经占了位子在等他们了。

“还没点东西，你们看看想吃什么。”江遂和众人说着，在迟意走到桌边时，自然地起身，让她坐到里面的位子。

桌子挨着墙，两条长边是双人凳，窄边还摆着把椅子，完全能坐下五个人。迟意被动地选好位子后，江润如和李恩宇顺其自然地坐在了她和江遂的对面。

陈予光左看看右瞧瞧，沉默了。

江遂不知死活地踢踢桌边的小方凳，故意提醒他："坐，特意让服务员给你准备的。"

陈予光有苦难言："你们过分了啊，成双成对，让我挤在走廊。"

江遂笑道："怎么，羡慕啊？"

陈予光骂了句脏话，也笑了："我欠你们的。"

江润如坐下后一直在和李恩宇说话，闻言才抬头，看了看现在的座位，冲迟意直使眼色，心说这男友力可以啊。

迟意听着两人熟悉的互骂声，嘴上带着笑，佯装看不懂江润如的意思。

店里投影幕布上正播放着一部经典的韩剧，是一部青春怀旧剧，迟意看了很多遍。

主题曲响起的时候，迟意不自觉地被牵动了感伤的情绪，当年转来四中是意外，遇到江润如这群朋友也是意外，但自己确确实实因为江润如的陪伴、江遂的出现而蜕变、成长，在那个单纯的年纪，拥有了很多美好的回忆。

与这群朋友聚在一起，迟意觉得温馨又珍贵。

吃完饭，江润如提议去玩剧本杀，被江遂果断制止了，理由是："明天吧。今天又是坐飞机又是聚餐，折腾了一天，我先送她回去休息。"

江遂提到迟意时，偏头看向她，引得江润如也往这边瞥。

江润如意味深长地哦了声："行吧，那暂时放过你们。"

几个人开始聊别的话题。

迟意朝江遂那边歪了歪身子，小声说："我其实没事的。"

江遂却说："一会儿带你去个地方。"

迟意诧异地抬眸看他，江遂浅笑着冲她一眨眼。迟意心头一软。

江遂故意问她："去不去？"

迟意别开脸，嘟囔："我好像是有点儿累了。"

江遂嘴角一扯，带着纵容意味地笑了一声。

大家又聊了会儿，才起身离开。

从餐厅出来，江遂和李恩宇去开车，陈予光陪着两个女生在路边等。

十月的气候凉爽，晚风吹得人很舒服。久不回北央，这座城市奔波而繁忙的气息让迟意感觉冷漠又熟悉。

江润如依旧像学生时代一样，挽着迟意的胳膊赖在她身上：“意宝，我觉得你完了。你想不喜欢他都难。被阿遂这样温柔又绅士的男人爱上，你这辈子是栽了。”

迟意含糊地嗯了声，心里想的是，爱上他，自己这辈子也栽了。

“被他这样对待的上一个女生还是隋姐儿呢。”江润如笑着，用手肘一撞陈予光的手臂，问：“你说是吧？”

陈予光看了迟意一眼，后者正望着停车场出口的方向。她白皙秀丽的五官被夜晚璀璨的城市灯光照得小巧立体，阅历让她比高中时要从容独立，但眼神依旧清澈。

陈予光不着痕迹地移开视线，漫不经心地说了句：“是吧。”

他们又说了什么，迟意没听见。

停车场一前一后驶出来两辆车，江润如见着李恩宇的车，问陈予光：“让阿遂送迟意，你坐我们的车。”

陈予光耸肩：“行。”

江遂坐在后面那辆车上。他手肘放在车窗上，朝迟意看了一眼：“上车。”

江润如笑嘻嘻地一推她：“快去吧。”

迟意扭头想说什么，却又不知说什么，冲江润如露了个无奈的表情，说：“明天见。”

陈予光说：“路上慢点儿开。”

而江润如意味深长地说：“注意安全。”

“……”

不怪迟意想歪。江润如提醒的语气着实有些不正经，不像是说路上开车的事情。

两辆车在下一个路口分别。

迟意惦记着江遂方才说的话，问："我们要去哪里？"

"一会儿你就知道了。"

车子在城市中心穿梭，最后停在一处停车场。

"到了？"迟意边解安全带，边转头看，知道这是哪里，"停车场电影院？"

江遂示意她下车，先绕到后备厢去收拾东西。迟意过去时，江遂铺好了软垫和毯子，旁边放着零食。

"上来坐。"江遂搭了把手，把她拉上来。

迟意低声说了句"谢谢"，挨着他坐下，两人盖一条毯子。

他们看的是一部很老的片子，《怦然心动》。

这片子迟意看过无数遍，每一次看时都想着以后要跟男朋友一起看。想起自己这个约定，迟意坐直些，扭头看江遂。

江遂回视着她，茫然地道："怎么了？"

"没事。"迟意为这不谋而合的意外而惊喜，四目相对的下一秒，便飞快地转回头。四周光线暗，她自以为把嘴角的笑隐藏得很好。

江遂却看得清楚，抬手胡乱揉了下她的头发，吐字："傻。"

回去的路上，迟意问他："怎么突然想起来这里？"

"你说过喜欢的。"

"有吗？"

"你在那个小说里提到过。"

迟意眨眼，想起自己在故事中用过这个情节，有一年重温完这部电影也在微博上感慨，说了自己和未来男朋友的小约定。

他竟然知道。

也是，迟意想起来，梁嘉懿说过他是自己的读者。

迟意哦了声，心里酸酸胀胀的，掐着手指，不知所措。

江遂说："你想做的，我都会陪你去做。"

迟意抓了抓衣服的布料，说："其实你不用做这些的。"

她以前觉得一个合格的男朋友要陪着自己做一遍自己喜欢做的事情，可等他真的朝自己走来时，却发现，所谓标准，都比不过他在。

因为迟意真的好喜欢好喜欢他啊！

迟意犹豫着该如何解释，谁知这一犹豫，便到了酒店。

江遂看她进了酒店才回家，到家后，给迟意发了报平安的消息。迟意抱膝坐在酒店的落地窗前，看着城市的车水马龙，脚边的手机屏幕亮了又灭。

迟意后知后觉地将手机拿起来。

江遂发的是一个小视频。

迟意点开，看到顶流在屏幕里欢快地摇尾巴，眼睛被毛盖住，看上去憨憨的。迟意忍不住弯了弯嘴角，接着听到江遂的画外音："顶流，和姐姐打个招呼。"

"汪汪！"

视频播放完毕。

迟意将下巴垫在膝盖上，胳膊环到小腿前面，两手拿着手机，回复："到家了？"

没有发消息，江遂直接发了视频电话过来。迟意猝不及防，手一哆嗦险些把手机摔了。

她坐直些，接通视频。看着屏幕中江遂英俊的脸庞，她问："怎么了？"

江遂刚到家，开门后让狗先进去，然后在玄关处换鞋子。

他拿着手机，因为弯腰放鞋的动作突然凑近屏幕。迟意一动不动地盯着镜头那边的他，他就是这时候一撩眼皮，回答了迟意方才的问题："查岗。"

他太犯规了。

迟意恢复到接电话前的姿势，隐藏着慌乱的情绪，居高临下地看着手机。

"那你要失策了，我很乖的。"迟意脱口说完，便愣住了，自己说了什么，这是在撒娇吗？

她试图用膝盖挡住通红的脸，绞尽脑汁地找话题将这一篇掀过去。

江遂笑笑，说：“是挺乖的。”

“……”

两人有的没的聊了会儿。

迟意突然开口，喊了声“阿遂”。

屏幕里的人抬眸看过来，隔着屏幕，两人四目相对。

这好像是迟意第一次这样喊他，以前她“江遂”“江队长”叫得生疏又顺口，这一声“阿遂”把他喊得心定，但这突然严肃沉默的气氛又让他心慌。

“怎么了？”

迟意问：“我那本小说，你看完了吗？”

江遂嗯了声，率先说：“孔明月把小说给我的时候，说校园篇的还原度很高。”

“这是出版社的噱头。”

江遂：“不管怎样，十一，我很羡慕他。”

眼睫一颤，迟意竟不知江遂有了这层误会。

“其实……”

“我心里酸得很。”江遂强调，“很酸很酸。”

江遂不知道，他说这话的时候，迟意的心都要化了。

她何德何能，得他用情至深？

她想要和盘托出，告诉他笨蛋那是你啊，但又害怕自己说出来，手里没了筹码。

她对爱情有着贪恋，却又有着敬畏。宜佳禾和迟临行是如何从相濡以沫到相看两厌的故事，她听过无数遍。

所以面对江遂的告白，迟意欣喜、激动，却也惶恐。

她一直担心，如果早一天答应，是不是在一起的日子便少一天……

这一晚，迟意睡得并不好，却做了一个与他有关的美梦。

可能是临睡前想了太多有关他的事情，她这晚梦见了江遂。

在梦里，她也不知哪里来的力气，竟半推半就地把欺身压过来的男人反压在床上。

男人穿着军装，腰带难解得要命。手掌下结实的身体烫得她整个手都在抖，她真是越急越解不开。

十七八岁的青涩退去些，糅杂着少年气的痞劲儿在他举手投足间发挥得淋漓尽致。

他轻笑一声，钳住她的手腕，重新掌握主动权。

…………

她是被江润如的电话吵醒的。

对面雀跃的女声问她现在起床了没，要不要一起吃早点。见迟意没有立刻回答，江润如又问："还是说你已经和阿遂约好了？"

正眯着眼犯迷糊的迟意一听到这个名字，梦里的画面涌入脑海。她立马清醒，慌张地道："没，我不和他一起吃。"

"那行，我一会儿开车去接你。"

江润如撇下李恩宇自己来的，接上迟意后，说着待会儿的计划。

"我们先去吃早点，然后去美容院，做完头发还要做美甲，满打满算，一上午时间可能不够，所以我们得快一点儿。"

"哦。"

被江润如拽着，迟意以为自己忘掉了那个梦，但在四中门口见到江遂时，两颊不自觉地红了。

迟意窘迫，在被问起是先去礼堂还是先在学校四处逛逛时，率先回答："我陪润如先去书店看看，你们去礼堂吧。"

江遂一脸莫名其妙："……"

连李恩宇都看出来了，迟意在躲他。

目送两个姑娘走远，李恩宇瞅了一眼好友，问："你昨晚做了什么？"

江遂捏捏后颈，一脸无辜地反问："我能做什么？"

李恩宇递过一个"好自为之"的眼神，拍拍好友的肩膀，示意：

“我去给江润如送包，你和予光先去礼堂吧。”

李恩宇拎着粉嫩的链条包，往书店的方向走。

校门口只留下江遂和陈予光。

江遂正认真地反思自己做了什么事，忽听陈予光问：“你在追她？”

江遂答得坦然又直接：“不明显吗？”

陈予光要说什么，嘴唇动动，半晌没有出声。

江遂瞧着他，道：“你今天怎么奇奇怪怪的？”

“我难道不是一直都这样？”

“德行。”

景观大道支着宣传牌和纪念品台。

李恩宇在陪江润如买书，迟意借口买水出来透气。谁知刚从书店出来，她便遥遥地看见江遂站在不远处的花坛旁，和一个女生说话。她不自觉地走下台阶，距离近了，也很快认出那是尤锐。

尤锐变化挺大的，穿一件铃兰花针织衫，头发绾成低低的发髻，妆容精致，踩着细高跟鞋站在江遂身边，气场上完全不输他。

迟意准备去旁边的纪念品摊等一会儿，等两人聊完再过去。谁承想她还没拐弯，便见江遂冲她招了招手。

迟意勾了勾嘴角，抬步过去。

尤锐是在江遂招手的动作后，才缓缓看向这边的。她眯眼看了会儿，不确定地看向江遂，问：“迟意？”

江遂不置可否地一笑。

尤锐似乎看出了什么，像煞有介事地问道：“所以她就是你当年拒绝我表白的原因？”

江遂想了想：“有一部分是。”

等迟意走近，江遂和她介绍：“还记得她吗？尤锐。高中时我们一起参加过‘模联’活动。”

迟意落落大方地打招呼：“好久不见。”

三人也没聊什么，尤锐接到电话先走了。

这里只剩下两人，江遂趁机开始兴师问罪："刚刚想去哪里？"

"看你们在聊天，就想着在一旁等会儿。"

江遂："还想躲着我？"

"我没……"

迟意想到自己给他判罪的原因，一时有些说不出口。

"我难得回来一趟，想多陪润如一会儿。"关键时刻，她拖了姐妹出来挡箭。

江遂理解地点点头，说："陪她也挺久了。"

迟意看着他。

江遂："是不是该轮到我了？"

四周的声音与画面一点点被抽离，迟意站在景观大道上，左手边是宏伟庄严的四中校门，右边是平坦宽敞的国旗广场，耳畔有一些声音缥缈而遥远地传来。

迟意在这里与同学们经历了一次次升旗仪式，也见证了尤锐的大胆告白。

这里处处都是与他相关的回忆。

但从此以后，这个校园里多了很多他们共同的回忆。

江润如和李恩宇有说有笑地从书店出来，先两步跑到迟意身边，挽上她的手臂，自然地道："好渴，我们去门口买奶茶。"

迟意冲江润如笑了下，下意识去看江遂。

后者安静地回视着她，不催不闹，在等她做决定。

江润如聒噪而热情，不知所谓地喃喃着"不知道奶茶店还在不在，换没换新品"。迟意为难地拨开她的手臂，在江润如一脸茫然中，挣扎着开口："润如，你让李恩宇陪你去吧。"

江润如茫然地道："怎么了？"

最后还是李恩宇看了江遂一眼，扯了下江润如今天为了装嫩特意扎的马尾辫，提醒道："走了，不是说渴了吗？"

江润如被拽着走出老远，才抬手拍掉他的胳膊："李恩宇，你不要总拽我的头发！”

目送两人走远，迟意松了口气。有些时候谎言堪比掩耳盗铃。她的脸皮实在是薄，她说不出口。

就这样，江遂还在取笑她：“十一，你不老实。”

迟意的脸更红了，她晃着手腕扇风，欲盖弥彰：“今天好热啊！”

江遂嘴角的笑意更深了。

校庆结束离开学校时，迟意坐回了江遂的车上。

她上车前江遂在打电话，江遂注意到正开车门的她，随手把副驾驶位上放着的外套拿开，方便她坐。

“行，我知道了。”

江遂不知应了什么，随后挂断电话。

迟意系安全带时，察觉到江遂一直盯着自己，茫然地抓着安全带，偏头问：“怎么了？”

江遂抓着方向盘的手指紧了紧，他犹豫着问她：“你……想不想跟我回趟家？”

迟意抓着安全带，眼底的茫然一点点被惊慌替代，自以为不动声色地一眨眼，问：“现在吗？”

“嗯。”

迟意的心跳到了嗓子眼，她还没想好该答应还是该拒绝，便见江遂表情一松，抬手弹了下她的脑门：“想什么呢？”

他力道不是很重，只是手背悬在她的额头前，手指轻轻一碰她。

随着这一动作，江遂缓缓地解释道：“顶流身体不舒服，我妈陪我爸去医院复查，家里没人，所以我需要回去带它去宠物医院。”

“这样啊……”迟意窘迫得简直没脸见人。

两人先回童话里接顶流。四中距离童话里不远，迟意读书时常绕路从这边上下学，所以对街旁的景致印象深刻。

童话里还是老样子，当年簇新的公寓在岁月间好像旧了些，但熟悉的建筑与绿化充满了熟悉感。

宠物医院在小区附近。两人带着顶流步行过去。

医生做了一通检查后，下定结论得做手术。

因为顶流年纪太大了，医生不敢给它全麻。江遂与医生就这事进行探讨。

迟意站在远处听了会儿，蹲在顶流旁边，伸手抓了抓它的脖子，轻声问：“你还记得我吗？”

顶流耷拉着脑袋，趴在那里，短短地呜咽了一声。

“它记得。”江遂不知什么时候出现在她身后，手里拿着一些单据，居高临下地看她。

迟意冲他笑笑，才起身。可能是蹲得有点儿久，迟意眼前发黑，身体晃了下。

江遂扶了她一把，关切地道：“没事吧？”

迟意扶了下额头，轻轻摇头。

从宠物医院出来，江遂把狗绳递给迟意，让她在路边等着，自己进了附近的便利店。

“又只剩我们两个了。”迟意说完，歪着脑袋想了想，才反应过来自己为什么要说“又”字。读高中时，江遂也是把她丢下看狗，自己去了便利店买东西。

当时她扭到脚，江遂给她买了冰棍冷敷。

时过境迁，她竟在相同的地点，经历着类似的事情。

迟意轻甩两下狗绳，说：“咱俩也挺有缘的。”

“什么有缘？”江遂回来，听到她的话，问道。

迟意转身，见他拿着一盒酸奶，一根火腿肠，料想他大概率不记得，便也没说：“没什么。”

江遂没追问，自顾自地把酸奶插好吸管后递给她：“喏，大病号。”

迟意摸摸鼻子，说了声谢谢。

随后，他又拆了火腿肠，喂给顶流：“小病号的。”

“……”

接下来一周，迟意晚上住在酒店，白天便跟江遂在北央逛，去哪里都会带上顶流。

隋荷和江秉青去郊区的古镇度假了，家里没人。迟意被江遂领回了家。

来的第一天，迟意坐在客厅的沙发上，看江遂在厨房里洗水果的身影，觉得自己像极了同学背着父母领回家的小女朋友。

就这样来了一周，迟意已经适应了这种状态。

这天，迟意到时家里没人，江遂在电话里说自己在宠物医院拿药，告诉她密码让她先进去。迟意问："叔叔阿姨不会突然回来吧？"

江遂反问："回来不也挺好？省得你一直吊着我不答应。"

迟意搓搓鼻子，想解释自己不是这个意思。

江遂只是开个玩笑，也没真责怪什么："我爸妈要待半个月，我回南境了，他们也回不来。"

迟意嗯了声，开门进屋。

二楼摆着一架钢琴，正冲着天井的位置，高悬的水晶吊灯华丽而耀眼。

顶流毫无精气神地趴在琴凳旁边，看着羸弱又可怜。迟意将带来的花搁到茶几上，便过去逗它："你在这里做什么？"

迟意学钢琴那几年考过级，所以对钢琴的品牌有所了解，她蹲在那里逗顶流的时候，注意力不自觉地被旁边的钢琴吸引。

"是不是想听琴？姐姐给你弹琴好不好？"其实是她自己想弹。

江遂回来时，看到的就是这样一幕。

目光穿过二楼栏杆，他看到一人一狗坐在钢琴旁。流畅动听的钢琴声缓缓流淌，江遂换完鞋子后停在玄关处听了好一会儿。

他想到有一年冬天，自己为元旦晚会的节目排练。他去走廊打了个电话的工夫，再回琴房便发现有人在用他的那架钢琴。

他也是站在门口听完那人弹了这一首。

明明是很欢快的曲子，却被那人弹得莫名悲伤。

迟意等他走近才发现他，手指的动作停下，看向他笑道："你回来了。”见江遂一直盯着自己刚从琴键上收回的双手，她不动声色地把手往袖子里缩了缩，解释道，“刚刚闲着无聊，就……”

“一起弹一首？”

迟意不确定地嗯了声，心里有根弦被轻而易举地拨动。

“好。”

江遂在她旁边坐下，随意活动了下手指，说：“挺久没弹了。”

“那挑一首你熟悉的曲子。”

“就刚刚那首吧，*Summer*。”

电影《菊次郎的夏天》的主题曲。

别墅里很安静，二楼栏杆旁的位置视野开阔。

两人并排坐在琴凳上，黑白琴键上两人四手联弹。顶流去了江遂的脚边，蹭着他软绵绵的家居拖鞋，找了个舒服的姿势继续趴着。

江遂上军校后，便很少碰钢琴。他因为生疏手指微微发僵，又因为紧张觉得没有发挥好。

迟意纵使方才练习了一遍，但再和江遂配合时，仍然紧张得要命。

她忘不了高二那年的元旦晚会，自己得知尤锐和江遂要表演四手联弹时，内心有多痛。

所以她真切地感受到此时此刻，自己有多么幸福。

她年少时没有实现的梦啊，真的有重新被他弥补。

“高中时，你是不是……”一曲结束，江遂说出心中的疑惑。

迟意闻声，同时侧头：“什么？”

两人本就是并排坐着，这一动作又骤然将两人间的距离拉近了些。

五官骤然放大，两人连彼此的眼睫毛都能数得清。

两个人谁也没有再出声破坏气氛。

江遂甚至连呼吸都放轻了几分。

被江遂以这样饱满的情绪注视着，迟意手指微蜷，抓了抓衣服。暧昧的气息在两人间发酵。

江遂喉结上下一滚，不知不觉朝她凑过来。

迟意也在靠近。

两人都在靠近，最终吻在了一起。

他们吻住了分别的七年时光，吻住了沉默而轰轰烈烈的那两年。

片刻后，两人分开。江遂用手捧着她的脸，与她额头相抵，笑了下：“十一，盖了章就是我女朋友了，不准要赖。”

迟意脸颊微红，微喘着气，手还搁在他的胸膛处。她掐掐手指，尖锐而绵长的疼痛仍不能冲淡心中的不真实感。

“怎么了？”江遂坐直，与她平视，一动不动地盯着她的眼睛。不知为何，他觉得她此刻十分悲伤。

迟意敛眉，轻轻摇头，说：“没。我觉得自己像在做梦。”

“傻瓜。”

江遂揽着她的肩膀，重新将人吻住。

再结束时，迟意浑身软成一摊水。她靠在江遂怀里，下巴垫在他的肩膀上，没骨头似的靠着他。

江遂回拥着她：“现在真实了吗？女朋友。”

“嗯。”

两人在家里吃了饭，江遂做的。迟意想要帮忙，被江遂赶了出来。她左右张望着，蹲在茶几旁把带来的一大捧鲜花剪好、插好。

吃饭时，江遂看到那束花，问：“你买的？”

迟意点头，一副求表扬的样子：“好看吗？”

江遂嗯了声，又说：“花要别人送的才好看，以后男朋友给你买。”

迟意撇撇嘴，哦了声，心里却甜滋滋的。

吃了饭，两人窝在客厅看电影。迟意盘腿坐在茶几旁随手搭着乐高，时不时抬头瞟几眼电影里的画面，江遂支着腿坐在她旁边，靠在沙发上，目不转睛地看着她。

迟意随口问了几句江叔叔的情况，江遂说是每年的例行复查。

迟意又和江遂聊起顶流的手术。

她问什么，江遂就答什么。两人就这么聊了会儿，江遂抬手揉了揉她的头：“这就进入身份了？”

迟意顺着他的动作侧头，理解他说的后，立马红了脸，目光躲闪：

“懒得理你。”

午后的时间安逸，两人安安静静地靠在一起，正应了那句岁月静好。

迟意拼了会儿乐高，正准备和江遂说句什么，偏头才发现他的手肘垫在沙发上，手背撑着下巴，似乎是睡着了。

迟意凑过去，嘟囔：“这电影也不难看啊！”

迟意正犹豫着要不要叫醒他让他换个姿势睡，看到他睡着时安详的样子时，愣在那里迟迟没动。

她伸手碰了下他高挺的鼻子，然后滑过他的嘴唇。

他的嘴唇真的好软。

刚刚接吻时迟意便发现了。

迟意心跳加速，鬼迷心窍地凑过去，蜻蜓点水地啄了一下他的唇。

只是她刚准备逃跑，便见江遂缓缓地睁开了眼。他眼底清明而精神，带着使坏得逞的笑容，显然他刚刚是装睡的：“十一，你在做什么？”

迟意嘴角微动，掩耳盗铃地解释：“人工呼吸。”

“是吗？”江遂坐直些，饶有兴致地说，“那看来你没有认真听讲啊！人工呼吸前不先解开衣服吗？”

“……”

迟意六月在突击队体验节目安排时，他确实教过。做人工呼吸时，先让患者躺平，解开上身的衣服……

正正经经的医学救助，怎么被他说得这么奇怪？

迟意气急败坏，转头要走：“我去喝口水。”

江遂轻笑一声，整个胸腔都在震。

“再亲会儿。”他把人拽住，在她跌向自己时，扣着她的后脑勺，拉近距离，深深地吻住她。

两人在地毯上滚了好一会儿，迟意的衣服被揉得乱七八糟。

“十一，我喜欢你。”

“我也是。”

两人在一起那天是十月十五日，迟意对日期很敏感，所以不会忘记二〇一二年的这个日子，自己开始在贴吧记录他的故事。

他们没在一起时，迟意预想了很多，也担心了很多，但就这样水到渠成地确定了关系，好像感觉还挺不错。

但因为这段关系的确立，迟意才真切地感受到自己努力缩小的两人间的差距，再次拉开。

不是谁对谁的爱更多带来的差距，而是在这段感情的日常体现上——江遂真的太会谈恋爱了，自己与他在一起，被衬托得特别像小孩。

迟意一点儿也没学来宜佳禾的恋爱技巧，在相处中拘束、被动，反观江遂，真是与她大相径庭。

迟意觉得自己这一次，栽得更狠了。

在北央待了小半个月，两人也该回南境了。

来的时候是两个人，回去时就变成了一对人。江遂怎么想都觉得这趟北央之行挺值的。

离开这天，江遂来酒店接她，自然地将她的行李箱接过，随后将自己的行李包放到她的拉杆箱上，单手推着，腾出一只手来牵着她。

他这一牵就是一路。

上了飞机，江遂仍紧紧攥着她的手，迟意觉得大庭广众之下不好意思，抓过薄毯盖在两人的手上，实在是怕他们太甜蜜中伤路人。

两个小时后，飞机在南境落地。两人下到车库，江遂找到自己半个月前停在这里的车，把迟意送回了家。

分别前，江遂把车停到隐蔽处，熄了火，和她亲了会儿。

结束后，迟意问："你现在回队里吗？"

江遂嗯了声："怎么了？"

市区路堵，从市中心开回队里的时间不比北央到南境的航班时间少。迟意心疼他太累："要不要上去睡会儿，吃点儿东西再走？"

“睡什么？”江遂眼底含笑，忒坏，“十一，你这是在诱惑我做坏事。”

迟意义正词严地强调：“我很认真地在说事情。”她哼了声，开车门，“不和你聊了，我走了。”

江遂笑着跟下去，牵着她一直把人送到楼底下。

分别时，江遂没忍住又要亲她。迟意对他的举动有所预判，抬手捂住嘴。她用手背捂的，江遂扑了个空，只啄了她的手心一下。

迟意支支吾吾地道：“被人看见了不好。”

江遂顺着她说：“这不正好让左邻右舍都看看，住十七栋的这个美女名花有主，男朋友贼帅，早些死了惦记的心。”

迟意被他的花言巧语折服，嘟囔：“也没人觊觎。”

“我看谁敢。”

迟意翘着嘴角，忍着笑，把他往车子的方向推：“我上去了。你不是有事吗？快去忙吧，路上开车慢点儿。”

“我看你上去再走。”

“哦。”

休了小半个月，电视台里攒了不少工作，迟意一头扎进去便忙忘了时间。她经常是忙着忙着，等休息的空当，看到微信栏上置顶的联系人，才后知后觉地意识到自己还有这么个男朋友。

江遂为了改变她这个习惯，特意挑了个休假的日子，大中午来电视台接她吃饭。

迟意被他这隆重的仪式感整得莫名其妙，笑着问他：“今天什么日子啊？”

“想你了。”江遂捏着她的手指，问她，“你平时中午都吃什么？”

“我吃得挺随便的，就在员工食堂里简单对付一下。”迟意琢磨着江遂难得有假，打算找个环境好一点儿的餐厅。

她正想着，听见江遂问：“员工食堂往哪里走？”

迟意愣了下，诧异地道：“你想吃？”

江遂嗯了声，说：“入乡随俗。”

往餐厅走这一路，不停地有同事和迟意打招呼。有不少迟意都没印象的，也熟络地喊她一声“意姐”，然后捂着嘴看着江遂偷笑，说着什么“好帅啊”之类的话。

迟意起初当个乐子看，甚至和江遂打趣：“你这回头率，宝刀未老啊！”

但很快，迟意察觉出不对劲，很严肃地问他：“你是不是故意的？”

“还不算太笨。”江遂说，“既然你容易忘记我这个男朋友，那我只好想法子让别人多提醒提醒你。”

“……”迟意评价江遂，“你真的很有心机。”

“我这不是有心机，是爱你。”

既然他愿意融入她的圈子，迟意也没藏着掖着，被人问起便大大方方地承认，没几天台里都知道迟意拍了个节目的工夫就把人突击队最帅的队长搞定了。

正如江遂所说，迟意不论是工作时，还是休息时，总有人提醒她是有男朋友的人了。

日子虽然甜蜜，但两人聚少离多。

迟意估算着两人见面的日子，本以为要到江遂月底休假时才能见到他。谁承想，她带着团队去国防大学录节目时，两人又碰见了。

江遂在这有一个讲座，给今年的新生做动员。

迟意今天有些不舒服，以最快的速度结束了拍摄便准备走。被学校老师盛情邀请去讲座凑凑热闹时，她下意识地拒绝，但转瞬听到老师提到做报告的人的名字，立马改口应了下来。

报告厅肃穆而庄严，底下学生坐姿端正，背脊挺直，而讲台上的人一身便服，宽肩窄腰，英俊挺拔，简直不要太迷人。

对接的老师小声和她介绍：“台上的男人叫江遂，是个特种兵。”

迟意开玩笑：“咱学校的兵哥哥都这么帅吗？”

老师笑道：“你运气好，今儿个见着了最帅的。”

迟意莞尔，在心里补充，这最帅的还是她家的。

迟意一出现，江遂便看到了。起初他还以为自己认错了，见她冲自己笑，才相信真的是她。

报告结束，江遂大步流星地朝这边走来：“你怎么来了？”

老师在旁边问道：“你们认识？”

江遂没遮掩：“我女朋友。”

有了这层关系，老师看迟意的目光中多了些亲切：“既然这样，那你们聊，我去和主任说会儿话。”

“您慢走。”

送走老师，江遂把迟意领出了报告厅，去了旁边的安全通道。

“要去哪里？”迟意被他一声不吭的态度弄得莫名其妙，跟着走出去一段路，晃晃他的胳膊，让他停下。

江遂捏着她的手臂，把她推到墙上，眼神炙热，带着钩子。

“解解我的相思之苦。”他压着嗓子，声音低沉，带着折磨人的质感。

迟意被生猛而莽撞的攻势弄得心怦怦跳，踮起脚去回应他这个饱含思念的吻。

“一会儿有事吗？”结束后，江遂问她。

迟意抬眼看他：“要做什么？”

“去我那里待会儿。”

迟意没有直接回电视台，跟着江遂去了大学城的公寓。

这是间很整洁的两居室。

进门后，鞋子还没换，江遂把人压在门板上又亲了会儿。

“阿遂，”迟意很认真地喊他，“我的嘴要被亲秃噜皮了。”

“忍了二十多年，得抓紧补补。”江遂回答得有理有据。

迟意没反驳什么，只觉得腰上一紧，脚底腾空，被江遂放到了鞋柜上。

两人亲了好一会儿。

饭是点的外卖，送过来时，迟意靠在沙发上睡着了。

江遂把碗筷摆好，过来喊她。

吃饭时江遂说自己一会儿得回队里。

迟意刚睡醒，还迷糊着，闻言，含着一口米饭愣了下，突然有些后悔刚刚没多亲一会儿。

吃完饭，迟意对影视柜上摆着的那个相框感兴趣，问："那是你大学时和室友的合照吗？"

江遂这才注意到，说："嗯，毕业时拍的。我之前收起来了，估计是前段时间卫峥在这里住了几天，打游戏时给拿出来了。"

迟意看了看，说："我男朋友最帅。"

江遂翻了翻柜子，找出一本相册，递给她："这里面还有。"

"好。"迟意翻着翻着，对那个军旅节目突然有了新灵感，她边翻相册边拿起手机给笑笑发语音，交代事情。

江遂收拾完餐桌出来时，看到迟意席地而坐，鬓角的碎发垂下来，落在她小巧平直的锁骨上，姿态随意却慵懒，但专注的样子特别吸引人。

江遂盯着她看了会儿，又转头看了看廊顶的灯，才意识到哪里不对劲。太暗了，伤眼睛。公寓久不住人，客厅旁边的那盏灯坏了，他也一直没修。

他从玄关的柜子里找到了对应型号的灯泡，又去阳台取了折叠梯。

笑笑那边回复得也快，收到要求后立马联系人去实施。迟意合上相册，准备将其放回抽屉里。

江遂的生活习惯很好，不邋遢，抽屉里虽然没有放置物格，但东西收纳得十分整齐。

她把相册放到空出的位置，正要推上抽屉，却被旁边一张对折的信纸吸引了注意力。

信纸被一个信封压在下面，纸背朝上。信纸上的字是用钢笔写的，有些墨迹洇到了背面。

平平无奇的一张纸，迟意依稀在上面看到了自己的名字。

因为纸张摆放的位置，"迟意"两个字是水平翻转的。

迟意怀疑自己看错了，却还是不由自主地拿起来。

当然，拿起来前，她征求过江遂的意见："阿遂，抽屉里的东西我能看看吗？"

"看吧。"注意力没在这边的江遂无所谓地说。

所以迟意很顺利地看完了这封信。

致迟意：

连我自己都惊讶，生死一线时我竟会记起一个女生。

她是我高中同学，我与她交集不多。她长得白，学习好，有韧性，是个很有闪光点的女生。

在我想多了解她时，出于身不由己的因素耽搁了。

我上一次想起她是什么时候？

前不久我回家住了几天，看到书桌上的那本小说，花了一宿时间看完。孔明月说小说里的男主角有原型，是四中同级的男生，但我把认识的、有印象的对照了个遍，也没觉得有谁像。说不出来什么感觉，我有点儿羡慕吧。

这是一次。

毕业那年孔明月和比她大十几二十岁的对象分手，要死要活地让我陪她去看那部被大叔爽约的电影，说这是她以前班上同学写的小说改编的，问我还记得迟意吗。

这是一次。

好像还是大四，我忘记是几月，好像是一个春天。我被班长骗去了敏南大学的联谊会。他们听说我是北央人后，说我们省的文科状元在他们中文系。我知道说的是她。看来是我的祝福起了作用，她确实高考顺利。

这又是一次。

读大学时当地的室友请吃米粉，把那一碗黏糊糊的粉条夸出了花。我记起曾经有人说过类似的话。

这算一次吧。

自己竟想起她这么多次吗？

出发时队长让我给家里写封信，遗书，是怕这次任务回不来留的。

我自诩过往二十余载，并非思虑无错，但对己、对友、对父母，自认全心全意。

倘若这次我为国捐躯，便捐了吧。

男儿千里志，吾生未有涯。

鬼门关前走了一遭，我走马灯上见她一面。

我才知道，唯一的遗憾，便是向自己隐瞒了对她的心动。

如有机会……算了，还是不要这个机会，我不耽误她了。

自我决定走这条路起，性命便已经交给国家。

——2021 年 6 月

JS

迟意在那里坐了好久，想到了很多事情。

九年前的，重逢后的。

米粉店、四中、博物馆。

突击队、蔷江边、国防大学。

这些年，他有时看向自己，有时没注意到自己，但自己的目光始终落在他身上。

暗恋是她心甘情愿去做的事情，她不求回报。

直到江遂喊她，她才从回忆中抽离。

“十一，你去按一下这个灯的开关。在影视墙旁边，你站起来看到的那个就是。”江遂横跨着坐在梯子上，居高临下地看她。

迟意背对着江遂坐着，所以江遂没看出她的反常。她抬手摸了下眼角，起身去开灯。

开关按下去的瞬间，江遂头顶的灯泡亮起，同时他看到了迟意手里的那张纸。

“江遂。”迟意很久没有连名带姓地喊他。

他知道她有话要说，嗯了声，从折叠梯上下来，想找纸巾擦一擦手，半天没看到纸巾，最后就着衣服擦了一把，才过去拉她的胳膊。

江遂不用看都能清晰地回忆起自己在上面写的每一个字。

他深知一个道理，此一时彼一时。

写这封信时的情形，他至死都记得。那时候不知道他们会重逢，所以他也没想过为了年少时的心动去做什么疯狂的事情。后来他在突击队遇见她，有意外，有喜悦，更多的是感恩。

女生心思敏感，江遂在斟酌怎么解释才能让她接受。

哪知小姑娘先开了口：“是真的吗？”

迟意眉头皱着，嘴角撇着，哀怨地看向他的眼神令人心疼。

江遂想抬手遮住她的眼睛，但没有。他顾不上思考太多，再莽撞也总比不开口强：“我以前……”

他以前觉得自己脑袋别在裤腰带上，随时都有丧命的危险。而且军嫂难当，他着实不想坑了别人。

但没等他多说，迟意就含着两汪泪水径自扑了过来。

她早就绷不住了，借着藏在他怀里，终于号啕大哭起来。

没有人知道九年对于迟意意味着什么，她认真工作，用力生活，以为一辈子就这样了。

她没期待过再见他，也没期待过其他什么人，更没期待过他也喜欢自己，还是高中时便喜欢了。

迟意哭得十分狼狈，前所未有的狼狈。

这一状况让江遂始料未及，意外于迟意的反应。他抬手，轻拍着她哭得直发抖的后背，心里十分难受。

“不管你信不信，十一，既然我做了和你在一起的决定，除非生老病死，否则我永远不会和你分开。就算百年之后，我们也要葬在一起。”

迟意吸了吸鼻子，闷声说：“好。不分离。”

江遂以为把人哄好了，稍稍松了口气。

谁知怀里的姑娘倒是停了泪水，但仰起头来，说：“阿遂，我想结婚了。”

江遂抚她头发的动作一滞，浑身僵住。

迟意眼巴巴地望着他："你愿意娶我吗？"

"……"

江遂在想，这姑娘怎么这么傻，心甘情愿地让自己坑？

江遂扶着她的肩膀，后背弓起，尽量和她平视，想确定她此刻是否冷静，但对上迟意通红的双眼时，纵使江遂巧舌如簧，也说不出一句话："一会儿再说。你先去洗洗脸。"

迟意任由江遂牵着往卫生间走。

到了盥洗台旁，江遂用热水打湿毛巾，拧干后小心翼翼地给她擦脸。

她今天要去学校忙工作，化了淡妆。温热的毛巾擦过眼下，她才想起这件事情，连忙拨开他的手。

江遂动作顿了下，以为她在生气。

迟意的情绪没有发泄出来，她十分难受。她调整了半晌，轻声解释："我包里有卸妆水，你帮我拿一下吧。"

"好。"

江遂把毛巾搁下，走了出去。

迟意长舒口气，蹲在地上抱住了膝盖。

她好丢脸啊！

她明明没有生气的。

她只是太开心了，为什么要哭啊？

可她又不知道该怎么向江遂解释这种开心，毕竟他刚刚拒绝了自己的求婚。

话说她再冲动也不能求婚啊，显得她多么恨嫁似的。

而且……他们六月重逢，十月确定关系。这一年还没过完，就确定未来几十年的事情，她这不是强人所难吗？

江遂在包里找到了卸妆水，小小的一瓶，还没巴掌大。他站在卫生间门口却没进去。看着迟意佝偻着背蹲在地上的样子，江遂拿出手机给李恩宇发消息，问他求婚时都准备了什么。

他是个很有仪式感的人，告白是个意外，因为过于心急，十分仓促，甚至恋爱后的第一束花都是迟意买的，这让江遂内心十分挫败。

所以求婚这件事情，他想好好筹办。

哪想又被迟意抢先了。

“你怎么站在这里？”迟意见江遂迟迟没回来，便出来找他，谁知刚走到门口，就看到他站在门边，不知道在给谁回消息。

江遂收了手机，在她脸上打量几眼，见她没再哭，冲她伸手：“过来。”

迟意拉住他的手，走过去。

江遂将她搂在怀里，轻轻亲了亲她的额头，低声说：“我没有不想娶你，十一，再给我点儿时间。”

迟意嗯了声，也承认：“我刚刚没有生气。”

“我知道。”

“我只是开心，你说高中时对我心动过，我喜极而泣。”迟意仰起头咬了咬他的下巴，问他，“阿遂，你高中时是从什么时候开始喜欢我的？”

江遂低头看她：“记不清了。可能是高三那年晚会吧，也可能更早。”

迟意噘嘴，竟不知道自己和他错过了这么久。

“如果我们没有遇见……你真的就放弃我了吗？”可能恋爱中的人就是矫情，迟意说完，便意识到这个问题毫无意义。

江遂怕她钻牛角尖，拨了拨她额头上的碎发，捧着她的脸，直视着她说道：“电影《怦然心动》里有句台词，布莱斯问切特‘如果我出生时也被脐带勒住脖子，变成朱莉舅舅那样，照爸爸今天的架势来看，一定会把我送到精神病院吧’，切特回答的是‘不，你不能将没有发生的事情随意安在你父亲身上，他是爱你的’。所以十一，你用未发生的事情给我定罪，我不认。我是爱你的。”

迟意勾唇：“我相信。”

迟意从他手里接过卸妆水去洗了脸，然后和他赖在沙发里亲热了会儿。

不多时，江遂的电话响起，是队里打来的。

“我现在得走了。”江遂挂了电话，和迟意说。

迟意点点头，素面朝天，刚恢复了点儿神采：“平安回来。”

“好。”江遂亲了亲她，去放相册的抽屉里取出个信封，开了封口，手心一歪，里面有什么东西滚出来，“这个给你。”

“什么？”迟意低头，看到是枚弹壳。

“除了你，数它离我的心脏最近了。”江遂示意她拿着，“另一种意义上，它纪念着我的心动。”

迟意想到江遂这句轻描淡写的话背后所遭受的伤痛，小心翼翼地收下，郑重地道：“我会收好的。”

江遂想了想，还有什么没交代的，看了一圈，最后说：“我把密码改成了0621，你这几天想过来就过来。”

这是他们重逢的日子，很好记。

迟意：“我才不要过来。”

“随你。”江遂无奈地笑道。

话虽然这么说，迟意还是住了过来。她陆陆续续地也往公寓里添置了不少东西，一时间家的气息更浓，更温馨了。

迟意已经适应了江遂女朋友的身份，时常会想起他。每当这时，她便拿出江遂那封信看一看，思念便没有那么难挨了。

她看的次数多了，信纸的边有点儿卷。迟意心疼，特意买了相框，把信给裱了起来。

江遂是某天夜里回来的，这晚迟意正好在这里留宿。

可能是因为睡着江遂的床，所以迟意这一晚梦到了他。

还是个春梦。

她梦见江遂结束任务回来，自己钩着他的腰带，不由分说地把他往床上带。

江遂按住她的手，哄她：“我洗个澡。”

“一会儿洗。”迟意不依。

江遂肯定也是想她了，所以没再坚持。

还没等发生点儿什么，迟意便醒了，摸索着拿到手机看了一眼时间，才四点，天还没亮呢。

她挣扎着起来喝了口水，躺下继续睡，心里盼着能再继续做刚才没做完的梦，所以没注意到外面真的有人。

江遂不知道迟意在这里，想的是今晚在这里洗个澡睡一晚，明天起早去见迟意，和她一起吃早饭。

进了门看到屋里有很大变化的陈设，江遂吃了一惊，还以为自己走错了门。他放轻动作推开卧室的门，借着床头柜上的小夜灯散发的微弱的光，看到床上的女孩睡容安详而美好。

他正准备掩住门去客房时，忽听床上的人迷糊地出声："阿遂？你回来了。"

"吵醒你了？"江遂走到床边，摸摸她的脸，"再睡会儿。"

迟意拉住他的手，撩开被子让他进来。

一下没拽动，迟意不情愿地嘟嘴："一会儿再洗，先做。"

"还学会抢答了。"江遂笑着俯身亲了亲她，"想做什么？"

迟意钩着他的脖子起来些，主动亲他，心想反正是在梦里，怎么样他也不会知道。

江遂原本只是弯腰帮她掖掖被子，被钩住脖子后单膝跪在床沿和她说话。

她索吻的动作热烈而主动，江遂配合地回应着她。

她不老实地去扒他的衣服，江遂没怎么用力地挡了几下，发现是徒劳，便惩罚性地轻轻咬了她一下。

迟意这才清醒，动作顿住，眨眨眼，呆呆地望着眼前人："不是梦啊！"

江遂亲了亲她的额头，笑着问："刚刚梦见我了？"

借着小夜灯微弱的光，迟意摸了摸江遂棱角分明又英俊的脸庞，抬起手臂咬了自己一口。

疼！

迟意再次确定这不是梦。

江遂真的回来了。

迟意想到方才发生了什么，羞得掀起被子把自己从头到脚蒙住，鼓囊囊地蜷成一团缩在床头。

隔着薄被，声音闷闷地传出来。

“丢死人了……啊，你让我自己冷静一会儿……”

“那我去洗澡。”江遂纵容地笑道，隔着被子揉了揉她的头，真出去了。

迟意听到关门声，小心翼翼地拨开一条缝往外看。见江遂真的走了，她才松了口气，从被子里露出脑袋。

她甩着手腕给自己扇风，犹豫着下了床出去。

扒在卧室门口听了会儿，确认浴室的水声响起，她才往外走。

谁知迟意刚迈出卧室，只听浴室的水停了，紧跟着浴室的门被打开，江遂袒露着上身，只穿一条长裤赤着脚出来了。

“我去喝水。”迟意红着脸，一溜烟地跑了。

江遂笑着，回房间拿了换洗的衣服，然后折回了浴室。

一刻钟后，江遂撩开被子躺到迟意身边时，她刚刚有点儿睡意。

江遂搂住她的腰把人往怀里抱了抱，他刚刚洗的凉水澡，手很凉，迟意被激得瞬间醒了。

但因为太困，眼皮一直合着，她主动往他怀里拱了拱，轻声道：“晚安。”

江遂的手隔着薄薄的衣料在她后背上搓了搓，他凑过来问：“还做吗？”

迟意猛地睁眼，冷静了一瞬，还没等开口，便被江遂吻住。

…………

一夜春宵后，两人都偷懒多睡了会儿。

“还要走吗？”早晨江遂一起身，迟意便感觉到了。她揉着惺忪的眼皮，慢悠悠地看过去，朝他伸了伸手。

江遂抓住她的手，搁在嘴边亲了亲：“不走。”

迟意翻了个身，面朝卧室门的方向，双手交叠枕在脸下看向他。

江遂只穿了条宽松的五分裤，上身裸着，流畅漂亮的肌肉线条一览无余。这些年出任务留下的伤疤仍在，格外有男人味。他边走边往头上套白T恤，动作麻利。

迟意羞红了脸，掀起被子蒙住头躲起来。

有些事情但凡起了个头，第二次第三次便发生得很自然。

迟意在江遂这里又多待了一天，第二天下午因为要用到的一份文件在家里，她才出门。

江遂陪她回去的，两人在楼下的超市买了蔬菜和肉，商量着晚上吃什么。

哪想她刚打开公寓的门，就看见宜佳禾从里面出来。

“妈？”

“你回来得正好，你梁叔做了点儿炸肉和水饺，我给你放冰箱里了。你记得吃。”宜佳禾说着，提着包往外走，然后便看到了和迟意牵着手的江遂。

宜佳禾轻轻一挑眉。

半分钟后，迟意垂着脑袋，和江遂坐在沙发上，斜对面的单人沙发上是严肃的宜佳禾。

事情比迟意预想的要简单很多。

宜佳禾问江遂和迟意在一起多久了，又问他爸妈身体怎么样，最后说让他挑个时间去家里吃饭，便笑吟吟地走了。

迟意和江遂把她送到门口。

宜佳禾挽着迟意的手臂，偷偷地冲她比了个大拇指，说：“果然是我女儿，高中男神都泡到了。”

迟意生怕被江遂听到，忙制止：“妈，你别乱说。”

“行行行。”

下午，两人回了趟家。

迟意看着江遂从后备厢大包小包地往外拿东西，眨眨眼：“这是什么？”

“趁你午睡时下楼买的，给叔叔阿姨的礼物。”

迟意瞧着这些东西，咬咬嘴唇，说：“这不都是我爱吃的吗？”

江遂揉揉她的头，承认：“投其所好，不如投你所好。让叔叔阿姨知道我是真心待你好，比我送几件合他们心意的礼物还要合适。”

迟意听到这话，心里甜滋滋的。

宜佳禾不讲究这个，就算江遂空手来，她也开心：“你这个时候加入我们家真是帮了大忙了。”

江遂不解地看看迟意。

宜佳禾笑道：“最近我们要搬家，正愁没人帮着收拾东西呢。”

她这是把江遂当苦力了。迟意尴尬地提醒宜佳禾：“妈。”

宜佳禾脸一板，和她开玩笑：“干吗？这就心疼了？”

江遂笑道：“阿姨，随意支使。”

宜佳禾瞅迟意：“你看看人家。”

迟意：“……”

梁在宥做饭，江遂去帮忙，迟意跟着进去，被江遂用手肘撞出厨房。

“我和叔叔说会儿话。”

迟意总觉得他来家里第一天就让他忙活不太好，但江遂这理由正当合理，她也不好说什么。

迟意一步三回头地出了厨房，看到客厅里心安理得地抓着一捧瓜子看电视剧的宜佳禾，猛然想起来，不对啊，这理由一点儿也不正当合理好吗？

梁在宥算是看着江遂长大的，两人还有什么好说的？

这句话说得没错，梁在宥对江遂知根知底，很是放心：“你小子，行啊！”

江遂挽起袖子，给他打下手：“梁叔，你可得帮我多说说好话。”

梁在宥故意吓唬他：“那得看你的表现。”

这顿饭吃得很愉快，几人有说有笑。对于江遂的到来，宜佳禾和梁在宥既没刻意客气，也没特殊照顾，好像本来他就是这家的一分子。

倒是迟意，紧张兮兮了大半天。

饭后几人说了会儿话，宜佳禾和梁在宥去楼下散步，让两个小辈刷碗。

家里有洗碗机，他们也不用费太多事。

“我姥姥跟团旅游去了。等她回来看到你，一定很喜欢你。”小恋人挤在厨房闲聊，迟意如是说，“她最喜欢长得好看的人了。”

江遂：“不喜欢我也没事。你喜欢就够了。”

宜佳禾从不催她结婚，见她开始谈恋爱便没再念叨她什么，连提醒她注意休息、好好吃饭、工作别太累的叮嘱也不对她说了，直接嘱咐江遂，让他管着她。

迟意自打那次冲动求婚后便没再提过结婚的事情，不是没有期待，而是希望顺其自然。

江遂住在突击队里，每周有空都会来市里陪迟意。迟意因为节目的事情去队里聊工作，事先没告诉他，打算出其不意地查他的岗。

说是查岗，其实是给他惊喜。

他心里惊不惊喜迟意不知道，但身体挺惊喜的。两人在宿舍做了一次，刺激得迟意之后几天都能想起来。

接到隋荷的电话，迟意才知道江遂向领导递的结婚报告批下来了。

隋荷和江秉青从老战友那里得知了这件事情，特意打电话过来说是他们家准备不周，到现在也没登门拜访什么的。

迟意听得一愣一愣的，说江遂没告诉自己打结婚报告的事情。

隋荷一听便明白了：“这小子是准备给你惊喜呢。是阿姨草率了，不该打这个电话。”

“没事，阿姨，我装不知道。”

迟意和隋荷聊了好一会儿才挂断电话。

这天后，迟意真装什么也不知道，安心地等江遂主动说。但她又按捺不住好奇心，去问身边的朋友都是怎么被求婚的。

趁着天还没冷，宜佳禾不见外地把江遂喊到家里帮忙搬家。

“小遂，真是麻烦你了。”宜佳禾对江遂越看越满意，“这屋里放的都是意意高中时的东西。她最念旧，对于老东西舍不得丢。读大学时她还爱收拾，隔段时间便钻进这屋里整理一番。但近几年工作了，估计是没什么时间，这些东西就一直堆在这里，我和他叔叔想帮着弄一下，她又不让。”宜佳禾无奈地开玩笑，“估计藏着什么秘密吧。”

江遂附和道：“那我可要好好收拾一下。”

宜佳禾没急着走，倚在门框上和他说话：“说起来，我高中时还见过你呢。当时去见迟意的班主任，在学校远远地看见你，觉得这孩子长得帅，听迟意说你学习还好，便更欣赏你了。”

江遂道：“小意都是怎么形容我的？”

宜佳禾想了想：“说你学习好、能力强。就是些崇拜加欣赏的夸赞。”

江遂笑着问道：“阿姨，那你听说她高中时喜欢哪个男生吗？”

“她这都和你说了？”宜佳禾诧异，既然江遂主动问起，她也没觉得这是什么该避讳的事情，想了想说，“好像是有吧。还为了那个男生学化妆什么的，小女生嘛，青春期有个爱慕对象很正常，你不要放在心上。”

江遂笑笑，说：“他一定也很优秀。”

“优不优秀我就不知道了，我很少管她这些事情。但阿姨相信，肯定没你优秀。”

听见梁在宥喊自己，宜佳禾应了声，和江遂打了声招呼，便出去帮忙了。

宜佳禾走了，小储藏室只留下江遂一个人。

四周杂物乱摆，光线中浮尘不停翻滚，显得他落寞又孤独。

江遂的目光从一箱箱落满灰尘的杂物箱上扫过，他觉得这是离迟意高中时代最近的地方。

门外响起迟意的声音："妈，你搬家怎么不给我打电话？"

"小遂来就行了。你忙完了？正好，去储藏室帮着一起收拾你那些东西。"

迟意换掉鞋子，然后开始绾头发，闻言，瞪圆了眼看向宜佳禾。

宜佳禾误会了她的意思："怎么？我让你男朋友干点儿活儿，你还真心疼啊？"

"不是。"迟意也顾不上头发绑成什么样，嘟囔了一句"你怎么能让他收拾那里"，抬步便往房间走。

她不知道江遂是否已经看到，也不知道江遂看到后会是什么反应。

反正她得知江遂高中时曾对自己心动过时，只觉得心肝脾肺肾都在痛，她哭得不能自已，但哭泣连她情绪的万分之一都表达不出来。

迟意想让他知道，又不想让他知道。

喜欢他两年，是她自己的事情。他不需要知晓，也不需要负责，更不需要有什么其他情绪。

迟意从没觉得家里这一百五十平方米的房子有多宽敞，但从玄关到杂物间这几十米的路，她硬生生走了一个世纪这么漫长。

还差两步路到门口时，迟意反而淡定了。她深吸一口气，觉得无论怎样，都一定是最好的结果。毕竟他已经在她身边了。

迟意念念不忘，等来的不仅是回响，还有一直渴望的双向爱恋。

房门半掩着，江遂站在杂物箱前面，摘掉手套，认真地看里面的东西。

他写过的便笺、他的照片、他写过的红榜……都是与他有关的东西。

江遂看着那个装满星星的饮料瓶，本记不得这与他有什么关系，但当这里的所有东西摆在一起时，他依稀记得这好像是他随手给她的饮料瓶。

她竟然都留着。

最后江遂看到了《我炙热的少年》这本小说。

他翻开，看到了扉页上的字。

陈宜勉、今睢。迟意慕江遂。——2015.03

二〇一五年三月……他在国防大学读大一。距离和迟意的最后一次见面，有近一年的时间。

江遂突然明白了迟意在看到自己那封信的时候，为什么哭得不能自已。

他想到高中时的某个下午，自己拍着篮球和朋友们从餐厅出来。

餐厅外墙都是茶色的厚玻璃，整面玻璃墙像是一面大镜子，傍晚并不耀眼却旖旎的霞光映在上面，非常漂亮。

他不经意地偏头，窥见这美景的同时，发现了身后不远处抱着课本慢吞吞地走路的女生。她纤瘦沉默，背脊永远笔直，目视前方，不知在看什么。

这已经不是他头一回发现迟意在跟着他们了。

很多次，很多地方。

因为也没发生什么特别的事情，所以当时的江遂并没有在意。就算猜她是为了什么人什么事，他也没往自己身上想。

直到这一天这一刻，在看到纸箱里的这些东西后，江遂才猛然意识到高中时那无数次的“尾随”意味着什么。

暗恋确实是一个人的事，但她的所有事都归他管，所以她的暗恋他负责。

/ 第十二章 /

你愿意嫁给我吗？

迟意推开门，看见江遂应声转头。他正从架子上往下拿手办，阳光从窗口洒进来，让他一半浸在阳光下，一半藏在阴影中。

似乎是没想到她突然到来，还是这样一副急切的样子，江遂扬着嘴角笑了下，问她："怎么了？"

迟意不确定地抿唇，视线从角落桌子上的杂物箱上移到江遂面前的书架上，神情渐渐放松。

"你来怎么没告诉我？"

江遂打量着她，把摆手办的亚克力置物架放下，笑问："怎么？真心疼我？"

迟意含糊地嗯了声，过去帮忙："我和你一起收拾。"

迟意过去将纸箱四边的纸片合过来，然后拿起旁边的打包带。透明胶带粘住一边，刺啦一声，将纸箱封了个严实。迟意压平封口，手拿着割断的胶带按在封好的纸箱上才稍稍松了口气。

他应该没看到。

可能因为是理科生，江遂思考问题十分直接。纸箱里的东西，代表着迟意将爱意隐藏的那两年，甚至是很多年。

江遂从花瓶的反光中看着迟意做完这一系列动作，觉得就算此刻他来到她身边，那几年的遗憾也是难以弥补的。

迟意不知道，这短短的几分钟里，江遂规划完了他们的几十年。

门外传来宜佳禾的声音，说她和梁在宥要往新家送一趟东西，让他们慢慢收拾，不用着急。

迟意出声答应，仿佛是一个负责监督的家长不在家，终于找着机会偷懒的孩子。

刚传来防盗门关上的声音，迟意立马拿走江遂手里的东西，拉着他往外走：“我给你看看我今天拿的奖。”

迟意不是炫耀的性格。小时候是没人听她说这些，长大了是意识到人外有人，她便不愿意多提这些。但现在面对江遂，迟意十分想把这份喜悦和他分享。

迟意从放在玄关的包里拿出手机，给他看奖杯的照片。

江遂看的时候，她也在介绍，说这是哪个项目有哪个艺人参与，问他有印象吗。她又说自己在策划实施的过程中遇到了哪些有趣的事情。

江遂听着，不意外于她的优秀，却又为她感到骄傲：“幸好我眼光好，捡了个这么厉害的女朋友，要不真不知道便宜谁了。”

迟意不置可否地扬眉：“自然优秀。”

要不我怎么与你般配啊？

迟意一紧张便话多，话越多越担心暴露。

“你怎么突然这样看我？”迟意摸摸自己的脸，不放心地从包里拿出粉饼镜照了照。

没什么问题啊，妆没花，脸上没有沾脏东西。

江遂勾了勾嘴角，说：“就是觉得因为我的工作，我们很少正经约会。”

迟意眉心一跳，在心里重复了一遍“约会”这两个字。

对迟意而言，习惯了学生时代追随他的身影，所以觉得现在和他相处的状态十分轻松。

其实约不约会，只要是他们两个人，有没有这个名头好像也不重要。但是如今听江遂提起，迟意突然期待起来。

其他情侣约会都是做什么呢？

他问她："明天想去滑雪吗？"

江遂回到队里，战士们刚结束晚间拉练，零散地在浴室和宿舍里活动。他和卫峥一个宿舍，回去的时候卫峥正靠在床头看书。见他回来，卫峥抬头扫了他一眼，继续看书。

"回来了。"卫峥捻着书角翻页，"刘队让你明天找他一趟，说结婚报告下来了。"

江遂脱了外套，去端洗漱盆洗澡前，拿起手机给迟意发消息。闻言，他眼睛亮亮地抬头："这么快？"

卫峥把书合上，坐起来一副听八卦的样子，打趣他："行啊你，不声不响的。说说。"

"说什么？"

卫峥："你守身如玉二十来年，不会是因为这姑娘吧？"

"不全是。"

卫峥啧了声，贱兮兮地瞥他："竟然还是个痴情种。"

卫峥又问："什么时候办喜酒？"

江遂敛眉，若有所思地道："再等等吧。"

"等啥啊，你这是犹豫了？"

"没。"江遂说，"多谈会儿恋爱。"

江遂扯了张纸，开始列接下来的安排。

谈恋爱他没有经验，从隋荷和江秉青的相处模式来看，两人默契程度满分，所以不太具备参考价值。江遂凭自己对恋爱的理解以及一些网上搜罗到的恋爱建议，整理着他与迟意恋爱必做的一百件事。

迟意去洗澡了，所以回消息慢。

"明天九点出发？"

迟意回："好。"

江遂又发："那你给我留个门，我早点儿过去接你。"

迟意怕江遂休息不好，说：“你忙完了过来就好。我正好可以多睡会儿。”

“不忙。”江遂发，“想陪你多睡会儿。”

迟意脸红，盯着屏幕上的情话翻来覆去地看。

和江遂互道晚安后，迟意从床上起来，进了衣帽间。明天去滑雪，要穿专门的衣服和鞋子，但来回的路上，她总归是不能输了体面的。

明天江遂会穿什么颜色的衣服？迟意摸着衣柜里的成排的衣架，静静地想这个问题。

她记得高中时，学校规定在校期间必须穿校服、戴学生牌。有一年冬天，江遂和尤锐穿了同色系的毛衣，被调侃了好久，说什么情侣装、分喜糖之类的。迟意看着他校服领口处露出的白色毛衣，默默地拉高了自己的衣领。

那些年迟意在江遂面前，总是有些自卑的，但自卑中又掺杂着不服输的骄傲。

可能正是因为这骄傲，所以他们才会错过这么久吧。

迟意轻吐了口气，缓缓地从衣柜里往外拿衣服，搭配好放到显眼处，才回房睡觉。

次日，卫峥从外面回来，见到江遂站在仪容镜前整理衣服。

南境的冬天不比北央冷，穿件不算厚的呢外套便能挨过冬天。江遂在里面加了件白色高领毛衣，搭配深色长裤。他整个人英俊潇洒，像极了从韩国偶像剧里走出来的长腿男主角。

卫峥倚在床架上打趣他：“你这是要把早些年没休的假全歇回来？”

江遂嗯了声，说：“难得有空，多陪陪她。”

迟意昨晚失眠，吃了两片褪黑素依然没能睡着，索性起来把原定于今天处理的工作解决了。差不多清晨四五点的时候，她才堪堪入睡，所以江遂来时，公寓里静悄悄的，紧闭的窗帘将房间圈在安静的氛围中。

江遂把早餐搁到餐厅，然后洗了把手，去敲卧室的门。

很轻的两声，里面没有回应，他轻声轻脚地推门进去。

迟意迷糊间察觉到旁边有人隔着薄被抱着自己，意识到是江遂，往旁边拱了拱，问：“几点了？”

“还早，再睡会儿。”江遂躺久了，衣服上从外面带来的冷气渐渐散开，身体渐渐暖和起来，但还是担心直接抱她会冻着她。

迟意又眯了一会儿，隐隐觉得江遂在唬自己，翻了个身摸索着去床头拿手机。在床头柜上摸索了半晌，迟意才意识到手机在江遂这边，推推他，示意：“手机，我看看时间。”

江遂抓住她不老实的手，塞回被子底下，然后提着被子往上掖了掖：“再睡会儿。”

迟意时间观念强，怕自己的懒散耽误了他的安排。

“十一，你再乱动，我可不能让你继续睡了。”

迟意还没完全清醒，反应了好一会儿才懂他的意思。她瞬间老实，被江遂隔着薄被搂在怀里踏实地又睡了一小觉。

迟意迷迷糊糊间解释：“我昨晚失眠了。”

江遂嗯了声，说：“下次给我打电话，我陪你聊天。”

“好。”

两人终于起床。迟意如愿地拿到手机，看一眼时间后被吓了一跳：“已经十点了。”

江遂装傻：“这么晚了吗？”

迟意抓紧洗漱好，留意了一下江遂的穿搭，便钻进衣帽间换衣服。她昨天猜对了，挑的白色毛衣正合适。

迟意搭了条半身裙出去，见着江遂，在他开口前说：“像不像情侣装？”

“好看。”江遂说，“我们穿什么都般配。”

迟意的毛衣是低领的，他扶着她的肩打量一番，帮她调整衣领时，从毛边下钩出来一条细细的链子。

那是一条有着子弹饰品的项链。

迟意垂眸，解释：“就是你给我的那枚子弹，我托朋友设计成了项链。”

江遂嗯了声，问：“也让他给我设计条情侣款的。”

迟意怔了下，有些意外于江遂竟然愿意配合自己秀这种低级而无聊的恩爱。

“好啊！”迟意明眸善睐，征求他的意见，“那你觉得设计个什么才能和子弹配对呢？”

江遂把项链塞回到她的毛衣里，亲了亲她的额头，说：“都可以。先过来吃饭。”

迟意被他拉着手领到餐桌前。她坐下前说：“那我可要好好想想。”

江遂带的早饭已经凉了，用微波炉热了热，迟意也没嫌弃，坐在餐桌旁便吃了起来。江遂单独蒸了碗鸡蛋羹，端走了她面前的小米粥。

“吃这个。”

迟意笑笑，心里甜滋滋的，应了声好。

两人正吃饭时，门铃响了。

“这个点会是谁啊？”迟意坐得离门口近，起身去看。

江遂趁机把她碗里的辣椒酱拨走一些，红彤彤的一大块，看着就伤胃。

迟意开了门，诧异地看着门外古灵精怪的女生：“润如？”

“迟意！”江润如双臂敞开，热情地往迟意怀里一扑，“我来投奔你了！”

迟意被撞得往后退了几步，眨眨眼，和餐厅里的江遂对视一眼。

半晌后，江润如把行李箱往门口一丢，跟着坐到餐桌旁，和江遂打了个招呼后，洗手落座：“这么丰盛，真是饿死我了。”

江遂看着江润如不见外地把桌上迟意那碗鸡蛋羹拉到自己跟前，皱了皱眉：“你怎么过来了？”

江润如津津有味地吃起来，头也没抬地回答：“放假无聊，过来找我家意意玩几天。阿遂，看在咱这么多年交情的分上，把女朋友借我几天，你应该不介意吧？”

江遂把自己的鸡蛋羹推给迟意，示意她吃这碗。迟意笑笑，在桌子下面悄悄牵了牵他的手。江遂神色复杂地和她对视一眼，迟意还没明白这是什么意思时，便听江遂问江润如："你要待几天？"

"待十天半个月吧。"江润如从鸡蛋羹里抬头，视线在迟意和江遂之间来回打量几次，眨眼，"怎么？你们想要单独行动？"

江遂："嗯。"

迟意："没有。"

"……"

江遂："你没理解错，我们这是不欢迎你的意思。"

迟意碰了一下江遂的手臂，看向江润如道："他开玩笑的。当然欢迎你。"

"不欢迎我也不走。气死你。"江润如冲江遂做鬼脸，亲昵地挽着迟意："你们今天有安排吗？"

迟意："要去滑雪。你感兴趣吗？"

"滑雪啊……"江润如不知想到什么，犹豫了，"算了，我怕摔。你们去吧，我留下来帮你看家，正好补一觉。"

江润如来得突然，彻底打乱了江遂制订的约会计划。他正琢磨着要不要让李恩宇抓紧把人领走时，后者的电话便打了过来。

李恩宇打的是江遂的手机，和他确认江润如到了南境后，又问迟意在不在旁边，让他把电话给迟意。

"喂，润如在我这儿你就放心吧，不打扰的。"

迟意还以为李恩宇是和自己客气，谁知却听他说："那什么……小如怀孕了。麻烦你多照顾一下。"

迟意震惊，下意识地看了江遂一下。后者茫然地问："怎么了？"

迟意摇头。

经过这通电话，迟意才知道，江润如之所以离家出走，是因为怀孕的事情。

结婚后，李恩宇一直不想要孩子，江润如为这事和他讨论过很多次，最后索性一不做二不休，先斩后奏。

李恩宇见到家里的化验单才知道已成定局。

江润如不想和李恩宇因为这事吵架，便来南境投奔小姐妹。

迟意："这都是什么事啊？"

江遂："让他们自己好好谈谈吧。"

迟意点头，只能这样了。

迟意想了想，拿起手机给笑笑发了个消息，让她往家里送点儿吃的。

"适合孕妇吃的，有营养的。别说是特意给她准备的，就说这是我平时吃的东西。"

交代完这些，迟意才松了口气。

"你紧张什么？"江遂看着她的样子，被逗笑了。

迟意撇嘴："好歹我也是孩子的干妈，不能让他在娘胎里就受委屈。"

往雪场去的路上，迟意聊起那年去参加江润如婚礼的事情，自己哭得简直比新娘子还惨。

迟意自嘲地道："当时那个摄影师也是够坏的，还特意把我哭得涕泗横流的样子录了下来，被江润如笑了好久。"

迟意偏头，状似无意地问起："我记得他们结婚的时候你没来。"

"当时在国外封闭训练。"江遂言简意赅，带过了这件事，"等听说他们结婚的消息，婚礼早就过去好几个月了。"

迟意别开脸，看向车窗外。

她当时去之前，还以为会见到他。连以何种姿态与情绪跟他打招呼，她都在家里练习了无数次。等去了后，她却始终寻不见他。

千万种情绪堵在心口，以致迟意自己都分不清楚，当时是为了江润如出嫁哭，还是为了与江遂的有缘无分哭。

"对不起。"江遂突然的道歉把迟意从回忆里拉出来。

迟意被他这句整得莫名其妙，笑着问："干吗突然道歉？"

"我当时要是在，肯定帮你拦着点儿摄影师。"

迟意被逗笑，嘟囔："这有什么好道歉的？"

江遂借机说："那为我没能早点儿与你重逢，没能早点儿向你告白，害你无故等了这么久道歉。”

“这也没必要道歉。”迟意没多想，只当这是一句情话。她对他出现的时间很满意，准确地说是很知足。

“是你就好，早一点儿晚一点儿，都没关系。”她说。

江遂笑笑，没多解释。

迟意独自走过的那九年，不仅是她的人生，更成了他的遗憾。

李恩宇当天下午便来了。

迟意和江遂磨蹭着在厨房商量晚饭吃什么，实则是给客厅里的小夫妻留出说话的时间。

过了好一会儿，迟意听到江润如喊自己，才拉着江遂出去。

“你们聊好了？”迟意打量着两人。

江润如擤擤鼻涕，鼻头发红：“嗯。”

江遂看向李恩宇，说：“一会儿留下来吃饭。我去超市买点儿食材。”

“我和你一起吧。”

两个大男人避开，给这对小姐妹留下说体己话的时间。

目送他们出去，江润如扑到迟意怀里哇哇地哭了起来。

“刚刚不是好好的吗，怎么又哭起来了？”迟意被吓了一大跳，“你们俩不会要离婚吧？”

“你才要离婚呢。”江润如气鼓鼓地瞪了迟意一眼，不哭了。

她缓解了会儿情绪，才说：“李恩宇说不想要孩子，是因为怕分走我对他的爱。意宝，‘李狗’怎么这么好？我真是嫁对人了。”

“……”

超市里，两个大男人推着一辆购物车，模样英俊，引人注目。

接连好几个想上前搭讪的小姑娘都被李恩宇故意露出来的婚戒劝退。

江遂瞟了一眼他的无名指，挑眉：“这东西还挺好使，回头我也整一个。”

李恩宇无语地瞥他一眼，说了离开公寓后的第一句话：“我是不是做错了？”

江遂沉默，半晌后，说："没有，你只是太爱她了。"

李恩宇和江润如这趟来南境，顺便逛了几处景点，一直留在这儿过了元旦。

跨完年，江润如又借口留在南境过完江遂和迟意的生日再回去，被李恩宇严厉禁止，当场被带回了北央。

迟意不放心："李恩宇不会逼着润如把孩子打掉吧？"

江遂难以置信，迟意竟会有这样的想法。他抬手胡乱揉了把她的头发，说："在孩子的问题上，恩宇更在乎她。"

迟意似懂非懂地点点头。

正如江遂所料，李恩宇非但没有逼江润如打掉孩子，甚至向事务所提出长假申请，尽可能地在家里陪江润如。

"你这不才三个月吗？"

"嗯。李恩宇不放心，怕我抑郁多思，说多陪陪我。"

"……"

在江润如的提醒下，江遂才知道迟意的生日也在一月，竟只比自己晚了一周。他和迟意聊起生日的事，迟意想两人挑个折中的日子一起过。

江遂却说，纪念日有一个算一个，都要过，没必要省。

于是在江遂盘算着怎么给迟意庆生时，迟意也在给江遂准备生日礼物。

迟意小时候还常下厨做几道家常菜，近几年工作忙起来，一日三餐都喜欢吃现成的，一个月能下两三次厨房便算多了。

和江遂在一起后，她外卖吃得倒是少了。因为有江遂掌勺，迟意被养刁了嘴，渐渐吃不惯外面的菜品了。有时候她真的怀疑江遂当兵这几年去炊事班学过做菜。

赶上他生日，迟意也想时髦一回，试一试"为君洗手作羹汤"。

自打迟意被高三营养餐扭转了对梁在宥厨艺的认知，这些年更是越来越佩服他。所以这次的念头一起，迟意自觉地去讨好梁在宥，软磨硬泡让他答应教自己做几道菜。

迟意学东西快。

离江遂生日不足半月时间，她便已经出师。

江遂生日的前一晚，迟意给他发消息："你明天休假吗？"

"嗯。"江遂问，"想去哪儿？"

迟意浅笑："那你明天上午九点在队里等我。我过去接你。"

"怎么突然要过来，有事情？"

"大事情，陪寿星过生日。"

江遂笑了，应了句："好。那就辛苦女朋友了。"

次日，迟意如约而至。

以前迟意便觉得自己与江遂聚少离多，等开车来见他，才真切体会到这一路是真的辛苦，越发感慨两人见一面真的不容易。

迟意把车停在突击队外等了会儿，警卫厅的小战士小跑过来敬了个军礼，刚要问她"有什么需要帮助吗"，便认出了迟意。

"嫂子。"小战士晒得黑黢黢的，笑起来牙齿特别白，阳光而真诚，"我现在去告诉江队。"

迟意被这一声嫂子喊蒙了，立马要下车解释。

可想了半天，她也不知道该怎么说。

迟意含蓄地提醒："还没到那一步。"

小战士："快了快了。祝你和江队百年好合。"

迟意笑僵了嘴角，突然疑惑是不是江遂打结婚报告的消息在队里传开了。她在车里找了好一会儿，也没看到一块糖，实在不好拂了小战士的好意，便说："谢谢，今天什么也没带，以后有机会给你们分喜糖。"

"好嘞！"

眼瞅着江遂从门口出来，小战士冲迟意行了个军礼，生怕因为多话挨训，赶紧跑开了。

江遂半道不知和他说了句什么，迟意站得远也听不见。江遂到了跟前，先问起她来："怎么在车外等，冷吗？"

江遂拉开副驾驶座的门，让她坐进去。

迟意没动，说："今天我负责开车，你路上休息。"

江遂挑眉："过生日的待遇这么好？"

"更好的还在后头呢。"

"那我十分期待了。"

趁等红灯休息时，江遂拧开瓶水，把瓶盖虚虚地旋着递给她："累不累？要不要换我开？"

迟意摇头："不用。今天你是寿星，听我安排。"

江遂无奈地笑："好，都听你的。"

车道一路通畅，迟意把车子停在梁在宥的私家小厨外面，示意江遂："可以下车了。"

因为今天迟意要来，所以餐厅暂停营业，店里没有客人。

两人进来时，梁在宥正摘了围裙："来了。"随后他看向江遂，说："冰箱里有个蛋糕，一会儿你们拿出来吃。生日快乐，小遂。"

"谢谢梁叔。"

随后梁在宥把餐厅钥匙留下，便先走了。

他们送走梁在宥，餐厅里只留下迟意和江遂两人。

迟意取了个围裙，确认好反正后戴好。江遂瞧着她的动作，狐疑地看她："你这是要做什么？"

"给你准备生日餐啊！"迟意站到操作台前面，示意江遂坐到对面客人的位子上。

江遂敞着腿坐在那儿，支着下巴，一动不动地看着自己的专属厨娘。

迟意不用抬头都能感受到他炙热而直接的目光。

江遂盯着她看了会儿，突然问："十一，你喜欢男孩还是女孩？"

迟意动作一顿，怔怔地看他。

江遂笑道："以后生个女孩吧。我想看看你小时候的样子。"

迟意倏然笑了，在温馨暖人的灯光下，轻轻应了声好。

吃了饭，两人靠在一起亲热了会儿。迟意问："现在吃蛋糕吗？"

江遂不舍得和她分开，便找理由："都怪你做的菜太好吃，有点儿吃不下了。"

迟意从小便有一个认知，没有生日蛋糕的生日是不完整的，所以她坚持要去拿蛋糕，恳求地看向江遂，建议：“勉强吃一口。”

“行。那我就给你个面子。”

迟意给他唱了生日歌，祝他生日快乐，并且说：“我需要你照顾，也想照顾你。”

吃了饭，两人没有开车，就当作是消食，溜达着回了迟意那儿。

她洗澡时，听到江遂在打电话。她潜意识以为他又有什么紧急任务要离开，洗到一半便忍不住披着浴袍出来。

江遂站在窗边讲电话，见她慌张地出来，冲她招招手。

迟意过去，他捂住听筒，小声问：“怎么了？”

迟意拽住他的衣摆，轻声问：“要走了吗？”

江遂先是怔了下，倏然想明白什么，解释道：“我妈。”

电话那头的隋荷似乎是察觉到不对劲，问怎么了。

江遂大大方方地说迟意找他有事。

隋荷哦了声，特意嘱咐道：“你不能欺负她。”

迟意戳在那儿，一只手被江遂拉着，想回去洗澡也不是，想躲开不听也不行。江遂又和隋荷说了几句，才挂断电话。

“儿女的生日，是妈妈的受难日，所以我给我妈打了个电话。”江遂低头亲了亲她，不急不缓地说。

迟意懊悔地嗯了声，恨不得找个地缝钻进去。

她咬咬唇，说：“我去洗澡，刚刚没洗完。”

“等会儿。”江遂把手机搁到旁边落地灯的台子上，拉住迟意另一只手，把人往前一拽。

迟意跌进他的怀里，仰头看他：“干吗？”

江遂弓身，凑近她的肩颈处嗅了嗅，手不老实：“挺香的啊！”

不仅是迟意了解自己耳根后的皮肤最敏感，江遂也知道。迟意痒得缩了缩脖子，想要躲。

江遂却还能耐着性子和她说话：“刚刚担心我走？”

迟意点头，转瞬意识到自己这样太不懂事了，急切地解释："你有任务也没事，我不拦你。"

江遂疑惑地嗯了声。

迟意感受着脖子上传来的痛感，下意识地往后仰了仰头，说："我没有这么不懂事。"

她顿了下，又说："我只是担心出来见不到你。"

"那我每次执行任务前都告诉你。"

"好。"

"任务结束第一时间给你报平安。"

"嗯。"

"不论什么时候，多么危险的处境，我都会保护好自己，一定会活着回来。"

"嗯。"

迟意被按到玻璃上，面前是滔滔的蔷江水，肩上的衣袍褪下去些。江遂从她的白皙顺滑的肩背，一直吻到她的唇。

迟意后仰着头，热烈地回应着他。

澡是两人一起洗的。

于两人而言，这是一个极其难忘的生日。

没多久便是迟意的生日。

陆续有合作方送来生日礼物，江润如也早早地寄来了生日礼物，是一个限量款的包。

"之前看你衣帽间里有很多这个牌子的包，猜你喜欢。"

迟意回了句"最爱你了"，当天便背着这个包去上班。

早晨去电视台前，迟意驱车回了趟宜佳禾那儿，送了两只乌鸡，顺便在她的衣服口袋里塞了个大红包。

团队里的同事知道今天是迟意的生日，中午组织了聚餐，这会儿温黛没来，礼物却没少，热热闹闹，迟意一整天心情都很好。

下午工作还没结束，按点下班的同事便在微信群里 @ 迟意："迟老师，你男朋友在等你哦！”

迟意点开同事发来的图片，果然看到江遂的车子，江遂坐在驾驶座上，车窗降下来，正在低头看手机。

午后的霞光切割出漂亮的光斑，倾洒在他英俊而出挑的脸庞上。迟意的心头涌现出满满的幸福感。

迟意从电视台出来时，江遂正站在车旁和一个女同事说话。

迟意对眼前的实习生有点儿印象。

江遂见迟意出来，招招手，等人走近，说：“饿了吗？”

迟意挽着江遂的手臂：“有点儿。”

旁边的小实习生喊道：“意姐。”

迟意从容而大度地点头，不流露任何自己刚刚吃醋的情绪：“还没下班？”

“正要走。”小实习生说，“可能是下班高峰，路上堵车，我叫的出租车一直没来。”

迟意眨眼：“是吗？这真是太糟糕了。”她状似随意地问，“你住哪里？”

“住在双溪桥那边。”

“那儿啊！坐地铁也挺方便的。我组里有同事也住那边，下班为了避开人流高峰期，都会在办公室里多加一会儿班，顺便还能去食堂吃顿晚饭。你也可以学习一下。”

小实习生点点头，和两人打了招呼便走了。

坐到车里，江遂给她系好安全带，借机亲了亲她才发动车子。

“吃醋了？”

“你从高中起就讨女生喜欢，我要是每个都吃醋，那还能吃得过来啊？”

江遂挑眉，像煞有介事地问她：“看来你高中时也很关注我。”

“知道这些需要很关注吗？”他是四中的风云人物，迟意转学的第一天，还没见着人，便听说了他的传奇。

江遂捏捏她的脸颊：“听着更酸了。”逗完她，他才说，“刚刚那个是我妈辅导过的学生。”

迟意哦了声，别开脸，说："这更关系深厚了。"

江遂反驳道："我已经挑了整个电视台里最拔尖的女人，哪里还看得上别人？"

他说完，不经意地看见迟意平静的侧脸，有些后知后觉，渐渐地想到一件高中时的事情。

他那时因为和尤锐同班，私下里，或者在老师的安排下，两人常有往来。

再者尤锐偏偏火上浇油，弄得校园里关于两人的流言五花八门，江遂不在乎，所以也没澄清过。

但现在想来，如果那些话被迟意听去，她会是什么样的心情？

迟意正低头回复朋友的生日祝福，忽觉车速渐渐慢下来，是江遂将车子临时停在路边。

"怎么了？"迟意不解地问，"车子出故障了？"

"没有。"江遂双手按在方向盘上，手指渐渐收紧。

他想了许久，在迟意狐疑的注视下，偏头看她，正经地强调道："十一，我只爱你一个人。以前是，现在是，未来也是。"

"……"

迟意惶恐，不知所措地抓着安全带："怎……怎么突然说这个？"

"就是突然想告诉你，我有多爱你。"

迟意笑起来，说："我也爱你。"

晚饭他们是在家里吃的，宜佳禾喜欢家里热闹，江遂来了她更是开心。

吃完饭，迟意作为寿星，被宜佳禾从厨房里赶出去："让小遂陪你出去走走，今天你就不用刷碗了。"

冬天的街道格外寂静，刚下过雪，道路被清出来，但路两旁还有积雪。

迟意孩子心性，团了两个雪球丢向江遂。江遂也不甘示弱，两人玩闹了一路。

过了瘾，迟意开始后悔："刚刚应该戴副手套出来的。"

“手冷？”江遂捧着她的手放在嘴边哈了口气，搓两下暖了暖，然后拉开自己的外套，把迟意的手拽到自己的衣服底下，“我给你暖着。”

迟意笑着，应了声好，整个人半靠在他的怀里，慢吞吞地往前挪，两个人跟连体婴似的。

就这样笨拙地走出好一段路，“连体婴”才分开。

南境的城际公交运行到很晚，七八点的时候夜生活才刚刚开始。迟意任由江遂带着自己去了公交站，上了公交车后才问：“我们要坐公交车去哪儿？”

江遂和她卖关子：“一会儿你就知道了。”

迟意小声嘟囔：“肯定是我的生日礼物。”

江遂笑笑，却没有说话。

其实除了生日礼物，迟意甚至小小地期待了一下，江遂会向自己求婚。

结婚报告都交上去了，他肯定是打算跟她结婚的，只是时间早晚的问题。

公交车在繁华的城市间穿梭，迟意看着陆续上来的几拨大学生，猜到了江遂要带自己去的地方——他的学校。

“我们这个时间能进去吗？”

“带你溜进去。”

“被逮住了怎么办？”

“那只能挨训了。”江遂故意吓唬她，“高中时没能跟你早恋的遗憾，现在弥补一下。”

后来迟意才知道，江遂故意逗她。他提前和学校老师打过招呼了。

但当时的迟意胆战心惊地跟在江遂身边，努力佯装自己是这所军校的学生。

对比起来，江遂则是一脸坦然。

他牵着她慢慢走着，和她说了不少大学时的趣事，也说了一些在外执行任务时的危险，并且在月色下吻了她，轻声告诉她：“十一，我想让你了解我，想让我们分别的七年空白一点点地被填满。”

迟意应了声好，说："我愿意了解你。"

从军校离开，两人顺路去大学城打包了几份小吃。

迟意一边津津有味地吃着一边吐槽："让梁叔知道我们在外面开小灶，肯定要伤心了。"

江遂："那我们快点儿吃。"

迟意笑着附和道："就这么办。"

快到公交站的时候，江遂接到了学校导师的电话。导师说刚才看见他了，责问他为什么不去办公室打个招呼。

江遂毫无怨言地挨训，又和导师多聊了几句。

迟意在旁边等着，吃烤串时不小心把肉块掉到自己的衣服上了。

江遂看着她翻包找纸巾的动作，表示自己的口袋里有。

他因为一手举着电话，另一只手拎着打包的小吃，腾不出手，示意迟意自己拿。

迟意把掉到地上的肉块捡起来丢到垃圾桶里，拍了拍手，才去掏他的口袋。

他口袋里确实有半包餐巾纸，但迟意掏纸巾的时候，意外地带出了里面的另一张纸。

她以为是什么重要文件，担心弄脏了，衣服上的调料也顾不上擦，连忙捡起来。

随着她看到上面的字，眼底的担忧渐渐消失，勾唇笑着问江遂："这是什么啊？"

江遂面朝着另一边打电话，结束通话后，正准备问她拿到纸巾了吗，便听迟意如是问了一句，转头见到她已经展开的那张纸。

迟意清了清嗓子，像煞有介事地念出来："和女朋友约会必做的一百件事。"

"……"

迟意眉眼弯弯，看向他笑道："怎么才列了十几条？"

江遂也没什么好藏的，沉声问："剩下的想要你和我一起计划，可以吗？"

"好。"

迟意这一刻知道，已经向领导打完结婚申请报告的江遂，为什么迟迟没有向她求婚。

因为于他而言，结婚是注定的事情，但此前，他想给她一场完整的恋爱。

两人回到迟意的妈妈家待了会儿，便动身离开。

经过新小区邻居的小花园时，迟意突然道："之前看到有个女明星在小院子里种了四季的鲜花，不论哪个季节，都是花团锦簇，非常漂亮。"

江遂误会了她的意思，问："喜欢这个小区？"

迟意无所谓地回答："我是觉得这个院子挺不错的，回头我也让我妈把院子装点起来……算了，我还是和梁叔说吧。我妈连给花浇水的耐心都没有，更别说定期修剪施肥了。"

江遂朝旁边宽敞宁静的小院看了一眼，淡淡地应了声。

到了家，迟意进门先洗手，觉得头发碍事，随手一绾，但找了一圈没看到发圈。

"用这个。"江遂不知从哪里拿出来个丝绒盒子，打开后取出个银色珍珠发夹。

迟意茫然地接过，仔细看了看。

"你买的？"迟意难以置信地笑了下，又问了句，"特意买给我的？"

江遂说："生日礼物，喜欢吗？"

发夹是这两年流行的抓夹设计，简单却又不失精致，金属底托上镶了一排圆润的珍珠，末端鱼尾的设计很注重细节，令人爱不释手。

看到鱼尾背面有一个小小的很容易被忽视的标识，迟意认出这设计出自国内一位小众珠宝设计师之手。

迟意年前从这个工作室购入过一枚胸针，确实喜欢这家工作室的风格。

"怎么突然送我这个？"迟意诧异于他与自己不谋而合的审美。

况且……古时候男子送女子发簪，多是定情之物，表达愿结为夫妻的美好愿望。发夹虽不等同于发簪，但都是发饰，定也是深情之物。

迟意好整以暇地望向江遂，等他多和自己说说情话。

谁知这个问题倒是把江遂难住了。

他为什么送她发夹？

之前在商场执行任务，经过这家珠宝店时，他不经意地看到了外面的海报。模特发间别着的正是这个抓夹。

他第一眼看到便觉得这该是迟意的东西，任务结束后，便折回店里，把东西买了下来。

“觉得你戴一定好看。”江遂也解释不清自己这毫无缘由的认知，说，“我帮你别上。”

迟意吃了一惊，呆呆地张着嘴：“你？知道怎么别吗？”

江遂：“在网上学了几遍。”

迟意诧异地扬扬眉，颇为期待地把发夹递给江遂，稍一侧身，把后背留给江遂，随后又简单地拢了一下头发，用手指作梳，捋顺后示意江遂可以开始了。

江遂向来聪明，任何棘手的难题在他这里都能找到解决方法。

但处变不惊的人，也会遇到不好解决的事，比如绾头发。

以前见迟意隔几天便换一个样式的发夹，他盯着研究了半天也不知道那烦琐的造型是经过怎样的步骤完成的。

一个大男人对这个感兴趣，说出去都会被人笑话。

笑话就笑话吧，反正他感兴趣也只是因为她。

他去店里买发夹时，导购热情地问他是买来送女朋友的吧，并贴心地教了他绾头发的步骤。

男生一般都没耐心学这个，导购也只是见他长得帅，故而多说了几句，没承想抬头见江遂听得认真，便仔细讲了一番。

直到见江遂露出领悟的轻松神情，导购一摸自己脑后的长发，开玩笑道：“需要我解开头发让你练练手吗？”

江遂淡然地说了句：“不用了。我女朋友爱吃醋。”

…………

两人一前一后站在盥洗台前，迟意从面前的镜子里打量着江遂的动作。

除了手臂拨动的姿势僵硬得像是在拆什么机械，看上去还挺像那么回事。

“好了？”迟意看着他把发夹别上后放下胳膊，抬手摸了摸。

江遂按着她的肩膀侧身，让她能从镜子里看到侧面，同时上身往后仰了仰，远距离看自己的劳动成果：“看看效果。”

迟意扭动着脖子打量了一番，点评道：“很完美。”

她转身钩着他的脖子，靠在他的臂弯间，说：“阿遂，我以后一直留长发好不好？”

江遂手臂绕在她的背后，把人往上提了提。两人的鼻尖碰在一起，江遂亲了亲她，低声说：“好。那我每天给你梳头。”

“嗯。”

这真是个浪漫的约定。迟意心想。

随着两人进入热恋，眨眼春天到了。

去年夏天拍的军旅综艺节目顺利排档，在卫视和网络双平台播出，好评如潮，江遂更是因为此次露脸爆红于网络。

不少网友都在感慨着：

“果然帅哥都上交给国家了！”

“江队长真的二十五岁吗？为什么满满的少年感？！”

甚至涌现了一批亲友或真或假的爆料：

“这是我高中同学！他上学时就特牛，学校的风云人物，学习成绩次次第一。”

“楼上说的是真的，他竞赛拿奖拿到手软，高中更是被保送去了央大。但人旨在保家卫国，考了军校，所以他就算不当兵，现在也会是很牛的科学家。”

多方声音互相影响，对江遂的形象起到了百分百的加成作用。

团队上下对这种效果喜闻乐见。

因为江遂的高人气，后期剪辑师会尽可能地增加他的镜头，甚至提高他身上的话题度。

后期剪辑的老师为了节目好看，故意拉郎配。迟意向来对这样的行为默许，唯独这次特意提醒不要太过分，毕竟影后苏戈是已婚状态，而江遂作为圈外人不宜有这样的绯闻。

但她万万没想到大家会如此疯狂，靠着一双堪比显微镜的眼睛四处找线索。

“江队长和苏影后对视时满是柔情，好般配啊！”

“江队长真是硬气又温柔。他是怎么把这两种气质糅合在一起的？”

“苏影后真的好有眼啊，如果不是她已经结婚了，真的好想他们在一起啊！”

迟意看着网上的势头，觉得自己做了件错事。

这天迟意上班时琢磨该如何负荆请罪。不少同事因为这档综艺节目的反响向她祝贺，迟意笑着回应，心里苦得很。

她和江遂约好了下班后一起吃饭，下班时，江遂已经在电视台外等她了。

迟意没有加班，到点打卡便离开了。

江遂的车子停在老位置，迟意一出门便看见了。确认左右无来往车辆后，她踏着小碎步过去，拉开副驾驶一侧的车门，坐进去。

“今天怎么没下车等？”迟意还记得，江遂为了宣示主权，恨不得告诉电视台的所有同事“她名花有主，并且和男朋友十分恩爱”，十次有九次在车外等她，引得同事在群里发照片@迟意成了常态。

江遂今天兴致不高，将鼻梁上的墨镜往上推了推，整个人看上去酷酷的：“我现在是有身份的人了，被有心人拍到放到网上，影响不好。”

迟意噤声，猛然想起拉郎配的事情。中午她还在为这事担心呢，下午连开了几场会，转头把这事忘了。

迟意抓着安全带，不知所措地咬咬嘴唇，试图把话题岔开：“我们今晚吃什么？”

“回家。”江遂言简意赅地说。

迟意提着一颗心，跟在江遂后面进了门。她刚踢掉一只高跟鞋，就被江遂掐着腰侧按在了墙上。

“十一，我是不是把你宠坏了？你现在竟然连醋都不吃了。”

“我没有……”迟意一脚高一脚低地靠在门上，瞬间比江遂矮了一大截。

“没有个屁。”

江遂向来不说脏话。

迟意突然听他说这么一回，还挺带感。

迟意仰起下巴舔了舔他的喉结，压着声，由衷地夸他：“阿遂，你说脏话的样子好性感。”

江遂直接被她气笑了，别开脸嗤笑了声，扭头继续装严肃：“好好说话。”

迟意看出他没真生气，踮了踮脚，亲了一下他的嘴。

“不吃饭了？”江遂往后躲了躲，觑她。

迟意两手按在他的胸膛上，主动往前凑：“医学表明，饭前运动对身体好。”

两人恋爱以来的第一次不愉快就这样被化解了。

江遂在乎的无非是迟意会不会看到他和另一个女生传绯闻时难受，而迟意担心的也只是江遂会因为娱乐圈这习以为常的营销手段生气。

春天就这样悄无声息地过去了，有紧张，有喜悦，两人的恋爱可谓是蜜里调油。

但再甜蜜的恋爱也总会有遇到难题的一天。

七月的时候，迟意和江润如视频，看着镜头里手臂纤细匀称的女人，不敢相信她是快到预产期的孕妇。

“你怎么还是这么瘦，是不是没好好吃饭？”

“哪里瘦了？”江润如走到镜子旁，将腹部的睡衣一撩，“鼓鼓的像是塞了个球。吃得还不错，睡不好倒是真的。挺着个肚子，晚上怎么睡都不得劲，真是盼着快点儿卸货吧。”

“快了，预产期是月底吧？”

江润如嗯了声，问她：“你最近来北央吗？我在家快无聊死了。”

“李恩宇不是在家陪你吗？”

“整天见他这张脸，都快被烦死了。”江润如坐到沙发上吃葡萄，“不都说怀孕期间多看看帅哥的照片以后孩子就能长得好看吗？李恩宇也不知哪根筋搭得不对，我看一次帅哥的照片，就被他训一次。我看他是摆明了不想让这孩子长得好看。”

迟意被逗笑：“你这是从哪里听来的谣传？好歹也是政法大学的高才生，国内知名报刊的当家记者，怎么好意思说出这种没常识的话？”

“这不是重点，重点是我在吐槽‘李狗’。”江润如被迟意的话勾起伤心事，突然叹气，“还说呢，学历再高有什么用？工作再好有什么用？这半年来一直在家养胎，我估计连新闻稿怎么写都不会了。”

迟意听她吐槽。

“李恩宇也是，一天二十四小时，能有两个小时在事务所就不错了。我看他就是借着我怀孕趁机偷懒。我看我们这个家，迟早要完。”

“……”迟意怀疑她在秀恩爱，并且已经掌握了足够的证据。

迟意知道她是孕中多思，没当回事，李恩宇作为这个家的顶梁柱，还是很靠谱的。不论对工作还是对江润如，迟意对他十分放心。

听她开玩笑说孩子没了奶粉钱，要靠迟意这个干妈接济，迟意配合地笑着答应：“好，保证包个大红包给你。”

江润如说完自己的事情，又问迟意：“你和阿遂怎么样了？”

“挺好的。”迟意说，“我们约了周末去郊外自驾游。”

“甜蜜哦。好好珍惜谈恋爱的时光。”江润如又问，“那你们以后是打算回北央，还是一直留在南境？”

迟意被江润如突然的跳转问蒙了，应了句“什么”，后知后觉地反应过来，江润如是问她以后在哪里定居。虽然江遂现在的工作在南境，但叔叔阿姨和家里的亲戚朋友都在北央。而迟意虽然在北央读过两年高中，但之后除了工作便很少回那里了。

这些年她工作积攒下的人脉也都在南境这边。

如果回北央定居，她前期可能会非常不适应。

“还没想过。”迟意如是说。

江润如怀孕后，脸更圆润了，看着温婉柔和了许多，考虑起事情来竟也少了过往的横冲直撞：“你得考虑啊！这是你和阿遂未来的一部分。”

“嗯。”

被江润如这样一提醒，迟意接下来几天都在认真思考这个问题。

从小到大，她对自己的职业规划十分清晰——要考到什么名次，完成什么目标，将项目做到什么级别。

过去迟意都是一个人，迟临行很少管她，宜佳禾没空管，梁在宥尊重却不参与她的决定，因此她习惯了一个人做决定，也具备一个人做决定的能力。

而今，迟意考虑问题的方面从“自己要不要”，变成了“要满足两个人的意向”。

那天后，迟意也想找机会和江遂聊这个问题。

但每每准备说起时，她又担心扫了约会的兴致。

两人本就聚少离多，有些事是两人在这段关系中不得不面对的，但如果能迟一天，是不是就会多一天开心？

迟意觉得自己在工作中绝不会出现的拖延现象，让她在这段恋爱关系中一次次萌生出侥幸心理。

但迟意没想到，问题暴露得这样快。

隋荷洗澡的时候，不慎滑倒造成脚踝骨折。当时江秉青和梁隰华在外面谈事情，要不是家里有阿姨在，隋荷还不知道要在冰冷的地板上躺多久。

江遂知道的时候，隋荷已经打好石膏从医院回来，没有大碍了。

迟意听说了这件事，主动提议：“这周末我陪你回去一趟吧。”

江遂应了声好。

南境飞往北央的航班上，迟意佯装平静地问起："阿遂，你以后是要回北央的吧？"

江遂犹疑地嗯了声，茫然地看她，反问道："你想回去？"顿了下，他又说，"是单位要调你到北央工作？"

从这短短两句话中，迟意听懂了江遂对这件事情的态度。

她说："没。我以为你会回北央。"

"暂时不会调回去，"江遂顿了下，突然想明白了什么事，追问，"你这几天闷闷不乐，便是因为这件事？"

迟意难为情地嗯了声，不敢看他。

江遂笑了声，抬手盖在她的头顶上，揉乱她的头发，说了句："傻。"

江遂说："我知道你恋家，也知道你念旧。当初你放弃北央大学报考敏南大学，我便猜到你有多爱这座城市了。你愿意留在这里，我当然哪里也不去。"

迟意被暖到心窝的同时，也在担心："那你不留在父母身边没问题吗？"

"这确实是个问题。"江遂想了想，喃喃地道，在迟意紧张而愧疚的注视下，笑着用手背碰碰她的脸颊，说，"那你可能会辛苦一点儿，每个月陪我飞一两次北央了，会觉得麻烦吗？"

迟意坐直，坚定地道："当然不会。"

困扰她许久的问题，轻易便有了满意的答案，迟意心情舒畅了不少。

江遂探究地打量着她，打趣道："十一，你知道刚才自己答应了什么吗？"

"……"

迟意后知后觉自己被江遂的语言陷阱绕进去了。

每个月陪他回家看望父母，这不正是儿媳妇的婚后生活吗……

迟意别开脸，佯装听不懂，装模作样地打了个哈欠，说："我突然有点儿困了，昨晚写文案到凌晨，现在需要补一觉。快到的时候喊我。"

江遂瞧着她欲盖弥彰的模样，无奈地笑着，纵容又宠溺地应了声："行。"

现在交通发达，南境距北央近两千千米的路，飞机也就两个小时。这跟江遂从迟意在蔷江边的公寓开车回突击队的时间差不多。

“你怎么突然回来了？”隋荷坐在院子里喝茶，见着门口进来的人，愣了愣，随后看向江遂身后的女孩，笑道：“小意也来了。让阿姨看看，是不是又瘦了？”

迟意担心隋荷行动不便，连忙过去扶她：“阿姨，您小心腿。”

“没大碍了。”

两人搭着手臂，倒像是母女，江遂孤零零地等在旁边，被隋荷支使：“火上煨着雪梨汤，你先给小意盛一碗。”

隋荷把江遂赶走，悄声问她：“那小子求婚了没？”

迟意无奈地抿嘴笑着，轻轻摇了摇头。

隋荷：“这臭小子。”她骂完，看向旁边的迟意，拍了拍她的手背，“小意，你别多想啊！他一准不会反悔，指不定是憋着什么大招呢。”

迟意点头：“我相信他。”

隋荷叹气，琢磨着用点儿什么法子敲打他一下。

壁炉旁的小桌上摆着两个小瓷碗，雪梨汤浓郁的甜香飘浮在空气中。江遂装了几块不知是买的还是阿姨烤的小饼干，放到桌上，示意迟意：“饿了一路，先吃点儿。”

迟意抿嘴笑笑，小声回：“我没事。”

同桌的隋荷撇嘴：“真是有了女朋友忘了妈啊！我也饿了两个小时了。”

江遂：“那真是饿了挺久了。这距离中午饭点也才过去两个小时吧？”

迟意被逗笑。

隋荷垮着脸赶人：“行了，你别戳在这里了，去书房陪你爸说会儿话。”

“好。”

迟意和隋荷算是同行，光工作方面便有很多话题可以聊。隋荷之于迟意是长辈，也是前辈，迟意很愿意跟她聊天。

迟意总觉得随便听她聊点儿什么，都获益匪浅。

“过年的时候，就想让小遂带你来家里玩的，想着你妈那边也有不少事情要忙，便没忍心打扰。”隋荷拉着迟意的手，说，“你这次能来家里玩，阿姨很欢迎。”

迟意莞尔：“我妈也一直念叨您。梁叔还做了不少腊肠，说您和叔叔爱吃。但我这次走得急，给忘了，便用快递寄的，还在路上呢。”

“太好了。我正馋这一口呢。”

聊了会儿迟意家里的事情，隋荷又说起：“你们这趟回来得正好，小月要结婚了，这几天正准备喜宴呢。晚些时候你和小遂一起过去看看能帮上什么忙。”

迟意诧异：“孔明月吗？怎么突然要结婚了……”

隋荷点头，说：“相亲认识的，是她高中同学。叫什么来着，我也没记住，也不知道你们认识吗。”

隋荷说着，拍拍她的手，说：“去学习学习，以后到了咱自己这里，不至于手忙脚乱。”

“阿姨……”

隋荷：“你这害羞上了？”

两人说话间，二楼传来说话声。迟意望过去，是江遂扶着拄拐杖的江秉青在下台阶。

“吃完饭我把书房的东西挪到一楼，你现在腿脚不方便，就别逞强走台阶了。”

江秉青：“不用搬。我每天正好借着上下台阶锻炼一下，你要是真担心，就多回来看看我和你妈。”

江遂：“让我调去南境的是你，现在又要让我回北央。”

看着这对拌嘴也融洽的父子，隋荷无奈地打断：“让他留在南境挺好的，江南的水土养人，你没觉得咱儿子这次回来懂事了不少吗？”

江秉青朝夫人望过来，看到了夫人旁边的女孩。

迟意笑着喊道：“江叔叔。”

江秉青应了声，满意地打量着她：“都坐吧，边吃边聊。”

打完招呼，大家落座吃饭。

江遂吃了几口觉得淡，起身去厨房拿了辣椒酱放到迟意手边。

隋荷瞧着他的动作，笑弯了眼：“我还说你从小不吃辣的人找什么辣椒酱，原来不是自己吃啊！”

江遂怕迟意见外，主动帮她拧开，并且递过去一把干净的公勺。

“南方菜口重。”

吃了饭，江秉青也说起孔明月要结婚的事情，让江遂去随份子钱，顺便看看能帮上什么忙。陪长辈说了会儿话，江遂便和迟意出门了。

“在想什么？”江遂看出迟意刚才在饭桌上便心不在焉，“饭菜不合胃口？”

迟意轻轻摇头，挽上他的手臂，整个人斜斜地歪在他的身上，小声说：“我其实很久没见我爸爸了。”

“嗯。”

“我妈和我爸离婚是带着气的，小时候我妈让我讨好我爸，这样他才会对我好，但我觉得好累，一度恐惧处理人际关系。高二转到北央后，多亏了润如和李老师，我才一点点敞开了心扉，渐渐地融入了集体。”迟意盯着自己的脚尖，情绪有些低落，“我很笨，只能从失败中找经验，然后下次做出改变。但在爱人这件事上，我多少有些手忙脚乱。”

“这不巧了？我爸妈恩爱甜蜜，虽然早些年聚少离多，但我常听我妈讲起他们那代人的爱情故事，从小耳濡目染，算是把你的那份也一起学了。”江遂语气平静，给予迟意足够的安全感，“西方有句话说，为爱而爱，是神；为被爱而爱，是人。我很荣幸为你做一回神，而你，只需做我的人就好了。”

这次回北央前，江遂单独见了宜佳禾一面。宜佳禾主动约的他，见面时两人聊了不少迟意小时候的事情。

“单亲家庭长大的孩子，其实都挺敏感的。我和她爸离婚后，小意虽然由我照顾，但跟她爸爸更亲。问她‘爸爸妈妈更喜欢谁’，她的回答永远是‘爸爸’，她爸爸给她买个什么玩具、带她吃了什么好吃的，她能挂在嘴边念叨好久。我一直在反思自己是不是对她不好，后来才想明白，她可能是要用这样的方式强调爸爸这个角色在生活中的存在感。”

那天宜佳禾说了不少迟意的事，最后要他答应：“如果你们一起走了一段后发现彼此不合适，阿姨恳请你不要伤害她，大家好聚好散。”

江遂却表示：“我不舍得她伤心，也希望没有这一天。”

…………

两人去路口的小超市买了个红包包钱，顺便挑了包糖果结账。

往外走的时候，江遂剥开糖纸，塞到迟意嘴里一颗。

“什么？”糖果是橘子味的，甜得很，一点儿也不酸。

江遂：“糖。吃点儿甜的，就觉得日子没那么苦了。”

江遂又多给了她几颗。

迟意盯着掌心包装漂亮的水果硬糖，突然出声：“阿遂，你记不记得……”

江遂问：“记得什么？”

迟意扬起笑脸，摇摇头，说：“没事。我只是突然想起，高中时也吃过这种糖。”

你给的。

你间接给的。

说起来这还是迟意第一次来孔明月家。江遂把车停好，示意她下车。

江遂去按门铃，另一只手牵起她的手攥了攥，无声地给她安慰。

阿姨听见声音出来开门：“是小遂啊！”

江遂：“周姨，小月在家吗？”

“在呢。”周姨给他们开了门，“快进来。”

进了屋，周姨才注意到跟在江遂身边的女孩，模样清秀，眉眼间像迟临行。

江遂主动向她介绍：“这是我女朋友，迟意。也是小月的同学。”

迟意浅笑：“周姨好。”

周姨一听这名，便对上号了，立马点头，为方才的唐突抱歉：“你们吃饭了吗？我去煮一点儿汤圆。”

江遂：“我们吃了。周姨，您去忙吧，我们和小月说会儿话。”

“好。”

“迟意，阿遂，你们什么时候回来的？”孔明月抱着只橘猫出来。

迟意朝屋里看看，没有看到其他人：“中午刚到。”

孔明月点点头：“先进来坐。”

江遂问出迟意心中的问题：“姑姑、姑夫没在？”

“刚和他们吵了一架，一个去姐妹家打麻将，一个不知去买什么了。”

他们都没在。

迟意松了口气，心里却空落落的，有什么落了空似的。

客厅的茶几上堆满了不同样式的请柬和婚礼相关的图册。孔明月抱着猫，单手收拾了一下，最终放弃。

“你们随便坐。”

迟意看出孔明月有些憔悴，问：“婚礼要操心的事多，你也得注意休息，必要时让男方一起帮着忙。”

孔明月叹了口气：“不提也罢。”

迟意听出弦外之音，不好多问。

江遂和迟意在家里坐了会儿，便离开了。

离开前，孔明月拉住迟意的胳膊，由衷地说：“能跟十八岁时喜欢的男生结婚，真的是一件很幸运的事情。”

迟意看出孔明月情绪低落，正准备说点儿什么安抚一下时，只见孔明月慢条斯理地顺着猫脖子处的毛，轻描淡写地感慨道：“在这件事上，我又被你比下去了。”

她还能开玩笑，就说明问题不大。

出来后，江遂和迟意在门口正迎上买东西回来的迟临行。

江遂喊了声“迟叔”，然后对迟意说：“我去车上等你。”

迟意点点头，目送江遂走向车子。直到迟临行开口说话，迟意才转头。

迟临行："你妈身体好点儿了吗？"

迟意："好多了。"

迟临行真的老了，背佝偻了些，头发梳得一丝不苟，却依稀看到了白发。

两人也没说什么，迟临行问了些父女间老生常谈的问题，迟意一一答了，最后叮嘱他注意身体。

江遂在车里坐了会儿，听见副驾驶侧的车门响动，看到是迟意回来了。

迟意抿嘴笑了笑，说："走吧。"

江遂没问，发动车子。

车缓缓地开出去一段路，江遂才把车子停到路边。

他解开安全带，在没有开灯的车厢里看向迟意："让男朋友抱抱。"

迟意吸了下鼻子，堵在心口的那股情绪似乎得到了舒缓。迟意朝中间坐了坐，隔着中控台被他搂在怀里。

迟意喉咙发堵，说话时压抑着哭腔："怎么突然就变得这样陌生了？明明是最亲近的家人啊！"

江遂轻轻拍着她的肩，安慰道："正因为存在离别和失去，拥有才会显得可贵。"

迟意跟着江遂到家，才意识到今晚要留宿这个问题。

隋荷说家里的阿姨已经把客房打扫好了，让迟意早点儿休息。

迟意应下，没有推托。

有长辈在，大家休息得早，迟意早早地洗漱后便回了房间。

她坐在电脑前面边擦头发边开始构思《我炙热的少年》的再版新写个什么番外。

这本书二〇一五年首次上市，二〇一八年发行影视版，计划明年推出白金纪念版。

日子过得真快啊！

迟意写新的番外，难免要从头看一遍内容，思绪不免被那酸涩的往事带着走。

她正抱着抽纸盒抹眼泪时，江遂的消息发了过来：“给我留门了吗？”

迟意回了个“没锁”，正要说被叔叔阿姨看见会不会不好，只听门锁咔嗒一声。

迟意侧头，看到江遂穿着棉T恤和短裤大摇大摆地进来，一手带上门，另一只手拿着个装牛奶的玻璃杯。

“猜你就不会这么早睡。”江遂把玻璃杯递到她面前，却发现她眼眶发红，“怎么了？”

“没。”迟意吸了下鼻子，别过头把电脑合上，说，“刚刚在看自己写的小说，被自己的才华感动哭了。”

江遂笑了一声，把牛奶递给她：“把这个喝了，我的大才女。”

迟意笑着接过，牛奶是热的，入口温度正好。她喝牛奶的时候，江遂拨了拨她脑后的头发：“没找到吹风机？”

“不着急吹。”其实她是懒得吹。

“湿着头发睡觉容易头疼。”江遂说完，又说了句让她等会儿。迟意还没明白江遂要做什么，便见他走出客房，似乎是在楼梯口迎上隋荷，直截了当地问：“妈，吹风机搁哪里了？”

迟意想拦已经来不及了：“……”

迟意不想太惹眼，觉得江遂有些兴师动众了，正竖起耳朵听隋荷说了什么时，江遂已经拿着吹风机回来了。

他边往迟意身边走，边低头看隋荷塞给他的瓶子上的说明书。

都是日文，他勉强能看懂个别几句的意思。

迟意倒是一眼便认出他手里除了吹风机，还拿了一瓶护发精油。

“我妈说，头发吹到半干的时候抹一点儿这个在发梢对头发好。”

“嗯。”

迟意瞧见江遂拿着这两样东西，怎么看都觉得有点儿违和。但正是因为这种违和感加上江遂的平静坦然，让迟意的心底的一块变柔软了。

江遂放弃研究护发精油后面的说明书，示意迟意：“你忙着，我帮你把头发吹干。”

迟意期待地应了声好，喝掉最后一口牛奶，把杯子放到桌子上。

迟意揪着刺绣抱枕上的流苏，低头看着手机回复工作消息，任由江遂摆弄着自己的头发。

她高中时留着短发，最长也只到肩膀的位置。上了大学后，她渐渐把头发养长，没烫染过，所以她的发质很好。

江遂关掉吹风机，把护发精油的盖子盖好，又扯了张湿巾仔细擦了擦手。

迟意靠到椅背上，仰头朝后看：“辛苦男朋友了。”

江遂俯身，脸凑近：“奖励一下。”

迟意笑着亲上去。

江遂在客房待了会儿，临睡前被迟意往外赶：“你该回你的房间睡觉了。”

“再陪你会儿。”江遂将手里的书合上，书签夹在刚刚看过的位置，“等你睡着了我就走。”

迟意顺从地躺到被子里，静静地看着他，轻声说：“我没事的。”

迟意知道，江遂赖在这里，倒不是想不分场合地亲热，只是自己今晚见了迟临行，又听孔明月絮叨了一番婚姻的琐碎与烦恼，他担心她多想。

“我想陪着你。”

迟意躺在床上，抬起上身亲了亲他。在江队反攻时，迟意把薄被往上一拉，挡住了下半边脸，闷闷地说了一句晚安后，飞快地把眼睛闭上。

江遂无奈地笑着，改亲了亲她的眼皮，轻声道：“睡吧。”

迟意很快睡着，不确定江遂是什么时候走的。

她只知道次日一早醒来时，江遂还在。他帮她把掉到地毯上的手机捡起来，搁回床头柜上。

见她睡眼惺忪地望过来的样子，江遂放低声音，问：“吵到你了？”

迟意摇头：“没有。”

她将手从被子里抽出来，直直地伸向他。

江遂拉住她的手，把人从床上拽起来。

迟意靠在床头，问：“你怎么起得这么早？”

“我爸妈出去晨练，把我喊起来了。”

迟意陡然精神起来，惶恐地作势要下床：“那我起这么晚是不是不太好？”

“没事。”江遂憋着笑瞅她，“你现在这小心翼翼的样子很像第一次住进婆家的小媳妇。”

迟意凶巴巴地瞪他一眼，责问：“你很有经验？还知道小媳妇什么样？”

“经验倒是没有，不过之前有想过这个场景。”

迟意哼了声：“懒得理你。我去洗漱。”

迟意趁这趟回北央，去看了江润如。

两人约在咖啡厅吃下午茶，迟意怕让江润如等所以早到了一会儿，没承想碰见了在这儿相亲的陈予光。

北央渐渐入夏，爱美的女生穿着颜色娇嫩的连衣裙，举止间带着成年人的从容与冷静。

倒是陈予光，穿着宽松偏日系，深色的衬衣短袖内搭基础款白T恤，棕色的五分短裤，脚上踩了双限量款球鞋。

好像这些年每个人都在变化，唯独他永远停在了那个夏天，永远是神采飞扬的少年。

对面的女生似乎对他很满意，一直在找话题聊天。陈予光把手搭在桌子上，时不时勾一勾嘴角，反应冷淡又疏离。

陈予光侧头时，不经意地看到了迟意。他重新朝这边看了一眼，确认自己没有认错。

迟意抿嘴，冲他笑了笑。

之后迟意便没再看他那边，因为江润如来了。李恩宇开车把江润如送到咖啡厅门口，又嘱咐了几句才放人。

江润如撇嘴，嘟囔了句“跟教训儿子似的”，随后笑嘻嘻地坐到迟意对面。

“你已经到了啊，点吃的了吗？”

“我挑着点了几样，一会儿你看看再补。”

“都行。”江润如下意识地托了托肚子，说，“我最近也没什么胃口。”

服务生把迟意点的甜品和花茶送上来，江润如举着手机换不同的角度拍来拍去。

陈予光和相亲对象结束了聊天，起身准备走。陈予光不知和女生说了什么，对方朝迟意这边看了一眼，然后自己出去了。

陈予光目送她走远，才转身朝迟意这桌走过来。

“好久不见。什么时候回来的？”

迟意：“回来有几天了。”

“还是过来出差？”

“阿遂家里有事，我陪着他回来的。”

陈予光点点头，眸色深沉。

江润如瞧着两人一问一答，把自己忽略了，清清嗓子：“陈予光，我不是你的朋友啊，你怎么不跟我打招呼？”

“昨天不是刚给你们家送了羊肉吗？”

“唉。都是老同学，待遇也差太多了。”

陈予光：“这话也该迟意感叹吧，毕竟她没吃着羊肉。”

学生时代要好的朋友即便久不见面，聚在一起三两句话便能恢复到默契而生动的说笑中。

“我先走了，朋友还在门口等我呢。”

江润如挑眉，朝门口抻抻脖子：“女朋友？”

陈予光看迟意一眼，说：“还不算。”

“哟，听这话的意思是有情况啊！”

陈予光稀松平常地笑笑："也不小了。没有情况才不正常。"

陈予光没多客套："走了。"临走前他又看一眼迟意，说，"你们要是晚几天回去，大家可以聚聚。"

"行啊！我回去问问阿遂。"

陈予光点头，这回是真的走了。

江润如歪着脑袋盯着门口，饶有兴致地不知在看什么。过了会儿，她才收回视线，瞧着迟意啧了声。

迟意："想说什么？"

"要不是知道你和阿遂互相喜欢，真想给你俩做媒。"江润如说着，见迟意茫然地看向自己，解释道，"你还不知道吧？陈予光喜欢了你好多年。"

"……"

江润如瞧着她的表情："你知道？"

迟意说了陈予光大学时向她告白的事情。

江润如听完，叹气："都是青春啊！"

离开北央前，大家简单地聚了下，因为江润如挺着个肚子不太方便，便也没去太远，在附近一家新开的羊排店吃了顿饭。

李恩宇陪着江润如，陈予光带着自己相亲认识的女孩，江遂和迟意一起。

人到得齐，大家有说有笑的，在忙碌的成人生活中难得偷来轻松的时间。

说来也巧，就是聚会这天，吃到一半江润如突然肚子疼，一行人浩浩荡荡地去了附近的妇产医院。

小宝宝很懂事，没怎么折腾江润如便来到了这个世界。

是个男孩，各项检查十分健康。

李恩宇看了一眼孩子便去陪老婆了，迟意稀罕得紧，抓着江遂的胳膊，激动地在原地蹦了好几下。

江遂无奈地笑："喜欢？"

迟意点头："刚出生的小孩原来长这样，也太可爱了。"

"喜欢我们也生。"

迟意怔了下，眉梢眼角的笑还没敛走，就这样呆呆地翘着嘴角看向江遂，懵懵懂懂地啊了声。

"我们结婚，好不好？"江遂认真地问她。

隋荷是个很看重仪式感的人，所以江遂耳濡目染，也讲究这个。但他发现，自己遇上迟意，好像一切重要事情都发生得猝不及防。

猝不及防地心动。

猝不及防地分别。

猝不及防地重逢。

猝不及防地告白。

连求婚都是猝不及防的。

可能真诚地生活便是对爱情最好的仪式感。

正如那天在飞机上聊的一样，江遂这次从北央回来，便在迟意父母的新小区购入了一套房子，户主登记了两人的名字。

五杀因为年纪大从队里退役后，被迟意领养了。

有回宜佳禾路过公寓上来坐了会儿，见着五杀，聊起了迟意小时候想养狗的事情，说现在也算是误打误撞地如愿了。

被这么一提醒，迟意才想起在北央那两年的事情。

当初的自己为了能和江遂多些见面的机会，可谓是煞费苦心。

幸好当时可望而不可即的那个少年，此刻已成了枕边人，所以她才有勇气，敢肆无忌惮地去回忆往事。

暗恋的日子在喜悦与失落中反复横跳，冷漠又现实。她不记得自己为他伤心过多少次，却记得他令自己心动的细枝末节。

而这一切，在暗恋成真后，发生了颠覆性的反转，迟意一度觉得过往乏善可陈的匆匆岁月竟也温柔不少。

五杀在厨房门口汪汪叫了两声，迟意被吸引了注意力。

宜佳禾也朝厨房方向望去，一眼看到了灶台上煮沸的锅，连忙起身过去关火。

“别说，警犬就是不一样，比别的狗聪明多了啊！”

迟意压了压怀里的抱枕，冲五杀投过去一个“你真棒”的鼓励眼神，莞尔，喃喃自语，接上方才宜佳禾最初的话题：“是如愿了。”

不仅仅是在养狗这件事情上，其他事情也是。

房子装修好已经是冬天的事情了，迟意陆续把公寓里的生活用品往大房子里搬，江遂也从大学城的房子里带过去不少东西。

两人一点点地添置，很快别墅上下充满了家的温馨气息。

他们也正式开始了同居生活。

也是这段时间，江遂父母突然造访，和宜佳禾与江遂聊起了两个孩子结婚的事情。

隋荷来的时候，把顶流带来了。江遂把顶流领回家，在门口碰见狂摇尾巴的五杀，一个旧爱，一个新欢，两只狗见面分外眼红，当天便扭打成一团，互抢狗粮以示敬意。

迟意惴惴不安地观察着它们，担忧地道：“顶流不会被欺负吧？”

江遂倒是淡定：“没事。五杀这是在带着顶流玩。”

“……”迟意倒没看出这一巴掌把对方饭碗拍飞的动作哪里像是“玩”。

她不敢苟同地哼了声，说：“你这是和稀泥，以小观大，等你做了父亲，估计也会是这种不知所谓的放任态度。”

江遂忍着笑看她，戳戳她的额头，提醒道：“十一，你自己琢磨下，这是又和我约定了什么。”

迟意：“……”

她怎么突然就聊到了孩子的问题上，还是两个？

趁着父母也在，江遂提议邀请些朋友，来家里热热闹闹地暖房。

迟意没意见，盘算着准备点儿什么招待客人。平时处理工作，她雷厉风行惯了，现在聊起家里的事情，江遂评价她很有女主人的范儿。

迟意怕自己太要强，让江遂生出挫败感，下意识地要收敛。

谁知江遂却说：“你这样很好，我喜欢。”

暖房那天，两人请了不少人，迟意电视台里的同事，江遂队里的战友，连江润如和李恩宇也来了。

孔明月倒是一个人来的。她及时止损，没有和那相亲遇见的高中同学结婚。

为了这事，孔阿姨被气得直接进了医院。也不知道孔明月是怎么跟家里解释的，迟意知道这件事时，她完全恢复了潇洒自由、毫无压力的状态。

“谁身边有帅气小哥哥，记得介绍给我。谈恋爱愿意奉陪，结婚免谈。”孔明月在喧闹的客厅里嚷嚷着这句话的时候，林向荣正好进门。

孔明月瞧见从玄关处走来的身影，陡然紧张了一下，后知后觉自己跟他没半毛钱关系，就算刚刚那话被听了去，也没什么大不了。

林向荣今年夏天参加了迟意策划的那档乐队类综艺节目，成功翻红，再度活跃在公众的视野里。

所以他一出现，屋里不少人和他打招呼，嚷嚷着家里的弟弟妹妹想要签名什么的。

话题不自觉地转移到林向荣身上，孔明月的话倒是少了，抱着一大块榴梿吃得不亦乐乎。

虽说是由江遂和迟意牵头的活动，但大家都没闲着，会做饭的轮着去厨房秀厨艺，不会做饭的被安排了准备烤肉串的任务。

大家各司其职的同时，注意力不约而同地放在手机上。

在该死的仪式感作祟下，江遂还是正式重新求了一次婚。他为这次的求婚专门创建了一个小群，除了迟意，在场的人全在这个群里。

就在刚刚，在客厅里坐立不安的孔明月在群里主动请缨：“一会儿我负责引开迟意，你们抓紧布置场地。”

迟意正用牙签从温黛端着的水果沙拉碗里插了两块哈密瓜，自己吃一块，另一块递到江遂嘴边。

“很甜。”江遂笑了笑，把迟意往外赶，“厨房里油烟重，你去客厅陪润如聊天。”

不远处卫峥瞧着这对小情侣的位置，装模作样地翻了几个柜子，茫然地扬声问：“江遂，你家的孜然放哪里了？”

在江遂闻声看过去时，卫峥冲迟意那边挤挤眼。

他清了下嗓子，看向迟意，模棱两可地回了句：“之前用光了吧。”

迟意点头：“是用光了。我现在下楼买一瓶。”

卫峥：“谢了！嫂子！”

江遂：“刚下了雪，出去时穿件厚外套。”

迟意笑笑，说：“我很快就回来。”

迟意在堆满食材的餐桌上找到了自己的手机，穿过客厅往外走时，被孔明月喊住：“要去哪里？”

“家里的孜然用光了，我下楼去买。”

孔明月朝厨房看了一眼，知道这是行动开始了。她正要说那我陪你去吧，哪知迟意从手机上移开视线，似乎是有什么急事，率先说道：“明月，你现在没什么事吧，要不你下去买一趟？”迟意晃晃手机，解释道，“我有个紧急的邮件要发，所以暂时走不开……”

转折来得太快，孔明月疑惑地啊了声：“不合适吧……你忘记小区附近那超市因为扩建暂停营业了？我人生地不熟，你要我去哪里买？”

她觉得自己无论如何都得把迟意拖出去，但迟意的理由正当合理，实在不好勉强：“那要不我们速去速回？”

迟意为难地咬咬嘴角，说：“我另找个人吧。”

她张望着，正要喊笑笑，却见林向荣望过来，主动道：“我开车送她去吧。”

迟意挑眉，颇为意外地看了孔明月一眼：“行吗？”

孔明月对此刻的状况始料未及，大脑一片空白，俨然忘记自己肩负着什么重任，说：“我都行啊！”

迟意工作紧急，也顾不上跟他们客气：“那辛苦你们了。”

两人一前一后沉默着出了客厅，孔明月穿上外套换好鞋便先出了门，林向荣落后几步，收拾好自己后，把孔明月落在柜子上的围巾拿上。

迟意瞧着两人互不搭理，却又心照不宣的身影，赶紧驱散大脑里发酵的猜测，认真地写工作邮件。

此时，微信群里众人齐刷刷地发起了问号。

好一会儿，孔明月才回：“……”

她不承认自己色迷心窍，狡辩道：“@江遂 你没告诉林向荣要求婚的事情吗？”

江遂没他微信：“忘记把他拉进群了。”

孔明月：“行吧。那现在怎么办？”

江遂朝客厅的方向看了一眼，迟意正站在那儿低头看手机，敲敲打打，很是专注。他想了想，在群里发：“一会儿这样，你们……”

状况之外的迟意回完工作邮件，过去找江遂，说了刚才的事。

江遂喜闻乐见：“小月从小就任性，也该有个人治治她。”

迟意嘟囔：“如果林向荣不是我朋友，我真要怀疑他是个欲擒故纵的坏男人了。”

江遂：“我差点儿忘记，你们还有绯闻呢，则安老师。”

突然听到自己年少时的“中二小号”，迟意忍着尴尬，哼了声：“真酸。”

“你就这么希望我吃醋？”

迟意佯装单纯，故意气他：“我说这碗里的醋，闻着真酸。”

“你啊你。”江遂真是拿她没办法。

迟意站在料理台旁也帮不上忙，闲着就容易多想。过了会儿，她问道：“你觉得他俩有戏吗？”

“他俩一直不都挺有戏的？”

说话间，江遂戴着隔热手套把烤盘从烤箱里拿出来，将黄油鸡翅装盘，递给迟意：“你端去餐桌。我去给我爸妈打个电话，问问他们到哪里了。”

“好。”

迟意把鸡翅放到餐桌上，温黛凑过来说她今年做出了两档爆款节目，年底最佳团队的评选肯定没跑了。迟意倒也不是谦虚，传媒影视圈本就是危险和机遇并存，迟意的团队今年的表现还真不是最出色的。

起了个头，迟意顺嘴问起她那边的项目，问这两年大环境的变动对她影响大不大。

说到这儿温黛开始叹气，摸了摸头发，说：“连着夭折了几个项目，愁得我头发都快掉光了。”

两人一来一回地聊着。

迟意不经意地朝厨房看去时，发现江遂还没打完电话。

正准备去找他时，她眼前忽然一黑。

“什么情况？”温黛和其他人一样，知道这是江遂的计划之一，配合地装出一副被吓到的样子。

迟意摸索着去拿自己放在旁边的手机，同时安抚大家：“可能是停电了，我去总闸那里看看。”

“那你小心点儿，别绊着了。”温黛说。

迟意：“没事。”

众人心照不宣，绝口不提江遂的大计划。

迟意一个人被蒙在鼓里，打开手电筒。

不只是迟意，房间里不少人打开了手机手电筒。

前一瞬间还处于黑暗的房间，在一簇簇的微光中，稍稍亮堂了些。

很快迟意便发现了不对劲。

大家自觉地往两边站，腾出一条不宽不窄、容许一人经过的路。

道路的这一头，是迟意，而另一边，站着方才去打电话却迟迟未归的江遂。

江遂已经换了一身衣服，白衬衣、西裤，英俊又挺拔，怀里抱着一大束花。

大家默契地将手电的光照在中间的这条路上，江遂踏光而来，站在迟意面前。

温黛用手肘碰了她一下，笑着提醒：“还愣着干吗？”

迟意被推得往前踉跄了一步，江遂抬手扶住她，顺势把手里的一大捧玫瑰花递到她的怀里。

迟意低头看了看娇艳的花束，顶着四面八方投来的目光，笑着小声问他："你要干吗？"

江遂做口型："求婚。"说着，他后退半步，单膝跪地，仰头看向她，郑重地说，"我们第一次见面是十六岁，很巧认识了整整十年。我人品稳重，还算拔尖；而你知性温柔，坚毅勇敢。我认为我们正好般配。过去的这一个十年，我虽有缺席，但未来的每一个十年，我想全程奉陪。"

江遂从口袋里掏出一个方形的丝绒盒子，打开，取出里面的钻戒，递上前："十一，你愿意嫁给我吗？"

"嫁给他！嫁给他！"四周起哄的声音一浪接着一浪。

迟意觉得江遂手里的大钻戒特别晃眼，傻子才会拒绝呢。

她忍住不哭，眼眶却又酸又胀，难受得很，但她又很矛盾地扬着笑脸，雾蒙蒙的眼底满是惊喜与感动。

"我愿意。"

她愿意签署这份属于他们的十年计划。

"亲一个！亲一个！"

江遂在众人的起哄声中，扶着她的后脑勺，深深地吻了下去。

江遂："我爱你。"

迟意："我也是。"

求婚结束，今晚的活动也就临近尾声。

送走大伙后，迟意和江遂简单收拾了一下屋子，只等明天阿姨来打扫。

一闲下来，迟意不免被无名指上的戒指吸引了目光。江遂瞧见她的动作，拉过她的手，凑在嘴边亲了亲她的无名指。

"今天累坏了吧？"

迟意脸上每一处微表情都写着甜蜜，她摇摇头，说："不会。很开心。"

江遂提议："要不要看个电影？"

"好。"迟意应着。她想着做什么都好，哪怕安安静静地待着也好。

迟意去厨房调了两杯花茶，挑拣了几样零食放到藤编盘子里，上了二楼的家庭影院。江遂蹲在投影仪前挑好了要看的片子，见她进来，示意："过来坐。"

迟意把东西搁下，看了一眼屏幕，眉心一跳："怎么看这个？"

画面播到片名时，江遂按了暂停键，屏幕上"我炙热的少年"六个粉笔字尤其醒目。

迟意过去，挨着他坐下。

"想看看我女朋友的青春。"江遂抬手揽在她的肩膀上，直截了当地坦白。

迟意双手捂着脸，朝他的肩膀后面躲，难为情地说："太羞耻了……"她做了好一会儿心理建设，捂在脸上的两只手的中指和无名指分开一道缝，漆黑小巧的眼睛连着眨了几下，极其无辜地望着他，提议道，"我们换一部吧。"

江遂难得和她唱反调："不行。我就想看这个。"

"哦。"

看吧看吧，江遂还能因为一部电影反悔不成？

在家看电影的感觉太惬意，尤其是旁边还是自己爱的人。

迟意渐渐地歪着身子靠到江遂肩上，江遂将胳膊垫在她的后脑勺处，手臂屈着，手指一会儿碰碰她的脸颊，一会儿捏捏她的耳垂。

迟意盯着电影画面，恍惚间，仿佛回到了那个渐渐转凉的国庆假期。

她舔舔嘴角，有点儿想吃米粉了。

正犹豫着要不要起身煮碗粉时，迟意听到江遂说——

"我其实记不太清高中时的事情了，现在回想起来，印象最深的只是最后那个学期。家里的事情让我险些上不了军校，但身边全是因为我被保送而祝福的声音，我前所未有地失意却无人倾诉。至于高中的前两年，我从初中直升四中，身边来往的大都是从小相熟的玩伴，老师依旧儒雅渊博，学校生活循规蹈矩，没什么特别的。

"我记得第一次见你是在医务室，却不知道早在米粉店我们就见过。”江遂低头看她，缓声说道，“陈宜勉、今穗。迟意慕江遂。如果我早一点儿注意到你的目光，我们就不会耽搁这么久了。”

迟意哪里有什么心思想米粉？她呆呆地望向江遂。

她听见江遂说：“十一，你真是瞒我瞒得好苦，险些让我错过一辈子。”

“你知道了？”迟意猛然坐直身子，抬眸看他，犹疑中渐渐确定一件事情，“什么时候知道的……”

迟意的声音弱下去，她觉得自己特别不厚道，所以这个问题问得非常没有底气。

江遂低头亲了亲她，说：“挺早了。”

“那为什么没早点儿告诉我？”

“怕你答应我求婚会受回忆束缚。”江遂说，“就像你一直不让我知道，不也一样是担心我会因为感动或愧疚而影响决定吗？”

迟意心里五味杂陈，慢吞吞地侧过身，主动亲了亲他。

两人额头相抵，江遂注视着她，说：“我忘记的，你帮我回忆起来好不好？”

“好。”

江遂亲了亲她的嘴角，沉声道：“十一，我爱的是你，不论是现在的你，还是十年前的你。”

“我也是。”迟意莞尔，说，“阿遂，我爱你。”

江遂低头，深吻她。

幕布上，电影还在播放，画面外，五杀和顶流为了争抢玩具在地毯上扭打成一团。

落地窗外是百年如一日的蔷江水，河岸霓虹连成银河，游人如织。

迟意突然庆幸，自己的九年暗恋，换来了与他一起的余生。

/ 番外一 /

时光里的秘密

暗恋的秘密被公开后，迟意问道：“那我们两个算不算双向暗恋？”

江遂没理解这个词的意思，不解地嗯了声。

迟意提醒他：“你在那个信里不是也说高中时就对我……”她不好意思说出那个词。

江遂了然，故意逗她：“什么啊？”

“就那个啊！”

“哪个啊？”江遂眼底含笑，装傻。

迟意凶巴巴地瞪他一眼，懒得搭理他，作势要起身，远离他。

江遂不如她所愿，伸手拉住她：“去哪里？电影还没看完。”

“你自己看吧。”

“想和女朋友一起看。”江遂捏捏她的手指，又去挠她的手心。

迟意被她闹得浑身发痒。

江遂晃晃她的手臂，说：“再陪我看一会儿。挺遗憾的，没早一点儿和你一起看。”

就这轻描淡写的一句话，让迟意的整颗心都软了。

她重新靠回沙发上，赖在他的怀里。

过了会儿，迟意盯着电影屏幕嘟囔："不是双向暗恋也没事，反正以后你是我的。"

江遂弹了一下她的耳朵。

迟意哼了声，正要控诉时，听见他说："十一，你怎么这么不自信？"

自从看到迟意高中时的物品后，江遂想起不少以前的事情。

两人真正熟悉起来是在她因为腿伤养病的那段时间。

高三那年，他去实验楼里找袁启华，却碰见被锁在那里的迟意。为了躲避保安，两人狼狈地从学校里跑出来。在校门口时，迟意怕他被驶来的电动车撞到拉了他一把，自己却扭伤了脚踝。

江遂认为责任在自己，所以从她住院起，便一直在照顾她。

迟意出院的那天，江遂也在。他忙前忙后，帮着把迟意送回家。

那天迟意刚到家里便接到江润如的电话，在电话里江润如提醒她记得写试卷，说今天班主任还问她的情况来着。

挂了电话后，迟意局促地看向江遂，说："今天真是麻烦你了。"

江遂说："没事。"过了会儿，他问迟意，"你要现在写试卷吗？"

迟意低头盯着自己腿上的石膏，似乎在走神，听到江遂的话，明显愣了一下，呆呆地望过来，漆黑的眸底充满迷茫。

江遂一抬手腕，看了一眼手表上的时间，主动说道："我帮你计时。"

迟意在听到他的提议时，明显有些犹疑。

江遂正要说"如果你有自己的安排那就算了"，便听到迟意礼貌地问："那你会不会无聊？"

"随便给我本书打发时间就行。"江遂笑道，"监考老师不都是要看书的吗？"

迟意弯了弯嘴角，说："好。"

客厅里的茶几不适合写作业，迟意最终把他带去了自己的卧室。

看到她活动不便，江遂扶着她的胳膊搭了把手。免得她栽倒，江遂扶着她一侧手臂的同时，将胳膊绕过迟意的后背，扶住她的肩膀。

这样一来，迟意整个人像被江遂半拥进了自己的怀里，显得清瘦又弱小。江遂是在嗅到她发间淡淡的清香时，才意识到自己这下意识的行为有些不妥。

他想松手，却担心她摔倒；不松手又显得有些轻浮，与自己从小受到的尊重女性的教导相悖。

可能是迟意察觉到他的反常，偏头看过来。

"弄疼你了吗？"江遂顺势松开她另一侧的肩膀，但没完全松手，手虚虚地悬在她肩膀的旁边，避免意外发生。

迟意抿嘴笑了下，说没有，顿了下，又说："你一会儿坐在书架旁的沙发上吧。"

"好。"江遂拉开书桌旁的椅子，让她先坐下，"我去给你拿试卷。"

"谢谢。"

江遂去客厅把她从医院里带回来的书包拿来，回来时特意把门敞着。

迟意又说了句谢谢，伸手接书包。江遂啧了声，猝不及防地把胳膊往后一抽，对上迟意茫然的目光。

"第八遍。"

迟意眨眼："什么？"

江遂："你今天对我说了八遍'谢谢'。"

迟意沉默，顿了下，说："我是觉得太麻烦你了。"

"应该的。"江遂把书包重新递到她的手里，说，"你崴到脚也有我的责任。"

在她往外拿试卷时，江遂说道："不过我刚刚确实骗了你。"

眼看迟意再次望向自己，江遂弯了弯嘴角，坦白："'第八遍'是我编的。虽然我没留意具体有几遍，但你确实对我说了很多次。"

迟意无奈地笑了，别开眼，试图将眼底的笑一并藏起来。

"那我争取接下来不再和你说'谢谢'。"

江遂扬眉："如果说了呢？"

"那我……"迟意歪着头想惩罚措施。

江遂："那就请我喝饮料吧。"

"好。"

只是随口一个约定，却在悄无声息中发酵出了不一样的意味。

"那边的书架上有书，你想看什么自己拿。"迟意将试卷铺好，写之前如是说道。

江遂进门后便注意到了卧室里的书架。

他抽了一本散文集，却没在第一时间坐回沙发上。他注意到旁边的玻璃置物柜上摆着的乐高和玩偶，不免多看了几眼。

"我开始了。"迟意端坐在书桌前，说道。

江遂闻声转头，示意："好。我帮你计时。"

"嗯。"

很快房间里安静下来，只剩下笔尖摩擦纸张的唰唰声，和江遂轻轻的翻书声，十分和谐。

江遂翻了几页书，朝窗外看了一眼，然后收回视线看向迟意。她保持着标准且规范的坐姿，垂头看向试卷时，脸颊两侧的头发不听话地垂下来。可能是挡到了视线，迟意抬手将碎发往耳后掖了掖。

江遂盯着迟意神色专注的侧脸看了会儿，问道："帮你把台灯打开。"

"谢……"迟意警惕地及时改口，"写字能看见。"

江遂勾唇，被她的机灵劲儿逗笑了，嗯了声，说："写吧。"

迟意轻吐口气，那表情分明是在说"好险好险"。

他又坐了会儿，站起来活动了下肩颈，去她的身边一起看试卷。

迟意写的是文综试卷，主观题答题处被写得密密麻麻，但她的字娟秀工整，赏心悦目。

察觉到他在身后，迟意头也没抬，趁着翻页答题的间隙，悠悠地说了句："你确实挺像监考老师的。"

"考试时不准说话。"江遂用书在她的头顶轻轻碰了下，说道。

迟意自以为他看不见，皱着鼻子，一吐舌头，做了个鬼脸。

殊不知自己的表情早已被书立旁边的镜子折射过去。

江遂笑了下，拿着书回了沙发。

没到两个小时，迟意便写完了这份试卷。

她检查了一遍，搁下笔。

“写完了？”

迟意嗯了声。

江遂一抬下巴：“交卷吧。”

江遂把试卷抽过来，随意地看起来。他虽然是理科生，但对文科也不是学得不好，自然能看出对错。况且他也没怀疑答案的准确性，所以连他自己都不知道，这是在看什么。

他正要结束自己这一系列莫名其妙的举动，只听迟意又问：“江老师，可以接着考英语吗？”

这天下午迟意写完了两份试卷，其间宜佳禾来过一趟，站在门口却没进来。

江遂发现她后正准备开口，却见宜佳禾把手指往嘴边一放，轻轻地摇了摇头，做嘴型说：“我不打扰你们。”

过了会儿，宜佳禾端着个果盘折回来，悄声和江遂说：“写一会儿就出来，阿姨准备了饭菜。你留下来吃饭。”

“不用麻烦的，我……”江遂正要说他不留下来吃饭了。

宜佳禾瞬间板起脸，绷着嘴唇，说道：“别跟阿姨客气，今天你忙前忙后也辛苦。意意平时没什么朋友，你有空就多来家里坐坐。”

迟意：“……”

迟意：“妈，我听得见。”

宜佳禾拍了拍女儿的肩，恨铁不成钢地压低声音提醒道：“我这还不是为了你？”她说完，扬起笑脸看向江遂，特意嘱咐：“一会儿出来吃饭。”

“好。”

等宜佳禾出去，迟意无奈地叹气，问江遂：“你饿了吗？我们现在出去。”

“等你写完吧。”

"好。"

过了会儿，迟意做完后面的题目，盯着听力题那面看起来。江遂问道："现在开始做听力？"

迟意诧异地道："有音频吗？"

"江老师就是你的音频。"江遂的英文发音标准流畅，说是能去录听力磁带的水准都不为过。他很有自信。

迟意茫然地眨眼，只见江遂拿出手机，点开了什么后，说："我这里有文本内容，如果你信得过我，我读给你听。"

"……"

试卷上英语听力的题目，迟意答得前所未有的认真。

江遂很多年后才想明白，迟意当时的愕然与迟钝。她不是质疑，也没有不信任，而是受宠若惊。

而当时的迟意也并不知道，江遂的手机里保存着英语听力的音频。

他之所以读，只是因为他想为她做这件事情。

只是可惜，在感情上他们天资愚钝，没参透心动，不知早已情根深种。

周一一早。

"到底是不是真的啊？"江遂一进教学楼，就听到站在宣传栏旁边的两个女生在聊天，"迟意真的为江遂跳楼了？"

江遂的脚步一滞，他不解地偏头看了一眼，确定她们聊的是自己。

察觉到后方有人偷听，还是正主，两个女生尴尬地撞撞胳膊，飞快地手挽手溜走了。

江遂很快发现，学校里讨论这件事情的不只这两个女生，自己班上的同学也存在这样的误解。

就连陈予光也在他坐下后，第一时间转过头，直勾勾地仿佛要把他看穿似的盯着他。

江遂正在想到底是什么致使学校的同学产生了误解，察觉到陈予光的目光，被看得心里不舒服。

“怎么了？”

陈予光：“迟意在追你？”

“没有。”

“我猜也是。”陈予光俨然松了口气，往后靠了靠，不再看江遂。

江遂也不知道自己犯什么倔，闻言，问道：“我很差吗？”

“和这没关系。”陈予光突然想起来，“话说，你要不要澄清一下？就今天一早晨，我已经听到好多人在说迟意追你未遂跳楼的事情了。我试着解释了几句，没人听啊！要不你找个机会澄清一下？毕竟大家都是朋友，造成这样的误会不太好。”

江遂嗯了声，表示自己知道。

但怎么澄清合适？难道真让他像尤锐似的拿着个大喇叭站在主席台上解释事情的来龙去脉？

大家怕是要去怀疑迟意的眼光了吧。

距离早自习还有十分钟的时间，江遂接了水，从包里拿出迟意写过的试卷，去一班给江润如。

因为知道了大家讨论的话题，江遂觉得这一路上接收到的目光格外直接。他从廊腰穿过，停在一班的门口。

门口的同学帮他喊了人，很快江润如便出来了。

江遂刚说了一句：“这是迟意的试卷。”

旁边的女生立马兴奋地捂着嘴和朋友说：“他是来还迟意的东西的！”

“是迟意送他的情书吗？！”

“……”江遂皱眉，竟不知道事情发展得这样迅速。

江润如也接受不了，直截了当地把试卷往那两个说闲话的女生跟前一拍，说：“你们看好了，这是试卷，期中考试的试卷。”

“……”

在那两个女生俨然被唬住了，江润如狠狠地瞪了江遂一眼，说：“都是你做的好事。迟意现在成了为爱情不爱惜生命的女同学了。”

“……”

这下轮到江遂沉默了。

为了有效地澄清绯闻，准确地说是洗脱迟意轻生的嫌疑，江润如抖机灵地想了个“损招”，天天逼迫江遂来一班帮迟意抄作业。

“这样别人就知道，不是迟意上赶着黏你。误会自然被澄清了。”

“……”

虽然这个主意馊，但江遂还是默许了。

任课老师把迟意做过的文综和英语的期中试卷批好分，放学时江润如将试卷转交给江遂，让他带给迟意。

陈予光瞧见，说道：“阿遂最近要准备竞赛，要不还是我去吧。我正好去奶奶家吃饭。”

陈予光抬手去接那几张薄薄的试卷，江遂却没松手。

“我去吧。”江遂说。

陈予光觉得奇怪，却没多问：“行。”

迟意对学校里的事情并不知晓。

江遂来的时候，她正一蹦一跳地在厨房里煮螺蛳粉。

“姥姥呢？”

迟意突然听到身后有人说话，吓了一跳，握着锅柄的手险些一滑。

她回头看到是江遂，松了口气：“你怎么来了？姥姥去超市里买蚝油了。”

江遂把东西搁下便朝厨房走去，接过了迟意手里的锅，放回灶台上：“我先扶你过去。你要做什么？我给你煮。”

“谢谢。”

江遂不爱吃粉，更闻不惯螺蛳粉的味道，煮粉时眉头一直皱着。

他好不容易把粉煮好端出来，迟意还挑毛病：“没有放辣油包吗？”

江遂垂眸看了一眼她腿上的石膏：“不记得医生的叮嘱了？”

“没有辣油的螺蛳粉是没有灵魂的。”

“有灵魂的螺蛳粉是伤害你的。”

迟意哦了声，说：“我知道你是为我好，也记得医嘱。只是我从小习惯吃辣，没大碍的。”

“嗯。”

“那我能过去把我的辣油包拿过来了吗？”

“不能。”

“……”迟意鼓鼓腮帮子，故意和他作对似的，说，“那你能再去拿一副碗筷吗？”

江遂抬眸看她一眼，虽不知道她要做什么，却还是照做了。

江遂回来时，顺手给她拿了瓶牛奶。

“谢谢。”

迟意搅拌了一下米粉后，强调道：“这碗粉我还没吃，是干净的。”

江遂不解地嗯了声，只见迟意挑了两筷子出来放到江遂刚拿来的小碗里，顺便大方地给他倒了些汤。

“好了，这一碗是你的。”

江遂正准备说自己不爱吃米粉，迟意却抢先开口：“我是病号，没胃口，需要有人陪着吃饭才香。”

江遂被摆了一道，无法，只得拿起碗筷。

当他吃的时候，迟意一动不动地盯着他，并且问道：“好不好吃？”

“不好吃。”男生吃东西快，倒也不是狼吞虎咽，依旧优雅悦目。江遂三两下吃光，如实地回答。

“不好吃就对了。”迟意撇嘴，“我说吧，没有辣油的螺蛳粉是没有灵魂的。”

“医生说你可以吃，我才给你。”

“……”

“江遂，你没有爱心。”迟意试图和他讲道理，“身为新时代的优秀青年代表，你要照顾老弱病残，而我——”迟意敲敲自己的石膏腿说，“就是‘残’，你懂吧？”

“迟意，你是不是赖上我了？”

迟意一头雾水。

“你身体晚恢复一天，我就得多照顾你一天。”江遂盯着迟意，看得她节节败退，“我们两个到底是谁更没有良心？”

迟意眨眼，默默地咽了下口水，听到江遂又说：“还有，你记得请我喝饮料，刚刚说了两次‘谢谢’。”

迟意抿紧嘴角，然后不服气地哦了声。

江遂有想过和她说一下同学们对她的误会，但也只是想了想，觉得没必要说。

不只是学生间在传那晚实验楼的事情，主任和校长也被惊动了。校领导查了监控后，把江遂叫去了办公室。

江遂坚称他们是因为实验楼锁门才翻窗出去，又提到迟意去实验室是被陌生的同学诓了。

因为江遂和迟意是高三的重点学生，领导们只是简单地了解了情况，并且向江遂表示会查监控找到真相。

几经周折，校领导查出了让旁人诓迟意去实验楼，以及给保安传递错误信息的学生正是尹哲。

当然，关于这些事情，江遂也没有告诉迟意。

十二月，到了江遂参加竞赛的日子。

今年的考场安排在北央大学，考试结束后，尤锐提议去聚餐。大家紧急奋斗数月，一朝结束，个个如释重负，自然同意，七嘴八舌地商量着去哪里吃。

尤锐看向江遂，问：“你想吃什么？”

江遂朝十字路口处人来人往的车流望去，说：“我就不去了。”

尤锐以为他还在为家里的事情烦心，正经地安慰道：“每个人面对的事情不外乎两种结果，好的或坏的。如果是好的，那当下便不必担忧；如果是糟糕的，即便担忧也没用。阿遂，我希望你开心些。”

江遂勾了勾嘴角，说：“我没事。”顿了下，他补充，“别多想。我只是提前和朋友约好了竞赛结束要见面。”

尤锐不确信地看着他，静了几秒，点头："没事就好。"

绿灯亮起，竞赛班的同学陆续穿过马路，江遂和尤锐摆手，示意她也快走。

江遂："我去反方向。"

尤锐："拜拜，那我们学校见。"

等跟着大部队穿过马路，尤锐才回头望，发现江遂进了旁边的一家卤味鸭脖店。

他不是不爱吃辣吗？

还没等尤锐多想，旁边的人拍了拍她的肩膀，示意："锐姐，看路啊！"

尤锐这才收回视线，笑盈盈地加入大家在聊的话题里。

江遂猛地闻见卤味店里呛鼻的辣味，有些不适应，别开脸打了个喷嚏。

转头对上店员礼貌的注视，他抱歉地一点头："不好意思。"

因为这个喷嚏，江遂出于歉意从店里多买了些东西。等结完账拎着满满的一兜卤味时，他开始担心自己拎着这么多去迟意那里会不会显得太夸张。

算了，他买都买了。

事实证明，迟意并没有这样的想法。

她开心地看着江遂将买来的东西一样样地拿出来，眼神中透露着兴奋，问道："你是因为题目很简单，所以觉得考得不错，准备提前庆祝吗？"

"就当是吧。"

迟意扬眉，道："那恭喜啊！"

"嗯。"

江遂的语气听上去并不开心。

他每周都来，对家里的东西也算熟悉，两人相处起来并不拘束。他起身往厨房里走，停在冰箱旁的置物柜边上，问道："你喝什么？"

迟意收起心里的愁思，乖巧地回答："牛奶。"

江遂给她拿了瓶牛奶，自己拿了瓶矿泉水，又把纸巾搁在迟意随手能够到的位置。

迟意已经戴好了一次性手套，随手拿起一副新的放到江遂的手边："忍了这么些天，我终于能吃辣了。"

江遂拧开水瓶盖喝了口水，却没动作。他看着迟意吃东西的样子，着实觉得嗓子疼。

"你现在虽然已经拆石膏了，但最好不要吃太多。"

迟意因为在想事情，只是淡淡地嗯了声。她这段时间和江遂来往密切，时常抖机灵地说几句。若在平时听到江遂这样说，她指定会怪他：你知道自己很残忍吗？不让我多吃还买这么多。

但此刻，迟意因为想事情，也不知道听进去还是没听进去。她问："你确定要去央大吗？"

"可能吧。"

"学什么专业？"

"没想好。"

可能是这两个答案过于模棱两可，迟意点点头，便没再问了。

江遂看她："你呢？"

迟意咬着一块鸭脖，犹豫地说："我也没想好。"

江遂误会她是担心自己的成绩。高三如此紧要的关头，她休假这么久，成绩肯定会受影响的。

"你什么时候返校？"

"我妈让我再在家待半个月。"

江遂点头，说："那这半个月我帮你紧急补一下课。"

迟意眨眼。

江遂："怕辛苦？"

迟意摇头："没。"

就在江遂觉得自己与迟意渐渐熟悉起来时，现实却冷漠地告诉他——你错了。

迟意返校的前一周的周末，江润如提议去梁叔那里吃烧烤，顺便一起去探望迟意。江遂没意见，像往常一样出现在苏麻离青胡同，出现在陈奶奶的小院，出现在迟意的面前。

但是迟意对他的态度……似乎有些生疏。

她勉强地勾了勾嘴角，对他说不用帮自己整理知识点了。

仔细想来，她养好了伤要返回学校，能正常上课写作业，自然就不需要他了。但江遂总觉得情况不该是这样的。

两个女生在屋里收拾，男生在院子里边闲聊边等她们。

陈予光兴高采烈地和奶奶聊天，扯东扯西，说起了老一辈的事情。

“我和你爷爷还没在一起的时候，当时村里头放电影，他约我去看电影，我买了两瓶汽水，分给他一瓶。你爷爷说好喝，还说明天也给我带。我以为他也会给我汽水，哪知第二天给了我一块糖。”

“啊？我爷爷也太抠门了吧。”

陈奶奶笑吟吟地澄清道：“是一天一块糖。他一直送了一个月。”

陈予光表情兴奋，哎哟一声，已经嗅到了浪漫的气息。

“一个月后，他突然没再送。我问他为什么，他说不能送太多，要留着钱娶媳妇，问我愿不愿意做他的媳妇，这样就可以继续给我买糖，不用攒钱了。”

…………

是了，这才是爱情的样子。

江遂敛眉，挑起嘴角笑了下，觉得心里酸酸胀胀的，却很难说明白。

天有些阴，似乎是要下雪。陈奶奶看着迟意家丢在门口晾水的拖把，说要赶紧拿到屋里去。江遂看了一眼，主动接下了这个任务。

迟意在家养病的这段时间，江遂常来。迟意话少，大多数时候很安静。宜佳禾对江遂颇为欣赏，在家闲暇时总家长里短地聊，两人渐渐也就熟悉起来。正因为这份熟悉，令江遂在这个家里的言行举止多了些轻车熟路的自在。

将拖把放回卫生间里，江遂便出来了。

经过迟意的卧室时，他听到里面传出来的说话声，脚步慢了一拍。

“阿遂人是不是超级好？他是我们这群人里最细心的了。”这是江润如的声音，“也不知道他未来的女朋友会是什么样的。不过，意宝，你现在可是和他传过桃色新闻的女同学了。”

迟意言辞拘谨，逃避态度明显：“你当着他的面，不要开这个玩笑。”

“没事。”江润如无所谓地说，“从小围绕在阿遂身上的这样的话题多了去，也没见他在意过。”

迟意坚持：“不在意被人说，不代表愿意被人说。面对这些话题没有表现出反感，只能说明他教养好。

“所以润如，以后不要提了。”

“哦。”

江遂没多停留，悄声离开。只这一会儿的工夫，他似乎就明白了迟意躲着自己的原因。

虽然他有些委屈，但心里的那个结，确实神奇地被解开了。

迟意的疏离，不过是为了保全彼此的体面。

在梁叔店里烧烤时，江遂佯装不察，有意无意地照顾她。

迟意小心翼翼地回应着，却不再像前段时间那样自然和随意。

周一迟意返校。江遂也不能说迟意仍旧有意躲着自己，毕竟在这次病假前，两人也是不常有往来的。

所以，他们不过是恢复到了正常的生活状态而已。

四中教学楼南北两楼间有廊腰相连，隔着中央的天井，理科六班和文科一班遥遥相对。

这其实是很近的距离，但课间十分钟确实有些短了，想遇见的人还没见到，他们便回到了封闭的教室。

但同在一所学校里，两人总有碰面的时候。

周一的课外活动是卫生大扫除的时间，班主任开完班会后，陈予光把自己负责的卫生区域解决好，便招呼江遂去操场打球。

北央的冬天寒冷肃杀，正值青春的少年们活动一番后浑身热血沸腾。

到了吃饭的时间，旁边的操场上尽是锻炼的学生，另一侧的林荫道上也有结伴散步的同学。

江遂跳起来投篮，转身走离篮球架时，看到了从餐厅方向过来的迟意。

她跟江润如刚吃完饭，一人手里拿一杯餐厅二楼的热奶茶，有说有笑地远远走来。

颜色鲜亮的羽绒服里是干净单薄的冬季校服，即便穿着外套，她的衣领依旧高高地拉起，衬得她的脸格外小巧。

毋庸置疑，江润如像往常一样来看李恩宇打球，而迟意是被拖来的。

江润如目的明确地朝球场这边看来时，迟意咬着奶茶的吸管，在看别处的风景。

篮球落在地面上，发出砰砰的响声，等迟意抬头朝篮球场的方向看来时，江遂刚好转身。

其他人惊呼着“好球”的声音把江遂游离的目光拽回。他跑动到球场的中央，和队友击了个掌，随后开始新一轮的篮球争夺赛。

休息时，江遂去旁边拿水，注意到迟意和江润如隔着一条绿化带站在林荫道的路边朝这边看。

江遂仰头喝水时，朝那边扫了一眼。

陈予光也看过去，同时撞撞他的肩膀，说：“你觉不觉得迟意越来越好看了？”

恰好迟意看向这边，两人四目相对时，江遂轻轻地一点头，不动声色地把瓶盖拧好。他收回视线，漫不经心地嗯了声。

江润如见他们打完球，摆摆手，然后拽着迟意过来说话。

李恩宇见着她们，拍了下旁边人的肩膀，示意一会儿再说，径自过去。

没一会儿，陈予光也跳着过去凑热闹。

四人的说笑声遥遥地传来。

江遂单手拎着水瓶，本也想过去，但有相熟的男生过来搭着他的肩膀聊天，一时脱不了身。

男生刚打完球，一身汗。肩膀上搭着一条别人的胳膊，江遂只觉得心里不舒服，良好的教养让他并没有表现出异常，只是时不时地朝不远处瞄。

两个女生离开后，江遂他们又打了会儿球才结束。

往教学楼走的路上，陈予光突然问李恩宇："今年的元旦晚会，迟意要做主持人是吗？"

"应该吧。班主任很想让她去。"

"平时真看不出来，看上去柔柔弱弱没什么主见的女生，遇到大场面竟一点儿也不怯场。上回她在'模联'活动上的发言真是令人大呼漂亮。"陈予光说着，试图寻求认同，"阿遂，你当时和她一组，应该了解啊！"

陈予光问完便觉得自己问错了人，本以为江遂会像往常一样对这类话题不感兴趣，甚至不多加评判，哪知这次的结果却出人意料。

"确实。"江遂走在旁边，依旧是漫不经心的态度，但偏头看向陈予光的视线里莫名带上了探究的威势，"不过你怎么对她的事情这么了解？"

"我……"

江遂很认真地在问这个问题，但陈予光一时被问蒙了。

就连李恩宇都看了过来，他看看陈予光，又打量起江遂，似乎明白了什么，又好像觉得不该有什么。

回到教室里，江遂看到桌子上有一瓶运动饮料，问："谁的水？"

旁边的男生说："刚才一班的两个女生过来给的。"

陈予光大大咧咧地坐到凳子上，拿起自己桌子上那瓶一样的，扬眉："我也有。是江润如和迟意吧。"

江遂收回视线，拿起饮料准备放到书桌的旁边，便注意到瓶底似乎贴了东西。

那是张蓝色的便笺。

他狐疑地揭下来，看到上面的内容。

上面只有一个字：略！

这是愿赌服输的赌注吧。

江遂自觉地想象出她做鬼脸的表情，没忍住，扑哧笑出了声。

陈予光闻声望过来："怎么了？"

江遂眼底含笑，摇头："没事。"他淡定地把便笺收到书包的夹层里，问陈予光，"下节课上什么？"

"语文吧。"

"哦。"

陈予光觉得莫名其妙，嘟囔："上个语文课你也能开心成这样……"

临近元旦，学生们的学习气氛难免被这个小假期带跑偏。

课间，班上不少同学在聊栈桥广场的跨年烟花秀。

陈予光大大咧咧地坐在凳子上，背靠着墙，听旁边的同学聊了会儿，觉得很感兴趣，转头问江遂："你知道烟花秀的事情吗？"

江遂："我妈那晚加班，负责烟花秀的直播。"

陈予光："连电视台都出动了，说明这次的规模很大啊！"

他琢磨着烟花秀开始的时间，以及往年元旦晚会结束的时间，确定不冲突后，提议道："咱们那天也去看烟花吧，晚会上我们提前一点儿离场。"

江遂停下写题的动作，不知想到什么，说："不提前走也来得及，让大坤他们先去占位子，我们一结束就打车过去。"

"也行。"陈予光嘟囔，"李恩宇和江润如没节目，随时都能走。倒是迟意，她做主持人应该要等到晚会最后一刻才能离开。"

江遂捡起钢笔继续写题，含糊地应了声。

随着进入高三，江遂渐渐地从学校活动中抽离。不是因为怕参加这些耽误学习，而是隋荷的状态日渐糟糕，他不得不多留出时间陪她。

所以高三这年的元旦晚会，他没有参加，只是受学生会的同学所托，偶尔帮一下忙。

也正是因为这次帮忙，去后台送东西的江遂趁机见了迟意一面。

她站在角落里低声背词，周围是凌乱的演出服、演出道具之类的杂物，耳畔是一群同学在那里聊有关她的八卦。

准确地说是有关她和他的。

对方话说得并不好听，江遂听见都忍不住要皱眉头。

反观迟意安静地站在那里，颇有一种两耳不闻窗外事的闲适态度。

江遂不忍事情这样错误地发展下去，脑子一热，便大步流星地朝着迟意走过去。

方才闲聊的同学见他出现，立马不敢讨论了。

虽然她们没继续讨论，但江遂知道她们正抻长脖子关注着这边的情况。

接下来江遂说的话，都会成为另一拨话题的导火索。

所以江遂其实并没有那么积极地想要澄清。

如果可以，他想要在适可而止的试探中找一找在这些天里一直困扰着自己的答案。

“同学，自我介绍一下，我叫江遂。”他说，“最近有谣言说你在追我。你对此不该解释一下吗？”

“你是觉得我该行动起来？”她回答，“也不是不行。不过先说好，我做事挺没毅力的，如果你不喜欢我，那我可不追。”

明眸善睐的女生就这样不着痕迹地撞进了他的眸子里，然后又被装进了他的心里。

江遂被她这样望着，忽然觉得，答案好像也没那么重要。

至少他坚定了自己的想法，这才是最重要的。

只是不承想，临近晚会结束时，一通来自隋荷的电话彻底打乱了江遂自以为高瞻远瞩的安排。

那晚的事情发生得太突然，江遂没能赴约，甚至在那晚后，他的生活发生了翻天覆地的变化。

比起隋荷一落千丈的事业，她的状态更令江遂担心。江遂寸步不离地守着，生怕她出什么事。

日子过得可谓是浑浑噩噩，江遂想起自己的生日，已经是一周后的事情了。

看着乱成一团糟的家，他决定去蛋糕店买个小蛋糕，活跃一下家里的气氛。

谁承想这一趟他碰到了迟意。

应该是迟意过生日，姥姥陪着她来店里订蛋糕。迟意趴在柜台上，和店员描述了很久自己想要的蛋糕图案。

她似乎很怕冷，即便在室内，两只手也缩在围巾底下的手套里，整个人穿得毛茸茸的，乖巧地趴在透明的玻璃柜台上，跟个大型玩偶似的，可爱极了。

看着各种各样的蛋糕，小姑娘眼睛亮亮的，无意识地舔了舔嘴角。

江遂知道她从小在南境长大，喜欢吃辣，竟不知道她也喜欢吃甜食。

迟意花了番工夫才和店员确定好蛋糕的样式，搀扶着姥姥从店里出来。

江遂低头看了下自己，随意的一身长裤毛衣，套着件黑色的羽绒服。可能是觉得当下的状态太邋遢，等迟意和姥姥离开后，他才从拐角处走出进入店里。

隋荷爱吃甜品，所以江遂常来这家店。他跟这家店的店员很熟，订蛋糕时随口问起方才的那位客人。

确定是迟意的生日后，江遂多点了一份甜甜圈，让店员以蛋糕店的名义祝她生日快乐。

可能多亏了蛋糕营造出的喜庆气氛，隋荷状态好了点儿。

那天隋荷和他聊了很多有关他爸爸的事情，说他们风雨同舟的那些年，说相敬如宾的日子。他们虽然聚少离多，但心里有个牵挂的人，日子都过得甜滋滋的，有奔头。要是真的少了这个念想，他们便觉得生活也没什么意思了。

看到隋荷的情绪好了，江遂也跟着有了点儿精神，挑了个天气不错的时候开始整理乱糟糟的房间。也就是这个时候，他在自己的书桌上看到了一个不属于自己的水蓝色皮面笔记本。

他很快记起来这是迟意的东西。

她好像很喜欢蓝色，书包是蓝色的，笔记本是蓝色的，连书本上标注重点的记号笔也多是蓝色的。

可能是他哪次送作业时落在自己的包里了。

江遂把笔记本搁到书桌的显眼位置，打算等下次见面时还给她。

没想到这一拖就拖到了二模。四中二模出成绩那天，李恩宇和陈予光正好在江遂家里。

陈予光骂骂咧咧地看完了自己的成绩，随口问李恩宇："你们班的成绩出了没？你这次不会又被迟意压到第二了吧？"

李恩宇对自己考第几无所谓，第一时间看成绩单也只是想知道江润如考得怎么样，被陈予光这么一问，顺便看了一眼自己的成绩。

陈予光凑过来跟着一起看："不是吧？你竟然比迟意多了五分。"

江遂原本在百无聊赖地打游戏，闻言，偏头看过去。

李恩宇对比完两人的成绩，平静地陈述事实："她数学差了一点儿。这次的数学试题角度刁钻，她可能不适应。"

陈予光盯着李恩宇的手机屏幕愣了会儿神，过了会儿，叹了口气，感慨道："可惜了。本来还想挖苦你一下。"他说着一搭李恩宇的肩膀，道，"为了庆祝你考到年级第一，请我们吃饭吧！"

陈予光看向江遂，问："阿遂，你说呢？"

江遂在想事情，声音低沉，心不在焉地嗯了声。

"喏！阿遂都同意了。"陈予光得意地撞李恩宇的肩膀。

李恩宇皱着眉嫌弃地让陈予光离远点儿，却见他不停地冲自己使眼色，顿时明白。

他这是要带阿遂出去散心。

“你们吃什么？”李恩宇问着，低头看手机，准备给江润如发消息，让她出来吃饭，但一想，要不先不喊旁人了，这次就他们三兄弟吃。

正当他思索哪个决定更合适时，江遂先开口了：“把润如喊上吧。”

陈予光：“行。那我也和迟意说一声，润如跟迟意就跟双胞胎似的，走哪里黏哪里。”

江遂：“嗯。”

但是这天迟意没来。

江润如说：“她这次没发挥好，心情不好，说不想出来。”

江遂嘴角动动，竟也不知道说什么。

倒是陈予光问道：“你没说我们都在，连阿遂也来了吗？”

江润如：“说了。她还特意问了阿遂是不是也在，但最后还是拒绝了，说以后有机会再聚吧。”

虽然迟意没来，但吃饭时他们没少聊她。陈予光和江润如一唱一和，说了不少。

江遂本就心里郁结，不知怎的，越发烦躁了。

这天回家，他坐在书桌前发了好一会儿呆。本着找点儿什么事转移注意力的目的，江遂拿过那个笔记本翻开看起来。

过了会儿，江遂从笔筒里拿出钢笔，对着新翻开的空白页，拧着笔盖想了想，下笔开始写。

在迟意养伤的那段时间，江遂留意过她的试卷，但这点儿印象并不足以让他对症下药。

他索性从高一的知识点开始写起。

五月份，高三学生拍毕业照，班主任打电话问他有空回去吗。

江遂看着一直被摆在书桌显眼位置上的蓝色笔记本，说自己那天会返校。

久不回学校，江遂站在四中门口，竟有一种恍惚的感觉。陈予光和尤锐得了消息，早早地等在校门口。见他出现，尤锐最先抬手，摆动着手招呼她：“江遂，这里！”

江遂笑了下，表示自己听到了，朝他们走过去：“你们怎么在这里？”

陈予光捶了下他的肩膀，上下打量着他：“担心你找不到路，特意等你。好久没见你穿校服了，你怎么还是这么帅？”

江遂嗤笑，回捶过去。

尤锐：“走吧。我们先去班上会合。”

不只是他，全校女生都知道尤锐喜欢自己。只是一直以来，她言行举止礼貌地停留在普通同学的层面上，江遂认为自己没立场去评判或者回应什么，所以两人维持着同学的相处模式。

但这次回来，江遂有意地划清了与她相处的界限。

而原因，自然是迟意。

尤锐第一时间察觉了江遂的疏远，犹疑地问他：“你是不是……”

话说到一半，尤锐摇摇头，自顾自地说了句：“算了。”

江遂也没有追问。

这天所有的高三学生都在拍毕业照留念，南北相通的教学楼上黑压压的全是活跃在走廊上的学生，他们嬉笑、打闹，比课间要热闹很多。

江遂和班上的同学告别，说着祝福的话，也去办公楼见了教过他的任课老师，说有空再回来看望。都说离校前要把校园里的角角落落好好地逛一遍，江遂差不多是做到了，但即便是这样，他依然没有偶遇迟意。

他一直把那本他整理的数学知识点的笔记本装在包里，但心里拿不准，自己是要交给她，还是没必要给。

如果承诺不了未来，当下的偏爱只是累赘。

遇不到也好，算是间接地让他做了决定。

离开学校前，江遂绕道去了医务室。

以前在学校时他们几个总串通校医拿假条，一来二去和校医渐渐熟悉了。如今要离校，他也该去打个招呼。

只是他没想到，自己这个无意间的决定竟让他在离开前见了迟意一面。

她似乎是赶时间，跑得满头大汗，怀里还抱着两本书，推门进来见着医务室有人，明显松了一口气，眼睛亮亮的。

她先和校医说了自己要的东西，望着校医去药房取药的身影，等了会儿，才注意到江遂。

她似乎没想到会在这里见到他，诧异地道："你回来了？"

江遂从她进门起，便一直盯着她。喜悦之余，他也觉得，自己回来这一趟挺值的。他看着她，喉结一滚，似有千言万语堵在嗓子眼，但只是轻轻地嗯了声，说道："回来拍毕业照。"

似乎是觉得不聊天会冷场，她说起他竞赛拿奖的事情，并且送上祝福。

江遂笑着说了句"谢谢"，没说的是在过去的几个月里，自己从未因为拿奖这件事开心过。毕竟能不能被保送北央，拿不拿得到竞赛奖，于他而言，不是目标。但是此刻，江遂竟然觉得这次拿奖真的是一件很不错的事情。

江遂想起自己在她养病期间说过"等拿了奖请你吃顿更好的"这样的话，正准备提及。

校医取了藿香正气水，从药房里出来，和迟意说话的声音打断了江遂未说出口的话。

她贺他拿奖之喜，那他便祝她高考顺利。

只是这次见面太匆忙，两人还没来得及说什么，便到了说再见的时候。

想到一别或许会是永远，江遂难抑心口的疼痛。

理智让他克制住追出去的冲动，因为他知道多说上几句话，也解决不了什么问题。

校医意味深长地瞥他，问道："喜欢的女生？"

江遂说了句什么？

隔了太久，他自己都有些记不清楚了。他好像回答道：“是还没来得及喜欢的女生。”

光阴流转间，她的身影逐渐模糊，女孩身上的青涩退去，光芒犹在。她独立而优秀，他们一别竟然是七年。

七年间，他们明明有很多次可以见面的机会，梁在宥的婚礼、孔明月的升学宴，或者是江润如和李恩宇结婚的时候，再或者两人明明在同一座城市念大学……但他因为种种事情一次次地错过她。

他借江润如将数学笔记转交给她，却无法假借他人送去思念。

…………

“后来呢？”队伍里的新兵听得起兴，迫不及待地追问。

江遂掀起眼皮看了一眼旁边的人，笑了笑，抱着胳膊，肩膀靠到椅背上，闭眼假寐：“后来成了我的老婆。”

江遂刚来突击队时，队里的战士久闻他在特战旅里的威名，一直怀着敬畏的态度。但随着这一年半的相处，战士们对江队长的形象有了更深的认识，依然敬畏，也更信任。

今天训练结束，有人说起江队长先前被网友翻出保送北央大学的事情，问江队长是不是真的。

他们的江队长因为求婚成功，心情不错，打开话匣子多聊了会儿。

这群平日里看上去一根筋的兵蛋子，听到八卦倒是热情，不停地追问。

江遂这段时间确实想起了不少高中时的事情，也就挑拣着说了。

“你们在聊什么呢？”卫峥咬着块压缩饼干过来，加入他们的聊天。

小战士喊了声“卫队”，如实地汇报：“江队正在跟我们说他高中时暗恋的女生呢。”

“他？江遂？竟然还会暗恋？”卫峥一惊一乍地问。

他把压缩饼干往江遂的怀里一塞，继续说道：“我大学时和他同寝四年，见过他说过话的女生一只手都数得过来。”

“这也太夸张了吧？”

卫峥板起脸：“啧，食堂的打饭阿姨这类女性长辈不算。”

小战士咧着嘴笑：“卫队，你也太幽默了。”

“我这是陈述事实。”卫峥得意地一抬下巴，“我继续说……”

江遂拍了拍身上的饼干碎屑，把压缩饼干的包装纸收好，塞回卫峥的口袋里，听卫峥继续在那里胡扯。

他大学时什么样子？

没有卫峥描述得这样夸张，但他确实很少和异性往来。军校男女比例本就悬殊，如非必要接触，江遂很少和谁来往。就连在周末被拖去联谊，江遂也只是坐在角落里默默地听他们聊天。

即便是这样，仍有不少女生留意到这个英俊话少的兵哥哥。

有女生主动追到学校里来，但因为得不到回应，没几天便转移了目标。江遂高中时听惯了这些议论，也不觉得有什么。

可能是高三下学期家里遭遇了变故，也可能是军校的生活单调直接，江遂觉得自己的生活和心思纯粹了很多。

训练、吃饭、休息。

每天三点一线，他也不觉得枯燥。

隋荷说，人要有念想，生活才有奔头。但说句虚的，他在心中藏着家国，胜过一切情爱。

等迟意来到身边他才知道，身边多了这么个人，不仅血是热的，心也是暖的。

但当他们从恋爱步入婚姻，再美好的风花雪月也要掺杂上琐碎的柴米油盐。而两人并不自由的工作时间，势必是一些问题的导火索。

年底，江遂临时接到命令，去国外执行任务。

出发前，迟意坐在床尾安静地帮他收拾行李，江遂站在旁边看着她。

迟意沉默着去衣帽间里拿东西，经过江遂的身边，表情凝固，一言不发。

等她折回来，江遂拉住了她的手，把人圈到自己的怀里："不用收拾了，这些都不能带。"

迟意把手臂压在他的胸膛上，没什么力气地捶了他两下："平安回来。"

江遂抓住她的拳头，放在嘴边亲了亲："嗯。"

迟意盯着无名指上的戒指，第一次在离别时生出这么强烈的不舍。

这种不安感令迟意不由自主地担心江遂的安危。

白天还好，她忙起工作来，也就顾不得了，但一到晚上，迟意总担忧他的安危。她近来忙新项目，本就睡眠少，这样一来越发休息不好。

在恶性循环下，迟意的状态很糟糕。

这天她在现场跟拍摄，搭手搬东西的时候脖子上的项链突然断掉。挂着那枚子弹壳的银色链子细细的，却很坚固，轻易不会断的。

迟意瞧着坏掉的锁扣，一慌神，把这种不好的预兆联系到了江遂身上。

江遂具体有没有遭遇危险谁也不知道，但此刻，迟意这一走神，令她没提防斜后方重重倒下的货架。

"小心！"旁边的人惊呼着提醒道。

但迟意回神时已经迟了。被同事拽了一把，她还是被砸中了后背，在医院里躺了好久。

江遂知道迟意受伤住院的消息已经是在她出院的三天后了。

他结束任务回来，发现家里空荡荡的，给迟意打电话，起初是没有人接，后来就变成了关机。

之前因为录节目对接工作存过电视台其他人的号码，他正准备联系时，接到了李恩宇的电话。

电话接通后，李恩宇并没有说话，反倒是江润如嚷着："不准打给他。"

李恩宇沉声回江润如：“别闹。”

江润如又嚷了什么，江遂没有听清，不过好像是些骂他的话。

江遂听了会儿江润如和李恩宇旁若无人的拌嘴声，正准备挂断时，电话那头传来迟意的声音：“阿遂，是我。”

“十一？”江遂问，“你回北央了？”

“嗯。你任务结束了吗？过来接我吧。”

“好。”

确定迟意没事，江遂松了口气。挂断电话后，他从江润如的态度里察觉出不对劲，先联系了梁在宥，问了才知道迟意住院的事情。

他听着梁在宥简单的描述，只觉得太阳穴突突直跳，这感觉简直比自己险些掉下高楼还要惊险。

身处在空荡的房间里，江遂越发觉得凄凉与思念。

他很想见她，当即订了最近的航班。

下飞机时他在机场遇到执勤的战士，对方恰好是江秉青的战友。江遂刚出机场，家里便知道他回来了。

只是江遂没回家，联系了江润如便赶了过去。

江润如这次直接和他通话了，冷冰冰地丢下个地址便又把电话挂了。

“你就该治治他。”江润如挂断电话后对迟意说，“你这次只是受伤住院，那如果是生孩子呢？难道你也能接受他不在？”

“我一个人可以的。”况且宜佳禾和梁在宥都在，再不济她还能联系温黛和笑笑。

江润如恨铁不成钢地瞅她：“你啊，这是要气死我。你是找了个老公过日子，不是抱着张结婚证守活寡。”

迟意知道江润如是被气急了才说出这样的话，这是为了她好，为了她抱不平。

“一会儿他来了，你别拦着我，我要好好替你骂一骂他。”

迟意发现跟这个醉醺醺的女人讲不通道理，只得顺着她答应：

“好。”

酒吧里的电子舞曲激烈嘈杂，五彩斑斓的灯光晃得每个人看上去都那么开心。

江润如为了给自己增加点儿替闺密出头的勇气，猛灌了好几杯酒。

迟意担心她再喝下去会出事，连忙答应她去舞池里跳舞的提议。

“早答应就对了嘛！”江润如高抬着手臂，摇头晃脑，“让江遂看看你没了他的生活是如何多姿多彩的，看他以后还敢把你丢在家里一走就是大半个月吗？”

迟意附和道：“是是是，你说得都对。”

“你别不听，我这是为了你好。”

江遂来的时候，迟意正拽着江润如从舞池里出来。

有个英俊的公子哥上前向迟意搭讪。

迟意抬起手腕，露出无名指上的婚戒，说：“不好意思，我结婚了。”

“真的假的啊？妹妹别骗我。”

江遂大步流星地过去，隔开男人执意递过来的手机，厉声道：“打扰一下。”

迟意见到江遂出现，顿时换上一副欢喜的表情，眉梢眼角都温柔了不少。

“阿遂，你来了。”

江遂嗯了声，先问她：“后背好点儿了吗？”

迟意诧异他竟然已经知道了，忙摇头，说：“已经没事了。”

“喝酒了？”

“没有。”

问完这几个问题，江遂才淡淡地看了男人一眼，问：“还有事吗？”

搭讪的男人一耸肩，走了。

“她怎么喝这么多？”江遂把两人从酒吧里带出来。少了耳畔嘈杂的音乐，被街上的风一吹，几个人都清醒了些。

"她在工作上被领导穿小鞋，气不顺，已经闹了好几天，今天这样子算好的了。"

江遂点点头，正准备给李恩宇打电话让他来接人，便听江润如突然扯着嗓子吼了自己一声："江遂！"

江遂一头雾水。

迟意沉默。

江润如心疼迟意，责问道："你摸着良心回答，任务和迟意，哪个重要？"

迟意皱着眉，去拨江润如挥舞着指向江遂的手臂："润如，你喝多了。"

"我没有！我是心疼你。"江润如说完，狠狠地瞪向江遂："江遂，你就是一浑蛋，我以前还总以为谁做了你的女朋友肯定会被你宠成公主，现在看来，呸！谁做了你的女朋友真是倒了大霉。"

迟意给李恩宇打电话，让他快点儿来把人弄走。

江润如言之凿凿，掷地有声地说："你说，阿遂，你说啊！你这不是在回答我，是对迟意说。"

迟意攥着手机，紧张地看向江遂。

她不在乎的。这个问题的答案是什么，她都能接受。

江遂察觉到她的目光，竟真的回答了："任务。"

"你浑蛋！"江润如是真的喝多了，又是挥胳膊，又是踢腿。迟意一个人根本制不住她。

迟意无法，不由分说地把车钥匙塞给江遂，简单说了车子停放的位置后，说："你先走，去把车开过来。"

江遂却没按照她说的做，而是盯着发疯的江润如说："如果任务失败了，我会自责。但如果她不在了，我估计没法好好地活下去。"

"……"

从方才起便一直在闹腾的江润如仿佛被按下了静音键，突然就偃旗息鼓，没了动静。

江遂给完答复，看向迟意，接着她刚刚的话说："你看好她，我去开车。”

迟意呆呆地嗯了声，还没消化掉听到的内容。

江润如靠在迟意的怀里，愣怔的样子不比迟意好多少。过了会儿，江润如眨眨眼，从迟意的怀里抬起头，仰着脸无辜地看向她：“意宝，阿遂好会说情话啊！我听了都好感动好感动，实在是没法替你骂他了。你就忍忍吧。”

“……”

迟意红着眼眶，心里暖暖的，无奈地扬起笑脸，回应江润如的插科打诨：“你啊你，一会儿我就和李恩宇告状，看以后谁敢让你喝酒。”

江遂开车，先送江润如回家。

迟意坐在后排，扶着醉酒的江润如，几次从车内后视镜里打量江遂。

江遂沉默着，专注地开车。

一直到把江润如送到家，车上只剩下他们两人，迟意自觉地坐到副驾驶座上，江遂才开口：“我看看后背。”

“已经没事了。”迟意说，“就是架子倒下来的时候砸了一下。”

江遂问过梁在宥，也联系过医生，甚至从江润如的怒火里也能看出来，迟意这次受的伤并不轻。

他想到方才江润如的问题，觉得自己过于自私了。

“后悔吗？”

“什么？”迟意眨眼。

江遂：“和我在一起，以后的日子可能都是这样。”

迟意思路清晰，并没觉得有什么委屈的：“被架子砸中，是因为我在工作，而不是因为你不在我身边。所以我受伤，和你因任务不在家二者没有必然的联系。”

“那我不能第一时间陪着你呢？”

“你又不是医生，就算在这里也只是干着急。”

迟意不想和他继续聊这件已成事实的事情，故意扯开话题：“如果你觉得自责，那么我欣然接受你的补偿。”

江遂看穿她的意图，无奈地弯唇："想要什么？"

"想要……先回家。"迟意眉眼弯弯，笑得跟个小狐狸似的。

迟意受伤住院的那几天，江润如正好路过南境，原本打算喊她出来聚一聚，哪承想直接成了慰问。

更可气的是，迟意住院这小半个月，江遂连一个电话都没有，更别提露面了，甚至还不知道这件事呢。

作为迟意最要好的小姐妹，江润如越想越气愤，在迟意出院后，便把人忽悠来了北央，美其名曰散心，实则是让江遂着急一下。

迟意有工作要来北央出差，也就遂了江润如的意。

江遂问："你这几天一直住在润如那里？"

"嗯。"如今江遂来了，她便不好再打扰了，"我现在订酒店吗？"

"好。"

迟意正在手机上看近处的酒店，江遂的电话响了。是家里打来的，江秉青听战友说了江遂回北央的事，问他几点到家，说阿姨做了一桌子饭菜，就等他了。

江遂应了声，偏头去看迟意。

迟意做口型："我都可以。"

江遂这才答应："现在正往家走呢，小意也在。"他说着，开了免提，通话内容公放出来。

迟意正好听见隋荷安排阿姨道："家里还有牛肉吗？整个小炒黄牛肉。炒得辣一点儿，小意爱吃。"

迟意受宠若惊，忙说："叔叔，您让阿姨别忙了，我吃什么都行。"

电话里聊得客客气气，挂了电话后，迟意立马开始着急，一会儿揪着衣领闻闻，一会撩着头发嗅嗅。

江遂瞧见她的动作，把车窗降下来些，让风吹进来："我刚闻了，没有酒味。"

迟意三两下把头发扎起来，说："一会儿把车停下后，我们去超市买点儿东西，正好吹吹风。"

"行。"江遂无奈，"又不是第一次见，不用紧张。"

迟意坚持："礼貌还是得有。"

江遂："向老婆大人学习。"

迟意瞥他："少贫嘴。"

今年过年早，一月中旬大街小巷便挂上了大红灯笼，迟意和江遂合计着直接留在北央过年，一时半会儿没急着回去。

宜佳禾和梁在宥还有姥姥，也在年前回了北央。梁在宥在这边的房子闲置着，简单地收拾布置了一番，很有过年的气氛。

一月十五号，迟意和江遂开车去了趟郊区，看着漫天的星星，简单地庆祝了他的生日。

迟意感慨了一句："冬天的星星格外亮。"

江遂佯装不解风情，故意向她解释起了为什么冬天的星星格外亮。

迟意无语，气得捶他。

江遂任她打，笑着说："你也好看。"

——今晚的星星格外亮，你也好看。

他们在老字号的饭店里订了桌年夜饭，两家人一起吃的。

长辈们相处得极其自然，仿佛这两个孩子的婚事已经成为过去式。倒是迟意和江遂，你看看我，我瞧瞧你，多少有些丈二和尚摸不着头脑。

不过大家有说有笑，一顿饭吃得热闹。

一月二十四号，大年初三，迟意的生日。她突然嘴馋，提议去订个蛋糕。

两人去的是童话里对面的那家蛋糕店，十几年了，店铺的规模没变，老板也还是原来的那个。

老板见来人是江遂，熟络地打着招呼，然后又看向迟意。江遂介绍："未婚妻。"

迟意面带微笑，跟着江遂喊道："刘叔。"

刘老板点点头，热情地介绍："别看我这家蛋糕店小，年头却久，也是老字号了。"

迟意莞尔："我知道，你家店里的甜甜圈特别好吃。我有一年过生日，就在这里订的蛋糕，店员送了我一份。"迟意用平常的语气随口提起往事。

刘老板闻言，怔了下，看看迟意，再看看江遂，也跟着想起来了。

他朝江遂使眼色，只见后者点点头，说："是她。"

不怪刘老板记性好，而是那次的事情太难得。当时小江遂支付完甜甜圈的钱离开后，老板还跟自己的媳妇说这小子指定是在追人家姑娘呢。

一不小心竟然当了回月老，刘老板也很开心，笑吟吟地看着这甜蜜的小两口，说："哪里是我送的？我不过是借花献佛罢了。"

迟意闻言，茫然地啊了声，挑蛋糕的动作一顿，连眨几次眼，顺着老板那意味深长的目光看向江遂。

数秒后，她仿佛意识到了什么，难以置信地笑起来，道："你？"

她理了理关系，隐约猜到了什么，虽然觉得不可思议，但还是问出来："那盒甜甜圈是你送的？"

江遂嗯了声，问："好吃吗？"

"好吃。"迟意回答完，意识到这不是重点，"你那时候……"她犹疑地问着，倏然想明白了什么，嗤笑一声，也就释怀了。

——"不是双向暗恋也没事，反正以后你是我的。"

——"十一，你怎么这么不自信？"

迟意这时候才明白，江遂那句无可奈何的感慨是什么意思。

而江遂接下来的话更加肯定了她的猜测："你是我十八岁时就想娶的人。"

两家的长辈觉得孩子年纪还小，可能还不想结婚，正盘算着先举办个订婚仪式把这件事情简单地定下来。哪知两个小辈连招呼也没打便决定把证给领了。

他们领证那天是二〇二三年二月十一日，在做这个决定前，那天只是平平无奇的一天。

元宵节这天，江遂有一天的假期。他赶早从队里回来，到家时迟意还在卧室里睡觉。

迟意昨晚赶项目，凌晨才睡，按照她自身的生物钟要睡到午后，所以江遂回来的时候，她并不知道。

直到被江遂闹醒，迟意还怀疑是在梦里。

晚饭是在家里吃的，江遂下厨。迟意珍惜难得的假期，跟屁虫似的黏在他的身后，一会儿帮着洗菜，一会儿帮着递碗。

她洗菜的时候家居服的袖子不老实地滑下来，抬着手臂用下巴拨了几次，最终还是求助江遂："帮我挽一下。"

江遂就着围裙擦了下手，才去碰她的袖子，随口和她说着："下周六日子不错。"

迟意睡醒后只吃了一小块饼干，这会儿正饿，任由江遂给她挽着袖子，眼睛直往锅里瞟。所以对于江遂接下来说的话，她好一会儿才理解。

江遂说："我们去领证吧。"

迟意先是哦了声，接着去拿瓷勺准备偷吃一口，猛一下听懂了意思，动作一顿，怔怔地抬头，问："下周六日子怎么不错了？"

"二月十一日，爱十一。这是我们俩的日子。"江遂把她的手放开，顺势揽住她的腰，郑重地问，"所以，去吗？"

就这样，两人很随意地、没有任何仪式感地，却又非常有意义地定下了在那天领证。

两人的户籍都在北央，领证要回所在地，所以他们提前一天回去。

隋荷见他们来来回回地折腾，还没来得及心疼，听见江遂要户口本，顺便问起以后的打算："你们结婚后是要住在北央，还是南境？"

两代人就这个问题聊了会儿，江遂随迟意，想留在南境，隋荷却想让他们留在北央。

"不过具体还看你们，让你们留在身边也是想一旦遇到事情，我们好帮衬一下。如果你们在南境生活美满，我们也没什么好担心的。现在交通发达，彼此间走动起来也方便。"

这个话题暂时就这样揭了过去。

别人领证都是赶早，盛装出席。江遂和迟意倒是随意，这天吃了饭，换了衣服，在隋荷的催促下不紧不慢地开车去了民政局。

如果不是迟意牵江遂时摸到他掌心里薄薄的一层汗，恐怕真的要被他这副淡定自若的模样骗过去了。

谁能想到拿枪都不抖的手，竟然拿着个户口本便紧张到出汗。

迟意保护着他的自尊，佯装察觉不到这个细节。

这天是周六，民政局只有上午上班，迟意和江遂是这天的最后一对新人。

流程简单却漫长，两人领完证从民政局出来，路过隔壁的花店时，江遂买了一大束玫瑰花。

“未来，请多指教。”

“谢谢老公。”迟意笑得甜美，有一种恍惚的不真实感。

可能是工作的原因，迟意有文案强迫症，发朋友圈的文案要斟酌好久才能想到合适的，所以这条晒结婚证的朋友圈因为她的灵感卡壳迟迟没有发出。

出版编辑一直念叨着让她营业，保持微博互动量，方便过段时间卖书。迟意虽然嘴上应着，却始终没有付诸行动。

这天又被催了一次，迟意才心血来潮地发了一条微博：“这才是我的男主角。”

附图是两人手拿结婚证的照片。

这条微博发出去不久，立马炸出来不少读者，更激动的是在微博上关注了她的朋友们。

林向荣：“终于嫁了。”

李嵩：“祝福姐姐。”

经纪人温黛：“速度啊！记得请客。”

出版编辑祁声也很欣慰地发来表扬的微信：“你这一营业就来个重头戏，可以啊！”

同时，手机的弹窗显示着祁声在微博上回复的内容：“故事里有人生死相隔，故事外的他们百年好合。PS: 有厌老师的新书《我炙热的少年》即将发行白金版，敬请期待！”

迟意在微信上给编辑回了个叉腰大笑的表情包，正准备调侃她是最强打工人时，“最强打工人”先发来了消息：“你方便吗？我打电话和你说一下新书的事情。”

“可以。”

迟意接通电话，电话那头不意外地传来活力满满的声音：“这么晚你还在工作吗？”

“没办法，刚工作时留下的坏习惯，一有书要征订我就失眠。”祁声言简意赅，切入正题，“我打电话是想和你聊一下再版书新增番外的事情……你的男朋友，啊，不，现在应该叫你的先生，他在旁边吗？”

“他在。”迟意问，“怎么了？”

江遂在洗澡，洗完后围着浴巾一边擦头发一边往外走，听到她在打电话。

“我不希望将他牵扯进来，这只是一个虚构的故事。”她对工作一向有自己的态度，但这次，不知道对面的人说了什么，她却意外地妥协了，“那我问问他吧。”

迟意挂断电话，委屈巴巴地看他。

江遂垂眼，擦头发的动作一顿，过去拉她的手：“怎么了？”

迟意：“《我炙热的少年》要再版，编辑想让你以小说男主角原型的身份写一篇番外。”

江遂静静地听着，嗯了声，问：“承认我是原型了？”

迟意仰头看他：“我们比故事里的人幸运。”

江遂被她哄开心了。

“你想写吗？”迟意问。

江遂点头：“可以。但番外就算了，我写一篇后记吧。”

“行。”迟意莞尔，“也算是给这本书的读者一个圆满的结局。”

迟意靠在江遂的怀里，委屈地说：“你不知道，这些年我因为这本小说的悲剧结局被读者寄了多少刀片。”

江遂嗤笑：“怪谁？故事是你自己写的。”

迟意撇嘴：“我那时候又不知道，暗恋成真竟会发生在自己的身上。”

婚礼的大小事宜全权由两个小辈合计着来，两家的长辈本以为他们会漏洞百出，手忙脚乱，所以已经做好了只要这对新人开心，怎么样都可以的准备。

但他们都忘了迟意的工作是什么。

她最会做策划案，简单地了解过江遂对于婚礼的期待和要求后，又询问过两家长辈的想法，只用了半天的工夫便丢给江遂一份厚厚的策划书。

“这是……？”江遂茫然地看她一眼，翻了翻，了解完里面的内容后，实在不知道说什么好，“你还真是敬业。”

迟意扬眉：“那是，好歹这也是份体制内的工作，多少人争着要呢。”

江遂无奈地笑了，附和道：“这个岗位是专门为你设立的，一直给你留着。就算你整天偷懒也不会被开除。”

有这么个靠谱的策划者，婚礼事宜有条不紊地推进着。

他们拍了两组婚纱照，一组是在突击队拍的，橄榄绿军装配纯白色婚纱，卫峥等一伙好兄弟助阵，婚纱照拍得唯美又帅气。

你去保家卫国，我来爱你。

另一组是回四中拍的，篮球场、主席台、大礼堂，甚至每到傍晚便洒满落日余晖的廊腰。

两人穿着校服，手牵手走遍校园里的角角落落。

高中时和你一起穿“情侣装”的少年此刻还在身旁，高中时没能体验的早恋以这样的形式被弥补。

江遂没有忘记答应要写的后记。他很少提笔写字，但近来多次提笔皆是因为她。

他写得很慢、很谨慎，不是因为怕说错什么话影响她在读者眼里树立的体面形象，而是担心文字太单薄，纵使长篇大论也难以补偿她九年的等待。

江遂把稿子交给她时，神情郑重，竟比被老师检查作业的学生还要紧张几分。

迟意笑着问他："你还没看过我写的吧？我们交换着看。"

"好。"

江遂记得，那天的天气很好，四周的空气很清新，阳光穿过玻璃房外繁茂的绿叶照进室内。

迟意的文档是保存在电脑里的，江遂坐在沙发上，将笔记本电脑放在膝盖上。迟意则拿着他手写的信纸，半躺在沙发上靠着他的肩膀，棉裙的裙摆垂下沙发拖在地毯上。

房间的桌柜上有江遂亲手写的请柬，也有迟意花了心思一样样挑选的伴手礼，以及刚送来的裱着婚纱照的大相框。

照片里的他们郎才女貌，很是般配。

房间里随处可见的无一不是他们相爱的痕迹。

他们依偎着，静静地看着他们彼此的十年。

迟意率先看完他的信，红着眼过来吻他时，江遂刚好看到迟意在文档最后写的这一段话——

"读者习惯在故事里寻找爱的意义。而这个故事之所以存在，是因为我爱他。不论离合，跨越生死，我始终爱他。

我贪得有厌，只希望他万事遂意。"

/ 番外二 /

情因老更慈

（江遂视角）

我在十六岁时遇见了我的妻子。

写完这句话后我其实停顿了许久，因为我发现，那年我们的交集少得可怜。

如果我那个时候知道她将会是我牵挂终生的女人，一定会主动套个近乎。

或许我可以问问她："你是新搬来这条胡同的住户吗，怎么看着眼生？"

或许是我谢谢她夸我的名字好听，说："你眼光很好。"或者："你的也是。"

或许是那天我把她叫出教室后，多笑一笑，问她怎么看上去这么呆。

或许我在主席台上致辞时，也试着在人群中找一找她的身影。

我在妻子高中的物品中，不仅看到了她对我藏匿许久的爱意，还有许多尤锐的东西。

尤锐是我高中时的同班同学，很聪明独立的一个女生。

妻子说，她那时候，真的以为我喜欢尤锐。

我才知道，在这段恋情中，妻子将自己的姿态放得很低。

她明明是一个优秀而美好的女孩子。

她应该是自信的，是骄傲的，是众人所仰的。就像她在工作中那样，理智而果断，闪闪发光。

我心疼她，又认为是自己的疏忽让她缺失了安全感。

所以别人在恋爱中有的，我学着也让她体验到。

妻子是个很细心的人。

她怕我出任务时回不来，每回出发前都问我要一个约定。

约定的存在，让我记着身后有个人在等自己回家。

她有时是让我给她捎一份某家店的冰粉，有时是想要我带一束花，或者是让我在归家途中给她写一封信。

我记在心里，不让她的期待落空。

但有一回，我爽约了。

我的战友，一个很出色的拆弹专家，在执行那次任务时炸掉了一条胳膊。

而我也在任务中受伤，在医院昏迷了三天。

我醒来时所体会的痛苦，远比受伤时要强烈。我自以为从军多年，从不畏生死，但看着好兄弟生不如死，便觉得英雄不该是这样的结局。

我在医院里沉默压抑了很久，忘记了答应要在回来时给妻子买一条围巾，忘记了在落地后报一声平安。

妻子来看我，却没有一句埋怨的话。

确认我无恙后，妻子便再没流露出异样的情绪。

梁叔，也就是我爸，私下里告诉我，说妻子回家时眼圈红着，进了厨房一边煲汤一边落泪。

后来我在每一年的初雪那天都会给她买一条围巾，但心里知道，永远也抚不平这一年的后怕。

从那之后，妻子开始做公益，援助那些退伍的，或者已故的军人家属。

在能力和财力允许的范畴内，妻子以我们的名义资助了很多残障儿童，平时在新闻上看到哪里有天灾重大事故，也都很主动地捐钱捐物，出一份力。

妻子说，这是在积福。

妻子在电视台工作，有一年带着团队进了深山录制公益节目。

出发前，还没等我叮嘱她，她便交代了我一番。

我瞧着她操心的模样，拉住她的胳膊，开玩笑道："要不你带我一起去吧？"

"像什么话？"妻子将胳膊搭在我的肩膀上，和我对视。

我把人往怀里带带，说："你照顾好自己，出门在外不比家里，晚上睡觉时多留个心眼，门窗记得关好。山区的饮食条件有限，你也要注意，吃坏肚子耽误工作不说，我知道了也心疼。"

见妻子低着头不吭声，我挑挑她的下巴问："听到了吗？"

妻子嗯了声，说："我在认真地往心里记呢。"

我看着她不正经地抠着我的衬衣扣子，继续说："不用担心我。我一个大男人，怎么都能吃好睡好。"

见妻子抬头要反驳，我又说："不过我现在是有老婆的人了，肯定过得更精致，让卫峥他们好好羡慕羡慕。"

妻子被我逗笑，说："净会说好听的哄我。"

妻子要先搭飞机，然后转火车，最后再乘大巴转面包车，一番颠簸才能到。

我送妻子到机场，顺便拜托团队的同事帮忙照顾一下。

我本以为只是一次普通的出差，哪承想赶上暴雨，山上突发泥石流，整座村子被洪水淹了。

我跟战友连夜往那里赶，听村民说妻子随团队住的那个房子还没被解救时，心都要碎了。我一刻也没歇，加入了救援的队伍。

入夜后，救援工作难以开展，而雨势渐大。可能是我的状态过于吓人，战友不敢开口提醒我休息，只得陪我一间房一间房地救人。

我和妻子都是无神论者，但总有一个人的存在，会让我在无助与绝望时将希望寄托于此。

我之前看江润如发过一条朋友圈，她用的文案不知是从哪本书里摘抄的，说的是：未知苦楚，不信神佛。

大抵就是这个道理。

翻滚而来的洪水将一小片瓦房吞没，我和战友搭乘的皮筏艇一并翻了。

混沌的水底一片漆黑，我仿佛听到妻子在喊我，但我努力睁大双眼，却始终寻找不到她。

直到双手双腿失了力气，我被新赶到的战友救上去。

在昏迷之前，我看到妻子从远处深一脚浅一脚地狼狈地跑来，彻底松了口气，终于安稳地睡了过去。不论是生是死，我终于见到她了。

后来我才知道，那晚妻子带团队外出拍摄，得以幸免。

但那次的天灾让我切身理解了妻子，不仅是她对我的担忧，还有即将失去至爱之人时的悲恸欲绝和束手无策。

不知道是我放弃了求生的意识，还是常年劳损的影响，那次我在医院里躺了很久。山区的医疗水平落后，妻子几经周折让我转院。

但因为交通不发达，这项工作开展起来，弊大于利。

好在我很快就醒了。

妻子喜极而泣，说我下次再这样不爱惜自己，就再也不理我了。

我忍着胸腔的疼痛，看妻子在生气，觉得没有什么比劫后余生更令人满足。

“你还笑！”妻子说我。

我刚要说话，就忍不住咳嗽。

妻子瞬间没了脾气，让我别动别说话，以后再算账。

妻子总说能遇见我很幸运。但我想告诉妻子：你就是我的福气。

十六岁相遇，二十五岁重逢，在二十七岁时我终于给了她一场婚礼。

婚戒是我设计的，底托的灵感来自莫比乌斯环。

一九五八年，德国数学家莫比乌斯和友人发现：把一根纸条扭转一百八十度后，两头再连接起来做成的纸带圈，具有魔术般的性质。

研究者发现：莫比乌斯环只有一个面和一个边界，不管从哪里出发，都只会回到原点。

但我更喜欢它另一层寓意：无论从哪里相遇，我都愿意给你无尽的爱。

婚礼是在北央举行的，江润如和孔明月是伴娘，伴郎有李思宇和陈予光。

婚宴上，高中的同学坐一桌。闲暇时，大家聊起以前的事情。

不知谁带的头，大家陆续用手机登录四中的贴吧。近几年贴吧已经不是主流的社交平台，四中的贴吧里不如当初热闹，但翻看早些年的帖子，依然能看到许多熟悉的ID。

“我以前还是小吧主。”一个男生说道，“太久没上，职位给我卸了。”

“以前的发言也太‘中二’了，不忍直视。”

有人找到当年为江遂和迟意建的CP（情侣）楼，发布了新的回复。

“这是我嗑的第一对CP，今天结婚。回来打卡，附上现场照片一张。”

后面跟着一连串打卡的回复。

虽然现在逛贴吧的同学少，但并不妨碍这条消息被大家知道。有学生将这条贴吧内容发到了校园表白墙上，不多时便流传开来，吸引了一批四中的学生来贴吧观光。

“前排瞻仰大神。虽然未曾同窗，但听班主任提过很多次。”

“学霸的颜值也太高了。”

“时代的眼泪。我早说他俩有一腿。”

“我看过学姐的电影，原来学长就是那部小说的原型，好甜好甜啊！”

一时间，妻子这个佛系作者身份下的那批读者，也摸到了这里，又是好一阵叫嚣。

“我们家大大长得这么绝？好温柔好漂亮，美女作家实锤。”

“楼上才通网吗？大大之前在一档综艺的幕后采访中露过脸的。不仅长得好看，而且声音超级甜美。”

“重点难道不是陈宜勉的原型吗？啊啊啊啊他长得好帅啊！我此刻仿佛是只尖叫鸡。难怪大大会念念不忘这么多年，面对这样的男孩子谁爱上谁栽。”

“我来帮大家复习一下。照片中的男人叫江遂，高中时凭数学竞赛被保送北央大学，前几年参加了一档军旅综艺的录制，就是影后苏戈参加的那档综艺。当时两人还被观众嗑了一拨 CP，大家应该有印象了吧？”

贴吧里的阵仗算是小打小闹，大家热热闹闹地讨论一番，场面还是可控的，十分和谐。

因为带了艺人的大名，这些内容逐渐被娱乐圈的粉丝关注，各大营销号为了蹭热度，纷纷下场讨论这件事情。

好在妻子在圈子里的人缘还不错，我录制节目时留下的印象也很好，以李嵩和苏戈为首，不少艺人发了微博送祝福。

当然，我和妻子知道网上的事情，已经是第二天了。

婚礼那天事情多，不只我和妻子忙，家里的长辈也都不轻松。

迟父和他的夫人过来时，在门口迎接客人的梁叔和他们打了个招呼：“来了。”

婚礼的流程需要妻子的父亲陪同妻子走过红毯，并将其交到我的手中。梁叔有意把这个机会让给迟临行，所以在门口见着时，和他说了这件事情。

化妆间里，妻子对这件事情不知情。

梁叔对她好，她是认的。但若说父亲这个位置，除了迟父，谁也替代不了。所以今天司仪说，一会儿梁叔会陪她走红毯时，她心里还是有些失落的。

江润如佯装不察闺密眼底的情绪，拨了拨她的头发，说："我们准备出去了。"

妻子轻轻地应了声好，本还在因为父亲不能陪她走这个仪式而遗憾，转头看见孔明月和迟临行进来。

孔明月走到江润如的旁边，两个伴娘挽着胳膊，笑盈盈地看着父女俩。

妻子愣怔，茫然中明白了，看看自己的姐妹团，然后看向迟临行，眼神柔和。

迟父将手臂一弯，示意她："爸爸陪你走。"

妻子在父亲的陪同下，从半弧形楼梯上下去，然后穿过两侧坐着宾客的长台，我正站在台子末尾的舞台上等她。

昨天和今天都有排练，但看着妻子从远处走来，我还是没忍住，上前接她。

迟父把妻子的手放到我的手上，然后拍了拍我的肩膀，说："好好照顾她。"

我郑重地点头，说："一定会的。"

妻子笑着搭上我的手，凑近时问我："干吗？"

"等不及了。"

台下宾客都是亲友，我娶了十七岁时遇见的女孩。

领完证后，准确地说是在求完婚后，妻子已经是我人生中不可或缺的一部分。关于未来的规划，关于当下的点滴，全有妻子的痕迹，我们也在日常的相处中培养出了默契。

但在婚礼上，我仍然紧张得手抖。

爸爸两手按在拐杖上，笑我没出息。梁叔高兴地望着台上，说这叫铁血柔情。

我的母亲和妻子的母亲手搭着手，看着小辈们获得幸福笑弯了眼。

结婚第三年，我们有了一个女儿，妻子给她取名江念。因为妻子觉得，宝宝的到来是对我们爱情的纪念。

哦对，她还有一个小名，江爱国。

这是念念在家里连着唱了一个月的“我爱北京天安门”后，妻子给她取的。

念念长得和妻子很像，但一点儿也没随了妻子小时候温暾安静的性子。被家里人宠坏了，念念从小刁蛮任性。

十三岁的时候，念念便把自己喜欢的男孩子堵在墙角，言之凿凿：“我爸说了，男生要主动，不能让喜欢的女生等太久。”

被堵的人是我的好兄弟的儿子。

李恩宇，还记得吧？他和江润如有个儿子，比念念大四岁，叫江栎。

彼时江栎十七岁，读高三，因为我和妻子有事走不开，便让他顺路来接念念。

他单肩挂着背包，懒懒地往墙上一靠，不急不恼，垂眸看着刚到自己胸膛的小丫头。

这丫头不知哪根筋搭错了，下巴一抬，十分傲娇：“你承认吧。你爱我爱得不可自拔。”

我知道这事后，越看这小子越觉得不顺眼。以前觉得他长得挺正气的，怎么现在这么不老实？改天得和李恩宇提提意见。

问我怎么知道的？念念跟妻子告状，妻子学给我听的。妻子还问我念念说的那话是不是我教的……这倒是真的。

年轻时因为我的迟钝，导致我与妻子错过了九年。我有时就在后怕，如果我们一直没有重逢，那妻子该怎么办？她那么顾念旧情的一个人，再傻不拉几地认准了一棵歪脖子树。

妻子可能是瞧出我的神情不对，晃着我的胳膊，和我开玩笑：“一提起以前的事，你总是比我还难过，整得像是我对不起你似的。”

我无奈地笑笑，抓起她的手放在嘴边亲了亲，说：“如果真是这样就好了，你渣我一下，或者骗我一次，至少你不会那么难受。”

妻子笑道："在你心里，我就这么铁石心肠啊？"

"你心最软了。哪里都软。"

"讨厌。"

不过江栎确实没长歪，竞赛拿的奖能贴满一面墙，也就比我年轻时差一点儿吧。

其实我想想，和李恩宇做亲家也挺好。

江润如和妻子从高中时便要好，这些年来各有各的工作和家庭，关系倒是没淡。而我和李恩宇更是发小，铁磁儿，知根知底不说，能真诚地为对方的事情上心。

自打发现了两个小辈间的端倪后，妻子常爱问念念觉得江栎哥哥怎么样。

念念有回在写手账，把手里的马克笔搁下，歪着脑袋想了想，说："眼光不太好，一点儿也不懂得怜香惜玉。"

这俩小孩子小时候关系还挺好的，念念觉得有个哥哥是一件很拉风的事情，成天哥哥长哥哥短地跟在江栎后面。

江栎上个学她都想跟着，放假后他跟同学去游戏厅，她也闹着不分开。

有回江栎急着给同学送东西，小姑娘迈着小短腿要跟着去，一不留神扑到地上，自那以后才结下梁子。

念念有好一阵子没理这个便宜哥哥。

江栎看着小丫头鼻子上蹭破的皮，不舍得再冷落她。

小孩子间有自己的处事方式，我和妻子也没干涉，看他们吵吵闹闹，觉得还挺有趣。

小时候只当念念被宠坏了，可越大越能看出来，她的性格真是没随了妻子。

如果没有她这个哥哥在外面护着，估计要惹出不少事端。

不只性格，在学习上念念也没遗传我和妻子。

饶是从小没对她冷过脸，当我瞧见她才考了 39 分的数学试卷，手掐在腰上，连做了几次深呼吸试图转移注意力，硬生生被气笑了。

这孩子实在是管不了。

我扶着额头，将试卷塞到她手里，示意：“找你妈去。”

念念仗着平日里我给她撑腰，妻子让她多穿条秋裤都不听，更别说是写作业了。

妻子和我一合计，给念念找了个家教。

因为这个，妻子被江润如笑了好久：“你说你一文科高考状元，阿遂数学竞赛拿奖拿到手软，你们竟连个孩子都教不了。”

她笑够了，忙还是要帮的。

江栎高考结束的那个暑假，毕业旅行的计划泡汤。他妈被一个限量版的包包贿赂，将他送来给念念做家教。

但念念只顾玩闹，在成绩上依旧没什么起色。

我也是服了，真恨不得自己去给她写。

就那几道题目，我闭着眼都知道答案。

哪里像她，有人教也不好好学。

不过，念念艰难的学习之路很快发生了转折。

有一年春节，孔明月和林向荣带着孩子回娘家过年。

当初这两人纠缠了好久才定下来，比我和妻子早一年结婚，日子过得倒是非常和谐。

他们的儿子比念念大一岁，女儿比念念要小。

男人年纪大，知道照顾人。孔明月也不再像大学时成天为这段感情哭丧着脸要死要活的，每天甜蜜蜜的。

她女儿叫小芋头，个子高挑，有一双大眼睛。小芋头因为学习过于出色，学校领导已经开始和家长聊跳级的事情。

小芋头正好有道奥数题不会，而哥哥因为顶撞妈妈被爸爸带出去训话了。孔明月作为大学毕业后“本升小”（网络流行语，指本科毕业后智商逐渐回归于小学水平的这类人）的优秀代表，将她推给江栎。

江栎在小芋头身上体会到了做老师的满足感，两人在吃饭时还不忘讨论题目。每当这时，念念就左瞧瞧又看看，嘴巴噘得老高，简直能挂油壶了。

那个假期，念念一如既往地不爱学习，但有人比着，小丫头学习态度端正了些。

江栎一连教了她几道题，她竟然都会了。

妻子朝我使眼色，悄声说："这是吃醋了。"

因为多了这个念头，我在院子里看到林向荣，也跟着多了几分敌意。

林向荣完全处于状况之外："怎么？你还记恨当年我和你老婆传绯闻的事？"

大年初四，几家人聚了聚。

陈予光和太太也过来拜年。

迟意和他们打招呼："怎么没把宝宝带来？"

"宝宝最近有点儿咳嗽，怕出来吹风，老人在照顾呢。"

陈太太也是四中的学生，比我们高两届，和陈予光上的同一所大学。陈予光相了几年亲，后来跟这个老同学在我和妻子的婚礼上重逢，干柴遇见烈火，闪婚了。

女人间很快就有了话题，把家里的男人撇在一旁。

我们四个大老爷们凑在一起面面相觑的样子无奈又可怜，当然这只是短暂的表象。片刻后，我们决定把孩子交给家里的长辈，一起去网吧开黑了。

二月十一日，结婚纪念日那天。

我和妻子自驾去了长白山，去看看天池，许愿白头到老。

岁月在我们身上多少留下了痕迹，柴米油盐的日子更是消磨了少年时意气风发的光彩。

所幸，年华匆匆，情因老更慈。

后 记

挺意外的，这个故事会被这么多人喜欢。

《遂意》原本的都市卷要比现在呈现的残酷，追过连载的读者知道，我推翻重写过。因为我的心软，新版过于童话了。修订出版稿时，我一度想改掉故事走向，最终还是忍住了。毕竟，林清玄老师说过，人生遗憾才完美。

正如暗恋本身。

最初想写这样一个故事，是在二〇一九年初冬。那时疫情还没暴发，我离开长沙，因为更换了手机号，开始登录一个个社交平台更新账号的绑定信息。

我就这样意外地登上了高中时用过的贴吧账号。

贴吧已经不是现在的主流社交平台，高中的贴吧里不如当初热闹，但我翻看早些年的帖子，依然能看到许多熟悉的 ID。

那天后，我断断续续地想起了不少往事。

我曾在贴吧里记录过一个男孩子——任。就是刚刚我才意识到，他的姓氏是“你不像任何人”里的“任”字。

他有很好听的名字，也有一个很温柔的女朋友。

任篮球打得很好，我吃完晚饭从操场经过时，总能看到他勇于表现进球的身影。每当这时，我便会看向球场边，去找那个女生的身影。

那个女孩在实验楼上摔断腿的原因成了校园谜题，但她拄着拐杖走在教学楼、餐厅和宿舍之间时，身旁确实能看到他的身影。

我看过他们在宣传栏上并排的照片，也见过他意气风发的模样。

他曾经是除了家人外，唯一一个，我希望能永远骄傲、永远优秀的少年。

我决定要写这个故事的契机很寻常。那天傍晚在楼下吃烤鱼，听朋友在聊她目前遭遇的生活困境。鱼肉很嫩，文火温着，肚子填饱了，故事也有了雏形。

所以故事最先定下来的角色是宜佳禾，独立、理智，也会有“私心”的新时代女性。

有了宜佳禾，有了迟临行，一个温暾敏感、性格深受原生家庭影响的女孩的形象便出现了。

而我总想写写有关“任”的旧事，于是因我的执念，私心把“江遂”塑造了出来。

让迟意替我去接受这个少年的爱，也想给这个少年一个深情不负的结局。

心动本就不需花哨的理由，于迟意而言，只是那天江遂从室外进来时，落了满肩的阳光，她无意间多看了一眼，便沦陷了终生；于江遂而言，可能是在迟意发光时，又或者是自己面对回忆时终于后知后觉。

具体是什么时候，见仁见智。

有人一眼万年，便有人日久生情。

至于尤锐，故事中的江遂没有对她动心过。

十月份的北京真的很冷，附近的街口有一家口味还不错的米粉店，但店里的冰粉真的好难吃。

我依旧在怀念着承载了我无数回忆的长沙，怀念着橘子洲的烟火下永远水泄不通的街巷，怀念着要在百度地图上无限放大后才能看清楚的熟悉地点。

《遂意》纪念着我人生的一个阶段，也代表着我人生的一个阶段。

承蒙喜欢。

2021.10
北京